잠중록 2

Hairpin 2

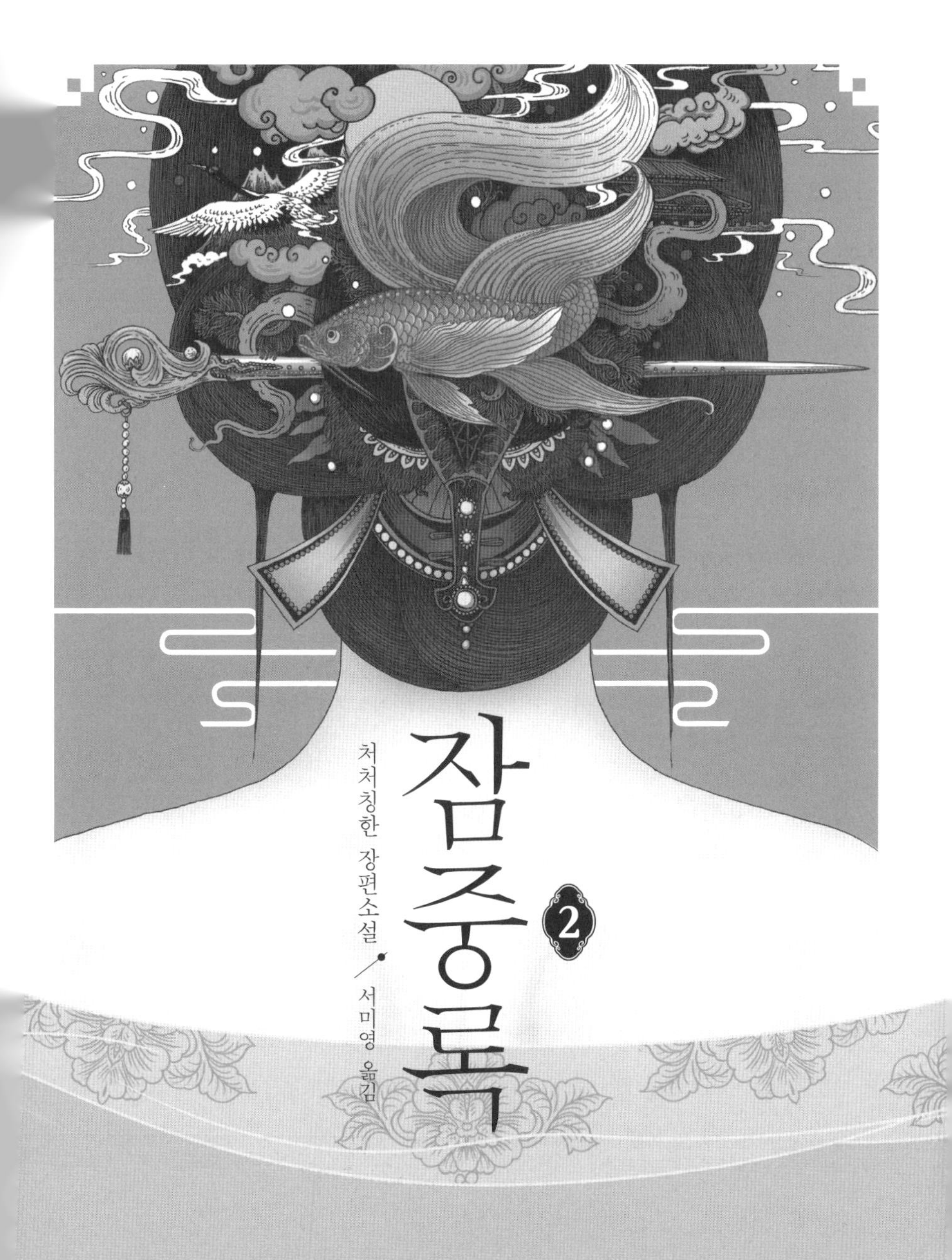

arte

주요 등장인물

황재하(양숭고) 촉 지방 형부 시랑의 딸. 어릴 적부터 영특하기로 소문난 소녀. 온 가족을 독살했다는 누명을 쓰고 장안으로 도망왔다가, 기왕 이서백 곁에서 환관 '양숭고'로 변장하고 지내며 복수의 때를 기다린다.

이서백(기왕 이자) 당나라 황제의 넷째 동생. 명철하고 기억력이 대단히 뛰어나며 냉정한 성격. 장안의 기이한 사건들을 해결하는 데 황재하의 도움을 받고 그녀의 보호자가 되어준다.

왕온 황후의 가문인 낭야 왕 가의 후계자. 황재하와 정혼한 사이였으나, 그녀의 가족 살해 사건으로 크나큰 모욕과 충격을 받는다.

주자진 주 시랑의 막내아들. 넉살 좋고 엉뚱한 성격의 한량이지만, 시체 검시에 관해서는 따라올 자가 없다. 황재하를 몹시 좋아해 숭배하다시피 한다.

우선 뛰어난 용모에 맑은 기운을 지닌 청년. 학식 또한 뛰어나다. 황재하의 아버지가 고아였던 그를 거둬, 어린 시절 황재하와 가족처럼 지냈다.

장항영 기왕부 의장대 소속이었으나 황재하를 돕다가 파면됐다. 이후 황재하의 주선으로 군에 들어간다.

동창 공주 황제가 몹시 애지중지하는 딸. 성질이 불같고 오만방자하다.

위보형 동창 공주의 부군으로, 황제의 부마.

여지원 성질이 괴팍한 초 만드는 노인.

전관색 사업 수완 좋은 마차 가게 주인.

차례

일러두기

주석은 본문 하단에 각주로 표기했으며,
(작가 주)로 표시된 주석 외에는 모두 옮긴이의 것이다.

1장

궁중의 밤,
비밀스러운 이야기

장안의 깊은 밤.

세찬 장대비와 함께 거친 바람이 어지럽게 몰아치고 있었다.

황금빛 술 장식이 달린 궁등이 처마 밑에서 비바람에 방향을 잃은 채 이리저리 흔들렸고, 유리 갓 속 검붉은 등불이 밝아졌다 어두워졌다를 불안하게 반복하며 그나마 남아 있던 빛조차도 바람 속에 사라질 것만 같았다.

밤을 지키던 시녀들은 서둘러 몸을 일으켜 창문을 닫았다. 그 가벼운 발소리가 마치 잔잔한 물결처럼 대전 내에 은은하게 울려 퍼졌다.

그 조용한 소리에도 침전에서 자고 있던 악왕 이윤은 놀라 깨어났다. 그는 침전에서 나와 불안하게 깜빡이는 불빛 아래 마치 구름이 흐르듯 이리저리 날리는 흰색 휘장을 바라보다가, 그 경박한 구름을 지나 대전 입구까지 걸어 나가 궁 밖을 내다보았다.

성난 비바람 속에서도 왕부 안의 모든 전각은 고요에 잠겨 있었다.

시끄럽고 성급한 빗소리 사이로 갑자기 귀청을 찢는 듯 날카로운 소리가 겨울 밤 비의 장막을 갈랐다. 비통하기 그지없는 그 목소리에 이윤은 누군가에게 숨통을 조이기라도 한 듯 호흡을 멈췄다.

그 처절한 목소리가 자신과 가장 가까운 이의 목소리라는 사실을 믿고 싶지 않아 이윤은 무의식적으로 시녀들에게 물었다.

"설마…… 어마마마의 목소리인가?"

"그렇습니다……." 뒤에 있던 시녀들이 조심스럽게 대답했다.

이윤은 뒤에서 받쳐주고 있는 우산은 아랑곳하지 않은 채 억수같이 쏟아지는 폭우 속으로 몸을 내던져 비명이 들려오는 소전(小殿)을 향해 달려갔다.

소전 안은 등불이 환히 밝혀진 채, 궁녀들의 소리 죽인 발소리로 분주했다. 마침 침방에서 나오던 모친의 여관 월령이 이윤을 발견하고는 서둘러 다가와 예를 갖추며 나지막한 목소리로 말했다.

"전하, 염려치 않으셔도 됩니다. 태비께서는 꿈을 꾸다가 가위에 눌리셨습니다. 이미 사람을 보내어 사 태의를 불렀고, 안식을 돕는 향도 피워놓았으니 조금 뒤면 잠자리에 드실 수 있을 것입니다."

이윤은 고개를 끄덕이고는 침방으로 들어갔다. 광기에 휩싸여 발작하는 모친 곁으로 몸집 좋고 노련한 두 시녀가 붙어 몸을 꽉 붙들었고, 그 옆으로 네 명의 시녀가 대기하며 지켜보고 있었다. 몸을 단단히 붙들려 꼼짝할 수 없는 모친은 비명만 크게 내질렀다. 얼굴이 창백하고 입술은 짙은 자줏빛으로 질렸으며, 머리는 산발한 채 두 눈은 튀어나올 듯 부릅뜬 상태였다.

이윤은 한숨을 내쉬며 침대 가에 걸터앉아 낮은 목소리로 모친을 불렀다. "어마마마."

섬뜩할 정도로 매서운 눈빛이 이윤을 노려보았다. 한참이 지난 후에야 자신의 아들을 알아본 태비는 서서히 발작을 멈추고 잔뜩 잠긴 목으로 힘겹게 두 글자를 내뱉었다. "윤아……."

이윤은 안도의 한숨을 내쉬고는 손을 들어 모친의 이마에 흐트러진 앞머리를 가다듬어주었다. "어마마마, 접니다."

모친이 쉰 목소리로 이윤에게 물었다. "네 옷이며 머리가 어찌 이리 다 젖은 것이냐?"

"밖에 비가 오는데 마당을 가로질러 뛰어오느라 좀 젖었습니다." 이윤은 월령이 자신의 이마와 어깨를 닦아주는 대로 가만히 두고는 모친만을 바라보며 작은 목소리로 말했다. "악몽을 꾸신 거면 이 아들이 옆에서 함께 자겠습니다."

태비는 천천히 고개를 끄덕이고는 많이 지쳤는지 베개에 머리를 대고 몸을 한껏 웅크려 누웠다.

이윤은 사람을 시켜 침대 밑에 놓여 있던 낮은 침상을 꺼내게 한 뒤 침상에 모로 누워 눈을 붙였다. 모친의 거친 숨소리가 안식향 연기 속에서 서서히 안정을 되찾았다.

곁을 지키던 사람들은 다들 물러가고 등불도 대부분 꺼졌다. 서너 개의 주황빛 불빛만이 휘장을 넘어 들어왔다.

폭우는 계속해서 쏟아졌다. 그 광포한 기세가 마치 영원히 멈추지 않고 내릴 듯했다.

서서히 잠이 들던 이윤은 모친이 자신을 부르는 소리를 들었다.

"윤아……."

이윤은 눈을 뜨고 모친에게 대답했다. "네, 여기 있습니다."

모친의 목소리는 평안하고 온화했다. 지난 몇 년간 처음 있는 일이었다. 태비는 천천히 입을 떼어 물었다.

"윤아, 네 부황은?"

이윤은 조심스럽게 대답했다. "부황은 10년 전에 승하하셨습니다."

"……아." 그 목소리가 너무 작아서 마치 잠꼬대를 하는 것처럼 들렸다. "10년이 지났느냐?"

지난 10년 동안 계속해서 정신이 온전치 않았던 모친이 갑자기 안정된 모습을 보이자 이윤은 조금 이상하다고 느끼고 몸을 일으켰다. 모친의 침대 끝에 걸터앉아 허리를 숙여 내려다보며 나지막한 목소리로 말했다.

"어마마마…… 좀 더 주무시지 않고요?"

"내가…… 너에게 줄 것이 있다." 모친은 이윤의 말은 상관 않고 천천히 몸을 일으키더니 침대 맡에 놓인 궤짝 서랍을 열어 작은 화장함 하나를 꺼내 들었다.

검은 옻칠이 된 화장함으로, 뚜껑에는 꽃 모양으로 깎은 자개가 상감되어 있었다. 색이 바랜 탓인지 딱히 귀한 물건처럼 보이지는 않았다. 이윤은 모친이 화장함을 여는 모습을 지켜보았다. 안의 청동거울은 오랫동안 닦지 않은 탓에 까맣게 변색되어 거울에 비친 얼굴이 흐릿흐릿 기이하게 보였다.

모친은 청동거울을 앞으로 잡아당기더니 그 뒷면 틈 사이에 잘 접어 숨겨둔 종잇조각 하나를 끄집어냈다. 그러고는 그 종잇조각을 이윤에게 건네주며 이상하리만치 흥분한 눈빛으로 아들을 바라보았다. 마치 칭찬을 기다리는 어린아이 같았다.

"윤아, 이것 보렴. 이 어미가 천신만고 끝에 그려서 숨겨놓은 것이란다. 이제 부디 네가 잘 보관하려무나……. 이는 천하의 존망이 걸린 것이야. 명심하거라! 절대 잊지 말아야 한다!"

이윤은 아무 말 없이 그 종이를 건네받아 자세히 살펴보았다. 시녀들이 옷에 무늬를 그려 넣을 때 사용하는 종이였다. 모친이 언제 이런 것을 숨겨놓았는지는 알 수 없었다. 종이 위에는 거친 먹 놀림으로 무언가를 두세 개 그려놓은 것 같았는데, 그 모양이 규칙이 없고 선 또한 엉망인 터라 무엇을 의미하는 그림인지 알아볼 도리가 없었다.

이윤은 영문을 알 수 없는 그 기이한 그림을 들여다보다 아무 말 없이 원래 모양대로 접어 소매 속에 집어넣었다.

"네, 어마마마. 명심하여 잘 보관하도록 하겠습니다."

베개에 몸을 반쯤 기대 누워 있던 태비는 아들이 그림을 챙기는 모습을 보고서야 안도의 한숨을 내쉬었다. 그러고는 다시 입을 열어 쉰 목소리로 말했다. "윤아, 잊지 말거라. 절대 기왕하고 가까이 지내서는 아니 된다……."

창문 밖 빗소리가 요란하기 그지없었다. 콸콸 쏟아지는 빗소리가 온 천지를 가득 채웠다. 비바람으로 인해 한쪽으로 쏠린 궁등 빛이 마치 환영처럼 창 안으로 비추어 들어왔다. 비단 바른 창을 넘어 들어오느라 빛은 더욱 희미했다. 수척한 태비의 얼굴은 눈처럼 창백한 중에도 은은한 홍조를 띠어 마치 밤새 비를 맞은 복숭아꽃 같아 보였다. 옛 시절의 미모를 어렴풋이나마 짐작할 만했다.

이윤은 가만히 모친을 바라보았다. 그러나 태비는 넋을 놓은 채 그저 흔들리는 등불만을 응시하다가 한참 후 갑자기 소리 내어 웃기 시작했다. 처음에는 목구멍을 비틀어 짜내는 듯한 소리로 비웃듯 킥킥거리더니, 나중에는 소리가 점점 커져서 결국 광기 어린 웃음소리로 변했다.

어둠 속에서 모친의 자지러지는 웃음소리를 들으며 이윤은 등골이 오싹해 팔을 들어 모친의 손을 붙잡으며 낮은 목소리로 말했다.

"어마마마, 고단하실 텐데 이만 쉬시지 않……."

말이 채 끝나기도 전에 신경질적인 웃음소리가 뚝 멈추더니 태비가 격노한 듯 침대를 박차고 일어났다. 그러고는 머리를 산발한 몰골로 이윤의 어깨를 누르며 말했다.

"윤아! 대당 천하는 이제 망할 것이야! 강산의 주인이 바뀔 것이다! 너는 이 씨 가문의 황족으로서 이 국면을 바로잡으려 힘쓰지는 않고 대체 무엇을 하고 있는 것이냐? 곧 강산의 주인이 바뀔 것이다……."

모친이 다시 정신을 놓고 발작하자 이윤은 곧바로 몸을 일으켰다.

미친 호랑이처럼 자신에게 달려드는 모친을 내버려둔 채 문을 열어 예의 그 두 하녀를 불러 모친을 붙잡게 했다. 이윤은 바깥에 서서 모친의 날카로운 비명 소리가 줄어들기를 조용히 기다렸다.

한참 뒤 월령이 나와 태비는 이미 잠자리에 드셨으니 그만 돌아가 쉬셔도 될 듯하다고 말했다. 이윤은 보일 듯 말 듯 고개를 끄덕이고는 새벽빛 속에 여전히 드리운 비의 장막을 바라보며 천천히 발걸음을 옮겼다.

소매 속에 넣어둔 종잇조각은 부드럽고 가벼웠으며, 불명확한 그림이 그려져 있었다. 회랑 모퉁이에 다다랐을 때 꺼내어 찢어버리려 했으나 잠시 망설이고는 다시 소매 속에 집어넣은 뒤 굽어진 긴 회랑을 따라 천천히 걸음을 옮겼다.

맹렬한 기세의 장대비가 대당 장안을 뒤덮었다. 천하의 가장 번성한 도성이 흐린 잿빛 속에 감춰지며 온통 예측할 수 없는 것들로 가득 찼다.

2장

하늘의 강한 천둥소리

대당, 장안.

하늘 아래 가장 번창한 이 도시는 태종이 이룩한 질서와 정비의 시대를 지나고 현종의 번영의 시대를 거쳐 의종 연간에는 이미 사치와 낭비의 시대로 기울어 있었다.

대명궁, 태극궁, 그리고 장안 72개의 방이 반듯하게 형성된 크고 작은 골목 곳곳에 질서 정연하게 배치되어 있었다.

장안성 정중앙에 위치한 개화방에 천복사가 있었다.

천복사는 일찍이 수양제와 당 중종이 황제에 즉위하기 전에 살았던 저택으로, 측천 황제 때 고종의 복을 빌기 위해 절로 헌납되었다. 절 내부의 이름난 꽃과 고목, 여러 정자와 누각은 원래 모습을 간직한 채 남아 있었다.

바야흐로 때는 6월 열아흐레, 관세음보살 열반일이었다. 천복사는 절을 찾은 사람들로 미어터질 정도였다. 아름다운 경치로 이름난 연못 방생지는 둘레가 200보가량이나 되었지만 사람들이 너도 나도 각양각색의 물고기들을 사다가 풀어놓는 바람에 넘치는 물고기로 몸살을 앓고 있었다.

오랫동안 비가 내리지 않았던 터라 후텁지근한 열기가 장안 전체를 달궜다. 사람들은 등이 땀으로 흠뻑 젖어 견디기 힘든 와중에서도 그 북적이는 인파를 한 걸음씩 밀치고 나아가 손에 들고 있던 물고기를 연못에 풀어주었다.

많은 사람으로 혼잡하게 붐비는 와중에 유일하게 회랑 바깥쪽 한 모퉁이만은 한적했다. 흐드러지게 꽃이 핀 석류나무 한 그루가 눈부시게 빛나는 아래, 비취색 비단옷을 입은 훤칠한 키의 젊은 남자가 서 있었다. 뒷짐을 진 채 아무 말 없이 눈앞의 인파를 바라보는 모습이 꽤 청아하고 고상해 이 무더운 날씨에 청량함을 더해주었다.

그의 시선은 눈앞에서 왁자지껄한 사람들을 넘어 방생지 쪽으로 향했다. 방생지 가까이 다가가려 새까맣게 무리 지은 사람들 속에서 특히 한 사람이 눈에 띄었다. 단정하고 잘생긴 용모 때문이 아니라, 화려하기 그지없는 살구색 두루마기 때문이었다. 그 곱고 화려한 노란빛은 수많은 사람 속에서 광채를 발하며 사람의 눈을 자극했다. 살구색 두루마기는 힘껏 앞으로 비집고 들어가면서도 연신 고개를 돌려 뒤를 향해 외쳤다.

"숭고, 빨리 붙어. 잘못하다간 잃어버리기 십상이야!"

그 뒤를 따르는 사람은 홑겹 비단옷을 입은 소환관으로, 연꽃 받침처럼 뾰족한 턱에 이목구비가 단정하고 마른 체구의 사람이었다. 관을 쓰는 대신 머리를 틀어 올려 권초 문양 옥 장식이 있는 은비녀를 꽂았다.

이 두 사람은 당연히 주자진과 황재하였다.

둘의 손에도 커다란 연잎이 들렸고, 연잎 속에서는 물고기가 방생을 기다렸다. 그러나 너무 많은 사람이 몰려든 탓에 황재하는 제대로 몸을 가누기 힘들어 연잎에 담긴 물이 몽땅 흘러버리지 않도록 최대한 조심스럽게 보호하며 걷는 수밖에 없었다.

석류나무 아래에 서 있는 이서백은 그들의 딱한 꼴을 지켜보다가 말없이 시선을 돌려 머리 위 하늘을 올려다보았다.

우울한 하늘빛에 보일 듯 말 듯 번개가 찌릿거리며 공기를 극도로 압박했다. 금방이라도 비가 쏟아질 듯하면서도 한 방울도 내리지 않는 날씨에 도성 전체가 답답한 습기로 가득 찼다.

주자진과 황재하는 결국 방생을 포기하고 연잎 속 물고기를 그대로 받쳐 든 채 의기소침하여 되돌아왔다.

"정말 징글징글하다! 물속에 물고기들이 거의 헤엄칠 자리가 없을 정도로 가득 차 있었어. 멀리서 봐도 연못 안이 시뻘건 것이 물고기 방생은커녕 바늘 하나도 꽂을 자리가 없겠던데!"

이서백은 주자진의 한탄 어린 소리를 들으며 차가운 눈빛으로 황재하를 힐끗 쳐다보았다. "내가 거기에 끼지 말라고 하지 않았느냐."

황재하는 짜증난 표정으로 주자진을 보며 투덜거렸다. "누가 억지로 저를 끌고 가서 물고기를 사게 하는 바람에요."

"아…… 아니, 10년에 한 번 보기도 힘든 대법회잖아! 엄청나게 공덕을 쌓을 수 있는 기회라고 하니까." 주자진은 고개를 숙여 연잎 속에서 방생만을 기다리고 있던 물고기를 보며 곤란한 듯 한숨을 내쉬었다. "그냥 집에 가져가서 쪄 먹어야겠다."

"네, 다행이에요. 큰 놈으로 사서 말이에요." 황재하는 맞장구치며 자신의 물고기를 주자진의 연잎에다 쏟아부었다. "제 것도 드릴게요."

비좁은 연잎 속에서 두 마리 물고기가 서로 부딪치며 펄떡펄떡 뛰어 주자진의 얼굴에도 물이 튀었다.

주자진이 얼굴을 찡그리며 물었다. "왜 날 줘?"

"생선 발라 드시는 데 일가견이 있잖아요." 황재하는 그렇게 말하고는 몸을 돌려 이서백을 따라 앞에 있는 불전을 향해 걸어갔다.

"숭고, 나한테 이러면 안 되지……." 주자진은 울먹이는 얼굴로 손에 든 통통한 물고기들을 들여다보았다. 포기하기에는 아까운 마음이 들어 결국 연잎을 받쳐 든 채 종종걸음으로 두 사람을 따라갔다.

불공을 드리는 정전 앞은 향을 피우는 사람들과 구경 나온 사람들로 무척이나 붐볐다. 거대한 향로 안에서 향병[1]과 향 조각이 타며 피워 올린 푸른 연기가 한데 어우러져 비현실적인 구름 같은 걸 만들어 내면서 온 대전이 비뚤어 보였다. 향로 좌우로는 1장 높이쯤 되는 거대한 초가 기둥처럼 세워져 있어 보는 이마다 입을 다물지 못했다.

원래는 황색과 흰색뿐인 밀랍에 여러 색깔을 넣어 다채롭게 만들어진 초는, 표면에 그려진 비상하는 용과 봉황의 모양에 맞춰 도색되어 있었다. 자색 구름과 붉은 꽃과 푸른 잎 사이를 황금용과 붉은 봉황이 누비고 다니는 모습이 어찌나 입체적으로 그려졌는지 마치 살아 움직이는 것만 같았다. 초 상단에는 길상천녀가 화려하게 그려져 있고, 하단에는 통초화와 보상화 및 각양각색의 꽃들이 용과 봉황과 구름을 빼곡히 둘러싸고 있었다. 초를 본 사람들은 그 휘황찬란함에 감탄을 금치 못했다.

"이 초는 여 씨 향초 가게의 여지원이 만들었다더군. 듣자 하니 목욕재계하고 분향까지 한 뒤 혼자 작업실에 이레 밤낮을 틀어박혀서 만들었다더라고. 과연 보통이 아니야!"

"그뿐인가, 오늘 아침에는 이 초를 직접 가지고 왔는데 과로로 그만 쓰러져서 다른 사람한테 업혀서 집에 돌아갔다더라고. 글쎄, 일전에는 그 사람 딸이 이 초를 한 번 만졌다가 부정 탄다고 혼쭐이 났다

1 향을 피우는 데 쓰는 둥글넓적한 숯.

지 아마. 자네도 알다시피 딸을 천시하기로 장안에 소문난 사람이지 않은가. 매일같이 딸은 밑지는 장사라고 하더니만, 결국 그런 일이 터졌지……. 허허."

"그 딸이 생긴 것은 아주 예쁘거든. 하하하……."

초가 망가질 것을 우려해 사람들이 건드리지 못하도록 주변에 붉은 줄을 둘러쳤기 때문에, 사람들은 초 가까이는 가지 못하고 멀찍이 둘러서서 초에 대한 뒷이야기를 주고받았다.

"천복사는 돈도 많아. 이런 거대한 초도 세우고 말이야." 주자진은 초 겉에 채색된 그림을 보며 감탄하듯 말했다. "우리 집은 늘 기름등잔만 사용하는데, 이렇게 커다란 초를 벌건 대낮에 다 밝혀서 낭비하는 거야?"

황재하가 대꾸했다. "불가(佛家)니까 당연히 돈이 많겠죠. 이번 관세음보살 열반일로 궁에서 시주 받은 돈만 해도 만 관[2]이라잖아요. 이 거대한 초를 만들려면 얼마나 많은 밀랍이 필요하겠어요? 오늘 불전에 봉헌하려고 작년부터 전국 각지에서 밀랍을 사들여 초를 만들었다고 들었어요."

사람이 점점 더 많아졌다. 천복사의 주지 스님 요진 법사가 새로 세운 법단에 올라가 『묘법진응경』을 강독할 준비를 했다.

매우 후텁지근한 한여름 날이었다. 천복사 위로 먹구름이 드리우더니 희미하게 번개가 번쩍이고 천둥소리도 들려왔다. 금방이라도 폭우가 쏟아질 것 같았으나 절에 모인 사람은 어느 하나 돌아가는 이 없이 그대로 서서 요진 법사의 강독을 기다렸다.

법단은 대전 입구에 설치되었고 법단 앞으로 다섯 걸음 떨어진 거리에 향로와 거대한 초가 있었다. 황재하와 이서백, 주자진은 향로 뒤

---

2 끈에 꿴 1,000문의 동전 꾸러미.

쪽에 서서 모락모락 피어오르는 연기 너머로 요진 법사를 보았다. 법사는 쉰 정도 되는 나이에도 원기가 넘쳤으며 언변이 좋고 엄숙한 느낌을 주는 고승이었다.

법사의 목소리가 쩌렁쩌렁하게 울리며 천복사 내 구석구석까지 그 법음 소리가 전해졌다. 수많은 사람들이 조용히 그의 낭독을 경청했다.

"악귀의 횡행은 최고의 법력으로 제압되고 참수될 것이니라. 이는 응당 받는 보응이니라. 모든 악의 시작은 보살님이 구천의 천둥과 번개로 태워 없애느니라. 이 또한 응당 받는 보응이니라. 세상 모든 곳에서 일어나는 인과응보는 틀릴 리 없으며, 천지에 혼이 살아 있어……."

요진 법사의 목소리가 천둥소리에 끊겼다. 방금까지만 해도 희미하던 천둥이 갑자기 우르릉 쾅쾅 거센 소리를 내며 크게 번개를 내리쳤다. 거대한 빛이 눈앞에서 번쩍하고 터지는가 싶더니, 향로 왼쪽에 세워져 있던 초가 벼락을 맞고 큰 불길에 휩싸였다.

불타는 초 파편이 주위 사람들에게 튀면서 순간 일대는 큰 혼란에 휩싸였다. 머리와 얼굴을 감싸 쥐며 바닥을 구르는 사람이 속출했다.

초 가까이에 있던 사람일수록 상황은 더 참혹했다. 적지 않은 사람들이 몸에 튄 불똥을 떨어내려 필사적으로 옷을 털었다.

화를 당한 사람 하나가 고통스럽게 소리를 내지르며 머리를 붙잡고 이리저리 방방 뛰었다. 주변에 있던 사람들 모두 그의 머리가 불타오르기 시작하더니 온몸으로 불길이 번지는 장면을 목격했다. 다들 그 모습에 혼비백산해 불길이 자신에게도 미칠까 필사적으로 도망쳤다.

많은 사람으로 붐비던 천복사에 처참한 비명이 울려 퍼지고 여기저기 사람들이 나뒹굴었다. 서로 밟고 밟히며 이리저리 밀치는 사람들 틈으로 마치 결계가 쳐진 듯 둥그렇게 공간이 생겨났다. 온몸에 불이 붙어 바닥을 나뒹굴며 울부짖는 그 사람이 누운 자리였다.

초가 폭발하면서 날아온 수많은 불똥이 그 주변에 가득 널려, 마치 그 사람의 몸이 맹렬한 지옥 불 가운데 빠져 있는 것 같았다. 이리저리 몸을 구르며 아무리 발버둥 쳐보아도 온몸을 삼키고 있는 화마로부터 도망칠 수 없었다.

끓어 넘치는 솥처럼 사람들은 바깥을 향해 몰렸고, 황재하 또한 그 부글대는 사람들 틈에서 비틀비틀 떠밀리는 걸음을 막을 수 없었다. 도망가는 사람들끼리 서로 밟고 밀치는 모습이, 난리도 그런 난리가 없었다. 질서를 유지하기 위해 관아에서 나온 아전들까지도 군중에 밀려 넘어지면서 이리저리 발에 채였다.

주자진도 인파에 밀려 똑바로 서 있을 수 없기는 마찬가지였다. 요대에 달려 있던 금색 염낭, 자색 부싯돌 주머니, 청색 산대[3], 은장도 등 각종 소지품도 그 북새통에 모조리 사라져버렸다. 정신없는 와중에 손에 들린 연잎이 기울어지면서 간신히 숨이 붙어 있던 물고기들이 그대로 바닥에 쏟아져 순식간에 사람들의 발에 짓이겨졌다.

"마, 말도 안 돼! 방생하러 왔다가 도리어 살생을 저지른 꼴이 되다니, 이건 큰 죄를 저지르는 거라고!" 주자진은 발을 동동 구르며 몸을 굽혀 어떻게든 사체라도 수습해보려 했지만 사람들에게 끊임없이 떠밀리는 바람에 물고기와는 점점 더 멀어져만 갔다. 그저 사람들 속에서 손을 들고 흔드는 것 말고는 할 수 있는 게 아무것도 없었다. "숭고, 숭고……."

지금 황재하도 제 코가 석 자였다. 혼잡한 인파 속에서 점점 뒤로 밀리며 몸을 제대로 가누기가 어려웠다. 갑자기 발이 미끄러지면서 균형을 잃고 넘어지는 순간, 황재하는 자신의 팔을 붙잡아 일으키는

---

3 붓이나 벼루를 넣는 휴대용 주머니.

손길을 느꼈다.

고개를 들어 보니 이서백이었다. 그는 평온한 얼굴로 황재하의 어깨를 감싸 자신의 품으로 끌어당겼다. 정신없고 시끄러운 인파 속에 있었으나, 황재하는 그 팔에 안긴 순간만큼은 마치 호젓한 나루터에 정박한 작은 배가 된 기분이었다. 주변의 수라장이 서서히 멀어지며 비현실적인 배경으로 비껴나 더 이상 아무것도 황재하를 괴롭히지 못했다.

황재하는 가슴 한가운데로부터 뜨거운 무언가가 서서히 온몸으로 퍼지는 것을 느꼈다. 전신의 근육이 마비되는 것만 같았고, 호흡도 가빠지기 시작했다. 황재하는 이런 감정이 정말 싫었다. 세상을 냉철하고 정확하게 바라볼 수 없게 만드는 이런 느낌.

처음 그 사람에게 안겼던 때의 그 느낌과 비슷했다. 그래서 저도 모르게 손을 들어 자신을 붙잡아주고 있던 이서백의 팔을 밀어냈다.

이서백은 입술을 살짝 오므리며 깊고 그윽한 눈으로 황재하를 바라보더니 밀쳐진 자신의 팔을 천천히 내렸다. 황재하도 얼떨떨한 표정으로 멍하니 있는데 채 정신을 차리기도 전에 그 고통에 찬 비명이 다시 귓가에 들려왔다. 산 채로 불에 타고 있는 사람의 절망 가득한 목소리는 듣는 사람의 심장까지 떨리게 만들었다.

황재하는 이서백의 소매를 끌어당기며 다급한 목소리로 물었다.

"구하러 갈 수 있을까요?"

이서백은 눈앞의 엄청난 인파를 바라보며 눈썹을 찡그렸다. "가능할 리 있겠느냐."

천복사 안은 소란이 그치지 않았다. 요진 법사는 진작 강독을 멈춘 상태였다. 절 내 제자들이 최선을 다해 질서를 유지시키고 아전들도 필사적으로 소리치며 사람들을 진정시키려 했지만 소용없었다.

모든 사람이 처참하게 울부짖는 상황 속에서 천복사는 이미 아비

규환이 따로 없었다. 서로 밀치고 밟히면서 많은 사람이 팔다리가 부러지고 뼈마디를 다쳤다.

온몸이 불타고 있는 사람에게 물을 가져다 들이부어주고 싶다 한들 사방으로 도망치는 인파를 뚫고 접근할 방도가 없었다. 사람들은 제각기 도망치면서 바닥을 나뒹굴던 사람의 경련이 조금씩 줄어들고 비명 소리 또한 점차 약해져가는 모습을 그저 방관하는 수밖에 없었다. 결국 그는 산 사람의 것이 아닌 듯한 날카롭고도 뒤틀린 비명을 마지막으로 내지르더니 곧 숨을 거두었다.

미친 듯이 달아나던 혼란스러운 인파도 서서히 여러 곳으로 흩어져 분산되었다. 대전 위, 회랑 아래, 연못가 등으로 도망친 사람들 중 더러는 다친 다리를 부여잡고 신음했고, 더러는 탈골된 팔을 붙잡고 욕지거리를 내뱉었다. 어떤 이는 다친 볼을 감싸 쥔 채 멀리 피하면서도 남은 불씨에 여전히 타고 있는 시신을 가리키며 떨리는 음성으로 말했다. "처, 천벌 받은 거 아니야?"

이가 빠져 입 주위로 피가 흥건한 사람이 입 안 가득 고인 피를 뱉어내며 말했다. "요진 법사님이 말씀하신 인과응보가 틀림없어. 천벌 받은 거라고!"

"누군지 모르겠지만 평소 무슨 악행을 저질렀기에 우리 같은 무고한 사람들까지 다치게 하는 거야? 정말 재수가 없으려니, 원!"

다들 탄식하는 소리를 쏟아내며 이 뜻밖의 재앙에 대해 떠들었다.

"가서 좀 보고 오겠습니다." 주변의 혼잡한 상황이 가라앉은 뒤 황재하는 몸을 돌려 불타 죽은 사람을 향해 달려갔다.

숨이 끊긴 뒤에도 여전히 불타고 있는 시체 근처에는 아무도 없었다. 폭발하며 여기저기 튀었던 초 파편은 이미 거의 다 타서 촛농만 바닥 이곳저곳에 남았다. 대부분이 선홍색이어서 마치 붉은 핏방울이 흩뿌려진 것처럼 보였다.

승려들은 그제야 황급히 물동이를 들고 와 남은 불똥에 물을 쏟아 부었다. 하지만 생전의 모습을 전혀 알아볼 수 없을 정도로 새까맣게 타버린 그 사람은 조금의 미동도 없었다.

흐릿한 하늘 아래, 금은박과 꽃으로 장식된 거대한 초 하나만이 고요히 솟아 있었다. 그 옆으로 까맣게 타버린 시체와 어지러이 널린 초 잔해가 더할 수 없이 참혹했다. 어디까지 떠밀려갔는지 알 수 없던 주자진도 허겁지겁 다시 돌아왔다. 그러고는 두말하지 않고 물에 흠뻑 젖은 시체 옆에 쭈그리고 앉아 분석을 시작했다.

"일단은 남자야. 불에 타서 이렇게 됐고, 신장은…… 알 수 없음, 나이는…… 알 수 없음, 피부색은…… 알 수 없음, 그 외 다른 특징도…… 알 수 없음……."

황재하가 입을 열어 주자진의 말을 끊었다. "죽은 사람은 남자고, 키가 작고 마른 편에 피부는 보통 사람보다 흰 편이며, 나이는 많지 않고 아마도 서른 살 이하일 겁니다. 주홍빛 비단으로 된 환관복 차림에 허리에는 검은색 명주 끈을 두르고 있었으니, 초동 조사 결과 환관으로 보입니다."

눈앞에 놓인 새까만 시체를 보고 있던 주자진은 믿을 수 없다는 듯 황재하를 쳐다봤다. "숭고, 정말 대단한데! 이렇게 거의 다 타버린 시체를 보고 어떻게 그리 많은 걸 알아낼 수 있어? 다른 건 그렇다 치더라도 옷은 이미 다 타버렸잖아!"

황재하는 가만히 주자진을 쳐다보며 말했다. "막 불타기 시작할 때 우리 다 본 거 아니었습니까? 도련님은 이 사람의 키, 체형, 나이, 옷 하나도 못 보셨어요?"

주자진은 불만스러운 듯 고개를 내저으며 말했다. "물고기들을 살피느라고 말이야."

"그럼 목소리는요? 비록 다 쉬긴 했지만 그 비명 소리는 절대 보통 남자의 목소리가 아니었다고요. 눈치 못 채셨어요?"

주자진은 또다시 고개를 내저었다. "주변이 너무 시끄러워서 그 소리도 완전히 다 묻혀버리던데?"

언제 왔는지 두 사람 뒤에 서 있었던 이서백이 미간을 찡그리며 말했다. "숭고 말이 맞다. 저 사람이 불타기 시작할 때 나도 봤지. 체형이나 외모, 옷차림까지 숭고가 말한 그대로였다."

주자진은 풀이 죽어 혼잣말로 중얼거렸다. "나만 못 본 거네……."

그를 위로하듯 이서백이 다시 입을 열었다. "다만 불타기 전에는 원래부터 그 자리에 있었는지 나도 보지 못했구나."

"그렇게 많은 사람 속에 섞여 있고, 게다가 키도 작고 마른 체형이었다면 볼 수 없는 게 당연합니다." 주자진이 말했다.

황재하는 눈썹을 살짝 찡그리며 잠시 생각에 잠기더니, 손을 들어 죽은 자 옆에 떨어져 있던 영패를 집어 들었다.

영패는 동으로 만들어진 것으로, 구멍이 뚫린 부분에는 허리에 맸던 명주 끈이 재가 된 채로 일부 남아 있었다. 영패는 불에 타 완전히 새까맣게 그을려 있었지만 황재하는 거기 새겨진 다섯 글자를 바로 알아봤다.

'동창 공주부.'

"동창 공주부?" 이서백은 황재하의 손에 들린 영패를 보며 얼굴을 찌푸렸다. "설마 공주 저택의 환관이란 말인가?"

황재하는 물에 흠뻑 젖은 영패를 뒤집어 거기에 새겨진 무늬를 보며 말했다. "영패는 진짜인 것 같습니다."

"그렇구나. 궐내에서는 금과 은을 상감하는 기법으로 글자를 새기기 때문에 바깥에서는 쉬이 모방할 수 없지." 이서백이 대답했다.

주자진은 여전히 시체 곁에 쪼그리고 앉아 기대 가득한 얼굴로 시체의 사타구니 쪽을 보며 혼잣말로 중얼거렸다. "이거 어쩐다……."

황재하가 물었다. "뭘 어쩝니까?"

"평생 처음으로 환관의 시신을 살펴보게 돼서 말이야. 이거 좀 긴장되는데, 어쩌지?"

황재하는 아무 말 없이 고개를 돌려버렸다.

드디어 비가 오기 시작했다. 한 방울, 두 방울 내리던 비는 금세 세차게 쏟아지기 시작했다. 콩알만 한 굵은 빗방울이 빠른 속도로 피부에 닿자 아픈 느낌마저 들었다.

세 사람은 천복사 대전 처마 밑으로 몸을 피했다. 앞쪽에 세워진 법단은 아직 그대로 놓여 있었고, 그 위에 있던 탁자나 부들방석은 땅위에 어지러이 흩어진 채였다. 법단에서 멀지 않은 곳에 있던 향롯불은 빗줄기에 꺼져버렸고, 양옆에 서 있던 초도 하나는 불이 꺼지고 다른 하나는 반 척의 갈대 심지만 남아 있을 뿐 주변은 온통 난잡하게 흩어진 초 파편으로 가득했다.

천복사의 성대한 법회는 초에 생생하게 그려져 있던 용과 봉황 무늬, 그리고 허황될 정도로 화려했던 꽃 그림과 함께 먼지 속으로 사라져버렸다.

절 밖에서 누군가가 황급히 뛰어 들어왔다. 대리사 소경 최순잠이었다. 그 뒤로 큰 우산을 받쳐 든 사람이 따라왔으나 최순잠은 전혀 아랑곳하지 않고 급히 달려와 어두운 낯빛으로 이서백에게 예를 올렸다. 그러고는 얼굴에 억지 미소를 지으며 말했다. "기왕 전하."

"최 소경, 꽤나 빨리 당도했군." 이서백이 말했다.

"그렇게 됐습니다. 마침 공무를 마치고 요진 법사의 설법을 들으러 오던 도중에 천복사에 큰일이 벌어졌다는 소리를 들었거든요. 벼락이 떨어져 어떤 남자를 쪼개버렸다고요?" 그렇게 말한 최순잠은 검시관에게 주자진과 함께 시체를 조사하라고 명했다.

그때 황재하가 끼어들며 말했다. "맞습니다. 대략 진시[4] 끝 무렵 요진 법사가 인과응보에 대해 설법할 때였습니다. 하늘에서 벼락이 떨어져 대전 왼편에 세워져 있던 거대한 초를 쪼개버렸고, 그때 주변에 있던 적지 않은 사람이 그 파편에 맞아 다쳤습니다. 초는 색을 입힌 것인데, 불에 잘 타게 하기 위해 염료로 주사, 웅황, 중유 등을 썼습니다. 안타깝게도 이 인화성 물질 때문에 초가 폭발하면서 무수한 불덩어리를 만들어내고 말았습니다. 바로 그 불덩어리가 남자의 몸에 떨어져 전신이 불타 죽었습니다."

"그런가요? 사람들 말로는 인과응보였을 거라고 하던데요. 대체 무슨 악행을 저질렀기에 벼락에 맞아 죽었을까요?" 최순잠은 꽤나 흥미롭다는 얼굴로 말했다.

황재하는 대리사의 소경인 그가 사안보다 세간의 괴상한 소문에만 관심을 보이는 것 같아 어이가 없어 그저 고개를 들어 처마 밖 추적추적 내리는 비만 바라볼 뿐이었다.

주자진은 최순잠을 밖으로 데리고 나가 당시의 정황을 손짓 발짓 섞어가며 설명해주었다. 뒤따르는 하인이 최순잠을 위해 큰 우산을 받치고 있었지만 주자진은 조금도 개의치 않고 빗속을 이리저리 왔다 갔다 했다. 또한 검시관들을 잡아끌며 새까맣게 타버린 시체를 어떻게 검시할지, 특히 환관의 시신을 어찌 조사할지 논의했다.

이서백은 황재하와 나란히 처마 밑에 서 있었다. 물방울이 비바람에 날려 와 가볍게 흩날리던 황재하의 이마 위 머리카락을 적셨다. 수정 구슬 몇 개가 그녀의 부드러운 머리결과 매끄러운 이마 위를 즐겁게 노니는 듯한 모습이 눈부시게 매혹적으로 보였다.

이서백이 무심코 손을 들어 올리자 소매가 황재하의 머리를 스쳤

---

4 오전 7시에서 9시 사이.

다. "비가 더 거세지려고 하니 너무 바깥에 서 있지 말거라."

황재하는 그제야 자신이 예의에 어긋나게 이서백과 어깨를 나란히 하고 있다는 사실을 깨달았다. 황급히 한 걸음 뒤로 물러나는 황재하의 눈빛은 여전히 밖에 있는 주자진에게 고정되어 있었다.

진작 처마 밑으로 되돌아온 최순잠은 이마에 손을 얹고서 조금은 울적한 표정으로 말했다. "정말 참혹하군요……. 어쩌다 이 정도로 타버렸을까요?"

이서백이 입을 열었다. "오늘의 대법회를 위해 조정도 지난해부터 천복사를 거들었는데, 이런 비참한 일이 벌어질 거라고는 상상도 못 했군."

"그러게 말입니다. 운수 사납게 벼락 맞아 죽은 저 사람은 대체 누구인지도 모르겠고요."

이서백이 담담하게 말했다. "아마 동창부의 환관인 듯하네."

"네?" 최순잠은 순간 자신도 모르게 놀란 표정을 드러내며 말했다. "그 말씀은 그러니까…… 동창 공주 말씀이십니까?"

이서백은 살짝 고개를 끄덕였다.

뭔가 재수 없는 일을 당한 듯한 우울한 표정이 최순잠의 얼굴에 더욱 짙게 드리웠다.

이서백이 눈짓하자 황재하는 재빨리 손에 들고 있던 영패를 최순잠에게 건넸다. 최순잠은 까맣게 타버린 영패를 보고는 울상을 지었다.

"정말 공주부 환관이군요. 만일 공주님 측근이었으면 이 일을 어찌한답니까?"

"공정하게 처리하면 될 일이야. 그러면 동창 공주도 자네를 힘들게 하지는 않을 것이네." 이서백이 말했다.

"네……. 알겠습니다." 최순잠은 간신히 고개를 끄덕이긴 했지만 재수 없는 일을 당한 듯한 표정은 쉽사리 가시지 않았다.

비가 점점 세차게 내리기 시작했다. 대리사 사람들이 방습포를 가져다가 시체를 덮었지만 지면을 흐르며 시체를 적시는 빗물은 막을 수 없었다. 하는 수 없이 승려들에게 대나무 침상을 빌려 시체를 그 위에 누인 뒤 대전 처마 밑으로 옮겨 비를 피하게 했다.

주자진은 온몸이 홀딱 젖어 살구색 도포가 시든 호박꽃같이 축 처져서는 민망할 정도로 몸에 달라붙었다. 하지만 조금도 개의치 않고 황재하에게 다가서며 흥분된 목소리로 말했다. "하하, 숭고. 역시나 환관이 맞았어! 검시관이랑 논의한 끝에 결론을 내렸어!"

황재하는 낯빛을 굳히며 물었다. "그게 논의할 필요가 있는 겁니까? 그냥 보면…… 아는 거잖아요?"

"그건 아니지. 그게 없으면 환관일 수도 있지만, 여자일 수도 있으니까."

이서백은 주자진의 말을 들으면 들을수록 말 같지가 않아 그저 옆에서 헛기침만 했다. 주자진은 목을 움츠리며 혀를 날름 내밀고는 히죽히죽 웃었다. 황재하는 고개를 돌려버렸다. 더 이상 주자진과 그 주제로 이야기하고 싶지 않았다.

"시신에 의심 가는 부분은 없고요?"

"없어. 몸에 난 털이란 털은 모조리 사라진 데다가 피부는 새까맣게 타서 터지고 얼굴까지 뒤틀렸어. 산 채로 불타 죽은 것이 확실한데. 악한 일을 저질러서 천벌을 받은 것인지 아님 그냥 우연히 벼락을 맞은 것인지는 잘 모르겠네. 그건 그렇고 만일 진짜 동창부 사람이라면 이거 사안이 꽤나 시끄러워질지도 모르겠어. 황제 폐하께서 공주님을 끔찍하게 아끼시는 건 세상 모든 사람이 다 아는 사실이잖아."

황재하가 말했다. "설령 동창 공주께서 일을 크게 만드신다 할지라도 도련님이나 저하고는 아무 상관 없는 일이지요."

"그렇지. 하늘이 비를 내리고 벼락이 사람을 때린 걸 우리가 뭘 할 수 있었겠어." 주자진은 손을 털며 말했다. "그리고 난 아버지 소미연이 바로 다음 달에 있어서 조금만 있으면 아버지를 따라 촉으로 갈 건데 뭐. 그런데 촉이 얼마나 괜찮은 곳인지 알아? 내가 사모하는 황재하가 해결한 수많은 기이한 사건의 행적이 고스란히 남아 있는 땅이기도 하지. 나중에 시간 있으면 같이 놀게 꼭 오라고!"

이서백은 진작부터 주자진의 말을 듣는 둥 마는 둥 하고 있던 황재하를 힐긋 쳐다본 뒤 말했다. "그건 네가 신경 쓰지 않아도 될 것 같구나. 나도 촉으로 가려던 참이었으니 말이다. 어쩌면 내가 먼저 출발할지도 모르겠군."

"엥? 정말입니까? 그럼 서로 길동무를 해도 되겠네요!" 주자진이 잔뜩 흥분해 대답했다.

황재하가 냉정하게 거절했다. "그럴 필요는 없을 것 같은데요. 전하도 도련님도 각기 해야 할 공무가 있으니 괜히 서로 시간 지체하지 않도록 따로 가는 게 좋지요."

"아…… 그 말도 일리가 있긴 하지만, 숭고 너는 사람이 어찌 그리 매정하냐! 그냥 좀 돌려서 거절하면 좀 좋아……."

황재하는 더 이상 주자진을 상대하고 싶지 않았다.

대리사 사람이 다가와 당시 정황에 대해 물어보며 내용을 기록했다. 이어 남자의 몸에 붙은 불을 끄려 했던 승려들과 옆에서 질서 유지를 도왔던 아전들을 찾아가 몇 가지를 물어보는 등 정신없이 바빠 보였다.

이서백은 최순잠에게 작별을 고한 뒤 황재하를 데리고 절을 나왔다. 기왕부 마차는 이 난리 속에서도 여전히 소임을 다하듯 절 입구에 그대로 세워져 있었다. 마부 아원백이 마차 위에 방수포를 덮어놓은 덕에 마차 안까지는 빗물이 들이치지 않았다.

많은 비가 쏟아지는 장안 거리. 비를 피해 허겁지겁 뛰는 사람들, 우산을 든 채 천천히 걸어가는 사람들, 그리고 나무 밑 우물가에서 초조한 듯 하늘만 올려다보고 있는 사람들이 눈에 들어왔다.

순조롭게 가던 마차가 평강방에 이르러 북쪽으로 방향을 틀 때였다. 갑자기 아원백이 말고삐를 잡아당기며 급하게 마차를 세웠다. 그 바람에 낮은 의자에 앉아 있던 황재하가 몸의 균형을 잃었고 마차 벽에 이마를 부딪히려는 찰나, 이서백이 재빠르게 어깨를 붙들어 잡아 주었다.

황재하는 놀란 마음이 채 진정되지 않아 괜히 이마를 쓰다듬으며 이서백을 향해 감사의 표시를 했다. 그러고는 비를 무릅쓰고 마차 밖으로 고개를 내밀었다.

"원백, 왜 갑자기 멈춘 겁니까?"

아원백이 서둘러 대답했다. "앞에 사람들이 있어 길이 막혔습니다."

마차 밖에서 어렴풋이 소란스러운 소리가 들려왔다. 황재하는 마차에 있던 우산을 꺼내 들며 이서백에게 말했다. "내려가서 보고 오겠습니다." 그러고는 우산을 받치고 마차에서 내렸다.

앞쪽은 동쪽 시장과 평강방의 갈림길이었다. 길가 여기저기 구경꾼들이 서 있고, 길 한가운데에는 너덧 살 정도로 보이는 어린아이 하나가 빗속에 정신을 잃고 쓰러져 있었다. 살았는지 죽었는지도 알 수 없었다. 이를 지켜보고 있는 사람은 적지 않았다. 하지만 아이가 누더기를 걸친 데다 온몸이 더러운 것이 아무래도 거지 아이 같아 보이는 탓에, 다들 수군거리기만 할 뿐 아무도 아이를 일으켜 세우려 들지 않았다.

황재하가 잠시 머뭇거리다가 아이를 살펴보기 위해 걸음을 떼려던 그때였다. 갑자기 주변 사람들이 일제히 고개를 내밀며 한 방향을 쳐다보았다.

근방의 절 승업사에서 나온 한 젊은 남자가 길에 쓰러져 있는 아이를 발견하고는 재빠르게 다가온 것이다. 남자는 손에 들고 있던 우산을 목과 어깨 사이에 끼우고 바닥에 쓰러진 아이를 두 팔로 안아 들었다. 남자가 입고 있는 흰색 면 옷에는 희미하게 은색 동심초 무늬가 수놓여 있었다. 기름 먹인 종이로 만든 푸르스름한 우산이 하얗고 기다란 그의 몸을 더 돋보이게 해주어, 남자는 마치 방금 떠오른 달처럼 밝게 빛나 보였다. 빗길에 쓰러진 터라 아이의 온몸이 오물과 진흙 범벅이었지만 남자는 전혀 개의치 않고 혼절한 아이를 조심스럽게 자신의 품에 안았다.

이를 지켜보던 사람들은 고결해 보이는 한 남자가 더러운 아이를 다정하게 대하는 모습에 다들 멀뚱멀뚱 쳐다보며 어리둥절해했다. 남자가 고개를 드는 순간, 사람들은 자신도 모르게 큰 숨을 들이켰다.

주룩주룩 쏟아지는 굵은 빗줄기 속에서도 남자의 얼굴은 투명하고 맑기 그지없었다. 몸 위로 떨어지는 빗줄기는 오히려 남자의 맑고 투명한 기운에 보탬이 될 뿐이었다. 준수한 이목구비, 흠이라고는 찾아볼 수 없는 용모, 소년과 청년 사이의 영민함은 막 안개가 걷힌 청명한 산처럼 보는 이에게 즐거움을 주었다.

장안의 수많은 사람들 중 이렇게 뛰어난 용모를 가진 자는 그가 유일할 것이다. 대당 300년에 이르도록 오직 이 한 사람, 맑은 기운으로 가득한 이 영혼 하나를 배출하기 위해 그 긴 세월을 공들인 것 같았다. 사람들은 그의 얼굴과 분위기에 매혹되어, 나서서 도울 생각은 하지도 못하고 멍하니 바라만 볼 뿐이었다.

주위 배경이 모두 빗물에 지워진 듯 가옥들의 희미한 윤곽을 제외한 다른 모든 풍경들은 거리 가득한 홰나무 뒤쪽으로 사라져버렸다. 모든 속세가 모호하게 뭉뚱그려지면서 세상은 그저 그를 돋보이기 위해 존재하는 것 같았다.

황재하는 우산을 들고서 마치 비의 장막이 이쪽과 저쪽을 갈라놓은 듯 빗줄기 너머의 남자를 바라보며 잠시 머릿속에서 현실이 지워진 듯했다. 그와 다시 만날 거라고는 생각도 못 했다. 그것도 이런 상황에, 이런 빗속에서 말이다.

우산을 쥐고 있는 황재하의 손이 심하게 떨렸다. 차가운 비가 온몸을 적셨으나 황재하의 몸이 바깥세상의 비보다 한층 더 싸늘했다.

아이를 안은 남자가 황재하 쪽으로 걸어왔다. 그는 목과 어깨 사이에 끼운 우산을 최대한 기울여 품속의 아이가 비를 맞지 않게 했다. 자신의 머리를 적신 빗물이 뚝뚝 떨어지며 희고 긴 목을 타고 옷깃을 적시는 것은 조금도 신경 쓰지 않았다.

남자가 황재하 앞에 다가와 입을 열었다. "말씀 좀 묻겠습니다. 이 근처에 의관(醫館)이 어디……."

비가 억수같이 쏟아지며 온 세상을 시끄럽게 뒤흔들었다. 남자는 황재하의 얼굴에 시선이 닿는 순간 하던 말을 멈추었다.

남자는 황재하 앞에 멍하니 서 있었다.

세차게 내리는 요란스러운 빗소리 속에서도 황재하는 가슴이 내지르는 비명을 똑똑히 들었다. 온 천지를 뒤덮는 듯한 그 비명이 거센 폭우마저 이겨버렸다. 마치 다른 세상에 온 듯한 당혹감이 느껴졌다. 그러나 남자는 황재하에게 더 이상 시선을 주지 않고 고개를 숙였다. 빗방울이 얼굴을 때리는데도 전혀 상관치 않고 품속의 아이만을 보호하며 한 걸음 한 걸음 황재하 옆을 지나쳐갔다.

어깨를 스치는 순간 황재하는 칼끝처럼 차가운 그의 목소리를 들었다. "내가 의관에서 돌아오기 전에 사라지는 게 좋을 거야."

황재하는 목구멍이 조여오며 온몸이 굳었다. 필사적으로 정신을 차리려고 애써보았지만 소용없었다. 눈앞의 이 남자는 몇 해 전 그녀의 영혼을 송두리째 앗아간 사람이었기 때문이다.

그의 차가운 눈빛이 황재하의 얼굴에 닿았다. "그러지 않으면, 내가 너의 유골을 들고 너희 부모님 영혼을 위로하러 가게 될 테니까."

황재하는 있는 힘껏 아랫입술을 깨물었다. 심장이 가쁘게 뛰었다. 무언가를 말하고 싶었으나 아무리 애를 써봐도 말이 나오지 않았다. 입을 여는 순간 자신이 철저하게 무너지리라는 사실을 잘 알았다. 손에 들린 우산은 억수같이 퍼붓는 비를 막기에 역부족이었다. 이미 옷이 흠뻑 젖은 황재하는 몸이 부들부들 떨려오는 것을 막을 수 없었다. 온몸이 휘청거려 금세라도 무너질 것만 같았고, 심장에서부터 시작된 통증이 몸을 둘로 쪼개는 듯했다.

그때, 어깨 위에 손 하나가 와닿더니 황재하를 보호하듯 감쌌다.

그 손에 충만한 힘 덕분에 황재하도 제대로 설 수 있는 힘이 생겨났다. 그 힘이 어깨를 타고 온몸으로 전해지면서 마치 황재하를 구원해준 듯, 마침내 목을 옥죄고 심장을 비틀어 쥔 보이지 않는 손에서 벗어나 다시 호흡할 수 있었다.

그 손의 주인인 이서백은 황재하 뒤에 서서 조용한 눈빛으로 눈앞의 젊은이를 응시하며, 빠르지도 느리지도 않은 속도로 입을 열었다. "기다릴 필요 없이 지금 바로 관아로 가서 기왕부 사람을 내놓으라고 해도 되네."

남자의 시선이 서서히 이서백을 향했다. 순간 장안에 떠돌던 소문을 떠올린 듯 그 준수한 얼굴에 한 줄기 창백한 빛이 드리웠다. 이서백은 태연한 표정으로 살짝 몸을 움직여 황재하 앞을 막아섰다.

황재하도 때마침 정신이 돌아와 이를 악물며 간신히 몇 마디 내뱉었다. "소인 기왕부 환관 양숭고, 귀하가 뉘신지 모르오나……."

남자는 장안을 집어삼킬 듯 내리는 빗줄기 너머로 가만히 황재하를 응시했다.

한때는 남자의 맑고 깨끗한 눈망울이 황재하를 따뜻하고 사랑스럽게 바라보며, 기뻐할 때는 마치 별과 같이 빛났고, 낙심할 때는 가을 호수처럼 투명하고 어두웠다. 그러나 지금은 그저 심연의 얼음처럼 차갑기만 한 그 눈빛에 황재하의 마음이 깊은 어둠 속으로 가라앉았다. 가라앉고, 가라앉고, 또 가라앉았다…….

다행히 이서백의 침착하고 따뜻한 목소리가 황재하의 귓가에 울렸다. "숭고, 우린 가지."

이서백이 태연하게 황재하의 어깨를 감싸고 황재하 또한 자연스럽게 이서백의 보호에 기대는 모습을 보며 남자의 맑고 투명한 눈동자에도 끝내 어둠이 드리워졌다.

하지만 찰나에 불과했다. 남자는 아이를 안은 채 몸을 굽혀 예를 갖추며 담담한 목소리로 말했다. "송구합니다. 제가 전하 수하의 환관을 철천지원수로 착각하였습니다. 전하께서 그리 말씀하시니, 제가 확실히 사람을 잘못 본 것 같습니다."

말을 마친 남자는 황재하 쪽으로는 시선도 주지 않고 어느 작은 골목 안으로 사라졌다. 뒤를 돌아보는 일은 없었다. 황재하는 우산을 들고 여전히 빗속에 서 있었다. 몸에 오한이 들었다.

옆에 서 있던 이서백이 냉정한 투로 말했다. "사람은 이미 가고 없는데 얼마나 더 여기 서 있을 게냐?"

방금까지만 해도 온화했던 그의 목소리가 싸늘하게 변했다. 아직 멍한 와중에도 황재하는 이서백의 상반신이 비에 젖어 있는 것을 보고 놀랐다.

'어찌 비를 무릅쓰고 마차에서 내려오신 거지? 왜 아무런 의심 없이 나를 두둔하며 도와주신 걸까?'

황재하는 이를 악물고는 우산을 높이 들어 이서백의 머리 위로 드리웠다.

같은 우산 아래 서로의 호흡 소리가 들려왔다. 이서백은 고개를 숙여 황재하를 지긋이 내려다보았다. 짙은 속눈썹 아래 그의 눈동자에 한기가 또렷이 서려 있었다.

하늘에서 쏟아지는 무수한 빗줄기가 우산 위를 강하게 때렸다. 비가 세차게 내리는 탓에 보이는 것은 흐릿한 잿빛의 흔적뿐, 온 천지가 흐리멍덩했다. 이렇게 몽롱한 시야 속에서 이서백의 목소리 또한 멀고도 가깝게 들려왔다.

"우선이라는 자인가?"

황재하는 대답 없이 기계적으로 우산 쥔 손에 힘을 주어 이서백의 몸 쪽으로 기울였다. 우산이 작지는 않았으나 이서백 쪽으로 기울여 받친 탓에 황재하의 등은 금세 흠뻑 젖었다. 몸이 떨렸지만 황재하는 손가락 뼈마디가 하얗게 질릴 정도로 고집스럽게 힘을 주어 우산을 쥐었다. 이서백이 손을 들어 우산을 잡았다. 망연히 자신을 쳐다보는 황재하의 손에서 우산을 채간 뒤 다른 한 손으로는 그녀의 손을 잡아당기며 낮은 목소리로 말했다.

"가지."

황재하는 지금 무슨 일이 일어난 것인지 이해하지 못한 채 이서백에게 이끌려 앞으로 걸어가며 멍하니 그의 옆모습을 바라보았다. 이서백은 황재하에게 우산을 받쳐주며 마차가 멈춰 있는 길목을 향해 거세게 비가 쏟아지는 거리를 천천히 걸었다.

장안 72개의 방이 폭우 속에 조용히 잠겨 있었다. 세상의 모든 소리가 아득히 멀어졌다. 이서백의 우산 아래에서라면 그 거대한 빗줄기도 다른 세상의 것이 되어 황재하에게 닿을 수 없었다.

황재하의 차갑고도 부드러운 손은 이서백의 손 안에서 미동조차 않고 가만히 있었다.

이서백의 목소리가 빗속에서 가볍게 울렸다. "사흘 후에 우리는 촉으로 간다."

황재하는 대답이 없었다. 빗줄기가 더욱 거세지면서 우산을 두드리는 빗소리도 한층 무거워졌다. 마치 그녀의 생각을 깨워주는 경종 소리처럼 들렸다. 얼마가 지났을까, 이서백은 황재하가 어렵게 내뱉는 낮은 목소리를 들었다.

"사실 부모님께서 돌아가시고 제가 범인으로 지목되었을 때, 저도 우선을 의심한 적이 있습니다."

이서백은 시선을 내려 황재하를 보았다. 거친 빗속에서, 같은 우산 아래 두 사람은 이 세상과 동떨어진 다른 공간에 있는 것만 같았다. 고개만 숙이면 부딪힐 듯 두 사람은 매우 가까이 있었다. 하지만 또 아득히 멀리 있는 것 같기도 했다. 황재하에게 내리는 비와 이서백에게 내리는 비가 마치 각기 다른 냉기와 온기를 지니고 있는 것 같았다.

이서백은 그저 보일 듯 말 듯 고개를 끄덕이며 말했다. "제삼자인 내가 보기에도 우선이 미심쩍긴 하다. 특히 너에게 독성이 있는 비상을 사오도록 만든 상황이 말이다."

황재하는 간신히 대답했다. "하지만 사실…… 저희는 3년 동안 그런 일들을 무수히 많이 해왔습니다. 만일 그가 정말 그럴 마음이 있었다면 그때까지 기다릴 것도 없이…… 저희 일가친척이 더 많이 모였던 명절에 손을 썼겠지요."

"그자가 독을 넣을 기회가 없었다는 점도 확실한 건가?"

"확실합니다." 황재하의 목소리는 비록 낮게 가라앉기는 했으나 확고했다. "우선이 현장에 없었다는 증거는 의심의 여지 없이 확실합니다. 저희 집에 도착한 뒤 바로 저와 함께 매화를 꺾으러 후원으로 갔고 주방 근처는 얼씬도 하지 않았습니다. 그리고 양제탕을 끓이는 근처에는 더더욱 접근할 수 없었던 것이, 그가 저희 집을 나설 때까지도 그 양은 산 채로 주방 근처에 갇혀 있었습니다."

이서백이 잠시 생각에 잠기더니 물었다. "너의 집을 떠난 후에는?"

"친구와 차를 마시며 담론을 했다고 합니다. 저희 집과 굉장히 멀리 떨어져 있는 곳인 데다가 중간에 자리를 뜬 적도 없다고 합니다."

"그래서 절대로 독을 넣었을 가능성이 없다?"

"네. 그럴 시간도 기회도 없었고, 그렇게 할…… 동기도 없었습니다." 황재하는 애써 호흡을 가다듬고는 한참 후에야 떨리는 목소리로 겨우 다시 말을 이었다. "전하께서도 조금 전에 보셨다시피 그는 길거리의 거지도 가련히 여기는 선량한 사람입니다."

이서백이 받쳐 든 우산 아래 두 사람은 조용히 빗속에 서 있었다. 세차고 급하게 쏟아져 내리는 여름비가 둘의 옷자락 끝을 적셨다.

이서백은 고개 숙인 황재하를 보며 다시 낮은 음성으로 물었다. "만일 촉에 갔는데 사건의 모든 실마리가 이미 사라져버려 진상을 파악할 수 없다면, 그 후엔 어찌할 것이냐?"

황재하는 아무 말 없이 아랫입술을 깨물고 있다가 한참 후에야 입을 열었다. "범죄를 저지르면 반드시 흔적이 남습니다. 시간이 그 흔적을 말끔히 지워주는 범죄는 없다고 믿습니다."

"좋다." 이서백은 조금도 망설이지 않고 덧붙여 말했다. "내가 늘 뒤에 있을 터이니 아무 염려 말고 하고 싶은 것을 다 하도록 하거라."

"네……." 황재하가 고개를 숙였다. 긴 속눈썹 아래 가려진 맑고 깨끗하며 고집스럽기까지 한 그녀의 눈동자에 촉촉한 무언가가 비쳤다가 순식간에 사라졌다.

"감사합니다…… 전하."

3장

복숭아를 받고 자두로 답례한다

눈앞으로 끝 모를 불길이 펼쳐졌다. 맹렬한 기세의 화룡이 덮쳐오는 것처럼 시뻘건 불길이 시커먼 잿더미를 말아 올리며 숨 막힐 듯한 열기와 함께 다가왔다. 불길은 홀로 땅을 딛고 서 있던 황재하를 집어삼킬 기세로 닥쳐왔다.

맹렬한 불길이 온몸을 삼키려는 순간, 황재하는 두려움에 눈을 감기는커녕 두 눈 크게 뜨고 눈앞에서 타오르는 불기둥을 노려보았다.

거센 불길이 서서히 물러나더니 그 사람이 불길 속에서 나타났다. 두려우리만치 검붉은 피를 온몸 가득 뒤집어쓴 그 모습은 마치 남홍마노나 붉은 산호, 홍옥 같은 보석처럼 아름답게 빛났지만 숨결에는 살기가 가득했다.

맹렬한 불길 속에서 괴로워하는 황재하를 그는 높은 곳에서 내려다보았다. 평소처럼 만개한 봄꽃 같은 은은한 웃음을 지었지만, 입술만큼은 무섭고도 잔인한 각도를 그리고 있었다.

그는 살짝 허리를 굽혀 곧 뜨거운 물을 뒤집어쓸 개미를 구경하듯 황재하를 응시했다. 그의 차가운 목소리가 마치 파도처럼 황재하의 귓가에 몇 번이고 메아리쳤다.

"황재하, 후회해?"

후회해?

후회해?

차디찬 그 목소리가 황재하의 머릿속에서 끊임없이 맴돌았다. 몸에 붙은 불길보다 더 고통스러워, 도저히 참을 수 없는 지경에 이르러 크게 비명을 내지르며 맹렬하게 귀를 틀어막았다. 황재하는 숨을 헐떡이며 벌떡 일어나 앉았다. 창문 밖 재잘대던 새들이 비명에 놀라 푸드덕 날아가고, 빈 나뭇가지만 한참을 출렁거렸다.

황재하는 몸에 이불을 둘둘 감은 채 침대 위에 멍하니 앉아 있었다. 명치 쪽에서 피가 솟는 것 같은 느낌과 함께 현기증이 일며 눈앞이 아득해졌다. 크게 심호흡하면서 눈앞의 어두운 빛이 지나가길 기다렸다가 창가를 짚고 일어나 비틀거리며 책상 쪽으로 걸어갔다. 어젯밤에 우려놓은 차가워진 차를 단숨에 들이켰다.

찬 기운이 몸속에 퍼지자 겨우 정신이 돌아왔다.

황재하는 책상 옆에 주저앉아 한참을 멍하니 있다가 고개를 돌려 물끄러미 창밖을 내다보았다.

전날의 폭우가 하룻밤 새 모든 먼지를 씻어내자 또다시 무더운 날이 찾아왔다. 우선을 처음 만난 날과 똑같은 날씨였다.

이제 막 동이 텄으나, 장안성은 이미 시끌벅적 활기로 가득했다.

장안은 많은 사람이 왕래하고 다양한 업종이 성행하며, 각종 열매와 비단이 넘쳐나는 곳이었다. 야간 통행금지가 있다 해도 밤낮으로 이어지는 떠들썩한 분위기는 그 누구도 막을 수 없었다.

그 번화함 속에서도 단연 중심이 되는 곳은 서쪽 시장의 철금루였다. 철금루에서는 항상 늙은 이야기꾼이 왁자지껄 모여든 사람들에게 각종 해괴한 소문과 일화를 들려주곤 했다.

"대중 3년 7월 사흗날, 뙤약볕이 뜨겁고 구름 한 점 없던 날이었지. 그런데 오후 들어서 갑자기 황제께서 당시 머무시던 십육왕택에 상운이 뭉게뭉게 피어나고 천 리에 아름다운 노을이 펼쳐지더라지 뭐야. 이러한 기이한 현상이 왜 일어났는지 아시는가?"

이야기꾼은 매끄러운 말솜씨로 황당무계한 이야기를 늘어놓았다.

황재하는 2층 난간에 앉아 왼손에는 숟가락을, 오른손에는 대나무 젓가락을 쥐고서 이야기꾼을 내려다보았다. 하지만 집중해서 보는 것은 아니었고 시선이 계속 흔들렸다.

맞은편에 앉아 있던 주자진이 젓가락으로 황재하의 손등을 가볍게 두드렸다. 그제야 황재하는 정신을 차리고 주자진을 쳐다보았다.

"뭐 하는 거예요?"

주자진은 불만이 담긴 표정으로 눈을 부릅떴다. "너야말로 뭐 하고 있는 거야. 밥 사준다고 불러놓고는 멍하니 정신 팔고 있고."

철금루의 분위기가 한층 무르익었다. 청중들은 황당무계한 이야기를 좋아했다. 누군가가 크게 외쳤다.

"대중 3년이라면 동창 공주님이 태어나신 해 아닌가?"

"바로 그렇지!" 이야기꾼이 바로 그 말을 받았다. "동창 공주님으로 말할 것 같으면 하늘에 상운이 가득할 때 태어나서 네 살이 될 때까지 말을 전혀 안 하다가, 갑자기 입을 열어 했다는 말이 '살았다'라는 거야. 당시 운왕이었던 지금의 황제께서 깜짝 놀라하시던 차에, 운왕을 제위로 모시기 위해 찾아온 의장이 문 앞에 당도했지. 선황께서 오랫동안 태자를 세우시지 않아 마음이 편치 못했던 운왕은 그제야 공주의 말이 무슨 뜻인지 깨달았다고 해. '이제야 정말로 살았구나!' 하고 말이야. 그때부터 지금까지 황제 폐하는 동창 공주님을 금이야 옥이야 애지중지하고 계시지!"

황재하는 그 어처구니없는 이야기에 자연스레 흥미를 잃었다. 황재하가 시선을 거두는데 근처 난간에 기대어 이야기꾼의 이야기를 듣는 몇 사람이 보였다. 그들은 약속이나 한 듯 옆에 있는 한 사람을 향해 웃으며 말했다.

"보형, 네 공주 부인 이야기를 하는데?"

보형이라 불린 사내는 20대 초반으로 보이는 준수한 얼굴의 청년이었는데, 또렷한 눈매 속에는 젊은 사람답지 않은 권태로움이 숨겨져 있었다. 그는 이마를 문지르며 눈살을 찌푸렸다가 멋쩍게 웃으며 말했다. "됐어, 난 이만 가야겠다. 벌써 오시가 되어가네."

그는 곧바로 몸을 돌려 탁자 위 해장국 그릇을 집어 들어 입에 들이붓고는 소맷자락을 코에 갖다 대며 냄새를 맡아본 뒤 급히 일행과 헤어져 아래층으로 내려갔다.

뒤에 있던 청년들이 그 뒷모습을 손가락질하며 크게 웃었다. "저 봐, 저 봐. 공주와 혼인하는 것도 그리 좋은 일만은 아닌가 봐. 겨우 한 잔 마시는 것도 매번 저리 조마조마해하니, 거참 딱하기 그지없네!"

황재하는 뛰어 내려가는 청년을 가리키며 주자진에게 물었다. "저 사람 누군지 아세요?"

주자진이 청년을 힐끗 쳐다보더니 대답했다. "저 사람을 모르는 사람이 어디 있어. 동창 공주의 부마, 위보형이잖아."

이야기꾼은 계속해서 흥미진진하게 이야기를 이어갔다. "동창 공주님은 말이야, 바로 지난해 함통 5년에 진사 위보형에게 시집을 가셨지. 그때 혼수가 뭐였는지 아는가? 진귀한 진주로 장식된 휘장뿐만 아니라 전설 속 휘장 각한염과 비취색 휘장, 그리고 신비로운 명주 이불까지 그야말로 국고의 보물을 다 거덜낸 것이나 다름없었지! 지금 공주님은 광화리 저택에 살고 있는데 그곳에는 금과 은으로 만든 우물 난간이 있고, 금실로 짠 조리, 수정과 바다거북 등딱지로 장식한 침대, 오색 빛깔 옥으로 만든 각종 그릇까지, 그 옛날 한무제 때 아교의 방은 저리가라 할 정도로 화려하다고 하는구먼!"

작금의 대당은 지나치게 호화로운 풍조가 만연했기에, 동창 공주의 혼례 또한 사람들 입에 두고두고 회자되었다. 사람들이 공주의 값비싼 혼수에 대한 이야기로 갑론을박하면서 철금루가 또 한바탕 들끓었다.

"그 모든 보석들 중에서 동창 공주가 가장 아끼는 것은 바로 구난채라는군. 귀하디귀한 아홉 빛깔 옥을 조각해 만든 비녀로, 아홉 마리의 난새와 봉황이 아홉 가지 색을 발하며 빙 둘러 있는데, 얼마나 번쩍거리며 광이 나는지 모른다는구먼. 이 비녀가 얼마나 진귀하고 값비싼 것인지, 국고 백만금의 가치를 훌쩍 넘어설 정도라네! 그래서 공주는 그 비녀를 겹겹의 자물쇠가 달린 보물 창고에 보관하고는 웬만해서는 꺼내지도 않는다지."

이야기를 듣고 있던 황재하도 결국 세속적인 질문을 하고 말았다.

"저 소문 진짜예요? 동창 공주가 시집갈 때 혼수로 국고를 털었다는 거 말이에요?"

"턴 건 아니지만 듣기로는 별반 차이가 없을 정도였대." 주자진은 열심히 밥을 먹으면서 한숨을 쉬었다. "위보형은 전생에 나라라도 구한 모양이지! 같이 국자감에 다닐 때는 늘 나랑 수업 빼먹고 새알이나 훔쳐 먹고 미꾸라지나 잡으러 다녔는데! 진사에 합격하고, 공주와 혼인하고, 그것도 모자라 한림학사, 중서사인을 거쳐 병부시랑까지 될 줄 누가 알았겠어! 그런데 내 꼴은……."

주자진은 매우 비통한 척했지만 황재하는 전혀 신경 쓰지 않았다.

"도련님은 이제 곧 촉으로 가서 인생의 꿈을 실현하실 거잖아요?"

"그렇지, 그게 바로 내 존재의 이유지!" 주자진은 젓가락을 휘둘러 가며 싱글벙글했다. "아, 맞다. 의논하고 싶은 게 있었는데, 앞으로 내

칭호를 '왕이 임명한 포졸, 황제가 친히 내린 검시관'으로 할까 하는데 어때?"

"그냥 그래요." 황재하는 솔직하게 말했다.

"그러면…… '어명으로 시체를 해부하는 자'는?"

황재하는 입술을 실룩거리는 것으로 대답을 대신했다.

"어쨌든, 뭐라 칭하든 간에 평생 순종하며 '누구누구의 부마'라고 불리는 것보다야 훨씬 낫지 뭐. 안 그래?"

"도련님 생각에는 별로일지 몰라도, 수많은 사람들이 치열하게 경쟁하는 자리잖아요. 뭘 안쓰러워해요?" 황재하는 주자진의 말을 살짝 무시하며 말했다.

아래층에서 이야기꾼의 음성이 들려왔다. "그런데 다들 들어보게. 내가 동창 공주 이야기를 했는데 말이지, 어제 천복사에서 업보로 벼락에 맞아 죽은 자의 일을 알고들 있는가?"

청중이 웅성거리는 사이로 누군가 큰 소리로 외쳐 물었다. "어제 천복사에서 벼락 맞아 죽은 자가 설마 동창 공주와 관련있는 거요?"

"그렇지! 대리사 최 소경이 이미 신원을 밝혀냈는데, 공주부 환관인 위희민이라는 자라더군. 공주님의 측근 중 한 사람이었는데 이번에 벼락에 맞아 죽어버렸지. 동창 공주도 이번 일을 의아하게 생각하고 있다지. 천벌로 벼락을 맞아 죽을 정도의 흉악한 인간이 어찌 자신 가까이에 있었는지 말이야."

"이야기꾼의 소식통은 정말 대단하네요." 황재하가 중얼거렸다.

주자진은 득의양양한 투로 말했다. "당연하지, 온 거리의 뜬소문들을 다 주워들으니까. 하지만 나도 만만치 않아. 진작 대리사 쪽 사람이랑 관계를 잘 맺어두었거든! 잘 들어, 이건 내가 어제저녁에 그쪽에서 얻어낸 따끈따끈한 내부 소식이라고!"

황재하는 걱정스러운 마음이 앞섰지만 그래도 물었다. "무슨 내용인데요?"

"그 위희민이란 환관 말이야, 동창 공주가 어렸을 적부터 모시기 시작해서 충성심이 대단했다고 하더라고. 공주가 누군가를 찍으면 그게 누구든 물어버릴 정도로 충견이었다고 해. 그래서 그자가 벼락 맞아 죽었다는 소식을 듣고 동창 공주가 진노해서 어젯밤 친히 최 소경 집으로 찾아가 위희민의 사인을 물었대. 사실상 이 사건을 최대한 빨리 해결하라고 최 소경에게 압박을 가한 거나 마찬가지지."

"어떻게 해결해요? 어제 현장 상황으로 봤을 때, 하늘에서 떨어진 벼락이 우연히 그 사람을 해쳤다고 할 수도 있는 거잖아요."

"그러니까 말이야. 지금 장안의 모든 사람들이 공주부 사람이 극악무도해서 천벌을 받았다고 수군거리니까, 공주부 명성에 흠이 가지 않게 최대한 빨리 사건의 전말을 조사해서 발표하라고 했다더라고."

"어쩐지 어제 동창 공주와 관련있다고 하니 최 소경님 낯빛이 그렇게 우울하더라니." 황재하가 미간을 찡그렸다. "백성의 입을 막기는 흐르는 냇물을 막기보다 더 어렵다는데, 아무리 황제 폐하가 가장 총애하는 동창 공주라 해도 말하기 좋아하는 장안 사람들을 어찌 막겠어요?"

"봐, 벌써 소문이 여기저기 다 퍼지고 있잖아?" 주자진이 어깨를 으쓱거렸다. "조사할 것도 없는 사건인 게 명백한데 한사코 공주가 자기 환관의 누명을 벗겨야 한다고 하니, 이 일이 누구한테 떨어지든 확실히 뜨거운 감자가 될 거야."

황재하는 가타부타 않고 화제를 돌리며 말했다. "지난번에 얘기했던 제 친구 장항영 일 말인데요, 어떻게 결과는 좀 있어요?"

"아…… 분위기 깨지 말고 그건 밥 다 먹고 나서 얘기하자고. 안 그럼 꼭 네가 그 일 부탁하려고 밥 사는 거 같잖아."

"무슨 말씀이세요. 말단 환관 한 달 녹봉이 은자 두 냥밖에 안 된다고요. 부탁할 일이 있어서가 아니라면 제가 뭐하러 이렇게 비싼 철금루에 도련님을 모시고 와서 은자 한 냥을 다 써가며 밥을 사겠어요?"

황재하는 솔직하고도 노골적으로 말했다. "최대한 빨리 처리해야 하는 일이에요! 저는 이제 2~3일만 지나면 전하를 따라 촉으로 가야 하니까 말이에요."

촉에 가면 가족과 관련된 사건을 해결하는 데 모든 힘을 쏟아야 할 텐데 장항영의 일에 신경 쓸 겨를이 어디 있겠는가.

주자진은 호쾌하게 대답했다. "알았어, 말해줄게. 좌금오위의 병조참군사 허총운이 나랑 꽤 친한 사이인데 오늘 오후에 장항영을 데리고 와서 등록하라고 하더라고. 장항영이 가기만 하면 아무 문제 없을 거야!"

황재하는 한시름 놓으며 말했다. "잘됐네요. 일이 잘 성사되면 촉에서 다시 만났을 때 밥 한 번 더 살게요."

"만일 성사 안 되면?"

"오늘 드신 거 도로 다 토해내셔야죠!"

도성에서 유명한 의관 단서당은 약을 말리는 장소도 범상치 않았다. 커다란 공터에 대나무 바구니가 물고기 비늘처럼 빼곡히 줄지어 있고, 잘 썰어놓은 약재들이 바구니에 널린 채 햇볕을 쬐고 있었다.

바로 그 대나무 바구니들 중앙에 장항영이 서 있었다. 지름이 7척은 거뜬히 되는 대나무 바구니를 들고서 약재가 햇볕을 골고루 쬐도록 까부르는 중이었다. 워낙 키가 크고 팔 힘이 세서 대나무 바구니가 높이 올라갔다 내려오면서 약초 향이 순식간에 사방으로 퍼졌다.

그는 바닥에 널린 대나무 바구니를 하나하나 까부르며 한 줄 한 줄 이동했다. 황재하는 점점 시야에서 멀어지는 그를 재빨리 불렀다.

"항영 형님!"

자신을 부르는 소리에 고개를 돌려 두 사람을 본 장항영은 의아한 표정을 지었다. "두 분은……."

황재하가 낮은 목소리로 다시 불렀다. "항영 형님."

장항영은 황재하의 얼굴을 한참 들여다보고서야 "아!" 하고 외치더니 황재하를 가리키며 더듬더듬 말을 이었다.

"어, 어찌 이곳에 아가……."

"맞아요. 신세 갚으러 왔어요." 황재하는 그의 말을 재빨리 끊으며 '갚으러'에 힘을 주어 말했다. "지난달에 형님 덕분에 장안에 들어왔는데 형님은 저 때문에 이렇게 되셨잖아요. 그래서 일거리 소개해드리려고 왔어요. 복숭아를 받으면 자두로 답례한다는 말도 있잖아요."

장항영은 여전히 눈을 휘둥그레 뜨고서 말을 잇지 못했다.

"저 양숭고예요! 저를 도와주셨던 일을 잊으신 건 아니겠죠!" 황재하는 필사적으로 그에게 눈짓을 보내며 말했다.

장항영은 그제야 상황을 파악했다. 황재하는 지금 지명 수배가 되어 있어서 진짜 신분을 노출할 수 없었던 것이다. 그렇다고 금세 이 상황을 받아들이기도 어려워 그저 멍하니 황재하를 바라보며 기계적으로 대답했다. "아아, 양숭고였군요……. 지금 어디에서……."

"기왕 전하 밑에서 일하고 있어요. 생각지도 못하셨죠?" 황재하는 재빨리 말을 내뱉고는 깜짝 놀라는 그의 표정을 보며 곧바로 화제를 돌려 주자진을 가리켰다. "이쪽은 형부 주 시랑의 자제, 주자진 도련님입니다."

주자진은 본디 사교적인 성격이라 재빨리 장항영의 손을 맞잡으며 말했다. "장항영 형님! 비록 제가 만난 적은 없으나 양숭고에게서 말씀 많이 들었습니다! 의리 깊고 의협심 강하고 충과 효를 두루 갖춘, 인정 많고 정의감도 넘치는…… 아야!"

마지막 비명은 황재하에게 발을 밟혀서 터져 나온 소리였다. 하지만 주자진은 아랑곳하지 않고 계속해서 떠들어댔다.

“안심하세요. 숭고의 일은 곧 저의 일이나 마찬가지이니, 이 일도 제가 알아서 책임지도록 하겠…….”

말이 채 끝나기도 전에 약초 건조장 옆 작은 방문이 하나 열리며 한 늙은이가 머리를 내밀고 버럭 소리를 질렀다. “뭐가 이렇게 시끄러워! 장항영, 빨리 약초 뒤집지 않고 뭐해? 약초가 제때 안 말라서 약방에서 사용할 게 없으면 어떡할 거야?”

장항영은 얼른 알겠다고 대답하고는 다시 몸을 숙여 대나무 바구니를 들어 올려 약재를 까불렀다.

주자진은 믿을 수 없다는 듯 지천에 늘어선 대나무 바구니들을 보며 물었다. “형님, 이걸 혼자 다 하는 겁니까? 매일 혼자서 이 약초들을 한 번씩 뒤집는 겁니까?”

장항영은 고개를 내저으며 들고 있던 대나무 바구니를 내려놓고 다시 다음 바구니를 들어 까부르며 말했다. “아니요. 하루에 네 번을 뒤집습니다. 오전에 두 번, 오후에 두 번.”

“그럼 종일 다른 일은 안 하고 이 약재만 뒤집는 건가요?”

“그럴 리가요.” 장항영은 조금 무안한 듯한 목소리로 말했다. “약재를 썰고, 약을 찧고, 빻고, 달이고, 포장하고, 또 꿀을 정제하고……. 제가 손이 그리 빠르지 못해서 매번 스승님이 주신 일거리를 다 끝내지 못하고 있어요. 그래서 매일 남들보다 좀 더 일찍 일어나고 늦게 자야 하지요.”

“아버님도 의원이셨던 것 같은데 왜 형님은 아버님 밑에 계시지 않는 거죠?”

장항영은 기가 죽어 고개를 저으며 말했다. “아버지께서는 연세도 많고 병을 얻어서 더는 진료를 못 보십니다. 단서당에서 기꺼이 저를 받아주어 이렇게 일할 수 있으니 다행이지요.”

말을 하면서도 손을 쉴 새 없이 움직여 그새 또 서너 개의 바구니를 해치웠다.

주자진은 다짜고짜 그의 손을 잡아끌었다. "그만 하시고 갑시다, 가요! 차마 더는 못 보겠습니다. 단서당이 이렇게 사람을 부려먹는 줄은 미처 몰랐네요!"

장항영은 주자진의 기세에 떨어뜨릴 뻔한 대나무 바구니를 재빨리 붙잡으며 물었다. "가다니…… 어디를요?"

노인은 이들이 자신을 무시하는 듯하자 노발대발했다. "장항영! 일 똑바로 하라고! 오늘 일을 다 끝내지 못하면 내쫓아버릴 줄 알아!"

"내쫓긴 뭘 내쫓아요? 잘 들으세요, 이제 이 일 안 해요, 나간다구요!" 주자진이 장항영을 잡아끌며 말했다. "지금 좌금오위가 기다리는데 여기서 노친네 잔소리를 듣고 있을 시간이 있는 줄 알아요?"

노인은 눈을 부릅뜨며 화를 냈다. "좌금오위? 웃기고 있네! 부자나 신분이 귀한 사람들이나 거기 들어갈 수 있지, 이놈이 무슨 수로?"

"좌금오위가 들어오라고 부르는데 영감님이 무슨 상관입니까?" 주자진은 노인을 무시하듯 흘겨보며 다시 한마디를 던졌다. "항영 형님이 두세 해 뒤에 신책군[5]에라도 들어가면 약이 올라 나자빠지지나 않을지 모르겠네?"

노인은 정말 약이 올라 금방이라도 죽을 것처럼 보였다. "말도 안 되는 소리! 장항영, 지금 나가면 다시는 못 돌아올 줄 알아!"

장항영은 주저했지만 황재하는 순간 그의 눈이 빛나는 것을 놓치지 않았다. 장항영은 마침내 대나무 바구니를 내려놓았다.

"자, 선택해요. 갈 거예요, 말 거예요?" 주자진은 이미 두 사람이 형제라도 된 것처럼 장항영의 어깨를 두드렸다. "이 체격에, 이 패기를

5 황제의 친위대.

가진 형님이 신책군에 들어가지 않는다면 신책군의 손해입니다!"

"가겠습니다!"

좌금오위 병조참군사 허총운은 시원시원하고 밝은 성격으로 주자진과는 어려서부터 유난히 사이가 좋았다.

장항영과 몇 마디 한담을 나누던 허총운은 장항영이 예전에 기왕부 의장대에 있었다는 사실을 알게 되었다.

"기왕 전하 곁의 사람들은 철저한 선별을 거치는데, 거기에 선택받아 들어갔던 사람이라면 분명 뛰어난 실력을 갖추었을 테지. 그런데 어찌하다 나오게 된 것이오?"

장항영이 잠시 머뭇거리자 황재하가 재빨리 대답하고 나섰다. "운이 좀 나빴습니다. 하필 호위하던 중에 배탈이 나서 뒤로 처지게 되었는데, 또 그게 공교롭게도 들키는 바람에 쫓겨났죠."

허총운은 황재하를 보며 물었다. "공공은 뉘신지……."

"기왕부의 양숭고, 양 공공. 현재 기왕 전하를 가까이서 모시고 있지." 주자진이 대답했다.

허총운은 놀라는 한편 기뻐하며 말했다. "뭐? 설마 사방안(四方案)과 왕비 실종 사건을 해결했다던 그 양 공공이란 말이야? 이거 실례했군요!"

장항영도 옆에서 힘껏 고개를 끄덕이며 존경의 눈빛으로 황재하를 바라보았다.

주자진이 맞장구치며 말했다. "맞아, 숭고는 정말 대단해. 내가 가장 존경하는 황재하에 버금갈 정도라니까."

웃고 있던 장항영의 얼굴이 갑자기 굳어지는 것을 황재하는 똑똑히 보았다. 그녀는 그저 겸손하게 말했다. "아닙니다. 그저 우연히 잘 풀린 것일 뿐입니다."

허총운이 손을 들어 장항영의 등을 철썩 내리쳤다. 줄곧 꼿꼿이 서 있던 장항영은 허총운의 매운 손바닥에 장기가 쏟아져나올 것만 같았다.

"이 두 분이 보증하고, 게다가 기왕부 의장대에 들어갔던 정도라면 신체 조건이나 집안 배경은 분명 아무 문제가 없을 거라고 믿겠소. 이렇게 하지. 좌금오위가 현재 사람 수가 제일 적으니 일단 그곳에 들어가서 한두 달 정도 같이 해봅시다. 별문제가 없다면 그다음 달에 왕도위에게 알리고 정식으로 명부에 편입하면 될 것이오."

그 순간 장항영은 허총운에게 등짝을 맞아 오장육부가 다 튀어나온다고 해도 기쁠 것 같았다. 감격스러운 나머지 아무 말도 하지 못하고 그저 그 자리에 서서 바보처럼 웃기만 했다.

황재하도 안도의 한숨을 쉬었다. 속으로 줄곧 장항영에게 미안한 마음이 있었으나 이제 장항영도 형편이 나아지게 되었으니 안심하고 촉으로 갈 수 있을 것 같았다. 더 이상 마음의 빚을 지지 않아도 되었다. 대충 큰 논의들이 끝나자 주자진은 본인이 한턱낸다며 좌금오위의 몇 대장들까지 불러내어 주점으로 향했다.

가난한 신분의 황재하와 장항영은 이 부잣집 도련님을 건드렸다가 괜히 술값이라도 내게 될까 봐 몸을 사렸다. 운이 좋았는지 나빴는지, 일행은 문을 나서자마자 왕온을 맞닥뜨렸다.

"왕 형!"

"왕 도위!"

모두들 서둘러 인사를 했다. 왕온 뒤로 준수한 용모의 남자가 서 있었는데 바로 부마 위보형이었다. 다들 재빨리 앞으로 나서며 인사를 올렸다. "부마"라 외치는 사람과 "위 대인"이라 외치는 사람으로 관아 입구가 순식간에 떠들썩하게 변했다.

성격 좋은 위보형은 시종일관 미소를 띤 채 모두에게 머리를 끄덕이며 인사를 받았다. 왕온은 흘끗 황재하를 보고는 보일 듯 말 듯한 미소로 물었다.

"자진, 양 공공까지 함께 오다니 무슨 일이라도 있는가?"

주자진은 재빨리 장항영을 데리고 와서 말했다. "제가 허 형님에게 듣자니 여기 사람이 모자란다고 해서 추천해주려고 왔습니다. 장항영이라고 하는데 집안도 깨끗하고 신체 조건도 좋습니다. 보세요, 용모도 출중하지 않습니까. 게다가 숭고와도 잘 알고 지내는 사람이라 절대적으로 괜찮을 겁니다. 허 형이 일단 한 달 함께해보고 괜찮으면 왕 형한테 보고한다고 했으니 그때 잘 좀 부탁드립니다!"

"양숭고의 소개로?" 왕온은 바로 핵심을 집어냈다.

주자진은 그 둘 사이의 개인적인 감정에 대해서는 조금도 아는 바가 없었기에 그저 웃으며 고개를 끄덕였다. 장항영은 아까보다 더 긴장한 모습으로 왕온을 바라보며 예를 갖춰 인사했다.

왕온이 손을 들어 인사를 물리치며 말했다. "자진, 본래대로라면 허 총운이 그리 답을 한 이상 나도 뭐라고 더 말하기 어렵긴 해. 사람이 들어오고 나가는 것에 대해서는 내가 간섭하지 않으니까. 하지만 이 친구의 일은 좀 어려울 것 같네."

주자진은 순간 어리둥절했다. 다른 이들도 왕온이 갑자기 찬물을 끼얹을 거라고는 생각지 못했는지 서로의 눈만 쳐다볼 뿐 아무 말도 하지 못했다.

왕온은 무리의 얼굴을 보고는 웃음을 띠며 말했다. "이 친구를 난처하게 하려는 건 아니고, 다들 알고 있잖은가, 내가 곧 좌금오위로 이동한다는 걸 말이야. 직무를 맡으면 좌금오위에 기준을 세워서 우리 분위기를 해치지 않는 선에서 신병의 자질을 검증하려고 하네. 다만 아직 그것에 대해 모두와 상의할 시간이 없었네."

실제로 좌금오위에 있는 자들 중 몇은 말 위에 올라타는 것 말고는 할 줄 아는 게 없었는데, 그런 자들은 대부분 이곳에서 몇 년 구르며 이력을 채울 요량으로 연줄을 통해 들어온 자들이었다. 왕온이 그런 자들의 유입도 막고 동시에 대열의 분위기도 해치지 않을 방법이 있다고 말하니 다들 그 방법이 무엇인지 물었다.

왕온이 장항영을 위아래로 훑어본 뒤 다시 그의 손을 자세히 보며 말했다. "말고삐를 잡은 흔적이 있으니 말은 분명히 탈 수 있을 테고, 격구도 하겠지?"

격구는 말 위에서 즐기는 공놀이로 대당 황실에서 유행이었다. 물론 장항영도 할 수 있었기에 고개를 끄덕였다.

"격구 실력이 뛰어난 자들은 말 다루는 솜씨도 두말할 것 없이 좋지. 내일 좌금오위에서 격구 실력이 좋은 자들로 편을 꾸려볼 테니 그대들도 사람들을 모아 와 한번 겨뤄보는 게 어떻겠나. 이렇게 하면 분위기를 흐리지 않고 실력도 검증할 수 있을 것 같은데?"

왕온의 제안에 모두들 손뼉 치며 찬성했다. 당연한 일 아닌가, 곧 자신들의 상사가 될 사람의 말에 감히 누가 반대하겠는가? "역시 고명하십니다"라느니, "혜안이 뛰어나십니다"라느니, "좌금오위의 근심을 없애주셨습니다"라느니, 온갖 아첨의 소리들이 그들 사이에서 뻔뻔스럽게 흘러나왔다.

왕온은 여전히 봄바람처럼 온화한 미소로 장항영과 황재하를 보았다. "모두가 찬성하니 내일 묘시[6]에 기다리고 있겠습니다."

"어떻게 이럴 수 있어! 왕온, 이 나쁜 자식. 평소에는 호형호제하다가 중요한 순간에 어깃장을 놓다니!"

돌아가는 길에 주자진은 장항영과 황재하를 데리고 좌금오위의 격

---

6 오전 5시에서 7시 사이.

구장을 들렀다. 주자진은 양손으로 허리를 짚고 평평한 모래땅을 보면서 답답해했다.

"왕온이 좌금오위로 전임될 줄 누가 알았겠어. 새로 발령받았으니 한창 의욕을 앞세우는 건 이해하지만 이런 정정당당하지 않은 제안을 할 줄이야!"

장항영이 주저하며 말했다. "그런데…… 저도 왕 도위 말씀에 일리가 있다고 생각합니다. 좌금오위의 책무가 중하다 보니 심사도 엄격하게 하는 것이 당연……."

"장 형은 아직 좌금오위 사람도 아닌데 벌써부터 왕 도위 편에 서서 이야기하는 겁니까!" 주자진은 속이 부글부글 끓었다. "좌금오위 사람들의 격구 실력이 장안 최고라는 거 몰라요? 매해 도성의 모든 관아가 참가하는 격구 경기에서 좌금오위는 단 한 번도 우승을 놓친 적이 없다고요. 형님 같은 평민이 대체 어딜 가서 함께 경기할 사람을 찾아온단 말입니까? 이건 질 수밖에 없는 경기라고요!"

질 수밖에 없다고?

장항영도 순간 조금 당황한 표정이었다.

"뭐 경기에 진다고 바로 불합격이라 하지는 않겠지만, 최소한 우리가 솜씨 좋은 경기를 보여주지 못한다면 좌금오위에 들어가지 못할 가능성이 더 커지겠죠." 주자진은 손가락을 들어 보이며 말했다. "격구는 최소한 다섯 명이 필요하잖아. 숭고, 격구 할 줄 알아?"

황재하가 고개를 끄덕였다. "네. 할 줄 알아요."

"장 형은요?"

장항영도 고개를 끄덕였다. "저도 해봤습니다."

"두 명이 더 필요한데……." 주자진은 격구장 옆 버드나무 아래에 쭈그리고 앉아 손을 꼽아 숫자를 세며 괴로워했다. "누구를 불러야 좋을까……. 장안에서 격구로 가장 유명한 사람을 생각해보자……."

"소왕 전하." 황재하가 불쑥 내뱉었다.

주자진이 고개를 끄덕이며 말했다. "그렇지, 소왕 전하의 격구 실력은 정말 대단하지. 하지만 누가 감히 그분을 청할 수 있겠어? 청을 드리기는 고사하고, 온종일 왕부에 계시지도 않으니 얼굴 한번 뵙는 것부터가……."

주자진의 말이 채 끝나기도 전에 황재하가 옆에 있던 울타리를 잡고서 나는 듯이 몸을 날려 격구장 안으로 들어갔다.

조금 전 경기에서 일어난 먼지가 아직 가시지 않은 상태였지만 황재하는 조금도 신경 쓰지 않고 경기장을 가로질러 건너편 휴식처로 달려갔다. 누군가가 뛰어오는 소리에 격구 채를 고르던 두 사람이 고개를 들었다.

주자진의 눈이 거의 튀어나올 것처럼 커졌다. "소왕 전하? 어떻게…… 이런 우연이……. 그것도 마침 악왕 전하와 함께?"

주자진에게는 황재하가 소왕 이예에게 예를 행하는 모습만 보일 뿐 무슨 이야기를 나누는지는 들리지 않았다. 소왕이 웃으면서 고개를 끄덕이더니 들고 있던 격구 채를 황재하에게 건네주었다.

황재하는 한 손으로 격구 채를 잡고서 나머지 한 손은 옆에 있던 말을 붙잡으며 몸을 날려 안장 위에 올라탔다. 그리고 소왕도 다른 말에 올라탔다. 둘은 시선을 교환한 뒤 동시에 경기장 한가운데에 놓여 있는 공을 향해 질주하기 시작했다.

한쪽 옆에서 미소를 띤 채 두 사람을 지켜보는 악왕 이윤에게 주자진이 다가와 물었다. "악왕 전하, 지금 이게…… 무슨 상황인지요?"

이윤이 웃으며 말했다. "양 공공이 소왕에게 내기를 제안했네. 누가 먼저 공을 넣는지."

양숭고가 밑도 끝도 없이 소왕과 내기를 벌이다니, 주자진은 영문을 몰라 다시 물었다. "무엇을 걸고 내기를……."

"아직 뭔지는 말하지 않았네만, 자기가 이기면 부탁을 하나 들어달라더군."

주자진은 실소하며 말했다. "설마 자신이 이길 거라고 생각한 걸까요?"

"양숭고가 웬만큼 야단스럽게 굴지 않았으면 소왕이 어찌 한 번에 승낙했겠는가? 자네도 알다시피 소왕은 소란에 약하지 않은가."

이야기가 오가는 사이 두 말은 이미 공 근처까지 돌진했다. 두 사람의 속도가 막상막하로 빨라서 거의 동시에 도착했다.

두 개의 격구 채가 동시에 휘둘러졌다. 소왕의 채는 공의 아래쪽을, 황재하의 채는 도중에 방향을 바꾸어 소왕의 채를 때렸다.

탕 하는 소리를 내며 두 채가 같은 지점을 때렸다. 황재하는 소왕의 기세를 완전히 막지는 못했지만 적어도 공이 날아가는 힘은 줄일 수 있었다. 소왕이 공의 방향을 보는 순간 황재하는 이미 낙하하는 공을 향해 빠르게 질주했다.

공은 구문(球門)에서 멀지 않은 곳에 떨어졌다. 주자진은 속으로 위험했다고 소리쳤다. 하마터면 소왕이 한 번에 공을 넣을 뻔했다.

다들 황재하가 공을 몰아 소왕의 구문 쪽으로 돌진하겠거니 생각하고 지켜보았다. 소왕마저 말고삐를 잡아당겨 멈춰 서서는 격구 채로 황재하를 가리키며 미소 띤 얼굴로 말했다. "양 공공, 자, 말을 달려 들어와보지! 자네가 얼마나 잘 하는지 한번 보고 싶……."

소왕의 말이 다 끝나기도 전에 황재하는 소왕을 향해 미소를 지어 보이더니 몸을 숙이고는 채를 휘둘러 공을 때렸다.

탁 하는 소리와 함께 공이 황재하 뒤에 있는 구문으로 들어갔다.

지켜보던 이들이 모두 놀랐다. 다들 황재하가 왜 자신의 구문으로 공을 넣는지 전혀 이해할 수 없다는 표정을 지었다. 황재하는 뜻밖에도 유쾌한 얼굴로 말을 몰아 소왕 앞으로 다가갔다.

"소왕 전하, 조금 전 내기하기를 공을 먼저 넣는 사람이 이긴다 하였지 어느 쪽 구문이 누구의 것인지 정한 적이 있습니까?"

소왕은 순간 할 말을 잃었다. "양 공공, 자신의 구문에 넣은 것도 득점으로 친단 말인가?"

"첫째, 저희는 각자의 구문을 정한 적이 없습니다. 그렇기에 제 뒤에 있는 구문을 제 것이라고 할 수는 없지요. 그렇지 않습니까? 둘째, 제 실력이 출중하지 못하여 소왕 전하의 도움을 받으려면 이런 하책으로 전하의 빈틈을 노리는 수밖에 없었습니다."

황재하의 얼굴에는 미소가 가득했다. 이렇게 애교스럽게 생떼를 부리니 소왕은 성이 나면서도 한편으로는 즐거워 자신도 모르게 격구채로 황재하가 타고 있는 말의 엉덩이를 가볍게 때리며 크게 웃었다.

"정말로 괘씸하구나, 감히 본왕에게 계책을 꾸미다니."

승부는 이미 결판났고, 소왕도 기분이 유쾌하고 즐거웠다. 두 사람은 휴식을 취하기 위해 경기장 밖으로 말을 돌렸다.

"자진도 있었군. 그 옆에는 누군가?" 소왕이 장항영을 가리켰다.

주자진이 잽싸게 대답하며 말했다. "저희 친구입니다. 이번에 좌금오위에 들어가려고 했는데 공교롭게 조금 귀찮은 일이 생겼습니다."

소왕이 황재하를 쳐다보며 웃었다. "그렇다 하면, 저자를 위해 나를 찾아와 내기를 건 것이로군?"

"소왕 전하, 부디 용서하시옵소서!" 황재하는 재빨리 일의 자초지종을 소상히 털어놓았다.

좌금오위와 격구 시합을 한다는 소리에 소왕은 순간 구미가 당겼다. "그거 재미있겠군! 내가 자네들과 함께 좌금오위를 참패시키고 말겠네! 이 장안에서 누가 격구의 일인자인지 그자들에게 본때를 보여주지! 그래, 우리 쪽에는 누가 있는 것인가?"

황재하가 자신과 장항영, 주자진을 가리켰다.

"나를 포함해도 넷뿐인가?" 소왕의 시선이 악왕에게 멈추었다.

악왕은 쓴웃음을 지었다. "그게……."

"그거고 저거고, 일곱째 형님, 한 사람이 비는데 갈 건지 안 갈 건지만 말하십시오!"

"그럼 가지 뭐."

이튿날 아침 동틀 녘, 황재하는 창문 밖 새소리에 잠이 깼다.

오늘이 중요한 날임을 떠올리고는 재빨리 몸을 일으켰다. 먼저 긴 헝겊으로 가슴을 꽁꽁 잘 감아 감춘 뒤, 소매 폭이 좁은 옷을 골라 입고서 몸을 풀기 위해 정원으로 나갔다.

한여름 새벽의 기왕부에는 온통 당광나무 꽃이 만개하고 땅 위도 하얀 꽃으로 뒤덮여 풋풋한 향기가 은은하게 퍼져 있었다.

마구간을 지나다 무언가 떠오른 황재하는 말을 관리하는 왕백에게 서둘러 다가가 물었다. "왕백, 오늘 나푸사 좀 빌릴 수 있을까요?"

"그럼요. 전하께서 이 말은 양 공공 것이라 하셨으니 언제든 타고 나가셔도 됩니다."

"잘됐네요! 감사합니다!"

황재하가 팔짝 뛰며 기뻐하는데 옆에 있던 디우가 거듭 투레질을 하며 머리를 들이밀고서 황재하를 바라보았다. 황재하는 콧물이 튈까 봐 재빨리 손을 뻗어 디우의 코를 잡았다. 그러고는 그 눈을 들여다보는데 순간 뭔가 이상한 느낌이 들었다. 디우의 그 크고 검은 눈동자 속에는 황재하의 뒤로 펼쳐진 맑은 하늘이 비쳐 보였고, 다른 한 사람의 모습도 비쳤다. 훤칠한 키에 곧게 뻗은 몸이 황제하 뒤에 서 있었다.

황재하는 조심스럽게 고개를 돌렸다. "전하."

이서백이 불과 세 걸음 뒤에 서서 담담한 표정으로 물었다. "이 이른 아침에 어딜 가는 거지?"

"좌…… 좌금오위와 격구 시합을 하러 갑니다." 황재하는 눈앞에 있는 이 사람을 감히 속일 엄두가 나지 않았다. 오늘 있을 격구 시합에 대해 이서백이 모를 리 있겠는가? 게다가 이서백에 의지해 촉에도 가야 하는 황재하로서는 이서백을 속여 좋을 것이 없었다.

"좌금오위라…… 왕온?" 이서백이 미간을 살짝 찌푸렸다.

"네, 자진 도련님이 소왕 전하와 악왕 전하도 끌어들여 왕온 공자 쪽과 겨루기로 하였습니다." 일단 장항영에 대해서는 숨겨보기로 했다.

여러 직책을 겸임하고 있는 이서백은 조정에서 해야 할 일이 많아 황재하의 일에 관여할 시간이 없었다. 이서백은 "그렇군"이라고만 대답하고는 곧장 디우를 잡아당기며 위에 올라탔다.

황재하가 한숨을 돌리며 나푸사를 풀려고 다가가는데 이서백이 다시 말 머리를 돌려 황재하를 내려다보며 말했다. "좌금오위의 그 젊은 친구들은 중간을 모르는 자들이라 격구가 사납고 거칠기로 유명하다."

황재하가 고개를 끄덕이며 그의 의도를 헤아려보려는데 툭 내뱉듯 말하는 낮은 음성이 들려왔다. "……조심해라. 다치지 말고."

"아, 네." 황재하는 고개를 끄덕이고는 잠시 망설이다가 고개를 들어 이서백을 보았다.

"네가 다치면 여정을 미뤄야 하니 하는 말이다." 이서백은 변명하듯 내뱉고는 다시 말 머리를 돌려 곧바로 떠났다.

황재하는 나푸사를 끌고 당광나무가 죽 늘어선 푸른 벽돌 길을 따라 천천히 걸었다. 뭔가 마음이 켕겼다.

황재하가 나푸사를 데리고 격구장에 도착했을 때 장항영은 이미 도착해 홀로 경기장에 서 있었다.

"오셨군요." 말 등에서 뛰어내리는 순간 황재하는 자신이 중요한 사실을 놓쳤음을 깨달았다. "말이 없어요?"

"우리 집 형편에 어떻게 말을 살 수 있겠습니까?" 장항영이 미안한 듯 말했다. "그래서 실은 격구를 거의 해보지 않아 잘은 못합니다."

"괜찮아요. 이번에 소왕 전하와 악왕 전하를 모시지 않았습니까. 좌금오위 사람들이 얼마나 잘하는지 모르겠지만 우리 쪽도 승산이 적지는 않아요." 황재하가 그를 안심시켰다.

"네. 어찌 되었건, 자진 공자도 그렇고 고맙습니다." 장항영이 감사 인사를 건넸다.

황재하가 손을 내저었다. "아니에요. 장 형이 다시 단서당에 돌아가 그 모욕을 참고 살도록 할 순 없지요."

"물론이죠. 오늘 무조건 장 형을 좌금오위에 들여보내 단서당의 그 늙은이가 약 올라 죽게 만들 겁니다." 뒤에서 주자진의 목소리가 들려왔다. 주자진은 자신의 말을 끌고 와 말의 목덜미를 툭툭 치며 말했다. "소하, 인사드려."

말은 똑똑하게도 두 사람을 향해 고개를 숙여 보였다.

말의 이름을 들은 황재하는 왠지 불길한 예감이 들었다. "소하?"

"응, 황재하의 '하'를 따서." 주자진이 애틋하게 말 머리를 쓰다듬으며 말했다.

황재하와 장항영은 아무 말 없이 시선을 마주치며 당황한 표정을 지었다.

막 동쪽 하늘에 해가 떠올랐다. 여름 해는 떠오르자마자 장안을 무덥게 달구기 시작했다.

좌금오위에서는 100명 넘는 사람이 몰려왔다. 도위 왕온 외에도 허총운을 위시한 몇몇 대장들과 대원들 대부분이 참석했고, 부마 위보형도 있었다.

왕온이 황재하 일행을 보고 웃으며 다가와 물었다. "그쪽은 세 명밖에 없는 것입니까? 게다가 또 말은 두 마리밖에 없고. 이래서 어떻게 편을 만들어 시합할 수 있겠습니까?"

왕온의 웃는 얼굴은 부드러웠지만 황재하는 어쨌든 그가 거북했다. 그가 자신을 미워하는 것을 뻔히 아는데, 심지어 증오할 정도로 미워한다는 걸 잘 알고 있는데, 겉으로는 저리도 친근하게 자신을 향해 말을 걸다니. 황재하는 이런 사람이 제일 무서웠다.

주자진은 왕온을 보며 웃었다. "뭐가 그리 급하십니까. 저희도 두 명이 더 있는데, 아마 보시면 바로 패배를 인정하게 될 겁니다."

"오……." 왕온이 황재하를 바라보며 물었다. "설마 기왕 전하이신가요?"

주자진이 눈을 찡긋하며 말했다. "아니요, 하지만 그분 못지않게 놀랄 분들입니다."

"그럼 눈 똑바로 뜨고 기다려야겠군요."

왕온은 웃으며 몸을 돌려 자신의 자리로 돌아갔다. 주자진은 격구채를 닦는 부마 위보형을 발견하고는 자신도 모르게 불평했다.

"말도 안 돼. 진짜 너무하는 거 아니야!"

"왜요?" 황재하가 물었다.

"위보형이 출전하는 게 틀림없어!"

"부마의 격구 실력이 그렇게 대단해요?"

"대단하다 뿐이겠어? 그때 정월 초하룻날, 대명궁 격구 시합에서 활약이 대단했어! 경기 내내 혼자서 격구장을 장악하고 다니며 토번의 격구 고수 다섯을 혼자서 쓰러뜨렸다고. 그렇지 않았다면 어떻게 황제 폐하의 칭찬을 받고, 동창 공주의 눈에 들었겠어?"

"너무하네요……." 황재하는 주자진의 순하디순한 '소하'를 쳐다보고, 다시 말조차 없는 장항영을 돌아본 뒤, 마지막으로 자신의 가느다란 손목을 내려다보았다. 이번 시합이 절로 걱정되기 시작했다.

황재하가 어찌할 바를 모르고 걱정하고 있던 그때 격구장 바깥쪽에서 한바탕 만세 소리가 들려왔다. 황제가 곽 숙비와 동창 공주와 함께 등장한 것이다.

검은색 평복을 입은 황제는 만면 가득 웃음을 띤 채 딸 동창 공주와 이야기꽃을 피우며 경기장 안으로 들어왔다. 궁인들은 신속하게 옥좌를 설치했다. 세심한 곽 숙비는 황제를 위해 손수 과일과 간식을 펼쳤지만, 모래 먼지가 걱정되어 다시 비단 덮개를 덮어 음식을 가렸다. 곽 숙비의 나이는 황제와 비슷했지만 오래도록 관리를 잘해 여전히 눈처럼 흰 피부에 꽃같이 아름다운 용모를 유지했다. 진주같이 매끄럽고 풍만한 몸매가 우아함을 더해주었다.

동창 공주는 곽 숙비를 닮았으나 모친에 비해 얼굴선이 투박한 편이고 이목구비도 모친만큼 또렷하지는 않았다. 유쾌하게 웃으며 황제와 대화를 나누고는 있었으나 본래 가진 날카롭고 연약한 기질은 감출 수 없었다. 공주는 쉽게 부러지는 고드름 같았다.

자리에 앉은 황제는 무리를 한 번 쭉 둘러보고는 웃으며 말했다.
"듣자 하니 일곱째와 아홉째가 함께 격구 경기를 한다고 해서 짐도 급히 걸음을 했다! 좀체 볼 수 없는 광경이니 놓쳐서야 되겠는가."

대당 황제들은 대부분 격구를 좋아했다. 목종 황제는 격구 시합 중 공에 머리를 맞아 서른밖에 되지 않은 나이에 중풍에 걸려 서거했고, 그 뒤를 이어 황제의 자리에 오른 경종 황제는 격구에 빠진 나머지 열여덟의 어린 나이에 환관에게 모함을 당했다. 하지만 황실에 불어온 격구 열풍은 좀체 사그라지지 않았다. 작금의 황제도 격구 솜씨가 뛰어나진 않지만 관람은 매우 즐기는 데다 황친이 출전하는 경기였기에 국정조차 내팽개치고 시합을 보러 달려온 것이다.

모두 황제 폐하에게 예를 갖추어 인사를 올렸다. 황재하가 너무 예민하게 반응하는 것인지는 모르겠지만 황제의 시선이 자신에게 닿을 때마다 그 얼굴이 조금씩 경직되는 것 같았다.

어쩌면 황재하의 얼굴을 볼 때마다 태극궁에 있는 왕 황후가 떠오르기 때문인지도 몰랐다.

황제가 착석한 뒤 소왕과 악왕도 사람들에게 둘러싸인 채 나란히 말을 타고 들어왔다. 왕온은 두 왕이 황재하 쪽으로 가는 것을 보고야 그들이 도움을 청한 사람이 누구인지 깨달았다. 하지만 개의치 않는 듯 크게 동요하지 않고 웃으며 두 왕에게 다가가 격식을 갖추어 인사를 올렸다. 왕온은 역시 화통하고 대범해 두 왕을 뵈어 기쁘다는 표현을 스스럼없이 했다.

황재하는 묵묵히 자신의 나푸사에게 여물을 먹였다.

주자진은 낯짝도 두꺼웠다. 두 왕에게도 여분의 말이 없는 것을 보고는 아예 왕온에게 얘기를 꺼냈다. "왕 형, 상의할 게 있는데요, 저희 쪽에 말이 모자라니 그쪽에서 한 마리 빌려주시면 어떻습니까?"

좌금오위 사람들이 뒤에서 몰래 비웃었다. 경기 시작 직전에 상대편에서 말을 빌리러 온 일은 고금을 막론하고 처음이었을 테니 말이다. 왕온은 조금도 개의치 않아 하며 넓은 아량을 베풀듯 손을 들어 자신의 뒤쪽을 가리켰다.

"10여 마리 정도는 여유 있게 데리고 왔으니, 보고 괜찮은 놈 있으면 얼마든지 가져가게."

주자진 또한 조금도 사양하지 않고 곧바로 부마 위보형 옆에 서 있던 커다란 밤색 말을 가리키며 말했다. "저 말로 하겠습니다!"

위보형이 웃으며 말했다. "자진, 정말 귀신같이 골라가네."

"당연하지. 네가 맘에 들어 하는 말이 가장 좋은 말 아니겠어. 네 안목은 내가 또 인정하거든." 주자진은 그렇게 말하면서 일말의 주저함도 없이 밤색 말을 잡아끌고 와서는 말고삐를 장항영 손에 넘겨주었다. "얼른 한번 올라타봐요. 최대한 빨리 감을 잡는 게 좋으니까."

위보형은 부마 신분에도 성격이 꽤 서글서글해 그저 손 닿는 곳에 있던 힘 센 검정말을 끌고 와서는 웃으며 말했다. "말이 바뀌었어도 똑같이 이겨주겠어."

격구장 바닥은 이미 평평하게 정리가 되었고 소왕과 왕온은 간단한 승부 놀이로 격구장의 좌우 구역과 양편이 입을 옷의 색을 정했다. 황재하 편은 붉은색, 왕온 편은 흰색이었다.

4장

바람처럼
용처럼

주먹만 한 크기의 작은 공이 경기장 정중앙에 놓였다. 그 왼편과 오른편으로 각각 다섯 명의 선수들이 말에 올라 각자의 구문 앞에 섰다.

심판을 맡은 관리가 손에 든 붉은 깃발을 높이 올리자 양쪽에 서 있던 말들이 곧바로 공을 향해 돌진했다. 아홉 갈래의 먼지 길이 경기장 가운데를 향해 빠르게 이어지는 가운데, 열 필의 말 중 오직 황재하의 나푸사만이 꼼짝 않고 있었다. 황재하는 침착하게 말 위에 앉아 뒤에서 시합의 형세를 관찰했다.

소왕의 천리마가 가장 앞장서 공을 향해 달려갔다. 그의 기마 자세는 유난히 안정적이었다. 공과의 거리가 아직 2장 정도 남았을 때 벌써 격구 자세를 취하더니, 말발굽이 올라갔다 내려오는 짧은 사이에 채를 휘둘렀다. 공은 단번에 상대방의 구문을 향해 날아갔다.

부마 위보형이 재빠르게 말 머리를 돌려 수비에 나섰다. 공은 구문에 부딪혀 튕겨 나와 위보형의 말 앞에 떨어졌다. 위보형은 곧바로 공을 쳐 왕온에게 넘겼고, 왕온은 상대 진영 오른쪽이 비어 있는 것을 보고는 거침없이 구문을 향해 돌진했다.

구문 앞에 서 있던 황재하는 왕온이 재빠르게 달려오는 것을 보고는 나푸사를 재촉해 왕온을 향해 정면으로 돌진했다. 두 사람이 전광석화와 같은 속도로 서로를 스치고 지나며 두 개의 격구 채 또한 순식간에 뒤얽혔다. 왕온과 황재하는 말을 멈추지 않고 달리던 방향으로 계속해서 질주했다.

왕온이 몰고 달리던 공은 어느샌가 황재하의 채 아래에 있었다. 황재하가 오른팔을 가볍게 휘두르자 공은 긴 포물선을 그리며 정확히 소왕 앞으로 날아갔다. 마침 아무도 막는 이가 없었기에 소왕은 가볍게 공을 쳐 구문에 넣어 첫 득점을 올렸다.

"소왕 전하, 승고! 훌륭해요!" 주자진은 우쭐거리며 말 위에서 큰 소리로 외쳤다. 앞에 있는 상대 선수를 방어해야 한다는 사실마저 까맣게 잊었다.

모두들 이 왜소해 보이는 환관의 격구 솜씨가 이렇게 좋으리라고는, 그렇게 빠른 속도로 왕온의 채에서 공을 빼앗으리라고는 생각도 못 했다. 관중들은 잠시 멍하니 있다가 이내 함성을 지르며 환호했다.

황재하는 한눈팔지 않고 다시 말을 재촉해 구문 앞으로 가서 수비에 집중했다.

왕온은 황재하를 힐긋 쳐다보고는 아무 말도 하지 않고 재빨리 말머리를 돌려 자신의 진영으로 돌아갔다.

경기가 시작되자마자 고조된 분위기에 황제 또한 칭찬을 멈추지 않으며 웃는 얼굴로 말했다. "좋아, 아주 좋아! 일곱째도 솜씨가 참으로 좋구나!"

곽 숙비는 가볍게 부채를 부쳐주며 미소 지었다. "정말로 그렇네요. 그리고 저 소환관의 솜씨도 일품인 것 같고요."

황제도 유심히 황재하를 쳐다보고는 고개를 끄덕이며 말했다. "저 소환관은 양숭고라는 자인데 기왕 측근의 수하라네."

"어머, 설마 그 사방안 사건을 해결했다던 그 사람 말씀이십니까?" 곽 숙비는 부채로 얼굴을 가리고 웃으며 말했다. "듣기로 당시에 소왕이 기왕에게 저 공공을 내어달라고 했다지요. 과연 용모가 준수한 것이 마음에 들 만도 했겠군요."

황제는 미소만 지을 뿐 더 이상 아무 말 하지 않았다.

동창 공주의 마음은 딴 곳에 가 있는 듯했다. 부황의 옥좌에 팔꿈치를 기대고 턱을 손에 괸 채 무엇을 생각하는지 미간을 찌푸리며 경기장을 오가는 말을 쳐다보고 있었다.

이때 부마 위보형의 공이 구문을 가르며 동점을 만들어 경기장 분위기가 더욱 달아올랐다. 위보형은 경기장 밖에 있는 황제 일행에게 격구 채를 높이 들어 보였다.

황제가 웃으며 말했다. "영휘야, 부마가 너를 보는구나."

"온몸이 땀범벅이 됐는데 저 사람 신경 쓸 겨를이 어디 있어요." 동창 공주는 피곤한 투로 말했다.

한여름 태양이 더 높이 걸려 햇살이 눈을 찌를 정도로 강렬했다.

시합이 시작된 지 일각도 채 되지 않아 황재하는 벌써 답답함을 느꼈다. 뜨거운 날씨뿐만 아니라, 격구장 내에 이는 먼지 때문에도 호흡하기가 쉽지 않았다. 모든 선수들의 옷이 땀으로 흠뻑 젖었다. 하지만 이러한 열기가 오히려 선수들을 더 흥분시키는 것 같았다. 말들이 먼지를 일으키며 바람처럼 오가는 터라 구경하는 이들은 눈을 깜빡일 여유조차 없었다.

황재하는 작열하는 태양을 무릅쓰고 구문 앞을 지키며 앞에서 질주해오는 이를 응시했다.

왕온이었다.

왕온은 마치 일부러 그러는 것처럼 황재하를 향해 정면으로 돌진해왔다. 황재하는 경계하는 눈빛으로 그를 응시하며 채를 쥔 손에 힘을 주고는 말을 달려 그를 맞이하러 나갔다.

둘의 말 머리가 코끝이 닿을 정도로 가까워진 순간 왕온이 손을 번쩍 들어 채를 휘둘러 공을 위보형에게 넘겨주었다. 이와 동시에 왕온이 휘두른 채가 황재하의 귓가를 스치며 황재하 머리에 꽂힌 비녀를 향했다. 황재하는 반사적으로 몸을 낮춰 나푸사의 등에 바짝 엎드렸다.

격구 채가 비녀를 가볍게 스치는 소리가 들렸다.

순간 등에서 식은땀이 흐르면서 온몸의 털이 쭈뼛 섰다.

조금만 늦게 피했더라도 황재하는 머리를 산발한 채 말 위에 앉아 있을 뻔했다. 그랬더라면 지명 수배 중인 황재하와 닮았다는 사실을 사람들이 알아차렸을지도 모른다.

황재하는 번쩍 고개를 들었다. 왕온이 곁눈질로 흘끔 황재하를 보았다. 두 사람 사이로 먼지가 자욱이 피어올랐지만 황재하는 차갑고도 음침한 왕온의 눈빛을 똑똑히 볼 수 있었다.

황재하가 몸을 일으키기도 전에 함성 소리가 터져 나왔다. 위보형이 또다시 한 점을 획득했다.

주자진이 말을 몰고 와서는 황재하에게 물었다. "괜찮아?"

"괜찮아요." 황재하는 미간을 찌푸리며 말했다.

"왕 형도 조심 좀 하지 않고. 하마터면 네 머리를 칠 뻔했잖아." 주자진은 불쾌한 듯 말했다. "좌금오위의 거친 사내들한테서 순 나쁜 것만 배웠나 봐."

황재하는 비녀를 매만져 단단히 꽂았다. "괜찮아요, 별것 아니에요."

순간 관중석에서 또다시 함성이 들려왔다.

장내 선수들이 일제히 고개를 돌렸다. 기왕 이서백이 관중석으로 걸어 들어오고 있었다. 디우는 수행인이 고삐를 쥐어 데리고 들어왔다.

황재하는 순간 당황했다. 장항영이 다가와 긴장한 목소리로 말했다. "저기…… 숭고, 전하가 오셨는데요."

황재하는 이서백을 한 번 쳐다보고는 다시 격구 채를 쥐고 말 머리를 돌리며 말했다. "일단 신경 쓰지 마요. 경기 다 끝나고 나서 말씀드리자고요."

이서백은 황제에게 가서 예를 갖추어 인사했다. 황제는 재빨리 사람을 불러 의자를 가져오게 한 뒤 이서백을 자리에 앉혔다. 곽 숙비와 동창 공주는 뒤로 옮겨 앉고 이서백은 황제의 반보 정도 뒤에 앉았다.

"양숭고의 실력이 꽤 괜찮구나." 황제가 말했다.

이서백은 종횡무진 경기장을 누비는 말을 보며 담담한 투로 말했다. "체력이 좀 약한 편이라 아마 반 시진도 견디지 못할 겁니다."

황제는 웃으며 말했다. "그래도 참으로 의리가 있어. 친구를 좌금오위에 들어가게 하려고 소왕과 악왕에게 격구 시합에 참가해달라고 청했다더군."

이서백의 시선이 장항영에게 향했다. 이서백이 미간을 살짝 찌푸리며 말했다. "둘 다 오늘 별다른 일이 없어 저들과 어울려 시간이나 보내자 하고 나왔겠지요."

주자진의 말 소하는 성격이 온순해 좌금오위의 흑마에게 차이자 필사적으로 옆으로 도망쳤다. 그 기세에 주자진은 하마터면 말에서 떨어질 뻔했다.

"비열한 놈들! 상대방 말을 건드리는 법이 어디 있어!" 주자진이 크게 소리쳤다.

수비를 하고 있던 황재하는 주자진의 고함에 무의식적으로 그쪽으로 시선을 돌렸다.

그때 왕온이 공을 빼앗느라 뒤엉켜 있는 사람들은 신경도 쓰지 않고 황재하를 향해 매섭게 말을 몰아 돌진했다.

훈련이 잘되어 있던 나푸사는 왕온의 말이 부딪힐 뻔한 순간 앞발을 들어 올려 뒷발로 몸을 지탱한 채 몸을 오른쪽으로 틀었다. 그 덕분에 겨우 충돌을 피할 수 있었다. 그러나 왕온은 두 필의 말이 서로 스치던 그 순간, 나푸사 옆으로 바싹 다가와서 붙었다. 둘에게 주목하는 사람은 거의 없었다. 다들 악왕이 측면을 뚫고 나와 위보형이 몰고 있던 공을 쳐서 멀리 날려 보내는 모습을 떠들썩하게 지켜보고 있었다.

사람들의 시선은 경기장의 반 이상을 날아가는 공을 따라 움직였다. 공이 떨어진 곳에는 마침 주자진이 있었고 장항영도 얼른 정신을 차리고 공을 쫓아가 무방비의 구문을 향해 돌진했다.

열띤 분위기 속에 오로지 이서백의 시선만이 경기장의 다른 쪽을 응시했다. 아무도 신경 쓰지 않는 구문 밖에서 왕온의 말과 황재하의 말이 뒤엉켰다.

황재하는 나푸사를 재촉해 말 머리를 돌려 그곳을 벗어나려 했다.

왕온은 계속 황재하를 따라잡아 말 몸길이의 절반쯤 남겨두고 바짝 붙었다. 시끄러운 소음 속에서도 왕온의 낮은 음성이 똑똑히 들려올 거리였다. "듣자 하니 제 정혼자 황재하의 격구 솜씨는 촉에서 따라갈 자가 없었다고 하더군요."

황재하는 순간 멈칫하더니 말고삐를 거세게 잡아당겼다.

다시 환호성이 들려왔다. 장항영이 친 공이 아무런 방해도 받지 않고 그대로 구문을 때린 것이다.

왕온은 경기의 승부에는 전혀 관심이 없어 보였다. 황재하는 또다시 등 뒤에서 전해오는 왕온의 목소리를 들었다. 차가울 정도로 평온한 목소리였다.

"경기장이 이렇게 혼잡하니 일 하나 벌이는 것쯤은 실로 간단하지 않겠습니까. 내가 실수로 그대의 머리를 쳐서 흐트러뜨린다든가, 아니면……."

왕온의 시선이 황재하의 얼굴에 닿았다. 땀에 젖은 머리칼이 뺨에 달라붙고 얼굴에 바른 분은 이미 땀에 씻겨 얼룩덜룩해져 온통 먼지투성이로 보였다. 하지만 그런 와중에도 곱고 매끈한 피부를 희미하게나마 엿볼 수 있었다.

"……혹은 실수로 그대의 겉옷을 찢어버린다든가 말입니다?"

결국 올 것이 오고야 말았다.

황재하는 자신도 모르게 아랫입술을 깨물고는 고개를 돌려 왕온을 쳐다보며 간신히 입을 열어 말했다. "소인 무지한 탓에 왕 도위께서 무슨 말씀을 하시는지 도무지 이해를 못 하겠습니다."

왕온은 황재하의 말은 못 들은 체하며 그녀를 쳐다보며 물었다. "이유가 뭡니까?"

"무엇을 말씀이십니까?"

"우리 왕 씨 집안이 무엇이 부족해서……." 왕온은 천천히 격구 채를 아래로 내리며 잠시 틈을 두었다가 물었다. "황재하가 온 집안 식구를 죽일지언정 내게 시집오는 것은 거부하는 거랍니까?"

두세 필의 말이 그들 옆을 지나쳐갔다. 또다시 공격과 방어가 시작되었다.

주자진이 크게 외쳤다. "숭고, 빨리 수비로 돌아가!"

소왕이 웃으며 소리쳤다. "왕온, 자네 설마 숭고가 실력을 발휘하지 못하게 협박이나 회유를 하고 있는 건 아니겠지? 숭고 안색이 아주 안 좋은데."

왕온은 고개를 돌려 소왕을 향해 크게 소리 내어 웃었다. "하하, 제가 어찌 감히 그러겠습니까. 단지 양 공공이 공 다루는 기술이 이처럼 뛰어나니 개인적으로 한 수 가르쳐달라 청하고 싶었던 것뿐입니다."

왕온은 황재하에게 고개를 돌려 그녀에게만 들리도록 목소리를 낮춰 말했다. "금일 저녁 유시, 집으로 찾아오십시오. 남은 얘기는 그때 다시 하지요."

황재하는 저도 모르게 나푸사의 고삐를 쥐고 있던 손에 더욱 힘을 주었다. 고삐에 눌린 손바닥에 하얗게 흔적이 생겨났다. 왕온은 도발적인 표정으로 황재하를 쳐다보며 격구 채로 바닥을 비스듬히 가리켜 보였다. 마침내 황재하는 입술을 깨물며 고개를 살짝 끄덕였다.

왕온은 미세하게 입꼬리를 올려 옅은 미소를 지어 보이고는 즉시 말 머리를 돌려 그 자리를 떠났다.

이서백이 일어나 심판을 보는 관리에게 신호를 보냈다.

갑자기 경기가 중단되어 영문을 몰라 하던 사람들은 이서백이 황재하를 향해 손가락을 까딱이는 모습을 보았다.

황재하는 가쁜 숨을 몰아쉬며 이서백에게 달려갔다. 무더운 여름날 땡볕에서 그 시간까지 경기를 뛴 탓에 심장은 급하게 뛰었고 땀은 비 오듯 흘러내렸다. 아무래도 여자의 몸인지라 체력이 남자에 비해서 좋지 않아 완전히 지친 상태였다.

이미 붉은색 격구복으로 갈아입은 이서백은 사람을 시켜 디우를 데려오게 하더니 말에 올라타며 소리쳤다. "선수 교체!"

황재하는 깜짝 놀랐다.

이서백은 황재하 쪽은 보지도 않고 장항영이 불안한 표정으로 이쪽을 응시하고 있는 것을 힐끗 쳐다보고는 냉담한 목소리로 말했다. "그 체력으로 고집부리지 말아라."

황재하는 묵묵히 고개를 들어 말에 탄 이서백을 올려다보다가 결국 손에 쥐고 있던 격구 채를 건넸다. 강렬한 태양을 뒤로한 그의 얼굴은 역광으로 인해 잘 보이지 않았지만, 두 눈만은 별처럼 밝게 빛났다. 이서백의 목소리가 황재하의 귓가에 가볍지도 무겁지도 않게 스치듯이 들려왔다.

“내가 내쫓은 사람을 돕다니, 그 이유에 대해 잘 설명해야 할 것이야.”

황재하는 순간 심장이 맹렬하게 뛰는 것을 느꼈다. 디우는 이미 격구장 안으로 돌진해 들어갔다.

기왕 이서백이 등장하자 형세는 자연스럽게 급변했다. 교착 중이던 점수의 균형이 순식간에 깨졌다. 왕온과 부마의 협공으로도 이서백을 막을 순 없었다.

몹시 사나운 성격의 디우는 검은 천둥처럼 격구장 곳곳을 누비고 다녔다. 자욱한 먼지 가운데 보이는 것은 그저 거침없이 채를 휘두르고, 공을 전달하며, 구문에 공을 넣는 붉은 옷의 이서백밖에 없었다.

위보형은 쓴웃음을 지으며 왕온과 상의했다. “기왕 전하의 기세가 저리도 대단하니 어떻게든 공을 빼앗아 그 흐름을 꺾지 않으면 우리 쪽으로 기회가 오지 않을 것 같네.”

왕온도 고개를 끄덕였다. 두 사람은 이서백의 기세를 꺾기 위해 각자 이서백의 좌우에서 협공을 펼치며 나머지 세 사람도 불러서 그 뒤를 쫓게 했다.

이서백은 다섯 명에게 둘러싸이고도 조금도 동요하지 않고 고개를 돌려 소왕의 움직임을 확인한 뒤 채를 살짝 휘둘렀다. 공은 정확히 말 다섯 필의 다리 스무 개 사이를 빠져나가 그대로 소왕을 향해 굴러갔다.

“공을 빼앗아!” 위보형이 크게 외치며 공을 쫓는데 이서백이 한쪽 발만 말등자에 걸친 채 제비처럼 가볍게 몸을 날리더니 채를 휘둘러 위보형이 막 내리치려는 격구 채를 정확히 맞혔다. 그 바람에 위보형의 채가 반대 방향으로 돌아가면서 공도 방향을 바꾸어 날아갔다.

공은 왕온의 말 머리를 스쳐지나가면서 장항영이 달리고 있던 쪽으로 날아갔다. 장항영은 재빠르게 반응하여 위기일발의 순간에 채를 휘둘러 공을 멈춰 세운 뒤 그대로 구문을 향해 집어넣었다.

"훌륭하군! 넷째가 평소에는 격구를 즐기지 않더니 이 정도로 숨은 실력자였을 줄이야! 공을 넣은 저자도 반응이 매우 민첩한 것이 솜씨가 보통이 아니야!" 황제는 손으로 무릎을 치며 칭찬해 마지않았다.

동창 공주는 벌떡 일어나더니 부마를 큰 소리로 불렀다. "아위[7]!"

위보형은 재빨리 말에서 내려 동창 공주를 향해 달려갔다.

그가 다가오자 동창 공주는 다시 의자에 앉아서 눈만 들어 그를 올려다보았다. "당신 격구 실력이 대단하다고 늘 나한테 자랑하지 않았나요? 오늘 그 실력을 제대로 보았군요."

공주의 핀잔에 위보형은 머쓱해하고 그저 웃으며 대꾸했다. "공주는 오늘 내 실력이 영 마뜩지 않은가 봅니다……."

"공주야, 아위가 황제 폐하 앞에서 우리 체면을 세워주려고 실력을 아낀다는 걸 눈치 못 챘단 말이야?" 물을 마시러 온 소왕이 웃으며 둘 사이를 중재했다. "그만하면 됐어. 재미로 하는 경기니 그냥 앉아서 관람이나 하거라. 입을 많이 열면 먼지만 더 들어오지, 안 그러냐?"

동창 공주는 소왕을 흘겨보며 퉁명스럽게 말했다. "알겠어요. 황숙도 부마 좀 잘 봐주세요."

선수들은 잠시 말에서 내려와 휴식을 취했다. 디우는 여전히 힘이 넘쳐 기세등등한 몸짓으로 다른 말들을 도발했고, 그 바람에 말들이

---

7 부마 위보형을 부르는 애칭.

모두 겁을 집어먹고는 구석으로 몰려 움츠러들었다. 다들 그 모습을 보면서 한바탕 크게 웃으며 잠시 경기의 승패를 잊었다.

사람들에게 차를 따라주던 황재하는 땅바닥을 향해 시선을 떨구고 있는 부마 위보형을 보았다. 자욱한 먼지와 뜨거운 태양 아래 낯빛이 창백하고, 이를 악 물고 있는 탓에 아래턱이 단단히 경직된 채 입술이 비틀려 있었다.

그의 얼굴을 타고 흘러내리는 땀방울을 보며 황재하는 그 또한 버티기 힘든 모양이라고 생각했다. 하지만 위보형은 땀방울이 손등에 떨어지자마자 힘껏 손을 흔들어 땀방울을 떨어낸 뒤 얼굴에 드리웠던 무서운 표정 또한 멀리 내던지고 평소와 같은 웃음을 띠며 황재하의 손에서 찻잔을 건네받았다.

"고맙습니다. 격구를 굉장히 잘 하는군요."

"확실히 숭고가 대단하긴 하더구나." 악왕도 웃으며 말했다.

주자진이 말했다. "앞으로 매일 아침 나랑 같이 곡강(曲江)을 따라 한 바퀴씩 달리자. 그럼 1년 후에는 이 장안에 네 적수가 없을걸!"

이서백이 무미건조하게 말했다. "숭고는 그럴 시간 없다."

화기애애하던 분위기가 이서백의 그 한마디로 순식간에 냉랭해져 모두들 아무 말 없이 차만 마셨다. 주자진만이 분위기를 다시 돌려보려 입을 열었다.

"하하하, 당연하지요. 그리고 아무리 실력이 향상된다 한들 기왕 전하께는 못 미칠 테고요……."

그 누구도 주자진의 말에 대꾸하지 않았다.

다들 차 한 잔씩을 마시며 휴식을 취한 뒤 소왕이 다시 사람들을 일으켜 세웠다. "자, 그럼 계속해볼까."

모두들 각자의 말에 올라탔다. 심판이 붉은색 깃발을 올리자 긴 함성과 함께 말발굽 소리가 울려 퍼졌다. 여러 필의 말이 상대방 진영을 향해 열심히 달려가던 그때, 갑자기 말 한 마리가 고통스럽게 울부짖으며 앞으로 고꾸라졌다.

부마 위보형의 흑마였다. 말이 질주하던 중에 쿵 하고 쓰러지면서 말 위에 타고 있던 위보형도 말과 함께 흙바닥에 거세게 내동댕이쳐졌다. 위보형은 다행히 순발력이 빨라 땅에 떨어지는 순간 몸을 한껏 웅크리고 앞으로 굴러 최대한 충격을 줄이며 몸을 보호했다.

순간 장내가 들썩이며 동창 공주가 벌떡 일어나 경기장 안으로 뛰어 들어갔다. 황제와 곽 숙비 또한 황급히 경기장 안으로 달려갔다. 격구를 하던 모두가 말에서 내려 위보형을 둘러쌌다.

이서백이 얼른 좌금오위의 군의를 불러오라 명했다. 군의가 도착해 부마의 탈골된 팔을 부축하고서 다른 한 손으로 전신을 여기저기 눌러보았다. "다행히 크게 다치시진 않았습니다. 뼈도 괜찮고요."

동창 공주가 위보형의 얼굴에 생긴 찰과상을 보며 물었다. "흉터가 남겠는가?"

"어떻게 치료하고 관리하느냐에 따라 달라질 것 같습니다. 일부 선천적으로 흉터가 남기 쉬운 사람들이 있기는 한데……." 의관은 황급히 대답했다.

"치료가 잘 되지 않으면 후에 어찌될지는 스스로 잘 알고 있겠지!" 동창 공주는 냉랭한 투로 말했다. "나는 얼굴에 흉이 있는 부마를 원치 않아!"

"아이고, 영휘야." 곽 숙비가 미간을 찌푸리며 정말 못 말린다는 듯 공주를 나무랐다.

하지만 황제는 오히려 공주의 말에 동조하며 말했다. "공주의 말이 곧 짐의 말이니라. 들었느냐?"

"네, 알겠습니다. 폐하." 군의관은 두려움에 사시나무 떨듯이 벌벌 떠느라 제대로 서 있기도 힘들어 보였다.

위보형이 이마를 가리며 말했다. "별것 아닙니다. 작은 상처인데요 뭐. 시합도 아직 다 끝나지 않았고요."

"더 하려고요? 하마터면 목숨을 잃을 뻔했다고요!" 동창 공주가 분노하여 소리쳤다.

"시합을 더 할 필요는 없어 보이니 오늘은 여기까지 하시지요." 왕온은 그렇게 말하며 이서백에게 눈길을 주었다.

이서백도 들고 있던 격구 채를 황재하에게 건네며 말했다. "여기까지 하도록 하지. 모두 최선을 다했으니 그것으로 되었다."

주자진은 재빨리 왕온에게 물었다. "그러면 장 형의 일은……."

왕온은 황재하를 쳐다보았다. 황재하는 그 눈빛에 담긴 의미를 알아듣고는 조금 망설이다가 결국 보일 듯 말 듯 고개를 끄덕여 보였다.

왕온은 장항영을 향해 고개를 돌리며 말했다. "오늘 다들 지켜본 바와 같이 솜씨가 꽤 괜찮았습니다. 돌아가서 조금 논의를 하고 알려줄 터이니 조금만 기다려주시지요."

주자진은 흥분한 나머지 손을 들어 장항영과 손바닥을 마주치며 기쁨을 표시했다. 이쪽에서 그렇게 기쁨을 누리고 있는데 저 멀리서 갑자기 동창 공주의 신경질적인 소리가 들려왔다. 공주는 검정말을 가리키며 분노했다. "다른 사람들은 다 멀쩡한데 왜 하필 부마의 말만 이런 일이 벌어져 큰일을 당할 뻔한 것이야?"

동창 공주가 제멋대로인 것은 다들 알고 있는 사실이었다. 왕제들은 그런 공주를 못 본 척했고 함께 경기한 이들은 위보형을 위로했다. 말을 관리하는 자와 격구장을 관리하는 말단 관리만이 고개를 숙인 채 욕을 먹고 있었다.

황제가 동창 공주의 어깨를 토닥이며 말했다. "영휘야, 조금만 진정하거라."

동창 공주가 갑자기 고개를 돌려 황제의 소매를 붙잡았다. "아바마마…….” 공주의 목소리가 살짝 떨렸다. 감당하기 어려운 두려움을 느끼는 듯했다.

황제가 의아해하며 물었다. “왜 그러느냐?”

“며칠 전…… 천복사에서 그 많던 사람 중 우연히도 제 측근 환관이 벼락을 맞아 죽었어요. 그런데 오늘 부마까지 이리되니……. 아바마마께서는 제 주변에 이런 일이 자꾸 생기는 것이 정말 우연이라 생각하시나요?” 동창 공주의 안색이 점점 더 창백해졌다. “제 곁을 10년 넘게 지키던 환관이 산 채로 불타 죽었어요! 조금 전 부마에게도 갑자기 끔찍한 일이 생겼고요. 부마가 민첩하게 반응하지 못했더라면 어찌되었을지 생각만 해도 끔찍합니다!”

곽 숙비는 한숨을 쉬며 공주의 손을 잡았다. “영휘야, 너무 깊이 생각하지 말거라. 모든 것이 뜻밖에 일어난 변고가 아니더냐…….”

“뭐가 뜻밖에 일어난 변고라는 거예요? 환관이 죽었고, 부마가 다쳤어요. 만일…… 만일 그다음이 있다면, 바로 제 차례가 아니겠어요?” 공주의 얼굴이 더 창백해지더니 몸을 덜덜 떨며 두려움과 불안을 고스란히 드러냈다.

황제는 딸의 이런 모습에 안쓰러운 마음이 들어 위로해주었다. “어찌 그러겠느냐? 이 부황이 있는데 누가 감히 내 딸에게 해를 입힐 수 있단 말이냐?”

공주는 이를 악물며 말했다. “그런데 그저께 꿈에서…….”

“영휘야, 꿈은 꿈일 뿐이야.” 곽 숙비가 말을 끊으며 공주의 어깨를 감싸 안았다. “자, 자, 안심하거라. 별일 아니다.”

동창 공주는 그런 곽 숙비를 뿌리치고는 서글픈 눈으로 황제를 바라보며 말했다. “아바마마께 부탁드릴 것이 있어요!”

황제는 고개를 끄덕였다. “말해보거라.”

“기왕부의 소환관 양숭고가 사건을 해결하는 능력이 뛰어나다고 들었어요. 대리사 사람들은 하나같이 천벌 어쩌고 하며 지껄여대니 제대로 진상을 파헤칠 리 만무할 거예요. 그러니 아바마마께서 저의 청을 꼭 들어주셨으면 좋겠어요. 양숭고가 부마와 위희민의 사건을 조사하게 해주세요."

동창 공주가 갑작스럽게 이런 요구를 하리라고는 꿈에도 생각지 못한 황재하는 어안이 벙벙했다. 황제 또한 공주의 청을 이상히 여겨 황재하를 쳐다보며 망설였다.

마음이 조급해진 동창 공주는 마치 어린아이가 떼를 쓰는 것처럼 황제의 팔을 꼭 끌어안고 흔들었다. "아바마마! 저는…… 정말 무섭고 걱정돼요. 만일 뜻밖의 사고가 벌어진다면 아바마마는 두 번 다시 저를 보지 못하실지도……."

"무슨 그런 말도 안 되는 소리를 하느냐!"

황제를 올려다보는 공주의 눈에 눈물이 점점 차올라 금방이라도 쏟아질 듯 보였다. 황제는 이런 공주의 모습에 어쩔 수 없다는 듯 한숨을 내쉬더니 이서백을 향해 물었다.

"넷째야, 공주가 이렇게까지 이야기하니 너의 그 소환관을 잠시 대리사에 보내어 최순잠을 도와 천복사 사건을 조사하게 해도 되겠느냐?"

이서백은 얼굴에 조금도 감정을 드러내지 않고 담담한 투로 말했다. "어리석은 아우가 폐하께 먼저 용서를 구합니다. 천복사의 그 소란은 하늘에서 떨어진 벼락에 초가 폭발하여 발생한 비극이 아닙니까? 공주부 환관의 죽음도 그저 그자가 불운하게 초 가까이에 있었기에 불이 붙어 죽은 것뿐입니다."

"만일 그 일뿐이라면 우연이라고 할 수 있겠지만 부마의 일은요? 왜 저와 관계된 사람에게만 사고가 생기는 거죠?" 동창 공주가 물었다.

그 무례한 모습에 곽 숙비가 참지 못하고 공주를 잡아당겼다. 황제 또한 공주를 나무라며 말했다. "영휘야, 어찌 황숙에게 이리도 무례하게 구는 것이냐?"

동창 공주는 억지로 고개를 숙이며 말했다. "넷째 황숙, 지금 이 조카의 신변에 문제가 생긴 마당에 설마 그 소환관을 내어주기가 아까워서 그러시는 건 아니시겠지요? 며칠 동안만이라도 저를 도와주라고 하세요. 사방안 같은 큰 사건도 손쉽게 해결한 사람인데 제 주위 상황을 조사하는 것이 뭐 그리 어렵겠습니까?"

곽 숙비가 미간을 찡그리며 말했다. "영휘야, 듣자 하니 기왕은 며칠 안에 촉으로 떠난다더구나. 양 공공은 기왕의 측근인데 그를 이곳에 남겨 너를 돕게 하는 것은 적절치 못한 일이 아니겠느냐?"

"넷째 황숙 주변에 시중드는 사람이 그렇게 많은데 한 사람 빠진다고 크게 상관이 있겠어요?" 동창 공주는 황재하를 보며 물었다. "양 공공, 그대가 한번 말해보게. 이 일을 거절할 텐가, 받아들일 텐가?"

황재하는 잠시 생각해본 뒤 대답했다. "소신의 얕은 생각으로 천복사 사건은 확실히 하늘에서 떨어진 벼락으로 인해 초에 불이 붙어 생긴 일입니다. 이 일의 근원은 천둥 번개일진대 소신이 아무리 범인을 찾는다고 해도 하늘 위의 실마리를 찾을 수는 없습니다."

화가 난 동창 공주는 위보형을 가리키며 다시 물었다. "그럼 부마의 일은?"

"부마께서는 경기 직전에 말을 바꿔 타셨습니다. 소신이 보기에 이 또한 뜻밖의 사고인 것으로 생각되옵니다."

"뜻밖의 사고, 뜻밖의 사고! 난 그렇게 많은 뜻밖의 사고가 일어날 수 있다고 믿지 않아!" 동창 공주는 극도로 분노해 그 아름다운 얼굴에서 살기가 가득 뿜어져 나왔다. 공주는 황재하를 노려보며 분노에 차서 고함쳤다. "그렇다면 오늘 부마의 목숨을 앗아갈 뻔한 그 말을 관리한 자를 갈기갈기 찢어서 죽여버릴 것이야! 그리고 좌금오위 안의 말을 관리하는 모든 자들 또한 책임을 면치 못할 것이다!"

"영휘야, 적당히 하지 못하겠니!" 곽 숙비마저 눈살을 찌푸리며 공주를 말렸다.

동창 공주는 곽 숙비의 손을 뿌리치며 오직 황제만을 쳐다보았다. 얼굴이 하얗게 질린 것이 분노를 이기지 못해 금방이라도 쓰러질 것 같아 보였다.

황제는 어찌할 바를 몰라 안타까운 눈빛을 띤 채 공주의 손을 토닥여주면서 도리 없다는 표정으로 고개를 돌려 이서백을 보았다.

이 상황을 옆에서 지켜본 이서백이 입을 열었다. "동창이 이토록 양숭고를 마음에 들어 하니 며칠간 그를 대리사에 보내어 함께 사건을 살펴보게 하겠습니다. 그로 인해 동창의 근심이 없어질 수 있다면 가장 좋을 것이고, 만일 별다른 결론을 얻지 못한다 해도 이는 양숭고의 능력이 거기까지인 것이니, 동창도 그 점은 이해해주리라 생각합니다."

"넷째가 이해해준다니 그것 참 다행이구나." 황제가 고개를 끄덕이며 말했다.

동창 공주는 이서백에게 예를 행하고는 딱딱한 목소리로 말했다. "감사합니다."

곽 숙비도 한숨을 내쉬며 황제와 어쩔 수 없다는 듯한 눈빛을 교환했다. 하지만 옆에 서서 이를 지켜보던 황재하는 왠지 모르게 곽 숙비의 양미간에 남들이 모르는 또 다른 걱정거리가 숨겨져 있는 것 같다는 생각이 들었다.

동창 공주는 황재하를 향해 따지듯 물었다. "양 공공은 어디서부터 이 사건을 조사할 생각인가?"

황재하는 잠시 주저한 뒤 대답했다. "검정말부터 시작하겠습니다."

부마는 공주부 시종의 부축을 받아 돌아갔고, 동창 공주는 숙비의 마차에 타고 천천히 공주부로 돌아갔다.

마차 안 의자에 기댄 채로 조금의 미동도 없이 몸을 웅크린 동창 공주는 요동치며 흔들리는 가림막만 쳐다봤다. 두꺼운 비단이었지만 바깥의 뜨거운 햇살이 은은하게 뚫고 들어와, 가림막의 흔들림에 따라 햇살도 흔들거리며 두 사람 몸 위에 내려앉았다. 출렁이는 불안한 기운이 두 사람 사이에 흘렀다.

곽 숙비는 미간을 찌푸리고 공주를 오랫동안 바라보다가 결국 입을 열었다. "양숭고에게 그 일을 조사하게 해서는 안 될 것이야."

동창 공주는 여전히 창문 밖에서 들어오는 햇살에 시선을 둔 채 한동안 멍하니 있다가 입을 열었다. "분명 두구의 장난일 거예요."

"만일 그렇다 해도 양숭고가 원혼을 어찌할 수 있겠느냐?" 곽 숙비는 이를 악물며 겨우 들릴 듯한 낮은 목소리로 말했다. "살아서 본궁도 두려워 않던 위인이, 죽어서 양숭고를 두려워하겠느냐?"

"두구는 죽고 없다 해도, 두구 가족이나 친구들 중 누군가가 이 일을 알고 있을지도 모르잖아요? 특히 우리 곁에도 아직 두구 생각을 떨치지 못하는 사람이 있다는 사실을 잊지 마시라고요." 동창 공주는 아랫입술을 깨물며 천천히 말했다. "그중 누가 흉계를 꾸미고 있을지 어마마마는 짐작이 가세요?"

곽 숙비는 한숨을 쉬며 미간을 찡그렸다. "태극궁의 그 여인은 아직도 대명궁으로 돌아올 생각을 버리지 않고 있어. 절대 단념하지 않을 것이야. 지금은 이 어미에게 무척 중요한 때이니 추호의 실수도 있어서는 아니 되는데, 이런 때에 양숭고를 우리 곁으로 불러들여 그 사건을 조사하게 하는 것은 집에 늑대를 불러들이는 꼴이 아니고 뭐란 말이냐?"

공주는 순간 아무 말도 하지 못하다가 한참이 지나서야 다시 골을 내며 말했다. “두구는 살아 있었을 때도 뻔뻔하더니 죽어서도 우리에게 화만 입히네요!”

“하나 그 양숭고가 이 일에 개입하게 된 것이 반드시 안 좋은 일이라고만은 할 수 없겠지.” 곽 숙비는 손에 든 비단부채를 가볍게 흔들며 얼굴에 냉소를 띠었다. “어찌되었든 기왕부 사람이니 양숭고를 다리 삼아 기왕의 지지를 얻어낼 수도 있지 않겠느냐. 그렇다면 네 어미가 황후가 되는 날도 머지않을 것이야. 어찌됐든 지금 조정에서 그 여인에 맞설 수 있는 사람은 기왕뿐이니 말이다.”

“만일 아바마마께서 우리가 한 일을 다 아시게 되면 어쩌죠?”

“뭘 겁내느냐. 부황께서 너를 그렇게나 아끼시는데 설마 너를 어찌하시겠느냐?” 곽 숙비는 딸에게 살짝 가까이 다가앉으며 팔을 뻗어 공주를 감싸 안았다. “영휘야, 지금 이 어미한테는 너밖에 없다. 네가 이 어미 편에 있지 않으면 이 어미는 남은 생을…… 어찌 살아가겠느냐?”

동창은 입을 열었으나 하려던 말은 결국 목구멍으로 삼켜버리고, 한참 뒤에야 고개를 숙인 채 겨우 말했다. “어찌됐든 저와 어마마마는 한배를 탄 거예요.”

땅 위에 나동그라진 흑마 곁, 황재하는 웅크려 앉고 이서백은 선 채로 말의 네 발을 살폈다.

오른발이 접질린 이 가여운 말은 땅에 누운 채 고통에 헐떡거렸다.

황재하는 말의 오른쪽 앞발굽을 자세히 들여다보며 말했다. “편자[8]가 빠져버렸네요.”

---

8 중국에 편자가 언제 출현했는지에 대하여는 정론이 없으나, 이곳에서는 수나라 개황 연간에 그려진 둔황 벽화 「정마장도(釘馬掌圖)」를 근거로 당나라 때 이미 산발적으로 사용하고 있는 것으로 설정하였다. (작가 주)

철로 된 반달형 편자는 위쪽에 녹슨 자국이 있고 땅에 닿은 아래쪽 부분은 약간 마모되어 있긴 했지만 그런대로 새것이었다. 한데 못 하나가 보이지 않았다.

편자에 못이 하나 부족하다는 것은 사람이 나막신을 신고 끈을 매지 않은 것과 비슷하다고 할 수 있었다. 말이 발을 들 때 편자가 느슨해질 것이고 그 상태에서 빠른 속도로 달리면 자연히 걸려 넘어질 수밖에 없다.

황재하는 편자를 눌러보며 그 중간에 못을 박는 움푹한 곳을 자세히 살펴보다가 미간을 찌푸렸다. "뭔가 흔적이 있습니다."

이서백도 반쯤 쭈그리고 앉아 함께 살펴보았다. 편자의 못 구멍 부분이 녹슬어 있고 그 부위에 충격이 있었던 듯 옅은 색의 가느다란 흔적이 보였다. 그 주위로도 무엇에 쓸린 듯한 흔적이 바늘같이 가는 선 모양으로 몇 가닥 보였다.

이서백이 미간을 찌푸리며 말했다. "분명 얼마 전에 누군가가 편자의 못을 비틀어 빼낸 것이야. 그때 사용한 도구가 녹슨 자리를 긁고 지나가면서 이런 흔적을 남겼고."

"지금 드는 첫 번째 의문은, 범인이 누군가를 겨냥하여 꾸민 짓인지, 아니면 무차별적으로 벌인 짓인지 하는 것입니다." 황재하는 머리 위로 손을 올려 은비녀를 잡고는 그 안의 옥비녀를 뽑아 손에 쥐고 바닥에 두 개의 선을 그었다. "만일 누군가를 노렸다면, 부마를 노린 것인지 아니면 다른 사람을 노렸는데 부마가 공교롭게 그 희생양이 된 것인지를 알아내야 합니다. 만일 무차별적으로 벌인 일이라면, 경기장 안의 아무나 다치게 하려 한 것일 텐데, 대체 그 목적은 무엇이고 그로 인해 이득을 보는 자가 누구인지가 관건일 것 같습니다."

이서백은 고개를 끄덕일 뿐 아무 말도 하지 않았다.

황재하는 또다시 두 개의 선을 그리며 말했다. "두 번째 의문은, 편자에서 못을 뺐다면 금방 문제가 발생하게 되는데, 이 말은 경기장 안에서 한참을 달린 후에야 일이 터졌다는 겁니다. 그렇다면 두 가지 가능성이 있다고 여겨집니다. 하나는 경기장에서 한참 후에야 문제가 생기도록 범인이 미리 어떤 수법을 써놓은 것이고, 또 다른 하나는 일이 터지기 직전, 그러니까 부마가 말에서 내려 경기장 밖으로 나가 동창 공주의 질책을 듣던 그때 손을 썼다는 겁니다."

이서백은 손을 들어 첫 번째 선을 가리켰다. "만일 격구 시작 전에 손을 썼다면 우리가 해결해야 하는 문제는 범인이 어떻게 해서 부마가 이 말을 택하도록 했느냐는 것이지."

그가 이번에는 두 번째 선을 가리켰다. "만일 중간에 손을 썼다면 그때 누가 이 말에 접근했는지를 알아내야 할 것이다."

황재하가 그때 당시의 장면을 떠올리며 미간을 찌푸렸다. "동창 공주가 부마를 부른 뒤 경기장의 모든 사람들이 말에서 내려와 휴식을 취했습니다. 만일 그때 누가 남의 말 옆을 어슬렁거렸다면 분명 다른 이의 주의를 끌었을 겁니다."

"특별한 행동을 한 사람은 없었다." 이서백이 확신하며 말했다. 그는 관찰력이 뛰어나서 한 번 본 것은 절대로 잊어버리지 않았다.

"게다가 말을 돌보는 관리도 원래는 그때 말을 들여보내 정비하려 하였으나 모든 말들이 디우 때문에 한곳에 몰려 있느라 어느 말도 휴식 장소로 들어가지 않았습니다." 황재하가 고개를 끄덕이며 말했다.

"보아하니 첫 번째 가설이 가능성이 크겠군." 이서백이 말했다.

황재하 또한 동의하며 말했다. "그렇다면, 열 마리가 넘는 말 중에서 부마가 어떻게 아무 의심도 없이 범인이 손쓴 말을 선택했는지, 그걸 알아내는 게 가장 시급하겠네요. 게다가 주자진 도련님의 방해가 있었는데도 말입니다. 부마가 제일 처음 고른 말은 자진 도련님이 빼앗아왔거든요." 황재하가 잠시 망설이다 물었다. "혹시 범인이 애초에 가장 좋은 말은 제외시켜버렸을 가능성은 없을까요? 전하께서는 조금 늦게 와서 모르셨을 텐데, 경기 시작 전 부마는 원래 장항영이 타고 있던 갈색 말을 골랐습니다. 하지만 자진 도련님이 그 말을 가져다 장항영에게 주었고 부마는 다른 말로 교체할 수밖에 없었습니다. 이렇게 되면 부마가 그 말을 타게 된 것이 더더욱 공교롭습니다."

"부마는 광록대부의 신분이고, 좌금오위 외부에서 초청해온 손님격이니 분명 누구보다 먼저 말을 골랐을 것이다. 그런데 범인이 가장 좋은 그 갈색 말이 아닌 다른 말에 손을 댔다면 분명 범인이 노린 상대는 부마가 아니었을 것이다. 설마 범인이 처음부터 장항영에게 말이 없다는 것과 주자진이 좌금오위에 와서 말을 빌릴 것까지 계산에 넣었겠느냐?"

잠시 생각하던 황재하는 고개를 내저었다. "이 말은 부마께서 그저 손에 잡히는 대로 대충 고른 말입니다. 게다가 딱히 특출한 말도 아니어서 그 누구도 이 말을 갈색 말 다음가는 좋은 말이라고 생각하진 않았을 겁니다."

여기까지 추론하고 나니 막다른 골목에 다다른 것처럼 더는 실마리를 찾기가 어려웠다.

두 사람은 일단 몸을 일으켜 격구장을 나가는 수밖에 없었다.

격구장 옆 휴식처에서는 선수들이 경기복을 벗은 채로 쉬다가 슬슬 돌아갈 채비를 하고 있었다.

소왕은 사람을 불러 자신이 가져온 물건을 펼쳐놓게 했다. 그릇에 담긴 얼음가루가 눈앞의 탁자 위에 놓였다. 냉기가 미치 안개처럼 모락모락 피어올랐다.

술을 따를 유리잔도 탁자 위에 놓였다. 호위 환관 몇이 술통을 들어서 따르는데 손힘이 약해 몇 번이나 잔 밖으로 부어버렸다.

"제가 따르겠습니다." 장항영은 한 팔로 술통을 받아들었다. 워낙 체격이 크고 팔 힘이 좋은지라 100여 근이 나가는 술통을 수월하게 품에 안고서 술을 따르라 하면 따르고 멈추라 하면 멈추었다.

소왕은 즐거워하며 유리잔을 얼음 위에 두고 장항영에게 물었다. "네 이름이 무엇이더라, 장항영? 몸이 아주 좋구나. 이렇게 하지. 좌금오위가 널 받지 않는다면 내가 너를 받겠다. 너는 나를 따라다니면서 날마다 내게 술을 따르기만 하면 되겠구나!"

낯을 가리는 성격의 장항영은 아무 대답도 하지 못하고 그저 어색하게 웃기만 했다.

악왕은 따라놓은 포도주를 이서백에게 먼저 건넸다. "넷째 형님, 아홉째가 서역 토카라[9]에서 가져온 포도주입니다. 이름은 삼증삼쇄라고 하는데 색깔도 좋으니 한번 드셔보십시오."

"꽤 괜찮구나." 이서백은 단 한마디로 감상을 말했지만, 소왕은 충분히 만족스러운 미소를 지으며 악왕을 향해 말했다. "일곱째 형님, 형님은 차밖에 모르니 술의 좋은 점을 어찌 알겠습니까? 특히 격구 경기가 끝난 후에 마시는 이 차가운 술이야말로 진짜 인생 아니겠습니까. 막 구워낸 따끈한 고루자가 있으면 더 좋겠지만 말입니다."

고루자는 당시 유행하던 양고기 전병으로 도성 내 많은 사람이 좋아했다. 옆에서 이리저리 편자를 살펴보던 주자진이 그 말을 듣고 즉시 고개를 들어 말했다. "저도 아주 좋아합니다. 아니면 차라리 저희 집으로 가시지요. 주방에 일러 만들어달라고 하겠습니다."

소왕은 고개를 저었다. "지금 만들기 시작하면 언제까지 기다리라는 말인가?"

그때 장항영이 뭔가 할 말이 있는 듯 옆에서 우물쭈물했다. 그 모습

9 중앙아시아 고대 국가의 이름.

을 본 황재하가 물었다.

"장 형, 오시가 다 되어가는데 안 가봐도 돼요?"

장항영이 서둘러 대답했다. "아침에 나올 때, 저의…… 누이가 오늘은 중요한 날이라며 고루자를 만들어놓고 기다리겠다고 했습니다. 괜찮으시면…… 제가 지금 바로 집에 가서 가져오는 건 어떨지요?"

"하아?" 소왕은 순간 정신이 번쩍 들었다. "그대 누이는 솜씨가 좋은가?"

"제 생각에는 꽤 맛있습니다. 다만 양고기가 비싸서 평소에는 잘 만들어주지 않지만요……."

"그럼 가서 가지고 올 일이 아니지. 고루자는 화로에서 꺼내 뜨거울 때 바로 먹는 게 제맛이야!" 소왕은 포도주와 탁자를 가리키며 환관들에게 말했다. "자, 자, 어서 짐을 챙기도록 하거라. 우리가 직접 가서 먹자고!"

황재하는 이러지도 저러지도 못한 채 그저 세 명의 왕을 따라 격구장을 나섰다.

황재하는 문득 의아한 생각이 들어 물었다. "장 형, 형제는 형님 한 분만 있는 거 아니었습니까? 누이는 갑자기 어디서 생겼대요?"

장항영은 순간 확 달아오른 얼굴을 푹 숙이고는 입을 열었다.

"먼…… 일가친척입니다."

이서백은 당연히 이렇게 한가하게 노는 무리에 끼지 않았다. "나는 일이 있다." 그는 문 앞에 도착하자 이렇게만 내뱉고 길을 달리하여 중서성 쪽으로 향했다.

다른 이들은 말을 타고 떠들썩하게 보녕방으로 향했다.

주자진은 소리를 낮추어 은밀하게 황재하와 장항영에게 말을 걸었다. "그거 알아? 소왕 전하가 금년 초 어느 날 밤에 자다가 깼는데 그 밤중에 갑자기 교방 여인 옥지의 피리 소리가 듣고 싶더라지 뭐야. 그런데 이미 야간 통행금지 시간이었던지라 너무 대놓고 금령을 위반하기는 좀 그래서……."

주자진은 여기까지 이야기하고서는 혼자 킥킥거리며 웃더니 입을 다물었다.

앞서 가던 소왕은 귀가 밝아 이미 주자진의 말을 듣고는 고개를 돌려 주자진을 향해 웃으며 꾸짖었다. "주자진 이 몹쓸 놈, 딱 한 번 있었던 일을 저리도 계속 말하니 내 체면이 아주 남아나질 않는구나! 내가 야경꾼 복장으로 갈아입고 몰래 나갔는데 순찰하는 자들에게 잡혔지 뭔가. 그래서 관아에 끌려가 하룻밤을 보내고 다음 날 왕온이 오고 나서야 풀려날 수 있었다네!"

옆에서 듣던 악왕도 참지 못하고 웃음을 터뜨렸다. 훤칠한 미간에 난 붉은 점이 더욱 매력적으로 보였다. "아홉째, 너도 참 대단하다, 대단해. 야경꾼 복장을 하고 잡혔으니 좌금오위의 그 누가 너를 소왕이라고 믿었겠느냐."

"그러니까 말입니다. 오늘 놈들의 기세를 제대로 눌러주어 참으로 통쾌합니다!" 소왕은 말채찍을 휘두르며 크게 소리 내어 웃었다. "양숭고, 다음에도 이런 재미난 일이 있으면 언제든지 날 불러야 한다."

황재하는 천방지축인 왕을 보며 아무것도 못 들은 척 그저 억지 미소를 지으며 얼굴을 돌려버렸다.

5장

짙고 옅은 먹자국

보녕방의 커다란 홰나무 아래에는 여느 때와 다름없이 한가한 사람들이 모여 앉아 사방으로 침을 튀기며 헛소문을 퍼뜨리고 있었다.

"아이고, 그 장 씨네 둘째놈이 어제 단서당에서 쫓겨났다는데 들었는가?"

"쫓겨난 게 뭐 대수라고. 지금 그놈이 어여쁜 처자를 얻었는데 단서당에서 평생 일하는 것만큼 기쁘지 않겠어?"

"아니야, 말도 마. 난 왠지 그 처자가 좀 이상하단 말이지. 글쎄 어제 한밤중에 내가 들었는데, 그 집에서 어렴풋이 젊은 여자 울음소리가 나더라니까! 세상에, 어찌나 소름끼치던지……. 혹시 장항영한테 맞은 건 아닐까?"

"그럴 리가? 그럴 사람으로 보이지 않던데……."

사람들이 수군거리는 소리가 들리자 장항영은 난처해하며 하는 수 없이 일행을 향해 더듬더듬 해명했다.

"그게…… 사실 저 사람들이 말하는 사람은 아적이라 합니다. 저의 먼 일가친척은 아니고, 부모도 없이 홀로 산길에 쓰러져 있는 것을 보고는 불쌍해서 저희 집으로 데려왔습니다. 저희 둘은…… 서로 꽤 잘 맞아서, 생각하기로 몇 달 뒤에는 곧…….”

모두들 그의 새빨개진 얼굴을 보며 무슨 말을 하고 싶어 하는 것인지 곧바로 이해했다.

주자진은 함께 격구 시합을 한 번 했으면 이미 형제나 마찬가지라 여겨 허물없이 놀려댔다. “그거 참 좋은데요! 혼례는 언제입니까? 우리도 가서 축하주 한잔 해야죠!”

“아직은 정하지 않았습니다……. 집에 혼례를 올릴 만한 돈이 없는 지라. 아, 모두들 이쪽으로 들어오시지요.” 장항영은 이 어색한 상황을 빠져나갈 구실이라도 찾은 것처럼 서둘러 그들을 집 안으로 인도했다.

그다지 큰 집은 아니었지만 정원은 제법 넓고 관리도 깔끔하게 잘 되어 있었다. 정원 바깥은 무궁화나무가 죽 늘어서 울타리 역할을 했고, 정원 왼편에는 석류나무가, 오른편에는 포도나무 지지대가 세워져 있었으며 그 지지대 아래로 돌로 된 탁자와 의자가 놓여 있었다. 방 옆에는 바깥 수로와 연결된 작은 연못이 설치되어 붉은 비단잉어가 서너 마리 헤엄치고 있었다. 연못가에는 창포와 자주 붓꽃이 무성하게 피어 싱그럽고 아기자기한 풍경을 더해주었다.

한 여인이 연못 옆에 쪼그리고 앉아 방금 딴 하얀 무궁화 꽃을 씻다가 사람들 발소리에 황급히 일어나 돌아보았다. 놀란 표정으로 사람들을 쳐다보던 여인은 장항영의 모습을 보고서야 안도의 한숨을 내쉬더니 머뭇머뭇 장항영을 불렀다. “오라버니.”

“아적, 그게 말이지…… 고루자 만들어준다고 해서, 그러니까 이분들은…….”

“친구예요, 오라버니 친구. 누이가 만든 고루자가 맛있다기에 좀 얻어먹을 요량으로 찾아왔습니다.” 소왕이 소리 내어 하하 웃으며 장항영의 말을 끊고 말했다.

아적은 그 청초한 외모가 손에 들린 싱그러운 무궁화와 닮아 보였다. 비록 화려하진 않지만 무궁화처럼 맑고 여린 소녀다움이 유난히 사람의 마음을 흔들었다. 낯가림이 매우 심한지 일행을 향해 고개만 살짝 끄덕여 보이고는 이내 고개를 푹 숙인 채 다 씻은 무궁화를 받쳐 들고 몸을 돌려 집 안으로 들어가버렸다.

장항영은 서둘러 일행을 안으로 안내했지만 소왕은 환관들에게 손을 흔들어 포도나무 지지대 아래에 술상을 펼치게 했다. 그러고는 편한 대로 돌의자에 자리 잡고 앉으며 악왕을 향해 말했다. "이 정원 정말 괜찮은데요? 일곱째 형님의 다실보다 훨씬 풍취 있습니다."

악왕은 어이가 없다는 듯 웃으며 황재하와 주자진에게도 자리에 앉으라고 권했다.

장항영이 거의 직경 한 자는 되어 보이는 고루자를 가지고 나와 탁자 위에 올렸다. 노릇노릇 바삭하게 아주 잘 구워진 데다 맛있는 냄새가 코를 찔러 절로 군침이 돌았다. 모두들 참지 못하고 곧바로 한 조각씩 찢어 입에 넣었다. 바삭한 전병피 안에 양고기 향이 어우러져 입에 넣는 순간 감미롭게 퍼졌다. 그 맛이 속세의 것이 아닌 듯해, 마치 신선이 된 기분이었다.

격구 시합을 막 끝내고 배가 몹시 고픈 상황이었기에 더 맛있게 느껴졌다. 소왕은 전병의 거의 절반을 뜯어서 손에 받쳐 들고 먹었다.

"장항영, 이게 좀 전에 그 아가씨가 만든 것이란 말인가?"

장항영이 고개를 끄덕이며 말했다. "아적이 무궁화달걀탕도 만들어준다고 하니 일단 천천히 드시고 계십시오. 저는 가서 좀 돕도록 하겠습니다."

그렇게 말하고는 거의 날듯이 집 안으로 뛰어 들어갔다. 황재하는 고루자 한 조각을 손에 쥐고는 어슬렁어슬렁 문 입구 쪽으로 걸어갔다. 부뚜막 옆에서 달걀을 깨는 아적과 아궁이 앞에 앉아 불을 지피는 장항영이 눈에 들어왔다.

아궁이 안에서 불꽃이 피어오르며 밖으로 날린 재가 장항영의 얼굴에 내려앉았다. 아적이 장항영을 불러 손가락으로 볼을 가리켜 보였다. 장항영이 고개를 들어 아적을 보고는 얼굴을 쓱쓱 문지르는 바람에 검댕이 오히려 더 크게 번졌다. 아적은 고개를 절레절레 흔들며 장항영에게 다가가 허리를 굽혀 소매로 그 얼굴에 묻은 재를 조심스럽게 닦아주었다. 장항영은 고개를 든 채 아적을 향해 히죽 바보 같은 웃음을 지었다. 아궁이에서 넘실거리는 불빛에 그 얼굴도 붉은빛을 띠었다.

황재하의 얼굴에도 절로 미소가 떠올랐다. 어느 해 봄날의 일이 생각났다. 황재하를 위해 산 절벽을 기어올라 흐드러지게 만개한 꽃을 꺾어주었던 그 사람의 얼굴도 먼지투성이였다. 그때의 황재하도 방금 두 사람처럼 소매를 들어 그 얼굴을 조심스럽게 닦아주었고, 그와 눈을 마주치며 미소를 지었다.

아마 세상 모든 여자들이 다 이와 같겠지.

황재하는 얼굴에 떠오른 미소가 채 사라지기도 전에 가슴께에 극심한 통증을 느꼈다. 예리한 칼로 생살을 도려내는 듯한 아픔에 몸을 벽에 기대며 천천히 바닥에 쪼그려 앉았다. 그러고는 두 무릎을 감싸 안은 채 거칠게 숨을 내쉬며 필사적으로 마음을 가라앉히려 애썼다.

그 사람은, 이미 황재하와 연을 끊었다.

그리고 황재하는 그로 인해 친족을 살해했다는 흉악범이 되어 수배되었다. 만약 그를 사랑하지 않았더라면, 어쩌면 부모님과 오라버니, 할머니, 그리고 숙부도 모두 여전히 촉에서 행복하게 살아가고 있을 것이다. 그랬더라면 이 악몽 같은 일들도 일어나지 않았으리라.

"……숭고, 숭고?"

주자진의 목소리가 메아리처럼 귓가에 울려 퍼졌다.

고개를 드니 주자진의 자상한 얼굴이 보였다. 주자진이 걱정스러운 듯 물었다. "숭고, 왜 그래?"

"아……." 황재하는 서서히 정신이 돌아왔다. 한참이나 눈앞의 주자진을 쳐다만 보다가 겨우 목소리를 짜냈다. "아까 경기가 너무 힘들었나 봐요."

"어휴, 너도 참 고집불통이야. 기왕 전하가 너 대신 뛰어주셨기에 망정이지 아니면 아까 경기장에서 쓰러졌을걸." 주자진은 그렇게 말하면서 황재하를 자리로 데려가 앉혔다. "자, 일단 뜨거운 국물부터 마셔봐. 방금 딴 무궁화 꽃이 진짜 달콤하면서 상쾌해. 분명 너도 좋아할 거야!"

황재하는 주자진의 손에서 사발을 건네받아 한입 마시고는 고개를 끄덕였다. "정말 맛있네요."

악왕도 칭찬하고 나섰다. "상큼한 향이 감도는 게 종일 왕부 아궁이에서 끓으며 우리를 기다리는 고급 음식들보다 훨씬 낫군."

소왕이 장항영에게 물었다. "이름이 아적이라고? 가서 한번 물어보게, 우리 왕부에 와서 일하지 않겠느냐고. 내가 격구를 하는 날 이 고루자만 만들어놓고 기다리면 되는데!"

황재하는 사발을 받쳐 든 채 아무 말도 하지 않았다.

원래부터 소왕은 여기저기서 남의 사람을 빼오는 걸 좋아했다. 조금이라도 자기 마음에 들면 바로 데려가고 싶어 했다. 황재하가 본 것만도 벌써 세 번째였다.

장항영이 말했다. "소왕 전하, 부디 너그러이 용서해주십시오. 아적은 제가 지난달에 약초를 캐러 갔다가 산길에서 거둔 사람으로, 가문이 불분명하고 평소에는 문밖출입조차 하지 않습니다. 전하의 시중을 들기에 마땅한 사람이 아니라 생각됩니다."

주자진이 이상히 여기며 물었다. "에? 길가에서 거두었다는 게 정말이었습니까?"

"네, 그렇습니다. 당시 정신을 잃고 산길에 쓰러져 있던 것을 마침 제가 약초를 캐러 갔다가 발견해 집에 데려왔습니다……."

주자진은 자신도 모르게 부러워하며 말했다. "그냥 길을 가다가 사람을 주웠는데, 저렇게 아리따운 처자였다니. 게다가 음식 솜씨도 장난이 아니니, 정말 장 형은 운수 대통하셨습니다그려!"

황재하는 망설이다 낮은 목소리로 물었다. "어디에서 왔고, 가족은 어디에 있다고 합니까? 그리고 왜 그 산길에서 정신을 잃고 쓰러져 있었는지요?"

장항영이 잠시 멈칫하더니 말했다. "아적이…… 아적이 말을 꺼내지 않아 저도 물어보지 않았습니다."

황재하는 시선을 피하는 장항영을 보며 뭔가를 숨기는 게 분명하다고 생각했다. 하지만 자신은 이 둘과 아무 관계도 없는 타인에 불과했다. 두 사람이 저렇게 잘 지내며 행복해하는데 그 내막을 캐물어 무엇하겠는가. 두 사람에게 괜한 마음의 짐만 더해줄 뿐이었다.

주자진은 퍼뜩 무언가가 떠올라 서둘러 입을 열었다. "맞다. 장 형, 다음 달에 우리 아버지 소미연이 있는데, 연회 때 황제 폐하를 모시려고 해요. 그때 고루자 좀 만들어달라고 꼭 부탁해주세요!"

"그건 문제없겠네요. 지금 정도 날씨라면 여기서 만든 뒤 서둘러 말에 실어 보내면 상에 올릴 때까지도 뜨끈뜨끈할 겁니다."

아적의 요리 솜씨에 대해 칭찬이 이어지는 동안 악왕은 왜인지 멍하니 안채 쪽만 바라보고 있었다. 그 표정이 뭔가에 홀린 듯 몽롱해 보였다. 황재하가 악왕의 시선을 따라가 보니 탁자 위에 그림 한 점이 있었다.

안채에는 원래 복록수희도(福祿壽喜圖)를 두었는데, 1척 너비에 3척

길이의 또 다른 그림 한 장이 복록수희도 앞에 붙여져 있었다. 흰색 비단 위에 촉의 황마지[10]를 덧댄 것이 꽤 고급스러워 보였다. 하지만 그 위 그림은 검은 덩어리 몇 개가 엉망으로 그려진 것 외에는 선도 없고 명확한 형태도 없어 그림이라기보다는 벼루가 잘못 뒤집히는 바람에 생긴 얼룩 같아 보였다.

그 그림을 보는 악왕의 낯빛이 점점 창백하게 변했다.

“일곱째 형님, 왜 그래요?” 소왕이 물었다.

악왕은 소왕의 물음에는 대답하지 않고 떨리는 손을 들어 그림을 가리키며 긴장을 감추지 못한 목소리로 물었다.

“저 그림은…… 무엇이지?”

고개를 돌려 그림을 본 장항영이 황급히 대답했다. “저희 부친께서 예전에 선황 폐하를 진맥해드리기 위해 입궁한 적이 있습니다. 그때 선황께서 하사하신 그림입니다.”

소왕이 웃었다. “선황 폐하는 서화 솜씨가 뛰어난 분이셨는데 저런 그림을 그리셨을 리 있나.”

“그러게 말입니다. 게다가 이 그림은 뭔가로 비빈 듯한 흔적까지 있어서, 저도 속으로 가만히 생각하기를, 아마도 붓에 묻은 먹을 흡수하는 종이를 저희 부친께서 귀한 것이라 착각하고 잘못 들고 오신 게 아닐까 했습니다. 그렇지 않다면 이 엉망진창인 그림이 대체 무엇이겠습니까?” 장항영이 급히 말을 이었다. “그런데 저희 부친은 이 그림을 목숨처럼 소중히 아끼셔서, 오늘 제가 좌금오위에 가서 시험을 치른다는 걸 아시고는 이 그림을 가져와 제게 향을 피우고 절을 하게 하셨답니다. 하늘에 계신 선황께서 보우하여 좌금오위 시험에 합격하게 해달라고 말입니다.”

---

10 충해를 막기 위하여 황벽나무의 잎으로 물들인 종이.

장항영은 그렇게 말하면서 그림을 도로 보관함에 넣으려 몸을 돌려 안채로 들어갔다. 그때 악왕이 벌떡 일어나더니 장항영을 따라 들어가며 물었다. "내가 좀 봐도 되겠나?"

"물론입지요!" 장항영은 재빨리 공손한 태도로 그림을 악왕에게 건네주었다.

악왕이 그렇게까지 관심을 보이니 다른 사람들도 주위에 몰려와 종이 위 세 개의 먹 자국을 자세히 살펴보기 시작했다. 먹 자국은 각기 크기도 일정치 않고 특별히 어떤 규칙도 보이지 않았다. 그저 종이 위에 덕지덕지 아무렇게나 칠해놓은 느낌이었다. 황재하도 자세히 들여다봤으나 특별한 점은 보이지 않았다. 그런데 악왕이 그림의 방향을 돌리는 순간 황재하는 덧칠된 짙은 먹 자국 아래 검붉은 점 하나가 깔려 있는 걸 눈치채고는 그 점을 더 주의 깊게 살펴보았다. 하지만 아무리 봐도 조금 굵은 바늘 끝으로 찍은 듯한 붉은색 점이 하나 있을 뿐, 나머지는 모두 짙거나 옅은 먹 자국일 뿐이었다.

갑자기 소왕이 손바닥을 치며 말했다. "알아냈어!"

주자진이 재빨리 물었다. "무얼 알아내신 겁니까?"

"이건 세 명의 사람을 그린 거야!" 소왕은 세 개의 먹 흔적을 가리키며 득의양양한 표정으로 말했다. "이거 보라고. 제일 우측 그림은 어떤 사람이 몸이 뒤틀린 채 바닥에 나뒹굴고 있어. 그 옆에 일정한 형태도 규칙도 없는 이 먹 자국들은 타오르는 불길인 거지! 말하자면, 이건 사람이 불에 타 죽는 상황을 그린 거야."

다들 소왕의 말에 다시 먹의 흔적을 쳐다보았는데, 정말 그럴 듯해 보였다. 주자진만이 그 먹 자국 위쪽으로 구불구불 그려진 세로선을 가리키며 물었다. "그럼 이 기다란 선은 무엇일까요?"

"연기가 아닐까……." 소왕은 확신이 없는 듯 말끝을 흐렸으나 곧바로 무언가가 떠올라 주자진의 어깨를 세게 내려치며 말했다. "번개,

벼락이네! 이 사람은 벼락을 맞아 비명횡사한 거라고!"

그 순간 황재하의 눈앞에 며칠 전 천복사의 광경이 떠올랐다. 벼락이 내려치고 온몸에 불이 붙어 산 채로 불타 죽은 위희민.

주자진의 머릿속에도 같은 장면이 떠올랐다. "아, 그렇게 말씀하시니 생각났는데, 그 공주부 환관 위희민도 이 그림처럼 벼락에 맞은 후 산 채로 타 죽었잖아요? 이 그림하고 정말 똑같습니다!"

"그거 참 우연일세." 소왕이 말했다.

장항영이 입을 열었다. "하지만 이 그림은 벌써 10년 전부터 저희 집에 있었습니다. 선황께서 승하하신 지 올해가 10년째 되는 해이니까요. 그 일과 이 그림이 관계가 있을 리 없다고 생각됩니다."

"그렇겠지. 얼마 전에 죽은 환관이 10년 전 그림과 무슨 상관이 있겠어? 그저 우연인 거야." 소왕은 무심한 듯 가볍게 말했다.

다들 공감하며 더 이상 위희민의 일은 화제에 올리지 않았다.

주자진은 상상력이 꽤 풍부했다. 소왕이 그림에 대한 실마리를 던져준 후로 주자진은 금세 가운데에 있는 먹 흔적을 가리키며 소리쳤다. "그렇게 듣고 보니 저도 대충 다 알 것 같습니다! 두 번째 그림도 역시 사람이네요. 다들 보세요, 여기 여러 개의 세로선은 마치 철창을 쳐놓은 것 같죠. 사람을 그 안에 감금한 거예요. 아마도 죄인이겠지요. 주변에 있는 이 먹 자국들은 꼭 핏자국처럼 보이니 이 사람이 철창 안에서 죽는다는 뜻 같습니다."

다들 고개를 끄덕이고 이내 세 번째 그림으로 시선을 옮겼다. 그 먹은 위아래 두 덩어리였는데 위에 것은 아무리 봐도 사람 같지 않았다. 다들 한창 살펴보던 중에 장항영이 갑자기 "아!" 하고 소리쳤다.

"알아보겠나?" 악왕이 그에게 물었다.

장항영은 연신 고개를 끄덕이더니 조금은 긴장한 듯 말했다. "제 생각에 이건 아마도…… 큰 새가 날아와 사람을 쪼고 있는 것 같습니다. 밑에 있는 이 사람은 필사적으로 도망치고 있고요……. 검은 먹 자국 밑에 붉은 점이 하나 있는 것 같은데 이는 작은 상처가 아닌가 싶습니다."

"그래, 나도 그리 생각하네!" 소왕은 고개를 끄덕였다.

"그런 거였군……. 그런 내용을 담은 그림이었단 말이지?" 악왕은 어떤 생각에 잠긴 듯 혼잣말로 중얼거렸다.

황재하가 미간을 찌푸리며 물었다. "궁금한 것이 있습니다. 선황께서는 대체 왜 이런 그림을 그리셨을까요? 이 세 그림에 담긴 의미는 무엇일까요?"

그 질문에는 물론 누구도 답할 수 없었다. 악왕은 그림을 잘 말아서 장항영에게 건네주며 말했다. "선황께서 친히 그리신 것이든 아니든 어쨌든 자네 부친이 아끼시는 물건이니 잘 보관하도록 하게."

"알겠습니다." 장항영은 그림을 잘 싸서 보관함 안에 넣은 뒤 다시 위층에 올려두려 몸을 돌렸다가 순간 흠칫했다. 아적이 위층 계단 앞에 서서 넋을 놓고 있었던 것이다.

장항영은 아적의 얼굴에 떠오른 비통함과 통쾌함이 뒤섞인 듯한 표정을 똑똑히 보았다. 그 얼굴이 무시무시했다.

장항영은 아적의 표정에 놀라 어리벙벙하면서도 아적이 혹여 몸을 제대로 가누지 못하고 쓰러질까 봐 겁이 났다. 그래서 잠시 망설이다가 결국 서둘러 올라가 계단 앞을 막아서며 물었다.

"아적, 왜 그래요?"

아적의 시선이 장항영의 얼굴로 향했지만, 그 눈빛과 표정은 마치 다른 세상에 속한 듯 보였다. 그의 얼굴이 선명하게 눈에 들어오면서 아적의 표정이 서서히 풀렸다. 아적은 고개를 숙인 채 약간 잠긴 듯한 목소리로 말했다. "방금 말씀하시는 것을 들었는데…… 사람이 죽기 직전의 모습을 그린 것이라 하니, 그날 우리가 천복사에서 보았던 불타 죽은 사람이 또 떠올라 너무 무서웠어요. 아마…… 너무 무서워 넋이 나갔었나 봐요."

"에이, 괜찮아요. 이 그림이 그런 걸 표현했다고 말하긴 했지만, 사실 다들 그냥 아무렇게나 한마디씩 한 것뿐이에요." 장항영은 서둘러 아적을 달랬다.

아적이 고개를 끄덕이고는 천천히 자신의 몸을 감싸며 쪼그리고 앉더니 낮은 목소리로 중얼거렸다. "저분들은 언제 가시나요……. 내려가서 아저씨 약도 달여야 하는데."

"아, 아버지 약은 내가 달일게요. 다른 사람들 만나는 게 두려우면 그냥 위층에 있어요." 장항영은 그렇게 말하고는 궤짝에 그림을 넣고 자물쇠를 잠갔다.

장항영의 집에서 나온 황재하와 주자진은 소왕과 악왕에게 작별을 고했다.

황재하는 악왕의 표정이 못내 신경 쓰였다. 늘 신비로운 느낌이 아른거리던 이 젊은 왕이 왠지 넋을 잃은 표정을 하고 있었다. 억지웃음을 지으며 인사를 나누기는 하였으나 그 시선은 저기 멀리 다른 곳을 향했고, 그 눈 속에 비치는 것은 아무것도 없었다. 그 그림이 대체 무엇이기에 악왕이 저렇게 넋이 나간 것일까?

황재하는 생각에 잠긴 채 천천히 나푸사를 타고 주자진과 함께 장안 대로 옆 홰나무 그늘을 따라 돌아갔다. 무더운 여름이었지만 홰나무 그늘 밑은 시원했다. 간혹 이름 모를 작은 새가 나무 위에서 가볍게 지저귀기도 했다.

나란히 말을 타고 가던 주자진이 손을 내밀어 황재하가 타고 있는 나푸사의 머리를 가볍게 토닥이더니 입을 열었다. "숭고, 그것도 나쁘진 않아. 너무 걱정하지 마."

"네?" 황재하가 고개를 들어 주자진을 보았다.

"비록 기왕 전하와 같이 촉으로 건너가진 못하겠지만, 그래도 전하께서 널 기다리고 계실 거야. 동창 공주님 일이 끝나면 나랑 같이 촉으로 갈 수 있을 거야."

황재하는 한숨을 내쉬었다. "도련님도 아시다시피 공주부 환관 위희민의 죽음, 그리고 오늘 부마의 사고는 하나같이 아무런 단서가 없는 사건들이에요. 부마 사건은 그나마 그렇다 쳐도, 천복사 사건은 범인이 사람인지 아닌지도 말하기가 어렵고요."

"누가 아니래. 하지만 황제 폐하께서 동창 공주님을 그렇게 총애하시니 공주님이 조사하라면 우린 그저 조사하는 수밖에 없지 뭐……. 아니면 그냥 대강대강 조사해서 며칠 뒤에 대충 설명하고 끝내든가."

황재하가 갑자기 말을 멈춰 세우더니 잠시 생각한 후 말했다. "그냥 빨리 가서 살펴보는 게 좋겠어요."

"뭘 살펴봐?" 주자진이 바로 물었다.

"천복사에 가서 더 주의 깊게 봐야 하는 점들이 없는지 한번 살펴봐야겠어요."

황재하는 말이 끝나기 무섭게 바로 말 머리를 돌려 천복사로 향했다. 주자진도 재빨리 쫓아갔다. "기다려, 같이 가!"

소란스러웠던 그날과 달리 천복사 안은 몹시 적막했다. 엉망으로 어질러졌던 현장은 이미 말끔히 치워졌지만 짓밟힌 풀밭과 가지가 꺾인 꽃나무들이 그때의 아수라장을 그대로 보여주었다.

황재하와 주자진이 대문으로 들어서는데 승려 두 명이 한숨을 내쉬며 빈 삼베 포대 몇 개를 들고 방생지 쪽으로 가고 있었다.

주자진이 급히 물었다. "대사님, 방생지 쪽에 무슨 일이라도 생겼습니까?"

"하, 너무 참혹해서 입에 담기도 어렵습니다." 승려가 탄식했다.

두 승려를 따라간 황재하와 주자진은 눈앞에 펼쳐진 광경에 눈을 휘둥그레 뜨고는 말을 잇지 못했다. 둘레가 200보나 되는 방생지에 죽은 물고기가 빼곡히 떠 있었다. 푹푹 찌는 날씨에 죽은 물고기들이 너무 많이 밀집해 있다 보니, 아래쪽 사체들이 퉁퉁 불면서 위쪽에 있는 사체들을 방생지 밖으로 밀어내고 있었다. 썩은 물고기가 풍기는 강렬한 비린내에 황재하와 주자진은 저도 모르게 코를 틀어막으며 몸을 돌렸다. 절로 욕지기가 치밀었다.

두 승려는 고개를 절레절레 저으며 탄식했다. "공덕, 공덕, 온 장안 사람들이 공덕을 쌓고 싶어 하다가 오히려 그 공덕이 살생의 칼이 되어버렸습니다!"

황재하와 주자진은 처마 밑으로 몸을 피한 뒤 두 승려가 천으로 입과 코를 싸매고 물고기를 한 소쿠리씩 떠 포대에 담는 모습을 존경스러운 듯이 바라보았다.

주자진이 멀리서 외쳐 물었다. "대사님, 이 죽은 물고기들은 어떻게 처리하실 겁니까?"

"성 바깥으로 가지고 나가서 구덩이를 파고 깊이 묻어야지요." 승려도 큰 소리로 대답했다.

"그럼 구덩이를 얼마나 크게 파야 하는 겁니까. 너무 힘드시겠는데요!"

두 승려는 죽은 물고기를 담은 포대 하나를 마주 들고 바깥으로 걸어가며 말했다. "아미타불, 이 물고기들은 모두 독이 있습니다. 아침에 고양이가 절에 들어와 죽은 물고기 하나를 주워 먹었는데 그 자리에서 죽었습니다. 깊게 묻지 않으면 또 화를 불러올지 모릅니다."

"독이 있다고?" 주자진과 황재하는 시선을 마주쳤다. 이어 하늘을 찌르는 역한 냄새에도 소매로 코를 틀어막으며 방생지에 다가가 물고기를 살펴보았다. 저마다 흰 배를 까고 있거나 반쯤 부패해 있었다.

그냥 봐서는 어떻게 죽었는지 알 길이 없었다. 주자진은 나뭇가지를 하나 꺾어 죽은 물고기의 커다란 입에 찔러 넣어 건져 올리며 말했다.

“내가 가져가서 검사해볼게.”

황재하는 죽은 물고기로 가득한 방생지를 쳐다보며 말했다. “물고기가 아무리 붐볐다 한들 하룻밤 만에 모든 물고기가 죽는다는 건 상식적으로 말이 안 돼요.”

“그러니 진짜 누군가가 독을 풀었는지도 모르지.” 주자진은 분노한 얼굴이었다. “대체 누가 이렇게 잔인한 짓을 벌인 거야? 어떻게 방생지 물고기를 전부 독살할 수가 있어!”

황재하가 머뭇거리는 사이 주자진은 이미 결론을 내렸다. “분명히 마음이 뒤틀린 놈일 거야. 남 잘되는 꼴을 못 보는 천하의 나쁜 놈!”

황재하는 더 이상 악취를 견딜 수 없어서 몸을 돌려 앞쪽 정전을 향해 달려가며 말했다. “일단 그 물고기 잘 챙기시고, 사건 현장으로 가보지요.”

대웅보전 앞. 요진 법사가 경전을 강독하던 법단은 이미 철거되었고, 보전 앞 텅 빈 공간에는 거대한 초 한 자루만 남아 예의 그 커다란 향로 옆을 지켰다.

향로의 또 다른 한쪽, 초심지만 남은 곳에 쉰 정도 되어 보이는 남자가 쭈그리고 앉아 땅에 녹아 붙은 촛농을 부삽으로 긁어내고 있었다. 남자는 등에 땀이 배도록 온 힘으로 바닥을 긁었다. 땀방울이 주름 가득한 깡마른 얼굴을 타고 흘러내렸다. 한낮의 뙤약볕에 달궈진 검푸른 돌바닥 위로 떨어진 땀방울은 순식간에 증발했다.

황재하가 다가가 그 옆에 같이 쭈그리고 앉으며 물었다. “어르신, 어찌 혼자서 촛농을 긁고 계십니까?”

남자가 고개를 들어 황재하를 힐긋 쳐다보더니 다시 고개를 숙여 촛농을 긁으며 쉰 목소리로 물었다. "뉘신가?"

"저는 대리사의 명을 받고 이틀 전 일어난 사건을 조사하러 왔습니다." 황재하가 대답했다.

남자는 그제야 우물거리는 말투로 말했다. "이건 내가 만든 초야."

황재하는 단번에 이해했다. 남자가 바로 초를 만든 장인, 여지원이었다.

"이 한 쌍의 초는 내 평생 가장 자랑스러운 작품이었어! 나 말고 이 장안 바닥에서 누가 이토록 완벽하게 아름다운 초를 만들어낼 수 있겠느냔 말이야!" 여지원은 땀을 훔친 뒤 손을 들어 저쪽에 아직 남아 있는 거대한 초를 가리켰다. "나는 장안에서 태어나 여섯 살 때부터 아버지를 따라 초 만드는 법을 배웠어. 여 씨 집안은 4대째 초를 만들어왔는데 나한테서 그 대가 끊겨버렸지! 내 나이가 벌써 쉰일곱에 건강도 좋지 않아서 이제는 몸이 마음만큼 따라오질 못하지. 원래는 이 초가 우리 여 씨 집안의 명예를 마지막으로 빛내주리라 생각했는데, 저 하늘이 나를 저버릴 줄 누가 알았겠어! 내 인생 최고의 작품을 이렇게 무참하게 망가뜨리다니!"

황재하가 위로의 말을 건넸다. "하늘이 벼락을 내리는 건 사람 힘으로 막을 수 없지 않습니까. 초가 이렇게 된 것도 어쩔 수 없는 일이지요."

"흥……." 여지원은 황재하를 무시하며 힘겹게 몸을 일으키더니 또 다른 곳의 촛농을 긁으려고 자리를 옮겼다.

주자진이 여지원 옆의 바구니를 들어다주며 물었다. "이 촛농들은 다시 쓸 수 있나요?"

여지원은 촛농을 긁어 바구니 안에 넣으면서 말했다. "내 이미 불전 앞에서 초를 다시 만들고 싶다고 빌었네. 요즘 밀랍 가격이 너무 비싸니 최대한 촛농을 모아 가면 좋겠지. 그 나머지는 내가 보태야 할 테고."

"그렇게 큰 초가 전부 폭발해서 불타버렸으니 애초에 남아 있는 것도 거의 없겠네요. 아까워라." 주자진은 탄식하며 말했다. "그저께 일은 어르신도 보셨어요?"

"난 여기 없었어." 여지원은 촛농을 긁는 일에 집중하느라 머리조차 들지 않았다. "이 초를 만드느라 이레 밤낮을 새우는 바람에 초를 절에 세운 뒤 바로 쓰러졌거든. 그 바람에 다른 사람한테 업혀서 집에 돌아갔지."

"아, 저도 들었습니다." 황재하가 고개를 끄덕였다.

"이것도 다 운명으로 받아들여야지! 하늘은 왜 하필 벼락으로 나쁜 놈을 처벌해서, 내가 그토록 심혈을 기울인 초도 같이 화를 당하게 만든 거야!" 여지원은 침을 퉤 뱉으며 분노 어린 표정을 지었다.

주자진은 어떤 생각에 잠긴 듯했다. "저도 들었어요. 다들 천벌이라고 말하더군요."

"남자의 존엄까지 내다버린 고자가 부귀영화를 위해서 무엇인들 못 하겠어? 이 세상에서 가장 역겨운 건 남자도 여자도 아닌 환관이지!" 여지원은 침을 뱉으며 말했다.

황재하는 자신이 걸치고 있는 환관복을 내려다보았다. 여지원이 정말로 환관의 의복을 모르는 것인지, 아니면 중 앞에서 대머리 욕을 하는 것인지 알 수 없어 그저 쓴웃음만 지었다.

주자진이 반박하며 말했다. "에이, 말을 그리하시면 안 되죠. 환관 중에도 좋은 사람이 있다고요."

"좋은 사람? 좋은 사람이 그걸 필요 없다고 내팽개쳐? 그 좋은 남자 노릇도 마다하고 자신을 이도 저도 아닌 몸으로 만들어?" 여지원이 콧방귀를 뀌었다. "이 세상에서 남자는 하늘이야, 하늘! 그 하늘을 마다하고 스스로 기꺼이 비천한 길을 선택하다니!"

황재하는 여지원에게 뭐라 할 수 있는 말이 없었다.

주자진은 어쩔 줄 몰라 하며 입을 열었다. "어르신, 조금 전에 향초 가게가 대가 끊어졌다고 했는데……. 자녀가 없으신가요?"

"마누라가 쓸모가 없었어. 아들도 못 낳고 일찍 죽어버렸지. 계집애 하나만 남겨놓고 떠났으니 무슨 가망이 있겠어? 에이, 퉤!" 그는 또 침을 뱉으며 말했다.

황재하는 몸을 일으키더니 옷을 툭툭 털며 말했다. "그럼 저는 방생지 쪽 물고기들이 다 처리됐는지 한번 가볼게요."

황재하는 여자를 무시하는 노인네보다는 차라리 악취가 진동하는 방생지 쪽에 있는 편이 더 나을 듯싶었다.

죽은 물고기를 담은 삼베 포대가 하나둘 들려 나가고 나니, 천지에 진동하던 썩은 내가 그나마 조금 옅어진 것 같았다.

황재하와 주자진은 한시름 놓으며 코를 틀어막고 방생지 옆으로 다가가 두 승려에게 물었다. "이제 거의 다 끝나신 건가요?"

"앞으로 두 포대만 더 치우면 얼추 다 된 것 같습니다." 연못은 물을 다 빼낸 상태였다. 두 승려는 계단을 이용해 연못 바닥까지 내려가 키와 삽으로 죽은 물고기를 한데 모아 담으며 탄식했다. "우리 둘이 이 방생지를 관리하고 있죠. 관세음보살 열반일을 앞두고도 많은 신도들이 찾아와 방생할 걸 생각해서 연못물을 싹 비우고 온종일 지쳐 쓰러질 정도로 청소를 했어요. 그런데 오늘 또 이러고 있을 줄은 정말 생각도 못 했네요. 이 죄를 다 어찌하려고!"

주자진은 안타까운 목소리로 말했다. "이번 사고가 잘 마무리되고 방생지도 말끔히 정리되고 나면 쉬실 수 있지 않겠습니까."

그때 연못 한쪽 구석에서 흐릿하게 반짝이는 한 물체가 황재하의 눈에 들어왔다. 황재하는 악취를 참으며 방생지 안으로 들어가 그 물건 가까이에 쭈그리고 앉아 자세히 살펴보았다.

젓가락보다 가는 철사였다. 길이는 대략 2척 정도 되어 보였는데 위쪽은 곧게 뻗어 있고 아래쪽은 반원을 그리며 휘어져 있었다. 한쪽 끝은 녹이 슬고 또 다른 한쪽 끝은 불에 단련된 것처럼 보였으며, 전체적으로 은은한 검푸른 빛이 감돌았다. 황재하가 철사를 들어 손바닥 위에 올리고 무게를 대략 가늠해보았다.

"그냥 평범한 철사 같은데." 주자진이 옆으로 와 쭈그리고 앉으며 말했다.

옆에서 물고기를 쓸어 담고 있던 승려가 말했다. "이 앞에 저희가 연못을 깨끗이 청소했는데, 그때는 이런 게 떨어져 있지 않았습니다."

"그날 그 북새통 속에서 참배자가 떨어뜨린 것은 아닐는지요." 또 다른 승려가 말했다.

주자진도 일리가 있다고 생각하며 고개를 끄덕였다.

황재하가 철사를 손에 쥐고 일어서며 말했다. "이상하네요. 이렇게 생긴 철사는 어디에 쓰는 거죠? 왜 이런 걸 가지고 법회에 참석한 걸까요?"

"이유야 많지. 예를 들어 노끈으로는 감당이 안 되는 무거운 물건을 묶는 데 썼다던가 말이야."

"그럼, 이 철사에 묶였던 물건들은 다 어디로 갔을까요?"

주자진은 기껏 떠올린다는 것이 이런 것뿐이었다. "소금을 묶는 데 썼을지도 모르지. 멜대를 연못에 떨어뜨리자마자 소금이 다 녹았을 거고, 철사도 느슨해지면서 떨어져나갔겠지. 소금 장수는 운수가 사납다고 한탄하며 물 위에 떠 있는 멜대만 건져서 가버린 거야."

"누가 그 많은 사람으로 붐비는 법회에 굳이 소금 짐을 메고 오겠어요?" 황재하는 어이없어하며 일단 철사를 가지고 연못 밖으로 나와 주자진에게 건네며 말했다. "대리사로 가져가서 증거물이라고 이야기해주세요."

주자진이 놀란 표정을 지었다. "정말 이 사건을 해결할 생각이야?"

"어떻게 해결해요? 현재로선 모든 게 우연히 발생한 자연재해로밖에 보이지 않는데요." 황재하는 몸을 돌려 절 바깥으로 향했다. "어쨌든 뭐라도 내밀어서 우리가 건성으로 하고 있지 않다고 보여줘야죠."

"그거 말 되네." 주자진은 엄지를 치켜세웠다.

주자진과 헤어진 황재하는 나푸사를 데리고 기왕부로 돌아왔다. 온몸이 너무 피곤했다.

"기왕 전하께서는 돌아오셨나요?" 황재하가 문지기에게 물었다.

이서백이 아직 돌아오지 않았다는 사실에 황재하는 왠지 날씨가 더 무덥게 느껴졌다. 마침 날도 너무 더웠기에 곧바로 물을 몇 통 길어다가 몸을 씻었다. 차가운 물이 순식간에 황재하를 침착하고 냉정하게 만들어주었고, 쥐엄나무 향기는 머릿속을 가득 채운 무기력함을 날려주는 것 같았다.

미시[11], 기왕부 환관의 작은 정원은 아무도 없이 고요했다. 몸을 씻은 황재하는 방 안에 앉아 머리를 닦으며 오늘 저녁 왕온과의 약속을 생각했다. 유시까지는 서너 시진밖에 남지 않았다. 원래는 이서백과 상의하고 싶었으나 하필 그도 왕부를 비우고 없었다. 영문 모를 불안이 황재하를 엄습했다. 하지만 일어날 일은 일어나게 마련이다. 지금은 그저 상황대로 나아가며 생각해보는 수밖에 없었다.

황재하는 속으로 자신에게 경고했다. '황재하, 예전에 너는 무슨 일이든 혼자 스스로 잘해왔잖아. 그런데 요 며칠은 왜 이렇게 다른 사람을 의지하려는 거야?'

---

11 오후 1시부터 3시 사이.

머리가 다 마르자 다시 환관복으로 갈아입은 황재하는 꼼꼼히 머리를 빗어 비녀를 꽂고 거울에 비춰 보았다. 청동거울 안에는 피부 고운 소환관 하나가 옻칠을 한 듯 매끄럽게 반짝이는 맑은 눈동자를 반짝이고 있었다. 비록 성별이 잘 구분되지 않는 환관 무리에 섞여 있었지만 황재하는 여전히 눈에 띄었다. 황재하는 황분을 꺼내 들고 얼굴에 묻히려 하였으나 잠시 생각해본 뒤 다시 내려놓았다. 이렇게 된 마당에 감춰봤자 무슨 소용이 있겠는가.

황재하는 궤짝을 열었다. 서랍 안에는 지난번에 왕온이 빌려준 부채가 얌전히 놓여 있었다. 황재하가 부채를 꺼내 들고 문을 나서는데 마침 노운중이 뛰어와 잔뜩 들뜬 목소리로 외쳤다.

"숭고, 빨리 와! 저녁상에 농어가 나온대. 너 농어 엄청 좋아하지 않아? 노 씨 아줌마가 네 몫으로 제일 큰 녀석을 챙겨뒀대!"

황재하는 고개를 내저으며 미소를 띠고 말했다. "괜찮아요. 제 것까지 드세요. 전 지금 나가봐야 해서요."

노운중이 의아해했다. "어디 가는데? 전하를 수행하는 거야?"

황재하는 노운중에게 웃어 보이고는 몇 걸음 걸어가다가 다시 고개를 돌려 진지한 표정으로 말했다. "왕 가 저택에 갑니다. 낭야 왕 가 말입니다. 왕 도위께서 오늘 저녁에 이야기 좀 나누자고 오라 하셨거든요."

6장

청매실의 여운

유시 초, 황재하는 약속대로 왕 가 저택에 도착했다.

동쪽 하늘에 떠오른 달이 꽃 그림자를 비스듬히 드리웠다. 왕온은 정원 물가의 누각 사월영풍헌 앞에서 황재하를 기다렸다.

부드럽게 불어오는 청량한 바람을 맞으며 왕온은 뒷짐을 진 채 홀로 서 있었다. 달빛이 그린 나뭇가지 그림자가 그의 몸에 드리워 마치 옷 위에 옅은 먹으로 나뭇가지를 그려놓은 듯 보였다. 그의 표정은 어슴푸레한 달빛에 가려져 있었으나, 물가를 따라 천천히 다가오는 황재하를 바라보는 눈빛이 미세하게 반짝이는 게 느껴졌다.

문득 황재하는 용기가 생겼다. 상대 역시 자신 못지않게 불안해하고 있었다. 황재하는 눈앞의 상대가 자신이 생각한 만큼 무서운 존재는 아님을 깨달았다.

황재하는 걸음에 더 속도를 내어 세 걸음 정도 떨어진 거리까지 다가가 왕온에게 예를 갖추어 인사했다. "왕 공자님."

왕온은 어두운 시선으로 황재하를 바라보기만 할 뿐 한참 동안 입을 열지 않았다.

몸을 일으킨 황재하는 부채를 그의 눈앞으로 공손하게 들어 보이며 말했다. “일전에 부채를 빌려주셔서 감사했습니다. 돌려드리려 가져왔습니다.”

마침내 왕온이 웃어 보이며 손을 뻗어 부채를 받아들었다. 그러고는 부채를 이리저리 만지작거리며 물었다. “오늘은 어찌하여 숨기려 들지 않는 거요?”

황재하가 낮은 목소리로 대답했다. “감추려 해도 드러날 것이니 감춰봐야 의미가 없겠지요.”

왕온의 입꼬리가 보일 듯 말 듯 올라갔다. 그는 전형적인 명문세가 자제답게 성품이 침착했지만 마음이 편치 않을 때는 그 미소에 옅은 조롱의 기색을 실었다.

“만일 모든 것이 순조로웠다면 우리는 지금쯤 이미 부부가 되었겠지. 하지만 그대와 내가 정식으로 갖는 첫 만남은 결국 이런 식이 되어버렸군.”

황재하는 답변을 피했다. 그의 온화한 음성에 담긴 비난과 조롱이 읽혀, 고개를 깊이 숙인 채 감히 마주 보지 못했다.

황재하가 낮은 목소리로 물었다. “공자께서는 제 진짜 신분을 언제 눈치채셨는지요?”

왕온은 황재하를 응시하며 지그시 말했다. “처음 만났을 때 내 기억 속 누군가와 굉장히 닮았다고 느꼈지만 확신은 서지 않았소. 기왕부 환관이라는 꽤나 그럴듯한 신분을 하고 있었으니까. 후에 황후 폐하를 배후로 지목하여 왕약 사건을 해결했을 때 비로소 깨달았소. 내가 늘 마음에 염려하던 그 사람이 분명하다는 걸 말이오.”

황재하는 아랫입술을 깨물며 말했다. “지나간 일들은 모두 제 잘못입니다. 오늘은 특별히 공자께 사죄의 말씀을 드리고 지난 과오를 용서받고자 찾아왔습니다. 저 황재하는 평생 살면서 더 이상 왕 공자께서 저로 인해 수치를 당하시는 일이 없도록 최선을 다해 갚도록 하겠습니다."

왕온은 황재하가 이렇게 담담하게 잘못을 인정하리라고는 생각도 못 했던 터라 순간 멍했다. 얼음장처럼 차갑던 왕온의 표정이 조금 누그러졌다. 왕온은 고개를 떨어뜨린 황재하의 모습을 한참 바라보더니 긴 한숨을 내쉬었다.

"한데 어찌하여 그 사람을 위해서 그대의 가족들을 살해한 것이오?"

"제가 그러지 않았습니다." 아물어가던 상처가 다시 찢어지는 듯한 고통이 가슴 한가운데서부터 전해져왔다. 황재하는 가까스로 마음을 억누르며 떨리는 목소리로 말했다. "제가 변복을 하고 신분을 바꾸면서까지 천 리 먼 길을 마다하지 않고 장안으로 온 것은 바로 조정의 힘을 빌려 진범을 잡고 저희 집안의 원통함을 씻기 위해서입니다!"

왕온은 한참 침묵한 뒤 입을 열었다. "하늘의 장난과 같은 일들이 있게 마련이니, 너무 상심하지 마시오."

황재하는 아랫입술을 꼭 깨문 채 묵묵히 고개를 끄덕이며 눈물이 흐르지 않도록 필사적으로 참았다. 그 창백한 얼굴과 고집스럽게 앙다문 입술을 보며 왕온은 복잡한 감정이 치솟아 참지 못하고 나지막한 음성으로 말했다. "나는 처음부터 그대가 범인이라는 걸 믿지 않았소. 그래서 그대가 부친의 벗을 찾아가 몸을 의탁했으리라 생각하고 여러 차례 그대 부친과 잘 알고 지내던 분들의 저택을 찾아다니며 알아보았소. 하나 그 어디서도 그대의 행방을 찾을 수 없었지. 그대가 신분을 바꿔 기왕 전하 곁에서 환관이 되어 있을 줄은 꿈에도 생각지 못했소."

"그 또한 기이한 인연이었습니다. 장안에 들어온 직후 우연히 기왕 전하를 만나게 되었는데, 전하께서 제게 거래를 제안하셨습니다. 제가 전하를 도와 일을 하나 해결해준다면, 전하께서는 촉에서 제가 누명을 벗고 사건의 판결을 뒤집을 수 있도록 도와주겠다 하셨습니다."
황재하는 눈을 내리깔고 침울한 표정으로 말했다. "다만 그게 기왕 전하의 혼사와 관련된 일인 줄은, 공자님 댁의 비밀스러운 사정에까지 미치는 일인 줄은 생각지도 못했습니다."

"그 또한 어쩔 수 없었던 일이니 그대를 탓하지는 않소." 왕온은 그렇게 말하면서 또다시 낮게 탄식했다. "오전에 격구장에서는 내가 좀 과격했소. 너무 마음에 담아두지 마시오."

왕온이 관대하게 나오며 오히려 자신의 태도에 대해 사과하자 순간 황재하는 스스로가 부끄러웠다.

두 사람은 사월영풍헌 안으로 들어가 낮은 탁자 앞에 마주 앉았다. 사면에서 바람이 불어오고 흐르는 물에서 시원한 기운이 끼쳐왔다. 바깥의 윤슬과 안의 등불 빛이 서로 비추며 어우러져 밝기도 하고 몽롱하기도 했다.

왕온은 방금 나눈 이야기를 이어가는 대신 미리 준비해둔 간식을 가리키며 말했다. "지난번에 그대가 우리 집에 왔을 때 앵두 비뤄를 무척이나 좋아했던 걸로 기억하오. 지금은 앵두 철이 아니니 청매실로 한번 드셔보시오."

하얀 도자기 그릇에 담긴 청매실 비뤄 위에 꿀에 절인 장미를 갈아 올려 진홍빛과 짙은 청록빛이 잘 어우러졌다. 달고 기름진 장미꿀과 시큼한 청매실의 맛 또한 완벽한 조화를 이루어 식욕을 돋우는 전채 요리로 더할 나위 없었다.

황재하가 잘 먹는 모습을 보고 왕온은 접시를 앞으로 밀어주며 무심한 듯 말했다. "청매실 같은 것은 여인들이 많이들 좋아하지 않소. 하지만 실은 신맛이 강해 꿀을 많이 곁들여야 비로소 입맛에 맞게 되는 것이오."

황재하는 그 말 속에 뼈가 있음을 알아차리고는 곧바로 손을 거두며 눈을 들어 그를 바라보았다.

왕온이 황재하를 응시하며 평온한 목소리로 말했다. "만일 꿀도 없이 이처럼 신 음식을 먹겠다고 고집한다면, 스스로 사서하는 고생이 아니겠소?"

황재하는 눈을 내리깔고 아랫입술을 깨문 채 말이 없다가 입을 열었다. "물은 마시는 자만이 그 물의 차갑고 뜨거움을 아는 것이듯, 그 맛을 모르는 자는 잘 느끼지 못할지도 모르지요."

왕온은 살며시 미소를 짓고는 이번에는 가늘게 썬 고기 요리를 황재하 앞으로 밀어주었다.

물 위에 반사된 달빛이 활짝 열린 창을 통해 사면에서 비춰 들어와 주위가 온통 맑고 깨끗한 빛으로 반짝였다. 왕온 앞에 마주 앉은 황재하는 지척에서 그의 미소를 바라보며 마음속에 복잡한 감정이 솟구쳐 올랐으나 어떻게 말을 꺼내야 할지 알 수 없었다. 입을 열었다 닫기를 몇 차례 반복하다가 결국은 하고자 했던 말들을 속으로 삼키고 그저 고개를 숙인 채 음식에 몰두하는 척했다.

왕온은 고개 숙인 황재하의 얼굴을 조용히 바라보았다. 3년 전 그의 마음을 사로잡았던 그 소녀의 모습 그대로였다. 다만 앳되고 동글동글하기만 했던 얼굴에 지금은 고집스럽고 억척스러운 느낌이 생겨나 있었다.

3년 전…… 황재하는 열네 살이었고, 왕온도 겨우 열여섯의 소년에 불과했다. 뛰어난 재능과 절세의 외모를 겸비했다는 약혼녀가 무척이나 보고 싶었지만 부끄러운 마음에 결국 다른 이를 끌어들여 함께 궁에 들어가 몰래 숨어서 보았다.

그 봄날의 오후, 황재하는 세 겹으로 된 은홍색 비단옷을 입고 있었다. 그 위에 걸친 하얀 등거리에는 각기 다른 농도의 보랏빛 등꽃이 그려져 있었다. 궁중의 굽은 회랑 끝에 서 있는 황재하는 여러 궁녀들 그 누구보다 섬세하고 민첩했다. 마치 갓 피어난 난초꽃과 같은 자태였다. 왕온은 그 소중한 기회를 놓치지 않으려 눈도 깜빡이지 않고 계속 황재하를 바라보았다.

황재하가 회랑 끝으로 돌아 걸어가던 그때, 왕온은 드디어 그 얼굴을 볼 수 있었다. 무수히도 많은 날을 상상만 했던 그 얼굴이 적막한 밤하늘에 갑자기 피어난 불꽃처럼 눈앞에 나타났다. 그해 봄에 보았던 황재하의 옆모습은 마치 예리한 칼로 심장에 새긴 듯 결코 지워지지 않았다.

하지만 그의 마음에 3년 넘도록 새겨져 있던 황재하는 도리어 그에게 크나큰 모욕과 충격을 안겨주었다. 그는 매일 밤잠을 설쳤고, 심장에 새겨진 그 옆모습은 피를 흘리고 딱지가 앉아 죽어도 사라지지 않을 흉터가 되었다. 그는 끊임없이 생각했다. '도대체 어디서부터 잘못된 것인가? 내가 3년을 기다리며 고대했던 여인이 대체 왜? 난초꽃이 만개한 듯 그리도 아름다웠던 나의 약혼자가 대체 왜? 대체 왜 나에게 이렇게 큰 수치심을 안겨주며 내 마음속에 품은 기대를 직접 꺾어버리는 것인가?'

왕온은 눈앞의 황재하를 바라보며 3년간의 기대가 물거품이 된 일을 생각했다. 왕온 자신과 가족에게 수치를 안겨준 장본인이라는 사실을 잘 알면서도 그 순간 더 어떤 말을 이어나가야 할지 감이 오지 않았다. 황재하도 왕온의 눈빛을 느끼고는 가슴 한복판이 꽉 막힌 것처럼 힘들었다. 질식할 것만 같아 황재하는 마음이 계속해서 아래로, 아래로 가라앉았다.

황재하는 들고 있던 접시를 천천히 탁자 위에 내려놓고는 입술을 깨물며 낮은 목소리로 말했다. "면목 없습니다……. 사실 저도 공자님과 이 일에 대해 조용히 의논해야겠다고 진작부터 생각하고 있었습니다. 최대한 외부에는 알려지지 않도록 저희끼리 해결을……."

"해결이라 함은…… 무엇을 말하는 것이오?" 왕온은 황재하를 보며 천천히 물었다.

황재하는 입술을 꽉 물며 눈을 들어 왕온을 바라보다가, 한참 후에야 온 힘을 그러모아 입을 열었다. "혼약을 파기하는 것 말입니다."

왕온은 그 가늘고 긴 눈으로 황재하를 뚫어져라 노려보았다. 그녀의 몸을 태워 구멍이라도 낼 기세였다. 황재하는 곧 왕온이 참지 못하고 분노를 쏟아낼 거라 생각했다. 그러나 왕온은 시선을 거두어 창밖에 비스듬히 기운 달을 바라보며 낮고 차분한 목소리로 말했다.

"내가 그대와 혼약을 파기하는 일은 없을 것이오."

황재하는 탁자 위에 올린 손에 자신도 모르게 힘이 들어가 주먹을 꽉 쥐었다.

왕온의 시선은 여전히 창문 밖을 향해 있었다. 부드럽게 불어오는 저녁 바람에 창밖의 꽃 그림자가 하늘하늘 흔들렸다. 그는 있는 힘을 다해 자신을 다스렸고, 얼굴에 드리워졌던 우울한 그림자 또한 서서히 사라졌다. 황재하는 귓가에 속삭이는 듯한 그의 음성을 들었다. 그 목소리는 묘하게 따뜻하기까지 했다. "그대는 예법에 따라 정식으로 나와 맺어진 내 아내요. 혼약서와 사주단자가 이를 입증하지 않소. 그대가 어떤 죄를 지었든 어디에 있든, 내가 혼약을 파기하지 않는다면 그대는 한평생 내 사람이며, 다른 누구의 사람도 될 수 없소."

그의 따뜻한 말은 황재하의 가슴에 묵직한 일격을 가했다. 황재하는 흠칫 놀라며 고개를 들었다. 물 위에 비친 달빛과 등불 빛을 받은 그의 온화하고 평온한 얼굴이 보였다. 그 순간 마치 온 세상에 기이한 물결이 이는 듯 황재하의 가슴속으로 한 줄기 따뜻한 피가 흘렀다. 그리고 그 따뜻함이 지나간 자리에는 알 수 없는 긴장과 두려움이 남았다.

황재하는 애써 호흡을 가다듬으며 마음을 진정시킨 뒤 낮은 목소리로 말했다. "왕 공자님의 과분한 사랑에 감사드립니다. 하나 저조차도 이번 생에 다시 남들 앞에 설 수 있을 날이 올지 알지 못하니…… 감히 공자님께서 세월을 허비하게 할 수도, 기다림에 지치게 할 수도 없습니다. 공자께서는 종갓집 장손이니 그만한 책임도 있으실 것입니다. 저 한 사람으로 인하여 낭야 왕 가 가문을 그르치게 된다면, 제 평생에 다 갚지 못할 죄가 될 것입니다."

왕온은 얼굴에 미소를 띠며 황재하를 안심시키듯 말했다. "걱정할 것 없소. 우리 집안은 늘 그대를 지지할 것이며, 그대가 억울함을 씻을 수 있도록 최선을 다해 도울 것이오. 나 또한 명명백백히 진상이 드러날 때까지 그대를 기다릴 수 있소."

황재하는 고개를 내저으며 고집스럽게 말했다. "하지만 이미 제 힘으로는 돌이킬 수 없는 지경까지 와버렸습니다. 이처럼 심각한 오명을 입은 지금, 평범한 여인들과 같은 안정된 삶을 살려는 헛된 꿈은 버린 지 오래입니다. 이번 생에…… 공자님과 저는 인연이 없는 것 같습니다. 그러니 공자께서도 부디 다른 좋은 혼처를 택하시기 바랍니다. 저는…… 그저 공자님 뵐 면목이 없습니다."

왕온은 눈빛을 번득이며 마음속을 꿰뚫어보기라도 하려는 듯 그녀를 노려보았다. 황재하는 그런 왕온을 바라보며 가만히 입술을 깨물었다.

한참 후 왕온이 입을 열어 조용히 탄식하듯 말했다. "황재하, 그대가 그리 허울 좋은 변명을 늘어놓으면 내가 그대의 진심을 모를 것이라 생각했소?"

황재하는 순간 머리끝이 쭈뼛했다. 자신의 마음을 꿰뚫어보는 듯한 왕온의 눈빛 앞에서는 아무것도 감출 수 없을 것만 같았다. 차마 그를 마주 볼 용기가 나지 않아 고개를 숙이고 침묵했다. 창밖의 물에 반사

되어 들어온 달빛이 황재하의 속눈썹을 출렁이듯 스치고 지나갔다.

왕온의 목소리는 여전히 가볍고 느렸다. "사실 그대는 여전히 우선을 마음에 두고 있는 것이 아니오?"

황재하는 머리를 숙인 채 아무 말도 하지 않았다. 그녀의 연정은 이미 모두가 알고 있는 사실이었기에 잡아떼며 숨기려 해도 소용없었다. 그래서 침묵을 택할 수밖에 없었다.

"때로는 나 스스로도 무기력함이 밀려와 매우…… 힘이 드오." 뚫어져라 황재하를 쳐다보는 그의 눈빛이 조용히 타올랐다. "나의 약혼자는 다른 남자를 좋아하고, 일이 그렇게 커지는 바람에 이제는 그대가 사모하는 이가 내가 아님을 온 세상이 다 알고 있소. 당신은 내 마음이 어떠했을지 한 번이라도 생각해본 적이 있소?"

황재하는 깊이 머리를 숙인 채 떨리는 목소리로 말했다. "송구합니다……. 일이 이 지경이 된 것은 모두 저의 잘못입니다. 그러니 왕 공자께서는 깨끗하지 못한 저를 버리시고 다른 가문의 훌륭한 규수를 맞이하시기를 바랍니다. 저는…… 다음 생애에 공자께 진 모든 빚을 갚겠습니다."

"다음 생애라, 그런 헛되고 의미 없는 기약을 내 받아서 무엇하겠소?" 줄곧 따뜻하기만 했던 그의 목소리가 결국 차갑게 변해버렸다. "변명은 그만두시오. 그대가 어디에 있든, 그곳이 저 바다 너머든 땅끝이든, 하늘 위든 땅 아래든, 설령 그대가 죽음의 강 너머에 있게 된다 할지라도, 그대는 끝까지 내 사람인 것이오!"

냉혹하리만치 차가운 그 목소리에는 반박의 여지가 조금도 남아 있지 않았다.

황재하는 자신의 간청이 모두 허사가 되었음을 깨달았다. 하지만 더는 아무런 방법이 없어 그저 몸을 깊이 숙여 절하며 나지막한 음성으로 말했다. "저 황재하, 가족을 죽인 불구대천의 원수를 잡기 전에는 마음에 사적인 정을 품을 수 없사오니, 부디 왕 공자께서 널리 이해하여 주시기를 바랍니다."

황재하는 몸을 일으키며 바깥으로 향했다.

그때 갑자기 바람 이는 소리가 들리더니 누군가가 손목을 잡아챘다. 왕온이었다. 급히 따라나선 왕온이 황재하의 손목을 꽉 붙잡았다.

갑작스럽게 벌어진 일에 놀라 몸을 돌리니 왕온이 뜨겁게 타오르는 눈빛으로 노려보고 있었다.

황재하는 마음이 떨려와 자신도 모르게 뒷걸음쳤다. 하지만 등 뒤는 바로 벽이어서 한 걸음도 더 뒤로 물러설 수 없었다.

"그 사람…… 그대는 나의 약혼자임에도 한결같이 오로지 그 사람 생각뿐인 것이오?" 왕온은 황재하의 어깨를 잡아 벽으로 밀어붙이고는 애써 낮은 목소리로 말했다. 그러나 끝내 마음속에 이는 분노를 억제하지 못해, 늘 봄바람 같던 그 얼굴이 분노와 증오의 폭풍우로 변해버렸다. 그의 눈빛이 황재하의 가슴을 깊숙이 찔러, 폭풍우 속에 내던져진 듯 순식간에 상심과 슬픔에 잠겨버렸다.

우선이 없었더라면, 올봄 왕온과 황재하는 부부가 되었으리라.

평생을 뼈에 사무칠 그 비극이 일어나지 않았더라면, 황재하는 지금 눈앞에 있는 이 준수하고 온화하며 완벽한 명문가 자제의 손을 잡았으리라. 이 사람과 함께 평생 서로를 아끼고 존중하며 백년해로했을 것이리라.

그러나 지금 황재하는 두려움에 사로잡힌 채, 얼굴을 힘껏 옆으로 돌리고 감히 그를 똑바로 보지도 못했다. 그 순간이었다. 왕온이 고개를 숙여 그의 뜨거운 숨결이 황재하의 귓가에 스치듯 번졌다. 그녀는 나지막이 자신의 이름을 부르는 왕온의 음성을 들었다.

"황재하……."

그의 목소리는 약간 잠긴 채 미세한 숨소리가 섞여 있었다. 그 음성이 빰에 와닿아 황재하는 소스라치게 놀랐다. 왕온은 황재하를 두 팔 안에 가두고 그녀의 입술을 향해 고개를 숙였다.

순식간에 황재하의 온몸에서 식은땀이 솟았다. 그녀는 이를 악물며 그를 밀쳐내기 위해 두 손을 들어 올렸다. 황재하의 손끝이 막 그의 가슴께에 닿으려는 찰나, 가볍게 문 두드리는 소리가 나더니 누군가가 작은 소리로 말했다.

"공자님, 기왕부에서 서신이 왔습니다. 양숭고 공공께 전해주라고 하십니다."

왕온은 퍼뜩 정신이 돌아왔다. 그는 황재하의 어깨를 놓아주고는 몇 걸음 뒤로 물러나 잠시 멍하니 서 있다가 문 밖을 쳐다보았다.

어느덧 하늘에는 짙은 어둠이 내려앉았다.

곧 장안성의 통행금지 시간이었다. 제아무리 왕부 사람이라 해도 긴요한 일이나 갑작스러운 병고가 아니고서는 그 시간에 나다닐 수 없었다. 왕온은 마치 이제 막 꿈에서 깨어난 것처럼 긴 한숨을 내쉬고는 탁자 앞으로 돌아가 앉으며 낮은 음성으로 말했다.

"가지고 들어오너라."

황재하는 문에 기대어 서 있었다. 손바닥이 식은땀으로 흥건했다. 그제야 몰려온 두려움에 현기증이 일어 있는 힘을 다해 손을 들어 서신을 받아들었다. 봉투를 열어 그 안에 든 흰 종이를 꺼냈다.

마름모 모양으로 접힌 서신은 꽤나 두꺼웠다. 황재하가 펼쳐서 보니, 백지였다.

글자라곤 한 자도 적혀 있지 않았다.

황재하는 한 번 훑어본 후에 다시 잘 접어 원래대로 봉투에 넣었다. 그러고는 고개를 들어 왕온을 보며 말했다.

"전하께서 급한 일로 저를 부르셔서 아무래도 돌아가봐야 할 것 같습니다. 양해 부탁드립니다."

탁자 위에 놓여 있던 왕온의 손이 눈에 보일 듯 말 듯 떨렸다. 자신의 감정을 억누르며 왕온은 황재하의 얼굴을 마주 보는 대신 창밖으로 시선을 돌려 밝게 떠오른 달을 바라보았다. 그러고는 입가에 예의 그 미소를 띄우며 온화한 목소리로 또박또박 말했다.

"밤이 깊어 어두우니, 조심히 돌아가십시오."

여름날 하늘은 씻은 듯이 맑고 깨끗하여 푸른 별들이 밤하늘에 큼지막하게 박혀 있었다.

황재하는 달빛과 별빛을 밟으며 기왕부로 돌아왔다. 이서백은 서재에서 책을 보고 있었다. 이서백의 머리 위로 봉황 날개가 새겨진 팔각궁등 네 개가 들보에 매달려 밝은 빛을 냈다. 그는 이미 무늬 없는 홑옷으로 갈아입은 뒤였다. 순백의 천이 부드럽게 감싼 그의 몸이 등불빛 아래 유난히 깨끗하게 보여 마치 눈 내린 높은 산 같았다.

고요한 이 밤, 이서백의 조용하고도 흐트러짐 없는 깔끔한 자태는 황재하의 혼란스러운 마음을 순식간에 원래대로 되돌려놓았다. 황재하는 휘장을 걷고 들어가 조용히 그 앞에 무릎을 꿇고 앉았다.

이서백이 고개도 들지 않고 물었다. "왕온이 너를 의심하기 시작한 게냐?"

황재하는 고개를 끄덕이며 되물었다. "전하께서는 이미 알고 계셨습니까?"

"아니, 몰랐다." 그는 수중의 책을 덮어 한쪽에 놓아두며 말했다. "왕온이 너를 불렀다는 얘기를 전해 듣고 만일을 위해 네게 빈 서신을 보낸 것이다."

황재하는 조용히 고개를 끄덕였다. 만약 무슨 일이 생겼으면 그 빈 서신이 자신을 구해낼 방편이 될 것이고, 아무 일 없다면 그냥 무시하면 되는 것이었다. 서신의 역할은 오롯이 자신의 선택에 달려 있었다.

"왕온은…… 이미 제가 황재하인 것을 알고 있었습니다."

"자신의 약혼자라면, 더군다나 자신에게 큰 치욕을 안겨준 여인이라면 더 예리하게 알아챌 수밖에 없겠지." 이서백은 담담한 표정으로 별일 아닌 듯 태연하게 말했다 "그가 황재하와 닮은 환관을 보고 조금도 신경 쓰지 않았다면 그것이야말로 더 이상하지 않겠느냐."

"하지만 앞으로 좀 번거로워질 것 같습니다."

"더 이상 번거로운 일은 없을 것이다. 내가 해결할 것이니 말이다." 비록 가볍게 내뱉듯 말했으나, 그의 말에는 의심할 수 없는 힘이 깃들어 있었다.

황재하는 고개를 끄덕였다. 왕온 때문에 생겨났던 당혹감과 두려움은 이서백의 이 한마디로 말끔히 가셨다. 곧 폭풍우가 불어닥치리라는 염려 또한 흔적도 없이 사라졌다.

황재하는 안심하며 고개를 숙인 채 미소 지었다.

고요하고 기나긴 밤, 마주 앉은 두 사람. 이서백은 눈을 들어 고개 숙인 황재하의 모습을 바라보았다. 서탁 위의 등불이 황재하의 얼굴을 옅은 붉은빛으로 물들였다. 그 백옥 같은 볼에 은은한 복사꽃 빛깔이 비쳐 화사하고 부드러워 보였다. 마치 이 어두운 밤중에 아무도 모르는 봄날의 태양이 조용히 이서백의 곁에 떠오른 것만 같았다.

등불 빛이 그녀의 속눈썹 위에서 물결처럼 가볍게 일렁이는 모습을 보던 이서백은 황재하가 자신을 쳐다보기 전에 얼른 시선을 탁자 위로 옮겼다. 탁자 위에 놓인 유리병 속에는 자그마한 빨간 물고기가 미동도 없이 편안히 잠을 자고 있었다.

침묵을 깨기 위해서인 듯 이서백은 다른 일에 대해 물었다. "그나저나 내가 말하지 않았더냐. 내게 설명해야 할 일이 있을 텐데?"

황재하는 오늘 격구장에서 이서백이 했던 말을 생각해냈다. 이서백이 의장대에서 제명한 사람을 도왔으니 뒤에서 몰래 그에게 대항한 것이나 다름없었다. 심지어는 자신의 주인을 안중에 두지 않은 듯한 행동이었다.

순간 황재하는 왕온을 마주했을 때보다 백배는 더 큰 압박감을 느끼며 호흡마저 빨라졌다. "전하께서는 저의 주인이시니 저는 전하께 모든 충성을 다할 것입니다. 또한 장항영은 저의 벗이니 저는 그에게 의리를 지킬 것입니다. 비록 충과 의를 동시에 다 지킬 수 없다 할지라도 장항영에게 은혜를 입은 바 있으니 의리뿐만이 아니라 예를 지켜 마땅히 갚아야 합니다……. 그래서 거듭 고민하였으나 일단은 그를 도울 수밖에 없었습니다."

"너희 두 사람은 정이 두텁고 친밀한 관계이고 거기에 비하면 나는 소원한 관계이다, 그런 말이냐?" 이서백은 황재하를 힐끗 쳐다보고는 다시 입을 열었다. "너는 참으로 의리가 넘치고 친밀함의 구분도 확실하구나."

황재하는 순간 식은땀이 등을 타고 흐르는 것을 느끼며 자신도 모르게 변명하듯 말했다. "전하께서 제게 베푸신 은혜는 태산과 같아서 평생을 다하여 갚아도 갚을 수 없을 것입니다……. 하지만 장항영의 은혜는 제가 갚을 수 있는 정도라……."

이서백은 등불 아래 꿇어앉은 황재하를 바라보았다. 줄곧 고개를 숙인 채 쭈뼛쭈뼛 말도 안 되는 이유를 늘어놓는 그녀의 얼굴 위로 등불이 은은하게 파도치듯 비쳐, 그 모습을 한층 더 불안해 보이게 만들었다.

그제야 이서백은 피식 웃으며 말했다. "사실 장항영이 어떻든지 참견할 마음은 없다. 다만 네가 몰래 행동하는 것이 싫구나."

황재하는 재빨리 고개를 숙여 사죄했다. 이서백이 다시 화제를 돌렸다. "천복사의 일은 진전이 있느냐?"

황재하는 오늘 천복사에서 보고 들은 내용을 전했다. 그러면서 손짓으로 철사를 묘사해 보였다. "철사는 대략 2척 길이였고 곧게 뻗은 것이 아니라 녹슨 부분은 반원 모양으로 구부러져 있었습니다. 곧은 부분은 불에 단련이 된 것처럼 살짝 어두운 빛이 났습니다."

"내일 대리사에 가서 한번 봐야겠구나." 이서백은 황재하를 마주 쳐다보고는 말을 이었다. "그리고 공주 주변에서 일어난 일들을 조사한다고 하여 그리 긴장할 필요 없다. 상대가 아무리 공주라 해도 너는 내 왕부의 사람이고, 공주에게 너를 보낸 것도 아니다. 너는 그저 대리사를 도와 이 일에 개입하는 것일 뿐이니 혹여 공주가 무리한 요구를 한다면 곧바로 최순잠에게 떠맡기면 되느니라."

황재하는 속으로 최순잠을 향한 애도의 마음을 느끼며 대답했다. "알겠습니다."

"그리고 가장 큰 문제는." 이서백은 담담하게 말을 이어갔다. "그 두 가지 사건, 부마의 사고와 환관 위희민의 죽음이 서로 관계가 있는지의 여부일 것이다."

"격구장에서 발생한 사건의 내막도 뜻밖에 매우 복잡하니……."

애초에 황재하는 정말이지 화를 자초하고 싶은 마음이 조금도 없었다. 그 생각이 들자 어쩔 수 없이 이서백을 바라보며 눈빛으로 물을 수밖에 없었다. 분명히 전하께서도 이 일에 개입하는 걸 원치 않으셨던 것 아닙니까?

이서백은 황재하의 눈빛에 담긴 의문을 분명히 알아차렸지만 아무 말도 하지 않고 그저 손으로 탁자만 가볍게 톡톡 두드리고 있을 뿐이었다. 하지만 역시 무언가 생각하는 눈치더니 결국 서랍을 열어 종이 한 장을 꺼내 황재하에게 건넸다.

황재하는 의아한 표정으로 종이를 받아들고는 위에 적힌 글을 집중해서 읽어 내려갔다.

성도부 거인[12] 우선. 지난달 상경해 과거를 준비. 국자감에서 수학하였으며 현재 주례잡설을 보좌함. 동창 공주가 그 명성을 듣고 공주부에 들어와 주례를 강론해줄 것을 청함. 우선은 여러 차례 사양하였으나 소용이 없었음. 현재 닷새에 한 번 공주부에 들어가 강론하고 있음.

종이에 적힌 글은 이게 다였다. 황재하는 종이를 내려놓고 아무 말 없이 입술을 깨물며 이서백을 바라보았다.

이서백이 담담하게 입을 열었다. "이 일에 대해 최근 시정에서 떠도는 말들이 많다."

우선과 공주부의 관계가 적힌 종이를 보고 겨우 마음을 가라앉히던 황재하의 얼굴색이 기어이 변하고 말았다. 동창 공주와 우선에 대해 떠도는 시정의 소문……. 굳이 어떤 소문인지는 듣지 않아도 알 것 같았다.

"우선이 공주부와 관계를 맺었을 줄은 너도 생각지 못했나 보군." 이서백은 황재하에게 시선을 주지 않고 차분히 차를 한 모금 마셨다. 그의 시선은 유리병 속 고요한 물고기를 향했다. "듣자 하니 우선은 비록 나이는 젊으나 학문이 매우 탄탄하여 현인들이 남긴 저서에도 독창적인 견해가 있다고 하더구나. 게다가 인품도 매우 발라서 국자감의 학정, 조교, 동문 할 것 없이 모든 이들이 그를 칭찬한다지."

황재하는 등불 아래 서서 한참을 아무 말도 하지 않았다.

"너는 너의 그……." 이서백은 잠시 말을 고른 뒤 뒷말을 이었다. "그 의형제를 어찌 대할 것이냐?"

황재하는 낮은 목소리로 대답했다. "그는 처음부터 제 일가족을 죽인 범인이 저라고 생각해 뼈에 사무치도록 저를 증오하고 있습니

---

12 과거시험에 합격한 사람.

다. 제 생각에…… 아직은 피할 수 있다면 최대한 피하는 것이 좋겠습니다."

"한 가지, 아무리 생각해도 이상한 일이 있구나." 이서백이 손에 든 찻잔을 내려놓고 지그시 황재하를 바라보며 잠시 생각에 잠겼다가 입을 열었다. "우선은 너와 여러 해를 알고 지내면서 서로 마음을 나눈 사이이니, 네가 어떤 사람인지는 분명히 그가 제일 잘 알고 있지 않겠느냐. 그런데도 왜 그는 고집스럽게 네가 범인이라 생각하는 것이냐?"

황재하는 침묵하며 이서백을 바라보다가 한참이 지나서야 나지막이 입을 열었다. "어렸을 때 부모를 잃은 우선을 저희 부친께서 거두셨습니다. 작년에 과거시험에 합격해 관례대로 조정에서 저택과 하인을 마련해주었는데, 그는 저희 부모님이 설득을 해서야 새 저택으로 건너갔습니다. 그 첫날, 밤새 눈이 내렸습니다. 다음 날 아침에 제가 그를 보러 가려는데 사군부 담장 밖으로 온몸에 눈을 덮어쓴 채 서 있는 사람이 보였습니다. 자세히 보니…… 얼굴이 하얗게 질릴 정도로 꽁꽁 얼어붙은 우선이었습니다."

이야기가 여기에 이르자 황재하는 목소리가 떨리는 것을 막을 수 없어 한동안 호흡을 가다듬은 뒤 힘겹게 말을 이어갔다. "그는 자신의 새로운 거처가 익숙지 않아서 마치 이제 돌아갈 집이 없어진 것만 같은 느낌이었다고 했습니다. 그래서 밤새 잠을 이루지 못하다가 폭설을 무릅쓰고 저희 집까지 왔지만, 들어오기에는 미안하여 그저 문 밖에 서 있었다고요. 저희와 조금이라도 가까이 있는 것만으로도 그는 좋았던 것 같습니다……."

이서백은 황재하의 두 눈에 고인 눈물을 보았다. 사군부에서의 행복했던 시절이 떠올라 황재하는 멍하니 허공을 올려다보았다. 가장 아름다웠던 그 시절의 자신이 눈앞에 보이는 듯했다. 영원히 지나가버린, 두 번 다시는 돌아갈 수 없는 소녀 시절의 황재하.

우선은 그 소녀 시절 전체를 함께한 사람이었다. 그 시절의 추억 속에서 가장 중요하고도 가장 아름다운 부분을 차지한 사람이었다.

이서백은 시선을 옮기며 목소리를 낮춰 평온한 목소리로 말했다.

"그가 너희 가족을 매우 각별히 여겼나 보구나."

"네…… 그는 세상의 그 누구보다도 저희 가족을 소중하게 여겼습니다. 그래서 자신이 가장 중요하게 여기는 것을 망가뜨린 저를 더욱 용서하기 힘든 것입니다."

"그 외에는?" 이서백이 다시 물었다.

망설이던 황재하의 눈빛이 그를 향했지만, 이서백의 표정은 평온했다. 그는 깍지 낀 두 손으로 턱을 괸 채 깊고 어두운 눈빛으로 황재하를 주시했다.

"그 외에 분명 또 무엇이 있을 듯하구나. 그가 너를 범인이라 생각하는 이유가 말이야."

황재하는 살짝 아랫입술을 깨물었다가 한참 후 떨리는 목소리로 말했다. "서신을…… 제가 그에게 서신을 보낸 적이 있습니다."

"뭐라 쓴 것이었지?"

이미 오랜 시간이 흘렀으나 황재하는 아직도 또렷이 그 내용을 기억하고 있었기에 그 편지에서 가장 중요한 몇 부분을 천천히 읊었다.

용주로 와서 조사한 사건의 진상이 다 밝혀졌어. 실은 부모가 딸의 정인을 떼어내고 다른 이를 맞이하려 해서 벌어진 일이었어. 사건 당일 밤, 딸이 음식에 단장초를 넣어서 가족 모두를 죽이고, 본인 또한 음독자살을 한 거지. 참으로 안타깝고 슬픈 사연이었어. 만일 너와 내가 이런 상황에 놓인다면, 나 또한 그렇게 가족을 버리고 돌아오지 못할 길로 걸어가게 될까?

그녀가 다른 이에게 썼던 연서의 내용을 들으며 이서백은 유리병을 쥐고 있던 손에 저도 모르게 힘을 주었다. 그러고는 마음속 동요를 억누르며 천천히 물었다. "언제 쓴 것이지?"

"바로…… 저희 가족에게 사건이 발생하기 나흘 전입니다."

"너희 가족에게 그 일이 있고 난 후, 우선이 관아에 그 서신을 제출했고?"

"그렇습니다……."

"만약 그때 내가 그 연서를 보았다면 나도 네가 범인이라고 믿었을 것이다. 그렇지 않겠느냐?" 그의 입가에 차가운 미소가 드리워졌고, 눈빛은 칼끝보다 더 예리하게 빛났다. "네가 직접 쓴 서신이 가장 큰 증거물이 되었구나."

황재하는 이를 악물며 아무런 말도 하지 않았다. 자신이 직접 한 일이었으며 되돌릴 수도 없었다. 변명하고 싶지도 않았고, 변명할 수도 없었다.

밤은 깊고 달빛은 구름에 가려져 두 사람을 비추고 있는 등불 외에는 사방이 온통 암흑천지였다.

이서백은 유리병을 어루만지며 한참을 망설이다가 황재하를 바라보며 천천히 입을 열었다. "너와 우선 사이의 은원에 대해서는 내가 뭐라고 참견할 수가 없겠구나. 네가 알아서…… 잘 처리하거라."

황재하도 고개를 들어 등불 아래 밝게 빛나고 있는 이서백을 바라보았다. 주위를 맴도는 빛 때문인지 그 얼굴이 유난히 차갑고 단호해 보였다.

황재하는 더 아무 말 않고 예를 갖추며 그만 물러가려 했다.

"그러고 보니 한 가지 알려줄 것이 있었다." 이서백이 다시 말했다. "동창 공주와 우선보다 네가 더 염두에 두어야 할 이가 있다. 오늘 태극궁에서 네게 즉시 입궁하여 알현하라는 전갈을 보내왔다."

황재하는 놀라서 물었다. "지금요?"

"오늘은 이미 늦었으니 내일 가도록 하거라." 이서백은 창밖의 하늘로 시선을 옮기며 말했다. "태극궁에서 너를 부른 이상 아마도 가까운 시일 내에는 장안을 벗어나기 어려울 것이다. 게다가 그분이 네게 부탁하실 일은 분명 곽 숙비와 동창 공주가 관련된 일일 것이다. 그러니 네가 장안에 남아 이 사건에 손을 대는 건 어쩌면 잘된 일인지도 모르겠구나."

"알겠습니다."

이서백은 차분하고도 깊은 눈으로 황재하를 응시했다. "최근 곽 숙비의 움직임이 빈번한 것이 무슨 야심을 품었는지 속이 빤하구나. 왕황후가 너를 만나자 한 것도 필시 그 때문일 것이다."

황재하는 조용히 고개를 끄덕이며 그의 말을 들었다. "너 스스로의 능력을 잘 파악하여 지혜롭게 처신하거라. 만일 해결하지 못할 것 같으면 무리할 필요 없다. 그때에는 내가 나설 것이다."

황재하는 고개를 끄덕였지만, 여전히 고집스럽게 말했다. "잘 해내겠습니다."

이서백이 입꼬리를 살짝 끌어 올리며 놀리는 듯 미소를 지었다. "여전히 자신을 과대평가하는군."

이튿날 이른 아침, 막 잠에서 깨어난 황재하는 방문 앞에서 자신을 기다리는 동창 공주부 사람을 발견했다. 등춘민이라는 이름의 환관이 울상을 하고서 간곡하게 부탁했다. "양 공공, 서둘러주시게. 어제 공주님께서 공공을 데려오라고 하셨는데, 제발 나 좀 살려주게나!"

황재하는 하늘을 올려다보고는 의아한 듯 물었다. "공주님께서 이리 이른 시간에 벌써 문책하신 겁니까?"

"공주님께서는 아직 기침하지 않으셨지만, 만일 기침하시자마자 그 일을 물으면 어찌합니까? 그러니 서둘러 공공을 모시러 온 게지."

등춘민의 애원하는 눈빛에 황재하는 어쩔 수 없이 재빨리 준비를 마치고 그를 따라 동창 공주부로 향했다.

동창 공주부는 과연 듣던 대로 금으로 난간을 세우고 옥으로 창문을 만든 곳이었다. 비록 황궁만큼 웅장하고 화려하진 않지만 처마 끝에 달린 금장식, 화단의 새를 쫓는 금방울, 금은사(金銀絲)로 정교하게 꽃무늬를 수놓은 대나무 발 등 눈에 보이는 곳곳마다 사치스럽게 치장되어 있었다. 황재하는 공주를 알현하기 위해 조용히 공주부 앞뜰에서 기다렸다. 아직 새벽녘 이슬이 반짝이고, 머리 위에서는 새들이 짹짹거렸다. 황재하가 새들을 보고 있을 때 잠이 채 가시지 않은 듯한 가련한 목소리가 옆에서 들려왔다.

"양 공공도 오셨군요?"

고개를 돌려 보니 대리사 소경 최순잠이었다. 그는 풀이 죽은 모습으로 네 명의 대리사 하급 관리를 데리고 왔다. 인사를 나눈 뒤 괴로운 얼굴로 황재하 옆의 의자에 앉으며 최순잠이 물었다. "양 공공, 아침은 드셨습니까?"

"아직입니다." 황재하는 그의 얼굴에 선명한 손바닥 자국을 주시하며 차분히 대답했다.

"저도 아직입니다." 최순잠은 황재하의 시선을 알아차리고는 처량하게 뺨을 가리며 말했다. "아침에 일어나면서 기척을 너무 크게 내는 바람에, 우리 집 호랑이 아내가 놀라서 그만……." 황재하는 그가 조정 안에서 제일가는 공처가로 불린다는 말이 떠올라 그저 아무 말 없이 웃었다.

최순잠은 괜히 민망해 덧붙여 말했다. "제 처도 제가 새벽 댓바람부터 공무로 바쁜 것을 마음 아파 합니다. 좀 더 제게 의지하며 많은 시간을 보내고 싶어 하는 것인데 다만 표현이 서투른 거죠……. 안 그렇습니까, 양 공공?"

"맞습니다." 황재하도 진지하게 대답했다.

황재하가 자신의 처를 긍정적으로 봐주자 최순잠은 기분이 좋아졌다. 그리고 한 시녀가 사뿐사뿐 식합을 들고 들어오는 것을 보고는 더 기분이 좋아졌다. "이거 참 잘 됐습니다! 우리도 아침은 먹을 수 있겠습니다."

시녀는 입술을 깨물며 웃더니 식합을 열어 안에 있는 밀가루 음식과 죽을 꺼냈다. 최순잠은 일행을 불러 함께 자리에 앉아 식사하기 시작했다.

등춘민도 얼른 다가와 사람들에게 죽 한 그릇씩을 퍼 주었다. 최순잠이 참하게 생긴 시녀를 보고 물었다. "너는 공주님 시중을 드느냐?"

"소녀 수주라고 합니다. 어렸을 때부터 공주님을 모셨고, 후에 공주님께서 혼인하여 출궁하실 때 함께 이곳으로 왔습니다." 수주가 미소를 짓자 눈매가 반달 모양이 되었다. 비록 이목구비가 아주 예쁜 축에는 들지 않지만 뽀얀 피부에 상냥한 그 얼굴은 한 번 보면 잘 잊히지 않을 듯했다. "최 소경과 양 공공께서 공주부 상황을 잘 모르실 것이라고 공주님께서 저를 보내셨습니다. 궁금하신 건 뭐든지 제게 물어보시면 됩니다."

"그것 참 다행이군! 안 그래도 공주부는 규모도 크고 건물도 많아서 어디서부터 손을 대야 하나 걱정이었네." 최순잠은 그렇게 말하면서 고개를 돌려 등춘민을 보았다.

등춘민이 재빨리 말했다. "소인은 등춘민이라고 합니다. 수주와 위희민처럼 어렸을 때부터 공주님과 함께 궁에서 자랐습니다. 그리고 1년 전 공주님께서 출궁하실 때 함께 따라왔습니다."

"공주부에는 총 몇 명의 사람들이 있는가?" 최순잠이 물었다.

등춘민은 순간 당황했으나 수주는 저택 사정을 속속들이 잘 알고 있었다. "최 소경께 아룁니다. 현재 공주부에는 총 관리자와 부 관리자 및 회계들이 42명, 환관이 78명, 시녀가 228명, 주방, 문지기, 잡역이 247명입니다."

"공주님을 따라 출궁한 사람은 몇 명 정도인가?"

"그때 환관이 78명, 시녀가 36명이었습니다. 나머지 대부분은 황제 폐하의 지시로 공주부를 지을 때 민가에서 사온 사람들입니다. 그 외에 연중 꾸준히 공주부의 일을 봐주는 마구간지기, 창고지기, 정원사 등이 10여 명 있습니다."

수주가 공주부 사정에 밝은 것을 보고 황재하도 물었다. "위희민이 평소 누구에게 원한 산 일은 없습니까?"

수주는 잠시 생각하더니 입을 열었다. "위희민은 저와 마찬가지로 가까이에서 공주님을 모셨습니다. 늘 마음을 다해 공주님을 섬겼고 충심이 뛰어났습니다."

그때 등춘민이 옆에서 우물쭈물 뭔가를 말하려다 마는 모습을 보고 황재하가 그에게 물었다. "공공께서는 위희민과 같이 환관으로 지내셨는데 무언가 짚이는 점이 없으신지요?"

등춘민은 재빨리 대답했다. "사실, 일이 있기 전날 위희민이…… 주방의 창포와 하마터면 싸울 뻔했다네."

"응?" 최순잠이 재빨리 젓가락을 내려놓고 물었다. "무슨 일로 한낱 주방 식모와 싸운단 말인가?"

등춘민은 당황해 어쩔 줄 몰라 하며 말했다. "저도 그건…… 잘 모르겠습니다."

"창포는 그냥 취사부가 아닙니다. 공주부 내의 크고 작은 주방과 사시사철 식단을 주관하는 총책임자입니다. 공주님께서는 창포가 일을 침착하게 잘한다고 자주 칭찬하셨습니다." 수주가 당황해하는 등춘민을 대신해 말했다. "창포는 본래 부마 댁의 노비였는데, 혼인 후 부마께서 데리고 오셨습니다. 올해 서른 살 정도 되었고 혼례는 올리지 않았습니다. 다만 그때 위희민과 다투었던 내용에 대해서는 저희도 잘 모릅니다."

"제가 위희민이랑 다퉜다고요?"

때마침 창포는 다음 날 식단을 짜고 있다가 사람들이 오는 것을 보고는 종이를 한쪽으로 치웠다. 창포의 얼굴은 지극히 평범했다. 과묵한 인상에다 입가에 깊게 팬 팔자주름 때문에 우아한 멋은 없었다. 그녀는 지난 일을 곰곰이 생각해보더니 고개를 끄덕이며 말했다. "그러고 보니 그런 일이 있긴 있었습니다."

뒤에 있던 대리사 지사가 재빨리 붓과 먹을 들고 기록을 시작했다.

창포는 그 모습을 보며 안색이 변해서 물었다. "지금 무슨 뜻이에요? 설마 위희민의 죽음이 저와 상관있다 하시는 것입니까? 그 사람은…… 천벌을 받아서 그리된 게 아니던가요?"

황재하는 서둘러 창포를 안심시켰다. "걱정 마십시오. 그저 형식적인 질문입니다. 위희민의 평소 상황을 알고자 하는 것뿐이니 대답만 해주시면 됩니다."

창포는 여전히 긴장한 채 의심스러운 표정을 짓고 주저하며 말했다. "무…… 무슨 일을요?"

"며칠 전에 두 사람이 다퉜던 일에 대해 상세하게 설명해줄 수 있으신가요?"

"아…… 그거요?" 창포의 목소리가 조금 격앙되는 걸 보니 여전히 앙금이 남아 있는 듯했다. "저는 평소에 저택의 식사를 관장하고 있고 위희민은 공주님을 곁에서 모시는 역할이어서 원래부터 친분도 없고 특별히 악감정도 없습니다. 그런데 그날은 갑자기 저를 찾아와서는 대뜸 영릉향을 달라고 하더군요. 저는 없다고 했지요. 그랬더니 주방의 위아래 모두가 보는 앞에서 제게 역정을 내는 것이 아닙니까. 생각해보세요, 저는 부마 댁에서부터 스무 명이 넘는 주방 사람들을 관리해온 사람인데, 그자가 그렇게 다짜고짜 제 체면을 구기다니, 말이 됩니까? 하지만 공주님의 총애를 받는 사람을 제가 어찌하겠습니까. 그래서 그냥 꾹 참고 그자의 역정을 가만히 듣고만 있었습니다. 그랬으니 그렇게⋯⋯ 에이, 이미 죽고 없는 사람이니 관두죠."

황재하가 다시 물었다. "아주머니는 식단을 담당하는 사람인데 어찌 아주머니에게 영릉향을 달라고 했을까요?"

"말하자면, 그냥 제가 재수가 없었던 거죠. 마침 며칠 전에⋯⋯ 어느 곳에서 영릉향을 좀 얻었거든요. 그 향료는 매우 귀한 것입니다. 저택 내 하인이 귀중품을 얻으면 일단 공주님께 먼저 바치는 게 공주부 규율이지요. 하지만 공주님께서는 영릉향을 마음에 안 들어 하셨고 그것이 위희민의 수중에 들어갔습니다. 그자는 그게 저한테 남아 있을 거라 생각하고는 다 쓰고 저를 찾아와 내놓으라고 당당하게 요구했습니다. 낯짝이 두꺼워도 그리 두꺼울 수가 없었습니다!"

황재하가 자초지종을 꼬치꼬치 캐물었다. "그러면 그 영릉향은 어디서 얻으셨습니까?"

"그게⋯⋯ 제가 아는 사람이 보내주었습니다." 창포가 곤혹스러운 얼굴로 고개를 숙이며 더 이상 자세히 말하기를 거부했다. "어쨌든 그 사람도 아주 조금 보내주었을 뿐이어서 제게도 더는 없었습니다. 그날은 그러고 나서 위희민을 다시 보진 못했고 그다음 날 그자가 죽었다는 얘기를 들었습니다. 듣기로는⋯⋯ 벼락을 맞았다고요. 저도 매우 이상하다고 생각은 했지만, 하늘도 그자의 그런 횡포를 더는 두고 보지 못하셨나 보지요."

황재하는 고개를 끄덕이고는 마지막으로 하나 더 물었다. "그렇다면 위희민이 죽었을 때 아주머니는 어디에 있었나요?"

"그날은 관세음보살 열반일이어서 저택 식사도 채식이어야 했습니다. 그래서 오전 내내 주방에서 고기류가 섞여 들어가는 것을 막기 위해 사람들을 지켜보고 있었지요. 만에 하나라도 공주님께 고기가 발견된다면 큰일이니까요. 안 그렇습니까?"

최순잠은 무심결에 대답했다. "그건 그렇지."

그들 옆으로 환관이 다가와 말을 전했다. "공주님께서 기침하셨으니 알현하셔도 괜찮습니다."

최순잠과 황재하는 일단 주방 쪽은 내버려두고 공주의 거처로 향했다. 수놓인 비단 치마를 입은 한 무리의 시녀들이 줄지어 고대(高臺)를 내려오고 있는 모습이 보였다. 하나같이 손에 금빛 물건을 들고 있었는데 가까이서 보니 금 접시였다. 접시 위에는 동창 공주가 먹고 물린 조찬이 놓여 있었다.

황재하는 속으로 생각했다. '주자진 도련님이 봤다면 분명히 이렇게 말했겠지. 금 접시는 하등 쓸데가 없어, 은 접시가 훨씬 실용적이지. 독 검사도 하고 말이야!'

최순잠도 감탄했다. "과연 '시녀가 금 접시를 놓고 잉어를 썬다'는 말이 맞는군요. 공주부 접시는 모두 금은으로 되어 있다더니 가히 사실인가 봅니다."

수주가 입가에 가벼운 웃음을 띠고 말했다. "공주님께서 어렸을 때 깨진 자기 조각에 손가락을 베이신 적이 있습니다. 그래서 폐하께서 공주님 주변에는 어떠한 자기 그릇도 쓰지 못하도록 명하셨지요. 그것이 지금까지 이어져온 것입니다."

최순잠과 황재하는 기가 막혔다. 세간의 소문을 통해 황제가 동창 공주를 극진히도 아끼고 사랑한다는 사실은 알고 있었지만 이 정도일 줄은 몰랐다.

동창 공주는 진홍빛 치마저고리 차림에 머리는 느슨하게 쪽을 지고 홀로 누각에 앉아 황재하 일행을 맞았다.

평상에 단정히 앉아 있는 공주의 머리에는 비녀가 하나밖에 꽂혀 있지 않았다. 하지만 매우 정교하고 화려한 비녀여서 황재하처럼 평소 장신구에 관심이 없던 사람도, 심지어 남자인 최순잠마저도 단번에 시선을 사로잡혔다. 다들 한동안 비녀에서 시선을 떼지 못했다.

옥석 하나를 통째로 깎아 만든 것이었는데, 난새와 봉황 아홉 마리가 매우 정교하게 조각되어 있었다. 게다가 세상에서 가장 진귀하다는 아홉 빛깔 옥이었다. 어느 장인의 솜씨인지는 모르겠으나 옥 본연의 색깔에 맞춰 각양각색의 난새와 봉황 아홉 마리를 조각하여 마치 살아서 날개를 펼치는 듯 생동감이 느껴졌다.

'이것이 말로만 듣던 구난채로구나.' 황재하는 생각했다. 세상에 단 하나만 존재한다는 궁중의 보물. 황제가 구난채를 왕 황후가 아닌 딸에게 하사한 것만 봐도 동창 공주를 얼마나 귀히 여기는지 충분히 알 수 있었다.

누각에 부마의 모습은 보이지 않았다. 공주는 일행에게 자리에 앉으라는 표시를 해 보였다. "태의에게 들으니 부마의 상처는 약을 발라야 한다더군. 나는 약 냄새를 견디기 힘들어 하는 사람이라 부마더러 다른 곳에서 자라고 했네."

최순잠은 무의식적으로 오늘 아침에 아내에게 맞은 한쪽 얼굴을 손으로 어루만지며 복잡한 표정을 지었다.

공주와 부마는 서로에게 꽤나 냉담한 것 같았다.

황재하의 머릿속에 이서백의 말이 스쳐지나갔다.

'이 일에 대해 최근 시정에서 떠도는 말들이 많다…….'

황재하는 더 이상 생각이 이어지지 않도록 억누르며 마음을 가다듬었다. 그러고는 침착한 목소리를 내려고 노력하며 말했다. "공주님께서는 위희민의 일을 어떻게 보시는지, 저희에게 말씀해주실 수 있으신지요?"

공주는 성을 냈다. "그 일은 의문이 한두 개가 아니야! 먼저 위희민은 신 같은 건 믿지 않는 사람인데, 그날 어떻게 천복사의 법회에 참석했겠나?"

황재하는 조금 의아해서 물었다. "위희민은 신을 믿지 않았습니까?"

"그랬어." 그렇게 말하는 공주의 옆모습을 보니 생각에 잠긴 것 같았다. 공주가 옆에 있는 시녀에게 물었다. "낙패, 그렇지 않느냐?"

낙패가 재빨리 대답했다. "맞습니다! 위희민은 고질적인 두통을 앓았는데, 아플 때마다 하늘을 보며 욕하곤 했지요. 평소에도 만일 세상에 석가모니나 보살이 있다면 자신에게 고기를 가져다달라는 등……. 아아, 어찌되었건 늘 불경한 말만 늘어놓았습니다. 어제저녁에 누군가가 말하길 위희민은 평소에 불경죄를 저질러서 업보를 치른 거라고 하더군요!"

"일이 발생하기 전에 그가 주방의 창포와 심하게 다퉜다고 하던데, 그대들도 알다시피 창포는 부마 집안의 사람인데 그리 함부로 대해서야 되겠는가? 그래서 위희민을 꾸짖으려 했는데 수주가 아무리 여기저기 물어봐도 도무지 찾을 수가 없었네. 그랬는데 그다음 날 천복사에서 죽었다는 얘기를 들을 줄이야!" 동창 공주가 눈살을 찌푸리며 말했다. "이 일에는 분명 수상쩍은 점들이 있어. 적어도 그를 천복사로 불러낸 사람은 의심해봐야 하네."

최순잠이 말했다. "공주님 말씀에 일리가 있습니다. 저희가 반드시 일의 진상을 밝혀 공주님의 기대를 저버리지 않도록 하겠습니다!"

그의 말에는 일말의 성의도 묻어 있지 않았다. 동창 공주는 아예 그는 거들떠도 보지 않고 바로 황재하에게 시선을 옮겼다. "양 공공, 그대의 생각은?"

황재하가 말했다. "지금으로서는 아직 알 수 있는 게 없습니다. 최 소경과 소인은 저택 내를 조금 더 조사하고자 합니다."

동창 공주는 손짓하며 말했다. "최 소경은 먼저 나가보게. 양 공공은 잠시만 기다리고."

최순잠 일행이 나가고 나자 공주는 천천히 몸을 일으켜 황재하 쪽으로 다가갔다. 황재하는 일어나서 공손하게 고개를 숙여 예를 행했다.

황재하는 키가 크고 공주는 황재하보다 머리 반 개쯤이 작았다. 공주가 눈을 들어 황재하를 한참 관찰하며 살펴보더니 갑자기 웃으며 말했다. "일찍부터 공공의 이름을 들어왔지. 기왕 전하의 총애를 받는 자답게 과연 풍채가 비범하군."

황재하는 억지로 웃음을 지어 보였다. "과찬이십니다."

"내가 하는 말에 틀림이 있을 수 있느냐?" 공주는 황재하를 물끄러미 보다가 얼굴에 잔뜩 웃음기를 머금은 채 창가로 다가가 몸을 기대며 물었다. "그대는 본궁이 머리에 꽂고 있는 이 구난채를 보았느냐?"

황재하는 고개를 끄덕이며 말했다. "참으로 정교하고 아름다운 솜씨입니다."

"공공, 그대는 여자의 마음을 모르겠지. 아무리 내가 손가락만 한번 까딱이면 천하의 진귀한 보물이 앞다퉈 내 앞에 나타난다 해도 나는 여전히 이 구난채를 제일 좋아할 것이네." 공주는 손을 들어 머리 위의 구난채를 만지작거리며 가볍게 한숨을 쉬었다. "여자의 집착이라는 건 그러하다네. 자신이 가장 좋아하는 물건은 늘 자신의 마음 상태와 연결되어 있다고 생각되네……."

황재하는 공주가 자신에게 이런 말을 하는 것에 무슨 깊은 뜻이 있는지 알 수 없었다. 하지만 그런 답답한 심정은 전혀 내색하지 않은 채 그저 공손히 듣고만 있었다.

“며칠 전…… 위희민이 죽기 전 어느 날 밤, 나는 꿈을 꾸었네.” 공주는 두 손으로 난간을 붙잡고 눈 아래 펼쳐진 꽃밭을 내려다보았다.

7월의 날씨는 무더웠으나 공주의 거처는 높은 곳에 위치해 시원한 바람이 불어왔다. 고대 아래 심겨진 분홍빛 자귀나무 꽃들도 바람에 파도치듯 넘실대며 은은한 향을 발산했다.

우단 천 같은 자귀나무 꽃이 바람에 날려와 공주의 귀밑머리에 닿았다. 바람에 가볍게 흔들리는 꽃은 섬세하고 부드러웠다. 공주는 손을 들어 꽃을 떼어낸 뒤 손가락으로 가볍게 비볐다. 그러면서 혼잣말로 중얼거리듯 말했다. “꿈에서 나는 비단에 수를 놓은 화려한 옷차림을 한 여인을 보았어. 아무런 치장도 하지 않은 긴 머리칼이 그대로 바닥까지 늘어져 있었지. 여인이 어둠 속에서 천천히 모습을 드러내며 나를 향해 걸어왔는데 얼굴이 옥처럼 찬란하게 빛났어. 여인이 내게 말했네. ‘나는 남제(南齊)의 숙비 반옥아다. 내가 아끼는 것이 그대 곁에 있은 지 오래되었으니 이제 공주는 속히 내게 돌려주시게.’”

동창 공주는 그렇게 말하면서 몸을 획 돌리더니 조금 전과 사뭇 다르게 느껴지는 목소리로 말했다. “남제의 반 숙비라니, 벌써 몇 백 년 전의 사람이 아닌가. 그녀에게 돌려줘야 한다는 말은…… 그 뜻은 설마, 그럼 나도…….”

“공주님 너무 심려치 마십시오.” 황재하는 꿈으로 인해 두려워하는 공주의 표정을 보고는 달래듯 말했다. “단지 꿈일 뿐입니다. 허무맹랑한 꿈이니 바람처럼 쉽게 흩어질 것입니다. 소인이 보건대 공주님께서 근자에 마음에 근심이 많아 그런 꿈을 꾸신 듯합니다. 너무 심려치 마십시오.”

“그러한가?” 공주는 미간을 찌푸리며 한참을 생각하더니 손을 들어 머리에 꽂혀 있던 구난채를 빼 황재하 앞에 건네주며 말했다. “양공공, 한번 보게.”

황재하는 구난채를 받아들고는 자세히 살펴보았다. 머리 부분에 아홉 색깔의 봉황과 난새가 복잡하게 뒤얽힌 형상으로 조각되어 있고, 초승달 모양으로 휜 끝부분에는 '옥아'라는 글자 두 개가 전자체(篆字體)로 자그마하게 새겨져 있었다.

"이 비녀는 정말로 남제 반 숙비 반옥아의 것이네." 공주는 한숨을 쉬며 말했다. "이제는 내가 근심하는 이유를 알겠는가? 내 곁의 환관이 그런 일을 당하고, 부마에게도 일이 생기고, 그리고 나는…… 이런 불길한 악몽을 꾸니 내가 어찌 근심하지 않을 수 있겠는가?"

"공주님께서는 너무 깊이 생각지 마십시오. 소인이 최선을 다해 조속히 해결하여 공주님께 보고드리도록 하겠습니다." 황재하는 공주의 모습을 보며 어떤 위로의 말도 의미가 없겠다 생각하여 그저 그렇게 말했다.

동창 공주는 그제야 조금 안심한 듯했다. "만일 그대가 정말 부마를 다치게 하고 위희민을 죽음에 이르게 한 그 범인을 잡아준다면 본궁이 그대에게 큰 상을 내릴 것이야. 혹여 그것이 천벌이었다 할지라도, 공공은 내 곁의 사람들이 왜 그러한 천벌을 받은 것인지 또한 자세히 밝혀내야 하네."

황재하는 공주의 날카로우면서도 고집스러운 얼굴을 보며 자신도 모르게 속으로 한숨을 쉬었다. "그것이 소인의 본분이니 공주님께서는 염려치 마시옵소서. 반드시 온 힘을 다해 사건을 조사토록 하겠습니다."

황재하는 동창 공주에게 작별을 고한 뒤 높고 가파른 기단을 홀로 천천히 내려왔다. 바람이 불어와 그녀의 얇고 가벼운 비단옷을 펄럭였다. 황재하는 눈앞을 가리는 넓은 소맷자락을 손으로 붙잡으며 마지막 계단을 내려왔다. 고개를 드는 황재하의 눈에 자귀나무 아래를 천천히 걸어오는 사람이 보였다.

한여름 무더위 속에 꽃이 만발했다.

자귀나무 한 그루 한 그루마다 구름처럼 피어난 꽃들이 바람도 없는데 홀로 떨어졌다. 강렬한 여름 태양 아래 다 타버릴 것만 같은데도 꽃송이들은 조금도 주저함 없이 피고 지기를 반복했다.

바닥에 자욱하게 떨어진 꽃송이들이 더없이 요염했다. 처마 밑까지 드리운 꽃나무 가지가 다가오는 사람의 모습을 반쯤 가렸다. 모습이 잘 보이지 않는데도 사람의 마음을 움직이는 기품이 느껴졌다.

황재하는 그의 모습을 보는 것만으로도 손에서 식은땀이 나는 걸 느꼈다. 재빨리 돌아서 커다란 자귀나무 뒤에 몸을 숨긴 채 떨림을 억누르며 그를 지켜보았다.

천천히 가까워지고 있는 남자는 수묵화 같은 우아함과 심원한 풍치를 뿜어냈다. 마치 초승달이 은백의 빛을 발하며 은은하게 사람들을 비추는 것처럼, 눈이 부시지도 칠흑같이 어둡지도 않은 꼭 알맞은 빛을 내는 그런 사람이었다.

나무 뒤에 사람이 있다는 사실을 눈치챘는지 그가 꽃나무 사이로 고개를 들더니 세상 모든 만물을 취하게 할 것만 같은 눈빛으로 황재하가 있는 방향을 바라보았다.

황재하는 그에게 모습을 들킬까 두려워 등지고 있던 나무에 바싹 몸을 붙이고는 호흡을 다스리려 애썼다. 한순간의 호흡으로 마음속 무언가가 제방이 터지듯 무너져버릴까 봐 두려웠다.

우선. 그가 어떻게 공주부 안에 있는 걸까?

게다가 이렇게 이른 아침에, 공주와 부마가 별거하고 있는 때에.

가벼운 발소리가 울리며 풀이 바스락거렸다.

그는 황재하가 몸을 숨긴 나무 뒤로 다가와 부드러운 목소리로 물었다. "공공, 어딘가 편치 않으신지요? 도움이 필요하신가요?"

황재하는 그제야 옷자락이 나무 밖으로 삐져나가 있었음을 깨달았다. 온 힘을 다해 떨리는 몸을 억누르고 있었기에 아마 몸이 아픈 사람처럼 보였으리라. 황재하는 재빨리 옷을 잡아당기며 그를 등지고 서서는 간신히 고개를 내저었다.

그가 여전히 걱정되는지 관심 어린 목소리로 물었다. "정말 괜찮으십니까?"

황재하는 이를 악물고는 빠르게 앞으로 걸어 나갔다.

황재하의 몸이 움직이자마자 그의 얼굴에서 미소가 걷혔다. 그는 조급한 발걸음으로 허둥대며 걸어가는 황재하의 뒷모습을 미동도 없이 바라보다가 자신도 모르게 중얼거렸다. "재하……."

그 두 글자가 꿈결처럼 황재하의 귀에도 전해졌다.

그의 목소리는 마치 긴 세월을 사이에 두고 건너오는 듯 황재하의 귓가에 물결처럼 울리며 한동안 메아리쳤다.

황재하는 자신도 모르게 발을 멈춰 그 자리에서 멍하니 서 있다가, 한참 후에야 몸을 돌려 우선을 바라보았다. 그 또한 꼼짝도 않고 서서 황재하를 뚫어지게 쳐다봤다. 그의 얼굴에는 원망 외에도 여러 복잡한 빛들이 뒤섞여 있었다. 그는 마치 이미 사라진 자신의 꿈을 보는 듯한 표정으로 그녀를 보았다. 자신이 직접 가꿔 피운 꽃이 썩어 흙으로 변한 모습을 보듯이.

황재하도 그렇게 한참을 바라보다 나지막한 목소리로 그의 이름을 불렀다. "우선."

아무도 없는 숲속, 자귀나무 아래. 무더운 여름날의 바람이 나뭇가지를 스치자 꽃비가 떨어졌다. 바람에 나부낀 분홍빛 꽃들이 두 사람의 몸 위로 비단처럼 내려앉았다. 황재하는 온몸에 분홍빛 꽃을 덮어쓰고 조용히 우선을 바라보았다. 마치 영원히 잃어버린 자신의 소녀 시절을 바라보듯이.

"공주께서, 공주부와 관련된 두 사건을 조사하라 명하서서……."

황재하를 바라보는 우선의 눈빛은 멀고도 가까운 듯한 거리감과 있는 듯 없는 듯한 슬픔으로 가득했다. 오랫동안 침묵하던 우선이 결국 이를 물며 차가운 미소로 말했다.

"나쁘지 않네. 가족을 죽이고도 신분을 바꿔 사람들에게 떠받들어지고 말이야."

"촉으로 돌아갈 거야……. 공주부 사건이 끝나면 바로." 황재하는 가슴 한복판에서 솟아오르는 날카로운 통증을 억누르며 변명하듯 말했다. "기왕 전하께서 도와주기로 약조하셨어. 조만간 떠날 거야. 돌아가서 그 사건을 처음부터 다시 철저하게 조사할 거야!"

우선은 깜짝 놀라 황재하를 빤히 보았다. "네가…… 돌아간다고?"

"못 갈 이유가 어디 있어! 누명도 벗고, 우리 집안에 피를 뿌린 이 사건을 철저하게 조사할 거야!" 황재하는 손으로 가슴을 꾹 눌렀다. 심장이 미친 듯이 뛰었다. 격앙된 감정을 억누르기 힘들어 온 힘을 다해 호흡을 가다듬었다. 한참 후에야 눈물을 꾹 참으며 폐부 깊숙한 곳에서 끄집어내듯 한 자 한 자 힘겹게 내뱉었다. "반드시 내 손으로 범인을 잡아낼 거야. 우리 부모님과 오라버니와 할머니와 숙부를 위해 반드시 복수할 거라고!"

우선은 황재하와 1장 정도 떨어진 거리에서 꼼짝 않고 그녀를 바라보며 그 맹세를 듣고 있었다. 우선의 눈 속에 거대한 파도가 출렁였지만 이 짧은 순간에 그 변명을 받아들일 수는 없었다. 그는 눈을 내리깔고 천천히 뒤로 한 걸음 물러나 낮은 목소리로 말했다.

"네가 가족을 죽였다는 확실한 증거가 있는 마당에, 난…… 잘 모르겠어. 너를 믿어야 할지……."

순간 황재하는 심장이 멎는 기분이었다. 꽃비가 내리는 아름다운 풍경 또한 비현실적으로 느껴졌다. 하지만 지금 황재하는 확실히 그의 눈앞에 서 있었다. 그가 내뱉는 단호한 말 앞에서 온몸이 차갑게 떨리는 중에도 그녀는 웃었다. 자귀나무 꽃이 피고 지며 비처럼 분분하게 떨어졌다. 황재하는 떨어지는 꽃 사이로 그를 바라보며 예전처럼 보조개가 패도록 환하게 웃었다.

황재하가 말했다. "걱정 마, 우선. 내가 그 살인범을 잡아서 네게 보여줄 테니. 나는 내 앞에 놓인 사건을 단 한 번도 해결 못 한 적이 없어. 그리고 이 사건은, 내 목숨을 걸고 파헤칠 거야!"

눈물이 차올랐으나 황재하는 조금도 깨닫지 못하고 몸을 획 돌려 빠른 걸음으로 자귀나무들을 지나쳐 앞으로 걸어 나갔다.

점점 걸음이 빨라져 나중에는 거의 뛰듯이 걸으며 뒤도 돌아보지 않고 그에게서 도망쳤다.

자귀나무 숲에서 벗어난 황재하는 걸음을 멈추고 멍하니 고개를 들었다. 머리 위 성긴 나뭇가지 사이로 천천히 고대로 올라가는 우선의 모습이 보였다. 바람에 옷이 나풀거리는 모습이 마치 신선 같았다. 느긋하고 맑은 그의 자태는 글로 묘사할 수도, 말로 표현할 수도 없는 것이었다. 그의 마음에 과연 두 사람의 재회를 위한 희망이 한 가닥이라도 남아 있을까?

황재하는 시선을 돌려 하늘을 보았다. 높고 푸른 하늘에서 눈을 찌를 듯 밝은 햇살이 쏟아졌다. 아까부터 뜨거웠던 눈이 결국 눈물을 쏟아냈다.

7장

꽃다운 젊은 시절

황재하는 고개를 들어 드넓은 하늘을 보았다. 흐릿해진 머리를 깨우려 혀끝을 깨무니, 날카로운 통증과 함께 빠른 속도로 정신이 돌아왔다. 거칠게 호흡하며 가슴 통증도 가라앉히려 노력했다.

그리고 위희민의 죽음과 부마의 낙마, 공주의 꿈을 몇 번이고 반복해서 머릿속에 떠올리며 이 일들 사이의 공통점을 찾으려 애썼다. 자꾸만 우선에게로 향하는 신경을 그렇게 해서라도 막으려 했다.

자귀나무 오솔길을 따라 월문에 도착했을 때는 이미 평정을 되찾은 후였다. 최소한 겉모습은 평소와 완전히 똑같았다.

월문에서 황재하를 기다리고 있던 수주가 웃으면서 맞이했다.

"부마께서는 숙미원에 머물고 계십니다. 제가 공공을 모시고 가겠습니다."

"감사합니다. 수고스럽겠지만 부탁드립니다."

수주는 살짝 웃고는 앞장서 길을 안내했다. 어느 문 앞에 이르러 문을 열려던 수주는 다시 손을 거두어 비교적 먼 다른 길로 데리고 갔다. 황재하는 비록 저택 안 정원의 위치를 잘 알지 못했지만 모퉁이

하나를 돌았다는 것은 분명하게 알 수 있었다.

황재하는 고개를 돌려 잠겨 있는 정원 문을 보며 짐짓 지나가는 말투로 물었다. "저기는 뭐하는 곳인데 문이 잠겨 있나요?"

"……지금원이라는 곳인데 파초와 자주색 분꽃을 심어두어 여름에 피서하기 좋은 곳입니다. 다만 보름 전부터 한밤중만 되면 그 안에서 누군가 큰 소리로 운다는 소문이 있어서……." 수주는 좌우를 살펴 사방에 아무도 없는 것을 확인한 뒤 작은 목소리로 말했다. "그곳에 불결한 무언가가 있다고들 했습니다. 그래서 공주님께서 도사를 청해 술법을 행하고 문을 잠갔습니다. 저 안의 원한을 정화하는 데는 10년이 걸리고 그 후에야 다시 문을 열 수 있다고 합니다."

황재하는 귀신을 믿지 않았지만 그래도 지금원을 한 번 더 돌아보며 그 정원을 마음속에 새겨두었다.

부마가 거주하는 숙미원 안에는 온통 배롱나무가 심겨 있었다. 때마침 꽃이 피는 시기여서 만개한 꽃이 절경을 이루었다.

부마는 최순잠과 이야기를 나누던 중이었다. 황재하가 시녀의 안내를 받으며 들어오는 것을 보고 위보형이 웃으며 말했다. "양 공공, 때마침 어제 격구 경기에 대해 이야기하는 중이었습니다! 공공의 실력이 정말 좋더군요. 언제 시간이 나면 다시 한 번 겨뤄보는 게 어떻겠습니까?"

황재하는 웃으며 대답했다. "아닙니다. 부마께서야말로 수비하는 기술이 뛰어나 감탄할 정도였습니다."

최순잠은 믿을 수 없다는 듯 황재하를 위아래로 훑어보며 말했다. "정말입니까? 양 공공의 격구 실력이 그리도 대단히더고요? 보기에는 전혀 모르겠는데요."

"사람은 겉모습만 보고 판단해선 안 되지요." 위보형이 웃었다. "원래 왕온이 내게 경기를 청했을 때 나는 이리 말했습니다. 주자진은 격구에 문외한이고, 그 거구의 장항영은 집에 말조차도 없는 사람이고, 나머지 한 사람은 양 공공이니 나 혼자서 세 명을 상대해도 거뜬히 상대를 눌러줄 수 있겠소, 하고요. 거기에 왕온과 한 편이니 바위와 달걀의 싸움으로 손쉽게 이길 거라고요! 하하하, 우리 편이 지리라고는 생각지도 못했지 뭡니까."

최순잠의 벌어진 턱이 거의 떨어지기 직전이었다. "어제 격구 경기는 부마께서 사고를 당해 중지된 것이 아니었습니까?"

"에이, 진 것은 진 것이지요. 게다가 기왕 전하께서 출전하셨는데 내가 감히 경기를 이어갈 수 있었겠습니까?" 위보형은 그렇게 말하며 황재하를 향해 웃었다. "그러고 보면 양 공공은 정말 능력도 좋습니다. 도성 안에서 그 세 분 전하를 모셔와 경기를 뛰게 할 수 있는 사람이 양 공공 말고 또 누가 있겠습니까."

"아닙니다. 왕제들께서는 상대편에 부마께서 계신 것을 알고는 비로소 경기에 나가셨습니다. 제게 그분들을 청할 능력이 어디 있겠습니까." 황재하가 재빨리 대답했다.

"하아, 안타깝게도 저는 이번에 체면을 제대로 깎아먹었습니다. 말에서 떨어지는 바람에 오랫동안 쌓아온 명성을 하루아침에 날려버렸잖습니까!" 그렇게 말하는 위보형은 조금도 괴로워하는 표정이 아니었다. 되레 웃으면서 자신의 소매를 걷어 올려 그들을 향해 내밀어 보였다. "보입니까? 내 몸에서 가장 큰 상처입니다. 길이 2촌, 너비 반 촌 정도 되는 찰과상이지요."

최순잠은 궁금하면서도 우스운 마음에 손바닥으로 그의 팔꿈치를 찰싹 치며 말했다. "에이, 그만 거두십시오. 당당한 사내대장부가 어찌 이 정도 찰과상으로 약을 바른단 말입니까!"

"몸에 난 상처는 그렇다 쳐도, 얼굴을 다쳤으니 어찌 부마 자리를 감당하겠느냐고 공주가 그러더군요." 위보형은 아무렇지도 않은 듯 그렇게 말하더니 다시 황재하에게 말했다. “양 공공, 나도 어제 한참을 생각해보았지만 참으로 이해가 안 되는군요. 그저 손 가는 대로 대충 고른 말인데 대체 언제 그 말에다 손을 썼던 걸까요? 앞뒤 상황을 아무리 생각해봐도 다른 사람이 손을 쓸 기회는 없었단 말입니다.”

“저도 지금은 아직 그 실마리를 찾지 못하였습니다. 이 일은 좀 더 조사가 필요할 것 같습니다.” 황재하가 위보형에게 물었다. “부마께서는 주변에 신경 쓰이는 사람이나 혹 눈여겨볼 만한 일은 없었습니까?”

위보형은 미간을 찌푸리고 한참을 생각하더니 말했다. “아마도 없는 것 같습니다.”

“흠…….” 황재하가 생각에 잠겨 있는데, 갑자기 위보형이 손뼉을 치며 말했다. “있습니다! 최근에 알게 된 사람이 하나 있는데, 참으로 이상한 일이라 어찌 설명해야 좋을지 모르겠군요!”

“어떤 일이죠?” 황재하와 최순잠이 재빨리 물었다.

“최근에 알게 된 소환관이 있는데 생김새는 맑고 깨끗하며 호리호리한 사람이지요. 하지만 격구를 할 때는 좌금오위 사내들보다 더 사납더군요. 이게 최근에 내게 있었던 가장 이상한 일이지요!” 위보형이 웃으면서 아무 일도 없었던 듯 시선을 벽 쪽으로 옮겼다.

“지금 농담하실 때가 아닙니다!” 황재하가 씁쓸하게 웃으며 몸을 일으켜 위보형의 시선을 따라 두어 걸음 걸어갔다. 벽에 한 폭의 서화가 걸려 있었는데, 선명한 붉은색 육두구 열매와 자그마한 녹색 잎 두 자루가 그려진 그림에 두목(杜牧)의 시가 쓰여 있었다.

하늘하늘 아리따운 열세 살 남짓
두구의 가지 끝은 2월 초순이라.
봄바람 불어오는 10리 양주 길에

주렴을 걷었으나 모두 너만 못하구나.[13]

황재하는 낙관을 보고 자신도 모르게 감탄하며 말했다. "부마께서는 그림과 서체 솜씨가 모두 훌륭하시군요."

"훌륭하긴 뭐가요. 국자감에 있을 때 날마다 주자진과 수업을 빼먹고 새 잡으러 돌아다니며 놀았는데요." 위보형은 손을 내저으며 웃었다. "그나마 제 부친께서 억지로 시키신 덕이지요."

최순잠이 말했다. "이 시는 저도 참으로 아끼는 시입니다. 열세 살 남짓의 아가씨, 두구의 가지 끝, 참으로 풋풋하고 싱그러워 유난히 사람의 마음을 끈다니까요……."

위보형은 최순잠을 흘겨보면서 물었다. "소경의 부인께서는 나이가?"

"허허…… 저보다 세 살이 많습니다. 하지만 제 마음속에선 영원히 풋풋하고 싱그러운 젊은 처자입니다!"

황재하는 두 남자는 신경도 쓰지 않고 그저 그림만 보며 말했다. "부마께서 두구를 참 잘 그리셨습니다. 이 시에서 가장 잘 쓴 글자도 바로 '두구'네요."

위보형은 얼굴에 살짝 어두운 빛이 드리워졌으나 이내 웃어 보이며 아무 말도 하지 않았다.

최순잠이 말했다. "양 공공, 서화에도 조예가 있나 봅니다. 안목이 이리도 좋으실 줄이야."

"저도 부친께서 시키신 덕에 두 해 정도 억지로 배웠습니다." 황재하가 말했다. 세 사람 중 유일하게 맡은 바 소임을 다하고 있던 황재하가 다시 입을 열어 물었다. "부마께서는 위희민을 잘 아십니까?"

---

13 당나라 말기 시인 두목의 시 「증별이수」.

"아, 천벌 받아 죽은 그자 말이죠?" 위보형은 아무 생각 없이 말했다. "알다마다요. 매일 공주 옆에 붙어 있는 자였습니다. 안 그래도 작은 키에 허리를 곱사등처럼 굽히고는 늘 '네, 네' 하면서 개처럼 구는 사람이었죠. 뭐, 그래도 좋은 점이 하나 있다면, 주인이 물라고 하면 물어버리는, 주인 말은 참 잘 듣는 자였다는 겁니다."

꽤나 경멸하는 듯한 말투여서 황재하가 다시 물었다. "듣기에 일을 잘하고 능력 있는 사람이었다고 하던데요?"

"능력 있지요. 할 말 없게 만들 정도로 능력이 대단하지요." 위보형은 차갑게 웃으며 말했다. "지난달에도 일이 하나 있었는데, 뭐 다른 이들에게 물어도 금방 알게 될 터이니 그냥 제가 지금 말해드리지요. 그때 내가 모든 관아를 뛰어다니면서 압력을 넣지 않았더라면 공주와 공주부의 이름이 먹칠을 당할 뻔했습니다!"

황재하와 최순잠은 서로 눈을 마주쳤다. 최순잠이 재빨리 물었다. "무슨 일이었습니까?"

"그게 말입니다……. 이번 사건들과 아무 관련 없는 일 같긴 한데, 또 어찌 보면 관련이 있는 것도 같고 말입니다. 만일 관련이 없다면 두 분께서는 절대 외부에 퍼뜨리지 말아주십시오. 어찌 되었든 공주부의 명성에 누가 되는 일이니까요." 위보형은 그렇게 말하고는 미간을 찌푸리며 잠시 생각하다가 다시 입을 열었다. "공주부에서 사용하는 초는 모두 여 씨네 향초 가게에서 가져오는 겁니다. 지난달에 여 씨가 아마 일이 있었는지 딸한테 초를 들려 보냈는데, 가난한 집안 여식인지라 공주부 출입 예절을 잘 모르는 바람에 제때 공주를 비켜가지 못해…… 공주의 치맛자락을 밟아 더럽히고 말았지요."

최순잠이 무심결에 물었다. "그런 작은 일을 부마께서는 또 어찌 마음에 두셨습니까?"

"원래는 작은 일이 맞지만 위희민 때문에 일이 커져버렸지요. 공주가 그 처자를 꾸짖으라 했는데, 그 위희민이라는 자가 말이죠, 공주를 기쁘게 해주려고 처자가 혼절할 때까지 매질을 한 뒤 길모퉁이에 아무렇게나 내다버렸다죠. 그 뒷골목에 시정잡배가 하나 있는데, 그 이름이 뭐라더라…….” 위보형이 정확하지 않은 듯 말했다. “사람들이 문둥이 손 씨라 부르는 것 같더군요. 마흔이 넘은 노총각인데 온몸에 종기가 나 있어서 다들 혐오하는 사람입니다. 어쨌든 그놈이 처자가 인사불성인 것을 보고는 글쎄 그 처자를…….”

위보형은 동정하는 표정을 지었고 최순잠은 아연실색했다. 황재하만이 냉정하게 미간을 찌푸리며 물었다. “여 씨네 향초 가게요?”

“맞아요. 듣자 하니 그 주인장은 줄곧 딸을 천대하던 자라더군요. 도성 내에 소문이 자자해지니까 집안의 수치라며 딸을 내쫓아버렸다고 합디다. 그 처자는 외곽 어디 허허벌판에서 죽었다고 하더이다. 에휴…….”

황재하는 미간을 살짝 찌푸리며 물었다. “그 주인장은요?”

“다행히도 담이 작고 겁이 많은 자였어요. 내가 모든 관아를 돌아다니며 이 일과 관련해 압력을 넣으면서, 그자한테도 은자 200냥을 보내고 사람을 시켜 손 씨에게 한 차례 매질을 했지요. 그랬더니 그게 고마웠던지 아무 말썽 없이 그냥 넘어가고 그 후로 다시는 그 일을 언급하지도 않았습니다.”

최순잠은 탄식하며 말했다. “그 주인장은…… 정말로 담이 작고 겁이 많아서 복수 같은 건 모르는 인물일까요? 제가 듣기로 위희민은 바로 그 사람이 만든 초에 불타서 죽었다고 하던데요?”

위보형이 손을 펼쳐 보이며 말했다. “그러니 천벌이라고 이야기하지 않습니까. 인과응보! 결국 여 씨가 만든 초가 위희민을 태워 죽였으니 나쁘지 않은 결말 아닙니까?”

최순잠이 씁쓸한 얼굴을 하고서 말했다. “공주께서도 그리 생각해주시면 참 좋을 텐데요."

공주부를 나오면서 최순잠이 황재하에게 물었다. "다음은 어디로 갈 생각입니까?"

"보아하니, 여 씨네 향초 가게에는 꼭 가봐야 할 것 같습니다."

"음, 그럼 함께 가시죠."

황재하가 고개를 저었다. "소경께서 입은 관복을 보면 저희가 왜 왔는지 바로 알아챌 겁니다. 제가 먼저 가서 좀 떠보도록 하겠습니다. 만약 확실히 혐의가 있으면 그때 바로 대리사로 불러 심문하시는 것이 좋겠습니다."

"좋은 생각이네요." 최순잠은 이미 시간이 많이 지난 것을 보며 급히 말했다. "아침에 집에서 나오는데 집사람이 오늘은 직접 음식을 할 거라더군요. 어서 가서 집사람이 한 음식을 먹어야 하는데 시간이 벌써 이렇게……."

"그럼 조심히 가십시오." 황재하는 최순잠이 탄 마차가 멀어지는 것을 보며 서둘러 마차를 한 대 불렀다. 하늘도 황재하를 불쌍히 여겼는지 마침 지난번 사건을 조사하며 신청했던 경비 중 '아직' 이서백에게 돌려주지 않은 돈이 몇 푼 있었다. 그렇지 않았다면 마차를 빌릴 돈이 어디 있었겠는가?

황재하는 곧바로 주자진 집으로 갔다. 주자진은 역시나 집에서 뼈들을 연구하고 있었다.

"숭고, 빨리 와봐, 빨리!" 주자진은 탁자에 놓아둔 뼈를 가리키며 기쁨에 차서 말했다. "어서 와서 내 평생 가장 위대한 업적의 증인이 되어줘!"

황재하는 한숨을 쉬며 말했다. "도련님이랑 좀 상의할 게 있어서 왔어요. 그……."

"에이, 다른 건 나중에, 얼른!" 주자진은 황재하의 소매를 잡아당겨 안으로 끌고 들어갔다. 비틀거리며 안으로 따라 들어간 황재하는 탁자 위에 사람 머리가 놓여 있는 것을 보고는 소스라치게 놀랐다.

"진짜 머리 같지? 하하하, 지난번에 손을 복원한 거랑 같은 거야. 얼굴은 손이랑 다르게 근육이랑 혈관이 너무 많아서 이제 겨우 하나 완성했지만. 봐봐, 어딘가 좀…… 낯이 익은 것 같지 않아?"

'낯이 안 익을 수 있단 말입니까? 왕 황후와 닮은 이 얼굴이?' 황재하는 그렇게 생각했다.

"이 두개골을 보자마자 미인일 거라고 짐작했지만 이 정도로 아름다울 줄은 몰랐어." 주자진이 탁자 위에 놓인 예쁜 두개골을 어루만지며 말했다.

황재하는 잠시 생각하다가 문득 물었다. "이 두개골은 어디서 가지고 오신 거예요?"

"샀지. 호부에 무연고 시신 장사지내는 일을 담당하는 자가 있는데, 제발 두개골 하나만 남겨달라고 계속 부탁했거든. 쉿! 이건 엄밀히 말하면 불법이니까 절대 어디 가서 말하면 안 돼. 저번에 우리가 수로에서 머리 없는 시체를 끌어올렸잖아. 바로 그 전날 이걸 몰래 들고 왔더라고. 누가 풀숲에서 발견한 거라면서. 처음 받았을 때는 온통 피범벅이라서 보기가 영 그랬는데, 피랑 살을 다 제거하고 나니까 머리 모양이 정말 예쁜 거 있지. 그렇지 않아?"

황재하는 옆에 있던 포대에 두개골을 담더니 품에 안으며 말했다. "도련님, 이건 제가 가지고 갈게요."

"엥? 왜?" 그가 황급히 물었다.

"묻지 마세요." 황재하는 주자진이 거의 다 복원한 뒤쪽 정수리 뼈도 포대에 함께 넣으며 말했다. "제가 가져갈 테니까, 도련님은 나중에 다른 사람 걸로 다시 찾아보세요."

"어이, 숭고! 정말 매정하게 이러기야……. 이거 진짜 내 인생에서 본 적 없는 최고로 아름다운 두개골이란 말이야……. 내 마음에는 그거밖에 없다고. 제발 가져가지 마……." 주자진은 포대를 잡고 눈물 흘리며 하소연했다. "숭고, 네가 나한테 이럴 순 없어! 왕비 사건 때 내가 너를 위해 이리저리 뛰어다니면서 시체 건지고 구덩이 파고, 얼마나 많이 도와줬냐? 나한테는 공도 하나 없는 일인데 있는 고생 없는 고생 다하면서 도와줬잖아. 그런데 넌? 넌 지금까지도 그 사건의 진상을 제대로 나한테 알려주지도 않았잖아! 왕 가의 관 속에 누운 그 시체가 왕약이 아니라는 건 나도 안다고. 근데 왜 왕 가 사람들은 아무 말 않고 그 관을 낭야로 보내 안장시켜버린 거지? 그 사건의 진짜 범인은 대체 누구고, 범인이 어떻게 범행을 저질렀는지 나는 아무것도 모른다고! 숭고, 정말 나한테 너무한 거 아니야……. 어찌됐든 다른 건 다 상관없는데, 내가 가장 아끼는 그 두개골만은 제발 돌려줘! 이렇게 부탁할게. 아니면 차라리 내 머리랑 바꾸자, 응……?"

황재하는 주자진의 피맺힌 절규를 듣다가 결국 한숨을 내쉬며 나지막하게 말했다. "도련님, 이 두개골은 아마도…… 제가 아는 사람 딸인 것 같아요. 어렸을 때 어머니한테 버림받고 불쌍한 삶을 살아왔는데 그 죽음은 더 참혹했지요. 이렇게 아름다운 사람의 목이 잘려서 버려졌는데 도련님은 아무렇지도 않으세요? 그러니 제가 가지고 가게 해주세요. 편안히 가게 땅에 잘 묻어주자고요."

"아…… 알았어." 주자진은 한참을 주저하다가 결국 포대를 잡은 손을 놓았다. 아쉬워하는 기색이 역력했다. "그럼…… 요새 공주부 사건을 조사한다고 들었는데 나도 데려가줘! 나도 그 사건의 모든 조사를 함께할래. 이번엔 반드시 나의 이 뛰어난 수법과 천부적인 재능으로 너보다 먼저 그 사건을 해결하고 말 거야!"

"좋아요. 사실 안 그래도 그 일 때문에 찾아왔어요." 황재하는 넌지시 말했다. "일단, 저번에 가지고 갔던 물고기는 검사해봤어요? 결과는 어때요?"

주자진은 곧바로 정색하며 말했다. "당연히 했지! 내가 이래 봬도 이 조정에서 가장 책임감 있는 검시관이잖아! 역시 독살이었어!"

"어떤 독이에요? 어디서 중독된 건데요?"

"그건 아직 정확히 말할 수 없어. 그런데 내 느낌엔 아무래도 수은 중독 같아." 주자진은 확실하지 않은 듯 말하고는 머리를 쥐어뜯으며 미간을 찌푸렸다. "정말 이상하지, 대체 누가 연못에 수은을 넣을 수 있단 말이야? 그건 가지고 다니기도 힘든 건데, 왜 굳이 연못까지 가져가 넣었을까?"

황재하는 미간을 찌푸리며 잠시 생각한 후에 말했다. "일단 기록해 두세요. 지금은 우선 옷 한 벌만 좀 빌려주시고요. 같이 여 씨네 향초 가게로 가봐요."

"그래, 아필이 너랑 체격이 비슷하니까, 금방 갖다줄게."

황재하는 주자진의 시종으로 변장했다.

두 사람은 서쪽 시장에서 여 씨네 향초 가게를 발견했다. 아주 멀리서도 잘 보이는 번쩍이는 간판 위에 커다랗게 '여'라고 쓰여 있었다.

황재하와 주자진은 그 옆에 있는 작은 찻집에 들어가 앉았다. 주자진은 지방 호족답게 일단 좋은 몽정감로[14]를 가져오게 하고, 꿀에 절인 과일 네 종류와 간식 여덟 개를 시켰다. 그리고 시중을 들어주는 차박사[15]에게 두둑하게 수고비를 챙겨주었다. 차박사는 무척 기뻐하며 다른 손님은 안중에도 없이 주자진과 황재하가 따로 상을 차린 별

---

14 중국 사천성의 대표적인 녹차.

15 찻집의 심부름꾼.

실에서 떠나지 않고 성의껏 차를 끓였다.

"물이 끓을 때 생기는 이 거품 좀 봐. 참으로 예쁘지 않아?" 주자진은 황재하를 끌어당겨 화로 위에서 끓어오르는 물거품을 감상하게 했다. "앗, 물거품이 모여들기 시작했어! 봐봐, 저번에 내가 어떤 사람이 입에서 피거품 쏟아내는 걸 봤는데 그 거품이 꼭 이랬어. 그 사람은 오장육부 중에 어디를 다쳤던 걸지 맞혀봐."

황재하는 팔꿈치로 그의 허리를 툭 쳐서 입을 다물게 했다.

차박사가 다 우린 차를 두 사람 앞에 올리더니 웃으며 말했다. "공자께서는 정말 안목이 좋으십니다. 한눈에 저를 지목하시다니 말입니다. 제가 차박사를 한 지 벌써 10여 년 되었으니 이 찻집에서는 그 누구도 저의 솜씨를 따라올 자가 없지요."

황재하가 웃으며 말했다. "10여 년이나 되셨군요. 맞은편에 저 향초 가게는 듣자 하니 초를 이미 4대째 만들고 있다던데, 그야말로 조상대대로 내려오는 솜씨겠네요."

"아아, 당연히 비교가 안 되죠. 4대에 걸쳐서 대대손손 100년 넘게 초를 만들어온 집이니까요. 그러니 이번에 천복사가 저 집을 찾아가 그 커다란 초를 만들어달라고 한 거 아니겠습니까?"

주자진은 아직 내막을 모르는지라 눈을 껌뻑이며 푸른 찻잔을 들고 얌전히 차만 마셨다.

"그런데 4대째로 이제 끝이라면서요. 여 씨한테는 아들이 없다죠?"

"그러게 말입니다. 딸만 하나이니 대가 끊긴 셈이죠. 게다가 그런 일까지 벌어졌으니." 차박사는 장안에 떠도는 소문에 대해 신나게 떠들기 시작했다. "두 분도 들으셨죠? 여 씨가 딸을 쫓아냈다고요! 아이고, 아무리 딸이라 해도 그렇게 괄시하면 안 되는데. 그 노인네 나중에 더 나이 들면 누가 모셔주겠습니까!"

황재하는 짐짓 굉장히 흥미로워하는 표정을 지으며 물었다. "그 딸이 문둥이 손 씨한테 그런 일을 당했기 때문에 쫓아냈다고요?"

"맞습니다. 그 문둥이 놈은 정말 인간도 아닙니다. 생긴 게 추한 데다 병도 있어서 나이 마흔 넘도록 처를 얻지 못했는데, 처녀가 길가에 쓰러져 있는 것을 보고는 그만 능욕해버렸지 뭡니까. 그런 추악한 짓을 저지르고도 희희낙락 온 사방에 자랑을 하고 다녔다니까요! 장안의 모든 사람이 알게 되는 바람에 그 처자가 죽음으로 내몰린 거죠!"

주자진은 이런 엄청난 내막이 있는 줄은 생각도 못 했다가 하마터면 손에 든 찻잔을 바닥에 떨어뜨릴 뻔했다. 주자진이 창밖 맞은편의 향초 가게를 가리키며 물었다.

"바로 저기…… 초를 만드는 저 여 씨를 말하는 건가?"

황재하는 냉정하게 물었다. "여 씨는 어찌 손 씨를 처벌해달라고 관아에 고발하지 않은 겁니까?"

"말도 마세요. 왜 다들 여 씨를 욕하겠습니까? 돈을 받고서 입을 꾹 닫았다니까요. 심지어 딸이 불결하다고 직접 문밖으로 내쫓은 인간이라고요!" 차박사는 화를 참지 못하고 더 격앙된 소리로 말했다. "그날 우리가 직접 봤습니다. 여 씨가 딸을 걷어차며 내쫓더니 칼 한 자루랑 새끼줄을 던져주면서 아무거나 하나 선택해서 죽으라고 하는 걸요. 자기 체면 구겨지니까 집 안에서 죽지 말라고요!"

주자진은 탁 하고 책상을 내려치며 분개했다. "그런 비열한! 딸을 위해 복수할 생각은 않고 오히려 그렇게 딸을 내쳤단 말인가? 그게 사람이야?"

차박사도 고개를 흔들며 한탄했다. "불쌍하지요. 그 딸 적취가 길에 꿇어앉아 얼마나 울던지, 세 번을 혼절했더랬습니다. 그런데도 그 노인네는 끝까지 문을 안 열어줬다니까요! 열예닐곱 되는 처자가 그런 큰 변고를 당한 것도 모자라 온 장안에 소문이 퍼져서 어딜 가도 수군대며 흉보는 소리가 들려왔을 건데, 그 아비라는 자는 체면 잃는 게 두려워서 나가 죽으라며 딸을 내쫓았단 말입니다. 아니, 그게 어디 사람이 할 짓입니까?"

황재하는 비록 얼굴은 냉정했지만, 가슴속에서는 슬픔과 분노가 치밀어 올라 간신히 감정을 억누르며 물었다. "딸은 어떻게 됐나요?"

"뙤약볕에 두 시진이 넘도록 무릎을 꿇고 있어도 그 아비가 끝내 문을 안 열어줬어요. 보다 못한 우리가 일으켜 세워주려 했는데, 새끼줄을 집어 들고는 비틀비틀 시장 밖으로 달려 나가더라고요. 어디로 갔는지는 모르죠……. 어휴, 지금쯤은 어디 깊은 산속이나 허허벌판에서 죽었을지도요!"

주자진은 너무 화가 나서 말도 나오지 않았다. 한참 뒤에야 입을 열어 맞은편 향초 가게를 가리키며 욕을 했다. "저 늙은이, 반드시 그 죗값을 치르게 될 거야!"

"아이고, 치렀어도 진작에 치렀어야 하는 건데! 노인네가 늘그막에 딸 하나 얻고 그 처도 나이가 많았던 터라 출산 후에 출혈이 멈추지 않아 죽었습니다. 적취는 어찌나 착한 아이였는지 네댓 살 때부터 이미 제 아비 일을 도왔죠. 일고여덟 살 땐 의자를 밟고 올라가서 아비한테 밥을 해주고요! 근데 그 영감탱이는요? 허구한 날 말끝마다 딸은 쓸모없다고 욕지거리를 해대고, 다른 집 아들을 볼 때마다 딸을 죽어라 노려봤습니다. 장안에 아들을 귀히 여기고 딸을 무시하는 사람이 적지는 않지만, 이 정도로 아들에 미쳐 있는 사람을 본 적 있으십니까? 그 노인네가 벼락에 맞아 죽는대도 이웃 중 그 누구 하나 이상히 여기지 않을 겁니다!" 차박사는 고개를 절레절레 흔들며 탄식하고는 물을 가지러 바깥으로 향했다. 그러면서도 여전히 투덜대듯 말을 이었다. "제 주변에서는 다들 하늘이 눈이 멀었다고 말합니다! 그 문둥이 손 씨는 병을 앓은 지 벌써 여러 해여서 그놈이 욕보이려 할 때 적취가 재빨리 도망쳤다면 그놈은 분명 쫓아가지도 못했을 건데, 그날은 어찌 그렇게 붙잡혀버린 것인지."

주자진도 참을 수 없이 화가 나 고개를 돌려 황재하를 쳐다보았다. 황재하는 입술을 굳게 다문 채 탁자를 잡은 손에 너무 힘을 줘서 핏대가 거의 터질 것처럼 튀어나와 있었다.

주자진이 깜짝 놀라 물었다. "숭고, 왜 그래?"

황재하는 몇 번이고 긴 숨을 내쉰 뒤에야 손에서 힘을 풀며 애써 소리를 낮춰 말했다. "아무것도 아니에요……. 이렇게까지 비참하게 유린당한 여인은 본 적이 없어서 조금…… 슬프네요."

"차박사가 한 얘기 다 들었지? 좀 이상하다는 생각 안 들어? 그런 병약한 문둥병자에게 잡혔는데 왜 도망을 못 간 걸까? 필사적으로 몸부림치며 반항하거나 도와달라고 소리쳤어야 하는 거 아니야……?"

황재하는 생각했다. '이 일이 공주부 환관 위희민과 얽혀 있다는 걸 도련님이 어찌 아시겠어요?'

주자진은 황재하의 모습을 이상히 여기며 물었다. "넌 안 놀라워? 전혀 안 이상해?"

"놀랍고, 이상해요." 황재하는 한숨을 쉬더니 일어나며 말했다. "여씨랑 별로 이야기하고 싶은 마음은 없지만 그래도 물어볼 건 물어봐야겠어요. 도련님은 종이 좀 준비해주세요. 같이 가봐요."

여 씨 집안에서 4대째 꾸려온 향초 가게는 오랜 세월의 흔적으로 매우 낡아 보였다.

두 사람이 좁은 가게 안에 들어가니 몸을 돌릴 공간만 겨우 남았다. 왼쪽에 설치된 철제 선반 위에 각양각색의 초가 들쭉날쭉 빽빽하게 진열되어 있고, 오른쪽의 나무 진열대에는 향병과 향 조각이 놓여 있었는데 여 노인은 그 진열대 위로 몸을 숙인 채 굵은 용봉(龍鳳) 화촉을 조각하고 있었다.

실내는 가게 전체의 반 정도만 차지했고, 활짝 열린 뒷문을 통해 보니 뒤쪽은 공터였다. 거기에 지어진 작은 막사에 밀랍 덩어리와 초 덩어리가 가득 쌓여 있었다. 한창 붉은 밀랍이 불 위에서 끓으면서 그다지 좋지 않은 냄새를 풍겼다.

누군가 들어온 기척에도 여지원은 고개를 들지 않고 쉰 목소리로 물었다. "뭘 찾으십니까?"

황재하는 공수를 올리며 말했다. "어르신, 저는 대리사 사람입니다. 일전에 천복사에서 한 번 뵈었지요. 기억하십니까?"

여지원은 그제야 손에 들린 조각칼을 내려놓고 실눈을 뜨며 황재하를 쳐다보았다. 얼굴에는 아무런 동요의 기색이 없었다.

"아, 당신들이군."

"위희민의 죽음에 대해 대리사에서 몇 가지 여쭤볼 것이 있습니다. 시간 있으신지요?"

여 노인은 손에 쥐고 있던 초를 들어 보이며 말했다. "잠시만 기다려주시오. 날씨가 더워서 다 깎은 초를 그대로 두면 모양이 변하니 빨리 색을 칠해야 하네."

"편할 대로 하십시오."

황재하와 주자진은 점포 안에 서서 그가 하는 양을 지켜보았다. 여지원은 초를 들고 공터로 나가 초 끝의 갈대 관을 잡고 붉은 밀랍이 끓고 있는 냄비에 초를 넣어 한 번 흔든 뒤 빼냈다. 흰색이던 초가 순식간에 산뜻하고 아름다운 붉은색으로 변했다.

이어 어두운 황색 물건을 냄비에 넣어 녹이기 시작했다. 솔로 냄비를 휘저어주면서 여지원이 물었다. "그래, 무슨 일이오?"

"위희민이 죽었을 때 그곳에 계셨습니까?"

"그때 말하지 않았던가? 봉읍방 집에 있었다고!" 그는 점포 뒤편에서 멀지 않은 봉읍방을 가리키며 말했다. "이보시오. 나는 이른 아침에 초를 가져다 절에 세워놓고 너무 피곤해서 곧바로 초 아래 쓰러져 일어나지도 못했다고. 그때 나랑 같이 물건을 싣고 갔던 마부가 나를 집으로 데려다줬고, 이웃 아낙 오 씨가 의원을 불러줬어. 그 망할 돌팔이 의원은 어찌된 병세인지 제대로 살피지도 않고 그냥 기력을 보하는 약만 처방해주면서 잘 쉬라고 하더군. 그자가 가고 난 후에 내가 만든 초가 벼락에 맞아 폭발했다는 얘길 들었지! 너무 열이 받아서 자리에서 일어나 가보려고 했는데, 일어나자마자 어지러워 다시 쓰러지고 말았어!"

황재하는 미간을 찌푸렸다. 얘기를 들어보니 확실히 범죄를 저지를 만한 시간은 없었다.

"그렇다면 법회 전날에는 무엇을 하셨습니까?"

"천복사가 돈이 많다 해도 법회 한 달 전에야 간신히 밀랍을 모아 보내왔네. 그렇게 커다란 초를 만들려면 얼마나 많은 정신력이 필요한지 아는가? 특히 한 달 전에는 내 여식을…… 쫓아냈고, 줄곧 조수로 일하던 장연도 병으로 쓰러진 처지여서 나 혼자서 초를 만드느라 매일같이 철야를 하면서 일을 서둘렀네. 그래서 밖에는 나가지 못했어. 이웃들한테 물어보시오. 내가 밤새 초를 만들었지, 어디 여길 떠난 적이 있는지."

그렇게 말한 뒤 냄비 안에서 금색 연료가 끓는 것을 보고는 붓에 찍어 천천히 화촉 위에 양각된 용과 봉황과 상운에 색을 입혔다. 두 사람에게는 더는 시선을 주지 않았다.

황재하가 또 물었다. "위희민의 죽음에 대해 어떻게 생각……."

"당연히 죽기를 바랐지!" 그의 대답은 매우 노골적이었다. "주인의 힘만 믿고 남을 괴롭히는 고자는 일찍 죽을수록 더 좋지! 이 늙은이가 평생의 명예를 걸고 만든 초가 함께 망가진 게 안타까울 뿐이야."

"저 노인네…… 조금 의심스럽지 않아?"

주자진은 아무 말 없이 앞으로 걸어가는 황재하를 보면서 조심스레 물었다.

황재하는 미간을 찌푸린 채 말했다. "모르겠어요. 조금 더 조사해보고 다시 얘기해요."

둘은 여 씨가 사는 봉읍방에 도착했다. 때마침 신시가 막 지난 터라 한 무리의 아낙이 우물가 나무 그늘 아래서 빨래를 두들기며 한담을 나누고 있었다.

황재하가 무리 쪽으로 다가가 인사를 한 후에 물었다. "말씀 좀 여쭙겠습니다. 여지원 어르신 댁에 가려면 어떻게 가야 하나요?"

몇 명이 손을 들어 담벼락이 담쟁이로 뒤덮인 정원을 가리켰다. "바로 저기예요. 낮에는 시장에 나가 있으니 지금은 집에 사람이 없을 텐데요."

"그럼…… 저녁에는 돌아오나요?"

"저녁에는 당연히 돌아오지요. 아이고, 내가 그 옆집에 사는데 어떨 때는 정말 짜증나 죽겠어요. 특히 요 달포간은 매일 밤낮없이 그 초를 만든다고 구리 거푸집이니 쇠못이니, 시끄러워서 잠도 못 잤다니까요."

옆에 있던 아낙이 이어서 말했다. "그러니까 말이야. 천복사 법회 전날에는 한밤중에 하도 시끄러워서 그 노인네 옆집에 사는 백정 유 씨가 잠이 깨가지고 벽 너머로 새벽까지 욕을 해댔는데, 노인네가 아무 대꾸도 안 하고 뚱땅뚱땅 계속 초만 만들었다지 뭐야. 유 씨가 어찌나 열 받던지 도끼로 그 집 문을 쪼개비리고 싶었다고 하디라고!"

황재하가 다시 물었다. "그 집 딸 적취는 지금……."

"적취요? 모르지요……." 아낙의 얼굴에 동정의 빛이 가득했다. "어휴, 참하고 밝아서 이 동네에서 그 애를 좋아하는 총각도 적지 않았는데, 그렇게 망가질지 누가 알았겠어요."

"그러니까 말이야. 내 보기에 벼락 맞아 죽을 놈은 그 문둥이 손 씨인데, 왜 공주부 환관한테 벼락이 떨어졌담?"

"벼락이 빗겨 맞은 거 아냐?"

"그 문둥이가 당최 문밖에 안 나오니까 그런 거 아닐까?"

"아이고, 왜 지난달에 말이야, 기억 안 나? 적취가 촛대를 몰래 숨겨서 그 손 씨 놈을 찾아가려고 했잖아. 복수하려고."

"당연히 기억하지! 그 노인네 정말로 잔인하기도 하지! 그 손 씨 놈한테 돈을 받자마자 바로 촛대를 빼앗으며 오히려 적취 뺨을 있는 대로 후려갈겼잖아! 그리고 또 이상하다고 생각했던 일인데, 그 문둥이는 지금까지 병을 앓으면서도 돈이 없어서 의원한테 못 가봤다던데, 어디서 그렇게 많은 돈이 생긴 걸까?"

"적취는 지지리 복도 없지! 태어나자마자 어미 잃고 마지막에는 그런 일까지 겪다니……." 마음 여린 한 아낙이 앞치마를 걷어 올려 눈물을 찍어냈다. "살아서 그리 고생하느니 차라리 일찍 저세상에 가서 어미를 만나는 것도 좋은 일이겠지."

보아하니 정말이지 공주부에서 손을 꽤 잘 써놨는지, 다들 적취에게 발생한 비극에 위희민이 끼어 있다는 사실은 모르는 눈치였다.

황재하와 주자진은 봉읍방을 떠났다. 주자진은 뭔가 다른 생각에 빠진 듯한 황재하의 모습을 바라보았다. 황재하는 마치 땅이 아니라 목화솜을 밟고 있는 듯 발걸음에 힘이 없었다. 주자진은 그런 황재하가 걱정되어 손을 들어 어깨를 잡아 부축하며 물었다.

"숭고, 왜 그래?"

"그 마음이 어땠을까 입장 바꿔 생각하니…… 정말…… 끔찍해서요." 황재하는 중얼거리며 자신도 모르게 털썩 주저앉았다. 가슴 한복판에서 뭔가가 치받으며 욕지기가 밀려왔다.

황재하는 쪼그려 앉은 채 옆에 있는 나무기둥에 손을 짚었다. 그러고는 힘껏 숨을 들이마시고 내쉬면서 마음속 괴로움을 조금씩 억눌러 진정시켰다.

주자진은 환관인 양숭고가 한 여인의 비극에 입장까지 바꿔 생각할 게 뭐가 있는지 어리둥절했다. 옆에 같이 쭈그리고 앉아 의아한 표정으로 한참을 쳐다보다가 그 창백한 얼굴이 서서히 색을 되찾는 것을 보고 조심스럽게 물었다. "괜찮은 거야?"

"……괜찮아요. 아마 너무 피곤했나 봐요." 황재하는 나무에 기대어 겨우 변명하며 말했다. "공주께서 맡기신 이 사건, 아무래도 간단하지가 않을 것 같아요."

"그러게 말이야. 우연의 일치라고 하면 가장 간단한데, 공주님은 무슨 일이 있더라도 범인을 찾아오라고 할 테니까." 그렇게 말한 주자진은 다시 친절하게 물었다. "기왕부로 바래다줄까?"

"아니요……. 일단 장 형한테 가봐야겠어요. 가서…… 아적을 좀 만나보려고요."

"좋아. 그런데……." 주자진은 조심스럽게 물었다. "너 배는 안 고프냐? 가기 전에 일단 뭐라도 사줄 테니 먹고 가자. 뭐 먹고 싶어?"

황재하는 못 말린다는 듯 그를 보며 말했다. "제 생각엔 아적이 적취일 가능성이 큰 것 같아요."

주자진은 벌떡 몸을 일으키며 크게 벌어진 입을 다물지 못했다. 눈이 입보다 더 크게 떠졌다. "뭐라고? 뭐 때문에? 넌 그걸 어떻게 알았는데?"

"적취가 집을 떠나 자결하려고 했던 때가 장 형이 산길에서 아적을 구한 때랑 시기가 거의 비슷해요. 또 아적은 도통 사람을 만나려 하지 않고 매일 집에만 숨어 있잖아요. 밤중에 몰래 울기도 하고……." 황재하는 길게 한숨을 쉬고는 낮은 목소리로 말했다. "확실한 것 같지 않아요?"

주자진은 눈만 크게 뜬 채 아무 말도 하지 못하다가 한참 후에야 힘껏 고개를 내저으며 말했다. "믿을 수 없어! 아적은…… 장 형이랑 그렇게 잘 지내는데, 그런 비참한 일의 주인공일 리가!"

황재하는 크게 호흡하며 시선을 떨구어 발아래를 보았다.

나무 그늘 아래에서 개미 몇 마리가 분주하게 방향을 찾아 움직이며 황재하의 발끝으로 모여들어 오르락내리락했다.

그녀가 개미의 길을 막고 있었다.

황재하는 천천히 발을 옮겨주었다. 기뻐하며 개미굴에서 쏟아져 나오는 개미들, 흥분한 듯 집으로 돌아가는 개미들, 자신의 발에 밟혀 부지불식간에 뭉개진 개미들을 보았다.

세상은 잔인하고 무정하여, 거대한 힘이 모든 것을 장악한다. 모든 사람의 운명은 보이지 않는 손에 떠밀려 자신의 뜻과는 상관없이 앞으로 나아가는 듯이 보인다. 어쩌면 배후에서 그 모든 것을 주관하는 힘 또한 자신의 뜻과 상관없이 떠밀린 것인지도 모르겠다. 그게 아니면, 어쩌면 그들도 자신의 작은 행동 하나가 이 정도로 다른 사람에게 크나큰 재앙이 될 수 있다는 사실을 모르는 것인지도.

황재하는 발을 들어 옆에 있는 돌길로 몸을 옮겼다.

주자진은 의아한 듯 황재하를 바라보며 작은 목소리로 불렀다.

"숭고……."

황재하는 천천히 고개를 들어 그를 바라보았다. "네?"

"어……." 주자진은 평소와 다름없이 평온한 황재하의 얼굴을 보며 망설이다 말했다. "아무것도 아니야……. 조금 전에 순간적으로, 네가 우는 줄 알았어."

황재하는 고개를 들어 하늘을 보며 말했다. "가요."

"어디로?"

"장 형네 집 말이에요."

주자진이 즉시 뒤를 따라가며 물었다. "저기 그러면, 우리는 어떤 신분으로 가는 거야? 대리사를 도와 사건을 해결하는 신분으로 만나는 거야, 아니면……."

황재하는 잠시 망설이다가 말했다. "그냥 장 형의 친구로 만나는 거예요."

황재하와 주자진은 말린 과일 두 근을 사 들고 장항영의 집 무궁화 울타리를 따라 골목 가 홰나무 아래까지 도착했다. 황재하가 고개를 드는데 골목 반대쪽에서 걸어오는 장항영이 보였다. 장항영은 뭔가 걱정이 있는 듯 고개를 숙이고 천천히 걷고 있었다.

체구가 좋은 장항영은 그 단서당 약방에서 일할 때조차도 기개가 넘쳤는데 지금 골목 저쪽에서부터 걸어오는 그는 넋을 놓은 듯한 모습이었다. 집으로 돌아오는 길을 걷는 게 아니라, 마치 좁고 울퉁불퉁한, 끝이 보이지 않는 외나무다리 위를 걷는 것처럼 보였다.

"장 형!" 주자진이 그를 불렀다.

그제야 고개를 든 장항영은 두 사람의 모습을 보고는 얼굴에 웃음을 띠우며 말했다. "아…… 두 분이셨군요. 바쁘실 텐데 여기까지 웬 일입니까?"

"그때 어르신께서 편찮으시다고 들어서 문안 인사라도 드리려고 왔지요." 주자진이 들고 있던 대추와 용안을 장항영의 품속에 안겨주었다. "어르신 드리려고 가져왔어요. 다행히 숭고가 세심하게 저한테 귀띔해주더라고요."

황재하가 서둘러 말했다. "어쩔 수가 없었네요. 제가 기왕부에 들어간 지 얼마 안 돼서 아직 녹봉이 나오지 않았거든요. 그래서 저는 이렇게 빈손으로 왔습니다."

“에이, 너무 그렇게 격식 차리지 마십시오. 이렇게 오시는 것만으로도 기쁜데요!” 장항영이 서둘러 황재하의 말을 끊고는 얼굴에 웃음을 띠며 말했다. “맞다, 때마침 좋은 소식을 알려드리게 됐습니다. 두 분 덕에 오늘 아침 좌금오위로부터 정식 공문을 받았습니다. 내일 바로 들어갑니다!”

“정말 잘됐네, 축하해요!” 주자진이 장항영의 어깨를 탁 치며 크게 웃었다. “내가 뭐랬어요! 역시 왕온은 우리 실력에 속으로 엄청 탄복했을 거예요. 이래도 장 형을 합격시키지 않으면 세 분 왕제 전하를 대할 면목이 없다는 걸 알았을 겁니다.”

황재하도 매우 기뻤다. 장항영에게 진 빚을 겨우 갚은 것 같았다. 장항영의 얼굴에 핀 웃음꽃을 보며 황재하가 말했다. “장 형, 정말 축하드려요!”

장항영이 말했다. “그리고 겹경사가 있습니다. 저희 아버지께서 침상에 누우신 뒤 몇 달 동안 일어나지 못하셨는데, 제가 좌금오위에 들어간다는 소식을 듣고는 갑자기 기운이 나셨는지 오늘 아침에 몸을 일으켜 침대에서 내려오셨어요! 약도 손수 달여 드시면서 하시는 말씀이 마음의 병이 나았으니 며칠 있으면 완쾌될 거 같다고요!”

그렇게 말하면서 장항영은 정원 문을 열어 두 사람을 안으로 데리고 들어갔다. “때마침 잘 오셨습니다. 날이 덥다고 아적이 괴엽냉도[16]를 간식으로 만들어준다고 했거든요. 같이 드시죠.”

장항영이 말하는 중에 나막신 소리가 가볍게 들렸다. 아적이 정원 안에 있다가 손님이 오는 것을 보고 미리 안으로 도망친 것이다.

장항영은 미안한 듯이 웃으며 말했다. “아적이 낯선 사람을 많이 무서워해서요. 너무 신경 쓰지 마세요.”

---

16 중국 전통의 차가운 면 요리.

장항영은 안에 들어가서 냉도와 사발과 젓가락을 들고 나왔다. 세 사람은 포도나무 지지대 아래에 자리를 잡고 앉았다.

주자진은 큰 접시에 담긴 짙은 녹색 빛 냉도를 쳐다보며 순간 여기에 온 목적조차 잊어버렸다. 장항영이 건네주는 사발을 받아 시원한 냉도를 한가득 덜어 입에 넣고는 침이 마르도록 칭찬했다. "아적 솜씨가 정말 훌륭하네요. 정말 매일 와서 얻어먹고 싶은데요!"

"언제든 오십시오. 아무 때나 환영입니다!" 장항영이 미소를 지으며 말했다.

황재하도 냉도를 한 젓가락 입에 넣으며 물었다. "장 형, 조금 전엔 어디 갔다 오는 길이었어요? 기운이 없어 보이던데."

"아…… 저 형수님 친정 남동생이 이제 네 살인데 며칠 전에 천복사에서 그 난리 통에 잃어버렸거든요. 온 가족이 애타게 찾아다니던 중이었는데, 다행히 세상에는 아직 좋은 사람이 많은지 오늘 아침에 어떤 사람이 아이를 집에 데려다줬다고 하네요. 그 전갈을 받고 잠시 보러 다녀온 길입니다."

황재하가 의아하게 물었다. "형수님은 외동딸이 아니셨던가요?"

"맞습니다. 그 남동생은 형수님 부모가 양자로 데려온 친족 아이입니다. 어쨌든 가업을 이을 사람은 있어야 하니까요. 아이를 잃어버려서 찾고 있다는 얘기는 들었는데, 저도 근자에 계속 여기저기 바쁘게 다니느라 도와드릴 수 없어 내심 마음이 편치 않았거든요." 장항영의 형은 혼인 후 처가에서 살았다. 혼인 후 몇 년간은 여자 집에 들어가서 사는 게 당시 장안의 결혼 풍속이었을 뿐으로, 데릴사위로 간 것은 아니었다.

주자진이 말했다. "장 형도 참, 아이가 돌아왔으면 잘된 일 아니에요? 뭐 때문에 그렇게 근심 어린 표정을 지어요?"

천복사라는 단어와 함께 네 살짜리 아이라는 말을 듣자 황재하의 머릿속에 갑자기 떠오르는 장면이 있었다. 폭우 속에 온몸이 진흙투성이가 되어 쓰러져 있던 아이.

황재하는 장항영을 바라보며 물었다. "그 아이를 데리고 온 사람은…… 어떤 사람이었나요?"

"저도 늦게 가서 잠깐 봤을 뿐인데, 그게…… 마치 하늘에서 내려온 신선 같았어요!" 장항영은 그릇까지 내려놓고 진지하게 말했다. "정말이지 그 사람이 형수님 집 앞에 딱 서 있는데, 정원 전체가 다 환해지더라니까요. 제 평생 그렇게 잘생긴 사람은 처음 본 것 같아요."

주자진이 웃으면서 말했다. "뭐 봉필생휘[17], 헌헌여조하거[18], 그런 겁니까?"

황재하는 침묵하며 아무 말도 하지 않았다.

장항영은 주자진의 말을 잘 알아듣지 못해 이렇게만 말했다. "뭐, 아무튼 엄청 대단했어요."

"그럼……." 황재하는 자신의 떨리는 손을 들킬까 봐 젓가락질하던 손을 다른 한 손으로 감싸 쥐었다. "성이 무어랍니까? 이름은요?"

장항영은 고개를 흔들며 말했다. "잘 몰라요. 그래서 세상에 좋은 사람이 많다고 했던 겁니다. 그저 차만 몇 모금 마시고는 이름도 남기지 않았다고 하네요. 사례도 받지 않고요. 아이도 워낙 어려서 자기를 구해준 분의 이름과 사는 곳도 모르니 어떻게 이 감사한 마음을 갚을 수 있을지 모르겠어요."

주자진이 물었다. "그럼 그 사람은 어떻게 형수님의 집을 찾아온 거랍니까?"

"그러니까 말이에요. 그것도 정말 쉽지 않았던 모양이에요. 아이가

---

17 가난하고 천한 사람의 집에 영광스러운 일이 생기다.

18 아침노을이 드리우는 것과 같다.

자기 집이 어딘지 말도 못하니 아이를 데리고 거리마다 찾아다니며 확인할 수밖에요. 그 조그만 아이가 장안 72개의 방을 어떻게 걷겠습니까? 그분이 아이를 안고서 집집마다 찾아다니다가 오늘 아침에야 애가 자기 집을 보고는 소리를 질러서 찾게 된 겁니다."

"그거 참 누군지 몰라서 안타깝네." 주자진이 탄식하며 말했다. "나도 그분과 친분을 좀 쌓고 싶은 생각이 드는데 말이죠. 옛사람의 군자적인 면모도 갖추고, 또 장 형이 그리 잘생겼다고 하니 말입니다."

장항영은 고개를 끄덕이며 말했다. "정말입니다, 정말 잘생겼어요!"

황재하는 마음이 미세하게 아려오는 것을 느끼며 그 이야기를 계속 듣고 싶지 않아 화제를 돌렸다. "장 형, 아적을 불러서 함께 먹자고 하지 않겠어요?"

장항영은 주저하며 말했다. "아적이…… 낯가림이 심해서 좀 어려울 것 같아요."

"숭고 말이 맞아요! 어차피 나중에 다 친구가 될 사이니까 아적도 너무 낯을 가리면 좋지 않아요. 앞으로 우리가 자주 폐를 끼칠 텐데 아적과도 인사를 나누는 게 좋지 않겠어요?" 주자진은 황재하가 하는 말마다 맞장구치며 훌륭하게 보조했다.

"아…… 그것도 그렇네요. 그러면 아적한테 손님들께 인사하라고 해보겠습니다." 장항영은 일어나 집 안으로 들어갔다.

주자진은 그가 들어가는 것을 보고는 곧바로 살금살금 걸어가 벽에 귀를 갖다 댔다.

황재하는 어이없는 표정으로 주자진을 바라보며 소리 없이 입 모양으로 물었다. "뭐 하시는 거예요?"

주자진도 입 모양으로 대답했다. "엿듣는 거지. 장 형하고 아적이 범죄 혐의가 없는지 확인해봐야 되니깐!"

황재하는 당당하고 뻔뻔하기까지 한 그의 기세에 설득당했다. 분명

치졸한 행동인 줄 알면서도 어느새 황재하 또한 벽에 몸을 바싹 갖다 댔다.

안에서는 타닥타닥 아궁이 불이 타는 소리와 함께 장항영의 말소리가 들려왔다. "아적, 저분들은 내 친구예요. 다 좋은 사람들이고요."

아적은 입을 다물고 아무 말도 하지 않았다. 한참을 있다가 장항영은 아적이 자신의 말을 수긍한 것으로 생각하고는 소매를 잡아당기며 말했다. "자, 나가서 소개해줄게요……."

순간 아적이 그의 손을 매섭게 뿌리치며 낮지만 단호한 목소리로 말했다. "저는…… 안 가요!"

장항영은 당황해하며 허공에 손을 올린 채로 멍하니 있었다.

주자진과 황재하는 서로 눈을 마주쳤다. 두 사람이 눈짓으로 서로 뭔가를 미처 전달하기도 전에 아적의 떨리는 목소리가 들려왔다. "오라버니, 부탁할게요……. 저는 사람을 만나고 싶지 않아요! 저는 평생 얼굴을 들고 다닐 수 없단 말이에요……."

장항영은 가만히 아적을 바라보며 작은 목소리로 물었다. "설마 평생을 그렇게 작은 집에서 웅크린 채 평생을 살아갈 작정이에요?"

"오라버니는 몰라요……. 이해 못 한다고요……." 아적은 얼굴을 가리고 바닥에 웅크리더니 걷잡을 수 없이 터져 나오는 울음을 필사적으로 억누르며 말했다. "오라버니는 좋은 사람이에요……. 전, 그저 여기서 함께 사는 것만으로 족해요. 전 이 안에서만 지내고 싶으니, 제발 부탁이에요……. 나가서 사람들을 만나라고 하지 말아주세요……."

장항영은 아적이 이렇게까지 격하게 반응하리라고는 생각도 못 했던지라, 그저 그 앞에 한참을 멍하니 서 있기만 했다.

집 안팎으로 쥐 죽은 듯 고요한 시간이 지나는 가운데, 아적의 흐느낌 소리만이 안에서 어렴풋이 새어나왔다. "오라버니…… 전 그저 평생 오라버니를 위해 빨래하고 밥하고, 그렇게 평생 오라버니를 섬기며 살고 싶어요……. 그저 이 하늘 아래 오로지 이 작은 집에 발붙이고 살 수 있기만을 바랄뿐이에요. 죽을 때까지, 썩어서 흙으로 변할 때까지 그냥 이 안에 머물러 있고 싶어요……. 오라버니, 제발 저를 밖으로 내몰지 말아주세요. 나가서 사람들을 만나라고 하지 말아주세요, 제발 부탁이에요!"

장항영은 아적의 울음소리를 들으며 조용히 고개를 돌려 바깥 동정을 살폈다. 밖에 별다른 기척이 없는 걸 확인하고는 아적에게 조금 더 가까이 다가가 나지막이 말했다. "그래요. 남들을 만나는 게 싫다면 만나지 마요. 사실…… 나도 당신을 남들 앞에 내보이기 아까워요."

아적은 눈물이 그렁그렁 맺힌 눈을 크게 뜨고서 장항영을 뚫어져라 쳐다보았다.

장항영은 아적의 눈빛에 머리를 긁적이면서 얼굴을 붉혔다. "사실 나도 매일 당신이 내가 돌아오기를 기다리는 게 좋아요. 당신이 나를 떠나지 않으리라는 것도 알고 있고, 당신이 몸을 의탁할 수 있는 유일한 사람이 나라는 것도 잘 알고 있어요. 마치 아무도 모르는 비밀을 꽁꽁 숨기는 것처럼……."

아적의 눈에 맺힌 눈물방울이 다시 떨어졌다. 아적은 나지막이 그를 불렀다. "오라버니……."

주자진은 더 이상 듣고 있기 쑥스러워서 팔꿈치로 황재하를 툭 치고는 떠나자고 손짓했다. 하지만 황재하는 미간을 살짝 찌푸리더니 검지를 입술에 대며 조용히 하라는 표시를 했다.

황재하는 침울한 표정으로 골똘히 뭔가를 생각하는 눈치였다. 그런 황재하의 모습을 보며 주자진은 속으로 고개를 갸우뚱했다.

'조금 전 장 형이 한 말 중에 어딘가 이상한 부분이라도 있었나?'

방 안의 분위기도 어느새 차분해졌다. 아적이 몸을 가볍게 떨며 한참 장항영을 쳐다보다가 떨리는 목소리로 물었다. “도대체 언제……
제가 의지할 데가 없다는 걸 안 거예요? 혹시 제 사정을…… 알고 있
나요?”

장항영은 멍하니 아적을 바라보다가 자신도 모르게 주먹을 꽉 쥐
며 고개를 숙여 시선을 피했다.

순간 정적이 흘렀다. 무궁화 정원 밖의 홰나무 아래에서 더위를 피
하는 사람들의 웃음소리가 바람을 타고 은은하게 흘러 들어왔다. 막
허물을 벗고 어두운 칩거 생활을 마친 매미 한 마리가 석류나무에 달
라붙어 한시도 지체할 수 없다는 듯 메마르고 날카롭게 우는 소리가
작은 정원에 울려 퍼졌다.

장항영은 한참 동안 침묵하고 있다가 입을 열었다. 느리고 나지막
했지만, 유난히 정확하고 또렷한 음성이었다. “작년 여름에 서쪽 시장
에서 당신을 봤어요. 향초 가게 앞에 쭈그리고 앉아서 꽃 파는 아주머
니의 바구니 속에서 백란화를 집어 드는 모습을요. 하늘에선 비가 내
렸고 당신은 웃으며 꽃을 고르고 있었어요. 나는 당신 곁을 지나다가
그 미소에 순간 넋을 잃었고, 실수로 진흙을 튀겼는데 그게 당신 손등
으로 날아갔지요…….”

아적은 울면서 멍하니 그를 바라보다가, 자신도 모르게 손을 들어
티 없이 뽀얀 자신의 손등을 보았다.

“그때 내가 더듬거리면서 미안하다고 했더니 당신은 아무렇지도
않은 듯 손수건을 꺼내 진흙을 닦고서 나를 향해 웃어주었어요. 그러
고는 백란화를 들고 가게로 들어갔지요. 집으로 돌아오는 길에 몇 번
이고 당신 손에 묻었던 진흙과 당신의 그 웃음을 생각했어요. 너무 생
각에 빠져서 집으로 오는 길도 잘못 들고 말았지요…….”

벽 너머에 있던 황재하는 장항영이 털어놓는 이야기를 들으며 감
정이 복받쳐 눈시울이 뜨거워졌다.

아적은 천천히 옷섶을 붙잡으며 힘주어 가슴을 꾹 눌렀다. 그렇게 해야만 가슴속에서 소용돌이치는 복잡하고도 거대한 파도에 침몰하지 않을 것 같았다.

장항영은 아적 곁에 쭈그리고 앉아 타오르는 아궁이 불꽃에 비친 아적을 뚫어져라 바라보며 나지막한 목소리로 말했다. "그 후 당신 집 앞에 가서 몰래 당신을 봤어요. 당신 아버지가 당신을 무시하고 쌀쌀맞게 대하는 것도 봤고, 또 당신이 자주 콧노래를 흥얼거리는 것도 들었어요. 그러다가 당신에게 혼담이 많이 들어왔지만 당신 아버지가 예단을 무리하게 요구하는 바람에 혼처가 정해지지 못했다는 사실을 알게 됐지요……."

장항영은 잠시 씁쓸한 미소를 지으며 말을 멈추었다가 한참 뒤에야 다시 입을 열었다. "이후로는 감히 당신을 보러 갈 엄두를 못 내고 제 마음을 단념하기로 했죠. 기왕 전하의 위병대에 들어간 후에 또 당신이 보고 싶었지만 뜻밖의 변고가 생기는 바람에 결국 어쩌지 못했어요. 그리고 그날…… 산길에서 정신을 잃고 쓰러져 있는 당신을 봤죠. 손에 들린 새끼줄도요……. 당신 아버지가 당신에게 자결하라며 준 새끼줄이라는 사실은 나중에 알았어요……."

"그 사람은 제 아버지가 아니에요." 아랫입술을 깨문 채 장항영의 이야기를 듣고만 있던 아적이 굳게 다문 입술을 열어 힘겹게 말했다. "저는 아버지가 없습니다……. 어머니만 있어요. 일찍 돌아가신 어머니만!"

장항영은 고개를 끄덕이고는 자신의 말을 계속 이어갔다. "우리 집에서 깨어난 당신은 자신의 이름을 '적'이라고 했죠……. 당연히 '적취'라고 말할 줄 알았는데, 당신은 뜻밖에도 '아적'이라고 말했어요. 그때 난 당신에게 무슨 일이 생긴 게 분명하다고 직감했죠. 후에 장안에 떠도는 소문을 통해 당신이 그런 일을 당했다는 사실을 알고 몹시 놀라고 분노했어요. 그 문둥이 손 씨를 죽이고 싶었습니다……. 하지만 그보다는 내가 당신에게 잘해야겠다는 생각이 더 강하게 들었어요. 다 내 잘못이라고, 만일 내가 진작 당신에게 청혼했더라면, 어쩌면…… 당신이 그런 일을 당하지 않았을지도 모른다고…….”

“오라버니…….” 아적은 떨리는 목소리로 나지막이 그를 불렀다. 아궁이 앞에 앉아 왜소한 몸을 한껏 웅크린 채 파르르 떨고 있는 그녀는 마치 강풍 속에 흔들리는 작은 꽃 같았다.

장항영이 아적을 품에 안아 위로해주려고 손을 내밀었다. 하지만 창백한 그녀의 얼굴을 보며, 혹시나 그녀가 치욕을 당한 기억으로 인해 사람과의 접촉을 싫어할까 봐 두려워 마음을 억눌렀다.

그런데 그때 아적이 장항영의 손을 살짝 잡아끌더니 자신의 얼굴을 그의 어깨 위에 묻었다. 장항영도 더는 감정을 억누르지 못하고 떨리는 손을 들어 아적을 끌어안았다.

두 사람은 그렇게 서로에게 기댄 채 주방에 가만히 앉아 있었다. 아궁이의 불빛이 은은하게 비추며 둘의 몸에 온기를 더해주었다.

밖에서 듣고 있던 황재하와 주자진은 장항영이 느리지만 분명하게 한 글자 한 글자 또박또박 말하는 것을 들었다. “안심해요, 아적. 나쁜 짓을 한 사람은 반드시 그 벌을 받게 될 거예요.”

한참을 묵묵히 있던 아적은 겨우 천천히 고개를 들어 작은 목소리로 말했다. “그래요, 그날 우리 눈앞에서 산 채로 불타 죽은 위희민처럼 말이에요. 위희민을 알고 있죠? 그자가 아니었다면 저도 이 지경으로 내몰리진 않았을 거예요.”

“알고 있어요. 공주부의 환관이죠.”

장항영은 자신이 어떻게 알고 있는지는 이야기하지 않았다. 하지만 듣고 있는 사람들은 다 알았다. 장항영이 자신들의 짐작보다 훨씬 더 많이 아적에 대해 알고 있다는 것을.

장항영과 아적은 서로에게 기댄 채 한참을 있었다.

황재하와 주자진은 조용히 포도나무 그늘로 돌아와 다시 괴엽냉도를 먹기 시작했다. 다만 두 사람 다 마음이 편치 않아 맛을 제대로 느끼지 못했다.

8장

표류하는 배의 초연함

한참 후 황재하와 주자진은 가벼운 나막신 소리를 들었다. 뒤돌아보니 장항영이 아적의 손을 잡고 밖으로 나오고 있었다. 아적은 연한 나무 밑창에 검푸른 천을 댄 신발을 신고 있었는데, 천 위에는 아적이 직접 수를 놓은 듯한 무궁화 두 송이가 마주 보며 활짝 피어 있었다. 매우 정교하고 아름다웠다.

여름날 오후 햇살이 눈부셨다. 아적은 가냘프고 왜소한 체구로 작열하는 태양 아래에 섰다. 오랫동안 해를 보지 못한 피부는 눈이 부실 정도로 희었다.

아적은 포도나무 아래에 있는 두 사람을 향해 예를 했했다. "두 분께 인사드립니다. 저는…… 아적이라 하옵니다."

황재하는 일어나 아적을 향해 공수하며 말했다. "아적 아가씨의 음식 솜씨가 참으로 대단합니다. 저와 자진 공자가 이렇게 염치 불고하고 와서 폐를 끼치네요. 부디 너무 귀찮다 여기지 않으셨으면 좋겠습니다."

아적은 다시 예를 행하며 뭔가 하고 싶은 말이 있었는지 입술을 달싹였으나, 결국 고개만 끄덕이고는 다시 고개를 숙인 채 포도나무 아래 앉았다.

주자진이 일어나더니 입을 열었다. "장 형, 어르신께서 몸이 좀 좋아지셨다고 하지 않았어요? 지금 가서 뵙는 게 어떨까 싶은데?"

장항영은 황재하를 쳐다봤다가 다시 아적을 향해 고개를 끄덕였다. 그러고는 주자진을 데리고 집 안으로 들어가 위층으로 향했다.

황재하와 아적은 그대로 포도나무 그늘에 앉았다. 아적은 불안한지 어쩔 줄 몰라 하며 고개를 푹 숙인 채 손가락만 만지작거렸다.

황재하는 부드러운 목소리로 물었다. "아적 아가씨, 제가 한 가지 가르침을 청해도 되겠습니까?"

아적은 여전히 고개를 푹 숙인 채였고, 한참 후에야 고개를 끄덕여 보였다.

"고루자가 참으로 맛이 좋던데 무슨 비결이라도 있나요?"

아적은 잠시 망설이더니 천천히 고개를 들어 황재하를 바라보았다.

황재하가 웃으며 아적을 마주보았다. 그러고는 가벼운 목소리로 말했다. "저는 원래 고루자를 별로 좋아하지 않았습니다. 누린내 때문에요. 그런데 지난번에 여기서 고루자를 먹고 난 후로는 입안에 계속 그 맛이 감돌며 잊히지가 않더군요……. 거짓말이 아니라, 제 생각엔 아가씨의 솜씨가 이 장안에서 제일인 것 같습니다!"

아적은 가볍고 유쾌하게 웃는 황재하의 모습에 마음이 조금 안정된 듯 아랫입술을 살짝 깨물고는 모깃소리처럼 기어 들어가는 목소리로 말했다. "저의…… 어머니는 저를 낳자마자 돌아가셔서 저는 어렸을 때부터 밥을 지었습니다. 그래서…… 아마 음식을 많이 만들다 보니 숙련이 되어서 그런가 봅니다……."

황재하는 살짝 고개를 끄덕이고는 또다시 물었다. "모친께서 돌아가신 지 그리도 오래되었으면, 부친께서는 후처를 들이지 않으셨습니까? 어찌 아가씨가 계속 음식을 했단 말입니까?"

"그건…… 저희 아버지 성격이 그다지 좋지 않으셔서……." 아적은 모호하게 말했다. "제가 일고여덟 살 때, 기근을 피해 떠돌던 한 여인을 집에 데려오신 적이 있어요. 제게 남동생을 낳아줄 거라면서요. 저는…… 그분이 무서웠어요. 하루 종일 저를 때리고 욕을 하셨거든요. 하지만 저희 아버지께 아들을 낳아드릴 분이라는 생각에 감히 반항도 못 했습니다……. 나중에는 아버지가 술에 취해서 함부로 때리니까 그분도 견디지 못하고 떠나버렸지만요……."

황재하는 그 여지원이라는 작자에 대해서는 일절 말을 삼갔다. "차라리 다행이네요. 그렇지 않았으면 아가씨가 계속 시달렸을 테니까요."

"네……. 시간이 흐르면서는 아버지도 연세가 많아져서…… 아예 포기하셨죠."

황재하가 다시 물었다. "그럼 아가씨는 어찌 그 산길에 홀로 쓰러져 있었던 겁니까?"

아적은 있는 힘껏 아랫입술을 깨물었다. 가슴이 급격히 오르락내리락하며 금방이라도 무너져 울음을 터뜨릴 거 같아 보인 순간, 마침내 입을 열어 꽉 잠긴 목소리로 이야기를 들려주었다.

"저희…… 아버지가 은자를 받고 제가 원치 않는 사람에게 시집보내려 하셨습니다. 그래서 새끼줄을 들고 산에 올라가 죽으려 했는데, 결국은 혼절하고 말았지요……. 그래서 오라버니 집에서 감히 나갈 생각을 못 하는 겁니다. 무서워서요…… 혹여 아버지 눈에 띌까 무서워서요."

황재하는 아적의 거짓말에 대해서는 조금도 아는 체하지 않고 위로의 말을 건넸다. "걱정 마세요. 장 형은 충직하고 바른 사람이니 아가씨에게도 성심을 다할 겁니다. 과거의 일들은 이미 다 지나갔어요.

앞으로의 인생은 행복이 가득하고 만사가 뜻대로 잘 풀릴 거라고 믿어요."

아적은 눈물을 글썽였다. 촉촉한 속눈썹이 두 눈을 가린 모습이 더없이 애처로웠다.

황재하가 다시 물었다. "장 형이 아가씨를 데리고 천복사에 향을 피우러 갔었다고요? 그날 천복사는 완전히 아수라장이었는데 두 분은 놀라지는 않으셨는지요?"

아적이 갑자기 주먹을 꽉 쥐더니 한참 후에야 천천히 손의 힘을 풀고는 울먹이는 목소리로 말했다. "괜찮았습니다. 그날…… 저는 가고 싶지 않았는데, 이웃 아주머니가 오라버니한테 혼례 전에 절에 가서 기도라도 드리고 오는 게 좋다고 해서, 하는 수 없이 머리에 너울을 쓰고 오라버니와 함께 갔습니다."

황재하는 고개를 끄덕이며 말했다. "제가 지금 대리사를 도와 그 사건을 조사하는 중이거든요. 혹 괜찮으시다면 그때 당시의 정황을 좀 말씀해주실 수 있을까요?"

아적은 천천히 고개를 끄덕였지만 또다시 한참을 망설였다.

황재하는 재촉하지 않았고 기다렸다. 아적은 한참을 가만히 있다가 입을 열었다. "저와 오라버니는…… 그날 어떤 환관이 불타 죽었다는 얘기를 들었어요."

황재하가 물었다. "그때 두 분은 어디에 있었나요?"

"저희는…… 저희는 그때 전전(前殿)에 사람이 너무 많아 후전(後殿)으로 가려 했습니다. 막 몇 걸음 걸었을까, 갑자기 뒤에서 시끄러운 소리가 들려와 뒤를 돌아보니 사람들이 막 몰려오고 있었어요. 도망치며 달아나는 사람들이 마치…… 밀물처럼 몰려와서 오라버니가 급히 저를 잡아당겨 함께 달리기 시작했습니다. 나중에는 결국 사람들에 밀려서 한쪽 구석으로 몰렸어요. 그곳에서 옴짝달싹 못 하고 그대로 계속 서 있을 수밖에 없었지요……."

고개를 푹 숙인 아적의 창백한 얼굴에 조금씩 옅은 홍조가 번졌다. 아적의 표정을 보면서 황재하는 순간 엄청난 인파 속에서 팔로 공간을 만들어 자신을 보호한 이서백을 떠올렸다.

황재하는 속으로 생각했다. '그날 장항영도 어쩌면 갈대처럼 여리고 가냘픈 이 여인을 보호하고 있지 않았을까?'

"나중에…… 사람들이 다 흩어지고 난 후에 누가 벼락에 맞아 죽었다는 말을 들었어요. 오라버니가……." 아적은 여기까지 말하고는 또다시 머뭇거렸다가 아랫입술을 살짝 물고는 낮은 목소리로 말했다. "오라버니가 벼락 맞아 죽은 모습은 분명 끔찍할 테니 괜히 보지 말자고 했습니다……. 그래서 저희는 바로 집으로 돌아왔어요."

황재하는 앞서 아적과 장항영이 나눈 이야기를 떠올리고는 침울한 목소리로 물었다. "그래서 두 분은 그곳에 계속 있기는 했지만, 당시 불타 죽은 사람이 누구였는지는 몰랐다는 말씀이시죠?"

"나중에…… 들었습니다. 공주부의…… 환관이라고요." 아적은 손을 꽉 움켜쥐며 쉰 듯한 목소리로 겨우 말을 이었다. "전…… 그 사람이 평소에 악행을 저질러서 그런 천벌을 받았다고 생각했어요. 그렇지 않다면 그리 많은 사람 중에 하필이면 그 사람에게 벼락이 떨어져 불타 죽었겠어요……."

황재하는 슬프고 힘들어하는 아적의 음성을 들으며 비록 내키지는 않지만 하는 수 없이 말했다. "아적 아가씨, 거짓말을 하고 있군요."

순간 아적의 손이 떨리며 놀라움과 두려움이 담긴 두 눈이 황재하를 향했다.

황재하는 나지막한 목소리로 말했다. "솔직하게 말씀드리면, 그날 저도 천복사에 있었습니다. 제가 그날의 상황을 기억해보건대 두 분이 그렇게 쉽게 무리 중에 끼어 있기는 어려웠을 겁니다. 적어도 아가씨가 썼다는 그 너울은 그런 혼란한 틈에서 제대로 쓰고 있을 수조차 없는 상황이었죠. 그렇다고 아가씨처럼 남에게 얼굴을 내보이지 않으려는 사람이 너울이 떨어지도록 뒀을 리도 없고요."

아적은 아무런 말도 하지 못했다. 창백했던 얼굴은 사색으로 변하고, 꽉 쥐고 있던 손은 힘없이 탁자 위에 놓였다.

"저를 속이지 않으면 좋겠습니다. 사실 자진 공자도 지금 장 형에게 당시의 정황을 묻고 있을 겁니다. 만일 아가씨와 장 형의 이야기가 서로 일치하지 않으면 일은 더 복잡해집니다." 황재하는 정말 내키지 않았지만 부득이하게 이 질문을 던질 수밖에 없었다. "제가 추측하기로는, 아가씨는 그 환관이 불타 죽는 모습을 두 눈으로 직접 봤을 거예요. 그렇죠?"

"네……. 저희는 그때 전전에 있었습니다." 아적은 이미 황재하 앞에서 그 어떤 것도 속일 수 없다는 사실을 깨닫고는 결국 떨리는 목소리로 대답했다. "그때 전전 앞이 너무 혼잡해서 오라버니가 향로와 초 옆쪽에 덜 혼잡한 공간을 발견하고는 저를 잡아끌어 겨우겨우 그쪽으로 비집고 들어갔어요. 가까이 다가가 보니 초와 향로 옆에는 확실히 빈 공간이 있긴 했지만 붉은 끈을 둘러쳐 막아놓아 가까이 접근할 수가 없었어요. 그때 누가 저를 밀치는 바람에 너울이 벗겨져 붉은 끈 안쪽으로 떨어졌어요. 저는…… 너무 무서워서 그대로 자리에 주저앉아 얼굴을 가렸습니다. 남들이 저를 알아볼까 봐 무서웠어요. 오라버니는 저를 기다리게 하고는 재빨리 그 붉은 끈 너머로 들어가 초 바로 옆까지 뛰어가서 너울을 주웠어요……."

아적은 여기까지 이야기하고서 무의식적으로 다시 자신의 머리를 감싸 쥐었다. 목소리도 흐릿해져 마치 중얼중얼 혼잣말을 하는 것 같았다.

"얼굴을 가리고 땅에 주저앉아 있는데 갑자기 엄청난 소리가 귓가에 들려왔습니다. 초가 벼락에 맞아 폭발한 거였어요. 그 폭발의 충격으로 저는 몸이 흔들려 바닥에 쓰러졌고 주변 사람들은 모두 소리를 지르며 도망가기 시작했어요. 오라버니가 뛰어와 저를 일으켜 세워 몸에 붙은 불똥들을 재빨리 떨어내고 저를 보호하며 밖을 향해 달렸습니다. 오라버니 손에 너울이 들려 있었지만, 그 아수라장 속에서는 그걸 받아들 수도 없었어요……. 저희가 몇 걸음도 채 달리지 못했을 때…… 갑자기 날카로운 비명이 들려왔어요. 주변 어떤 사람의 비명보다도 더 크고 처량했죠."

절망적인 비명 소리에 가슴이 찢어질 것 같아 아적은 참지 못하고 그만 뒤를 돌아보았다.

사방팔방 도망치는 사람들 너머로 전신에 불이 붙은 한 사람이 보였다. 옷뿐만 아니라 온몸이, 머리부터 손끝 발끝에 이르기까지 전부 불길에 휩싸여 있었다. 피와 살로 이루어진 사람이 아니라 잣나무 기름에 담갔던 허수아비처럼 활활 타올랐다.

아적은 불타는 자의 얼굴을 보았다. 불이 붙어 얼굴 전체가 뒤틀려 끔찍했지만 아적은 그 사람이 누군지 확실히 알아볼 수 있었다.

바로 자신을 혼절할 정도로 모질게 매질한 뒤 길가에 내다버린, 자신의 인생을 비극으로 내몬 환관, 위희민이었다.

장항영은 손을 들어 아적의 눈을 가리며 황급히 소리쳤다.

"보지 마요."

아적은 이를 꽉 물었다. 위희민이 처량하게 비명을 지르며 죽어갈 때 아적은 장항영의 손을 잡고 인파와 함께 바깥으로 향했다. 장항영이 그녀를 보호했다. 두 사람은 몰려든 사람들 때문에 담 구석으로 밀려났고 사람들에게 밟히지 않기 위해 담에 바싹 붙어 섰다.

장항영이 여전히 너울을 손에 꽉 쥐고 있는 모습이 아적의 눈에 들어왔다. 이유는 몰랐으나 순간 눈물이 솟구쳤다. 아적은 조용히 너울을 건네받아 다시 머리에 썼다.

사람들은 절반 정도가 이미 흩어진 상황이었으며 위희민에게서는 아무런 소리도 들려오지 않았다. 분명히 산 채로 불에 타 죽었을 것이다.

장항영은 아적의 손을 잡고 무리 속으로 들어갔다.

두텁고 따뜻한 그의 손이 마치 영원히 풀리지 않을 듯 그녀의 손을 꽉 감싸 쥐었다.

아적은 그날의 대략적인 상황을 들려주었다. 그녀가 숨겼던 것은 위희민을 알아보았다는 사실 하나뿐이었다.

진술에 별다른 허점은 보이지 않았다. 황재하는 아적에게 감사를 전했다.

오랫동안 위층에 올라가 있던 주자진도 장항영과 함께 웃으며 걸어 나왔다. "사람이 좋은 일이 생기면 정신이 맑아진다고 하더니, 어르신께서 정말 단숨에 일어나셨어. 정말 잘됐어!"

네 사람이 함께 앉아 냉도를 마저 먹은 뒤, 시간이 늦은 듯해 황재하는 장항영과 아적에게 작별을 고했다.

장항영의 집에서 나온 황재하와 주자진은 각자 들은 내용을 교환했다. 황재하가 적취에게서 들은 이야기를 전해주자 주자진이 말했다. "내가 장 형한테서 들은 내용도 역시 비슷해. 사고 당일 장 형이랑 적취는 확실히 천복사에 있었고, 위희민이 죽던 그 순간에 마침 장 형이 그 옆에서 적취의 너울을 줍고 있었다고. 그리고 두 사람은 위희민이 불타 죽는 걸 직접 봤어."

황재하는 고개를 끄덕였다. "네. 적취도 그렇게 말했어요."

"장 형은 그때 그자가 위희민이었는지는 몰랐다고 했어. 그리고 위희민이 어떻게 불타기 시작했는지도 못 봤다고."

"그 부분은 일단 의문으로 남겨둬야겠어요." 황재하는 미간을 찌푸렸다. "대리사 사람을 시켜서 조사해보도록 할게요. 장 형이 그 일을 정확히 언제 알았는지, 위희민이 불타기 전에는 정말 적취의 속사정을 몰랐는지 말이에요."

주자진은 고개를 끄덕이며 흥분해서 말했다. "그 많은 대리사 사람들을 부릴 수 있다는 거, 정말 기분 좋은데?"

황재하는 정말이지 아무 생각 없는 주자진을 맥없이 쳐다보았으나, 자신의 시종에게조차 쉽게 일을 시키지 못하는 주자진의 처지가 떠오르자 이런 일로 기뻐하는 모습이 충분히 이해되기도 했다.

황재하는 주자진의 집으로 돌아가 옷을 갈아입고는 그에게 작별 인사를 하며 두개골도 잊지 않고 챙겼다.

주자진은 황재하를 저택 밖까지 배웅하며 물었다. "적취와 장 형의 일은 어떻게 할 거야? 대리사에 말할 거야?"

황재하가 고개를 내저었다. "아뇨."

주자진은 안도의 한숨을 쉬며 말했다. "그래. 적취가…… 너무 불쌍하잖아."

"불쌍하다고 해서 사람을 죽인다면 이 나라 조정과 법이 무슨 소용이 있겠어요?" 황재하는 느린 호흡으로 그렇게 말하고는 저물어가는 해를 바라보다가 다시 말을 이었다. "하지만 적취랑 장 형에게 혐의가 있긴 해도 아직 정확한 근거가 없기 때문에 지금으로서는 둘을 데려가 심문하기는 어려울 거예요."

주자진은 한숨을 푹 내쉬더니 답답한 듯 입을 삐죽이며 그녀를 쳐다보았다.

황재하는 그런 주자진은 아랑곳 않고 말했다. "이건 살인 사건이에요. 절대 감정적으로 처리할 일이 아니라고요. 대리사 사람한테 여지원과 적취, 그리고 장 형까지 잘 지켜보라고 할 거니까 절대 장 형한테 가서 귀띔해주거나 하시면 안 돼요, 아셨죠?"

"응……." 주자진은 불쌍한 표정으로 황재하가 두개골과 정수리 뼈가 담긴 포대를 들고 자신의 시야에서 멀어지는 것을 보았다. 절로 마음이 울적해졌다.

포대를 들고 기왕부로 돌아오자 문지기가 재빨리 뛰어와 친절하게도 황재하 손에 들린 포대를 건네받으려 하며 말했다.

"양 공공, 돌아오셨군요! 전하께서 한참을 기다리셨습니다!"

"괜찮습니다, 감사합니다. 제가 직접 들겠습니다." 황재하는 손에 들린 포대를 단단히 움켜쥐며 말했다. 안에 든 물건을 다른 사람한테 들키는 날에는 정신 나간 사람으로 낙인찍힐 것이 분명했다.

"전하께서 기다리신다고요?"

"네, 원래 정유당에서 기다리신다고 했는데, 아무리 기다려도 공공이 오시질 않아서 전하께서 직접 행랑으로 가셨습니다. 지금 그곳에서 기다리고 계십니다."

황재하는 깜짝 놀랐다. 대체 무슨 큰일이 있기에 이서백이 많은 사람들을 대동하고서 행랑에서 기다리는지 알 수가 없었다. 머리뼈를 든 채로 급히 뛰어 들어가니 역시나 행랑 문지기들이 모두 긴장한 채 벌벌 떨고 있었고 기왕은 홀로 앉아 공문서를 보는 중이었다. 두툼했을 문서가 몇 장 남아 있지 않았다.

황재하는 서둘러 앞으로 나아가 예를 갖추었다. "소인의 죄 천 번 만 번 죽어 마땅합니다."

이서백은 그녀 쪽으로는 시선도 주지 않고 천천히 문서를 넘기면서 물었다. "무슨 죄가 있지?"

"소인이…… 어젯밤에 전하께서 분부하신 일을 잊어버렸습니다."

"무슨 일?" 이서백은 천천히 문서를 또 한 장 넘겼다.

황재하는 그저 눈 딱 감고 말하는 수밖에 없었다. "귀인과의 약속입니다."

"네가 이야기하지 않았다면 나도 잊을 뻔했다."

이서백은 마지막 장까지 다 본 문서를 탁자 위에 내려놓고야 눈을 들어 그녀를 바라보았다. 그 눈빛과 표정이 모두 냉담하고 차가워 황재하는 아무것도 읽어낼 수 없었다. 머리가 쭈뼛쭈뼛 서는 것이 왠지 안 좋은 예감이 들었다.

뒤에 서 있던 경육이 문서를 정리하고 나자 이서백은 문서를 손에 들고 황재하에게는 시선도 주지 않은 채 그녀를 지나쳐 문을 나섰다.

황재하는 눈을 질끈 감고서 그 뒤를 바짝 쫓아갔다. 이서백이 한참 전부터 밖에 세워져 있던 마차에 오르는 것을 보고는 그제야 이상한 생각이 들어 물었다. "전하, 지금…… 태극궁으로 가시려는 것입니까?"

"내가 태극궁을 가서 뭣하겠느냐?" 그는 쌀쌀맞은 표정으로 황재하를 흘겨보며 말했다. "눈코 뜰 새 없이 매일같이 여기저기 일이 얼마나 많은데 내가 너를 신경 쓸 시간이 어디 있단 말이냐."

"네……." 황재하가 생각해도 그 말이 맞는 것 같아 얼른 깊이 고개를 숙이며 송구한 마음을 표했다.

"타거라." 그가 다시 차갑게 말했다.

황재하는 "아!" 하고 외마디 소리를 냈다.

"육부관아가 태극궁 앞에 있으니 가는 길에 데려다주마."

"아…… 감사합니다, 전하." 황재하는 조금도 진심이 담기지 않은 씁쓸한 미소를 지으며 대답했다. 이서백에게 붙들린 이상 이런 동행은 그녀가 마땅히 견뎌내야 할 일이었다.

마차 안 분위기는 역시나 답답하기 그지없었다.

유리병 안 작은 물고기도 눈치가 있는지 대당에서 최고로 무서운 기왕 전하를 절대로 방해하고 싶지 않다는 듯 물속에서 미동도 하지 않았다.

오후의 태양 빛이 마차의 움직임에 따라 창문을 통해 어슴푸레 들어왔다. 이따금 한 줄기 빛이 이서백의 얼굴을 비췄다. 반짝이는 금빛이 그 이목구비의 윤곽을 더욱더 입체적으로 깊어 보이게 만들어 아득히 멀어 닿을 수 없을 듯한 거리감이 느껴졌다.

황재하가 계속 이서백의 표정을 훔쳐보고 있는데 갑자기 그가 물었다. "공주부에서 우선을 만났느냐?"

마차에서 반드시 어떤 심문이 있으리라 예상은 했지만, 첫마디가 이것일 줄은 생각지도 못했다. 황재하는 깜짝 놀라 멍하니 있다가 망설이며 대답했다.

"네. 아침에 공주부에서 공주님을 뵈러 가는 것을 보았습니다."

이서백이 눈을 가늘게 뜨며 황재하를 쳐다보았다. 그녀의 표정에 옅은 상처와 우울이 담겨 있기는 했지만 그리 선명하지는 않았다.

그 표정을 본 이서백의 양미간에도 거의 보이지 않을 정도로 살짝 주름이 잡혔다. 한참 황재하를 쳐다보던 이서백이 목소리를 낮추며 침울한 듯 물었다. "네가 보기엔 어떠하더냐?"

이서백이 동창 공주와 우선의 미심쩍은 관계를 묻는다는 사실을 황재하도 순간적으로 알아챘다. 그 순간 뜨겁게 달아오른 이마의 열이 모든 냉정함과 침착함을 박살냈다. 황재하는 입을 열긴 했지만 자신이 무슨 말을 하는지도 몰랐다.

"전하 조카 따님의 일에 소인이 어찌 감히 관심을 두겠습니까."

이서백은 그녀를 힐끗 쳐다보고는 피식 웃음을 터뜨렸다. 눈빛은 여전히 싸늘한데 입꼬리만이 웃는 듯 웃지 않는 듯 살짝 올라갔다.

"바싹 약이 올랐구나."

황재하는 입을 열어 되받아치고 싶었으나, 그의 저택에 살면서 녹봉(비록 너무 적어서 슬프지만)도 그에게 의지하고 있으니, 게다가 이서백에게 필사적으로 매달린 것 또한 본인이었으니 어찌하겠는가. 그간의 공든 탑을 무너뜨릴 수는 없었다.

그래서 눈을 내리깔고는 고개를 옆으로 돌리며 낮은 목소리로 말했다. "전하께서 일깨워주시니 참으로 감사합니다. 소인도 알고 있습니다……. 저와 그 사람 사이는 이미 과거일 뿐이며 아마도 이번 생애에는 두 번 다시 함께하지 못하겠지요."

"네 부모님 사건의 진상이 밝혀지고, 그가 너를 오해했다는 사실을 알게 된다면?" 그가 이렇게 반문했다.

황재하는 잠시 멍하니 있다가 대답했다. "정말 그런 날이 와봐야 알 것 같습니다."

이서백은 아무 말 없이 유리병을 집어 들어 손가락으로 가볍게 유리를 톡 건드렸다. 챙 하는 소리에 놀랐는지 작은 물고기가 물속을 오르락내리락하며 도망 다녔다. 이서백이 차가운 눈으로 그 모습을 쳐다보면서 공중에서 손가락을 일곱 번 튕기자 물고기가 안정을 되찾았다. 이번에는 유리병을 작은 탁자 위에 올리고 다시 유리병을 튕기자 작은 물고기는 또 놀라 이리저리 분주하게 오르락내리락했다.

황재하는 그가 이렇게 물고기를 놀리는 것이 도대체 무슨 뜻인지 알 수 없어 의아한 표정으로 보고만 있었다.

이서백은 그녀를 보지 않고 그저 담담하게 입을 열었다. "일전에 어떤 사람이 내게 말하길 물고기는 손가락을 일곱 번 튕길 정도의 시간만큼만 기억이 지속된다더구나. 내가 잘해줬든 못해줬든 손가락을 일곱 번 튕기고 나면 내가 했던 모든 것을 다 잊어버린다고."

황재하는 작은 물고기에 향해 있던 시선을 조용히 그의 얼굴로 옮겼다. 여전히 차가운 얼굴이었다. 아무 표정도 없어 보일 정도로 일관된 차가움이었다.

이서백도 시선을 황재하에게로 옮겨 조용히 그녀를 바라보며 차갑고 느린 목소리로 말했다. "그러니, 내가 물고기를 키운다고는 해도 무슨 의미가 있겠느냐. 내가 아무리 마음을 기울여도 그저 손가락을 일곱 번 튕기는 시간이 지나면 곧바로 나를 잊어버릴 테니. 꼬리를 흔들며 자신의 세계로 돌아갈 때는 고개조차 돌리지 않지."

황재하는 의아한 얼굴로 그를 바라보았다. 이해가 될 듯 말 듯하는 참에 그가 다시 시선을 거두며 물었다. "오늘 꽤나 분주했던 모양인데 뭐라도 소득은 있었느냐?"

이서백이 갑자기 화제를 돌리자 황재하는 어리둥절했다. 이유는 분명히 알 수 없지만 왠지 방금 전 이야기를 더 이상 깊이 생각하지 못하게 하려는 의도 같았다. 황재하는 잠시 멍하니 있다가 곧바로 공주부와 여 씨네 향초 가게, 그리고 장항영의 집에서 보고 들은 것들을 하나하나 자세히 보고했다. 다만 우선과 만난 일만은 말하지 않았다.

황재하의 말이 끝났을 때 마차는 이미 태극궁 앞에 도착했다.

마차에서 내리려던 이서백은 황재하가 들고 있는 포대를 보며 물었다. "그건 무엇이냐?"

황재하는 포대를 살짝 열어 안에 든 두개골을 꺼내 보여주었다.

결벽증이 있는 이서백은 손은 내밀 생각도 없이 눈으로만 한 번 슥 보았다. "너도 주자진의 괴벽에 옮아 이런 물건을 들고 다니느냐?"

황재하는 조심스럽게 두개골을 다시 포대 안에 넣은 뒤 말했다. "왕 황후께 드리려 합니다. 이 선물을 보시고 제게 너그러움을 좀 베푸실까 해서요."

이서백은 결국 미간을 찌푸리며 말했다. "정설색이냐?"

황재하는 고개를 끄덕였다.

이서백은 미간을 더 깊게 찌푸리며 말했다. "어떻게 네 수중에 있는 것이냐?"

"일이 좀 복잡한데…… 어쨌든 왕 황후께 드리는 편이 좋겠다고 생각했습니다." 황재하는 더 상세히는 대답할 수가 없었다.

이서백은 더는 추궁하지 않았지만 이렇게 말했다. "살고 싶다면 가지고 들어가지 말거라."

황재하는 깜짝 놀라 눈을 끔뻑이며 그를 쳐다보았다.

"황후의 성격은 내가 너보다 잘 안다. 황후는 이걸로 절대 네게 은혜를 베풀지 않을 것이다. 오히려 잘못하여 황후의 마음속 상처를 건드렸다가는 견딜 수 없는 고초를 겪게 될 것이야." 그는 그렇게 말하면서 마차에서 내렸다. "믿지 못하겠다면 한번 시도해보든지."

황재하는 그의 뒷모습을 보며 씁쓸한 미소를 지었다. 그러고는 포대 입구를 다시 잘 여미며서 의자 밑 궤짝에 집어넣었다. 그녀가 처음에 숨어 있었던 그곳이다.

이서백은 황재하를 데리고 함께 태극궁 쪽으로 걸었다. 시종과 호위들은 멀리서 따라오게 하고 두 사람은 천천히 걸어가며 작은 목소리로 대화를 나누었다.

이서백은 황재하의 말을 다 들은 후 물었다. "그렇다면 현재 의심되는 사람은 여 씨 부녀와 장항영, 이렇게 세 명인 것인가?"

"아직 명확하지는 않지만, 이 세 사람의 혐의가 어느 정도 수면 위로 올라온 것은 확실합니다. 다만 범죄 수법으로 보면, 여지원은 당시 현장에 없었다는 사실이 증명되었고, 장항영과 적취는 조금 문제가 있긴 하지만 그 둘이 위희민을 살해했다는 사실을 확실히 입증할 만한 증거는 없습니다."

"위희민은 신을 믿지 않는다고 했던가?"

"네, 공주부 사람이 그렇게 말했습니다. 첫째로는 신을 믿지 않으며, 둘째로는 지병인 두통 때문에 사람이 많은 시끄러운 장소에 가는 것을 싫어했다고 합니다. 셋째로는 이미 죽기 전날 밤에 실종되었습니다. 제 생각에는 전날 밤에 일어난 실종이 이 사건의 가장 큰 실마리가 될 것 같습니다. 그래서 죽기 전날 밤 그의 행적에 관해 조사해 보려고 합니다."

"그래." 이서백은 고개를 끄덕여 그녀의 생각에 동의를 표했다.

그는 황재하를 내궁 입구까지 바래다주었다. 많이 늦은 시간이었다. 태극궁과 장안성 하늘에 비단처럼 찬란하게 펼쳐진 저녁노을이 두 사람의 얼굴을 비추고, 등 뒤로 둘의 그림자를 어지러이 드리워 한 덩어리로 만들었다. 마치 꿈속인 듯 몽롱한 장면이었다.

이런 환상 같은 모호한 빛 속에서 이서백이 눈앞의 입정전을 바라보며 황재하에게 말했다. "들어가보거라."

황재하는 고개를 끄덕이고는 두어 걸음 걸어가다 고개를 돌려 그를 보며 물었다. "관아에는 가지 않으십니까, 전하?"

저녁 햇살이 이서백을 등 뒤에서 비추었다. 그는 비단을 깔아놓은 듯 온통 붉은 노을 아래 가만히 서서 맑은 눈동자로 황재하를 바라보았다.

"석양이 찬란하고 노을이 아름다우니 조금만 더 보고 가련다."

황재하는 그에게 예를 갖추고는 몸을 돌려 몇 걸음 걸어가다가 다시 고개를 돌려 그를 보았다.

이서백은 여전히 그곳에 뒷짐을 지고 선 채 가만히 석양을 보고 있었다. 높이 솟은 옥산처럼 시종일관 그녀의 등 뒤에 우뚝 서 있어서 몸을 돌리면 언제든지 그를 볼 수 있을 것만 같았다.

태극궁은 화려하게 장식된 기둥과 대들보로 둘러싸였어도 대명궁의 그 웅장한 기세에는 미치지 못했다. 하지만 왕 황후가 살기 시작한 후, 궁인들이 정자와 초목을 가지런히 잘 꾸며놓은 덕에 이전의 퇴락한 느낌은 사라졌다. 궁전 자체는 빛이 바랬으나 300년의 비바람을 겪은 궁궐은 오히려 고풍스럽고 우아해 보였다.

왕 황후는 당연히 곽 숙비의 일로 황재하를 찾았다.

한창 때의 아름다움을 간직한 황후는 여전히 절세의 미인이었다. 황재하가 들어섰을 때, 황후는 여름 석양의 기운이 흐르는 복도에서 앵무새를 놀리고 있었다. 황재하는 입구에 서서 황후를 바라보았다. 비단이 흘러내린 듯 긴 머리카락을 늘어뜨리고 수수한 흰옷을 입은 모습이 마치 속세를 벗어난 한 폭의 수묵화 같았다. 거리가 있어 황후의 얼굴은 잘 보이지 않았지만 여전히 무엇에도 비할 바 없는 그 풍모에 황재하는 넋을 잃었다.

왕 황후 같은 여인은 분명히 잘살 것이다. 설령 앞으로의 나날에 아무 희망이 없다고 해도, 설령 어두운 밤 캄캄한 망망대해를 표류하는 작은 배에 올라앉아 있다 해도, 왕 황후는 변함없이 침착하고 냉정하게 자신의 삶을 살아갈 것이다.

장령이 황후의 귓가에 나지막이 무엇인가를 말하자 황후가 고개를 들어 황재하를 바라보았다. 그러고는 살구색 등거리를 걸치고 장령을 따라 천천히 황재하를 향해 걸어왔다.

황재하는 눈앞의 왕 황후를 바라보았다. 기분이 좋은 듯 입가에 미소를 머금고 있었는데 이미 서른다섯을 넘긴 여인이라고는 도무지 보이지 않았다. 이궁(離宮)에 머무는 처지를 원망하는 눈빛 또한 조금도 보이지 않았다.

왕 황후는 황재하 앞에서 걸음을 멈추지 않고 자신을 따라 후원으로 오라고 손짓했다. 이미 저녁노을이 물들었지만 아직 한낮의 열기가 남아 있었다. 나무 그늘에 서 있어도 불어오는 미풍에 실린 열기가 느껴졌다. 시녀들을 모두 뒤로 물리고 왕 황후는 나무 그늘 아래 돌난간 위에 앉았다.

황재하가 황후에게 말했다. "황후 폐하, 감축드리옵니다."

왕 황후는 그녀를 힐끗 쳐다보며 물었다. "무엇을 말이지?"

"소인, 황후 폐하께서 기뻐하시는 표정을 보니 머지않아 환궁하실 것으로 생각되옵니다!"

왕 황후는 살짝 웃으며 말했다. "그저 조금 실마리가 보일 뿐이다. 그러니 자네가 나에게 힘을 보태주어야 하겠지."

황후가 이렇게 말하는 것을 보니 이미 마음속으로 계산을 끝마친 모양이었다. 황재하는 두 손을 얌전히 모으고 황후의 말을 경청했다.

"듣자 하니 이번에 황제 폐하께서 직접 자네에게 명하여 공주부 사건을 조사하도록 했다던데, 맞는가?"

황재하가 대답했다. "그러하옵니다. 다만 그 일에 대해서는 아직 실마리를 찾지 못한 상태입니다."

"나는 양 공공이 나서서 해결하지 못하는 사건이 있으리라고는 생각지 않네." 왕 황후는 미소를 띤 채 눈앞에 드리워진 배롱나무 가지를 바라보며 가볍게 응수했다. "물론, 그 사건 덕에 황제 폐하께서 곽숙비의 참모습을 보시게 된다거나, 아니면 아예 남모르는 어떤 내막이 드러나면 더욱 좋겠지."

황재하는 황후의 말에 담긴 의미를 궁리해보며 함부로 무어라 대답하지 못했다. 황후가 배롱나무에서 황재하 쪽으로 시선을 돌렸다.

"양 공공, 그대 생각은? 이 사건에 그런 징조가 좀 있는 것 같은가?"

"지금은 사건이 명확하지 않아서, 소신…… 감히 무어라 추측할 수가 없사옵니다."

"추측하지 못할 게 뭐가 있는가? 그대에게 어렵게 느껴진다면 본궁이 명백한 길을 제시해줄 수도 있어." 황후는 손을 뻗어 눈앞의 배롱나무 가지를 살짝 잡아당겨 가까이에서 꽃을 감상하며 마치 혼잣말처럼 말했다. "곽 숙비는 공주가 출가한 후로 딸을 핑계로 공주부를 자주 드나들고 있네. 듣기로 부마는 아무런 의심도 받지 않고 자주 이런저런 연회에 참석한다지……."

황재하는 황후가 이렇게 중요한 단서를 내놓을 거라고는 생각지도 못했기에 뜻밖의 상황에 놀라 아무 말도 하지 못했다.

"그리고 동창 공주는 최근에 노리개용 미남자를 키우고 있지 않은가? 구미가 당기거든 한번 찾아가보게. 혹시라도 어떤 소득이 있을지도 모르니."

노리개용 미남자……. 황재하는 왕 황후가 말하는 사람이 분명 우선일 것이라 생각했다. 우선과 동창 공주의 소문이 장안성 내에 떠들썩하여 결국 왕 황후의 귀에까지 들어간 것이다.

황재하는 눈을 아래로 떨구었다. 끓어오르는 피가 경련을 일으키듯 가슴에서부터 퍼져 나갔다. 그녀는 온 힘을 다해 낮은 목소리로 대답했다. "소신…… 주의하여 살펴보도록 하겠나이다."

"당연히 주의하여 살펴보아야지. 본궁이 보아하니 그대는 실마리를 통해 사건의 진상을 찾아내는 것이 특기던데. 그렇지 않은가?" 황후는 배롱나무 가지로 얼굴을 반쯤 가리고 있었지만, 살짝 치켜 올라간 입꼬리를 숨길 수는 없었다. "곽 숙비는 지금 자만한 나머지 자신의 본분을 잊고 우쭐거리고만 있네. 본궁이 대명궁으로 돌아갈 좋은 기회이지. 내가 봉래전으로 돌아가면 가장 먼저 그대에게 사례할 것이야."

황재하는 즉시 머리를 조아리며 대답했다. "황송하옵니다. 소신은 응당 최선을 다할 것이옵니다."

황재하는 황후의 또 다른 분부를 기다렸다.

하지만 황후는 손을 내저으며 말했다. "가보게. 그대가 좋은 소식을 가져오길 기다리겠네."

황재하는 약간 의아했다. 이 몇 마디뿐이라면 사람을 보내 일러줄 수도 있었을 텐데 왜 군이 부른 것일까?

하지만 마음속으로만 의아하게 생각했을 뿐이다. 황재하는 고개를 숙여 왕 황후에게 예를 갖춘 후 몸을 돌려 궁 밖으로 향했다.

만개한 배롱나무 꽃이 눈앞으로 펼쳐졌고, 저녁노을의 끝자락은 화원을 찬란한 금보라 빛으로 물들였다.

황재하가 고개를 드는데 멀지 않은 곳에 위치한 누각에 자줏빛 옷차림의 남자가 서 있는 것이 문득 눈에 들어왔다. 남자는 창 안쪽으로 몸을 감추듯 서서 매처럼 날카로운 눈빛으로 황재하를 내려다봤다.

빛이 밝지 않아 모습은 정확히 보이지 않았지만 그 눈빛이 자신을 자세히 살피고 있다는 사실은 느낄 수 있었다. 그의 시선이 황재하의 이마를 따라 콧대를 지나고 턱에 이어 목까지 내려왔다. 칼날보다 날카롭고 송곳보다 예리한 눈빛이었다. 마치 독사가 노려보고 있는 듯 소름이 끼쳐 황재하는 이 한여름에도 깊은 한기를 느끼며 팔뚝에 소름이 돋았다.

황재하의 몸이 경직되는 것을 보고 남자는 갑자기 보일 듯 말 듯한 웃음을 지었다. 남자는 옆에 놓인 투명한 유리 항아리 같은 것에 손을 가볍게 올리고 있었다. 그제야 황재하는 남자의 옆으로 지름 1척가량의 둥근 유리 항아리가 놓여 있다는 것을 알았다. 항아리 안에는 작은 물고기가 몇 마리 헤엄치고 있었는데, 검은 것과 흰 것도 있었지만 붉은색 물고기가 가장 많았다.

남자와 물고기를 쳐다보던 황재하는 무서울 정도의 압박감에 마음이 몹시 불편해져, 몸을 돌려 빠른 걸음으로 입정전 옆 작은 화원을 빠져나왔다.

서둘러 자리를 뜨느라 잠시 뒤 남자 옆으로 왕 황후가 모습을 드러내는 것은 보지 못했다.

남자의 옆에 선 황후는 빠른 걸음으로 떠나는 황재하를 보며 나지막이 말했다. "저자가 바로 황재하요. 기왕 밑에 있는 그 양숭고."

"그렇습니까."

남자는 무심히 대답하며 황재하가 떠나는 모습을 계속해서 바라보았다. 그 걸음이 어찌나 빠른지 도망이라도 치는 것처럼 보였다.

"정말 저자가 우리에게 가치가 있겠소?" 왕 황후가 물었다.

남자는 웃으며 입을 열었다. 목소리는 약간 높았지만 말투는 오히려 음침해, 그 모순에서 오는 답답함이 오랜 여운을 남겼다. "급할 게 무어 있습니까? 환궁하실 때 자연스럽게 아시게 될 테지요."

왕 황후는 눈썹을 추켜세우며 물었다. "저자가 정말로 성공할 수 있을까?"

"저자가 성공하지 못한다 해도, 폐하께는 제가 있고 저자에게는 기왕이 있습니다. 그러고도 대명궁으로 환궁하지 못한다면, 달리 어느 누가 해낼 수 있겠습니까?"

왕 황후는 복숭앗빛 입술을 매만졌다. 기분이 좋은 덕에 입술에 고운 혈색이 돌아 황후의 얼굴이 더욱 아름다워 보였다.

하지만 남자는 황후의 얼굴로는 시선도 주지 않고 고개를 숙여 항아리 안의 물고기들을 보며 혼잣말로 중얼거렸다. "음…… 아무래도 배가 고픈가 보구나."

남자가 손을 들어 검지를 입에 갖다 대 깨물어 상처를 내자 곧 피가 흘러나왔다. 남자가 손을 항아리에 넣는 순간 물속에 피가 번지면서 물고기들이 활발히 움직이기 시작했다. 물고기들은 피 냄새의 근원을 찾아 모여들더니, 앞다투어 남자의 손가락에 난 상처를 탐욕스럽게 깨물었다.

왕 황후는 옆에 서서 차가운 눈으로 남자를 쳐다보았다.

물고기들이 남자의 창백하고 기다란 손가락 옆으로 모여들었다. 담홍색 피와 다홍색 물고기들이 어우러져 마치 거대한 피의 꽃처럼 보였다.

갑자기 기분이 언짢아진 황후는 고개를 돌려 다시 저 멀리 황재하에게로 시선을 보냈다.

빨간 환관 옷을 입은 황재하는 어느새 궁전 담장 끝까지 걸어갔다. 날이 점차 어두워져 검정 배경에 빨간 점 하나가 찍힌 것처럼 보이다가 어느새 어둠 속으로 삼켜졌다.

9장

버드나무 꽃의 흔적

황재하는 때로 이서백에게 진심으로 탄복했다.

다른 것은 일단 차치하고라도, 그는 혼자서 온갖 일들에 관여했다. 어느 관아의 일이든 늘 신경을 쓰고 모든 외국 사신들과도 왕래하니, 거의 기적에 가까워 보였다.

황재하는 그렇게 감탄해 마지않으며 호부에서 웅크리고 앉아 씨앗을 까먹고 있었다. 조금 전 대리사에서 가지고 온 문서를 손에 들고 사건에 대해 생각하면서, 동시에 이서백이 각종 사안을 처리하는 것도 옆에서 도왔다.

"왕 지사, 이것은 그대가 그저께 작성한 율소편주[19]인데, 37쪽에 이 부분이 잘못되어 있네. 그리고 16쪽, 54쪽에도 각각 사람 이름이 잘못 기재되어 있으니 수정하도록 하게. 서 지사, 그대는 장위욱이 과거 여러 차례 영전[20]한 순서를 바꿔놓아야 할 것이네. 문서 보관실 첫 줄

---

19 법률에 주석을 달아놓은 것.

20 전보다 더 좋은 직위로 옮기는 것.

넷째 칸 문서방의 열두 번째 선반에 있을 것이네. 황제 폐하께서 내일 조회 때 장위욱을 진급시키려 하실 것이니, 그때 황제 폐하께서 보시도록 올리는 것을 잊지 마시게. 장 지사, 그대는 내일 정 시랑에게 사승요를 운주 자사로 보내는 것을 기각한다고 알리시게. 사승요의 숙부가 운주에서 범죄를 저지른 적이 있으니 삼가는 것이 좋네. 3년 전 연주 자사를 맡았던 양정방은 부모상이 다 끝나가니, 다시 그 직책에 임명할 수 있을 것이고……."

황재하는 씨앗이 어디로 넘어가는지 모를 지경이었다.

손에 씨앗을 쥐고서 황재하는 속으로 조용히 생각했다. '저 무서운 기억력은 설마 10년 전 어느 날 아침에 일어났을 때 보았던 창문 앞 나뭇잎이 몇 개였는지까지 다 생생하게 기억하는 건 아닐까?'

얼마 지나지 않아 호부의 일은 마무리가 되었다. 이서백은 황재하를 데리고 공부로 향했다. 이제 곧 촉으로 떠나야 하니 하루 빨리 각 관아에 산적한 일들을 처리해야 했다. 아니면 장안을 떠날 수 없을 것이다.

공부 사람들은 이서백을 보는 순간 뛸 듯이 기뻐했다. 오전 나절에 임무가 끝났지만 기왕을 기다리느라 저녁까지 남아 있던 공부상서 이용화는 말할 것도 없고 문 앞에서 말을 끄는 관리까지 모두 화색이 돌았다.

황재하는 쌓여 있는 장부들마다 빽빽하게 적힌 붉은 글씨를 보며 그들의 고통을 바로 이해했다. 지금의 황제 폐하가 이렇게 행궁과 이원[21] 짓기를 좋아하는 분이라 이번 조정의 공부에게는 대재앙인 셈이었다!

이용화의 장부 보고는 괴로운 면면밖에 없었다. "지난해, 동창 공주

---

21 수도 외의 지역에 장기간 머물 수 있게 따로 마련된 황제의 궁궐.

께서 출가하시어 공주부를 건립하느라 국고가 비었습니다. 금년 초에는 건필궁을 지었으나 아직까지 정자도 누각도 갖추지 못한 상황입니다. 도대체 어디에서 자금을 조달해야 하는지 정말로 모르겠습니다. 그런데 지금 또다시 돈을 써야 하는 상황이 생겼습니다. 전일의 폭우로 장안 남쪽의 저지대가 모두 침수되었거든요. 하수도는 아예 물이 빠지질 않고, 침수가 심각한 곳은 그 물 깊이가 1장이 넘을 정도입니다! 전하께서도 아시다시피 지상의 수로는 그나마 좀 괜찮지만, 이 땅속 수로는 뭐 돈을 어떻게 지불해야 좋은지조차도 알 수 없습니다. 일꾼들이 땅속을 대충 파놔도 수로를 책임지는 자는 그저 위에서 봤을 때 정리가 잘되어 있는 듯 보이니 바로 돈을 지급합니다. 하지만 그 안이 어떻게 되어 있는지 사실 누가 압니까? 바로 지난달에 뚫은 수로도 또 막혔습니다. 어제는 저희 공부의 육 지사가 물에 빠져 죽고 말았습니다! 장안 내에서는 이 일을 두고 다들 저희 공부의 자업자득이라고 하니, 저희는 지금 얼굴을 들고 다닐 수가 없을 지경입니다!"

이서백은 미간을 찌푸리며 장부를 받아들고는 아무 말 없이 자리에 앉아 살펴보기 시작했다.

모든 사람이 분주하게 이서백을 위해 차를 올리랴 물을 따르랴, 마치 구원의 신이라도 맞아 시중드는 듯한 모습이었다. 황재하같이 재빠른 소환관이 아무런 할 일이 없을 정도였다.

할 일이 없었기에 황재하는 머리에서 비녀를 뽑아 천복사 사건을 정리하며 그때의 정황을 추측해보았다.

초가 벼락을 맞아 폭발했을 당시, 용의자 중 한 사람인 여지원은 집에 있었다. 의원과 여러 이웃들이 증언해줬으니 기본적으로는 혐의에서 배제할 수 있다. 다만 그가 장안 도성의 절반 거리만큼 떨어진 상황에서도 위희민에게 손쓸 수 있는 방법이 있는 경우를 제외하고 말이다.

두 번째 용의자, 장항영. 위희민의 몸에 불이 붙었을 당시, 마침 적취의 너울을 줍기 위해 초 근처에 있었다. 그가 위희민을 발견하고는 적취의 복수를 위해 초를 쓰러뜨려 위희민을 불태워 죽였을 가능성은 없을까?

세 번째 용의자, 여적취. 위희민이 초 옆에 있었다면 동시에 적취로부터도 멀리 있지 않았을 것이다. 적취는 여러 해 동안 집에서 초를 만들었으니, 짧은 시간 안에 옆에 있던 초를 폭발시킬 수 있는 방법이 있지는 않을까?

황재하는 생각 끝에 네 번째 가능성도 적어보았다. 장항영과 여적취가 손을 잡고 천복사에서 위희민을 살해했다.

잠시 망설이다가 다시 다섯 번째 가능성도 썼다. 여지원과 적취가 공모하여 사람들 앞에서 연기를 펼치고 위희민을 살해했다. 하지만 황재하는 이 다섯 번째 가능성에 대해서는 한숨을 쉬고는 천천히 지워버렸다.

현재까지 수면에 떠오른 것은 이 정도였다.

황재하는 이서백에게 건네받은 대리사의 조사 자료를 꺼내어 종이에 나열된 사람을 살펴보았다.

부마 위보형이 부상을 입을 당시 현장에 있었건 없었건 모든 관련 인물이 정리된 명단이었다. 좌금오위 마부, 격구장 관리 등 모든 사람이 열거되어 있었으며, 황재하의 요구대로 부마와 접촉한 적이 있는지 여부도 정리되어 있었다.

하지만 거기 적힌 '부마와 만난 적 없음', '관아 입구에서 만난 적 있음', '부마가 타는 말에게 여물을 줬던 적이 있음' 등의 내용을 보고는 자신도 모르게 이마를 짚으며 한숨을 쉬었다. 이런 정보로 뭘 한단 말인가.

"왜 그러느냐? 나보다 더 답답해 보이는구나."

뒤에서 이서백의 냉담한 목소리가 들려왔다.

황재하는 유감스럽다는 듯이 말했다. "제가 전하처럼 장안의 모든 사람을 손바닥 보듯 환히 다 알고 있으면 얼마나 좋을까요."

"그런 건 불가능하다. 장안에는 백만 백성이 있는데, 설령 내가 매일 거리에 나가 살핀다 해도 그렇게 많은 사람을 다 만날 수 있겠느냐. 게다가 다른 사람을 진정으로 이해할 수 있는 사람은 아무도 없다. 늘 같이 지내는 사람이라 해도 그건 불가능하지."

이서백은 그렇게 말하면서 황재하의 손에 들린 종이를 가지고 가더니 펼쳐보았다. 그는 문서를 보는 속도가 매우 빨라 한 번 슥 훑어본 뒤 다시 황재하의 손에 돌려주었다. 그러면서 몇 쪽 어디 어떤 자의 이름을 가리키며 말했다.

"이자를 한번 소상히 조사해보거라."

황재하가 들여다보니 전관색이라는 이름의 남자였다. 올해 마흔두 살로 전기 마차 가게의 주인이었다. 편자가 망가졌던 검정말은 지난해에 그 마차 가게에서 데려왔다.

대리사 사람이 찾아가 조사할 때 이렇게 대답했다고 적혀 있었다.

> 장액에서 데려온 말로 작년 4월 곽가 마장에서 직접 사 옴. 6월에 장안에 도착해 두 달 동안 쉬게 하고 9월 초에 좌금오위에 넘겨주었음. 말이 토실토실하고 훈련도 잘되어 있어 일찍이 왕 도위에게 표창을 받은 적도 있음. 앞 편자가 나간 것은, 편자에 문제가 있던 것이지 말 자체와는 전혀 관계가 없음.

또 부마와 왕래가 있었는지에 대한 질문에는 결단코 부정하였고 부마의 얼굴도 모른다고 말했다.

황재하는 조금 의문이 들어 물었다. "전하의 말씀은 부마의 사고가 이 말의 내력과 관련이 있다는 뜻인지요?"

"아니, 내 뜻은 그저……." 이서백은 손가락으로 문장의 뒷부분을 가리켰다. "이 마차 가게 주인 전 씨는 부마와 만난 적이 있다."

황재하가 재빨리 물었다. "전하께서 그걸 어찌 아십니까?"

"그 말을 처음 데려왔을 때 왕온이 나와 병부 관계자를 초청해 말 시승을 한 적이 있다. 부마 위보형도 그때 왔었지. 내가 말을 타보고 있을 때 위보형이 투덜거리는 소리를 들었는데, 변경 밖 사람들은 발음이 달라서 거기서 온 말들은 1년 반이 지나야 겨우 장안 사람의 명령을 알아듣는다고 말하더구나. 그때 부마의 말을 들은 모든 사람이 웃었는데, 말을 조련하는 땅딸막한 남자만은 뭔가를 생각하는 듯 보였지. 오래지 않아 장안에 소문이 돌기를, 전기 마차 가게 조련사들이 모두 표준어를 호되게 연습하고 있다고 했다. 그게 너무 힘들어서 몇몇은 길거리에서 '망할 뚱땡이 전 씨'라고 주인을 욕할 정도라고 했지. 그래서 그때 그 남자가 전기 마차 가게 주인인 전관색일 거라 생각했다."

황재하는 고개를 끄덕였다. "그렇군요. 대리사 기록을 보면, 심지어는 말 먹이를 주었던 사람까지도 모든 사실을 이야기했는데, 그자는 이 일을 숨겼다니 필시 무언가 이유가 있겠지요."

황재하가 골똘히 생각에 잠겨들자 이서백은 고개를 돌려 공부의 사람에게 장부를 모두 가져가라 일렀다. "일단 임시로 몇 개의 지출을 삭제했다. 대략 은자 2만 5,000 정도가 아껴질 터이니, 장안 전체 수로를 정비하는 데 사용할 수 있을 것이다."

공부상서는 씁쓸하게 웃으며 말했다. "감사합니다, 전하. 그런데…… 금년에는 분명히 비가 많이 내릴 것인데, 이번에 수로를 싹 정비하고 나서 며칠이 지나 또 폭우가 내리면 그때 또 어딘가의 수로가 막히지 않겠습니까. 그렇게 되면 전하께서 또 자금을 모아주실 수 있겠습니까?"

"한 번이면 족하다. 올해 다시 장안의 수로가 막히는 일은 없을 것이라 내 보장하지." 이서백은 고개를 돌려 황재하에게 그만 기왕부로 돌아가자고 눈짓을 보내며 말을 마무리 지었다. "내일 자네는 지난번에 수로를 놓았던 인부와 그 책임자를 부르도록 하게. 내가 새로운 조례를 발표하여 다시는 그들이 감히 공사 자재를 아끼거나 태만하지 못하도록 하겠네."

황재하와 이서백은 함께 왕부로 향했다.

마차가 장안 시가를 부드럽게 빠져나가고 있을 때 이서백이 지나는 말투로 황재하에게 물었다. "아까는 내 상황이 여의치 않아 못 물어봤다만 오늘 왕 황후께서 너를 곤란하게 하진 않았느냐?"

황재하는 괴로운 얼굴을 하며 말했다. "왜 안 그러셨겠습니까. 저 같은 일개 소환관에게 대명궁 봉래전으로 돌아갈 수 있게 도와달라고 하셨습니다."

이서백은 부러 가벼운 말투로 말했다. "너를 통해 나에게 전하고자 하는 말이니, 너는 신경 쓸 필요 없다."

"네……. 그 외에 다른 일은 없었습니다."

이서백이 물었다. "친히 너를 부르신 것이 그저 그 말을 건네시기 위함이었다고?"

황재하는 고개를 끄덕였다.

이서백의 미간에 보일 듯 말 듯 주름이 잡혔다. 하지만 그가 무어라 말을 하지 않으니 황재하도 나서서 물어볼 수가 없었다. 시선이 절로 창밖으로 향했다. 장안의 골목들은 담장이 제각각이어서 어느 곳은 그 높이가 매우 높고, 어느 곳은 매우 낮았는데, 가장 낮은 담장은 사람 키의 절반 정도밖에 되지 않았다.

마차가 대녕방을 지날 때 황재하는 창밖으로 스쳐가는 두 사람을 보았다. 대녕방 담장 안으로 한 여인이 서 있었다. 그 옆모습은 이미 짙은 황혼에 물들어 알아보기 어려웠음에도 황재하는 순식간에 몸을 일으켜 그대로 마차에서 뛰어내렸다. 아원백을 불러 마차를 멈출 틈도 없었다.

다행히 골목이어서 마차의 속도는 빠르지 않았다. 황재하는 몸이 제법 민첩한 편이어서 마차에서 뛰어내리며 조금 휘청거렸을 뿐 곧 몸을 바로 세웠다.

이서백은 창을 통해 황재하의 모습을 살핀 후 마차 옆을 따라오던 경육에게 눈짓을 보냈다. 마차는 모퉁이를 돌아 천천히 멈춘 뒤 구석에서 황재하를 기다렸다.

황재하는 허리를 굽힌 채 벽에 바싹 몸을 붙여 두 사람이 있는 곳으로 걸어가 조용히 대화를 엿들었다.

담장을 등지고 있는 자는 남자였는데 부드러운 목소리로 말했다.

"적취, 너울도 쓰지 않고 혼자 여기를 다 오다니, 뭘 하려는 겁니까?"

짙은 황혼 속에서도 황재하가 한눈에 알아본 그 여인은 역시 적취였다.

적취와 마주하고 있는 남자의 목소리도 귀에 익었지만 자세히 생각할 틈이 없었다. 황재하는 숨죽이고 그들의 대화를 계속 엿들었다.

적취는 당황한 모습이었다. 목소리에서도 극도의 긴장이 느껴졌다.

"당신은…… 왜 저를 찾아온 거죠?"

남자는 가만히 적취를 바라보다가 한참이 지나서야 입을 열었다. 하지만 질문에 대한 답이 아닌 또 다른 질문이었다. "손 씨를 죽이려는 거죠? 너울도 쓰지 않은 걸 보니 다시 돌아갈 마음이 전혀 없다는 뜻이겠고요. 그렇죠?"

적취는 온몸이 굳어버린 채 아무 말도 못 하고 가만히 서 있었다.

"조금 전에 여길 떠난 그 남자, 장항영 말이에요. 당신과 같은 이유로 왔던 거죠?" 남자가 순간 피식 웃고는 말을 이었다. "손 씨는 저세상에서도 영광으로 알아야 할 거예요. 이렇게 여러 사람이 한날 그를 죽이러 찾아오다니, 그야말로 인기 상품이 따로 없잖아요. 참으로 재미있네요."

하늘이 점점 어두워졌다. 적취의 얼굴과 몸은 이미 밤의 빛깔에 물들었다. 곧 야간 통행금지가 시작됨을 알리는 북소리가 울려 퍼졌다.

적취는 손을 들어 옷섶을 꼭 부여잡고 떨리는 목소리로 말했다. "저는…… 무슨 말씀이신지 전혀 못 알아듣겠습니다……. 이만 가봐야겠어요."

"무엇을 무서워하는 거죠? 당신이 증오하던 자가 이미 당신이 바라던 대로 물샐틈없는 감옥 같은 곳에서 죽었잖아요. 즐거워해야 하는 일 아닌가요?"

적취는 더 이상 아무 말 하지 않고 획 몸을 돌려 가까운 방문(坊門)을 향해 걸었다.

"기다려요……." 남자는 가볍고 느린 목소리로 적취를 부르고는 몇 걸음 만에 그녀를 따라잡았다.

적취는 겁에 질린 채 몸을 돌려 그를 보며 저도 모르게 뒷걸음쳤다.

남자는 적취 앞에 웅크리고 앉더니 손을 뻗어 치맛자락의 얼룩덜룩한 부분을 손으로 털어주었다. "묻었는지도 몰랐죠? 아무래도 더럽히지 않는 편이 나을 거예요."

적취는 무의식적으로 치맛자락을 끌어당기며 뒤로 한 걸음 물러서고는 당황한 듯 말했다. "제가…… 알아서 할 거예요."

적취는 눈앞의 남자가 굉장히 두려운 듯 몇 번이나 뒷걸음질하더니 어느 순간 획 하고 몸을 돌려 문을 향해 뛰어갔다.

남자는 몸을 일으켜 적취가 어둠 속으로 사라지는 것을 지켜보았다. 한참을 조용히 서 있던 남자가 혼잣말을 하듯 말했다. "이미 떠난 사람은 떠난 사람. 다시는 비슷한 사람을 찾을 순 없겠지. 안 그래?"

담장 밑에 쭈그리고 앉아 있던 황재하는 남자의 발소리가 천천히 다른 한쪽으로 향하는 것을 들었다. 그러고도 한참을 가만히 웅크리고 있는데 갑자기 뒤에서 누군가의 목소리가 들렸다.

"계속 여기 있을 건가?"

이서백의 목소리였다. 황재하가 얼른 뒤를 돌아보니 뜻밖에도 그 위풍당당한 기왕이 자신과 똑같이 담벼락 아래에 쭈그리고 앉아 엿듣고 있는 게 아닌가.

황재하는 깜짝 놀라 더듬거리며 말했다. "전…… 전하!"

이서백은 아무런 말도 하지 않고 몸을 일으켜 골목에 세워둔 마차를 향해 걸어갔다.

황재하는 그 뒤를 따라가며 낮은 목소리로 물었다. "전하께서는 저 사람이 누군지 아시겠습니까?"

"설마 너는 모르느냐?" 그가 반문했다.

황재하는 고개를 끄덕였다가 한참 후에 다시 입을 열었다. "공주님이…… 적취보다 더 아름다우십니다."

이서백은 살며시 미소 지으며 이 일에 관해서는 더 이야기하고 싶지 않은 듯 화제를 돌렸다. "저들의 이야기를 듣자니 손 씨라는 자는 이미 죽은 것 같구나."

"네, 바로 가서 조사해보겠습니다." 황재하는 말을 하기 무섭게 대리사로 돌아가 무슨 소식이 없는지 알아보려 했다.

이서백이 뒤에서 그녀를 불러 세웠다. "양숭고."

황재하가 고개를 돌려 의아한 듯 이서백을 쳐다보았다.

"뭐가 그리 급한 게냐?" 이서백은 미간을 살짝 찌푸리며 말했다. "아무리 큰일이 있어도 밥을 먹고 일해야지. 그리고 조금 있으면 분명히 어떤 이가 올 것이다."

황재하도 그날 하루 종일 이리저리 뛰어다녔던 터라 매우 피곤하고 배가 고팠다. 그래서 조용히 이서백을 따라 마차로 돌아갔다.

기왕부에 도착하니 하늘이 완전히 새카맸다.

이서백이 마차에서 내리자 경상이 재빨리 마중 나왔다.

이서백은 안으로 걸음을 옮기며 경상에게 말했다. "커다란 쇠 자물쇠 두 개를 구해와라. 보는 사람이 겁을 먹을 만치 크면 클수록 더 좋다."

경상은 그 용도도 묻지 않고 알겠다고 대답한 뒤 곧바로 자물쇠를 준비하러 물러갔다.

잠시 궁리해보던 황재하는 이서백의 의도를 알아차리고 저도 모르게 혀를 내둘렀다. "전하, 그렇게 하면 너무 심하지 않으신지……."

"그자들은 게으름을 피우면서 자신들이 너무하다고 생각한 적이 있겠느냐?" 이서백은 황재하를 흘끔 쳐다봤을 뿐 뜻을 굽히지 않았다. "수로가 막혀 사람이 빠져 죽었으니 그들도 분명히 깨달았을 것이다. 이는 사람이 죽을 수도 있는 중대한 일이며, 돈만 챙기고 대충 일해서는 안 된다는 것을 말이다."

황재하는 고개를 끄덕이고 마음속으로 생각했다. '이분을 잘못 건드렸으니 내일부터 장안의 수로와 관련된 모든 일은 가시밭길이 되겠구나. 그간은 수입 짭짤하고 날로 먹던 일이었을 텐데.'

황재하가 이만 물러가려고 하는데 이서백이 고개를 돌려 쳐다보았다. 황재하는 즉시 얌전히 따라 들어갔다. 비록 모시기 힘든 주인이지만 함께 밥 먹는 것은 그녀에게도 좋은 일이었다. 게다가 지금은 무척이나 배가 고프지 않은가.

하지만 이번 식사는 그다지 편하게 이어지지 못했다. 겨우 몇 숟가락을 떴을 뿐인데 벌써 경상이 돌아왔다. 경상의 손에는 역시 사람을 놀라게 할 만큼 시커멓고 무거워 보이는 쇠 자물쇠가 들려 있었다.

경상이 자물쇠를 이서백에게 올린 뒤 황재하에게 말했다. "숭고, 주시랑의 공자님이 찾아와 행랑에서 기다리고 있습니다."

"주자진?" 황재하와 이서백이 서로 눈을 마주쳤다. 두 사람은 서로의 눈에 담긴 회심의 빛을 읽었다. '역시 왔구나.'

이서백이 손짓하며 말했다. "자진에게 이곳으로 오라고 하거라. 무슨 일인지 알 것 같다."

"당연히 엄청난 일이 터졌지요!"

주자진은 연지 빛깔 두루마기에 비취색 허리띠를 두르고 머리에는 금빛 관모를 쓴 차림새였다. 머리끝부터 발끝까지 온몸이 눈부셨다.

원래도 호들갑스러운 사람이긴 하지만 이번에는 평소보다 더 과장스레 득의양양하는 꼴이 그야말로 '세상이 혼란스럽지 않을까 봐 염려하다'라는 말이 딱 어울렸다.

"전하, 숭고! 오후에 말입니다, 제가 대리사에서 부마 위보형의 사건과 관련된 자들의 진술 기록을 살피고 있었습니다. 숭고 너도 그거 봤지?"

황재하가 고개를 끄덕였다. "대리사에서 필사본을 줬어요."

"그랬구나. 나는 대리사 안에서 보고 있었거든. 황혼 무렵이었는데, 숭고 너도 알다시피 대리사 사람들이 좀 괴상한 데가 있잖아, 거기 실내도 좀 음침하고. 그래서 그 문서를 두 번 훑어보고 나서 딱히 별 내용이 없기에 그냥 가려고 했거든? 그런데 그때 말이야, 무슨 일이 생긴 줄 알아? 밖이 시끌벅적해지더니, 사람이 죽었다는 거야!"

"죽은 사람이 누군데요?" 황재하는 주자진이 쏟아낸 쓸데없는 말들 중 유일하게 의미가 있는 내용을 건져내 물었다.

"정말 생각지도 못한, 그야말로 천지를 뒤엎을 만한 엄청난 사건이야. 난 너무 놀라서 그냥 입만 떡 벌리고 있었다고. 정말 믿을 수 없었어!"

결국 이서백은 참지 못하고 미간을 잔뜩 찌푸리며 말했다. "간단히 말하거라!"

"문둥이 손 씨가 죽었어요!" 주자진은 즉시 태도를 바꾸어 본론을 말했다.

문둥이 손 씨, 적취가 혼절한 틈을 타 금수만도 못한 짓을 저지른 놈이 죽어버렸다.

황재하는 부마의 말을 떠올리며 다시 물었다. "범인이 누군데요?"

"몰라! 지금은 단서가…… 하나도 없는 셈이야!" 여기까지 말한 주자진은 입이 바싹 말라 탁자 위에 놓여 있던 찻주전자를 들어 자신의 입에 들입다 부었다.

황재하와 이서백은 어이가 없다는 듯이 서로 눈을 마주치고는 각자 성질을 누르며 탁자 양쪽 가에 앉은 채 주자진의 다음 말을 기다렸다.

주자진은 찻주전자 한 통을 다 들이켜고 나서야 겨우 입을 닦으며 말했다. "안 돼. 이건 짧게 말할 수 있는 게 아니야. 역시 처음부터 말해야 해."

"빨리 말하기나 하세요." 황재하가 체념하듯 말했다.

"그러니까 일의 자초지종이 어떻게 된 거냐면…… 두 분 제가 조리 없이 말한다고 뭐라고 하지 마세요. 이 일은 정말 전부 다 들려주지 않으면 이야기 속 인물이 누가 누군지 잘 모를 테니까 말입니다. 듣기로 장안에 '전기'라는 마차 가게가 있는데, 사업을 아주 크게 한다더라고요. 주인 이름은 전관색이라고, 아마 잘 모르실 텐데……."

황재하와 이서백은 또다시 조용히 시선을 마주쳤다. 황재하는 뭔가 복잡하면서도 미묘한 어조로 말했다. "알아요, 들은 적 있어요."

주자진은 조금도 눈치채지 못하고 계속해서 말했다. "안다면 잘됐네. 전관색은 장안에서 가장 유명한 마차 가게 주인이야. 관부의 말들 대부분이 그자의 손을 거친 것이지. 나도 만난 적이 있는데 작고 뚱뚱한 몸집에 하루 종일 유쾌하게 웃고 다니는 사람이야. '웃는 얼굴이 부를 가져다준다'는 말이 정말 딱 맞는 모양이야. 재작년부터는 마차 장사뿐 아니라 미장이며 토목공까지 부리고 있는데, 심지어 장안 공부에서 수도를 뚫느라 고용한 사람들도 전 씨네서 구한 거라고 하더군. 지금 장안에서 집을 수리하거나 둑이나 연못 같은 거를 지으려는 사람은 죄다 전관색을 찾는대. 이야, 그 사람 말이 정말로 그럴듯했어. 생활의 기본적인 의식주행(衣食住行) 이 네 가지에서 앞의 두 가지는 집에서 아내가 관리하고, 나머지 두 개는 자기가 관리한다고. 이것이야말로……."

황재하는 도저히 참을 수가 없었다. "도련님, 그 살인 사건부터 말해주실 순 없어요?"

"알았어." 주자진은 꽤 실망한 듯 보였다. "오늘 저녁 무렵에 전관색이 자기 수하에 있는 관리자 한 명이랑 서쪽 시장 주점에서 술을 마셨는데, 술에 취해서는 그 관리자한테 엄청 화를 낸 거야. 그 이유는 주변 사람들도 다 들었다고 하더라고. 그 문둥이 손 씨라는 자는 원래부터도 남들한테 멸시를 받던 사람인데, 위희민이 벼락을 맞아 죽고서 인과응보라는 이야기가 계속 나오니까 저도 무서워서 두문불출했다고 해. 그런데 그 집이 전체적으로 많이 낡아서, 누가 문을 부수고 들어와 자기를 해칠까 봐 무서워했다더군. 그래서 그 전관색 수하의 관리자를 찾아가 외상으로 집을 고쳐달라고 한 거야. 그 관리자가 왜 그렇게까지 해줬는지 모르겠지만 여튼 사람을 몇 불러다가 반나절이 걸려서 그 집 문이랑 창문을 고쳐줬대. 술을 마시면서 그 말을 들은 전관색이 화가 치민 거야. 이 때려 죽여도 시원찮을 놈, 집수리도 외상으로 하는 비렁뱅이 놈, 이 일은 뭐 땅을 파서 하는 줄 아느냐, 그렇게 한참을 욕하고는 술기운에 그 관리자를 데리고 손 씨 집으로 향했다고 하네. 그놈 집을 무너뜨리는 한이 있어도 돈을 받아내야겠다고 소리치면서."

황재하는 주자진의 설명 방식에 매우 흡족해하며 고개를 끄덕이고는 다시 물었다. "그래서 손 씨를 찾아가서 싸운 거예요?"

"아니! 그때 주점 안에 있던 사람들이 한바탕 난리를 구경했는데 그중 한 무리는 두 사람을 따라서 같이 손 씨 집으로 갔대. 듣기로 집수리를 꽤 괜찮게 해놨더래. 반 촌 정도의 두꺼운 목판을 사용해서 문도 창도 제법 튼튼하게 보강해놨다고 하더라고. 모두 꽉꽉 닫혀 있는 것이 그야말로 철통이나 다름없더라나. 전관색이 문을 걷어차면서 손 씨를 욕하고 행패를 부렸는데 여전히 안에서는 아무 소리도 들리지 않더래. 그때 뒤에 있던 누가 도끼를 건네줘서 전관색이 술기운에 문을 도끼로 내리찍기 시작했는데, 그러다가 도끼를 들고 들어가서 손 씨를 찍어버릴까 봐 보는 사람들이 다 무서웠다고 하더라고. 그래서 얼른 도끼를 뺏어서 주인한테 돌려줬대. 근데 그 도끼를 건네받은 사람이 누군지 알아?"

황재하는 고개를 흔들었다. 주자진이 고개를 돌려 이서백을 보았으나 그마저 짐작하지 못하자 득의양양해서 말했다.

"그 사람은 말이야, 그곳에 등장한 게 이상하기도 하고, 또 이상하지 않은 것 같기도 한, 바로 여지원, 그 늙은이였어!"

황재하는 의아한 듯 물었다. "그 사람이 왜 거기 있어요?"

"장안 사람들은 집을 보수하면서 벽에 등잔 받침대를 많이들 설치하잖아? 여지원이 거기에 등잔 받침대를 공급해주는 사이인가 봐. 서쪽 시장의 그 술집이 향초 가게 옆이어서 손 씨한테 돈을 받아낼 거라는 소리를 듣고는 여지원도 합세한 거래. 손 씨가 자기한테 배상하기로 약속한 돈을 아직 다 안 줬다나. 방 수리할 돈은 있으면서 자기한테는 돈을 안 줬다고 고래고래 소리 지르면서, 홧김에 밀랍을 쪼개는 데 쓰는 작은 도끼를 들고 따라나섰다는 거야."

황재하는 딱히 할 수 있는 말이 없어 그저 다시 물었다. "그래서 그 무리들이 손 씨를 죽인 거예요?"

"아니! 손 씨는 이미 죽어 있었어!" 주자진은 흥분해서 탁자를 내리쳤다. 너무 세게 내리친 나머지 찻주전자가 살짝 튀어 올랐다. "그 사람들이 문을 발로 차서 열었을 때, 방 안 낡은 침대 위에 손 씨가 누워 있었는데 이미 죽어서 뻣뻣해진 상태였고 악취가 진동했대. 날씨가 이렇게나 뜨거운데 방문이 꼭꼭 잠겨 있었으니 그럴 수밖에!"

황재하는 미간을 찌푸리며 서둘러 다시 물었다. "그래서 당시 정황은 어땠는데요?"

"거기 있던 사람들은 악취를 맡고는 심상치 않다고 생각했는데, 술에 취해서 정신이 없던 전관색이 손 씨를 두들겨 패려고 달려들어 옷을 붙잡아 일으켰어. 전관색 뒤에 따라붙어 있던 여지원도 얼른 앞으로 나서서 전관색을 붙들려고 했는데, 손 씨 시신은 이미 침대 가장자리에 내동댕이쳐진 상태였고 여지원한테 붙잡힌 전관색이 손을 놓자마자 시신이 쿵 하고 바닥에 떨어졌어. 이미 죽어서 뻣뻣하게 굳어 있던 거지! 여지원이 쭈그리고 앉아서 시체를 뒤집어 보고는 혼비백산 놀라서 전관색을 잡아끌며 뒤로 도망쳤고, 전관색도 비틀린 시체를 보고 놀라서 뒷걸음질하며 물러섰는데, 둘 다 너무 놀라서 바닥에 나자빠져 한참을 못 일어났대. 옆에 있던 사람들은 누구는 둘을 부축하고, 누구는 관청에 신고하고, 누구는 이장을 부르고 난리가 났지. 대리사에서 사람이 도착했을 때는 날이 이미 저물고 있을 때였고, 나도 손 씨가 죽었다는 소리에 급히 달려가 검시를 하고는 바로 너를 찾아온 거야."

"어떻게 죽은 거예요?" 황재하가 물었다.

"칼에 찔려 죽었어! 상처가 크지 않은 걸로 봐서 대략 폭이 1촌 반 정도 되는 작은 비수에 찔린 거 같아. 범인이 힘이 약했는지 상처가 깊지도 않았어. 범인도 자기 힘이 세지 않은 걸 알아서 흉기에 독을 발라 두 번 찌르고 도망간 것 같아. 현장에 흉기가 없었으니 분명 범인이 들고 갔을 거야."

"반항한 흔적은 없고요?"

"없었어. 손 씨가 깊이 곯아떨어진 틈에 범행을 저지른 것 같아."

"상처는 어디에 있었어요?"

"손 씨는 벽에 등을 대고 문을 마주 보면서 침대 위에 모로 누워 있었다고 했어. 자연스럽게 누워서 자는 자세였지. 그런데 온몸이 종기투성이여서 검시할 때 구역질이 나서 혼났어." 주자진은 자신의 몸 위를 가리켜 보이며 설명했다. "상처가 난 곳은 좌측 어깨 견갑골 아래랑 배꼽 우측 허리 부분. 상처가 비스듬히 아래쪽을 향한 걸로 봐서, 낮은 침상에서 자고 있는 손 씨를 침상 옆에 쭈그리고 앉아서 찌른 거야."

"발버둥을 친 흔적은요?"

"발버둥 친 흔적 같은 건 없었어."

"말이 안 되는구나." 이서백이 냉정하게 말했다.

"네, 말이 안 됩니다. 급소도 아닌 데다 깊숙이 찌르지도 못했으면 죽은 사람이 최소한 발버둥 치며 반항한 흔적은 있어야 할 텐데 말입니다."

주자진은 억울하다는 표정으로 둘을 보며 말했다. "저도 잘 모르겠습니다. 제가 검시하러 갔을 때 시신은 이미 침대 아래에 눕혀져 있었습니다. 하지만 당시 문을 열었던 사람들 말에 따르면 손 씨는 확실히 침대에서 잠을 자는 자세로 미동조차 없었다고 합니다."

황재하는 살짝 미간을 찌푸리며 그 의문은 일단 내려놓고 다른 질문을 했다. "사망 추정 시간은 언제예요?"

"그건 내가 정확히 말할 수 있지. 아무리 늦어도 오늘 오시 전이야. 분명히 오시 또는 오시 전에 죽었어."

"그렇다면 여지원과 전관색이 쳐들어갔을 때로부터 최소한 두 시진 전에 죽었다는 거네요?"

"맞아. 막 수리를 한 집, 그것도 창이랑 문을 견고하게 보강한 철통 같은 방 안에서 말이지. 문은 굳게 닫힌 채 안으로 빗장이 걸려서 전관색이 아무리 발로 차도 안 열렸다고 해. 유일한 창은 두꺼운 목판으로 된 무늬 없는 창인데 역시 안에서 잠겼고. 게다가 벽은 잘 다져진 황토로 만든 거여서 작은 쥐구멍조차 없었어." 주자진은 답답해 미칠 것 같은 표정으로 말했다. "그래서 범인이 어디로 들어와서 죽이고 또 어떻게 나갔는지가 문제야. 문이랑 창은 모두 안에서 잠겨 있고, 단서나 흔적 하나 없고."

황재하는 미간을 찌푸리며 다시 물었다. "지금으로서는 증거물이 단 한 개도 없다는 거예요?"

"응, 없어. 그런데⋯⋯ 증인이 있어." 주자진은 여기까지 말하고서는 마치 치통이라도 앓는 듯한 표정을 지었다. "그런데, 그게⋯⋯."

황재하는 계속 말해보라는 눈짓을 보냈다.

주자진은 미간을 찌푸리고 낮은 목소리로 말했다. "골목길에 있던 아주머니 몇 명의 증언으로는, 오시 즈음에 옛 우물터 옆 나무 그늘에서 신발 밑창을 누비고 있는데 그 골목 사람이 아닌 남녀가 차례대로 손 씨 집 근처를 배회하면서 뭔가를 관찰하는 거 같더래. 그러고는 뭐 아무 일도 없이 그냥 그렇게 떠났다고 했어."

"남녀요?" 황재하가 미간을 찌푸렸다.

"응, 남자 한 명, 여자 한 명." 주자진은 고민스러운지 머리를 쥐어뜯으며 중얼거리듯 말했다. "듣기로는 먼저 남자가 왔는데 꽤 큰 키에 허리가 곧고 얼굴도 단정해서 한눈에도 좋은 사람 같았다고 했어. 아주머니들 중 몇은 나이도 많고 잘 안 보이는 곳에 앉아 있었지만 몇 번이고 시선이 갔다고 하네. 근데 다들 손 씨 집이 보이지 않는 각도에 앉아 있어서 그 남자가 구체적으로 거기서 뭘 했는지는 모른다고 하더라고."

"그 여자는요?"

"그 여자는 계속 머리를 푹 숙이고 있어서 얼굴은 정확히 못 봤는데 몸매가 날씬하고 나이도 많지 않은 것 같았대. 여자는 남자가 떠난 후에 와서 그 남자가 걸었던 곳을 똑같이 한 바퀴 돌았는데, 역시나 손 씨 집 근처에서 오랫동안 배회했다고 해."

"다른 특징 같은 건 없어요?"

"있어……." 주자진이 곤란하다는 듯 말했다. "나무 밑창에 푸른 천을 댄 신을 신었는데, 양쪽 신발 위에 무궁화 꽃이 한 송이씩 수놓여 있었다고 했어."

황재하는 오늘 오후에 장항영 집에서 적취를 보았을 때를 떠올렸다. 적취는 푸른 천 위에 무궁화가 수놓인 나막신을 신고 있었다. 황재하의 낯빛이 살짝 변했다. "대리사에 말했어요?"

"아니, 하지만 대리사에서도 각 골목을 조사하고 있으니까, 그 두 사람의 신분도 오래지 않아 드러날 테고, 그러면 불려가서 심문을 받게 되겠지."

황재하는 아무 말 없이 이서백을 보았다. 이서백은 탁자 옆으로 가서 종이를 펼쳐 공문서를 쓰며 말했다. "오늘 밤 너희 둘은 증거가 사라지기 전에 서둘러 가서 그쪽 상황을 조사하도록 하거라."

주자진은 황재하의 소매를 잡아당기며 재빨리 말했다. "가자. 내가 이미 조사를 해봤는데 손 씨 방에는 외부에서 들어올 수 있을 만한 틈이 전혀 없었어. 대체 무슨 방법으로 그 방에서 사람을 죽일 수 있었는지 빨리 가서 확인해줘."

"양숭고." 그들이 문 앞까지 걸어갔을 때 이서백이 뒤에서 나직이 황재하를 불렀다.

황재하는 재빨리 고개를 돌렸다. "네, 전하."

이서백의 눈길이 주자진이 잡은 그녀의 소매에 잠시 머물렀다. 이서백이 입을 열어 천천히 말했다. "내일 또 다른 긴한 일이 있으니 최대한 빨리 돌아와야 한다. 밤을 지새우는 것은 아니 된다."

황재하는 재빨리 주자진의 손에서 소매를 잡아 빼내고는 이서백에게 고개를 숙이며 예를 갖추었다. "네, 알겠습니다."

10장

먼지에 맺힌 향기

"내일 무슨 중요한 일이 있는 거야? 전하께서 특별히 분부까지 하시고 말이야."

황재하와 함께 대녕방으로 향하며 주자진이 의아한 듯 물었다.

"아, 조정에 일이 좀 있어서요." 사실 저는 안 가도 상관없지만 말이에요, 하고 황재하는 마음속으로 조용히 생각했다.

주자진은 상당히 부러운 듯 말했다. "숭고, 너 진짜 대단해. 기왕 전하 옆에서 계속 일할 수 있는 사람은 정말 드물거든."

황재하는 고개를 끄덕이며 말했다. "기왕 전하는 비범한 재능을 타고나셔서 일 처리 능력이 워낙에 뛰어나니까, 그분 옆에서 일하려면 압박이 클 수밖에 없어요."

"그러게 말이야. 금년 초에 전하께서 보름 동안 모친 제사를 모시러 능에 간 사이에 조정은 거의 마비될 지경이었어. 각 관아에서 수십 명이 매달려도 전하 혼자 하셨던 일을 감당하지 못했지. 어쩔 수 없이 결국 황제 폐하께서 전하에게 장안에 일찍 돌아오라고 어명을 내리셨다는 거 아니겠어."

이서백이 각 관아의 업무를 처리하는 모습을 본 황재하도 깊이 공감하는 바였다. 그녀는 고개를 끄덕이며 생각했다. '누구나 이 세상을 살아가면서 어느 하나에는 흥미를 가지게 마련인데, 기왕 전하는 못 하시는 게 없지만 그 어느 것에도 흥미가 없어 보여. 대체 이 세상에서 어떤 게 그분의 흥미를 끌 수 있을까?'

아무리 생각해봐도 기왕의 곁을 오래도록 떠나지 않고 있는 존재는 그 자그마한 붉은 물고기밖에 없는 듯했다. 그 물고기는 대체 어떤 중요한 일과 관련이 있는 걸까? 황제마저도 상세히 물어보지 못했다고 할 정도라면 분명히 세상을 뒤집을 만한 큰 비밀임에 틀림이 없었다.

하지만 유리병에서 기르는 작은 물고기는 손가락 두 개로 가볍게 잡아 누르기만 해도 죽을 정도로 연약한 생명인데, 그런 물고기가 어찌 대단한 비밀을 감추고 있단 말인가?

주자진을 따라 급히 말을 몰던 황재하는 문득 그날 태극궁에서 본 남자를 떠올렸다. 창 안에 서 있던 그 남자 곁의 어항에는 피처럼 새빨간 작은 물고기가 있었다. 비록 거리가 멀어 그 형상을 정확히 알아보지는 못했지만 아무래도 조금 이상한 점이 있었다.

왕 황후가 특별히 자신을 태극궁으로 소환한 것은 아무래도 멀리서 자신을 바라보던 그 남자와 무슨 관련이 있는 것 같았다.

'낭야 왕 가…… 왕온.'

지난번에 왕온을 만났을 때의 상황이 떠올랐다. 자신의 눈앞에서 일어나고 있는 일들이 더 복잡해지는 것만 같은 압박감에 황재하는 호흡마저 거칠어졌다.

지금 그녀를 압박하고 있는, 그녀가 반드시 해결해야만 하는 일들이 한둘이 아니었다. 가족의 억울한 죽음, 천지 사방에 깔린 포졸을 도망쳐 다녀야 하는 신분, 왕 황후가 대명궁으로 돌아갈 수 있도록 도와야 하는 엄청난 임무, 동창 공주 쪽의 미제 사건…….

그리고 느닷없이 재회한 우선, 자신의 신분을 알게 된 왕온.

머리 깊숙이에서 두통이 몰려오는 것 같았다. 정신이 아득해지면서 말채찍을 잡은 손마저 제대로 말을 듣지 않았다.

그때 갑자기 주자진이 말을 세우며 말했다. "왕 형."

황재하는 "맞아요……"라고 대답하고는 다시 무의식적으로 말했다. "왕온 공자님 일도 해결하기 쉽지 않……."

여기까지 말하던 황재하는 갑자기 화들짝 놀라며 정신을 차렸다. 주자진은 영문을 모르겠다는 듯 그녀를 쳐다보았다. 왕온이 말을 몰아 길의 저쪽 끝에서 서서히 다가오고 있었다.

청량한 여름밤, 투명한 검푸른 빛이 장안 하늘을 뒤덮었다. 어둑해진 하늘 아래 그들을 향해 다가오는 왕온의 표정은 평온하고도 온화했다. 역시 봄날의 버드나무를 닮은 명가의 도련님이었다.

"장안은 곧 통행이 금지되는데 두 분은 어디를 가시는 길입니까?"

왕온은 평소처럼 온화한 목소리에 미소 띤 얼굴이었다. 그의 눈빛이 주자진을 거쳐 황재하에게 향했다. 그가 한층 더 미소를 띠자 입꼬리가 더욱 보기 좋게 올라갔다.

황재하는 지난번 만남에서 왕온이 마지막으로 했던 말과 행동이 떠올라, 지금 눈앞에서 장안의 달빛처럼 맑은 웃음을 짓고 있는 왕온을 보자니 말로 표현하기 어려울 정도로 거북하고 두려웠다. 그래서 조용히 고개를 숙여 왕온의 시선을 피했다.

왕온은 황재하 옆으로 말을 몰아 다가와 고개를 숙여 물었다. "또 사건을 조사하러 가십니까?"

황재하는 아랫입술을 깨물고 고개를 살짝 끄덕였다.

주자진이 재빨리 말했다. "기왕 전하께서 저희 둘에게 함께 가라 명하셨어요. 전하께서 직접 쓰신 공문도 여기 있으니 보십시오……."

왕온은 한 번 훑어보고는 웃으며 말했다. "대녕방에서 그런 일이 벌어졌으니 아직 안전하지 않겠군. 내가 동행하지."

"그거 좋지요. 왕 형은 역시 친절하십니다." 주자진은 흥분해서 말했다. "숭고, 그렇지 않아?"

황재하는 고개를 끄덕였다.

왕온은 황재하와 나란히 가면서 지나는 말투로 이야기를 꺼냈다. "내일 시간이 괜찮으면 장항영이 등록하러 올 겁니다."

이번에는 황재하도 입을 열어 대답했다. "그 일은 왕 공자님이 도와주신 덕분입니다. 후일…… 꼭 감사를 드리겠습니다."

왕온은 웃으며 말했다. "내일 좌금오위에 와서 보셔도 됩니다. 장항영은 필시 물 만난 물고기처럼 순조롭게 적응할 겁니다."

"내일 갈게요. 저는 좌금오위에서 먹는 밥이 제일 좋습니다!" 먹을 것 생각에 정신이 번쩍 난 주자진은 눈썹을 휘날리며 말을 쏟아놓기 시작했다. "저는 장안에 있는 모든 관아의 밥을 다 먹어봤는데, 어사대는 딱 한 번 가보고 다시는 가고 싶지 않았습니다. 식사 전에 훈시가 있고, 조정을 홍보하며 사람들을 교화시키고, 그렇게까지 할 필요가 있단 말입니까? 대리사는 밥이 목구멍으로 넘어가지 않고요. 주방 벽을 새하얗게 칠하고 그 위로 온통 법률 조문을 적어놨거든요. 참수형이니 교수형이니 삼천리 유배형이니 그런 걸로 빼곡해요! 곧 왕 형이 부임하실 좌금오위 밥이 저는 제일 좋습니다. 젊은 사람도 많고 제 입맛에도 잘 맞고 아는 사람이 많아 재미있고, 저희 집에서 먹는 것보다 훨씬 즐겁습니다! 좌금오위 주방 요리사는 제가 만나본 중에 장안에서 두 번째로 솜씨가 좋은 여자예요!"

왕온이 웃으며 말했다. "첫 번째는 누군가?"

"당연히 장 형의 혼약자죠. 그야말로 주방의 명인이라고요, 명인!" 주자진이 큰 소리로 과장해 말했다.

왕온이 웃으며 말했다. "그 말이 정말인가? 주점의 몇 십 년 된 요리사도 그 아가씨만 못하다고?"

"저 혼자만 그렇게 생각하는 게 아니에요. 소왕 전하랑 악왕 전하도 다 그렇게 말씀하셨다니까요. 숭고, 그렇지? 그러니까, 무궁화를 예로 들자면 아적은 일일이 꽃받침도 다 떼어내고 상한 꽃잎도 다 제거하는데, 주점은 미리 재료를 준비해뒀다가 주문이 들어오면 아무렇게나 한줌 집어서 넣을 테니 아무래도 신선도가 떨어지겠지. 그렇게 보면 아적이 만든 게 당연히 더 뛰어나지."

황재하는 고개를 끄덕이며 동의했다. 그 순간 어떤 생각이 번개처럼 머리를 스쳐 황재하는 잠시 멍해졌다.

장항영의 집에서 다 같이 무궁화탕을 먹은 날 보았던 그 기이한 그림이 생각났다. 그때 악왕이 지은 괴이한 표정은 지금 다시 생각해봐도 이상했다.

그리고 그 그림의 내용을 떠올린 순간 황재하는 심장이 더 심하게 떨렸다. 세 개의 먹 자국이 있는 그림, 첫 번째 자국은 사람이 벼락을 맞아 불타 죽는 모양, 두 번째 자국은 겹겹이 포위된 철장 안에서의 죽음…….

기가 막히게도 그 그림은 이미 벌어진 두 사건의 상황과 거의 똑같았다. 설마 그저 우연인 것일까?

그렇다면 공중에서 하강한 큰 새가 사람을 쪼아 먹는 세 번째 그림은 또 무엇을 미리 보여주는 것일까?

큰 새…… 난새와 봉황…….

왠지 모르게 황재하의 머릿속에는 동창 공주의 모습이 그려졌다.

동창 공주가 고대에서 들려준 꿈 이야기가 떠올랐다. 남제 숙비 반옥아가 구난채를 돌려달라고 요구했다는 꿈.

구난채……. 구난채 아래에서 죽는 사람.

황재하는 순간 눈앞이 흐려지며 등에 식은땀이 솟아났다. 말 위에서 제대로 몸을 가누기도 힘들 정도였다.

"숭고, 어찌 그러십니까?" 왕온의 목소리가 그녀의 귓가에 울렸다. 비틀거리며 금방이라도 쓰러질 것만 같은 황재하의 모습에 왕온은 급히 그녀의 말고삐를 잡아 나푸사의 걸음을 늦추었다.

황재하는 정신을 모으며 머릿속 불길한 생각을 애써 지우려 했다. "괜찮습니다……. 날이 어두워 순간 앞의 길이 잘 보이지 않아서 그랬습니다."

황재하가 고개를 드니 앞쪽에 그리 높지 않은 담장이 보였고, 그 골목 입구에는 '대녕'이라 적힌 색 바랜 등롱 두 개가 걸려 있었다.

대녕방에 도착한 세 사람은 말에서 내렸다. 주자진은 왕온도 함께 들어가는 것을 보고는 의아하게 생각하며 물었다.

"왕 형…… 오늘 밤은 순찰 안 가십니까?"

"장안처럼 이렇게 큰 지역을 나 혼자 다 돌려면 조만간 과로사하지 않겠나?" 왕온은 웃으며 말했다. "사실 평소에도 몇 바퀴만 슬쩍 돌아보고는 들어가는 편이네. 오늘은 때마침 자네들을 만났는데, 난 이렇게 공식적으로 사건을 조사하는 모습을 본 적이 없으니, 오늘 식견을 좀 넓혀볼까 하네."

"시신은 이미 묘지로 실려갔는데, 뭘로 식견을 넓히겠습니까? 다음에 기회가 되면 제가 검시하는 모습을 보여드리죠." 그렇게 말한 주자진은 골목을 지키는 병사들에게 이서백이 써준 공문서를 보여주고는 황재하와 왕온을 데리고 손 씨의 집으로 향했다.

"손 씨의 이름은 손부창인데, 온몸에 종기가 나고 얼굴에 독창이 있어서 다들 그를 문둥이 손 씨라고 불렀지. 형제자매는 없고 다른 친지들과도 거의 왕래가 없었던 모양이야. 부모가 몇 년 전에 잇따라 세상을 떠난 뒤 줄곧 이 대녕방 서북쪽에 있는 낡은 집에서 혼자 살았다고 하네."

주자진은 둘을 데리고 골목 담장을 따라 걸었다. 그 끝에 좁고 작은 단층집들이 나란히 늘어서 있는데, 그 집들 중 한 곳에 자물쇠 대신 관아의 봉인 종이가 붙어 있었다.

주자진은 손을 뻗어 조심스럽게 봉인 종이를 뜯어냈다. 한두 번 한 솜씨가 아닌 듯 종이가 조금도 상하지 않도록 완벽하게 벗겨냈다. 이어 주자진이 방문을 밀어젖히자 곰팡내와 썩은 내에 여러 잡다한 냄새가 떠돌아 거의 토할 지경이었다.

주자진은 만일을 대비해 미리 준비해온 헝겊 두 개를 꺼내 황재하와 왕온에게 건넸다. 헝겊에는 생강과 마늘 즙, 식초가 뿌려져 있었다.

주자진이 코를 틀어쥐며 말했다. "이게 대체 무슨 냄새람……. 악취는 그렇다 치고, 뭔지 모를 독특한 냄새가 섞여 있는 것 같은데, 웬만한 악취보다 더 심하네!"

왕온은 헝겊으로 코와 입을 덮었다가 순간 얼굴이 일그러졌다. 헝겊에 배어 있는 냄새에 익숙하지 않은 듯 다시 헝겊을 뗐다. "난 자네 물건은 사용할 필요가 없을 것 같군. 다시 돌려줄……." 하지만 말을 채 마치기도 전에 순간 멈칫하더니 다시 헝겊으로 입과 코를 덮었다. 그의 목소리가 헝겊을 사이에 두고 새어나왔다. "자진, 숭고, 두 사람 정말 고생하는군. 악취에 향기가 더해지니, 그냥 악취보다 더 맡기가 힘들어."

주자진은 의아한 듯 물었다. "무슨 향기 말입니까?"

"자넨 이 냄새가 안 나나?" 미간을 찌푸린 왕온은 헝겊으로 코를 막고 있는데도 자신도 모르게 코앞에서 손을 휘휘 내저으며 말했다. "영릉향 말이야."

황재하는 놀라며 물었다. "이 허름한 방에…… 영릉향이 있다고요?" 그녀는 코와 입을 막은 상태에서 방에 들어갔던 탓에 그 냄새를 맡지 못했다.

"그렇습니다. 영릉향." 왕온이 확신에 찬 목소리로 말했다. "비록 이미 많이 옅어졌고 다른 악취들과 뒤섞인 상태이긴 하지만, 제가 향에 대해서는 꽤나 많이 알고 있는 편이니 틀릴 리 없을 겁니다."

"다들 향에 관해서는 왕 형이 장안의 일인자라고 하니 저도 왕 형을 믿긴 합니다만." 주자진은 미간을 찌푸리며 말했다. "하지만 영릉향이 얼마나 귀한데 이런 낡은 방에 있겠습니까?"

"그래, 이상하긴 하지만 분명 틀리진 않을 거네." 왕온은 여전히 확신에 차서 말했다.

황재하는 코에서 헝겊을 떼어내고 방 안의 냄새를 맡아보았다. 하지만 냄새를 식별하는 데 별 재능이 없는 데다가 심지어 코끝에 식초와 마늘 냄새가 진동했다. 그에 반해 코를 막고 있던 손을 뗀 주자진은 황재하보다는 조금 나았다. 킁킁거리며 냄새를 맡아보더니 고개를 끄덕였다. "그렇네요, 왕 형 말을 듣고 보니 그 향이 맡아지네요. 은은하게……. 어휴, 대체 어디서 나는 거지?"

황재하는 등롱을 들고 집 안 곳곳을 살펴보았다.

과연 주자진의 말처럼 낡고 다 쓰러져가는 황토 집으로, 한눈에도 찢어지게 가난해 보였다. 문을 열고 들어오면 바로 정면으로 잡다한 물건들이 어지럽게 쌓여 있는 낮은 침대가 놓여 있고, 책상은 없었다. 좌측 구석에 부뚜막이 있고, 부뚜막 위에 이 빠진 항아리가 두세 개, 그 옆에는 아무렇게나 쌓여 있는 장작과 깨진 쌀독이 있었다. 우측에는 벽에 붙어 놓여 있는 낡은 의자와 그 앞으로 2척 길이의 낮은 상이 있었는데 그 위에도 역시 낡아빠진 물건들이 잔뜩 쌓여 있었다.

황재하는 먼저 부뚜막에 쌓여 있는 먼지를 손으로 한번 긁어보았다. 하지만 영릉향이 타고 남은 재 같은 것은 발견할 수 없었다. 낮은 상 위의 물건들도 살펴봤지만, 부싯돌이나 바구니 같은 일상용품만 있을 뿐이고 대부분 더께가 앉아 있었다.

이번에는 침대 쪽으로 가서 쭈그리고 앉아 조사를 시작했다. 방 안은 대부분 다른 물건들이 자리를 차지했고 침대는 문짝 정도 크기밖에 안 되는 아주 좁고 작은 것이었다. 그 좁은 침대 위에도 적잖은 물건이 쌓여 있었다. 너덜너덜한 옷 몇 벌, 얼룩덜룩 녹이 슨 가위, 숫돌, 황표지[22] 두 뭉치, 그리고 부레옥잠 등이었다.

침대 앞에도 물건들이 이리저리 흩어져 있었다. 목침, 검은 기왓장 조각, 말린 연잎으로 싸놓은 쑥뜸 뭉치 몇 개 등이 보였다.

황재하가 물건들을 조사하고 있을 때 이장이 도착해 들어왔다. 이장은 눈곱도 채 떼지 못한 얼굴로 그들에게 다가와 굽실거리며 말했다. "세 분 나리, 관청 관리들이 조사를 마치고 조금 전에야 돌아갔는데, 어찌 이런 한밤중에 또 고생스럽게 조사하러 오셨습니까……."

주자진은 보란 듯이 가슴을 툭툭 치며 말했다. "우리는 폐하의 녹봉을 먹고 폐하께 충성을 다하여 일하는 사람들이니 목숨 바쳐 직무에 충실해야 하는 터, 그것이 한밤중이건 아니건 무슨 상관이 있겠습니까? 시신이 있는 곳이면…… 아니, 억울한 사건이 있는 곳이면 어디든 우리가 달려갈 것입니다!"

이장은 금세 숙연해진 듯 엄숙한 태도로 황급히 그에게 예를 갖추었다. "지당하신 말씀입니다!"

황재하는 못 당한다는 표정으로 주자진을 흘끔 쳐다본 뒤 침대 위에 있는 물건을 가리키며 이장에게 물었다. "어르신, 침대 위에 있는 저 물건들이 다 무엇인지 아십니까?"

---

22 제사 지낼 때 쓰는 누런 종이.

이장은 고개를 돌려 한 번 보고는 이내 어두운 표정을 지었다. "알다마다요. 다 그런 물건입니다."

"그게 뭔데요?" 주자진이 재빨리 물었다.

"이자가 일전에 악명 높은 일을 저질렀잖습니까? 그러고도 어떻게 된 영문인지 모르겠지만 죄를 추궁당하는 일도 없이 매일같이 기고만장한 모습으로 사람들한테 되레 떠벌리고 다녔지요. 정말 이 동네 사람들은 이 인간 때문에 부끄러워서 얼굴을 들고 다니지 못했습니다! 그러다 며칠 전에 천복사에서 불이 나 공주부 환관이 타 죽었지 않습니까. 사람들이 다들 역시 악인은 반드시 그 대가를 치르게 된다고 말하니 그제야 자신도 천벌을 받게 될지 모른다며 두려워했습니다. 왜 사람이 병이 위급하면 아무 의원이나 붙잡는다고 하지 않습니까. 이자가 그랬습니다. 악귀를 물리친다는 건 뭐든 찾아다니며 모았지요. 나리, 보십시오. 저것은 검은 개의 피를 적신 기왓장이고, 이것은 부적 태운 물을 뿌려놓은 황표지입니다. 그리고 이 가위는 호신용이었고…… 그리고 여기 벽 쪽을 보십시오!"

이장이 손에 들고 있던 등불을 높이 쳐들자 벽에 붙어 있는 부적과 서화 몇 장이 눈에 들어왔다. 대체 어디서 가지고 왔는지 모르겠지만 새것과 낡은 것, 도교와 불교를 망라했다. 창 옆에는 '자항보도'[23]라 적힌 나무패가, 문에는 '목련구모'[24] 그림을 새긴 작은 철제 편액이, 침대 머리맡에는 송자관음[25] 그림이 걸려 있었다.

주자진은 참지 못하고 침대를 가리키며 물었다. "이 좁은 침대에 물건을 이렇게 많이 쌓아두면 잘 때 몸이라도 뒤척일 수 있을까요?"

"뒤척거릴 필요가 있습니까? 온몸의 반이 종기로 짓물러서 그저

---

23 자비의 배로 중생들을 무사히 건너게 해준다는 뜻의 불교 용어.

24 지옥에 떨어진 어머니를 구하는 효심 어린 아들의 이야기.

25 아이를 점지해주는 관음보살.

옆으로 누울 수밖에 없었는데요!" 이장은 동네 망신을 시킨 손 씨를 원망스러워하는 기색이 역력한 말투로 말했다. "세 분 나리, 제가 그리 말한 것은 아니지만, 오후에 이자의 시신을 발견한 사람들이 다들 그리 말했습니다, 인과응보라고요! 남의 집 처자를 능욕하고는 심지어 그걸 자랑까지 하고 다녔으니 말입니다. 듣기로 이자에게 당한 처자는 이미 자결을 했다지요. 인과응보가 정말로 속전속결이지 않습니까! 아무리 방 안에 숨어서 문도 창도 꼭꼭 닫아걸고 부적을 잔뜩 붙여놓고 해도 역시 죽어버리지 않았습니까!"

주자진도 동감하며 고개를 끄덕였다. "맞습니다, 그래서 사람은 절대 나쁜 짓을 하면 안 되는 것이지요!"

이장은 자기 말에 동의해주자 신이 나서 더 열심히 말했다. "듣자하니 오후에 이 집 문을 쪼갰을 때, 다들 방 안에서 어떤 원기가 나가는 걸 봤다고 합니다. 시커먼 색의 사악한 기운이 하늘로 올라갔다지 뭡니까! 다들 그 억울하게 죽은 처자가 놈한테 복수를 하고 그제야 혼백이 하늘로 올라가 편히 쉬게 된 거라고 말했습죠!"

황재하와 주자진은 서로 눈을 맞출 뿐 이장의 말에 아무런 대답도 하지 않았다. 왜냐하면 둘은 그날 오후에 이장이 말한 그 '억울하게 죽은' 적취와 대화를 나누었기 때문이다.

방 안을 구석구석 조사하고 빗장과 창문 걸쇠도 꼼꼼히 살펴본 후 주자진은 봉인 종이를 다시 붙이고 그 위에 '주'라고 서명했다.

왕온은 코에서 헝겊을 떼고서 고개를 돌려 집을 한 번 훑어보았다. 그러고는 다시 황재하에게 시선을 돌리며 감탄하듯 말했다. "숭고, 오늘에서야 비로소 당신의 노고를 알았군요. 정말로 탄복했습니다."

황재하는 고개를 숙여 그의 시선을 피하고는 대충 얼버무리듯 대답했다. "아닙니다……. 매번 이런 것은 아닙니다."

하지만 주자진은 득의양양한 표정으로 말했다. "이 정도면 그나마 괜찮은 겁니다! 지난번엔 말입니다, 저랑 숭고가 불에 탄 시체를 구덩이에서 파냈고요, 또 수로에서 시체도 건졌는데……."

황재하는 못 들은 체하며 나푸사 쪽으로 먼저 앞장서 나갔다.

왕온이 황재하 옆에서 물었다. "조금의 구멍도 없는 방 안에 있던 사람을 대체 어떻게 살해했을까요? 그리고 양 공공은…… 어떻게 이 사건의 진상을 밝혀낼 생각입니까?"

황재하는 훌쩍 몸을 날려 말에 오른 뒤 작은 목소리로 대답했다. "천천히 조사해봐야지요. 저는 모든 범죄는 밝혀지게 마련이라고 생각합니다."

"맞아. 숭고는 역시 내가 사모하는 그이와 어깨를 나란히 할 수 있을 정도로 사건 해결에 천재지. 이 세상에 그이가 해결하지 못할 사건이라는 건 없었잖아?" 주자진은 마치 황재하의 영광이 그 자신의 영광인 것처럼 득의양양해하며 말했다.

황재하는 그가 '내가 사모하는 황재하' 중 뒤의 세 글자를 생략해줘서 고마워해야 하는 건가 하는 생각을 했다. 다행히 주자진도 그 정도로 눈치가 없지는 않아서 자신이 사모하는 사람이 왕온의 약혼녀라는 사실을 그 앞에서 말하면 안 된다는 정도는 알았다.

다행히 왕온은 주자진이 사모하는 사람에 대해서는 딱히 흥미가 없었다. 골목 입구가 보이자 그는 미소를 지으며 황재하에게 말했다.

"그럼 숭고, 자진, 내일 봅시다."

"네! 내일 시간 맞춰서 갈 테니까 같이 식사해요!" 주자진이 손을 흔들었다.

왕온이 떠난 후에 주자진은 산만하게 말을 몰며 황재하에게 논의하듯 물었다. "숭고, 이번 사건 말이야, 정말 쉽지 않겠는데? 네 생각에는 어때?"

황재하도 고개를 끄덕이며 말했다. "네, 그 빗장과 자물쇠도 묘지에서 열었던 것과는 달리 절대 구리 조각 같은 걸로는 열 수 없는 것들이에요."

"그러니까 말이야." 주자진이 고민스러운 말투로 말했다. "말하자면, 삼엄하게 경비하고 있는 철창에서 사람이 살해당한 셈이라고!"

순간 주자진은 아연한 표정을 짓더니 갑자기 "아!" 하며 소리쳤다. "숭고! 너…… 장 형 집에서 봤던 그 그림 기억해? 선황이 하사하셨다는 그 이상한 그림말이야!"

황재하는 고개를 끄덕이며 천천히 말했다. "당연히 기억하죠."

"그 그림에 세 가지 이상한 죽음이 있었잖아……. 첫 번째는 벼락에 맞아 불타서 죽고, 두 번째는 철장 안에 갇혀서 죽고, 세 번째는 큰 새에게 쪼여서 죽었잖아!" 주자진이 흥분과 놀라움이 고스란히 드러난 표정으로 황재하를 쳐다보며 말했다. "지금, 이 세 가지 죽음 중에 이미 두 가지가 적취의 원수에게 그대로 나타났어!"

황재하는 마음이 무거워 그저 고개만 끄덕였다. "네."

"너는 안 놀라워? 이게 우연일까, 아니면 누군가 고의로 이러는 걸까? 너무 이상하다고 생각하지 않아?"

"도련님." 황재하는 고개를 돌려 그를 바라보았다. 길가의 어두운 불빛 아래서 그녀의 눈빛이 차분하게 주자진을 향했다. "내일 좌금오위에서 장 형을 만나본 뒤 다시 이야기해요."

주자진은 연신 고개를 끄덕이고는 의기양양한 투로 말했다. "숭고, 내가 드디어 네가 생각지도 못한 걸 생각해냈어!"

"그렇네요……. 대단하세요." 그렇게 말하면서 황재하는 이미 저 앞에 멀리 보이기 시작한 기왕부로 시선을 향했다. 마음속으로는 지금 절대 잊지 말아야 할 가장 중요한 일을 떠올렸다.

그 세 번째 죽음이…… 과연 나타날까?

만일 나타난다면 죽는 자는⋯⋯ 누구일까?

다음 날도 쾌청했다. 인구 백만의 장안에서 사람 한둘이 죽는 것은 그리 큰일도 아니어서 평소와 다름없이 평온한 날이었다.

황재하를 데리고 공부로 간 이서백은 마차에서 내리지 않은 채 오늘 정비하는 수로가 어디인지 묻고는 곧장 그곳으로 향했다.

이날 공부는 통제방 일대의 수로를 정비했다. 이서백이 도착했을 때는 인부들이 수로 입구에 쌓인 진흙을 처리하는 중이었고, 공부의 장 주사가 거기 웅크리고 앉아 아래쪽을 내려다보고 있었다. 지하 수로는 어두컴컴하고 악취가 진동하는지라, 장 주사는 코를 막고 눈썹을 잔뜩 찌푸린 채 속수무책인 얼굴이었다.

이서백과 황재하가 마차에서 내리는데 마침 인부 우두머리가 장 주사에게 다가가 보고하며 말했다. "아래쪽은 이미 막힌 곳 없이 잘 뚫렸습니다. 주사님께서 한 번 보시지요⋯⋯. 그럼 삯을 먼저 치러주시겠습니까?"

장 주사는 의심스러운 눈으로 물었다. "정말로 깨끗이 뚫어놓은 것인가?"

"제가 하는 일은 안심하셔도 됩니다!" 인부가 자신의 가슴을 툭툭 치며 보장한다는 듯이 말했다. "아무리 작은 일이라도 공부의 신임을 얻어야 저희가 이 일을 할 수 있으니 절대 그르칠 일은 없습니다요. 만약 잘 뚫려 있지 않다면 저한테 말씀하십시오, 제가 책임지겠습니다!"

"그럼 자네 말대로라면 분명 막힌 데 없이 잘 뚫려 있다는 거지?" 이서백이 장 주사 뒤에서 어슬렁어슬렁 다가가며 물었다.

인부는 그가 누구인지는 몰랐지만 한눈에도 그 신분이 비범하다는 사실은 알아보고서 재빨리 대답했다. "아이고, 안심하십시오! 저 장육아가 맡아서 하는 일은 절대 문제없습니다!"

장 주사는 고개를 돌려 이서백이 온 것을 보고는 재빨리 예를 갖추었다. "기왕 전하, 어찌 이런 누추한 곳까지 오셨습니까? 아이고, 어서 바깥으로 걸음을 옮기시지요……."

"그럴 것 없네." 장안의 모든 사람이 알 정도로 결벽증이 있던 기왕 이서백은 수로 입구에 서서 그 주변을 살펴보며 물었다. "이 장육아라는 자가 수로 정비를 담당하는가?"

"그렇습니다. 장안의 크고 작은 수로에 관해 모두 훤히 꿰고 있는 자입니다. 몇 해 전 공부에서 하수도 일꾼들을 모집했을 때 이자가 대장이었지요. 매달 공부가 삯을 주고, 그 외에 매번 수로를 정비할 때마다 추가로 또 줍니다."

황재하는 뒤에서 들으면서 생각했다. '대체 누가 이런 어이없는 규정을 만든 거지? 매번 수로를 정비할 때마다 돈을 주면 이 사람들은 매일 하수도가 막히길 기대하겠지. 사흘에 한 번은 작게 막히고 닷새에 한 번은 크게 막히길 바랄 텐데, 어찌 최선을 다해 수로를 깨끗이 뚫어놓겠어?'

이서백도 아무 말 하지 않고 장육아에게 가까이 오라 눈짓하고는 물었다. "아래는 정말 잘 뚫렸는가?"

"정말 잘 뚫렸습니다. 진짜입니다!"

"그대가 말하는 '잘 뚫렸다'는 것은 하수도에 쌓인 진흙과 쓰레기를 조금 파내어 겨우 배수가 될 만큼의 구멍을 뚫어놓았다는 것인가, 아니면 말은 바대로 하수도에 쌓인 진흙과 쓰레기를 모조리 처리하여 조금이라도 물길을 막을 장애물이 없다는 것인가?"

"아이고, 무슨 말씀을 그리하십니까요! 당연히 전부 싹 치웠지요. 조금의 진흙도 남기지 않았습니다요!" 이서백이라면 절대 내려가서 조사하지 않을 것이라 생각한 장육아는 그럴싸하게 늘어놓았다. "조정에서 저희에게 삯을 주시고, 저희 또한 이 일이 장안의 민생과 관련된다는 사실을 잘 알고 있는데 어찌 차질이 생기게 처리하겠습니까? 매번 열과 성을 다해 조금의 소홀함도 없습니다!"

"좋다."

이서백은 긴말하지 않고 경상에게 두 개의 자물쇠를 가지고 오게 했다. 거대한 쇠 자물쇠는 역시나 사람들의 이목을 끌었다. 모든 사람의 시선이 무의식중에 자물쇠로 향했다.

"금일부로 공부에서 새로운 규정을 만들었는데, 본왕이 처음으로 시행해보겠다. 그대는 지하의 수로가 이미 막힌 곳 없이 잘 통한다고 하였다. 수로는 벽돌을 쌓아 올려 만들며 그 높이가 3척에 너비가 5척에 이르니, 그 안을 기어가는 것은 말할 것도 없고 허리를 굽혀 걷는 일도 어렵지 않다는 사실을 본왕 또한 잘 알고 있다." 이서백은 자물쇠 하나를 가리키며 말했다. "수로를 정비하고 나면 그대는 이 일을 책임지는 우두머리로서 지하 수로에 내려가 점검해야 한다. 본왕이 직접 수로 입구를 자물쇠로 잠글 것이니 그대는 말끔하게 잘 뚫어놓은 수로 안에서 앞으로 걸어가도록 하여라. 본왕은 땅 위에서 그대가 뚫은 물길을 따라 저쪽 출구까지 갔다가 다시 돌아온 다음 한 번 더 출구를 향해 갈 것이다. 그렇게 두 번째로 저쪽에 도착한 뒤에는 그대가 수로를 빠져나왔는지 여부에 상관없이 출구에 자물쇠를 채우고 열쇠를 가져갈 것이다."

순간 장육아의 얼굴이 하얗게 변했다. 입술까지 새하얗게 질리더니 목구멍이 막힌 듯 아무런 말도 하지 못했다.

이서백은 자물쇠 하나를 황재하에게 건네며 수로 입구를 잠글 준비를 하게 했다. "한 가지 더, 그대가 수로에는 조금의 진흙도 남아 있지 않다 말하였으니 만일 수로에서 나온 그대 몸에 진흙이 너무 많이 묻어 있으면 본왕이 언짢을 것 같구나."

"전…… 전하!" 장육아는 몸을 부들부들 떨며 길바닥에 쿵 하고 엎어졌다. "부디…… 소인이 한 번 더 살피고 올 수 있게 해주십시오……. 혹여라도…… 빠뜨린 곳이 없는지 확인하고 오겠습니다!"

이서백은 웃는 듯 마는 듯한 표정으로 손에 들고 있던 자물쇠를 쟁반 위에 돌려놓으며 말했다. "가보거라."

경상은 이미 멀리 떨어진 홰나무 그늘 아래에 의자를 준비해두었다. 이서백은 그리로 가 손을 씻고 의자에 앉았다.

경육은 네 가지 다과를 내어놓고 얼음 통을 꺼내서 시원한 음료를 만들었다.

황재하는 차가운 유제 음료를 마시면서 장육아가 하는 양을 지켜보았다. 장육아는 일행들과 함께 미친 듯이 수로 입구를 오르락내리락하며 수로에서 퍼낸 진흙을 한 무더기 또 한 무더기 산더미처럼 쌓아 올렸다. 다행히 멀리 떨어져 있어서 악취가 날아오지는 않았다.

희색이 만면한 장 주사가 이서백에게 다가가 흥분하여 말했다. "이 규정만 있으면 이후 장안의 물난리는 아예 근절되겠습니다!"

"일 처리가 훌륭하면 그에 맞서는 꼼수도 더 좋아지게 마련이네. 오래지 않아 저들도 다른 대책을 찾아낼 것이야. 어쩌면 먼저 그대에게 갖은 공을 들일 수도 있겠고."

장 주사는 놀라서 식은땀이 다 나는 것 같았다. 그는 다급하게 입을 열었다. "소인은 반드시 공정하게 일을 처리할 것입니다. 절대 그런 사욕을 도모하지 않습니다!"

"그런 뜻으로 한 말이 아니네. 그저 장 주사가 저들이 고생하는 것을 보고 관리를 소홀히 할까 걱정될 뿐이지. 어쨌든 이미 이 일로 집도 가족도 잃은 백성들이 있다는 사실을 기억하게."

"알겠사옵니다. 소인 그 책임을 통감하며 절대로 긴장을 늦추지 않겠습니다!"

오시가 다 되었을 무렵, 온몸이 진흙투성이가 된 장육아가 드디어 굳게 마음을 먹고 이서백에게 다가와 더듬거리며 말했다. "전하…… 이제 분명히 되었을 것입니다."

이서백은 고개를 끄덕이고는 일어나 수로 쪽으로 걸어갔다.

장육아는 먼저 옆에 있던 물통의 물을 온몸에 들이부어 옷과 얼굴에 묻은 진흙을 씻어낸 뒤 몸을 웅크려 수로 안으로 들어갔다.

이번에는 정말로 독한 마음을 먹었던 것인지, 이서백이 천천히 수로를 따라 반절을 걸었을 때 이미 출구로 뛰쳐나왔다. 몸에는 진흙도 그리 많이 묻어 있지 않았다.

"나쁘지 않군. 만일 모두 이 정도로 된다면 본왕이 직접 와서 지켜볼 필요가 있겠는가?" 이서백이 흡족해하며 말했다.

옆에서 구경하던 백성들도 저마다 기뻐하며 한마디씩 거들었다. 누군가가 장육아에게 큰 소리로 외쳤다. "육아, 달리기가 엄청 빠른데! 기왕 전하께서 자네한테 모든 수로를 다 돌라고 하셔도 되겠어. 하하하!"

또 누군가는 말했다. "육아가 뛰면 뭐해! 주인장 전 씨가 돌아야지, 안 그래!"

군중이 갈채를 보내는 가운데 한옆에 땅딸막한 사내만이 고개를 숙인 채 우거지상을 했다. 운수 사납다고 여기고 있는 얼굴이었다.

이서백은 한눈에 그를 알아보고 황재하에게 눈짓을 보냈다.

장 주사는 일꾼들을 불러 삯을 치렀다. 황재하는 돈을 받은 장육아가 그 땅딸막한 사내 곁으로 가서 서로 눈을 마주치며 씁쓸한 미소를 짓는 걸 보았다.

황재하는 땅딸막한 사내에게 다가가 공수로 인사를 했다. "안녕하십니까. 존함이 어떻게 되시는지요?"

땅딸막한 사내는 기왕의 환관이 다가오자 재빨리 웃으며 인사했다.

"공공께 인사 올리옵니다! 송구스럽습니다만…… 공공께서 소인에게 무슨 볼일이 있으신지요?"

황재하가 물었다. "어르신이 장안에서 그 유명한 전 주인장, 전관색이란 분인가요?"

"아이고, 제가 유명하다니요, 가당치도 않습니다! 소인은 그저 가게를 몇 개 운영하며 입에 풀칠 정도만 하고 있을 뿐입니다." 어찌나 굽실거리는지 마치 엄청난 인물이라도 상대하는 듯한 태도였다. 그 땅딸막한 몸의 물통처럼 굵은 허리를 거의 직각으로 굽혀 인사하는 품이 확실히 쉬워 보이진 않았다.

황재하는 온갖 종류의 사람을 많이 만나보았지만, 환관에게까지 이렇게 비굴하게 굽실거리는 사람은 별로 본 적이 없어 난처해하며 말했다. "그저 몇 가지 물어볼 말이 있는 것뿐이니 너무 예의를 차리지 않으셔도 됩니다."

"네, 네. 말씀하시지요. 소인이 알고 있는 것이라면 모두 말씀드리겠습니다!"

황재하는 앞쪽의 수로를 눈짓하며 물었다. "장육아와는 서로 잘 아는 사이인가요?"

"사실대로 말씀드리자면, 공공, 소인은…… 마차 가게를 하다가 미장이들을 거두어서 집을 보수하는 일도 하고 있고, 또…… 이런저런 일들을 받게 되면, 장안에서 수로를 뚫는 저 형씨들 몇한테 연락해 일을 같이 하고 있습니다. 그래서……."

말하기 곤란해하는 그를 보고는 아예 장육아가 나서서 직접 말했다. "죄송합니다, 공공. 저희 일꾼들 몇은 관아 외부에서도 사적으로 일을 받는데, 간혹 전 주인장을 도와 같이 일하기도 합니다."

비록 이들은 관아에 고용된 몸이기는 했지만 그렇다고 밖에서 민간의 일을 받아서 하는 것도 큰 비밀은 아니어서, 다들 보고도 못 본

체해주었다. 그래서 황재하도 크게 신경 쓰지 않았으나 전관색은 몹시 두려워하며 다급하게 입을 열었다.

"소인이 죄를 지었습니다! 소인을 벌해주십시오! 공공께서 자비를 베푸시어 제발 목숨만은 살려주십시오……."

"그 일은 저와 상관없습니다. 저는 그 일을 추궁하려고 온 것이 아닙니다." 황재하도 당황스러워 하는 수 없이 그에게 따로 이야기 좀 하자는 신호를 보냈다.

두 사람은 한쪽 옆에 있는 키가 낮은 담 가까이로 걸어갔다. 황재하가 물었다. "문둥이 손 씨를 아시지요?"

"모…… 모릅니다." 손 씨 이야기를 꺼내자마자 전 씨의 그 뚱뚱한 얼굴살이 있는 대로 일그러져 꼴이 사나웠다. "공공, 살려주십시오……. 소인은 그저 술을 마신 상태에서 충동적으로 그 집 문을 쪼갰을 뿐입니다……. 그때 거기 있던 사람들이 증언해줄 수 있습니다. 소인이 들어갔을 때 그자의 몸은 이미 썩고 있었습니다!"

죽은 지 겨우 두 시진밖에 안 지났는데 어떻게 썩고 있었겠는가. 황재하는 그가 과장해서 하는 말은 웃어넘겼다.

"그건 저도 압니다. 어제 오시에는 어디에 계셨습니까?"

"어제 오시라……. 정안방에서 수금을 하고 있었습니다! 이것도 증언해줄 수 있는 사람이 많습니다!" 얼마나 흥분했는지 그의 얼굴살이 파르르 떨렸다. "대리사 사람도 와서 이미 조사했습니다. 정말입니다! 공공, 소인은 정말로 운이 없었습니다! 어제 소인은…… 시체까지 만졌습니다! 듣자 하니 불운이 3년은 간다고 하던데! 이제 소인의 장사는 어떡합니까요. 어제는 밤새 한숨도 못 잤습니다……."

"그러면 동창 공주의 부마 위보형을 만난 적은 있습니까?" 황재하는 하소연하는 그의 말을 자르며 물었다.

전관색은 순간 몹시 놀란 듯했다. 그 뚱뚱한 얼굴에 떠오른 고통스러워하는 표정이 익살스러워 보였다.

"대리사 사람에게 거짓말을 했더군요. 사실 부마 위보형을 만난 적이 있지요. 그렇지 않습니까?"

전관색은 두려워 어찌할 줄 모르며 덜덜 떨리는 손으로 품에서 은자 두 냥을 꺼내 황재하 손에 쥐여주며 간청했다. "공공, 살려주십시오……. 저는 정말 부마를 고작 몇 번 뵌 게 다입니다. 심지어…… 서로 말도 섞어본 적이 없습니다!"

"모두 몇 번 만났습니까?" 황재하는 눈 하나 깜빡이지 않고 은자를 돌려주며 물었다.

"두…… 두 번입니다. 진짜입니다!"

"관아를 속일 경우, 특히나 대리사를 속일 경우 그 죄명이 어떤 것인지 아십니까?"

"세…… 세 번입니다! 한 번은 저택 입구에서 멀찍이 계신 모습을 보았을 뿐인 데다 소인은 금방 자리를 떠났기에…… 그래서 두 번이라 말씀드린 겁니다!" 전관색은 우는소리를 하며 은자 한 냥을 더 보태 다시 황재하의 소매에 밀어 넣었다.

황재하는 은자를 다시 돌려주며 말했다. "됐습니다. 주인장께서 돈이 많은 것은 알았지만, 평소에도 이렇게 많은 은자를 들고 다니실 줄은 몰랐네요. 저 같은 환관이 은자를 쓸 일이 어디 있겠습니까? 부마를 만났던 일이나 상세하게 알려주십시오."

전관색이 얼굴을 있는 대로 찌푸리면서도 어쩔 수 없이 손가락을 꼽으며 말했다. "아이고, 공공, 소인 정말 사실입니다……. 세 번입니다. 정말 딱 세 번뿐이었습니다!"

"모두 세 번을 만났다고 합니다. 첫 번째는 좌금오위가 말 시승을 할 때였습니다. 전하께서 지난번에 말씀하셨던 그때입니다. 두 번째는 그의 수하가 공주부의 수로를 정비했을 때로, 전관색이 점검을 하러 갔는데 부마가 와서는 '당신네들 그 하늘을 찌르는 악취로 공주에게 폐를 끼치지 말라'고 했다 합니다. 세 번째는 공주부 바깥에서 부마의 마차가 오는 것을 보았을 뿐으로, 부마 앞에 모습을 드러내지 않고 재빨리 길모퉁이로 피했다고 합니다."

이서백은 다른 말은 없이 이렇게만 물었다. "그 말을 믿느냐?"

"당연히 믿지 않습니다. 전관색처럼 권세에 빌붙어 사는 상인들은 어떻게든 기회만 되면 부마에게 접근하려 했을 텐데 어찌 오히려 그를 피했다고 했을까요?"

이서백은 대답 대신 또 물었다. "그자가 왜 대리사에 거짓을 말했는지는 설명하던가?"

"부마가 사고당한 말이 전관색이 좌금오위에 판매한 말인 데다가, 부마가 일찍이 그자의 말을 안 좋게 평했던 적이 있어서, 자신에게 화가 미칠까 두려운 마음에 부마를 본 적이 없다고 했다 합니다."

"듣고 보니 말은 되는구나." 이서백은 그렇게 말하며 몸을 일으켰다. "오시가 다 되어가니 돌아가자. 주방에다가 점심은 침류사에서 먹겠다고 전하거라."

황재하는 우물쭈물 망설였다.

이서백의 시선이 그녀의 얼굴로 향했다. "왜 그러느냐?"

"주자진 공자와 약속을 하였는데…… 오늘 점심때…… 좌금오위에 가기로 했습니다." 황재하는 눈 딱 감고 말했다. 가시방석에라도 앉은 듯 마음이 불안해 괜히 한마디 더 보탰다. "가는 김에…… 부마 사건에 대한 실마리는 더 없는지 같이 찾아보려고 합니다."

이서백은 눈을 가늘게 뜨고서 그녀에게 시선을 고정했다.

황재하는 여름 한낮의 태양 아래서도 땀이 나지 않았건만 이서백의 따가운 시선이 꽂히자 온몸에 땀이 송골송골 맺혔다. 감히 눈조차 들지 못했다.

다행히도 이서백이 곧 눈을 돌려 하늘을 올려다보며 차갑게 말했다. "왕부의 환관이 곳곳으로 공밥을 먹고 다니다니."

황재하는 속으로 눈물을 훔치며 생각했다. '이게 다…… 전하께서 저를 가난하게 만드신 탓 아닙니까? 관아에서 밥을 얻어먹는 것도 연줄이 있어야 가능한 겁니다!'

"네……. 소인 잘못하였습니다. 주자진 공자에게만 갔다가 바로 돌아오도록 하겠습니다……."

"그럴 것 없다. 콩밭에 마음을 두고 몸만 오는 게 무슨 의미가 있느냐. 좌금오위의 밥이 그렇게 맛있다고들 하던데."

이서백은 황재하를 버려두고 홱 몸을 돌리더니 그대로 가버렸다.

11장

비단옷이 바람에 날리다

'뭐지……. 나는 잘못한 게 없는 것 같은데!'

황재하는 굉장히 억울한 느낌이 들었다. 어쨌든 자신은 기왕부의 밥을 한 끼 아껴준 것인데 기왕이 왜 그렇게 나무라듯 말하는지 도무지 알 수 없었다.

"숭고, 무슨 생각을 하는 거야?"

주자진이 황재하의 그릇에서 돼지 허벅다리 살을 낚아채며 희희낙락 말했다. "이 허벅다리 살 좀 봐봐, 살코기와 비계가 절반씩이야. 딱 족발 2척 위에 붙어 있는 고기라서 이 부위야말로 족발의 정수지! 이 많은 사람 중에서 가장 좋은 부위를 내가 선점했다니, 역시 난 인재 중의 인재였어!"

"이 한여름에……." 돼지 허벅다리 살을 먹다니……. 게다가 남의 그릇에 든 걸 빼앗아서.

황재하는 눈앞에 놓인 상을 바라보았다. 좌금오위의 식사는 역시나 훌륭했다. 닭, 오리, 생선, 육류가 다 갖춰졌고, 오늘은 특별히 새로 들어온 장항영을 환영하는 의미로 새끼돼지 구이도 올라왔다.

"그런데 말이야, 장 형 기마술이 정말 훌륭하던데. 오늘이 첫날인데도 말을 그렇게 자유자재로 다룰 정도니, 며칠 지나면 장 형의 그 말하고도 금방 친해지고 조만간 좌금오위에서 손꼽는 실력자가 될 게 분명해!" 주자진은 조금 전에 본 훈련 장면에 대해 황재하에게 나지막이 말했다.

황재하도 고개를 끄덕였다. 아직 채 몇 숟가락 뜨기도 전에 좌금오위 사람이 한 무리 다가와서는 줄을 서서 술을 권했다.

"양 공공, 지난번 격구 경기 때 저희의 견문을 아주 크게 넓혀주셨습니다!"

"맞습니다, 기술이 참으로 대단하셨습니다. 탄복했어요!"

"양 공공, 자, 자, 제가 한 잔 올리겠습니다!"

"유 형, 새치기하지 마! 내가 먼저 왔잖아! 양 공공, 제 잔 먼저 받으세요."

황재하는 자신과 술을 마시려고 줄을 선 한 무리의 남자들을 바라보며 어쩔 줄 몰라 당황했다. 그때 왕온이 다가와 꾸짖듯이 말했다. "격구 경기에서는 양 공공 상대도 되지 않던 놈들이 술자리에서 본전을 찾으려는 것이냐? 양 공공은 바쁜 몸이라 오후에 또 사건을 조사하러 가야 하는데, 네놈들이 공공을 취하게 만들면 대리사에서 네 녀석들을 가만히 놔둘 것 같으냐!"

순간 무리들은 존경해 마지않는 눈빛으로 황재하를 바라보았다. "와, 양 공공은 사건 해결도 하십니까?"

주자진은 황재하의 어깨를 두드리며, 자신이 사건을 해결했을 때보다 더 자랑스러워하며 말했다. "연초에 장안을 떠들썩하게 했던 장안 사방안, 그리고 지난달 낭야 왕 가의 왕비 살해 사건, 둘 다 양 공공이 해결한 거죠."

"우아! 이거 실례가 많았습니다!" 머리가 단순한 이 남자들은 또 몹시 놀라워하며 황재하를 존경 어린 눈빛으로 바라보았다. "이번엔 또 얼마나 큰 사건이기에 공공께서 직접 나서시는 겁니까?"

"자자, 공공의 영웅적인 업적을 기리며 한 잔 받으시……."

"다들 저리 안 꺼져!" 왕온은 웃는 얼굴로 욕하며 무리를 쫓아낸 뒤 고개를 돌려 황재하를 보며 어쩔 수 없다는 투로 말했다. "실례했습니다. 좌금오위 사내들이 좀 거칠어야 말이죠. 어쩔 수가 없네요."

"아닙니다. 보기 좋습니다."

황재하는 촉에 있던 시절 함께 호흡을 맞추었던 포졸들을 떠올렸다. 그들 또한 밥을 먹을 때도 왁자지껄 한데 어울리길 좋아했다. 모두들 다른 속셈 같은 건 품지 않는 순수한 젊은 사내들이었다.

황재하는 고개를 돌려 오늘의 주인공인 장항영을 바라보았다. 장항영은 얼굴에 웃음을 띠고는 있었지만, 정신이 다른 곳에 팔려 있는 듯 시선이 어딘지 모를 곳을 향해 있었다.

황재하는 자리에 앉으며 장항영에게 물었다. "왜 그래요? 아직 음식이 생각나서 그래요?"

장항영은 바로 고개를 저었다. "아닙니다, 맛있어요……." 그러고는 마치 자신의 말을 증명이라도 해 보이듯 닭다리를 입에 마구 쑤셔 넣었다.

황재하도 모르는 척 밥공기를 들어 기름진 돼지 허벅다리 살을 먹으며 기왕부의 정갈하고 담백한 요리를 그리워했다.

기왕부의 요리는 정갈하고 담백해서 여름에 특히 잘 어울렸다.

침류사는 여름에 머물기 좋은 곳이었다. 사면의 문과 창이 모두 열린 가운데, 삼면은 바람에 흔들리는 연꽃으로 둘러싸였고, 나머지 한 면은 곡교와 연결되어 수양버들이 드리워진 강가 오솔길로 통했다.

물과 바람은 옅은 옥색을 띠었고, 은은한 향기가 그윽이 피어올랐으며, 앉은 자리에는 시원한 바람이 일었다.

이서백은 홀로 탁자에 앉아 맞은편의 빈자리를 보았다. 생각하지 않으려고 했건만 보면 볼수록 눈에 거슬렸다. 조용히 옆에 있던 자들을 물리고는 일어나 곡교로 걸음을 옮겼다. 흐드러지게 만발한 연꽃이 뜨거운 태양을 이기지 못하고 얼굴을 아래로 늘어뜨리고 있었다. 이서백은 연꽃의 청량한 향기를 맡으며 자신도 모르게 한참 동안 연꽃을 바라보았다.

이서백 뒤에 서 있던 경육은 그가 작은 소리로 중얼거리듯 내뱉는 말을 들었다.

"두 번째."

경육은 무슨 의미인지 속으로 곰곰이 생각해보았지만, 도통 알 수 없었다. 그때 강가에서 누군가가 급히 달려와 보고했다.

"동창 공주부에서 사람을 보내와 양숭고 공공을 오라 하십니다."

이서백은 양숭고라는 말에 곧바로 고개를 돌려 물었다.

"무슨 일이냐?"

"전하께 아룁니다. 공주부에 큰일이 났다고 합니다. 동창 공주님께서 급작스럽게 발병하시어 황실 의원이 지금 치료 중입니다만, 공주께서는 양숭고 공공을 모셔오라 사람을 보내셨습니다."

이서백은 미간을 찌푸리며 곡교를 따라 바깥으로 걸음을 옮겼다. 그리고 경육에게 명을 내렸다. "마차를 준비시켜라."

"양 공공, 왕부 마차가 입구에서 공공을 기다리고 있습니다……."

좌금오위 문지기가 급히 들어와 전하자 황재하는 고개를 들어 의아한 표정으로 문지기를 보며 물었다. "마차요?"

"네, 서둘러 공공을 공주부로 모셔가야 한다고 합니다."

녹봉은 그렇게나 삭감해놓고 한 끼 밥도 맘 편히 못 먹게 하다니,

좋은 상사라고 할 수 있는 걸까?

황재하는 억지로 웃어 보이며 헤어지기 서운해하는 사람들과 술 한 잔으로 작별 인사를 나누었다. 황급히 관아 입구로 뛰어나오니 역시나 기왕부의 마차가 기다리고 있었다.

황재하는 재빨리 마차 문을 두드리며 말했다. "전하 오래 기다리시게 했습니다. 소인 죽어 마땅합니다."

마차 안이 조용한 걸 보니 기왕은 그녀를 상대할 마음이 없는 듯했다. 황재하는 안도의 한숨을 내쉬며 아원백 옆에 앉을 생각으로 마차 앞쪽으로 돌아가려 했다. 그때 안에서 이서백의 차가운 목소리가 들려왔다.

"그래, 죽어 마땅하지."

황재하는 씁쓸한 미소를 지으며 그 자리에 얼어붙은 채 감히 움직일 생각도 하지 못했다.

"황제 폐하께서 친히 왕부의 환관인 너에게 공주부의 사건을 맡기셨다. 일이 꼬리를 물며 일어나 또 한 사람이 죽은 가운데, 너는 이런 환영 연회에 와서 희희낙락 술이나 마시다니, 죽어 마땅한 죄가 아니고 무엇이겠느냐?"

황재하는 머리카락이 쭈뼛 서는 것 같았다. 그저 고개를 숙인 채 감히 아무 말도 내뱉을 수 없었다.

이서백은 마차의 창을 통해 그녀를 바라보았다. 한여름 오후의 강렬한 태양이 아찔한 표정으로 서 있는 그 얼굴을 내리비췄다. 복숭아꽃이 만개한 것과 같은 얼굴색이 비할 수 없이 사람의 마음을 뒤흔들었다. 그 어여쁜 색을 바라보며 이서백은 마음속에서 이상한 불길이 거세게 타오르는 것을 느꼈다.

이서백 곁에 있는 황재하는 항상 복수와 사건만을 생각하는 듯 조용하고 냉담했다. 심지어 호흡조차 한 치의 흐트러짐이 없었고, 동작

하나하나가 규율을 벗어난 적도 없었다. 그런데 자신의 곁이 아닌 다른 곳에서는 그렇게 사람의 마음을 뒤흔드는 생생한 얼굴빛으로 지낸다니, 그를 등에 업고 다른 남자들과 격구를 하고, 남자들과 섞여서 술잔을 나누고……. 직접 보지 않아도 황재하가 그런 사람들과 호형호제하며 즐겁게 웃는 모습이 상상되었다.

자신이 여자라는 사실도 잊고, 그의 옆에 있을 때와 같은 조용함과 냉담함도 다 내버린 채 말이다. 그녀의 얼굴이 가장 아름답고 찬란한 그 순간을, 그에게는 영원히 보여주지 않을 터였다.

마음속 불길이 이서백의 가슴을 불태웠다. 그 순간 자신이 냉정함을 긍지로 여기는 기왕이라는 사실도 까맣게 잊은 채 벌떡 일어나 마차의 문을 발로 차 열어젖혔다. 그러고는 황재하를 내려다보며 낮게 가라앉은 목소리로 말했다. "타라!"

황재하는 고개를 들어 이서백을 보았다. 역광에 잠긴 그의 선명한 턱 선과 매처럼 날카로운 눈을 보며 영문 모를 두려움이 솟아올라 자신도 모르게 호흡이 굳었다. 제대로 대답도 할 수 없었다.

"기왕 전하께서는 장안에 모르는 사람이 없을 정도로 늘 침착하며 감정을 드러내지 않기로 유명하신데, 오늘은 어찌 일개 소환관에게 이리도 분개하십니까?"

뒤에서 농담 섞인 목소리가 들려왔다. 지금 이 순간 두 사람 사이에 흐르는 긴장감을 전혀 눈치채지 못한 듯한 목소리였다. 왕온이 얼굴에 환한 미소를 띠운 채 지난번 황재하가 돌려준 부채를 가볍게 부치고 있었다. 그가 이서백에게 몸을 굽혀 예를 갖추었다.

"오늘은 양 공공의 친구가 이곳에 온 첫날입니다. 양 공공은 우정을 중히 여기고, 저희 좌금오위 식구들 또한 양 공공의 격구 실력에 매우 탄복했던 터라 제가 와달라고 청한 것입니다. 양 공공에게 억지로 술을 몇 잔 올렸다고 저희에게 죄를 묻진 않으시겠지요?"

왕온이 친히 나온 이상 그 면전에서 호의를 내칠 수도 없어 이서백은 하는 수 없이 이렇게 말했다. "양숭고의 사적인 일은 내가 관여하지 않으나, 오늘은 양숭고가 맡은 사건에 문제가 생겨 즉시 가서 처리하지 않으면 일을 그르칠까 걱정이 된 것이네."

왕온은 웃으며 황재하에게 말했다. "어서 가보십시오. 이번 사건을 잘 해결하시면 좌금오위 식구들이 다시 한 번 공공을 청해 축하주를 올리겠습니다."

이서백은 그를 힐긋 쳐다보고는 황재하에게 마차 앞쪽에 올라타라며 눈짓을 보냈다. 황재하는 안도의 한숨을 쉬고는 왕온에게 눈인사를 한 뒤 재빨리 앞으로 가 아원백의 옆자리에 올라앉았다. 왕온은 웃는 얼굴로 그녀를 배웅했다.

주자진이 뒤에서 황급히 뛰어나오며 물었다. "숭고는 공주부로 갔습니까? 무슨 일이 생긴 거 아닙니까? 왜 저는 안 데리고 간답니까?"

"자네가 가서 뭐하려는가? 매일 그렇게 숭고 뒤를 따라다니고도 모자란 건가?" 왕온은 그 한마디를 던지고는 홱 몸을 돌려 다시 안으로 향했다.

주자진은 왕온의 말에 어리둥절했다. "숭고를 따라다니면 뭐 안 되는 겁니까? 그를 따라가면 반드시 의문의 사건과 시체가 있단 말입니다. 이렇게 훌륭한 자원을 안 따라다니면 대체 누굴 따라다닌답니까?"

왕온은 어이가 없어 하늘을 올려다보며 말했다. "들어가지."

때는 미시 초.

동창 공주부 사람들은 다들 전전긍긍하며 고대 밖에서 심부름만 할 뿐, 감히 안으로 들어가지도 못했다. 바깥에 줄지어 선 채 감히 소리를 내는 자도 하나 없었다.

이서백이 황재하를 데리고 고대로 올라가자 다들 한숨을 돌리며 재빨리 그들을 향해 예를 갖추었다.

황재하는 무리들 앞에 서 있는 수주의 다급한 표정과 초조한 눈빛을 보며 곧바로 물었다. "공주께 무슨 일이 있습니까?"

수주는 황재하를 향해 황급히 고개를 숙이며 말했다. "공주님의 구난채가…… 보이지 않습니다."

'보이지 않는다? 공주의 꿈이 설마 현실이 되었단 말인가? 공주가 그리도 소중히 아끼던 비녀가 정말 사라졌다고?'

황재하는 미간을 찌푸렸다. 이서백이 벌써 안으로 들어간 것을 보고는 서둘러 수주에게 고개를 숙여 보이고 빠른 걸음으로 안으로 들어갔다.

상비죽을 금실로 엮어 만든 발을 벌써 드리워놓아 늦지 않은 시간임에도 누각 안쪽은 바깥보다 어두웠다. 어둠과 밝음, 그 중간에 서 있던 이서백과 황재하는 낮은 침상에 기대앉은 동창 공주와 그 옆에서 부채를 부쳐주는 곽 숙비를 보았다.

동창 공주는 얇은 흰색 비단옷을 입고 긴 머리채를 그대로 늘어뜨려 마치 검은 비단 천이 낮은 침상 위에 드리워진 듯 보였다. 흑백이 선명하게 대조되어 검은 것은 몹시 검고 흰 것은 몹시 희었다. 병으로 허약해진 탓에 공주의 얼굴에서 고집스러운 표정도 옅어져 오히려 평소보다 더 사랑스러워 보였다.

그때, 공주 앞에 앉아 있는 사람을 본 황재하는 가슴이 미세하게 떨리는 것을 느꼈다. 공주가 사랑스러워 보인 이유가 무엇인지 비로소 깨달았다.

우선이었다.

실내로 들어오는 빛은 비록 희미했으나 우선의 맑은 기운을 숨길 수는 없었다. 동창 공주 앞에 앉은 그의 자세는 매우 바르고 편안해

보였다. 흠 잡을 데 없는 자세와 밝고 깨끗한 얼굴에서 초승달처럼 청량하면서도 그윽한 광채가 뿜어져 나왔다.

온화하며 평온한 그의 목소리는 마치 옥 조각이 얼음물 속에서 가볍게 부딪히며 메아리치는 소리 같았다. 그는 동창 공주에게 『예기』를 강독해주고 있었다.

"옛날 순임금이 오현금을 만들어 타며 「남풍」이란 노래를 불렀습니다. 오현금에는 궁상각치우의 오음이 있는데, 각각의 현은 군(君), 신(臣), 민(民), 사(事), 물(物)을 나타냈습니다. 훗날 주나라의 문왕과 무왕이 각각 현을 하나씩 더해 오늘날의 칠현금이 되었습니다……."

부드럽고 청량한 그 음성이 한여름의 찌는 듯한 열기를 날려버리는 것만 같았다. 동창 공주뿐 아니라 곽 숙비도 손에 들고 있던 부채를 내려놓고 가만히 귀 기울여 들었다.

이서백은 누각 입구에 선 채로 우선을 주의 깊게 지켜보았다. 한참 후, 이번에는 고개를 돌려 황재하를 바라보았다. 황재하는 고개를 숙인 채 가만히 서 있었다. 그 얼굴에 아무런 표정도 드러나지 않은 것을 보고서야 이서백은 시선을 거두며 가볍게 헛기침을 했다.

동창 공주는 이서백을 보고는 자세를 바로 해 앉으며 고개를 숙여 예를 갖추었다. "넷째 황숙."

우선은 몸을 일으켜 아무 말 없이 옆으로 자리를 피했다.

"몸이 불편하니 예를 차릴 것 없다." 이서백이 동창 공주에게 말했다. 곽 숙비는 공주의 어깨를 부축하며 말했다. "수고롭게도 기왕 전하께서 친히 방문해주셨으니 동창에게 참으로 다행입니다."

동창 공주는 황재하를 바라보며 말했다. "양 공공, 내가 정말로 구난채를 잃어버렸어! 그대 생각에…… 이를 어찌하면 좋겠는가?"

공주는 여전히 꿈 때문에 두려운 듯 가슴을 움켜쥐며 가쁜 숨을 내쉬었다. 공주의 눈 속에는 깊은 두려움이 서려 있었다.

황재하가 급히 물었다. "구난채를 어떻게 잃어버리신 겁니까? 조금 더 상세하게 말씀해주실 수 있겠습니까?"

곽 숙비는 아무래도 후궁의 신분이었기에 왕제와 한곳에 있는 것이 편치 않았다. 그녀는 한숨을 내쉬고는 우선에게 물러나자는 눈짓을 해보였다. 우선은 아무 말 없이 조용히 책을 덮고 곽 숙비를 따라 누각 밖으로 나갔다.

이서백은 옆에 앉아 그저 손닿는 대로 침대 곁 작은 장 위에 놓인 『주례』를 뒤적거리며, 잃어버린 구난채에 대한 이야기를 무심히 들었다.

『주례』 옆에는 2촌 높이의 도자기 개 한 마리가 놓여 있었다. 공주부의 물건은 하나같이 다 정교하고도 귀한 것들이었는데, 이 도자기 개만큼은 이곳의 다른 금은보화들과 현저히 달랐다. 손바닥 반 정도 크기에 모양이 꽤나 귀여웠는데, 시정의 물건임은 확실해 보였으나 그 만듦새가 굉장히 정교했다. 이서백은 그 도자기 개를 보면서 동창 공주가 황재하에게 하는 말을 계속 들었다.

"며칠 전에 내가 그 꿈을 꾸었지 않은가. 어제는 그대가 이 일을 유념하여 지켜보겠다고 했고. 그래서 그대가 가고 난 후 구난채를 시녀들한테 주면서 주의하여 잘 보관하라고 일렀소……."

동창 공주는 이 몇 마디만 했을 뿐인데도 이미 숨이 가빠졌다. 침상에 기대어 불규칙한 호흡을 내뱉으며 가슴을 쥔 채 아무 말도 하지 못했다.

황재하는 재빨리 공주의 등을 가볍게 두드리며 외쳤다. "누구 없습니까!"

다급한 발소리와 함께 수주와 낙패 등 몇 명의 시녀들이 재빠르게 들어와 동창 공주가 숨을 고를 수 있도록 붙잡아주었다. 수주는 가슴에 품고 있던 작은 병을 꺼내어 그 속에 든 환약 한 알을 동창 공주가 삼키도록 돕고, 계속 등을 문질러주다가 공주의 호흡이 평온해진 후에야 비로소 한숨을 놓았다.

이마에 구슬땀이 맺힌 수주는 땀을 닦을 틈도 없이 곧바로 일어나 옆에서 차를 따라 가지고 왔다. 동창 공주는 수주를 향한 황재하의 시선을 알아채고는 힘없이 손을 들어 수주를 가리키며 낮은 목소리로 말했다.

"보게나. 위희민은 죽고 없지, 주변에 사람은 많으나 수주만큼 나를 잘 도와주는 아이가 없어……. 안타깝게도 이제 곧 출가하게 되었으니 앞으로는 누가 수주만큼 나를 보살펴줄지 걱정이야."

수주는 재빨리 무릎을 꿇더니 공주를 향해 말했다. "공주님께서 한 마디만 하시면 이 수주, 평생을 공주님 곁에서 시중들며 떠나지 않겠습니다!"

"되었다. 나조차도 내가 얼마나 살 수 있을지 모르는데." 그렇게 말한 공주는 고개를 돌려 이서백과 황재하를 바라보며 쓴웃음을 지었다. "넷째 황숙, 낙패를 데리고 조사하러 가시는 것이 좋겠습니다. 이 조카는 움직이지 못할 것 같습니다."

"잘 쉬고 있게. 어려서부터 병이 있었으니 많은 생각과 염려는 금물이야." 이서백이 말했다.

수주는 공주의 침대 앞에 무릎을 꿇더니 머리맡 작은 서랍에서 열쇠를 꺼내 낙패에게 건네주었다. 그러고는 몸도 일으키지 않고 앉은 그대로 동창 공주의 땀을 닦아주었다.

황재하는 낙패의 뒤를 따라 누각을 나오면서 물었다. "구난채는 어디서 잃어버렸습니까?"

"보물 창고에서 잃어버렸습니다."

낙패는 그들을 데리고 잠겨 있는 행랑채로 갔다. 문 앞을 지키고 섰던 환관 두 명이 낙패를 보고는 문을 열어 들여보내주었다.

실내는 창과 문이 꼭 닫혀 있었다. 무더운 여름에 이처럼 문을 닫아걸어 바람이 통하지 않으니 숨이 턱 막혔다. 선반들이 열 지어 있고, 선반마다 상자들이 빼곡히 놓여 있었다. 공주 개인의 보물 창고임이 분명했다.

낙패는 구석에 있는 선반으로 다가가 몸을 웅크려 제일 밑에서 상자 하나를 꺼내어 수주에게 건네받은 열쇠로 열었다. 상자 안에는 폭이 1척 정도 되어 보이는 정방형의 작은 함이 들어 있었다. 낙패는 그것을 꺼내어 열었다.

작은 함 안에는 자줏빛 융단이 깔려 있을 뿐, 아무것도 없었다.

"공주님은 며칠 전에 불길한 꿈을 꾸신 후 구난채를 더욱 신경 써서 보관하셨고, 양 공공께 보여드린 뒤 직접 이 함에 넣으셨습니다. 저희가 함을 상자 안에 넣어 열쇠로 잠그는 것까지 보시고 열쇠를 돌려받으시어 침상 머리맡에 있는 서랍에 넣어두셨습니다. 그리고 저희에게는 상자를 보물 창고에 보관하라 명하셨지요." 낙패는 이 일을 설명하면서 화도 나고 초조한 듯한 표정으로 말했다. "분명히 모든 것을 조심했습니다. 저와 수주, 추옥, 경벽, 네 사람이 함께 상자를 이곳으로 가져왔고, 가장 구석진 데가 적합하다고 생각해 여기 선반 맨 밑에 두었습니다. 저희는 상자를 놓고서 곧바로 밖으로 나갔습니다. 그리고 오늘 오전에 공주님께서 불안하다시며 구난채를 가져오라고 머리맡에서 열쇠를 꺼내주셔서 저와 수주와 추옥이 함께 왔습니다. 그리고 수주가 상자를 열어 안에서 함을 꺼내 보더니 놀라 비명을 내질렀습니다. 함이 비어 있었습니다!"

황재하와 이서백은 들으면서 각자 뭔가를 생각하며 중얼거렸다.

"곧장 위병대가 와서 저희와 서운각의 모든 사람을 불러다 몸을 수색했고, 행랑채며 누각이며 저택 안의 모든 거처를 다 철저하게 조사했습니다. 하지만 구난채는 나오지 않았습니다. 정말로, 마치…… 반 숙비가 가지고 간 것처럼…….” 낙패는 두렵고 초조한 표정으로 말했다. “정말로 귀신이 곡할 노릇 아닙니까? 구난채가 작은 비녀도 아니고 아홉 마리의 난새와 봉황이 조각된 큰 비녀입니다. 대체 누가 잠긴 상자 안에 들어 있는 함 안에서 소리 소문 없이 비녀를 꺼내갈 수 있단 말입니까?”

황재하와 이서백은 눈을 마주치며 서로 같은 생각을 하고 있음을 알아차렸다…….

그 기이한 부적.

역시나 정교한 자물쇠로 이중으로 잠긴 곳에 놓여 있는 서주의 부적.

설마 먼 공간에 떨어져 있는 물건을 가져갈 수 있는 술법이 이 세상에 정말로 존재하기라도 한다는 말일까?

낙패는 황재하와 이서백이 눈빛을 교환하는 것은 보지 못하고 여전히 경황없는 듯 말했다. “공주님께서는 그 소식을 듣자마자 지병이 재발하셨어요. 전하께서도 아시다시피 공주님께서는 어려서부터 가슴 통증을 앓아 놀라셔도 안 되고, 크게 기뻐하거나 슬퍼하셔도 안 되십니다. 지난번에는 위희민이 죽어 공주님께서 이미 한차례 힘들어하셨고, 부마께서 격구장에서 다치셨을 때에도 크게 놀라셨습니다. 그리고 어제저녁에 또…… 소식을 들으시고…….”

낙패는 여기까지 말하다가 외부로 발설해서는 안 되는 일이라는 사실을 떠올리고 멈칫했다.

“어제저녁? 문둥이 손 씨의 죽음 말입니까? 우리도 모두 알고 있으니 감추지 않아도 됩니다.” 황재하는 낙패가 우물쭈물하는 모습에 이미 자신들도 내막을 알고 있음을 알려주었다.

“맞습니다……. 문둥이 손 씨가 죽었다는 소식을 들으신 데다…… 사람들이 모두 수군거리길 무슨 적취의 원혼이 나타나 그자를 죽였다고 했다는 얘기도 들으셨습니다." 낙패는 안절부절못하며 말했다. "저도 그날 왜 공주님이 적취를 보자마자 발병하셨는지, 그 이유는 잘 모릅니다……. 자기가 알아서 진작 피했으면 좋았을 것을 괜히 공주님의 화를 불러일으켜서…… 공주님께서는 불길하니 그 여자를 쫓아내고 다시는 공주부에 발을 들이지 못하게 하라 하셨죠……."

황재하가 물었다. "적취가 공주님 치맛자락을 밟은 게 아니었습니까?"

"아닙니다. 그때 저희 모두 그 자리에 있었는데, 우연히 마주쳤을 뿐입니다. 왜 그런지는 모르겠지만 공주님은 그 여자를 보시자마자 병이 도져 수주의 몸에 기대며 가슴 통증을 호소하셨습니다." 낙패는 그때의 상황을 떠올리면서 조금 동정하는 마음으로 말했다. "공주님께서는 내쫓으라고만 하셨는데 위희민이 그 여자를 그렇게 만들 줄 누가 알았겠습니까……."

황재하는 미간을 찌푸렸다. 부마의 이야기로는 적취가 공주의 치맛자락을 밟아 공주의 분노를 샀다 하였는데…….

이 두 사람의 말 중 도대체 누구의 말이 더 믿을 만한 것일까?

낙패는 이야기를 이어갔다. "그러니 사실 그 여자의 일은 공주님과는 무관합니다만…… 어쨌든 그 여자의 일에 관련된 두 사람이 영문도 모르게 죽은 데다…… 천벌이라고 말하는 사람도 있고, 그 여자의 원혼이 한 짓이라고 말하는 사람도 있고……. 제 생각엔 이런 일들로 안 그래도 공주님 마음속이 어지러운데 구난채마저 잃어버리시는 바람에 마음이 조급해져 지병이 도진 게 아닌가 싶습니다. 게다가 이번 병은 너무 중해서, 숙비마마께서도 몇 명의 태의를 불러 진맥하게 하셨습니다만 여전히 차도가 보이지 않아 저희 공주부 하인들은 애가 탑니다……."

황재하는 낙패의 말을 들으며 다시 물었다. "어제 이 보물 창고를 출입한 사람은 조사했습니까?"

"어제 구난채를 가져다놓은 후로는 아무도 창고에 들어가지 않았습니다."

"그렇다면 문을 지키는 두 환관도 모두 조사하셨습니까?"

"그럼요. 일단 방을 수색했는데 아무 소득 없었습니다. 설령 그 둘이 공모해서 함께 훔친다 해도, 공주님이 최근 잠을 제대로 주무시지 못해 문밖을 지키는 자들이 늘었기 때문에, 행랑채 입구의 환관뿐만 아니라 호위병, 환관, 시녀들이 줄곧 옆을 지켰습니다. 몰래 드나들 수 있는 기회는 전혀 없습니다."

황재하는 잠시 혼자 중얼거리더니 쭈그리고 앉은 채로 상자를 살펴보았다.

붉은 칠이 된 겉면에 검은색의 길상무늬가 그려진 평범한 녹나무 상자였다. 내부는 원목이었는데, 황재하가 네 모퉁이를 두드리며 확인해보았지만 별다른 이상한 점은 없었다.

이번에는 그 안에 있던 작은 함을 열어 상세히 살펴보았다. 사계절 꽃과 풀이 매우 섬세하게 조각되어 있는 박달나무 함으로 한눈에도 평범치 않은 물건이 들어 있을 듯한 느낌을 주었다. 꼼꼼하게 함의 안팎을 살펴보았으나 역시 별다른 이상을 발견하지 못했다.

"열쇠는요? 공주께서 계속 가지고 계셨습니까?"

"네, 공주님 침대 머리맡 서랍에 들어 있었습니다. 공주님께서 요 며칠 불면증에 시달려서 저희가 돌아가며 침실 밖을 줄곧 지켰기 때문에, 누군가가 공주님 방에 들어가고자 했다면 반드시 저희를 지나가야 했습니다."

"창문은요?" 황재하가 다시 물었다.

"공공, 보십시오. 서운각은 고대 위에 있어서, 공주님의 침실이나 행랑채, 그리고 보물 창고까지 모든 곳의 창문이 지상에서 몇 장이나 되는 높은 곳에 나 있습니다. 누가 이런 고대를 기어 올라와서 창문을 넘어 물건을 훔칠 수 있겠습니까?"

황재하는 창가로 가서 창을 열어 아래를 내려다보았다.

고대는 하늘 높이 자리해, 창 아래로 공주부 전체가 한눈에 들어왔다. 심지어 영가방도 절반이나 보였다. 고대 아래에는 은은한 분홍빛 자귀나무 꽃이 층층이 피어 있어 마치 분홍빛 물결이 이는 듯 보였다. 그 분홍빛 물결 한가운데에 봉래선산처럼 솟은 서운각은 더 없이 아름답고 절묘한 풍경을 만들어냈다.

외부에서 이 고대로 들어오는 유일한 진입로는 바깥쪽 계단이었다. 세 번 꺾여 '청(呈)' 자 형상을 한 계단이었다.

이서백이 물었다. "동창은 어렸을 때부터 몸이 약했는데 왜 이렇게 높은 곳을 원했는가? 오르내리기가 적잖이 피곤할 텐데."

"공주님은 더위도 추위도 견디기 힘들어하십니다. 이곳은 여름에는 바람이 크게 불고 겨울에는 해가 잘 드는 데다가 땅에서 멀리 떨어져 올라오는 습기도 적으니, 태의 또한 이런 곳이 공주님 옥체에 좋다고 하였습니다. 계단의 경우, 공주님께서 피곤하시다면 작은 가마를 타고 오르시면 됩니다."

황재하는 고개를 끄덕이고는, 낙패에게 물건을 원래 자리로 돌려놓게 한 후 함께 행랑채를 나왔다.

이서백은 누각 앞 공터에 발을 멈추고 아래를 내려다보았고, 황재하는 동창 공주를 문안하기 위해 누각 안으로 들어갔다. 하지만 황재하가 들어갔을 때 공주는 이미 침상에 누워 잠든 뒤였다.

침상에는 발이 겹겹이 드리우고, 금은사로 만든 여의결(如意結) 매듭이 달려 있었다. 상아로 만든 침전 깔개의 네 귀퉁이에는 악기를 다루는 천녀 모양으로 깎은 화전옥 석진[26]이 하나씩 놓여 있었다.

동창 공주는 금빛과 푸른빛으로 화려하게 치장된 누각 안에서 갖가지 꽃과 장식품 속에 누워 있었으나, 몸은 잔뜩 웅크렸고 얼굴은 창백했으며 호흡은 미약했다.

수주가 일어나 황재하를 향해 예를 갖추더니 그녀를 이끌고 바깥으로 나와 낮은 목소리로 말했다. "공주님께서 지난밤 제대로 주무시지 못해 오늘 많이 피곤해하셨습니다. 조금 전 잠드시기 전에 분부하시길, 부디 공공께서 저택 안을 힘써 조사하여 반드시 구난채를 찾아내달라고……."

여기까지 말한 수주의 눈에 눈물이 차올랐다.

"공주님께서 무척이나 상심하셨습니다. 구난채가 진귀한 물건이긴 하나 그래도 결국 한낱 비녀가 아닙니까. 저희가 아무리 말씀드려도 공주님께서는 그 비녀가 공주님의 화복(禍福)과 관계있다 하시며, 반옥아가 비녀를 가지고 갔다고 고집스레 말씀하십니다. 그러면서 공주님 자신도…… 반 숙비가 데려갈 거라고……."

황재하는 고개를 끄덕이며 말했다. "알겠습니다. 당분간 더 세심하게 잘 살펴주시기 바랍니다. 필경……."

필경. 황재하는 장항영 집에서 보았던 그 그림을 기억했다. 앞의 두 그림은 이미 들어맞았고 이제 세 번째 그림만 남았다.

만일 동창 공주가 정말로 새에게 쪼여 죽게 된다면, 황제가 공주를 그토록 총애하는 것으로 보건대 장안 전체가 거대한 풍랑에 휩싸여 결코 쉬이 사그라지지 않을 것이다.

수주는 다시 공주의 곁을 지키러 들어가고 황재하는 이서백 곁으로 돌아갔다. 이서백은 자귀나무 숲 어딘가로 시선을 향하고 있었다.

황재하가 무어라 말을 꺼내기도 전에 이서백은 이미 몸을 돌려 아

---

26 자리를 고정하기 위해 네 귀퉁이 위에 올려놓는 고대 장식품.

래로 내려가기 시작했다. 이서백의 시선이 닿았던 쪽을 힐끗 내려다보니 자귀나무 아래에 우선이 서 있었다. 손에 무언가를 든 채 미동도 없었는데 너무 멀어서 표정도, 손에 들린 물건도 정확히 보이지 않았다.

이서백이 이미 계단을 내려가고 있었기에 황재하도 억지로 몸을 돌려 곧바로 이서백의 뒤를 따라 서운각을 내려갔다.

고대를 따라 내려가면서 계단의 방향이 바뀔 때마다 황재하는 이서백의 옆모습을 볼 수 있었다. 차갑고도 침착한 옆모습이었다.

누구 때문인 걸까. 황재하가 곰곰 생각해보는데 이서백이 갑자기 입을 열었다. "이런 상황이라면, 물건을 훔치기 위해 보물 창고에 들어가고, 상자를 열고, 아무런 흔적 없이 물건만 가져간다는 것이, 불가능한 일이겠느냐?"

황재하가 고개를 끄덕였다. "그래도 분명 방법이 있었을 것입니다. 다만 아직 저희가 알아내지 못했을 뿐 아니겠습니까."

"그 방법이라 함은, 나의 그 부적에도 적용되는 것이겠느냐?" 이서백은 발걸음을 멈추고 고개를 돌려 황재하를 쳐다보았다.

황재하는 조용히 고개를 끄덕이며 말했다. "적용되는지 아닌지 말씀드리기는 어려우나 전하의 그 부적이든, 천벌로 벼락을 맞아 죽은 사람이든, 또 빈틈없이 닫힌 방 안에서 죽은 사람이든, 모든 이상한 일에도 필시 그리 되게 만든 방법이 있다고 믿습니다. 그저 저희가 아직 그 방법을 모르기에 이상히 여기는 것일 뿐이지요."

이서백의 시선이 황재하에게 고정되었다. 계단 위로 부는 바람이 두 사람 곁을 스치고 지나갔다. 그는 오래도록 황재하를 바라보다가 입을 열어 말했다. "이 사건에 대한 너의 반응이 꽤나 이상하구나."

황재하는 의아한 눈으로 이서백을 바라보았다. 그가 어떤 점을 말하는지 잘 알 수 없었다.

"너는 동창 공주의 구난채가 도난당한 일보다, 공주의 안위에 더 큰 관심을 기울이는 것 같구나. 공주의 예감대로 구난채가 정말 공주의 목숨과 관련있다고 느끼는 어떤 연유라도 있는 것이냐?"

황재하는 이 점에 관한 지적이었음을 알고 속으로 몰래 안도의 한숨을 쉬었다. "그 일에 대해 안 그래도 전하께 여쭙고 싶었습니다. 악왕 전하를 방문해야 할지 어떨지 말입니다."

이서백이 미간을 살짝 찌푸렸다. "악왕과는 무슨 관계가 있지?"

"지난번 격구 경기가 끝나고, 그러니까 부마의 사고가 있었던 그날, 소왕께서 고루자가 드시고 싶다 하셔서 다 함께 장항영의 집으로 갔다가, 그 집에 모셔진 그림 한 장을 보았습니다. 듣기로 장항영의 부친이 선황을 진맥하기 위해 입궁했던 날 하사받은 것으로, 선황께서 친히 그리신 그림이라고 했습니다. 그런데 그 그림을 보던 악왕 전하의 표정이 무척이나 이상했습니다."

이서백이 잠시 망설이며 물었다. "그 그림이 이 사건과 무슨 관계가 있다고?"

"선황께서 직접 그리신 그림이라고 하는데, 모두 세 군데에 낙서 같은 느낌의 먹칠이 있었습니다. 첫 번째 그림은 한 남자가 벼락에 맞아 불에 타 죽는 모양, 두 번째 그림은 누군가가 철제 우리 안에 죽어 있는 모양이었습니다. 그리고 세 번째는 거대한 새가 공중에서 날아와 사람을 부리로 쪼아 죽이는 그림입니다."

이서백이 미간을 찌푸리며 물었다. "그래서 먼저 발생한 두 사람의 죽음으로 보아 너는 동창 공주가…… 그 세 번째가 될 수도 있다, 그리 생각하는 것이냐?"

"네, 그렇습니다. 그 그림을 봤을 당시에는 저도 그리 신경 쓰지 않았습니다만, 지금 다시 생각해보니 왠지 그 그림이 이 사건과 어떤 관계가 있어 보입니다."

이서백은 몸을 돌려 계속해서 아래로 걸음을 옮기며 물었다. "황제 폐하가 친히 그리신 그림이라는 게 확실한가?"

"그건 모르겠습니다. 하지만 화폭의 재질이 촉의 황마지였으며 종이가 평평하고 두꺼운 것이 확실히 상등품 같아 보였습니다. 다만 궁중 물건은 저도 접할 기회가 많지 않았던 터라 확신할 수는 없습니다."

"촉의 황마지는 궁에서 글을 쓰는 데 사용한다. 그림을 그리실 때 선황께선 일반적으로 선지나 백마지를 선호하셨는데, 어찌 황마지를 사용하셨겠느냐?"

황재하가 말했다. "게다가 그 그림은 거의 낙서에 가깝습니다. 그저 세 개의 먹물 흔적이 있을 뿐이니 그것이 누구의 손에서 나왔는지 어찌 알겠습니까. 그저 손이 가는 대로 먹칠을 한 것으로밖에는 보이지 않았습니다. 세 가지 방식의 죽음이라는 것도 그저 저희 몇 사람이 상상하며 추측한 것일 뿐이고요."

"너는 일단 가서 네가 할 일을 하도록 하거라. 나는 먼저 부마에게 들렀다가 대리사 사람을 시켜 그 화폭을 가져오라고 하마. 진짜 부황이 그리신 그림인지 내가 한번 살펴보도록 하겠다."

그리 말하면서 이서백이 몸을 돌려 걸음을 옮기려 하는데, 귓가에 옥구슬이 굴러가는 듯한 꾀꼬리 소리가 들려왔다.

이서백은 살짝 고개를 들어 나무우듬지를 올려다보았다. 꾀꼬리 두 마리가 나뭇가지 끝에서 마주 지저귀며 이따금 서로 날개를 문질렀다. 새들이 폴짝이자 나뭇가지 가득 피어 있던 자귀나무 꽃들이 마치 비단이 펼쳐지듯 우수수 아래로 떨어졌다.

떨어지는 자귀나무 꽃송이를 따라가던 이서백의 시선이 황재하의 얼굴에 닿았다. 꽃송이는 한 치의 치우침도 없이 그녀의 귀밑머리로 내려앉았다. 분홍빛 꽃이 새하얀 볼을 두드러지게 만들어 낯빛이 더욱 생동감 있어 보였다. 이서백은 자신도 모르게 시선을 멈추었다.

황재하가 손을 들어 꽃송이를 손에 받아들었다. 왠지 근심 가득해 보이는 그녀의 표정에 이서백이 물었다.

"무슨 생각을 하고 있느냐?"

황재하는 잠시 생각하더니 입을 열었다. "지금 이 세 가지 사건은 크든 작든 모두 공주부와 관계가 있습니다. 두 사람이 죽었고 부마가 상처를 입었습니다. 그런데 지금까지 아무런 실마리도 발견하지 못했으니…… 하루빨리 이 사건들을 해결하지 못하고 만에 하나 공주께 무슨 일이라도 생기게 된다면, 그때는 정말 수습할 수 없는 국면으로 치닫게 되지 않을까 걱정스럽습니다……."

이서백은 담담하게 말했다. "알고 있다. 너무 조바심내지 말거라. 정 안 되면 최순잠이 너를 대신해 뒷수습을 할 것이야."

황재하는 속으로 다시 한 번 최 소경에게 연민을 느끼며 고개를 끄덕였다.

12장

배롱나무 품은 숙미원

황재하는 낙패의 안내를 받으며 창포를 만나러 주방으로 갔다. 창포는 다음 날 식단을 짜며 요리사들과 잡부들에게 주의사항을 당부하고 있었다.

"공주님께서 몸이 안 좋으시니 담백하게 맛을 내어야 한다. 닭, 오리, 생선, 육류는 적당히 줄이되, 기를 보하기 위해 반드시 사용해야 한다는 것을 명심해라. 공주님께서 구기자 순을 좋아하신다고 며칠 전부터 일러뒀거늘 어째 아직까지 사놓지 않은 것이지?"

대체로 잡부들은 그저 하라는 대로 순종했지만, 괴로움을 토로하는 이도 있었다. "구기자 순은 제철에 먹어야 맛있습니다. 지금은 너무 자라서 순을 찾기도 어렵고요."

창포는 한숨을 쉬고는 탁자를 치며 말했다. "그건 내 알 바 아니고, 공주님이 원하시는 걸 구해오지 못한다면, 내일이라도 당장 네놈들 머리 가죽을 싹 벗겨놓을 줄 알아라!"

낙패가 밖에서 그녀를 불렀다. "창포 아주머니."

고개를 돌려 두 사람을 본 창포는 손을 저어 주방 사람들을 물린 뒤 몸을 일으켜 둘을 향해 억지웃음을 지으며 말했다.

"양 공공께서 어쩐 일로 저를 찾아오셨습니까?"

황재하는 안으로 걸어 들어가 창포 맞은편에 앉으며 말했다. "지난번에 여쭤봤던 것에 몇 가지 의문이 있어 다시 여쭈러 왔습니다."

창포는 침울한 표정으로 말했다. "위희민 일 말인가요? 저는 그자와 단 한 번 입씨름을 했을 뿐이고, 저택에서 그자와 싸웠던 사람이 저 말고도 있습니다. 두 달 전에는 추옥과 크게 한바탕했었고……."

황재하가 웃으면서 말했다. "아닙니다. 제가 물어보려는 건 그 일이 아니에요."

"그럼…… 이번에는 무엇을 묻고 싶으신지요?"

황재하는 창포를 똑바로 응시하며 말했다. "지난번에 말씀하셨던 영릉향 말인데요, 어떻게 얻었는지 상세히 설명해주시겠습니까?"

창포는 놀라며 물었다. "그 영릉향이…… 무슨 관계가 있습니까?"

"그건 말씀드리기 곤란합니다. 저 또한 대리사 최 소경의 명을 받고 탐문하는 거라서요." 황재하가 둘러대며 말했다.

창포는 고개를 끄덕이며 입을 열었다. "그건…… 공주부 외부 사람에게 받은 것입니다."

"그게 누구죠?" 황재하가 캐물었다.

창포는 입술을 꽉 물었지만 결국 다시 입을 열었다. "전기 마차 가게 주인 전관색입니다."

황재하는 그 땅딸막한 전관색이 공주부 주방 책임자와 관련이 있을 거라고는 상상도 못 했던지라 순간 미간을 찌푸렸다.

위희민은 영릉향을 얻으려 주방의 창포와 입씨름을 했다. 문둥이 손 씨가 죽은 방에서 왕온은 영릉향 냄새를 맡았다. 그리고 전관색은 공교롭게도 손 씨의 방문을 무리하게 연 사람인 동시에 부마를 다치게 한 검정말을 판 사람이다…….

이것들이 대체 어떻게 연결되어 있는 거지? 여전히 이 속에 드러나지 않고 있는 실마리는 대체 무엇일까?

황재하는 다시 물었다. "개인적인 일을 물어서 죄송합니다만, 아주머니는 공주부 음식을 담당하고 있고, 전관색은 마차 가게 주인입니다. 두 분은 서로 연결될 만한 것이 전혀 없어 보입니다만……."

"맞아요……. 저희도 금년 초에 알게 된 사이입니다." 창포가 고개를 숙이고 손가락으로 탁자를 문질렀다. 하는 양을 보아하니 뭔가 난처한 듯했다. "그때 전 씨 수하가 공주부 수로를 보수하러 왔었거든요. 수로가 가장 많은 곳이 주방이니까, 수로의 위치에 대해서 전 씨와 상의한 적이 있습니다. 그때 서로 알게 되었지요……. 뚱뚱하고 키도 작지만, 사람은 매우 좋았습니다. 그 사람들이 여기서 일할 때 제가 근처를 지나가다 잘못해서 진흙탕에 빠졌는데, 그때 그 사람이 저를 업어서 꺼내주고 신발도 물로 씻어서 가져다줬어요……."

황재하는 창포의 얼굴에 희미하게 올라온 홍조를 보며 자신도 모르게 그녀를 일깨워주었다.

"전 주인장 나이 정도면 분명 처자식이 있겠지요?"

"그럼요. 아내와 첩도 있고 아들도 셋이나 있습니다."

황재하는 그 이야기는 더 이상 언급하지 않고 다른 것을 물었다. "전 주인장이 영릉향을 아주머니께 주었고 아주머니는 저택의 규칙에 따라 먼저 공주님께 올렸습니다. 그런데 공주님이 그것을 위희민에게 주었다고 하셨지요?"

"맞습니다. 위희민의 욕심은 끝이 없었어요. 제가 가지고 있던 건 그게 전부였는데 제가 분명 더 남겨두었을 거라고 생각해서는 계속 더 달라고 했어요. 남은 게 없다고 말했더니 전 주인장의 주소를 대라며 억지를 부리고요. 그러면서 말하길, 그 뭐냐…… 저의 애인한테 찾아가서 달라고 하면 된다고 말이에요!" 그렇게 말하는 창포의 얼굴색이 새빨개졌다. "그게 대체 무슨 헛소리랍니까! 누가 들으면 내가 뭐 그 전 씨랑 낯뜨거운 일이라도 한 줄 알겠어요!"

"너무 화내지는 마십시오. 사실…… 저도 위 공공의 추측에는 어느 정도 일리가 있었다고 생각합니다." 황재하는 설명을 덧붙였다. "영릉향은 매우 귀한 것이죠. 전관색이 그렇게 귀한 물건을 선뜻 아주머니에게 줬을 거라고 어느 누가 생각하겠습니까?"

"그게 아니에요, 저도 그 사람을 몇 번이나 도와줬다고요. 저도 위험을 무릅쓰고……."

여기까지 말하다가 창포는 순간 멈칫했다. 아무래도 말하면 안 된다는 생각이 든 것이다. 하지만 이미 내뱉은 말을 다시 주워 담을 수도 없는 노릇이니, 그저 후회하는 표정으로 가만히 앉아 더 이상 입을 열지 않았다. 황재하는 창포의 눈을 들여다보았다. 아무 말 없이 계속 그렇게 바라만 보았다.

황재하가 시선을 거두지 않자 창포는 한숨을 쉬며 어쩔 수 없다는 듯이 입을 열었다. "언젠가 전 주인장이 말하길, 일찍이 딸이 하나 있었는데 살아 있다면 나이가 대략 열일곱쯤 되었을 거라고 하더군요. 당시 기근을 피해 처자식을 데리고 장안 근교까지 왔는데, 추위와 굶주림에 시달리다가 그만 도저히 방법이 없어 일곱 살이던 큰딸을 엽전 다섯 꿰미에 팔았다고 했어요. 그 돈으로 남은 가족은 목숨을 부지했고, 그 사람이 여물을 팔면서 집안을 일으켰다고 하더군요. 나중에 귀인을 만나 관외(關外)의 큰 마장 몇 곳과 관계를 맺은 덕에 지금은 장사가 갈수록 잘 되고, 세 아들도 이미 다 성인으로 자랐다고 합니다. 하지만 안타깝게도…… 이번 생에서 자신의 가장 큰 빚은 바로 그 딸이라고 하면서 딸을 다시 찾지 못할까 걱정된다고 하더군요."

황재하는 고개를 끄덕이고는 다시 물었다. "그렇다면 호부에 가서 물어야 할 일인데 왜 아주머니를 찾은 건가요?"

"그 당시 딸을 사간 사람이 환관이었는데, 궁녀를 사러 나왔다고 들었다 합니다. 전 씨는 자기 딸이 궁이나 왕부에 있을 것으로 생각했지만 일개 상인이 어찌 궁이나 왕부와 연고가 있겠습니까? 저야 어쨌든 공주부에 속한 사람이니, 공주님 곁의 시녀들에게 혹시 입궁하거나 왕부를 방문할 때 그와 관련된 소식을 알아봐줄 수 없는지 부탁 정도는 할 수 있으리라 생각한 거죠. 비록 막연한 희망이긴 하지만 그것밖에는 길이 없다고요."

황재하가 미소를 지으며 물었다. "아주머니께서는 남을 잘 돕는 분이니 분명 전관색을 도와 수소문을 해주셨겠네요?"

창포가 묘하게 난처한 기색을 띠더니 말했다. "그게…… 말하자니 그 우연이 참 기가 막힌데, 그 사람의 딸이 글쎄 뜻밖에도…… 이 공주부 안에 있었습니다."

황재하도 기이하다 여겼다. 궁중, 왕부, 공주부까지 해서 궁녀와 시녀의 수가 적어도 만 명은 넘는데, 어찌 그리 공교롭게도 딱 공주부 사람을 찾아와 부탁하고, 또 찾는 그 사람이 마침 공주부에 있었단 말인가?

"어쩌면 이 또한…… 지성이면 감천이 아닐까요. 그의 간절한 마음에 하늘이 감복하여 그런 우연도 찾아온 것이 아니겠습니까." 창포가 말했다.

"그러면 공주부에 있다는 그 딸이 누굽니까?"

창포는 더더욱 묘한 표정을 하더니 한참을 망설이다가 결국 입을 열었다. "제 생각엔 아마도…… 수주인 것 같습니다."

"수주요? 어떻게 확신하죠?"

"그게…… 수주는 올해 열일곱으로 일곱 살에 팔려 궁에 들어왔습니다. 듣기로 가족은…… 남동생이 둘 있다고 했습니다. 그리고 오른 손목에…… 흉터가 있는데, 전 주인장이 설명한 것과 똑같았습니다."

"남동생이 두 명?"

"네. 전 주인장은 아들이 셋인데 그중 막내는 딸을 팔고 난 뒤에 낳은 아들이라고 합니다."

"정말 대단한 우연이네요. 전관색도 분명 기뻐했겠죠?"

"그럼요. 그야말로 하늘이 준 경사가 아니겠습니까. 제가 다 기뻤는걸요. 그런데 양 공공, 이 일은 반드시 비밀로 해주셔야 합니다. 꼭 필요한 경우가 아니라면 다른 사람한테는 절대 비밀이에요." 창포는 한숨을 쉬며 다시 말했다. "어쨌든 제가 공주부에서 공주님 몰래 사사로이 뇌물을 받고 다른 사람을 돕는 일을 한 꼴이니까요. 규정대로라면 공주부에서 쫓겨나야 하죠."

"염려 마세요, 선행을 하신 거잖아요. 이번 사건과 관계없이는 절대 아무한테도 발설하지 않겠습니다!" 황재하는 장담하며 말했다.

창포는 그제야 고개를 끄덕였지만 여전히 걱정 가득한 얼굴이었다.

황재하는 잠시 생각하더니 다시 입을 열었다. "아주머니는 부마께서 데리고 온 사람이지요?"

창포가 재빨리 대답했다. "아이고, 이제는 다 공주부 사람이지요. 이쪽저쪽이 어디 있습니까."

"그런 의미가 아닙니다." 황재하가 웃었다. "성함이 고상하고 운치 있다는 생각이 들었을 뿐이에요. 두구나 연미라 불리는 이들도 있다고 들었고요. 다들 자매처럼 지내는 사이겠어요."

"그럼요, 저희 다 나이가 비슷하거든요. 부마께서 어렸을 때부터 그 집에서 일했지요. 몽 부인이 정해주신 대로, 저는 음식을 맡고, 연미는 일상생활과 관련된 일을, 옥죽은 붓과 먹, 그리고 책을 담당했습니다……. 그때 저희는 사이가 꽤 좋았지요."

"두구는요?" 황재하가 물었다.

두구의 이름이 나오자 창포의 얼굴에 슬픔이 드리웠다. 창포가 탄식하며 말했다. "두구는 저희와 조금 소원한 관계였습니다. 저희 중 제일 일찍부터 부마 곁에 있었는데, 당시 부마가 서너 살이었고 두구는 열세 살이었다고 합니다. 금년에…… 두구가 서른셋이네요."

"두구는 지금 어디 있나요?"

"바로 지난달에 지금원에서 발이 미끄러져 물에 빠져…… 죽었습니다."

황재하는 지금원에서 귀신이 나온다는 소문을 수주에게서 들은 것이 생각나 창포를 떠보았다. "지금원은 공주님이 봉쇄했다고 하던데요?"

"네……. 두구가 죽고 나서 한밤중에 누군가가 지금원에서 우는 소리가 들린다고 해서요. 도사의 술법도 소용이 없어서 공주님이 지금원을 봉쇄하라 명을 내리셨고, 그 후로는 다시 열리지 않았습니다."

"그 울음소리가 남자였습니까, 여자였습니까?" 황재하가 물었다.

"그건 저도 모릅니다. 그저 공주님께서 울음소리를 들었다고 말씀하신 것입니다. 공주께서 들으셨다 하는데 틀림이 있겠습니까."

황재하는 고개를 끄덕이고는 다시 물었다. "그럼…… 두구가 생전에 지금원에 살았나요?"

창포는 고개를 저었다. "아니요, 숙미원에서 살았습니다. 원래 부마께서 혼인할 때 주인마님이 좋은 사람을 찾아 두구를 시집보내려 하셨는데, 부마께서 본인은 두구의 시중에 익숙하니 반드시 두구를 데려가겠다고 고집을 피우셨습니다. 그래서 두구는 부마가 계시는 숙미원을 주관하게 되었고, 저는 주방에서 눈코 뜰 새 없이 바쁜 나날을 보냈습니다. 연미가 조금 한가하긴 했지만, 수하에 자수 놓는 사람이 10여 명 있어 매일 그 일을 감독해야 했고, 옥죽은 서재에서 바빴습니다. 저희 넷은 각자의 일이 있다 보니 가끔 만나도 말 몇 마디 제대로 나누지도 못했습니다. 후에 갑자기 두구가 죽었다는 소식을 듣고는 너무 슬픈 마음에 연미와 옥죽을 찾아가 물었지만 둘 다 모른다는 대답뿐이었습니다. 저택 내의 다른 사람들은 두구가 지금원의 요괴한테 홀려서 스스로 그곳 연못에 몸을 던진 거라고 말했습니다. 그렇지 않으면 숙미원과 지금원이 가깝지도 않은데 어떻게 거기까지 가서 죽었겠습니까?"

황재하가 잠시 생각에 잠겼다가 다시 물었다. "그렇게 치면…… 두구에 대한 부마의 감정은 꽤나 깊었겠네요?"

"맞아요, 두구는 부마보다 열 살이 더 많았고 어렸을 때부터 부마를 곁에서 모셨던 터라 부마께서 줄곧 두구를 존경하며 아꼈습니다. 주인마님께서 농담으로 말씀하시길, 두구는 오랫동안 부마의 시중을 들어 어미보다 더 사이가 가깝다고 하신 적도 있지요."

황재하는 고개를 끄덕이며 말했다. "그랬군요."

황재하가 더는 질문을 하지 않자 창포는 장부를 펼쳐 이런저런 항목들을 대조하기 시작했다.

주판을 튕기는 창포의 손놀림이 조금 느렸다. 황재하는 자기 때문에 창포가 편치 않은 것을 느끼고 그만 자리에서 일어났다.

"그럼 저는 이만 물러가겠습니다."

"조심히 돌아가세요." 창포는 안도의 한숨을 내쉬고는 지나는 말로 황재하에게 권했다. "아니면 조금 계시다가 저녁 식사까지 하고 가시지요. 공공께서 좋아하는 음식들을 준비시키겠습니다."

"아닙니다. 기왕 전하께서 부마의 거처에서 기다리고 계십니다."

숙미원에는 여전히 배롱나무 꽃이 만개했다. 서쪽으로 기울어가면서도 열기를 뿜어내는 태양 아래 송이송이 드리운 배롱나무 꽃이 여름의 정취를 물씬 더해주었다.

부마 위보형은 이서백에게 억울함을 토로했다. "전하께서도 알고 계시겠지만 제가 공주를 돌보지 않는 것이 아닙니다. 제가 지아비로서의 위엄을 갖추지 못한 것은 사실인지라, 공주가 절 부르지 않으면 제가 감히 어찌 가겠습니까? 저도 공주 옆에서 차도 따라주며 잘 섬기고 싶지만, 공주는 국자감 학정 우선의 『주례』 강론을 더 좋아한단 말입니다!"

위보형이 여기까지 이야기했을 때 환관이 황재하를 데리고 들어왔다. 위보형은 어색한 웃음을 지으며 황재하를 향해 손을 들었다.

"양 공공."

"위 부마를 뵙습니다." 황재하는 예를 갖춘 후 이서백의 뒤로 가서 섰다.

이서백은 조금 전 위보형의 이야기는 내버려두고 다른 이야기를 꺼냈다. "최근 공주부에 이상한 일들이 적잖게 발생한다고 들었네."

"그렇습니다……. 위희민이 죽었고 저는 격구 시합 중에 뜻밖의 일을 당했고, 또 이제는…… 공주가 가장 애지중지하던 구난채의 행방이 묘연해졌지요." 위보형이 탄식하며 말했다. "그 망할 놈의 도사가 말한 대로 공주부의 무언가가 정말 큰 풍랑을 몰고 오는 건지……."

이서백이 물었다. "무언가가?"

"그게…… 지금원에서 벌어진 사건 말입니다." 위보형은 황재하를 보며 물었다. "양 공공께서는 공주부 안에 떠도는 소문을 들으셨습니까?"

황재하가 고개를 끄덕였다. "부마를 모시던 두구가 영문도 모르게 지금원에서 익사한 일 말씀이시지요?"

"맞습니다……." 조용히 고개를 끄덕이는 위보형의 눈에 보일 듯 말 듯 비통함이 스치고 지나갔다. 위보형은 바로 고개를 돌려 창밖 너머 햇빛 아래 활짝 피어 있는 배롱나무 꽃을 바라보며 담담한 말투로 말했다. "그날 이후 지금원은 밤에 귀신이 운다 하여 봉쇄되었습니다.

하지만 어쩐지 그 이후로 저택 안에서 계속 이상한 일이 벌어지고 있는 것 같습니다……. 공주가 구난채를 잃어버리는 꿈을 꾼 뒤 정말 그 구난채가 온데간데없이 사라졌다든가 하는 일들 말입니다. 생각해보십시오. 그렇게 빈틈없이 지켰음에도 그 소중한 물건이 사라졌습니다. 괴상한 일 아닙니까?"

황재하도 고개를 끄덕였다. "아무리 생각해보아도 확실히 불가능해 보이기는 했습니다."

"그래서…… 저는 두구의 원혼이 그 풍랑을 일으키고 있는 게 아닌가 생각했습니다." 위보형은 생각에 잠긴 채로 말했다. "아무래도 그런 상황에서 구난채를 감쪽같이 사라지게 할 수 있는 것은 귀신밖에 없지 않을까요."

"스무 해 가까이 부마를 시중들었는데, 죽은 뒤에 부마께 귀신이라 불리면 두구가 슬퍼할 거라고는 생각지 않으십니까?"

황재하의 말에 위보형이 잠시 멍한 표정을 짓더니 나지막이 입을 열었다. "만약에…… 두구가 아주 억울하게, 아주 고통스럽게 죽었다면요."

황재하는 눈을 아래로 떨구고는 아무 말도 하지 않았다.

이서백이 입을 열었다. "불가사의한 일에 대해서는 잠시 내려놓지. 먼저 부마에게 물어보고 싶은 것이 있는데, 어제 오시경에 어디에 있었는가?"

위보형은 살짝 어리둥절해하더니 곧바로 대답했다. "오시라면 대녕방에 있었습니다."

"대녕방에는 무슨 일로?"

"대녕방 홍당사의 주지 오인 스님은 큰 덕을 쌓으신 고승입니다. 최근 공주부에서 일어난 일들 때문에 스님께 불경을 독송하여 극락으로 인도해주실 것을 청하러 갔습니다." 위보형은 기억을 더듬으며 분명하게 말했다. "오인 스님과 날짜를 잡고서 절을 몇 바퀴 거닐다 보니 저도 모르게 시간이 많이 지났습니다. 절에서 나올 때 대녕방에서 살인 사건이 났다는 말을 듣고 저도 급히 가봤는데, 대리사 사람이 이미 와서 조사하고 있기에 그냥 바로 돌아왔습니다."

황재하가 물었다. "부마께서 절에 머물러 있을 때 만난 사람이 있습니까?"

위보형은 고개를 저으며 말했다. "초하루나 보름날도 아니었기에 참배하는 사람이 매우 적었습니다. 후원을 잠시 돌긴 했지만 누구도 만나지 못했습니다."

"그 후는?" 이서백이 천천히 물었다. "대녕방을 떠나 저택에 돌아오기 전까지 말이네."

위보형은 놀라 물었다. "전하의 말씀은……."

"어제 관아에서 저택으로 돌아가던 중에 대녕방에서 그대를 보았네." 이서백은 숨기지 않고 가볍게 한마디를 더했다. "그대가 여적취와 대화하고 있더군."

끝내 위보형의 낯빛이 변했다. 자신이 대녕방에서 적취와 이야기를 나누는 모습이 그들 눈에 띄었을 줄은 꿈에도 몰랐다. 얼굴빛이 붉으락푸르락하던 위보형은 결국 고개를 끄덕이며 인정했다.

"네……. 지난번 일을 처리하면서 한 번 만난 적이 있거든요."

"하지만 그대가 여적취에게 보인 행동과 말투는 한 번 만난 사이로 보이지는 않더군." 이서백의 말투는 여전히 냉담하고 가차없었다.

위보형은 한숨을 쉬며 말했다. "네, 맞습니다……. 어쨌든 공주부가 그 여인에게 큰 빚을 진 셈이니 최대한 잘해주고 싶었습니다."

이서백은 차가운 눈으로 그를 쳐다보며 아무 말도 하지 않았다.

"설마 전하께서는 제가 대녕방에 있었고, 여적취와 몇 마디 나눴다고 해서 손 씨의 죽음과 제가 관련이 있다고 생각하시는 겁니까?"

위보형은 결국 참지 못하고 다급한 말투로 자신을 변호하고 나섰다. "전하께서는 온몸이 종기투성이인 그 병자를 죽이자고 제가 혼자 대녕방에 갔을 거라고 생각하십니까? 저는 그저 한마디 명만 내리면 그 문둥이를 죽일 방법이 수없이 많을 건데요, 그렇지 않겠습니까?"

의자에 몸을 깊숙이 기댄 이서백은 펄쩍펄쩍 뛰며 자신을 변호하는 위보형을 쳐다보면서 눈썹 하나 까딱하지 않고 말했다.

"부마, 자네 생각이 지나쳤네. 나는 그저 동창의 부마가 늦은 시간에 젊은 여인과 만나는 건 무분별한 일이지 싶어 한 말이었네."

위보형은 순간 멍하니 있다가 간신히 몸에서 힘을 빼며 자세를 고쳐 앉았다. 그러고는 기어 들어가는 목소리로 말했다. "네……. 전하의 말씀 잘 새기도록 하겠습니다."

공주부에서 한참을 머물렀더니 어느새 아름다운 노을이 온 하늘에 깔렸다.

부마는 직접 숙미원 밖까지 배웅을 나와 조금은 불안한 듯한 목소리로 말했다. "전하, 그럼 살펴 가십시오. 저는 공주한테 가서 제가 뭐 보살필 건 없는지 좀 살펴보겠습니다."

이서백이 고개를 끄덕이며 말했다. "가보게. 근래에 저택 안팎으로 많은 일이 있었으니 필히 공주를 잘 보살펴주도록 하게. 공주가 최대한 외출은 삼가고 외부인과는 만나지 않도록 하게."

"네, 알겠습니다." 위보형은 정중한 태도로 대답했다.

황재하는 이서백의 뒤를 따라 작은 길을 걸어 측문 근처까지 이르렀다.

기왕부가 있는 영가방은 공주부에서 그리 멀지 않았다. 흥녕방만 지나면 바로 도착이었다. 공주부는 장안 동북쪽의 십육왕택에 자리하고 있어 서남쪽 측문으로 나가면 장안성의 모든 방으로 통했다.

두 사람은 비단처럼 찬란하게 빛나는 저녁노을을 바라보며 무의식적으로 걸음을 늦추었다. 자신들을 기다리는 마차는 조금도 신경 쓰지 않은 채 천천히 공주부를 걸었다.

장안에서 가장 부귀하고 사치스럽기로 유명한 공주부가 석양빛 속에서 금빛, 푸른빛, 주홍빛, 보랏빛으로 화려하게 반짝였다. 고대의 작은 누각과 굽이진 복도, 화려한 대청이 마치 환상 속의 봉래선산과 영주도서처럼 신선이 머무는 곳으로 보였다. 하지만 정작 그 안에 살고 있는 이들은 고통과 낙망 속에서 헤어나지 못하고 있으니, 이렇게 화려한 정자와 누각이 헛되지 아니한가?

황재하가 그런 생각을 하고 있을 때 이서백의 조용한 목소리가 들려왔다. "어제 대녕방은 부마의 말대로 무척이나 붐볐겠군."

이서백이 갑자기 어제의 일을 꺼내자 황재하는 자신도 모르게 고개를 돌려 그를 바라보며 고개를 끄덕였다.

"손 씨가 죽을 때, 그자와 관계있는 이들 모두 대녕방에 모여 있었다. 장항영, 여적취, 여지원, 전관색, 그리고…… 부마까지."

"게다가 더욱 공교롭게도 그들 모두 손 씨를 죽일 만한 각자의 이유가 있었습니다." 황재하가 말했다.

"그래. 한데 너도 분명 알아차렸겠지만, 부마는 처음부터 우리의 시선이 두구에게로 가게끔 은근히 유도했어. 네 생각에 그 의도가 무엇인 것 같으냐?"

황재하는 고개를 끄덕이며 말했다. "처음 공주부에 왔던 날 부마는 저와 최 소경 앞에서 의도적으로 벽에 걸린 두구 시화를 올려다보아 저의 주의를 끌었고, 방금은 또 매우 자연스럽게 공주부에서 두구가 죽은 일을 언급했습니다."

"내 이미 사람을 시켜 알아보았다. 부마 곁에는 확실히 그러한 시녀가 한 명 있었더군. 부마보다 열 살 위의 두구라 하는 시녀가." 이서백은 걸음을 멈추더니 사람 하나 없는 푸르스름한 돌길 위에 서서 낮은 목소리로 말했다. "부마를 어릴 적부터 키운 시녀였다. 부마가 고집을 부려 시집도 보내지 않고 공주부로 데려왔다 하더군. 그런데 지난달에 지금원의 작은 연못에서 익사한 것이야."

황재하는 무엇인가 생각하면서 고개를 끄덕였다. "창포도 저에게 그렇게 이야기했습니다."

"그리고 한 가지 더, 너도 여기까지는 몰랐겠지만." 이서백은 눈앞에 울창하게 펼쳐진 잔디를 바라보았다. 드문드문 자그마한 여름 꽃이 피어 있었지만 누구하나 돌보는 이 없이 뜨거운 태양 아래 시들어 있었다. "두구는 형제자매가 열 명이 넘었다. 오라비가 장가갈 때 예물 마련할 돈이 없어 열두 살이던 두구를 부마 저택에 팔았다고 한다. 머리가 명석하고 말도 잘 들어서 이듬해부터는 당시 세 살이던 부마를 곁에서 돌보았다고 하더구나. 스무 해가 지나고, 한낱 계집종이었던 두구는 부마 곁의 중요한 인물이 되었지. 하지만 그 수중에는 모아놓은 돈이 한 푼도 없었다. 거머리 같은 오라비 일곱이 버티고 있었기 때문이지. 그들 가족을 모두 두구가 부양했다는구나."

황재하는 아무 말 없이 고개만 끄덕이며 계속 이어지는 이서백의 이야기를 들었다. "맏언니는 두구보다 나이가 스무 살 이상 많았는데, 두구가 몸종으로 팔려가고 난 이후에 난산으로 세상을 떠났다. 죽으면서 딸 하나를 남겼는데 그 아이가 바로 여적취다."

황재하는 순간 너무 놀라 고개를 들어 이서백을 보았다. "그럼 그들은 서로 왕래가 있었습니까?"

"매우 적었던 것 같다. 두구가 오랜 세월 가족을 부양하긴 했지만, 오라비와 동생들만 자신의 가족이라 여기고 시집간 언니는 출가외인이라 여겼던 모양이야. 게다가 그 언니는 두구보다 나이가 훨씬 많아서 두구가 태어나기도 전에 이미 여지원에게 시집을 갔으니, 두 자매는 서로 만날 기회조차 별로 없었을 것이다. 그 언니, 그러니까 여적취의 모친이 난산으로 죽었지만, 적취의 외삼촌들은 놀고먹는 것만 좋아하는 게으른 자들이었으니 어디 큰누님이 남긴 조카를 돌볼 생각이나 했겠느냐. 게다가 여지원이나 여적취가 초를 가지고 공주부를 방문해도 두구와는 만난 적이 없으니 공주부 사람들도 두구에게 이런 친척이 있다는 사실을 전혀 몰랐겠지. 공주부의 초를 여지원이 대는 것도 두구와는 전혀 무관해. 만일 여지원 같은 자가 두구의 존재를 알았다면 진작에 찾아와 뭐라도 이익을 꾀하려 하지 않았겠느냐?"

황재하는 고개를 끄덕이며 무언가를 떠올렸다.

"적취의 어머니는 두구와 자매지간이니 조카딸과 이모가 매우 닮았을 수도 있겠습니다. 그래서 공주께서 적취를 보자마자 갑자기 몸이 편찮아지셨고, 사람을 시켜 내쫓았는지도 모르겠네요."

"그래서 두구의 죽음은 필시 공주와 관련이 있을 것이다."

"처음으로 두구를 언급할 때, 최 소경도 제 옆에 있었습니다. 그래서 부마는 일부러 쉽게 들통날 거짓말을 꾸며 제게만 암시를 주었던 것입니다." 황재하는 눈썹을 찌푸렸다.

이서백은 그녀를 응시하며 입가에 보일 듯 말 듯한 미소를 지었다. "사람과 사람 사이의 관계는 참으로 깊이 음미해볼 만한 가치가 있지 않으냐?"

황재하는 가만히 고개를 끄덕였다. 두 사람은 더는 아무 말 없이 천천히 공주부 밖을 향해 걸었다. 눈앞에 측문이 보였다. 문 바깥으로는 제왕 고관의 저택들이 높은 벽과 대정원을 자랑하며 서 있었는데 사람 하나 없이 고요했다.

두 사람이 측문을 향해 길을 꺾어 돌아가려던 그때, 문밖으로 지나가는 사람이 보였다. 우선이었다.

일찌감치 떠난 줄 알았던 우선이 이 시간에야 공주부에서 나갈 줄

이야, 게다가 하필 바로 눈앞을 지나갈 줄이야, 황재하는 생각도 못했다. 황재하는 자신도 모르게 걸음을 멈추어 이서백의 뒤에 섰다.

우선은 두 사람을 보지 못했는데, 왠지 넋이 나간 듯한 표정이었다. 홰나무처럼 훤칠한 그의 몸매도 힘없는 걸음걸이 때문에 기품 없어 보였다. 이서백이 뒤를 돌아보니 황재하가 황망한 눈빛으로 우선을 바라보며 우두커니 서 있었다. 그 얼굴에 드러난 표정이 놀람인지 슬픔인지 알 수 없었다.

"궁금하지 않느냐?" 이서백은 잠시 멈추었다 말을 이었다. "가서 한번 보지그러느냐. 손에 들린 물건이 무엇인지."

황재하는 아무 생각 없이 그의 말에 대답하다가 그제야 정신이 들었는지 깜짝 놀란 눈으로 이서백을 쳐다보았다.

이서백은 이미 문 앞에서 대기하고 있던 마차를 향해 걸어가며 말했다. "돌아오면 다시 얘기하지."

황재하는 그 자리에 잠시 그대로 서 있다가 결국 발을 떼어 우선이 떠난 방향으로 따라갔다.

황재하는 촉에 있을 때 범인을 미행해본 적이 있다. 지금은 발걸음이 그때처럼 신중하지 못한데도 앞에 걷고 있는 우선은 마음이 복잡한지 주위 상황에는 전혀 주의를 기울이지 못하는 듯이 보였다.

해 질 무렵의 길모퉁이, 아무도 없는 고요한 시각에 우선은 대녕방과 흥녕방 사이를 걸었다. 황재하는 적당한 거리를 유지하며 그 뒤를 따라가 우선이 손에 쥐고 있는 물건을 보았다. 서신이었다.

연붉은색 서신에 이따금 햇살이 스칠 때마다 가장자리의 금빛 무늬가 어른거려 무척이나 곱고 아름다웠다. 얼핏 보기에도 여인의 물건이었다. 그러나 위에 적힌 글자는 거리가 멀어 제대로 보이지 않았다. 대녕방에 있는 흥당사 앞까지 걸어간 우선은 향로 앞에서 멈춰 서더니 손에 들린 서신을 뜯어 펼쳤다.

우선은 서신을 단 한 번 훑어본 뒤 우아하고 아름다운 입술을 꽉 물고는 천천히 손을 들어 찢어버렸다.

그러고는 서신 조각을 향로에 넣은 뒤 종이가 재로 변하는 모습을 지켜보았다. 종이가 완전히 다 탄 뒤에야 몸을 돌려 안홍방을 따라 국자감이 있는 무본방을 향해 걸어갔다. 고개 한 번 돌리지 않았다.

우선이 모퉁이를 돌아 사라지고 난 뒤 황재하는 아무도 없는 향로 앞으로 뛰어가 그 안을 살펴보았다. 제법 두꺼운 데다 금빛 무늬까지 더해져 있던 종이는 재가 되었어도 그리 가볍지 않아 그저 향이 피워 올리는 연기에 몇 차례 나부끼는 정도였다.

황재하는 자신도 모르게 양손을 들어 날리는 재 중에서 가장 큰 것을 마치 나비를 잡듯 손바닥 안에 가두었다.

종이에는 아직도 잔열이 조금 남아 있었다. 황재하는 손바닥의 땀이 재를 망가뜨리지 않게, 조심스럽게 소매를 끌어내려 양손을 덮은 뒤 소매 위에 재를 올리고 다시 양손을 포갰다.

얇은 강사포를 사이에 두고 그 따뜻하고도 은밀한 비밀을 손바닥으로 감싼 황재하는 살짝만 움직여도 재가 부서질까 걱정되어 쉽사리 손을 움직이지 못했다. 그렇게 손바닥을 포갠 상태로 곧바로 숭인방으로 달려갔다.

주자진 저택의 문지기는 황재하를 잘 아는 터라 곧바로 안으로 들게 해주었다. 여느 때와 다름없이 외지고 으슥한 정원에서 백골을 만지작거리고 있던 주자진은 두 손바닥을 붙인 채 급히 달려오는 황재하를 보고는 깜짝 놀랐다.

"숭고, 손은 왜 그래? 누가 못으로 손바닥을 박아놓기라도 한 거야?"

황재하는 조심스레 손바닥을 열어 종잇조각을 보여주었다. "저 좀 도와주세요."

"……종이를 태운 재?" 주자진은 의아해하며 물었다. "어디서 난 거야?"

"홍당사 향로에서요."

주자진은 진지한 표정으로 황재하에게 말했다. "숭고, 잘 들어. 병이 나면 의원을 찾아가면 되는 거야. 너 미신 같은 거 안 믿는다고 했잖아? 병이 났다고 향로 재를 물에 타서 먹는다든가 하는 황당무계한 일은 절대 안 했으면 해! 네가 그런 짓을 하면, 널 경멸하게 될지도 몰라!"

"이건 서신이에요." 황재하는 어이없어하며 종이 재를 주자진의 얼굴 앞으로 들이밀었다. "여기에 제가 서둘러 찾아내야 하는 단서가 있어요. 여기 쓰인 글자를 알아내주시면 제가…… 밥 살게요."

"누가 이 시간까지 밥도 못 먹었으려고?" 주자진은 황재하의 말을 무시하며 그녀의 손바닥과 재 사이에 종이를 끼워 가볍게 들어 올렸다. 재가 종이 위로 옮겨졌다.

"그럼 도련님이 원하는 걸 말씀해보세요."

"앞으로는 오늘 점심때처럼 나 버리고 혼자서 조사하러 가면 안 돼!" 주자진이 조건을 말했다.

황재하가 해명했다. "오후에는 공주부에 갔던 거예요. 공주님이 따로 지시하신 바도 없는데 제가 어떻게 마음대로 다른 사람을 데리고 가요?"

"흥, 대리사가 너한테 붙여준 조수라고 해도 되는 거잖아?" 주자진이 황재하를 노려보며 말했다.

황재하가 어쩔 수 없이 대답했다. "알았어요……. 특수한 상황만 아니라면 앞으로는 도련님도 함께 가요."

"좋아!" 주자진이 순식간에 싱글벙글하면서 힘껏 황재하의 어깨를 두드리며 말했다. "나는 너 따라다니는 게 제일 재미있어! 너만 따라

가면 시체가 있거든!"

황재하는 그 말은 듣지 못한 척하며 말했다. "그 재 위에 있는 글자는……."

"안심해, 나한테 맡겨!"

주자진은 물을 한 바가지 받아 재를 받친 종이를 물 위에 살포시 띄웠다. 그리고 정교한 동작으로 종이만 빼냈다.

재가 가볍게 물 위에 떴다. 주자진은 옆의 선반을 한참 뒤적거려 작은 병을 하나 찾아오더니 그 안에 든 담녹색 액체를 조심스럽게 재의 가장자리를 따라 부었다.

"이건 내가 옛 방식대로 시금치 수백 근을 여러 번 달여서 추출한 거야. 평소에는 아까워서 잘 쓰지도 않는 거라고."

액체가 천천히 번지면서 재에 침투해 들어갔다. 재 전체에 액체가 침투되자 순간 검은색 재 위로 글자의 흔적이 나타났다. 재에 남아 있던 먹이 재 자체보다 빠르게 색이 날아가면서 옅은 흔적을 남기는 것이었다. 글자는 회색으로 잠시 반짝이듯 나타났다가 순식간에 다시 사라져버렸다. 비록 명확하진 않았지만 간신히 알아볼 수 있을 정도는 되었다.

월(月)……화(華)……황(完)……조(照)……윤(尹)

주자진은 그 글자들이 무슨 의미인지 분석해보려고 애썼다. "무슨 뜻이지?"

황재하는 희끗한 다섯 글자가 재 위로 잠시 드러났다가 금세 사라져버리는 장면을 멍하니 지켜봤다. 마침내 재 전체가 물속에 잠겨 용해되기 시작했다.

그녀는 천천히, 그리고 괴로운 듯 낮은 목소리로 말했다. "제 생각에, 세 번째 글자는 '류(流)' 자인데 글자의 반이 날아간 것 같고, 다섯 번째 글자도 아마 '군(君)' 자일 것 같아요."

"월화류조군……." 주자진이 불현듯 생각난 듯 외쳤다. "장약허의 「춘강화월야」에 나오는 시구야!"

> 지금 함께 바라보나 소식 전하지 못하니(此時相望不相聞)
> 달빛 따라 흘러가 그대를 비추었으면(願逐月華流照君)

주자진은 고개를 들고 황재하를 보며 물었다. "연서였을까?"

황재하는 고개를 끄덕이다가 다시 가로저었다. 그러고는 아무 말 없이 멍한 얼굴로 남은 재의 흔적만 바라볼 뿐이었다.

녹색 액체에 침식당한 재는 이미 흐물거리며 흩어져 반은 가라앉고 반만 떠 있었다.

그 글자도 영원히 사라져 볼 수 없게 되었다.

주자진은 우쭐거렸다. "어때, 좀 하지? 시금치 즙으로 옷에 묻은 먹 자국을 지울 수 있다는 사실을 발견하고서는 옛 서적을 뒤져서 시금치 즙 추출하는 법을 알아낸 거야. 이 특수하게 제작한 즙을 사용하면 먹 자국이 먼저 색을 잃으면서 재가 물에 다 녹아버리기 전에, 아주 잠깐의 시간이지만, 우리가 충분히 글자를 알아볼 수 있지. 나 엄청 대단하지 않아?"

황재하는 억지로 고개를 끄덕이며 말했다. "대단해요."

주자진은 그제야 황재하가 뭔가 이상하다는 것을 깨닫고 물었다. "숭고, 왜 그래? 안색이…… 너무 안 좋은데?"

"아…… 아무것도 아니에요."

황재하는 작은 목소리로 겨우 대답한 뒤 이미 잿빛으로 변해버린 물을 다시 한 번 쳐다보며 긴 한숨을 내쉬었다. 그러고는 애써 마음을 진정시켰다. 여전히 걱정스러운 듯 자신을 바라보는 주자진의 시선을 피해 황재하는 바깥 하늘을 살핀 뒤 자리에서 일어나며 말했다.

"도와주셔서 고맙습니다. 그럼…… 이만 가볼게요."

"밥 먹고 가. 매일 그렇게 바쁘게 뛰어다니면서 밥은 잘 챙겨 먹고 있는 거야?"

"시간 없어요. 전하께서 기다리고 계시거든요."

기왕부로 되돌아온 황재하는 심신이 피로했다.

가까스로 기운을 내 늘 하던 대로 먼저 이서백을 찾아가 서신의 내용을 보고했다.

이서백은 건성으로 들으며 유리병을 손에 들고 만지작거렸다. 유리병 속 작은 물고기는 잔잔한 흔들림에 몸을 맡긴 채 이리저리 움직였다. 몸을 뜻대로 움직일 수 없으니, 공연히 꼬리만 흔들며 평온을 유지하는 수밖에 없었다.

"세간의 소문이 사실이었군?" 이서백은 물속의 작은 물고기를 바라보았다. 그의 목소리가 지금 이 순간 병 속에서 조용히 흔들거리는 물결처럼 잔잔하게 들려왔다.

"네……." 황재하는 낮은 목소리로 대답했다.

이서백의 시선이 마침내 황재하를 향했다. 이서백의 눈에 처음으로 망설임과 배려의 빛이 떠올랐다. 무엇인가를 말하고 싶어 하는 듯했지만 한참 후에야 시선을 돌리며 입을 열었다. 그녀를 위로하는 듯도, 혼잣말인 듯도 들렸다.

"소문이란 것은 종종 사실의 일부만을 반영하거나, 혹은 아예 허위로 뭉친 자욱한 안개와 같을 때도 있다."

황재하는 그가 말하고자 하는 의미를 알 수 없어 한참을 생각해보았지만 갈피를 잡지 못해 화제를 돌렸다.

"대리사에서 장항영의 그 그림을 얻었습니까?"

"아니."

황재하는 의아한 마음에 고개를 들어 이서백을 쳐다보았다.

"대리사의 요구로 장항영이 궤짝을 열었을 때 이미 그림이 사라지고 없었다."

"사라졌다고요?" 황재하는 그날 장항영이 그림을 잘 말아서 챙기던 장면을 회상하며 미간을 좁혔다. "장 형 아버지께서 그 그림을 무척 귀하게 여겨 중요한 일이 있을 때만 꺼내 걸어놓고 절을 한다 했습니다. 평소에는 궤짝에 넣어 잠근 상태로 보관을 하는데…… 어떻게 갑자기 없어질 수가 있죠?"

"대리사 쪽에서는 장항영이 조사를 방해하려고 일부러 내놓지 않는다고 생각해, 그의 집을 샅샅이 다 뒤져보았지만 결국 끝까지 발견되지 않았다는군." 이서백이 말했다. "원래라면 그저 우연에 불과하다고 하겠다만, 이 지경까지 되고 보니 어쩌면 정말로 뭔가 문제가 있는지도 모르겠구나."

황재하는 마음속에 불안이 스쳐지나갔다. "대리사에서는 어떻게 처리한다고 합니까?"

이서백은 황재하가 장항영을 염려하는 걸 깨닫고 그녀를 흘끗 쳐다본 뒤 대답했다. "대리사는 좌금오위로 찾아가서 장항영을 소환했다. 좌금오위에 온 첫날 바로 대리사에 불려갔으니 좌금오위 내에서도 소문이 상당할 것이다. 좌금오위에서도 장항영에게 일단 그 그림을 찾아서 관아로 들고 가라고 지시했다. 가까운 시일 내에 그 그림을 제출하지 못한다면 곤란한 상황에 처하게 될 거 같구나."

황재하는 속으로 몰래 한숨을 쉬었다. "네. 그 일은 제가 주시하도록 하겠습니다."

이서백은 옆에 있던 한 뭉치의 종이를 건네며 말했다. "이건 대리사에서 네게 주라고 한 것이다. 지난번에 조사해달라고 한 것이라더구나."

황재하는 문서를 받아들었다. 지난번에 자진과 이야기 나눴던 내용과 관련된 조사서였다. 적취와 공주부 사이에 있었던 일을 장항영이 언제 알게 되었는가.

당시 장항영은 적취의 사정은 물론, 위희민이라는 자도 몰랐다고 말했다. 하지만 대리사의 조사 결과, 모든 증거가 그의 말과 달랐다.

황재하는 입술을 꽉 물며 조사서를 잘 챙겼다. "이리 되었으니, 지금 아무래도 장항영의 집에 한번 다녀와야 할 것 같습니다."

이서백이 손을 휘 내저으며 말했다. "가보거라. 이제 좌금오위 사람들이 다 너를 알았을 테니 굳이 내가 서신을 써줄 필요는 없을 것 같구나."

"정 안 되면 왕부의 명령서가 있으니까요."

황재하가 억지로 웃으며 몸을 일으켜 나가려고 할 때였다. 갑자기 눈앞이 아득해지더니 자신도 모르게 그대로 스르르 주저앉았다. 맞은편에 앉아 있던 이서백의 몸이 민첩하게 움직였다. 황재하가 탁자에 부딪히지 않도록 한 손으로는 탁자를 밀어내며 다른 한 손으로는 쓰러지는 황재하를 붙잡아 안아 바닥에 깔린 융단 위로 부축해 앉혔다.

눈앞에 드리운 어둠이 서서히 사라진 뒤, 황재하는 자신을 붙들고 있는 이서백을 보았다. 팔을 들어 그의 품에서 벗어나려 했지만 몸에 조금도 힘이 들어가지 않았다. 도저히 어쩔 도리가 없어 그저 작은 목소리로 이서백에게 말했다.

"감사합니다, 전하……. 아마 피곤해서 그런 것 같으니 조금 쉬고 나면 괜찮아질 것입니다."

황재하는 창백한 얼굴로 고집스럽게 괜찮다고 말했다. 이서백은 그런 황재하를 고개 숙여 내려다보다가 아무 말 없이 그녀를 품에 안아 성큼 낮은 침상으로 걸어가 그 위에 조심스럽게 눕혔다.

이서백은 여전히 고개를 숙여 황재하를 내려다보았다. 깊고 고요한 눈빛이 자신을 응시하는 걸 보며 황재하는 긴장되고 어색해 참을 수 없었다. 하는 수 없이 눈을 다른 쪽으로 돌리며 나지막한 목소리로 말했다. "송구합니다……. 전하 앞에서 제가 실례를 범했……."

"내 잘못이다." 우울한 음성이 황재하의 말을 끊었다.

그의 목소리에 도무지 분간할 수 없는 많은 것이 담긴 것 같아 황재하는 자신도 모르게 의아한 눈빛으로 그의 얼굴을 바라보았다.

이서백이 낮고 느린 음성으로 말했다. "내가 잊었구나……. 네가 여인의 몸이라는 것을."

깜짝 놀란 황재하는 한참 이서백을 바라보다가 겨우 입을 열었다. "괜찮습니다. 저 또한 일찍이 잊어버린 사실입니다."

그 말에 이서백은 순간 가슴이 먹먹해 한참을 황재하 앞에 서서 그 모습을 가만히 지켜보기만 했다.

황재하의 가녀린 몸이 침상 위에 옆으로 누워 있었다. 붉은색 옷과 검은 띠를 두른 환관복 차림에, 헝클어진 머리카락이 몇 가닥 목으로 흘러내려 옷깃 속까지 구불구불 들어갔다. 검은 머리카락이 그녀의 하얀 피부와 대조되어 유난히도 눈에 띄었다. 이서백은 자신도 모르게 그 구불구불한 곡선을 따라 시선이 아래로 움직였다.

그의 가슴에 순간 아련한 열기 같은 것이 피어나더니 심장이 파동을 일으키며 술렁이기 시작했다. 자신의 그러한 동요를 깨달은 이서백은 곧바로 몸을 돌려 아무 말 없이 탁자로 돌아가 앉았다.

황재하는 어리둥절한 표정으로 이서백을 쳐다보았다. 늘 침착하고 냉정하기만 하던 기왕이 왜 돌연 평정을 잃은 듯한 모습을 보이는지 알 수 없었다. 잠시 누워 있으니 어지러움이 가신 것 같아 황재하는 재빨리 일어나 앉아 이서백에게 말했다.

"더 이상 전하를 방해하지 않도록 소인 이만 물러가겠습니다."

이서백은 살짝 휘청거리는 그 걸음을 보며 무어라 말하려다가 그냥 두었다. 그러나 황재하가 문 앞에 다다랐을 때 결국 다시 입을 열었다. "오늘 밤에는 장항영을 찾아가지 말거라."

황재하는 의아한 눈으로 고개를 돌려 그를 보았다.

"그리도 휘청대는 모습을 보니, 내일 길거리 어딘가에서 너를 거두어와야 할까 봐 하는 말이다."

황재하는 자신도 모르게 웃으며 대답했다. "그럼 내일 아침 일찍 일어나 가도록 하겠습니다."

"그러거라." 이서백은 몸을 일으켜 그녀와 함께 침류사를 나왔다.

황재하는 그가 어디로 가는지 몰라 그저 그 뒤를 천천히 따라 걸었다. 물가의 수양버들이 두 사람의 어깨와 팔을 스치고, 은은한 달빛 아래 연꽃이 활짝 피어 있었다. 이서백은 황재하의 앞에서 반보 정도 거리를 유지하며 걸었다. 언제든지 손을 뻗어 그녀를 붙잡을 수 있을 정도의 거리였다.

황재하는 순간 깨달았다. 그가 자신을 배웅하고 있다는 사실을.

조용한 어둠 속, 날이 지자마자 서둘러 높이 솟아오른 둥근 달이 환하게 빛났다. 곧 보름이었다.

황재하는 반보 앞서 걷고 있는 이를 바라보았다. 손을 뻗으면 닿을 것만 같은 그 뒷모습을 보며 그만 그 시구를 떠올리고 말았다.

달빛 따라 흘러가 그대를 비추었으면

저도 모르게 자신에 대한 깊은 미움이 일어나 가슴이 미어지듯 아파왔다. 황재하는 두 주먹을 움켜쥐며 깊게 호흡했다. 그 기억들을 몰아내기 위해 안간힘을 냈다.

그러고는 스스로에게 말했다. '황재하, 지나간 일들은 이제 모두 잊어야 해. 부모님과 친척들이 죽었어. 가족을 위해 능히 할 수 있는 일조차 제대로 하지 못한다면 천벌을 받아 마땅해!'

13장

하늘과 땅 사이의 간극

저녁에 노을이 지면 다음 날은 천리를 여행한다 했던가. 전날의 찬란했던 노을에 이어 이튿날 날씨 또한 화창하고 맑았다. 태양이 이제 막 떴음에도 장안 전체가 벌써 열기로 가득했다.

황재하는 적삼 위에 얇은 강사포를 입었는데 벌써부터 땀이 났다. 왕부에서 아무것도 하지 않고 대기할 때는 그나마 괜찮았지만 일단 움직이기 시작하면 금세 온몸이 땀으로 젖었다. 게다가 공주부 사건이 아직 결론 나지 않아 오늘도 나가서 여기저기 분주하게 다녀야만 했다.

막 저택 문에 도착했을 때 뜻밖에도 주자진이 말 소하를 끌고 문 앞에서 황재하를 기다리는 게 보였다. 주자진의 손에는 따끈따끈한 찐빵 네 개가 들려 있었다. 황재하를 발견한 주자진은 재빨리 다가와 연잎에 싸인 찐빵을 내밀었다.

"숭고! 자, 한 사람에 두 개씩."

"좀 전에 먹고 나왔는데요." 사실은 급히 준비하느라 겨우 떡 한 조각을 후다닥 입에 넣고 나왔을 뿐이었다. 그래서 자신의 찐빵을 한 개 건네받아 말을 타고 나란히 가면서 먹었다.

“어제 건성으로 대답한 걸 내 알고 있었지. 내가 문 앞에서 기다리지 않았으면 분명히 또 혼자서 조사하러 갔을 거야!” 주자진이 입을 삐죽 내밀며 타박했다.

황재하는 대충 그를 달랬다. “그럴 리가요. 원래 도련님한테 바로 가려고 했어요.”

“진짜?” 주자진은 그 말을 곧이 믿었다. “친구여! 역시 넌 의리의 사나이야! 그래서 오늘은 어디로 가는 거야? 내가 실력 발휘를 할 만한 시체가 있는 거야?”

“없는 게 제일 좋죠!” 황재하가 눈을 흘겼다. “장 형 집으로 갈 거예요.”

“아……!” 주자진은 하마터면 말에서 떨어질 뻔했다. “장 형 집에는 왜?”

“어제 대리사에 안 가셨어요? 장 형 집에 있던 그 그림이 사라졌어요.”

“그 그림? 세 명의 죽음이 그려져 있던 그 그림 말이야?” 주자진은 순간 찐빵을 제대로 쥐고 있지도 못할 정도로 흥분했다. “설마 그 그림이 정말 이 사건하고 관계가 있는 거야? 어떻게 관련되어 있는 거야? 대체 어떻게 그림 속 상황들이 이번 사건들이랑 그리도 비슷한 걸까? 장 형도 곤란해진 거 아니야? 좌금오위는 어떻게 처리할 거래? 장 형한테 무슨 문제라도 생기면 적취는 또 어떡해?”

“일단 찐빵이나 드세요.” 황재하는 그 한마디로 모든 질문을 끝내버리고는 손을 들어 나푸사를 살짝 때리며 걸음을 재촉했다.

동에서 서로 장안성의 반을 가로질러 장항영의 집에 도착했다.

이른 시간인지라 물을 길으러 나온 아낙들이 이야기를 나누고 있는 모습이 보였다. “아니, 어제 그 사람들 분명 관아 사람들이지? 어떻게 그리도 많은 사람이 한꺼번에 들이닥쳤대?"

"장 씨네 둘째 아들이 사고를 쳤다던데."

"세상에나. 아니, 진짜 착실하게 보이더니만, 요 근래는 어찌 그리 계속 일이 터진대? 기왕부에서 쫓겨나더니, 좌금오위에서도 쫓겨나고, 이제는 관아에서까지 조사가 나왔다니. 참말로…… 그런 사람인지 몰랐네!"

주자진은 그 말을 믿을 수 없어 말에서 뛰어내려 아낙에게 물었다. "뭐라고요? 장 형이 좌금오위에서 쫓겨났다고요? 누가 그래요?"

웬 사내가 말에서 뛰어내려 질문을 퍼붓자 아낙은 당황해하며 말했다. "그럼 아니에요? 관아 사람들이 와서 집을 샅샅이 조사하고 갔지, 오늘은 아예 문밖을 나오지도 않으니 그게 쫓겨난 게 아니면 뭐겠어요?"

황재하는 미간을 찌푸리고 말했다. "도련님, 모르는 사람하고 괜히 언쟁하지 마세요."

주자진은 골을 내며 소하를 끌고는 장항영의 집으로 향했다. 황재하도 말에서 내렸다. 두 사람이 장항영 집에 도착해 막 문을 두드리려고 할 때였다. 갑자기 안에서 한 여자가 뛰쳐나와 그들과 부딪칠 뻔했다.

여자 뒤에서 장항영의 목소리가 들려왔다. "아적! 어디 가요!"

황재하는 즉시 손을 뻗어 뛰쳐나온 여자의 손목을 잡아 붙들어 세웠다. 여자의 얼굴은 창백하고 어두웠다. 나무 비녀로 단단히 쪽을 진 머리, 어두운 빛깔에 소매가 좁은 평상복 차림, 무궁화가 수놓인 검은 신발, 적취였다.

적취는 황재하에게 잡힌 손을 뿌리치지 못하고 벌벌 떠는 목소리로 "양 공공" 하고 불렀다. 눈에서는 눈물이 뚝뚝 떨어졌다.

황재하가 물었다. "왜 그래요? 장 형과 말다툼이라도 한 거예요?"

적취는 필사적으로 고개를 흔들 뿐 아무 대답도 하지 않았다.

밖으로 뛰쳐나온 장항영이 어쩔 줄 몰라 하며 말했다. "아적, 절대 말도 안 되는 생각 마요. 이 일은…… 당신하고 전혀 상관없어요."

황재하는 주자진에게 태연히 행동하라는 눈빛을 보내고는 적취를 붙들어 안으로 데리고 들어가려 하며 목소리를 낮춰 물었다. "대체 무슨 일인지 자세하게 이야기해줄 수 있나요? 저희가 도울 수 있는 일이라면 최선을 다해서 도와줄게요. 정 안 되면 다른 사람들한테 도움을 청해 어떻게든 방법을 강구하면 되잖아요. 안 그래요?"

적취는 여전히 아무 말 없이 그저 얼굴을 가리고 울기만 했다.

할 수 없이 장항영이 대신 말했다. "아적이…… 아휴, 이유는 모르겠지만 어제 밤새 정원에 서 있었던 모양이에요. 제가 아침에 일어나서 보고는 무슨 일이냐고 물었더니 자꾸 이상한 말을 하지 뭡니까. 원래는 제 인생이 탄탄대로처럼 잘 풀릴 거였는데, 모든 걸 자신이…… 다 망쳤다고, 더 이상 저를 힘들게 할 수 없다면서…… 결국 떠나겠다고 하지 않겠습니까!"

황재하가 뭐라 입을 열기도 전에 적취가 떨리는 목소리로 띄엄띄엄 말했다. "오라버니, 저는…… 정말 불길한 사람이에요. 저와 함께 있으면…… 오라버니도 많은 화를 입게 될 거라고요! 저희 아버지도 말했어요. 저는 태어날 때부터가 재앙이었다고요. 제가 태어나면서 엄마를 죽였고 그 후에는 또…… 그런 지경까지 갔으니, 저는 진작부터 이 세상에 살아 있으면 안 되는 사람이었어요……."

"허튼소리 하지 마요!" 장항영은 다급하게 그녀의 말을 끊으며 주위를 둘러보았다. 다행히 주변에 다른 이가 없는 것을 확인하고는 적취의 팔목을 잡아끌어 정원 안으로 들어선 뒤 대문을 닫아버렸다.

"저는…… 허튼소리를 하는 게 아니에요……." 적취는 목이 메도록 통곡하며 황재하와 주자진을 향해 울부짖었다. "당신들은 내가 누군지 알아요? 내가 여적취예요! 장안 모든 사람들이 비웃고 손가락질하는 바로 그 여자라고요! 온 세상이 내가 문둥이 손 씨에게 치욕스러운 일을 당했다는 사실을, 저기 황량한 허허벌판에서 죽었어야 하는 몸이라는 사실을 알고 있어요! 내가 여기서 이렇게 살고 있으면 안 되는 거라고요. 오라버니를 힘들게 하면 안 되는 거라고요!"

"아적!" 장항영은 그녀에게 달려들어 거칠게 껴안으며 더 이상 아무 말도 하지 못하게 입을 막았다.

장항영에게 안겨 더 이상 고함도 지를 수 없게 된 적취의 눈에서 굵은 눈물방울만 뚝뚝 떨어졌다. 절망으로 가득 찬 그 눈동자 또한 보는 이를 깊이 탄식하게 만들었다.

황재하는 몸을 일으켜 적취에게 다가가 낮은 목소리로 말했다. "아적 아가씨, 우리가 사건을 조사하러 여기에 왔던 일이 아가씨를 불안하게 했다는 것을 알고 있습니다. 하지만 우리 둘 다 절대 악의가 있는 건 아니니 괜한 염려 마세요. 장 형은 저희의 벗입니다. 이전에 장 형이 저를 많이 도와주기도 했고요. 저는 장 형이 이보다 더 정직할 수 없을 정도로 천성이 바른 사람이라는 사실을 잘 알고 있습니다. 장 형이 이 사건에 휘말린 것도 그저 수없이 많은 단서 중 단 몇 개와 얽혀 있을 뿐이고요. 저희는 그저 관례에 따라 몇 가지를 물으러 온 것뿐이니 너무 걱정하지 마세요. 질문이 다 끝나면 바로 가겠습니다."

적취는 황재하를 뚫어져라 쳐다보고 있었지만 황재하가 하는 말을 전혀 듣고 있지 않는 듯했다.

황재하는 하는 수 없이 한숨을 쉬며 장항영에게 말했다. "장 형, 일단 아적을 좀 놓아주세요. 몇 가지만 묻고 바로 가겠습니다."

장항영은 적취를 부축하여 탁자 옆에 앉히고는 나지막이 그녀에게 말했다. "조금만 기다려요. 잠시면 돼요."

황재하는 장항영에게 식탁 앞에 앉으라고 손짓하며 물었다.

"어제 대리사 사람이 와서 뭐라고 했나요? 좌금오위 쪽에서는 또 뭐라고 했고요?"

장항영은 두렵기도 하고 당황하여 손을 문지르며 말했다. "어제 오후 제가 좌금오위에 있을 때 갑자기 대리사 사람이 찾아와 저희 집에 있는 선황의 그림이라는 것을 빌려보았으면 한다고 했습니다. 그 그림은 저희 집에서 줄곧 잘 숨겨 보관하고 있고 다른 사람한테는 말한 적도 없는데 대리사 사람이 그걸 어떻게 알고 있는지 의아했지만, 어쨌든 그들이 그리 말하니 저도 어쩔 수 없어 그들을 데리고 집으로 왔습니다. 그러고는 그 사람들은 밑에서 기다리게 하고 혼자 위층으로 올라가 그림을 넣어놓았던 궤짝을 꺼냈는데…… 열쇠로 궤짝을 열어보니 그림이 사라지고 없었습니다!"

"사라졌다고요?" 주자진이 깜짝 놀라 소리쳤다.

"네, 그렇다니까요. 지난 10년 동안 늘 궤짝에 넣어서 보관했는데 갑자기 온데간데없이 사라져버렸습니다! 마음이 급해져 황급히 아버지께 여쭈었더니 아버지도 굉장히 초조해하시며 저와 아적과 함께 위층 아래층 할 것 없이 몇 번을 뒤졌어요. 도무지 종적을 찾을 수 없었습니다. 어쩔 수 없이 대리사 사람에게 그림이 갑자기 사라졌다고 말했지만 믿어주지 않았습니다. 윗분의 명령이라 만일 제가 그림을 내놓지 않으면 그 누구도 책임을 피해갈 수 없다고요. 물론 대리사 사람도 그 윗분에게 설명하기가 곤란했겠죠. 하지만 그림이 진짜 사라졌는데 저라고 무슨 방법이 있겠습니까? 결국 대리사 사람이 좌금오위에 찾아가서 제가 사건에 연루되었다고 말했습니다. 두 건의 살인 사건과 부마의 부상에 제가 연루되었다고요. 그러니 한바탕 소란이 일지 않을 수 있었겠습니까? 결국 좌금오위에서 저를 부르더니 이 일을 처리하기 전까지는 나올 필요가 없다고 했습니다."

주자진은 고개를 돌려 황재하를 쳐다보며 의아하다는 표정으로 물었다. "네 생각에…… 대리사한테 그림을 가져오라고 한 그 망할 인간이 대체 누구일 것 같아? 설마하니…… 동창 공주님?"

황재하는 이마에 손을 짚었다. 물론 그 '망할 인간'이 이서백이라는 것을 황재하는 알고 있었다. 분명 이서백은 대리사 사람에게 한마디 명령만 했을 테지만, 대리사에서 많은 사람을 동원해가며 이렇게 큰 소란을 일으키고 말았다.

황재하는 주자진의 질문에 대충 둘러대는 수밖에 없었다.

"제 생각에…… 공주님은 아닐 것 같아요. 동창 공주님이 장 형 집에 그런 그림이 있다는 걸 어떻게 아시겠어요."

"한데, 그 그림이 장 형한테 있다고 해도 그게 무슨 상관이야? 그건 선황 폐하께서 그리신 것이지 장 형이 그린 것도 아니잖아. 그렇지 않아?" 주자진은 기세 좋게 탁자를 내리치며 자리에서 일어났다. "안 되겠어! 왕온한테 가서 따져야겠어."

황재하는 그의 비약적인 사고방식에 하마터면 엎드려 절이라도 할 뻔했다. "왕온 공자하고는 무슨 상관인데요?"

"왕온이 좌금오위를 관리하잖아! 대리사에서 자기 아랫사람을 찾아와 괴롭히는데 대체 왕온은 장 형을 구해주지 않고 뭐하는 거야? 그리고 그저 그림을 잃어버린 것뿐이잖아! 자기 집에서 자기 물건을 잃어버렸는데, 대리사 것도 아니면서 왜 그러는 건데? 대체 어떤 조항을 근거로 장 형한테 그림을 찾아오라고 강요하는 거냐고? 아니, 그리고 또 좌금오위는 무슨 조항을 근거로 장 형한테 그림을 찾고 나서야 출근할 수 있다고 하는 거야? 이게 말이 돼?"

황재하는 어이없다는 듯 주자진을 흘겨보았다. "관아에서 사건을 조사할 때는 왕이든 신하든 백성이든 신분 여하를 막론하고 모두 협조해야 해요. 그 그림이 이 사건과 관련이 있을지도 모르니 대리사에서 즉시 찾아오라 요청했겠죠. 이건 충분히 말이 되는 상황이에요."

주자진은 갑자기 기가 죽어 탁자 위에 엎드리더니 힘없는 표정을 지었다. "사실 나도 알지만…… 그래도 이건 장 형한테 너무 불공평한 처사잖아! 장 형이 얼마나 어렵게 좌금오위에 들어갔어? 아직 단서당 그 노인네한테 자랑도 못 했는데 또 이런 나쁜 일을 겪으니까 하는 말이잖아. 장 형, 아무래도 절에 향이라도 올려야 하는 거 아니에요? 어떻게 계속 재수 없는 일이 생기는 것 같……."

주자진이 말을 다 끝내기도 전에 황재하가 그를 매섭게 째려보았다. 주자진은 다시 눈물을 쏟기 시작한 적취를 보고는 재빨리 손을 들어 자신의 따귀를 때리고 입을 다물었다.

황재하가 몸을 일으켰다. "일단 그림을 보관했던 궤짝 먼저 한번 볼까요."

장항영은 서둘러 대답했다. "그러시죠."

네 사람 모두 일어나 실내 계단을 따라 2층으로 올라갔다.

그림을 보관했던 궤짝은 시퍼렇게 녹슨 자물쇠가 걸린 채 계단 입구에 놓여 있었다. 장항영은 그 옆에 있는 다른 궤짝 문을 열었다. 그 안에는 나무 함, 여치 집, 담뱃대 등 오만 물건이 엉망진창으로 들어 있었다.

장항영은 담뱃대를 들어 뒤집어 그 안에서 열쇠를 빼낸 뒤 궤짝을 열어 보여주었다. 이 궤짝 안에도 적지 않은 물건이 들어 있었다. 옷감 몇 필, 엽전 반 꾸러미, 어지럽게 흩어진 약재 같은 것들 위로 두루마리를 넣을 수 있는 긴 목재 상자 하나가 놓여 있었는데 그 속은 텅 빈 채였다.

장항영이 그 목재 상자를 가리키며 말했다. "대리사 사람이 왔을 때 궤짝을 열어보니 이 상태였습니다."

황재하는 반듯한 그 상자를 보면서 물었다. "그림은 언제 도난당한 걸까요? 그 외에 잃어버린 물건이 또 있습니까?"

"저도 언제 없어졌는지 잘 모르겠습니다. 그날 그림을 보여드리고 난 뒤 분명히 잘 말아서 넣어두었고 그 후로는 이 궤짝을 연 적이 없습니다. 다른 물건은 잃어버린 게 없고, 상자도 원래 잠겨 있던 그대로 잠겨 있었고요. 그 그림만 쏙 사라졌습니다."

황재하는 미간을 찌푸리며 한숨을 쉬었다. 장항영에게 궤짝을 다시 잘 잠그게 하고는 이렇게 말했다. "장 형, 알 것 같아요."

장항영은 깜짝 놀라 눈을 휘둥그렇게 뜨며 물었다. "네? 이 그림이 어디로 갔는지 이미 아신다는 말인가요?"

"제 생각에 그 그림은 오늘 오후, 늦어도 내일 정도면 알아서 돌아올 겁니다." 황재하의 눈빛은 적취를 향했다. 뻣뻣하게 굳은 표정으로 시선을 피하는 적취를 보며 황재하는 낮은 목소리로 말을 이었다. "장 형은 정말 좋은 사람이잖아요. 산에 쓰러져 곤경에 처한 여인을 집에 데려와서 보살펴줄 정도로 인정 많고 선한 마음을 타고났죠. 주변 사람들의 과거 같은 것도 전혀 꺼리지 않고, 누구에게든 진심을 다해 말하고요. 장 형 주변 사람도 장 형이 이렇게 좋은 사람인 것을 감사하게 여기리라 생각해요. 그러니 하늘도 감동하여 그림이 빨리 돌아올 수 있도록 도와줄 거예요. 그렇지 않으면, 그 그림을 훔친 사람은 자신의 가장 소중한 것을 잃고 양심의 가책까지 느끼겠죠."

장항영은 영문을 알 수 없어 물었다. "그러니까 공공의 말은 제가 그림을 찾지 않아도 알아서 제 발로 돌아올 거라는 건가요?"

"네, 제 생각에는 분명히 그래요."

그렇게 말한 황재하는 몸을 돌려 아래층으로 내려가며 화제를 돌렸다. "일단 그 그림은 됐고, 물어보고 싶은 일들이 더 있어요."

주자진은 마음이 급해져 물었다. "숭고, 그럼 이 일은 어떻게 할 거야? 대리사 쪽은 어떻게 처리해? 왕온한테는 네가 가서 말해, 아니면 내가 가? 설마 너 정말 장 형을 그냥 이렇게 가만히 둘 건 아니지? 단서당에 가서 또다시 착취당하게 내버려둘 건 아니지?"

황재하는 주자진에게 시선도 주지 않고 말했다. "그 그림은 우리가 찾아온 용무 중 하나였을 뿐이에요. 사실 장 형에게 물어봐야 할 더 중요한 일들이 있어요. 도련님은 일단 서책을 가져와서 착실하게 기록이나 해주세요."

"알겠어……." 주자진은 말에 매달린 주머니에서 붓과 먹을 가지고 왔다.

"장 형, 지금 제가 맡은 사건 중에는 공주부와 관련된 사건이 총 세 건 있습니다." 황재하는 장항영 맞은편에 앉아 곧바로 본론에 들어갔다. 초조해하는 그의 표정은 조금도 신경 쓰지 않고 말을 이었다. "첫째, 천복사에서 공주부 환관 위희민이 불타 죽은 사건. 그때 장 형도 절에 있었죠. 심지어 초가 폭발해 위희민에게 불이 붙었을 때 바로 그 옆에 있었고요."

장항영은 아래턱을 바짝 당기며 간신히 고개를 끄덕였다.

"둘째, 좌금오위 마장에서 열린 격구 시합. 부마가 말에서 떨어져 부상을 입었을 때 장 형 또한 그 경기장에서 함께 시합을 했죠."

장항영은 또다시 고개를 끄덕이며 아무 말도 하지 않았다.

"셋째, 문둥이 손 씨의 죽음. 그자의 사망 시간을 추산해보니 오시 전후였어요. 그때 장 형은 대녕방에 있었죠. 마침 당시 길 모퉁이에 있던 아낙들이 장 형을 보았습니다."

붓을 마구 휘갈기며 열심히 기록하고 있던 주자진이 순간 붓을 멈추며 믿기지 않는다는 표정으로 장항영을 쳐다보았다.

장항영은 입을 열어 간신히 해명을 시작했다. "저도…… 왜 그렇게 우연이 겹쳤는지 잘 모르겠습니다……. 사실 대녕방에 갔을 때도 전…… 아무 짓도 하지 않았어요. 정말입니다! 그저 장안 사람들이 우스갯소리로 손 씨가 스스로를 철제 우리 속에 가뒀다고 하는 말을 들어서, 그 집을 보러 가본 것뿐입니다……."

"한낮의 그 뜨거운 햇살을 무릅쓰고 서에서 동으로 장안성 전체를 가로질러 걸어갔다고요? 고작 손 씨와 관련된 우스갯소리를 직접 확인해보려고?" 황재하가 냉정하게 반문했다.

장항영은 그 냉정한 표정에 당황해 순간 머리가 멍해졌다. 황재하가 그 정도까지 심문하듯 캐물을 거라고는 예상치 못했던 것이다. 한참을 멍하니 있던 장항영이 이를 악물었다.

"저는 그때…… 칼을 가지고 갔었습니다."

주자진은 어찌할 바를 모르고 붓을 쥔 채 멍하니 있다가, 황재하가 힐끗 쳐다보자 재빨리 고개를 숙이고는 다시 종이에 장항영의 말을 빠른 속도로 받아 적었다.

"손 씨를 죽일 생각이었어요. 하지만 오시에 손 씨 집에 도착해서 보니 그 집은 정말로 빈틈없는 철제 우리 같았습니다. 도저히 안으로 들어갈 방법이 없었어요……. 그래서 아무것도 못 하고 그냥 되돌아올 수밖에 없었습니다."

"왜 손 씨를 죽이려고 했습니까?"

"그날, 천복사가 아수라장이 되었을 때…… 적취가 너울을 쓰지 못한 상태여서 제가 적취를 보호하며 정신없이 벽 쪽까지 밀려갔어요. 두 팔을 들어 적취를 제 품에 안아 보호하며 담벼락에 바짝 붙어 있었어요……. 그런데 뜻밖에도, 바로 그 시각에 손 씨도 천복사에 와 있었습니다. 게다가 그자 역시 사람들한테 밀려 저희 가까운 곳까지 와 있던 겁니다……." 그렇게 중얼거리는 장항영의 눈에서 지금까지 단 한 번도 보지 못했던 뜨거운 불꽃이 이글거렸다. 그 순박하고 너그러운 남자가 이 순간에는 마음속 깊이 숨겨두었던 분노를 표출했다. 제아무리 올곧고 단정한 사람이라 할지라도 물불 가리지 않고 원수를 죽여버리고 싶을 때가 있다는 사실을 눈앞의 장항영을 보며 깨달았다.

적취는 꽉 움켜진 주먹으로 가슴을 힘껏 누르며 거칠게 숨을 내쉬었다. 너무 많은 눈물을 흘린 탓에 이미 눈이 벌겋게 부어 그저 눈을 질끈 감고 있는 힘을 다해 눈물을 참는 수밖에 없었던 것이다.

"손 씨가…… 아적을 보았어요. 제 품에 안겨 있는 아적을 본 그놈은……." 장항영의 가슴이 급격하게 오르내렸다. 너무 격분한 나머지 말을 잇기 어려울 정도였다. "아적을 보는 그놈의 눈이 마치 독사 같았습니다……. 그놈이 우리를 보고는 갑자기 웃어댔죠. 그러고는 아주 득의양양한 얼굴로…… 말하길……."

장항영은 결국 말을 잇지 못하고 고개를 숙였다. 이를 악문 그의 얼굴 윤곽이 무척 흉악해 보였다.

"문둥이가 신고 버린 신발도 좋다고 주워 신는 사람이 있구나, 라고……."

적취가 기어 들어가는 목소리를 냈다. 목이 다 쉬어서 잠겼지만 그래도 끝내 입을 열어 말했다. 그녀는 마치 눈앞에 손 씨가 서 있기라도 한 듯 빨갛게 핏발 선 눈을 부릅떴다. 그에게 달려들어 온몸을 갈기갈기 다 찢어 죽여야 직성이 풀릴 듯한 표정이었다.

황재하는 안 그래도 뜨거운 날씨에 온몸에 불이라도 붙은 듯, 뜨거운 불길에 이마가 타들어가는 기분이었다. 황재하 또한 그날 천복사에서 그자를 잡아다가 진흙탕에 처넣어버리지 못한 것이 너무나 한스러웠다.

옆에 있던 주자진은 붓을 탁자에 떨어뜨리며 욕을 뇌까렸다. "이 개자식, 갈기갈기 찢어 죽였어야 했는데!"

황재하는 깊이 숨을 들이마시며 마음속 분노를 애써 억누르고는 가라앉은 목소리로 주자진에게 말했다. "잘 기록해주세요. 마음 다른 데 두지 말고."

주자진은 괴로워하며 붓을 들어 다시 기록하기 시작했다. "숭고, 정말 존경한다. 이런 상황에도 인내할 수 있다니."

"사건을 조사할 때는 감정 이입을 가장 경계해야 해요. 시종일관 방관자처럼 바깥에 멀찍이 떨어져 있어야 비로소 사건의 정황을 정확히 볼 수 있어요." 그렇게 말하면서 황재하는 다시 장항영과 적취를 향해 얼굴을 돌렸다. "두 분 모두 진정하세요. 그 손 씨는…… 당연히 금수만도 못한 놈이죠. 그때 장 형은 어떻게 하셨나요?"

장항영은 이를 부득부득 갈며 말했다. "당장이라도 그 자식을 때려 죽이고 싶었습니다! 안타깝게도 절 안이 온통 혼란에 빠진 데다 사람도 너무 많아서 그놈 곁에 접근할 수조차 없었죠. 그놈이 우쭐거리면서 떠나는 모습을 그저 가만히 보고 있을 수밖에 없었습니다!"

황재하는 적취에게 물었다. "그때 장 형이 이렇게나 분노했다는 사실을 알고 계셨나요?"

적취는 고개를 천천히 내젓고는 팔딱팔딱 뛰는 관자놀이를 힘껏 누르며 간신히 입을 열었다. "저는 그때…… 저 자신이 이미 죽었다고 생각했어요. 아무것도 보이지 않았고, 아무것도 들리지 않았습니다. 오라버니가 어찌 했는지 저는 아무것도 느끼지 못했습니다. 그 후 오라버니가 저를 부축해 집으로 돌아왔는데…… 어떻게 집까지 왔는지도 생각이 나지 않아요……."

"그리고 그때 장 형은 이미 아적의 진짜 신분은 물론 아적에게 벌어졌던 일들 또한 다 알고 있었습니다. 그리고 아적의 불행이 손 씨 때문만이 아니라 위희민 때문이라는 사실도 알고 있었죠, 그렇죠?"

황재하의 심문에 장항영은 황망한 표정으로 쉽사리 입을 열지 못했다.

주자진이 황급히 말했다. "지난번에 나한테는 적취한테 벌어졌던 일은 전혀 몰랐다고, 그 일에 공주부가 얽혀 있는지도 몰랐다고 했는데."

"장 형이 거짓말을 했어요. 그렇죠?" 황재하는 몸을 일으켜 나푸사 몸에 매어놓은 작은 상자에서 대리사의 자료를 꺼내 그중 한 장을 뽑아 펼쳐 보였다.

"장 형은 자진 공자에게 위희민이 불타 죽던 당시 그가 위희민인지 몰랐다고 말했죠. 위희민이 어떻게 불타기 시작했는지도 못 봤다고 했고요. 그렇죠?"

장항영은 조용히 고개만 끄덕였다.

"그런데 공교롭게도 대리사 사람이 공주부 일을 조사하던 중에 무시해도 좋을 만한 아주 작은 사건 하나를 알게 되었습니다. 천복사 사건이 발생하기 수일 전, 공주께서는 항상 드시던 약이 다 떨어져 약재를 제조해야 했죠. 그런데 공교롭게도 태의원에 약초 하나가 부족했습니다. 공주의 최측근이었던 위희민은 공주에게 칭찬받을 기회를 놓칠세라 약삭빠르게 그 약재를 찾아 장안의 약방을 몇 군데나 돌아다녔습니다. 그리고 공주부에 돌아가서 누군가에게 말했죠. 장안의 많은 약방을 다 다녀봤지만 그중에 단서당이 최고라고요. 약재 말리는 장소는 엄청나게 넓고 거기서 약재를 뒤집는 사내 또한 다른 약방과는 비교도 안 된다고 말입니다."

장항영은 미동도 없이 그대로 앉아 있었다. 시선 또한 돌 탁자 위에 고정된 채 조금도 움직이지 않았다.

"동창 공주부의 대환관이 직접 약재 말리는 곳까지 가서 약을 찾았고, 약재를 뒤집고 있는 당신의 모습을 보았습니다. 설마 기억하지 못하는 건 아니겠죠? 설마 그 사람이 누구인지 장 형이 물어봤다거나, 혹은 다른 사람이 나서서 저 사람이 공주부의 누구라고 말해준 일이 없었나요?"

주자진은 어안이 벙벙해 장항영을 쳐다보다가 말린 대추처럼 잔뜩 찡그린 얼굴로 물었다. "장 형, 그렇게 성실하고 서글서글한 얼굴로…… 저한테 거짓말을 했어요?"

"그뿐만이 아니죠." 황재하는 눈 하나 꿈쩍 않고 장항영을 바라보며 다시 말했다. "장 형은 위희민이 적취를 그렇게 비참하게 만든 사람 중 하나라는 사실을 일찌감치 알고 있었습니다. 아닌가요?"

"네…… 제가 거짓말을 했습니다." 결국 입을 연 장항영은 쩍쩍 갈라지는 목소리로 느릿느릿 힘겹게 말했다. "저는 아적의 진짜 신분을 일찌감치 알고 있었습니다. 그래서 향초 가게에 찾아가 몰래 살피며, 딸이 아직 죽지 않고 우리 집에 있다고 아적의 아버지에게 알릴까 말까 고민도 했습니다……."

향초 가게에 간 장항영은 몇 사람이 꽤나 무거워 보이는 보따리를 들고 가게 안으로 들어가는 것을 보았다. 그 사람들 속에는 장항영이 딱 한 번 만나봤던 공주부 환관 위희민도 포함되어 있었다.

공주부 사람들은 한참을 나오지 않았다. 가게 모퉁이에 있던 장항영은 어쩌다 안에서 새어나오는 목소리에서 '적취'라는 이름을 들었다. 결국 참지 못하고 창문 아래로 숨어들어 벽에 귀를 갖다 대고 그들의 대화를 엿들었다.

위희민이 거만하게 말하는 소리가 들렸다. "적취는 '공주님 우선'이라는 저택의 규율을 어겼소. 그래서 내가 사람을 시켜 꾸짖고 매질을 한 것이오. 그런데 몇 대 때리지도 않았는데 그렇게 혼절해버릴 줄 난들 알았겠소. 공주부에서는 외부인을 머물게 하며 치료하는 것이 불가능하니 어쩔 수 없이 바깥에 내놓은 것이오. 그 뒤에 그런 일을 당한 것이 대체 나와 무슨 상관이 있단 말이오? 오늘 내가 하고자 하는 말이 바로 이거요. 자네 여식이 운이 좋지 않아 그런 일이 일어난 거지, 공주부와는 전혀 무관한 일이라는 걸! 공주님과 부마께서 당신들을 불쌍히 여겨 이런 선물까지 내리셨는데, 밖에서 함부로 입을 놀려 공주부의 명성에 먹칠이라도 한다면 어찌될지는 아마 잘 알고 있을 것이오."

방 안에서 여지원이 돈을 뒤적거리는 소리에 이어 곧바로 그의 느릿느릿한 말투가 들려왔다. "공공 여러분들 안심하십시오. 제 딸은 이미 제가 준 새끼줄을 가지고 조용히 죽을 곳을 찾아 떠났으니, 앞으로 절대 여기 계신 분들 앞에 나타나는 일은 없을 겁니다."

"스스로 잘 알고 있으면 됐소."

위희민은 그 한마디를 던지고 몸을 돌려 다른 환관들과 함께 밖으로 나왔다. 창 아래 숨어 있던 장항영은 그들이 침을 뱉으며 하는 말을 들었다.

"저 바보 같은 영감탱이, 앞으로 몇 년이나 더 산다고 돈 집어가는 손은 번개같이 빠르더군. 저 나이에 얼마나 더 오래 살겠다고!"

"그러게 말이야. 자식 하나 없으면서, 죽으면 누구한테 남기려고 그러는 거야?"

"흥, 그까짓 푼돈을 다 못 쓰고 죽을까 봐 대신 걱정해주는 거야?"

장항영은 그날의 상황을 들려주고는 한동안 멍하니 있다가 적취의 얼굴을 보며 작은 목소리로 말했다. "아적, 이젠 괜찮아요. 당신을 불행하게 만든 사람들은 이미 다 죽었어요……. 앞으로는 분명히 잘 지낼 수 있을 거예요."

적취는 벌겋게 부은 눈으로 그를 바라보며 아무 말도 하지 않았다.

주자진은 믿을 수 없다는 듯 목소리를 떨었다. "장 형, 설마…… 설마 진짜로 장 형이 범인이에요?"

장항영은 고개를 내저으며 말했다. "저는 아닙니다. 정말로 그자들을 죽이고 싶었던 것은 사실이지만 저는 기회를 얻지 못했어요."

황재하는 눈앞에 앉아 있는 두 사람을 보았다. 기골이 장대하고 단정한 남자, 용모가 아름답고 솜씨 좋은 여인. 더할 나위 없이 좋아 보이는 이 한 쌍에게 궂은비와 찬바람, 우여곡절과 모진 사연이 이렇게나 많을 거라 과연 누가 상상이나 하겠는가?

황재하는 한숨을 쉬고는 주자진에게 기록을 정리하라고 눈짓하며 말했다. "장 형, 이번엔 진실만을 말하셨길 바랍니다. 다시는 장 형이 범인이라고 의심될 만한 증거가 나타나지 않았으면 좋겠습니다."

장항영은 일어나 고개를 숙인 채 아무 말도 하지 않았다. 평소 키가 크고 등이 꼿꼿한 장항영이었지만 이 순간만큼은 왠지 등이 굽어 보였다. 마치 중압감을 이겨내지 못해 앞으로는 이전과 같은 기세를 되찾을 수 없을 것처럼.

황재하가 이번에는 적취에게 시선을 주며 탄식하듯 말했다. "이 일이 조속히 마무리되도록, 그림이 하루 빨리 돌아와 대리사에 잘 전달되길 바라겠습니다."

장항영의 집을 나온 이후 황재하는 줄곧 침묵했다. 스무 해를 늘 흥겹게만 살아온 주자진도 평소와 다르게 입을 다물었다.

주자진은 소하를 타고 나푸사 뒤를 따라 함께 동쪽으로 향했다. 예천방을 돌아 서쪽 시장에 진입한 후에야 주자진이 물었다. "우리 어디 가는 거야?"

황재하가 대답했다. "전기 마차 가게, 전관색한테요."

서쪽 시장에서 꽤 큰 자리를 차지하고 있는 마차 가게는 시장 입구에 들어서자마자 한눈에 보였다. 가게 뒤쪽에 있는 뜰과 그곳에 쭉 늘어선 마구간이 점포보다 훨씬 더 컸다. 땅딸막한 체구의 전관색이 온 세상을 얻은 듯 희색이 가득한 얼굴로 마구간 사이를 천천히 걸으며 이 말 저 말 두드리며 살펴보고 있었다.

"주인장." 황재하가 그에게 인사했다.

전관색의 얼굴에 드리웠던 희색이 순식간에 걷히고, 당황스러움과 형식적인 반색이 섞인 표정이 만들어졌다. "아이고, 양 공공! 여기까지 오시는데 제가 마중을 못 했군요. 대접이 너무 소홀했습니다!"

"아닙니다. 귀찮게 하고 싶지 않아서 기별 없이 왔습니다." 황재하는 그렇게 말하면서 자신의 말을 마부에게 맡겼다.

전관색은 나푸사를 보고 갑자기 눈을 빛내더니 총총히 다가가 손을 들어 이리저리 쓰다듬으며 칭찬했다. "좋은 말입니다. 정말로 좋은 말이네요……. 그동안 제 손을 거쳐간 말이 수없이 많지만 이 말과 견줄 만한 녀석이 없네요! 공공, 어디서 얻은 것입니까?"

"아…… 원래 주인이 말 성격이 너무 온순하다고 좋아하지 않아서 제가 임시로 타고 있습니다." 황재하는 곧바로 이어서 말했다. "일단 말 이야기는 제쳐두고, 주인장께 몇 가지 묻고 싶은 것이 있어서 왔습니다."

"아이고, 제게 가르침이라니요, 당치 않습니다. 공공께서 궁금한 것이 있으면 무엇이든 물어보십시오. 제가 알고 있는 것은 모두 말씀드리겠습니다!" 그렇게 말하면서도 그의 시선은 여전히 나푸사를 향해 있었다. 매우 부러운 듯한 눈빛이었다.

주자진은 시무룩한 얼굴로 소하를 끌고 가 나푸사 옆에 묶어놓고는 함께 여물을 먹였다. 전관색은 주자진을 보고는 재빨리 공수하며 말했다.

"주 공자님! 누추한 저희 가게에 걸음을 하시다니 정말로 크나큰 영광입니다! 존함은 익히 들어 알고 있습니다!"

"저를 아신다고요?" 주자진이 물었다.

"무슨 그런 농담을 하십니까. 장안성에서 공자를 모르는 사람이 어디 있겠습니까?"

황재하는 오늘 주자진의 옷차림을 훑어보았다. 광택이 나는 진한 청록색 나삼, 선명한 귤색 허리띠, 밤색 신발, 여전히 온몸에 주렁주

렁 달고 있는 장신구들. 장안에 단 한 명뿐인 사람. 한 번 보면 깊은 인상을 남겨 평생 잊기 어려운 모습이었다.

주자진도 전관색을 향해 공수했다. "저 또한 주인장의 고명함은 익히 들어서 알고 있습니다. 장안에서 가장 돈을 많이 버는 사람이라고 들었습니다. 10년 사이에 이렇게나 큰 재산을 일구다니 그야말로 전설이 아니겠습니까."

"아이고, 아닙니다. 다 많은 분들이 도와주신 덕분이지요." 그는 허허 웃으면서 두 사람을 안으로 데리고 들어가 두꺼운 페르시아 양탄자 위에 자리를 권했다. 그러고는 사람을 불러 차를 끓이게 한 후 물었다. "두 분께서는 어인 일로 오셨는지요? 기왕부에서 제게 맡기실 일이 있는지요? 아니면 형부 관아에서 분부하실 일이라도?"

"솔직히 말씀드리겠습니다. 저희는 지금 대리사를 도와 공주부와 관련된 몇 가지 사건을 조사하고 있습니다." 황재하는 단도직입적으로 본론에 들어갔다.

전관색의 얼굴살이 부르르 떨렸다. 마치 심장통이라도 앓는 듯한 표정이었다. "양 공공, 지난번에 이미 다 말씀드리지 않았습니까. 소인은 부마와 정말 그 세 번을 만났을 뿐입니다. 정말입니다! 그리고 제가 운이 없는지 공주님을 뵌 적은 하늘에 맹세코 단 한 번도 없습니다!"

"이번에는 부마의 일을 물으러 온 것이 아닙니다." 황재하는 이제 막 우린 차를 손에 들고 모락모락 피어오르는 뜨거운 김 너머로 그를 보았다. "오늘 여쭙고 싶은 것은 10년 전 주인장의…… 딸에 관한 내용입니다."

아까부터 덜덜 떨리고 있던 그 얼굴살이 순간 굳었다. 한참을 멍하니 있던 전관색이 한숨을 내쉬며 무너지듯 주저앉았다. "양 공공, 제 딸이라니……. 왜 갑자기 10년 전의 일을 물으시는지 모르겠습니다."

"주인장께서 고향을 떠나 이곳으로 피난 왔을 당시, 돈이 한 푼도 없어 길거리를 전전하다 굶주림과 추위로 하마터면 죽을 뻔했다고 들었습니다. 그런 집안을 일으키는 물꼬가 되어준 돈이 바로……."

"제가 딸을 판 돈이죠." 그는 힘없는 목소리로 황재하의 말을 끊었다. "하아, 제가 이런 말을 할 면목은 없지만 공공께서 이미 다 알고 계시다 하니 말씀드리겠습니다. 10년 전에 황하의 물길이 바뀌면서 저희 고향은 수재를 겪어야 했습니다. 집과 논이 죄다 침수되었죠. 아무리 궁리를 해보아도 도저히 살 길이 없어 마누라와 딸과 두 아들을 데리고 장안으로 왔습니다. 결국 마누라는 길에서 병으로 죽어 길에 대충 구덩이를 파고 묻어주었습니다. 재산을 불린 후에, 마누라 묻었던 곳을 몇 번이고 찾아갔지만 결국 못 찾았습니다. 하아……."

주자진은 필기구를 꺼내서 성실하게 기록하기 시작했다.

전관색은 그가 기록하는 것을 보고는 조금 망설였지만 계속해서 이야기했다. "장안에 도착한 후에는 말이죠, 세 아이를 데리고 길거리에 섰는데 이제 죽겠다는 생각이 들었습니다. 장사요? 밑천이 없죠. 막노동요? 배가 고파서 부릴 힘도 없었죠. 그래서 세 아이를 데리고 길거리에서 동냥이나 하는 수밖에 없었습니다. 먹고 굶기를 반복했죠. 이렇게 가다간 저희 모두 죽을 것만 같았습니다. 그렇게 동냥하던 어느 날 환관이 궁녀와 환관으로 쓸 아이들을 돈 주고 사가는 것을 보았습니다. 아이 하나를 5민전에 사더군요! 저는 세 아이를 보며 곰곰이 생각했습니다. 하나를 팔아서 밑천만 마련할 수 있다면 나머지 둘의 목숨을 구할 수 있을지도 모른다고 해서 행아한테 말했습니다. 행아는 제 딸 이름입니다. '행아야, 네 두 동생은 나이가 어리고, 남자는 커서 우리 집안의 대를 이어야 하지 않겠니? 그러니 네가 저 공공을 따라가거라.' 행아는 큰 소리로 울음을 터뜨리며 제 다리를 잡고 놓지 않았지요. 저 또한 어찌할 방법이 없어서 쪼그리고 앉아 행아를 끌어안는데 눈물이 흘러내렸습니다. 제가 다시 말했죠. '행아야, 네가 궁에 들어가서 궁녀가 되면 좋은 옷을 입고 좋은 음식을 먹을 수 있단다. 하지만 네 동생이 궁에 들어가 환관이 되면 아래 달린 고추를 떼어버려야 해. 한번 생각해보렴. 동생 몸에 칼을 대게 할 수 있겠어? 누나가 돼서 어찌 이리 이해를 못 해줘?'"

여기까지 이야기하고는 전관색은 눈물을 훔쳤다. 마흔 넘은 남자가 흑흑 소리를 내며 울었다. 눈물이 그의 살찐 얼굴을 타고 삐뚤삐뚤 흘러내리는 것이 익살스럽게도 보였지만 황재하와 주자진은 웃지 않았다. 그저 가슴 한구석이 쓰리며 아파올 뿐이었다.

"어휴, 사흘을 굶으면 도둑질하지 않을 사람이 없다고 하지요……. 그때 제가 딸한테 한 짓을 이제 와서 생각하면, 정말 망할 놈이지 않습니까? 매년 소리 소문 없이 죽어가는 궁녀들도 많고, 무참히 버려져 매장당하는 경우도 있는데, 우리 딸이라고 별반 다를 수 있겠습니까. 하지만 그때는 정말로 살길이 없었습니다. 그저 행아가 우리를 구해주기만을 바라며 그렇게 말한 것입니다. 그리고 그렇게 됐고요……." 고개를 숙인 그는 힘없이 말했다. "저는 행아를 판 돈으로 여물을 샀습니다. 그 후에 여물을 팔다가 만난 귀인이 관외로 가서 말을 사는 걸 알려주셨죠. 저는 운이 좋은 편이었습니다. 말 두세 마리를 구입해 시작했는데 나중에는 열 필이 넘는 말을 사들이기에 이르렀습니다. 그렇게 해서 점점 이름이 나다 보니, 한번은 조정에서 저를 찾아와 몇천 필의 말을 주문했고 그러면서 갑자기 부자가 되었습니다. 그래서 또 아내와 첩을 얻었죠. 다시 딸을 낳고 싶었거든요. 하지만 지금껏 첩에게서 아들을 하나 봤을 뿐입니다. 하늘이 제게 내린 벌이라고 생각합니다. 제 인생에 더 이상의 딸은 없을 겁니다……."

황재하는 나지막한 목소리로 그를 위로했다. "어쨌든 그래도 하늘이 소원을 들어준 것 아닙니까. 공주부에서 딸을 찾게 되었으니 이 또한 행운 아니겠습니까."

"그렇죠. 하지만 행아는 절대 저를 용서하지 않을 겁니다……." 그는 슬퍼하며 탄식했다. "딸아이를 보러 몰래 공주부에 갔었는데 딸은 저를 보고 싶어 하지 않았습니다. 병풍 사이로 자기 팔에 있는 반점을 보여주긴 했지만 얼굴은 보여주지 않았어요. 제가 딸아이에게 먹을 것과 물건 몇 가지를 사서 보내줬더니 답례의 선물도 보내왔습니다……. 하지만 절대 만나려고는 하지 않더군요. 팔려가던 그날, 다시는 저를 보지 않겠다고 맹세했다고 합니다." 낙담한 그는 어깨를 늘어뜨린 채 고개를 흔들며 말했다. "딸이 살아 있다는 사실을 알았고 몇 마디 말이라도 나눌 수 있었으니 그것만으로도 행운이라 생각합니다."

이번에는 주자진이 엉겁결에 질문을 하고 나섰다. "그런데 어떻게…… 병풍 너머에서 목소리만 듣고 딸이라는 걸 확신했죠?"

"당연히 딸이었습니다! 그 팔뚝에 있는 반점의 모양이며 색깔이 제 딸의 것과 완전히 똑같았습니다! 제 딸이 아니라면 누구겠습니까?" 전관색은 단호하게 고개를 저으며 자신이 딸을 분명히 알아보았다는 사실을 거듭 강조했다. "게다가 제 딸을 사칭해서 얻을 게 뭐가 있겠습니까? 제가 그 아이에게 보내준 먹을 것들도 대단한 게 아니었습니다. 딸아이가 딱 하나 저한테 구해달라고 한 물건은 시장에 파는 작은 도자기 개였습니다. 예전에 좋아하던 것이었는데 깨지고 없다고 했습니다. 그래서 급히 하나를 사서 두 번째 만났을 때 건네주었더니 딸아이도 제게 조그만 상자를 답례로 주었지요. 저는 크게 신경 쓰지 않고 상자를 열었다가…… 아휴, 정말로 깜짝 놀랐지 뭡니까."

전관색은 두 사람이 자신의 딸을 의심하는 것이 못내 불편한 듯 말하다 말고 벌떡 일어나 방 안으로 들어갔다. 열쇠로 이것저것 열었다 잠갔다 한참을 하는 것 같더니 자랑하는 듯한 얼굴로 작은 상자 하나를 가지고 나와 그들 앞에 내려놓았다.

"보십시오. 제 딸이 준 물건입니다."

자단목 상자에 가느다란 꽃가지가 정교하게 조각되어 있어 상자만으로도 평범치 않아 보였다. 상자를 연 황재하와 주자진은 절로 입이 떡 벌어져 넋을 잃고 그 속의 물건을 바라보았다.

손바닥 반만 한 황금 두꺼비였다. 순금 두꺼비가 옥으로 된 연잎 위에 앉아 있는데, 두꺼비 등에 난 작은 돌기들은 하나하나 다른 색의 보석이 박힌 것이었다. 연잎 위의 이슬방울은 동그랗게 잘 깎은 수정으로, 청록색 연잎 위를 이리저리 구르는 모습이 참으로 귀엽게 보였다.

전관색은 자랑스러운 얼굴로 말했다. "그때 저는 너무 놀라서 얼른 상자를 다시 딸한테 돌려주며 말했죠. '행아야, 어찌 이리 귀한 물건을 내게 내어주는 것이냐?' 그랬더니 제 딸이 뭐라고 했는지 아십니까? 공주부에는 이런 물건이 많아서 공주님이 맘에 들지 않는 것은 다 딸에게 주신다는 겁니다. 그러니 편하게 받아가라더군요. 딸아이와 함께 온 시녀도 이건 공주님이 하사하신 물건이니 받으셔도 괜찮다고 했습지요." 전관색은 다시 상자를 잘 닫아 품에 안으며 감탄하듯 말했다. "행아가 지금 이렇게 풍족하게 지내고 있고, 공주님께서도 행아에게 그렇게 잘해주신다 하니 저는 정말 안심이 되었습니다! 그저 언젠가 딸아이가 저와 마주 보고 아버지라고 불러줄 날이 오기만을 바랄 뿐입니다."

황재하와 주자진은 서로 눈을 마주 보았다. "정말 그리되면 좋겠네요."

상자를 품에 안고 있는 전관색은 한편으로는 마음이 아려오면서도 한편으로는 또 안심이 되는 듯한 표정이었다.

황재하가 다시 입을 열었다. "한 가지 더 여쭙고 싶은 것이 있습니다."

"무엇이든 말씀하십시오." 전관색이 재빨리 대답했다.

"주인장이 공주부 주방에 있는 창포에게 영릉향을 주었다고 들었습니다."

"아, 그것 말입니까." 전관색이 고개를 끄덕였다. "창포의 도움으로 행아를 찾았으니 그 고마움을 어찌 다 표현할 수 있겠습니까. 안 그렇습니까?"

황재하가 웃으며 말했다. "과연 격조가 있으십니다. 보통 사람들 같으면 그냥 금전으로 보답했을 텐데, 어떻게 영릉향을 보낼 생각을 하셨나요?"

"아, 창포가 저택 외부 사람한테 사사로이 금전을 받는 것은 큰 죄라고 해서요. 왕부에서 나오던 길에 마침 여지원을 만났는데, 제가 딸을 찾았다는 얘기를 듣고 함께 기뻐해주었죠……."

황재하는 조금 놀랐다. "주인장도 여 씨를 아시나요?"

"그럼요. 제가 지지난해부터 집 짓는 일도 전문적으로 하고 있는데, 집을 지을 때 초를 놓는 벽감을 만들거나 벽에 초 받침대를 놔달라고 하는 사람이 많습니다. 그래서 여 씨와 함께 일을 하게 되었죠. 여 씨 딸한테 불행한 일이 생겼을 때는 제 딸 이야기를 들려주면서 딸을 천대하지 말고 귀하게 아껴주라고 조언도 했습니다. 그런데 그 고집 센 노인네가 제 말은 귓등으로도 안 듣고 그만, 아휴……."

"왕부에서 마주쳤을 때 여지원이 주인장에게 뭐라고 말했나요?"

"제가 창포에게 감사를 전할 만한 물건을 찾고 있다고 했더니 여인들은 꽃이나 향 같은 것을 좋아할 거라고 말했습니다. 그리고 때마침 자기 가게에 영릉향이 새로 들어왔는데 천복사 법회를 위해 최고급품으로 준비한 물건이라고 했죠. 제가 원한다면 조금 나눠줄 수 있다고요. 듣고 보니 꽤 괜찮은 생각 같아서 곧바로 좋다고 대답을 했지요. 이튿날 여 씨 가게에 가서 영릉향 여섯 냥을 가지고 와 창포에게 주었지요. 그리고 여 씨에게 들은 대로 매일 밤 자기 전에 한 냥 정도 향을 피우면 편안하게 잠을 잘 수 있다고 알려줬습니다."

"그 후에 공주부 사람이 찾아와 영릉향을 요구하지 않던가요?"

"어떻게 아셨습니까?" 전관색은 몹시 놀란 기색이었다. "엿새나 이레 정도 지났을 때였을 겁니다. 공주부 환관 위희민이 갑자기 저를 찾아와서는, 제가 주방 참모와 사사로이 물건 거래를 했다면서 자신한테 그 영릉향을 주지 않으면 바로 죄를 따져 묻겠다고 했지요. 그예 골치가 아파져서 그자를 여 씨 가게로 데리고 갔습니다. 영릉향을 다시 사서 줄 참이었죠. 그런데 여 씨를 본 위희민이 갑자기 안색이 나빠지더니 빨리 향을 달라며 여 씨를 마구 다그쳤습니다. 일이 있어서 서둘러 가봐야 한다나요. 그런데 하필이면 여지원이 안에서 영릉향을 찾는 데 시간이 오래 걸리는 것 같았습니다. 저는 위희민이라는 자를 상대하기 어려워 급히 핑곗거리를 찾아 먼저 돌아왔습니다."

황재하가 물었다 "그게 언제인가요?"

"가만 있어보자…… 아마도……." 전관색은 머리를 긁적이며 한참을 생각했다. "천복사 법회 전날이었나. 맞네요, 바로 공주부 환관이 불타 죽은 그 법회 전날이었습니다."

"그때 불타 죽은 환관이 바로 위희민이라는 건 알고 계셨습니까?" 황재하가 물었다.

"아이고…… 그게 무슨……." 전관색은 몹시 놀란 기색으로, 조금 전까지만 해도 한껏 솟아 있던 어깨가 순간 축 처졌다. "공공, 공자님, 전 정말로 사실만 말했습니다! 저와는 아무 관계도 없는 일이에요! 전 그자를 여 씨 가게에 데리고 갔다가 곧바로 돌아왔습니다! 보세요, 여 씨 가게는 저희 가게에서 그리 멀지 않고, 저는 위 공공과 아주 잠깐을 보았을 뿐입니다……. 만일, 무슨 문제가 있는 거라면 분명 여지원 쪽에 있을 겁니다!"

"그러면 대녕방의 문둥이 손 씨가 죽었을 때는 우연히 현장에 계셨던 건가요?"

전관색이 울상을 지으며 고개를 끄덕였다. "그 일 때문에 대리사에도 불려 갔었습니다. 하지만 제가 손 씨 집에 들어갔을 때 손 씨는 죽어 있었어요! 이미 악취를 풍겼다고요! 대리사에서도 제가 그 일과 무관하다는 사실을 확인하고는 저를 놓아줬습니다……. 도대체 저는 어찌 이리 지지리도 운이……."

전관색은 자신이 얼마나 운이 없는지 계속해서 같은 말을 반복하며 투덜거렸다. 주자진은 더 이상 기록하기가 싫어서 결국 서책을 덮고는 황재하를 바라보았다.

황재하는 곧바로 자리에서 일어나 공수로 예를 갖추었다. "오늘 많은 폐를 끼쳤습니다. 저희가 너무 시간을 뺏은 게 아닌지 모르겠습니다."

"아닙니다! 언제든지 오세요……." 전관색이 괴로운 얼굴로 덧붙여 말했다. "물론 다음에는 대리사 일 말고 그냥 오시면 더욱 좋지요."

14장

난새와 봉황

마차 가게를 나온 주자진이 투덜거리며 말했다. "지루해……. 똑같은 말만 계속 되풀이하고 말이야. 내 솜씨를 제대로 발휘할 수 있는 시체는 도대체 어디에 있을까? 명확하게 사건의 전모를 깨닫게 되는 그 짜릿한 순간은 또 언제쯤 찾아오려나?"

"원래 사건 조사는 지루한 일이에요. 지금 도련님이 해야 할 일은, 헝클어져 있는 실타래에서 가장 중요한 실마리 몇 개를 끄집어내서 다시 말끔히 정리하는 거고요." 황재하는 그렇게 말하면서 서쪽 시장길을 따라 계속해서 앞으로 걸어갔다.

주자진이 얼굴을 찌푸리며 물었다. "어디 가는 거야?"

"여 씨네 향초 가게요."

"아, 뭐야……. 또 그 망할 노인네를 만나야 해?" 소하를 끌고 가던 주자진은 달갑지 않은 표정으로 말했다. "가끔은 적취 대신 내가 그 노인네 뺨을 사정없이 후려쳐주고 싶다니까! 세상에 어떻게 그런 망할 인간이 다 있을까?"

"진상이 다 밝혀지기 전까지는 그 무엇도 판단해선 안 돼요." 그렇게 말한 황재하는 나푸사를 길가 버드나무 아래에 묶어놓고 여 씨의 향초 가게로 들어갔다.

여지원은 초 심지를 만드느라 갈대를 하나하나 자른 후, 가는 것과 굵은 것을 따로따로 정리하고 있었다. 누군가가 들어오는 소리에도 고개조차 들지 않고 물었다. "뭘 찾으십니까?"

"어르신, 장사는 잘 되시나요?" 황재하가 물었다.

여지원은 그제야 천천히 고개를 들고 그녀를 쳐다보았다. 그러고는 다시 고개를 숙여 손에 들고 있는 갈댓잎을 벗기며 말했다.

"아, 또 오셨군."

"번거롭게 해드리네요, 어르신. 또 몇 가지 여쭙고 싶은 게 있어서 왔으니, 너무 귀찮다 여기지 마시고 양해 부탁드립니다." 황재하는 여지원이 자신을 신경 쓰지 않는 것을 보고 직접 옆에 있던 의자를 끌어다가 주자진과 함께 앉았다.

여지원은 시종일관 초를 만드는 데에만 집중했고, 황재하도 개의치 않고 평소처럼 물었다. "위희민이 죽기 전날 어르신 가게에서 영릉향을 샀다지요?"

여지원이 꾸물거리며 느릿느릿 대답했다. "향초는 사람을 가리지 않으니까. 향초 가게에서 향초를 팔지 않고 뭘 팔겠소."

"위희민이 왔던 날의 상황을 상세하게 설명해주실 수 있을까요?"

"그 고자 놈이 일전에도 공주부를 대신해 은자를 갖다준다고 우리 가게에 온 적이 있었는데, 이번에는 전 주인장이 데리고 왔더군. 입을 열자마자 영릉향을 달라고 했소. 두통이 있어서 밤에 잠을 잘 이루지 못하는데, 영릉향을 사용하니 효과가 꽤 괜찮았다고 하더이다. 나한테도 두 조각밖에 남아 있지 않아서 그걸 전부 팔았소. 모두 다해서 무게가 서 냥 넉 전 나와서 680문을 받았소."

"팔고 난 후에는요?"

"내가 그걸 어찌 알겠소? 난 장사를 하는 사람이니 팔았고 돈을 받았지. 그리고 또 뭐가 더 있겠소?"

황재하는 그의 말에 가타부타 않고 다시 말했다. "그날 저녁에 위희민이 실종되었습니다. 공주부에서는 그날 모습이 보이지 않았고, 다음 날 천복사에서 죽었습니다."

여지원은 천천히 고개를 들어 혼탁한 눈으로 황재하를 노려보았다. "공공의 뜻은 그게 나와 관련이 있다는 거요?"

황재하는 그를 바라보며 아무 말도 하지 않았다.

"사지 멀쩡하게 걸어서 나갔고 다음 날 여전히 살아서 천복사에 나타났는데, 전날 여기서 향료 사간 것을 대체 대리사에서 웬 상관인지." 여지원은 여전히 황재하를 신경도 쓰지 않고 곧바로 몸을 일으키더니, 긴 갈대 심지 몇 개를 늘어뜨려 힘껏 하나로 묶은 뒤 다시 삼베로 동여맸다. 거대한 초 심지 하나가 만들어졌다.

주자진이 물었다. "심지가 이렇게 긴 걸 보니, 그때 천복사에서 폭발한 초를 다시 만드는 겁니까?"

"그렇소. 오늘 밤에 초 몸통을 만들고 내일은 색색의 초를 꽃과 새, 그리고 용과 봉황 모양으로 조각해 붙일 예정이오. 그러고 나서 금은 가루로 마무리하면 완성이지."

큰 초를 만드는 게 보통 힘든 일이 아닌 듯했지만, 여지원처럼 숙련된 사람은 역시 빠르게 만들어내는 모양이었다. 황재하는 엄청나게 쌓여 있는 밀랍을 보며 말했다. "어르신은 정말 재간이 좋으신 모양입니다. 이전에는 천복사에서 한참이 걸려서야 초 두 개를 만들 밀랍을 보내왔다고 하셨는데, 이번엔 어르신 혼자 며칠 상간에 밀랍을 다 모으셨네요."

"내가 이 오랜 세월 돈은 하나도 모으지 못했지만 밀랍은 좀 모아뒀지." 여지원은 그렇게 말하면서 천천히 심지를 끌고 뒤쪽으로 갔다.

거대한 솥에서 밀랍이 녹으며 코를 찌르는 불쾌한 냄새를 뿜어냈다.

여지원은 삼베로 동여맨 심지가 밀랍을 흡수하도록 뜨겁게 끓고 있는 솥에 담가둔 뒤 사람 키만큼 높은 거푸집을 끌어내오고 다양한 크기의 통도 여러 개 꺼내왔다. 그러고는 의자 위에 올라서서 한 자쯤 되어 보이는 커다란 동 국자로 녹은 밀랍을 퍼서 거푸집과 통에 가득 가득 부었다.

황재하는 지나가는 투로 말했다. "몸이 정말로 좋으십니다. 예순이 다 되어가시는데도 이렇게 힘든 일을 혼자 다 하시다니요."

"흥! 요즘 젊은 사람들은 고생을 못 견디니, 이틀 배우고 도망가는데 별수 있겠소?" 여지원은 냉랭한 투로 말했다. "이 몸도 젊었을 때는 군대에 들어가 석궁 부대에 있었지. 한 손으로 석 섬 석궁[27]도 당겼던 사람이라고!"

"어르신은 나라를 위해서도 힘을 쓰셨군요." 주자진도 아무렇지도 않게 다시 화제를 돌리며 물었다. "이 거푸집은 그때 그 초보다 키가 훨씬 작아 보이는데요?"

"1장 높이나 되는 틀을 어디서 구하겠소?" 여지원은 밀랍을 부으면서 말했다. "아래 저 얕은 통 속 밀랍을 나중에 다 뒤집어 꺼내서 여기 큰 초에 하나씩 이어 붙일 거요. 크기가 고르지 않은 부분은 깎아 내거나 밀랍을 더 발라 보충하면 커다란 초가 하나 완성되는 거요."

주자진은 맹하게 물었다. "초 심지는 어떻게 넣는 겁니까?"

노인이 주자진을 노려보았다. "초 가운데 부분은 굳는 속도가 매우 느리오. 서두를 것 없이 초들을 연결해 붙인 다음 겉면을 잘 다듬을 때까지도 초 가운데는 아직 무른 상태지. 그때 초 심지 끝에 뜨겁게 달군 뾰족한 쇠붙이를 붙여 초 기둥 안에 끼우면 단번에 바닥까지 내

---

27 사정거리가 약 200미터에 달하는 활.

려가는 거요."

"그런 거였구나!" 주자진은 감탄하며 말했다. "역시 모든 일에는 다 전문가가 따로 있다더니, 그 말이 정말이네요!"

황재하는 손 씨가 죽었던 때의 상황을 어떤 방식으로 심문해야 할지 고민하고 있었다. 그때 갑자기 밖에서 여지원을 부르는 큰 목소리가 들려왔다. "여 씨! 여지원!"

여지원은 그 소리에도 전혀 아랑곳 않고 계속해서 밀랍을 부었다.

누군가가 급히 문안으로 뛰어 들어오더니 발을 동동 구르며 소리쳤다. "여 씨! 당신 딸 적취가…… 죽게 생겼어!"

여지원은 순간 얼어붙었다. 줄곧 안정되게 커다란 국자를 쥐고 있던 그의 양손이 미세하게 떨렸다.

여지원이 곧바로 물었다. "뭐? 그 아이가 아직 안 죽었어?"

"안 죽었어! 근데 이젠 정말 죽게 생겼구먼!" 그 사람의 말에 황재하와 주자진도 당황했다.

"여 씨 딸이 대리사에 가서 자수를 했어. 공주부 환관이랑 그 문둥이를 죽인 범인이 자기라고 말이야!"

대리사.

원래 점심시간이면 집으로 돌아가 아내와 함께 식사를 하는 최 소경이 오늘은 웬일로 자리를 지키고 있었다. 황재하와 주자진이 온 것을 보고 최 소경 얼굴에 순간 화색이 돌았다.

"자진! 숭고! 이거 정말 잘 됐습니다. 범인이 자수를 했으니 이제 식은 죽 먹기죠. 요 며칠간 얼마나 바쁘게 뛰어다니며 마음을 졸였습니까. 드디어 끝이 보여요! 이제 공주부에서 압박이 들어올 일도 없겠죠!"

황재하는 최 소경을 따라 안으로 걸어가며 물었다. "범인이 이미 다 자백했나요?"

"자백했지요! 그 여자가 그림 하나를 들고 와 자수를 했습니다. 선황 폐하께서 직접 그리신 그림이라나 뭐라나. 제가 보기엔 엉망진창으로 갈겨놓은 종이 쪼가리일 뿐이라, 전혀 그리 보이진 않았습니다만."

대화를 나누던 중 대리사 대청 뒤편에 도착했다. 대리사에는 감옥이 없는지라, 대청 뒤쪽으로 깨끗한 방 몇 개를 만들어 형을 받아야 할 죄인들을 임시로 가둬놓았다.

적취는 그중 하나의 방에 앉아 창밖으로 바람에 흔들리는 나뭇가지를 멍하니 내다보고 있었다. 황재하와 주자진, 그리고 대리사 사람들이 안으로 들어가 문을 닫고 그녀를 불렀다.

"여적취."

반사적으로 벌떡 일어난 적취는 눈앞의 남자들을 보며 자신도 모르게 몸을 움츠리며 뒤로 한 걸음 물러났다.

황재하는 적취의 마음속에 아직 남아 있는 상처를 알기에 재빨리 안심시켰다. "우리는 그저 관례에 따라 몇 가지를 물으러 왔을 뿐이니 질문에 사실대로만 답해주면 됩니다."

입술을 물고서 한참 동안 황재하를 바라만 보고 있던 적취가 가만히 고개를 끄덕였다. 황재하는 일단 적취를 자리에 앉힌 다음 옆에 서서 대리사의 두 지사가 심문하는 장면을 지켜보았다.

"이름, 나이, 본적?"

"여적취⋯⋯ 열일곱 살, 장안 출신입니다."

"자수를 하였는데, 어떤 범죄를 저질렀지?"

적취는 여전히 눈이 빨갛게 부은 채 멍한 표정으로 그들 앞에 앉아 있었다. 한참을 그렇게 넋이 나간 듯 있다가 아랫입술을 깨물며 토해내듯 몇 마디 내뱉었다.

"사람을 죽였어요. 두 사람을…… 죽였습니다."

두 지사는 처음부터 그녀가 자수한 이유를 알고 있었기에 딱히 놀라지 않으며 다시 물었다. "하나하나 다 사실대로 말해보시오."

적취의 말소리는 낮게 잠긴 데다 느리게 흘러나왔다. 떠듬떠듬 목소리가 이어졌다. "제가 죽였습니다……. 공주부 환관 위희민이랑 그리고 또…… 대녕방의 문둥이 손 씨도 죽였습니다."

"왜, 어떤 수법으로 죽였나?"

"위희민은 일찍이 저를 해친 자였습니다. 사람을 시켜 제가 혼절할 때까지 매질하고 길에 내다버렸습니다. 그로 인해……." 무표정하게 굳어 있던 적취의 얼굴에 끝내 고통스러운 표정이 떠올랐다. 목소리에도 점점 힘이 실렸다. "그날 천복사에서 머리에 쓰고 있던 너울이 바닥에 떨어져 장항영이 저 대신 주우러 간 사이에, 위희민을 보았습니다……. 환관 복장이어서 사람들 속에서도 유난히 눈에 띄었습니다. 마침 그때 벼락이 떨어져 초가 폭발했습니다. 초에는 타기 쉬운 염료들이 섞여 있었기 때문에 곧바로 크게 타올랐고 불붙은 초 파편도 여기저기 흩뿌려졌습니다. 저도…… 그런 힘이 어디서 났는지 모르겠지만 그 순간 마치 미친 사람이 된 것만 같았습니다. 위희민이 사람들에게 밀려 제 옆까지 왔을 때, 있는 힘껏 그자를 밀어버렸습니다. 그자는 곧바로 불타고 있는 초 파편 위로 넘어졌고 온몸에 불이 옮겨 붙었습니다……."

옆에 서 있던 황재하는 아무 말 없이 냉정하고 침착하게 적취의 말을 듣고만 있었다.

지사가 다시 물었다. "그러면, 그 문둥이 손 씨는?"

"손 씨…… 그 짐승만도 못한 놈은…… 돈으로 저희 아버지를 매수했지만 저는 절대로 그자를 용서할 수 없었습니다!" 여기까지 내뱉은 적취는 결국 분노가 폭발해 목소리가 무서울 정도로 앙칼지고 날카롭게 변했다. "그날 오후, 저는 대녕방으로 손 씨를 찾아갔습니다. 여자의 몸이라 힘이 모자랄 것 같아 비수에 독을 발라 가지고 갔습니다. 그 짐승은 제 목소리에 문을 열었다가, 제가 달려들어 비수로 두 번을 찔렀더니 다시 방 안으로 도망쳐 들어가 문을 잠갔습니다. 저는 몇 번을 더 찌르고 싶었지만 문이 열리지 않아서…… 어쩔 수 없이 곧바로 뒤돌아 도망쳤습니다."

여적취를 유심히 지켜보고 있던 황재하는 천천히 미간을 찡그렸다. "그럼, 그 독은 어디서 얻었습니까?" 황재하가 캐물었다.

여적취는 이를 꽉 물며 말했다. "장항영 집의 약상자 속에 오두라는 독초가 있었습니다. 장항영이 저에게 약초에 대한 지식을 가르쳐 준 적이 있습니다."

"하지만 손 씨는 침대 위에서 죽었습니다."

"아마…… 상처를 입은 후에 침대에 올라갔고, 독이 퍼져 그대로 죽은 것이겠죠."

최순잠은 작은 목소리로 두 지사를 향해 물었다. "이 여자가 말하는 내용이 사건과 일치하는가?"

지사 하나가 고개를 끄덕였다. "상처가 깊지 않은 것으로 보아 여인이 손을 쓴 것은 확실해 보입니다."

최순잠이 고개를 끄덕이며 이번에는 적취를 향해 물었다. "여적취, 어쨌든 그렇게 쥐도 새도 모르게 두 사람을 죽였는데, 왜 굳이 죽음을 자처하며 자수를 하러 온 것이지?"

적취는 숨을 깊게 들이마시며 용기를 내서 최순잠을 똑바로 바라보았다. "그 두 사건이 장안을 떠들썩하게 만들어 무고한 사람들이 죄 없이 말려들었습니다. 저는 스스로가 한 일에 대해서는 반드시 책임지는 사람입니다. 그리고 천하의 모든 악인들에게 보여주고 싶었습니다. 악한 일을 일삼는 자는 반드시 그 벌을 받게 될 거라고요!"

최순잠은 적취의 말에 마음이 동한 듯 고개를 끄덕이며 탄식했다. "거참 사정은 딱하지만, 죄를 피할 수는 없겠어!"

지사 하나가 다시 적취에게 물었다. "격구장에서 부마가 부상을 입은 일에 대해서는 알고 있는가?"

적취는 눈을 질끈 감고서 고개를 끄덕였다. "저의 은인인 장항영이…… 그날 그곳에 있었다는 이야기를 들었습니다."

"그 일 또한 너와 관련이 있는가?"

적취는 고개를 흔들다가, 잠시 생각하더니 다시 고개를 끄덕였다. "저는 죽어 마땅합니다……. 장항영이 격구 시합에 참가한다는 소리를 듣고 그날 집에서 기도했습니다. 상대방이 경기 중에 낙마하여 장항영이 이길 수 있게 해달라고요……. 어쩌면, 제 기도를 부처님이 들어주신 게 아닌가 싶습니다……."

최순잠이 두 지사를 향해 말했다. "이건 기록할 필요 없겠군. 어떤 관련도 없어 보이니."

지사가 또 물었다. "그대가 가지고 온 그림은 무엇이지?"

"그건 장항영의 집에 있던 그림인데, 대리사에서 보여달라고 했으나 장항영이 찾지 못했습니다. 사실…… 제가 훔쳤기 때문입니다. 저는 복수를 하고 난 후 장안을 떠날 생각이었지만 노잣돈이 없었습니다. 이 그림이 선황께서 그리신 것이라는 말을 듣고는 분명 돈이 될 거라 생각해 훔쳐서 전당포에 맡겼습니다. 그런데 대리사에서 그림을 찾을 줄은, 이렇게 큰 소란이 일어날 줄은 몰랐습니다. 그래서 다시 값을 치르고 그림을 되찾아 이리로 가져왔습니다."

"이 그림에 무엇이 그려져 있는지 아는가?"

적취는 고개를 흔들었다. "모릅니다……. 저도 한참을 들여다보았지만 그저 먹물 자국뿐이었습니다. 그래서…… 가져가서 10민전을 달라고 했습니다."

지사가 고개를 돌려 최순잠에게 말했다. “저희도 전당포에 가서 조사를 해보았는데 틀림없습니다. 그 전당포 주인도 그림은 이해할 수 없었지만 종이와 먹이 고급지고 보존 상태도 괜찮아 출처가 평범치 않은 듯해 10민전을 내주었다고 합니다.”

본래 여인들에게 상냥한 성격인 최순잠은 적취를 보며 고개를 내젓고 탄식했다. “여적취, 더 하고 싶은 말이 있소?”

적취는 멍하니 무릎을 꿇고 앉아 있다가 한참 후에야 고개를 들어 황재하에게 말했다. “양 공공, 오라버니에게 대신 좀 전해주시겠어요? 이번 생에는 인연이 없는 듯하니, 다음 생에 반드시 이 아적이…… 결초보은하겠다고요.”

황재하는 가슴이 먹먹해 그저 고개를 끄덕이는 수밖에 없었다. “알겠습니다.”

황재하는 대청으로 돌아왔다. 주사 한 명이 그림을 꺼내어 모두가 볼 수 있게 탁자 위에 펼쳐놓았다.

예의 그 세 개의 먹 자국이 그려진 황마지는 희고 얇은 비단으로 표구된 솜씨가 매우 정교했다. 그렇다 해도 그 위에 그려진 것이 졸렬한 먹 자국이라는 사실은 변함없었다.

황재하와 주자진은 이미 본 적이 있기에 그저 한번 살펴보며 그때 그 그림이 맞음을 확인하고 서로 눈을 마주쳤다.

최순잠은 거의 그림에 얼굴이 닿을 정도로 바짝 다가가서 두 번 세 번 뚫어지게 살펴보더니 미간을 찌푸리며 말했다. “이게 선황 폐하께서 친히 그리신 거라고? 그야말로 선황 폐하를 비방하는 대역무도한 일이 아닌가!”

옆에 있던 대리사 관리들도 모두 맞장구치며 거들떠볼 가치도 없는 그림이라고 일축했다. 하지만 말은 그렇게 해도 이 또한 필시 이번 사건의 증거물이었기에, 사람들이 물러간 뒤 최순잠은 그림을 말아 창고에 넣어두려 했다.

황재하는 대청에 아무도 남지 않은 것을 확인한 뒤 최순잠을 향해 목소리를 낮춰 물었다. "이 그림 좀…… 빌릴 수 없을까요?"

최순잠이 난처해하며 말했다. "아이고, 이거는…… 양 공공, 이건 아주 중요한 증거물입니다. 물론 뭣에 쓰는 물건인지는 모르겠지만 말이에요. 사건의 심리가 끝나지 않은 상황에서 증거물을 가져가면 법을 어기는 것이 됩니다……."

황재하는 품에서 한 장의 명령서를 꺼내 두 손으로 최순잠 앞에 건네주었다. "기왕부의 명령서를 담보로 맡기겠습니다. 반나절만 임시로 빌려주십시오. 내일 날이 밝는 대로 반드시 돌려드리겠습니다."

최순잠은 그 명령서를 보며 잠시 생각하더니 이내 황재하의 손에 그림을 쥐여주며 말했다. "공공은 황제 폐하께서 친히 이 사건을 조사하라 임명하신 사람이니, 이번 사건과 관련된 증거물을 공공께서 가져가 연구한다 해도 안 될 것이 뭐가 있겠습니까. 다만 가져가신다는 글 하나만 적어두고 가져가십시오."

그림 두루마리를 손에 든 황재하와 주자진은 배가 너무 고팠다.

아침 일찍부터 문을 나서 장안성의 반이나 되는 거리를 돌아다닌 터였다. 이미 밥 때를 훌쩍 넘긴 시간이라 오늘 식사를 위해 마련한 음식들은 이미 남아 있지 않아, 최순잠이 대리사 주방에 간단한 요깃거리라도 속히 만들어주라 지시했다.

밥을 다 먹고 대리사를 나오며 황재하는 문지기들에게 그 엄청나게 바쁜 기왕 전하의 금일 행적에 대해 슬쩍 물어보았다. 아니나 다를까, 누군가가 이렇게 말해주었다.

"반 시진 전에 어사대 마차가 왔었는데, 그 마부가 저희와 차를 마시면서 하는 말이 기왕 전하께서 어사대에 계시다고 했습니다."

황성 안에는 관아가 매우 많고, 각 관아 문 앞에는 상서 몇 품 이하는 여기서부터 말에서 내리라고 적힌 팻말이 세워져 있었다. 그래서 주자진과 황재하는 아예 말을 타지 않고 가기로 했다. 둘은 말 두 마리를 대리사에 묶어둔 채 어사대 쪽으로 걸어갔다.

주자진은 걸으면서 황재하의 소매를 잡아당기며 힘없이 말했다. "숭고…… 나 정말 너한테 감탄했어."

황재하는 손에 들고 있던 서책을 머리 위로 들어 뜨겁게 내리쬐는 태양을 가리며 고개를 돌려 그를 쳐다보았다. "왜요?"

"네 체력에 정말로 감탄했다고……." 주자진은 탄복하는 눈빛으로 황재하를 바라보았다. "반나절을 쉬지도 않고 계속 돌아다녔더니 힘들어 죽을 것 같아. 너는 원래 쉬지도 않고 돌아다녀?"

"일단 사건이 발생하면 대부분 촌각을 다투는 일이어서 일각도 지체할 수가 없어요." 그렇게 대답하던 황재하는 갑자기 생각난 듯 말했다. "맞다, 손 씨 시신은 지금 어디 있어요? 시신에 났던 상처가 어떤 모양이었는지 기억하세요?"

시체와 상처 이야기에 주자진은 다시 기운이 번쩍 나, 마치 뜨거운 여름에 차가운 얼음을 입에 넣은 것처럼 눈이 빛나고 생기가 돌았다.

"그럼! 상처는 내가 봤는데 아주 똑똑히 기억하지! 뭐든지 물어봐, 내가 바로 대답해줄게!"

황재하가 말했다. "상처의 구체적인 모양하고 흉기가 찌른 방향이 어땠는지가 궁금해요."

"상처 한 곳은 좌측 어깨의 견갑골 아래, 또 다른 한 곳은 배꼽 우측 허리야. 두 곳 모두 좌측에서 우측으로 비스듬히 찔렸어……." 주자진은 여기까지 말하고는 순간 입을 벌린 채 멍하니 서 있다가 주변을 살펴보고서 낮은 목소리로 말했다. "그럼…… 적취가 거짓말을 하고 있는 거야?"

"네." 황재하도 나지막한 목소리로 말했다. "만일 손 씨가 적취 맞은편에 서 있었다고 한다면 적취가 칼을 휘두른 형세로 볼 때 그 상처는 반드시 위에서 아래로 찔렸어야 해요. 선 자세에서 어떻게 왼쪽에서 오른쪽으로 찌를 수가 있었겠어요? 그런 상처가 나올 수 있는 가능성은 상대방이 옆으로 누워 있을 때밖에 없어요."

주자진이 숨을 크게 들이켰다. 놀라움과 당혹함이 얼굴에 고스란히 드러났다. "그럼…… 적취는 왜 죄를 자백하며 모든 것을 끌어안으려는 거지? 도대체…… 뭘 위해서?"

황재하는 아무 말 없이 그를 쳐다보다가 한참 후 주자진의 뒤편으로 시선을 옮겼다.

대리사의 높은 담벼락 아래 웅크리고 앉아 있는 사람이 보였다.

장항영.

언제부터 그곳에 웅크리고 있었는지는 알 수 없었다. 장항영은 고개를 숙인 채 망연자실 땅만 볼 뿐, 미동도 없었다.

주자진은 한참 동안 그를 바라보았다. 그러는 동안 휘둥그렇던 눈과 떡 벌렸던 입이 서서히 원래대로 돌아왔다. 그는 자신도 모르게 "아……" 하고 작게 소리를 냈다.

장항영 또한 마침내 시선을 느끼고는 천천히 고개를 들어 그들이 서 있는 곳을 보았다. 그러고도 한참 뒤에야 그의 황망한 눈빛에 초점이 돌아왔다. 그제야 두 사람을 알아본 장항영이 벌떡 일어나며 황재하를 불렀다. "양…… 공공……."

목소리가 다 쉬어 있었다. 오랜 시간 웅크리고 앉았던 탓에 다리가 저려 제대로 서지도 못하고 몇 번을 비틀거리더니 결국 다시 바닥에 주저앉았다.

작열하는 태양과 뜨거운 흙바닥에 바싹 말라버린 듯 장항영은 아무런 감각도 느낄 수 없었다. 그저 벽을 짚고 다시 일어서서 황재하와 주자진을 향해 한 걸음 한 걸음 걸었다.

황재하는 복잡한 감정으로 그를 주시했다.

주자진이 재빨리 뛰어가 그를 부축했다. 주자진도 키가 큰 편이었지만 워낙 체격이 큰 장항영은 그보다 두세 치 더 컸다. 장항영의 몸이 위에서 덮치듯 누르자 주자진도 제대로 서지 못하고 휘청거렸다.

"장 형, 왜 그래요?" 주자진이 장항영을 단단히 붙잡으며 위로의 말을 건넸다. "너무 초조해하지 마요!"

장항영은 주자진에게 몸을 기댄 채 계속 황재하를 쳐다보며 햇볕에 말라 터진 입술을 달싹였다. 그새 목소리조차 폭삭 늙어버린 듯했다. "공공이 아적을 도와주셔야 해요……. 아적은 절대 아니에요. 아적은 사람을 죽일 수 있는 여자가 아니라는 걸 제가 잘 알아요……."

황재하는 눈을 아래로 떨구고는 아무 말 없이 고개를 끄덕였다.

황재하의 신통치 않은 반응에 장항영은 순간 마음이 급해져서 황재하에게 달려들어 어깨를 붙잡았다. 스스로의 힘을 통제하지 못하는 것 같았다.

"그렇게 연약한 여인이 어떻게 사람을 죽이겠습니까? 저도 아적이 왜 거짓 자수를 했는지 모르겠지만 제발…… 제발 아적을 구해주세요. 아적을 살려주세요!"

장항영은 완전히 잠긴 목소리로 조각난 단어들을 힘겹게 내뱉으며 황재하를 향해 마치 구걸이라도 하듯 간청했다.

황재하는 긴 한숨을 내쉬고는 그의 팔을 가볍게 두드리며 말했다. "걱정 마요, 장 형. 반드시 진상을 밝혀내겠습니다. 때가 되면 범인은 더 이상 숨지 못하고 만천하에 모습을 드러낼 겁니다."

장항영은 눈을 크게 뜨고 황재하를 뚫어져라 보았다. 한참이 지나서야 그 말을 이해한 듯 황재하의 어깨를 부서져라 잡고 있던 손을 거두어 힘없이 내려놓았다. 그러고는 비틀비틀 두어 걸음 뒤로 물러서서 낮은 목소리로 말했다. "알겠습니다……. 양 공공만 믿어요……. 공공은 아적의 결백을 밝혀줄 수 있을 거예요."

"장 형, 이제 좌금오위로 돌아가셔도 됩니다. 내일이면 점호에 나갈 수 있을 거예요." 황재하는 고개를 들어 그를 바라보며 나지막이 말했다. "아적이 장 형에게 거는 기대를 저버리지 마세요."

어사대는 조정에서도 가장 엄숙한 곳이어서 함부로 떠들거나 웃어도 안 되었다. 그런데 이 시각 어사 중승과 시어사, 감찰어사 등 나이 지긋한 몇몇 막료들이 희색이 만면하여 기왕 주변에 둘러앉아, 이미 사무가 종료된 시간이라는 것도 깨닫지 못했는지 이서백에게 이런저런 이야기들을 쏟아내고 있었다.

황재하와 주자진이 들어서자 이서백은 기다리라는 손짓을 하고는 몸을 일으켜 모두를 향해 말했다. "여기는 내 곁에 있는 양숭고라고 하오. 사건을 판단하는 능력이 뛰어나, 이번에 황상께서 대리사와 함께 사건을 조사하라고 명하셨지. 뭔가 보고할 만한 진전이 있어 여기까지 찾아온 모양이니 본왕은 이만 가봐야겠소."

"저희가 배웅해드리겠습니다." 곁에 있던 이들이 여전히 밝은 얼굴로 문 앞까지 나와 배웅했다.

어사대에서 나오자마자 주자진은 참지 못하고 투덜거렸다. "어사대는 어쩜 그렇게 사람을 차별할 수가 있어! 지난번에 내가 왔을 때는 저 어르신들 콧대가 다들 어찌나 높던지, 마치 내가 이 조정의 수치라도 되는 것처럼 나한테 젓가락 하나 내주는 것도 아까워하더니. 그런데 기왕 전하께서 오시니까, 숭고 너도 봤지? 얼굴에 다들 웃음꽃이 피어서는, 아주 얼굴 주름이 다 펴질 정도던데!"

이서백은 자신도 모르게 입꼬리를 살짝 끌어올리며 말했다. "저들이 오늘은 기분이 좀 좋아서 그런 것뿐이다."

"네? 어사대 사람들도 기분이 좋을 때가 있나요? 매일 정색하는 얼굴로 야단치며 훈계하는 거 아니었습니까?"

이서백은 고개를 돌려 황재하를 힐긋 쳐다보며 말했다. "구난채가 사라진 일 때문에 황제 폐하께서 몇몇 중신들을 소환해서 형부, 대리사, 어사대 삼법사(三法司)에서 동시에 이 사건을 조사하라고 명하셨다. 다른 두 곳은 아무 말 없었지만 어사대의 이 노인네들은 그 자리에서 바로 반발하고 나섰지. 삼법사가 동시에 어떤 사건을 맡을 때는 반드시 나라의 사직과 관련된 중한 사건이어야 할 터인데, 공주가 구난채를 잃어버린 일이 어찌 삼법사가 한꺼번에 동원될 만큼 크고 중한 일이냐고 말이야. 황제 폐하께서는 이 사건과 관련하여 이미 두 사람이 죽고 한 사람이 다쳤으니 공주에게도 언제 위험이 닥칠지 모른다고 서둘러 철저히 조사해야 마땅하다며 완고히 나오셨다. 그렇게 의견이 팽팽히 맞섰을 때 대리사에서 이번 사건의 진범이 자수했다는 소식을 전해왔지. 그래서 어사대는 황제의 집안 일이 조정의 공무로 둔갑하지 않은 것에 기뻐하고 있었을 뿐이야."

주자진이 미간을 찌푸리며 말했다. "하지만…… 적취는 범인이 아닙니다……."

"범인이 맞든 아니든 스스로 죄를 떠맡겠다고 나선 사람이 있으니, 저들에게는 딱 좋은 기회가 아니겠느냐?" 이서백이 담담한 눈빛으로 황재하를 힐끗 쳐다보았다. "황제 폐하께서 맡기신 이 일을 계속해서 조사하겠느냐, 아니면 여기서 손을 떼겠느냐?"

"적취는 저와도 어느 정도 왕래가 있던 사이인지라, 그 비참한 신세를 그냥 지켜보며 죽게 내버려둘 수는 없습니다." 황재하는 미간을 찌푸리며 말했다. "게다가 적취가 자수했다고는 하지만 이 사건은 그리 쉬이 끝나지 않을 것 같습니다."

이서백은 눈썹을 치켜뜨며 물었다. "네 뜻은 범인이 멈추지 않을 것이라는 말이냐?"

"그럴 가능성이 매우 높습니다. 그림의 세 번째 사망자가 아직 나오지 않았기 때문입니다." 황재하는 그림을 그에게 건네주었다.

이서백은 걸어가던 중에 두루마리를 펼쳐보았다.

순간, 이서백의 걸음이 멈추었다.

어떠한 상황에서도 침착하며 놀란 기색을 보이지 않는 기왕이 황성 각 관아의 높은 담벼락이 만들어낸 그늘 아래 우뚝 멈춰 선 채 낙서 같은 먹 자국을 바라봤다. 손에 들린 그림 한 장을 내려다보는 그의 그림자가 광활한 하늘 아래 오래 멈추었다.

푸른 하늘은 씻은 듯이 깨끗했으며 내리쬐는 햇살은 따가웠다. 순간 강한 바람이 불어와 세 사람의 넓은 소맷자락을 펄럭이고 지나가면서 큰 소리를 냈다.

이서백은 마침내 천천히 눈을 들고는 그림을 다시 잘 말아 황재하에게 건넸다. "잘 보관하고 있거라."

주자진이 재빨리 물었다. "전하께서도 그림 속에서 세 사람의 참혹한 죽음을 보셨습니까?"

이서백이 보일 듯 말 듯 고개를 끄덕이며 말했다. "그렇게 보자면 그럴 수도 있겠지만, 억지스럽구나. 이런 황당한 일에 어찌 선황 폐하의 그림까지 끌어들인단 말이냐."

주자진은 순간 흥미가 싹 가신 듯 실망한 투로 말했다. "그렇네요."

주자진은 황재하를 몰래 쳐다보면서 황재하가 점점 이서백을 닮아간다는 생각을 했다. 틈이라고는 조금도 보이지 않는 정색한 얼굴. 주자진은 저도 모르게 속으로 탄식을 내뱉었다.

"전하, 여적취가 손 씨를 살해했다는 점은 여전히 의문이 남습니다. 일단 묘지에 가서 다시 한 번 확인해봐야 할 것 같아 먼저 물러가겠습니다."

주자진이 떠나는 것을 보고 이서백은 황재하에게 마차에 오르라 눈짓했다.

마차가 대리사 문 앞을 지나자 문지기가 나푸사의 밧줄을 풀어주었다. 나푸사는 감탄스러울 정도로 얌전하게 잘 따라왔다.

황재하는 늘 자신이 앉는 곳, 발을 올려놓는 낮은 의자에 자리를 잡고 앉았다.

이서백이 손을 내밀자 황재하는 무슨 뜻인지 곧바로 알아차리고 품속에서 그림을 꺼내어 그의 앞에 올렸다.

이서백은 작은 탁자 위에 그림을 펼쳤다. 탁자가 작아 비단 천 일부가 그의 무릎 위로 드리웠다. 이서백의 한 손은 그림이 말린 부분을 누르고 다른 손끝은 첫 번째 그림을 따라 움직였다. 사람이 불에 타서 죽은 듯한 형체의 그 그림이었다.

"이 그림이 불타 죽은 사람의 모습이라 생각했다는 것이냐?"

"네……. 저희는 그 위의 가는 수직선을 하늘에서 내린 벼락이라고 생각했습니다. 그래서 마치 사람이 벼락을 맞고 전신이 불에 타 발악하다가 죽은 것처럼 보였습니다."

"선황이 친히 그리신 거라는 말을 너는 믿느냐?" 이서백이 살짝 눈을 들어 황재하를 보았다.

황재하는 잠시 생각한 후 천천히 대답했다. "저는 선황 폐하께서 친히 그리신 그림을 본 적이 없어 감히 확신할 수 없습니다."

"나는 확신할 수 있다."

이서백은 손으로 가볍게 그림을 누르면서 말했다. "이 먹은 황제를 위해 조민이 특별히 제작한 것이다. 선황께서는 만년에 몸이 안 좋았을 때 먹 냄새를 싫어하셨다. 그래서 조민이 먹의 제조 방법을 바꾸었지. 진주와 옥을 가루 낸 것 외에도 타국에서 새로 들여온 향을 추가

해 먹을 만들었다. 총 열 덩이를 만들었고 선황께서 일곱 덩이를 사용하셨다. 남은 세 덩이는 선황과 함께 땅에 묻혔지. 벌써 10년이란 세월이 지났음에도 그때의 향기가 아직 남아 있는 것 같구나."

황재하도 고개를 숙여 향을 맡아보았다. 겨우 맡아질 정도로 옅었으나 확실히 다른 향과는 판이하게 다른 기이한 향이었다.

황재하가 고개를 들어 올려다보자 이서백이 말을 이었다. "선황께서는 글을 쓰거나 그림을 그릴 때 사람을 모두 물리곤 하셨다. 선황의 오랜 습관이었지. 그러니 선황의 곁에 있는 사람이 아니고서는 대부분 모르는 사실이었다. 그리고 여기를 보거라……."

떨어지는 벼락으로 보였던 수직선 옆에 머리털처럼 가늘어 거의 잘 보이지도 않는 선 하나가 나란히 그려져 있었다.

"이 선이 옆의 선과 평행하지 않다는 것은 절대로 붓에서 삐져나온 털 때문에 그어진 선은 아니라는 것이다. 아마 당시 부황께서도 의식하지 못하신 사이에 그어진 것이 아니겠느냐."

황재하가 말했다. "장항영 집에 가서 그 부친에게 이 그림의 내력을 상세하게 물어보도록 하겠습니다."

"부황께서 어찌 이런 그림을 남기셨는지, 그리고 왜 이것을 민간 의원에게 하사하셨는지 반드시 조사해보거라."

황재하는 그림을 보며 다시금 악왕 이윤의 묘한 반응을 떠올렸다.

이서백도 같은 생각을 한 모양이었다. "지금 바로 악왕부에 가봐야겠다. 악왕이 이 그림을 보고 이상한 반응을 보였다고 하니 말이다."

황재하가 고개를 끄덕이고는 아원백에게 목적지를 다시 전달하려는데, 앞쪽 길 입구에서 갑자기 시끄러운 소리가 들려오며 천천히 마차가 멈췄다. 얼마간의 시간이 지나도록 마차는 움직일 기미를 보이지 않았다.

황재하가 작은 창문을 열고 아원백을 향해 물었다. "원백, 무슨 일입니까?"

"앞에 사람이 너무 붐벼서 길이 다 막혀버렸습니다." 아원백은 목을 쭉 내밀어 길 입구 쪽을 살피며 말했다.

황재하가 마차 가림막을 젖히고 바라보니 진작 달아났던 주자진도 거기에 갇혀 옆에 서 있었다.

주자진이 괴로운 얼굴로 황재하를 보며 말했다. "숭고, 앞으로 갈 수가 없어."

"내려가서 무슨 일인지 알아보겠습니다." 황재하는 마차에서 뛰어내려 앞으로 가보았다.

주자진이 재빨리 황재하 곁으로 다가오더니, 앞에 막혀 있는 사람들을 밀어젖히며 말했다. "얼른 구경하러 가보자. 나만 따라와!"

황재하는 어이가 없었다. "저는 구경하고 싶은 게 아니에요……."

"하지만 장안에서 꽤나 보기 드문 구경거리야. 평강방의 아주 성대한 행사라고! 안 보면 후회할걸!" 주자진은 황재하를 끌고 군중들 사이를 뚫고 나아갔다.

이서백은 차가운 눈으로 두 사람을 바라보다가 아원백을 향해 말했다. "가지."

아원백이 황급히 입을 열었다. "하지만 도무지 나아갈 수가 없습니다……."

"돌려서 대리사로 간다." 이서백은 거의 군중 속으로 사라져가는 황재하와 주자진에게서 시선을 돌리며 말했다.

황재하는 주자진만 뒤따라갔다. 주자진은 인파 사이를 요리조리 잘도 비집고 나가 마침내 사람들이 가장 많이 모여 있는 곳까지 뚫고 갔다.

평강방 부근이었다. 원래 장안성의 길은 꽤 넓었으나, 양쪽으로 수로 정비 작업을 하고 있는 데다, 여러 해를 자란 홰나무가 굽어지게 자라 도로의 반을 차지했다.

그냥 통행하기도 쉽지 않은 길인데 평강방의 두 기생이 굳이 길 입구에 작은 단을 설치하고 실력을 겨루고 있었다. 생황과 퉁소 소리가 울리며 기생의 춤사위가 펼쳐져 단 아래에 수많은 사람이 몰려든 상황이었다. 그 탓에 도로는 발 디딜 틈도 없을 정도로 인산인해를 이루었다.

그 요란한 와중에도 황재하는 금과 옥으로 장식된 동창 공주의 마차를 한눈에 알아보았다. 마차는 길 한가운데에 멈춰 서 옴짝달싹 못했다. 수주와 낙패, 추옥, 경벽 네 사람이 마차 옆에 서 있고, 여러 환관과 호위가 주위 군중에게 밀려 뒷걸음치다 결국은 마차 근처에 바싹 붙어 선 채 그곳을 벗어날 엄두도 내지 못했다.

황재하는 가까이 다가가 군중 속 시녀들을 향해 인사했다. "이거 참 우연입니다. 공주께서도 이곳에 계셨군요?"

길을 막은 인파로 난처해하던 수주는 그 비좁은 중에서도 예를 갖추며 인사했다. "그렇습니다, 공공. 공공께서도 오늘…… 주 도련님과 함께 구경을 나오신 겁니까?"

황재하가 막 고개를 끄덕이는데 동창 공주가 마차 창문 가림막을 들추고 내다보았다. 초조함으로 눈썹을 잔뜩 찌푸린 탓에 원래도 가늘고 날카로운 눈매가 더욱 서슬 퍼렇게 느껴졌다.

"양 공공, 그대도 있었는가? 대리사 사람들은? 어찌 이 사람들을 빨리 해산시키지 않는 것인가?"

황재하는 공주의 말속에 가득 차 있는 노기를 느끼며 공주가 관아 사람들에게 얼마나 월권하며 행동하는지를 새삼 실감했다. 황재하는 속으로는 어이없었지만 이렇게 말하는 수밖에 없었다.

"공주님을 실망시켜드려 송구합니다. 저는 이곳에 혼자 왔으며 다른 대리사 사람들은 함께하지 않았습니다."

"흥, 아니 왜 하필이면 딱 내 마차가 이곳을 지날 때 이렇게들 몰려나와 마차를 막을 게 뭐란 말인가! 그것도 급하게 나오느라 별 쓸모도 없는 것들 몇 명만 데리고 나온 때에 말이다!" 동창 공주는 옆에 있던 자들을 무시하는 눈빛으로 째려보더니 고개를 돌려 마부를 꾸짖었다. "봉황문으로 들어가 동궁(東宮)을 거쳐가는 것이 뭐 어떻단 말이냐. 내가 태자를 본 적이 없는 것도 아니고?"

마부는 그저 고개를 숙인 채 쩔쩔매며 굽실거리는 수밖에 없었다.

황재하는 봉황문이라는 말에 약간 어리둥절하여 수주에게 물었다. "공주께서는 근래 병을 얻어 마음의 안정을 취하셔야 하는데, 무슨 연유로 갑자기 태극궁엘 가십니까?"

수주가 고개를 까딱거리더니 눈앞의 인파를 걱정스러운 눈으로 바라보며 중얼거렸다. "숙비께서 공주님을 기다리고 계실 텐데……."

태극궁에는 왕 황후만 거주하고 있는데, 지금 곽 숙비가 그곳에 있고 동창 공주 또한 그곳으로 가는 중이라니, 대체 무슨 일일까?

황재하는 퍼뜩 무언가 떠오르는 게 있어 재빨리 물었다. "황제 폐하께서도 그곳에 계신지요?"

"소인도 잘 모릅니다……. 숙비께서 사람을 보내시어 공주님을 부르신 것이라." 수주가 조심스럽게 대답했다.

황재하는 순간 명확하게 깨달았다. 오늘은 분명 왕 황후에게 있어 굉장히 중요한 날일 것이다. 그리고 이러한 순간에 곽 숙비가 동창 공주를 부른 것은 분명 왕 황후에게 결정타를 날리기 위해서이리라.

지난번에 알현했을 때 황후는 환궁에 대해 언급하면서 이미 무언가 확실한 승산이 있는 눈치였다. 곽 숙비에게 대항할 만한 수를 가지고 있음이 틀림없었다. 그런데…… 과연 오늘 그것을 사용할 수 있을까?

그런 생각에 잠겨 있는데 귓가를 울리던 음악 소리가 점점 더 커지기 시작했다. 두 기녀의 대결에서 최종 승패를 가르는 순간이 온 것 같았다. 붉은 옷차림의 오른편 여자가 좌로 우로 뱅글뱅글 돌며 춤을 췄다. 그 속도가 마치 바람과 같아 단 아래 몰려 있던 사람들이 환호했다. 녹색 옷차림의 왼편 여자는 낭랑한 목소리로 「춘강화월야」를 열창했다. 그 실력을 입증하듯 거리에 가득한 소음 속에서도 노랫소리가 또렷하게 들려왔다. 하필이면 정확히 이 부분이었다.

지금 함께 바라보나 소식 전하지 못하니
달빛 따라 흘러가 그대를 비추었으면

황재하의 눈이 자신도 모르게 동창 공주를 향했다.

동창 공주는 노래는 듣지 못한 듯, 그저 얼굴 가득 초조한 기색으로 나지막이 욕을 뇌까렸다. "부황께선 저런 망측한 창기와 광대를 대체 언제 장안 밖으로 쫓아내실는지!"

그렇게 말하며 공주는 창문 가림막을 신경질적으로 휙 내렸다. 마차 밖은 여전히 많은 사람이 붐벼 제대로 서 있을 수조차 없었다. 공주부 마차를 끌던 말 두 마리가 군중 속에서 놀랐는지 불안한 듯 발을 굴리는 바람에 마차 전체가 좌우로 흔들렸다.

수주가 재빨리 마차 문을 붙잡으며 안에 있는 공주를 향해 물었다. "공주님, 괜찮으십니까?"

말이 떨어지기 무섭게 동창 공주가 마차 문을 박차고 뛰어내렸다.

병세가 아직 회복되지 않은 상태였지만 거친 성미 탓에 급히 내려오느라 다리가 휘청거려 하마터면 넘어질 뻔했다.

수주가 재빨리 공주를 부축하고, 10여 명의 수행 환관들이 공주를 둘러싸며 가까이 몰려 있던 사람들을 뒤로 물리쳤다.

원래도 복잡했던 인파에 열 명 넘는 사람이 갑자기 끼어들자 주위는 더 혼잡해졌다. 옆에서 기녀들의 가무를 감상하던 사람이 밀려 넘어지면서 일부 성질 사나운 사람들이 화가 나 고함을 질렀다.

"뭐하는 거야! 환관이 그렇게 대단해? 황제 폐하가 행차한다 해도 백성들한테 가무를 못 보게 할 수는 없는 거 아니야!"

온통 혼란스러운 와중에 갑자기 동창 공주의 시선이 군중 틈 어느 한 곳에 멈췄다. 순간 공주가 날카로운 눈을 부릅뜨고 자기도 모르게 소리쳤다.

"구난채!"

황재하는 공주의 시선을 따라가 봤지만 떼를 지어 움직이는 사람들의 머리만 보일 뿐이었고, 몇몇 기녀들의 머리에 꽂힌 장신구는 색도 모양도 죄다 경박한 것들뿐이었다. 기품 있는 천연 옥색의 구난채와는 전혀 달랐다. 공주의 시녀들도 군중을 향해 시선을 돌려 구난채를 찾아보려 했다.

수주가 얼떨결에 물었다. "공주님께서 구난채를 보셨다고요? 그런데…… 소녀들은 어찌 보이지가 않는지……."

"저기, 누가 손에 들고 있었어!"

동창 공주는 서남쪽 방향을 가리키며 자신도 모르게 발을 움직여 그곳으로 몇 걸음 걸어갔다.

이때 갑자기 인파가 쏟아져 나오며, 공주 뒤쪽에 있던 호위들은 미처 공주에게 바싹 따라붙지 못했다. 환관들은 분노한 사람들 때문에 바깥으로 더 밀려나고 있었고, 시녀들만이 공주 곁에 남아 있었지만 아무도 공주를 따라가지 못했다.

수주는 재빨리 손을 뻗어서 공주를 잡아당기려 했다. "공주님 조심하십시……."

하지만 수주의 말이 채 떨어지기도 전에 동창 공주가 누군가에게 팔을 붙들려 앞으로 고꾸라졌다. 왜소한 공주의 몸이 돌연 군중 속으로 끌려 들어갔다. 순식간에 열렸다가 닫힌 군중의 모습이 마치 사나운 맹수가 시뻘건 아가리를 벌려 냉큼 공주를 삼켜버린 것만 같았다.

양쪽 무대에서는 수십 명의 여인들이 「춘강화월야」를 악기 연주와 함께 합창하고 있었다. 노랫가락이 구성지고 멋들어졌다. 마지막에 이르러서는 다른 이들의 목소리는 점점 파묻히고, 처음 노래를 시작한 여인의 목소리만이 모든 소리를 압도했다. 수시로 꺾이는 최절정의 음계들이 마치 천산을 걸어가는 구불구불한 길이 되어 곧장 하늘에 가닿을 것만 같았다.

춤을 추던 여인이 몸의 회전 속도를 최대한으로 끌어올리자 무대 전체가 그녀의 요염한 자태로 가득 찼다. 여인은 양손을 벌리고 얼굴은 하늘을 향해 치켜든 채 그 무엇도 신경 쓰지 않고 환한 미소로 계속해서 회전했다. 가닥가닥 정교하게 땋은 머리채가 흩날리고, 머리에 쓴 비단 천과 녹색 치마가 함께 바람에 나풀거려 마치 채색한 소용돌이 같았다.

시녀들의 비명은 시끄러운 음악 소리에 묻혔다. 수십 명이 두 눈 멀쩡히 뜨고 쳐다보는 앞에서 공주가 군중 속으로 빨려 들어갔지만, 공주 곁에 있던 자들은 모두 믿을 수 없다는 듯 순간적으로 아무런 반응도 하지 못했다.

제일 먼저 정신을 차린 황재하가 즉시 인파를 헤치고 군중 속으로 들어갔다.

다양한 차림새의 사람들로 붐비는 속에서 황재하 또한 방향을 잃고 서서 어느 쪽으로 가야 할지 알 수 없었다. 그때 누군가가 손목을 잡아당겨 황재하를 그 속에서 빼내주었다.

황재하가 고개를 돌려 보니 주자진이었다. 주자진은 큰 키 덕에 힘껏 사람들을 헤치고 황재하의 손을 붙잡을 수 있었다.

그러곤 이리저리 두리번거리며 물었다. "공주님은? 공주님은 봤어?"

황재하는 고개를 저으며 미간을 찌푸리고 말했다. "어서 기녀와 악사를 해산시켜야 해요. 공주님한테 안 좋은 일이 생길 것 같아요!"

"에이, 아닐 거야. 벌건 대낮에 이 많은 사람 속에서 무슨 짓을 할 수 있겠어?" 주자진은 그렇게 말하면서도 재빨리 몸을 돌려 한곳에 모여 있는 호위병과 환관들에게 다가가 서둘러 사람들을 해산시키라고 지시했다.

하지만 이렇게 혼란스럽게 모여 있는 인파를 해산시키는 것은 쉽지 않았다.

수주는 몹시 절박하게 말했다. "공주님께서 사라지시기 전에 '구난채'라 소리치셨습니다. 분명 누군가가 구난채로 공주님을 유인한 것이 틀림없어요. 공공…… 지금 여기서 어떻게 공주님을 찾지요?"

황재하는 무의식적으로 인파 속에서 이서백을 찾았다. 이서백의 비범한 기억력이라면 평강방에 있는 4개의 큰 대로와 16개의 작은 길, 크고 작은 골목 123개가 뚜렷하게 머릿속에 들어 있을 터였다.

하지만 지금 이서백은 황재하의 곁에 없었다.

평강방이 익숙하지 않은 황재하는 하는 수 없이 주자진과 머리를 맞대고 기녀와 악사들이 모여 있는 거리, 사람이 많은 복잡한 거리, 막다른 골목길을 골라냈다. 최종적으로 10여 개의 길이 남았다.

마구잡이로 이리저리 돌아보던 공주부 환관과 호위를 그 길들로 보내 수색하게 했다.

황재하가 고개를 돌려 살펴보는데 공주 곁에 있던 시녀가 셋밖에 보이지 않았다. 황재하가 주변을 훑어보며 물었다. "수주는요?"

"조금 전에 공주님을 쫓아갔는데 어디로 갔는지 사람들에 묻혀 보이지가 않습니……."

추옥의 말이 채 끝나기도 전에 갑자기 멀리서 날카로운 비명이 들려오더니, 무리들이 흩어지고 한산해진 길에서 유난히 당황한 목소리가 들려왔다.

"거기 누구 없어요……? 거기 누구……."

수주의 목소리였다.

주자진과 황재하가 제일 빠르게 반응하여 즉시 소리가 난 곳으로 달려갔다.

담장 뒤쪽으로 너비 3~4척 정도의 공터가 있었다. 유홍초 덩굴이 무성하게 뒤덮은 담장에 싱그러운 선홍빛 꽃이 여기저기 피어나, 마치 푸른 잎 위로 점점이 피가 튄 것처럼 보였다.

유홍초 덩굴 끄트머리 쪽에 동창 공주가 담벼락에 몸을 기댄 채 경련하며 천천히 쓰러지고 있었다. 눈은 이미 감긴 상태였다.

금실로 나비가 수놓인 붉은 옷에 이상할 정도로 선명하고 축축한 흔적이 번지고 있는 것이 보였다. 햇살 아래 그 색이 너무도 밝고 선명하여 눈이 부실 정도였다.

발치에는 원래 쑥갓과 화만초가 무성했는데, 지금은 작고 가냘픈 붉은 깨꽃 몇 줄기만이 천천히 흔들렸다.

수주는 비틀거리며 공주를 향해 뛰어가다 덩굴에 발이 걸려 넘어졌다. 하지만 어디서 그런 힘이 나는지 울면서도 끝내 동창 공주 곁까지 기어가 힘껏 공주를 끌어안았다. 수주는 얼굴이 새하얗게 질린 채 비명도 지르지 못하고 그저 계속해서 피가 흘러나오는 공주의 가슴께를 있는 힘껏 눌렀다. 하지만 그 손바닥만으로는 동창 공주의 생명이 사그라지는 것을 막을 수 없었다. 솟구쳐 흐르는 뜨거운 선혈과 함께 공주의 생명이 생기 넘치는 대지로 스며들며 사라지는 모습을 두 눈 뜨고 지켜보는 수밖에 없었다.

수주는 계속 동창 공주의 상처를 막아 눌렀다. 너무 놀라고 비통하여 얼굴에는 황망한 표정만이 드리웠다.

황재하도 흐트러진 발걸음으로 뛰어가 동창 공주의 피가 낭자한 곳을 살폈다. 짓밟힌 덩굴 위에 무언가가 떨어져 있었다. 행방이 묘연했던 구난채였다.

아홉 가지 색을 띠는 기이한 옥석에 새겨진 아홉 마리 봉황과 난새. 그 위로 방울방울 튄 핏자국이 반짝였다. 초승달 모양의 비녀 끝은 부러져나가고 없었다. 그것은 공주의 명치에 보란 듯이 꽂혀 있었다.

옥아

얼룩진 선혈이 그 위에 새겨진 두 글자를 더욱더 두드러져 보이게 했다.

15장

하늘로 날아가다

태극궁의 오후는 바람조차도 온화하고 평화로웠다.

거대하게 우뚝 솟은 입정전에는 점잖고 침착한 기품이 흘렀다.

왕 황후에게 잘 어울리는 거처였다. 입정전의 왕 황후는 마치 금빛 우물 가에 흐드러지게 피어난 목란처럼 비할 수 없는 아름다움을 뿜어냈다.

이곳에 머문 지 한 달 남짓, 황제가 곽 숙비를 데리고 갑작스럽게 방문했다. 왕 황후는 물론 황제의 의도를 잘 알았다. 하지만 아무것도 모르는 것처럼 온화한 미소와 편안한 태도로 자연스럽게 두 사람을 맞이하여 안으로 들였다. 자신이 여전히 봉래전에 있는 것처럼, 여전히 대명궁 수만 명의 목숨을 쥐고 있는 것처럼, 황후는 태연하게 웃으며 이야기했다.

황제가 물었다. "이곳이 그리 좋으시오? 꽤나 마음에 들어 하는 것 같구려."

왕 황후는 미소를 지으며 황제에게 나지막이 답했다. "신첩 어찌 감히 좋아할 수 있겠습니까. 그리했다가 혹여 황상께서 영원히 저를 이곳에 머물게 하시면 어쩌려고요."

황제는 하늘 아래 가장 친숙하면서도 가장 낯선 이 여인을 바라보며 한동안 아무런 말도 하지 않았다.

곽 숙비는 부채로 입을 가리고 웃으며 말했다. "황후 폐하께서는 여전히 대명궁을 좋아하셨습니까? 하긴, 봉래수전은 여름에도 무척 시원하지요. 하지만 금세 또 가을바람이 불어오겠지요. 그때가 되면 쓸쓸한 궁전이 더욱 쌀쌀해져 많은 옷을 껴입어야 할 테고요."

"설령 그곳이 춥고 냉하다 해도 경치로 따지면 폐하의 거처를 제외하고서는 궁중에서 최고로 좋은 곳이 아니던가. 기회가 닿는다면 곽 숙비 또한 필시 그곳을 좋아할 것이네."

곽 숙비는 불손한 투로 말했다. "제가 감히 과욕을 부릴 리 있겠습니까……." 그렇게 말하는 곽 숙비의 눈이 밖을 향했다.

왕 황후는 오랜 세월 후궁을 주름잡고 있던 사람인지라 곽 숙비에 대해서는 이미 손바닥 보듯 훤히 들여다보고 있었다.

황후가 물었다. "영휘는 길에서 시간을 많이 지체하고 있는가 보군."

황제가 의아하여 물었다. "영휘가 오는가?"

"네, 폐하. 줄곧 태극궁 황후 폐하께 문안드리고 싶다 하였는데 그동안 계속 여의치 않았습니다. 오늘 이렇게 기회가 생겨 제가 사람을 보내 영휘에게 오라 일렀습니다."

황제의 안색이 어두워졌다. "오늘은 그저 황후에게 긴히 할 말이 있어 온 것인데 무엇하러 영휘까지 오라 하여 일을 키우는 것인가?"

왕 황후는 미소 지으며 황제를 바라보았다. "숙비는 황상께서 마음이 약해지실까 염려하는 것이겠지요. 황상께서 가장 아끼시는 영휘가 옆에 있다면 조금이라도 황상의 마음을 환기시킬 수 있지 않겠습니까."

황제는 왕 황후가 이 방문의 이유를 이미 명확히 알고 있음을 깨달았다. 속마음이 들킨 듯하여 당황했으나 하는 수 없이 말했다.

"황후가 조용한 이곳이 좋다면, 짐이 그 소원을 들어주리다."

왕 황후는 옅은 미소를 짓더니 그를 응시하며 말했다. "신첩 결코 조용한 장소를 싫어하는 것은 아니오나, 지난 10여 년 신첩은 대명궁을 수놓은 수많은 꽃들을 폐하와 함께 보았습니다……. 만일 하늘이 저를 불쌍히 여기시어 이 땅에 사는 동안 폐하를 곁에서 모시며 함께 손잡고 늙어갈 수 있게 해준다면 여한이 없을 것이옵니다."

곽 숙비는 웃으면서 냉담한 말투로 말했다. "황후 폐하께서 참으로 과분한 것을 바라십니다. 폐하께서는 온 천하의 폐하이신데 어찌 한 여인과 함께 늙어가겠습니까?"

단정한 자세로 맞은편에 앉아 있던 왕 황후는 웃음을 머금고 말했다. "숙비는 필시 이해하지 못하겠지. 본궁은 황후네. 폐하의 정궁이지. 폐하께서 비록 정이 없으시다 할지라도 십수 년을 부부로 살아오며 수많은 비바람을 함께 헤쳐왔네. 이 천지 상간에 폐하와 함께할 수 있는 한 사람이 있다면, 그건 당연히 본궁이 될 것이야."

황제는 본래가 성격이 온화하고 너그러운 사람이었다. 황후의 말에 또다시 지나간 일들을 떠올리며 과거의 모습과 조금도 변함없는 황후를 바라보았다. 세 겹으로 올린 쪽진 머리에 꽂은 물총새 모양의 금빛 비녀나 화려한 수가 놓인 옷조차 황후 자신에게서 뿜어져 나오는 광채를 조금도 따라가지 못했다.

그의 곁에서 10여 년을 함께한 여인이었다. 궁중의 미인들은 마치 꽃과 같아서 한철을 피고 나면 다시는 그때의 색을 회복하지 못했지만, 눈앞에 있는 이 여인만은 유일하게 그의 곁에서 날마다 아름답게 꽃을 피웠다. 그래서 그녀가 자신을 속였다는 사실을 알았어도, 그녀에게 좋지 않은 과거가 있다 해도, 이 세상에서 오직 자신만이 그녀에게 어울리는 사람이라 여기며 스스로를 위로했다. 그녀가 이전에 어떤 사람을 지나쳐왔든 상관없이 오직 자신 곁에 있을 때만 그녀는 가장 아름답게 피어 있을 수 있다고 여겼다. 그리 생각하니 최소한 지난 10여 년 세월의 감정이 헛되지는 않은 듯했다.

황제는 생각에 잠긴 채 자신도 모르게 한숨을 내쉬었다. 그러고는 황후를 바라보며 말했다. "황후는 몸조리 잘하시오. 짐은 좀 더 생각을 해보겠소."

왕 황후는 사뿐히 몸을 굽혀 예를 갖추었다. 다시 고개를 들었을 때 그 얼굴은 여전히 미소 짓고 있었으나 눈가는 촉촉이 젖어 있었다. 속눈썹에 맺힌 눈물로 인해 그 웃는 얼굴은 오히려 더 깊은 슬픔을 자아냈다.

황제가 몸을 일으켜 나가는 것을 보며 곽 숙비가 자신도 모르게 황제를 향해 물었다. "폐하, 황후 폐하께 하시려던 말씀이 있었던 것 아닙니까?"

황제는 고개도 돌리지 않고 바깥으로 걸어 나가며 말했다. "황후에게 마음이 쓰여 건강이 어떠한지 살펴보러 온 것뿐이오. 숙비는 영휘가 몸이 좋지 않은 것을 뻔히 알면서도 문을 나서게 하고, 심지어 짐에게 이를 알리지도 않았으니, 어찌 이리 참람한 행동을 하는 것이오."

곽 숙비는 그 말에 오기가 생겨 말했다. "영휘는 제 딸입니다. 딸을 오게 한 것이 무에 그리 참람하다는……."

말을 꺼내긴 하였으나 심히 온당치 않음을 느낀 숙비는 곧바로 입을 닫으며 하던 말을 멈추었다.

황제는 이미 입정전을 나와 계단을 내려섰다.

곽 숙비는 멍하니 입정전 안에 서서 고개를 돌려 자신을 향해 서서히 다가오는 왕 황후를 보았다. 황후는 의미심장한 웃음을 지어 보이며 숙비의 귓가에 대고 나지막한 목소리로 말했다.

"숙비는 동창을 의지해볼 생각인가 보오? 한데 어쩌지? 본궁은 고금의 역사를 통틀어 황제의 총애를 받는 딸에 기대 그 지위를 올렸다는 비빈 이야기는 들어본 적이 없는 것 같은데."

곽 숙비는 왕 황후의 웃음을 보며 순간 알 수 없는 두려움이 치솟아 자신도 모르게 한 걸음 뒤로 물러서며 가까스로 입을 열어 말했다.

"아들을 낳고도 냉궁으로 떨어진 황후도 있으니, 자연스레 딸을 낳고도 그 지위를 올리는 비빈이 있을 수 있겠지요."

"당초 했던 말이 '살았다'였다던가?"

왕 황후는 웃음을 머금은 채 곽 숙비를 바라보았다. 그 눈은 경멸과 조롱의 빛으로 가득했으나 목소리만은 온화했다. 황후는 가볍고 느린 말투로 말을 이었다.

"곽 숙비, 아들 하나 없는 여인이 대명궁 가장 높은 자리까지 올라갈 망상을 하다니 참으로 그대가 가엾구려."

곽 숙비는 가슴이 격하게 뛰는 것을 느끼며 매서운 눈빛으로 왕 황후를 쏘아보았다. 한참을 그렇게 쏘아보다 결국 고개를 떨어뜨리고는 말 한마디 못 하고 몸을 홱 돌려 입정전을 빠져나왔다.

곽 숙비가 계단을 내려서는데 바깥에 있던 환관 몇이 급히 달려 들어왔다. 줄곧 밖에서 기다렸던 장경 말고도 곽 숙비 궁의 대환관 덕정과 그곳에 대동한 적 없는 공주부와 기왕부의 환관도 있었다.

황제는 정전을 향해 가다가 환관들의 허둥대는 얼굴을 보고는 곧바로 물었다. "어찌 이곳에서 그리 놀란 표정을 짓고 있는 것이냐?"

장경과 덕정은 즉시 무릎을 꿇고 엎드려서는 눈물을 쏟아내며 감히 입을 떼지 못했다.

황재하가 엄숙한 얼굴로 무릎을 꿇으며 황제에게 보고했다. "폐하께 아뢥니다. 동창 공주님께서 태극궁으로 오시던 도중 평강방에서 습격을 당하셨습니다."

순간 너무 놀란 황제는 급히 물었다. "습격? 다친 것인가?"

황재하가 낮은 목소리로 말했다. "많이 위독하십니다."

황제의 안색이 크게 변했다. "동창은 지금 어디 있느냐?"

"즉시 공주부로 모셨으며 태의 또한 소환하였습니다."

황제는 소매를 펄럭이며 큰 걸음으로 궁문을 향하면서 참지 못하고 크게 소리쳤다. "봉한!"

황제 곁에 있던 서봉한이 잰걸음으로 함께 궁문을 나섰다. "황제폐하, 너무 심려치 마시옵소서. 착한 이는 하늘이 돕는다 하오니 필시 공주께서도 무사하시리라 믿습니……."

"동창부로!" 황제는 봉한의 말은 아예 듣지도 않고 냉정하게 말을 끊어버렸다.

곽 숙비 또한 창백해진 얼굴로 급히 황제를 따라나섰다. 무릎 꿇은 황재하 곁을 지나칠 때는 황재하에게 삿대질을 하며 화를 냈다. "이리도 황상을 놀라게 하다니, 공주가 완쾌되고 나면 내 너의 그 잘잘못을 반드시 따져 물을 것이야!"

'공주님은 완쾌하실 수 없습니다.'

속으로 그리 생각한 황재하는 곽 숙비가 떠나자 천천히 몸을 일으키며 긴 한숨을 내쉬었다.

드넓게 펼쳐진 하늘이 더없이 멀고 아득해 보였다. 동창 공주의 영혼은 이미 황천으로 떠났다. 이제 이 세상과는 아무런 관계가 없어졌다. 생전의 화려함과 죽은 후의 영예, 그 모든 것이 동창 공주와는 아무 상관 없었다. 황재하는 손을 들어 여전히 묻어 있는 공주의 혈흔을 보았다.

세상 사람들의 부러움을 한 몸에 받았던 공주. 귀한 곳에서 온몸에 비단을 두르고 늘 많은 시녀들에게 둘러싸여 자란 공주가 그 꽃다운 나이에 구석지고 황량한 덩굴 속에서 죽음을 맞을 줄 그 누가 알았겠는가. 그것도 시녀들과 아주 잠깐 떨어진 그사이에 말이다.

흉기는 의심의 여지도 없이 가슴에 꽂힌 구난채였다. 심장을 찔려 즉사했고, 아주 잠깐 발버둥 치는 순간에 구난채가 두 동강 났다.

동창 공주가 숨을 거둔 걸 알고 공주를 수행하던 시녀들은 하나같이 놀라 바닥에 엎어지며 슬피 울었다. 추옥은 유난히 더 놀란 듯 목 놓아 통곡하며 말했다.

"분명 남제의 반 숙비가 찾아온 거야! 반 숙비가 구난채를 가져가더니 이번에는 그 구난채로 공주님을 데리고 간 거야!"

다른 이들은 감히 뭐라 입 밖에 내지 못했지만, 황재하는 그들의 눈 속에 담긴 경악과 공포의 빛을 보며 그들 또한 추옥과 같은 생각을 하고 있음을 알 수 있었다.

범인은 황급히 방 외곽으로 도망친 듯했다. 잡초가 짓밟힌 흔적이 길모퉁이까지 이어진 것으로 보아 그 지점에서 방의 담벼락을 뛰어넘었을 것으로 추정됐다. 그 담벼락은 조금 전 군중을 해산시킨 길과 근접해, 잰걸음으로 서둘러 흩어지는 사람들이 거리에 가득했다. 관아에서 사람이 나와 담벼락 너머에 있는 이들을 붙잡아 물어보았지만, 담을 넘는 사람이 있는지 주의 깊게 보지 않았다는 답만 돌아왔다.

이 사건을 풀기 위해서는 현장에 남은 흔적을 비교 대조하는 것 외에도, 공주부에서 이중 삼중으로 보관하던 구난채를 대체 누가 훔쳐 갔는지를 철저히 조사해야 할 터였다. 그 구난채에 공주가 살해당했다. 구난채를 훔친 사람은 분명히 공주를 살해한 인물과 밀접한 관련이 있을 것이다.

황재하는 골똘히 생각에 잠겨 있느라 누군가가 가까이 다가온 것을 알아채지 못했다.

맑고도 예리한 목소리가 그녀의 귓가에 울렸다. "새는 나뭇가지 위에 있고, 물고기는 물속에 있으며, 사람은 꽃 아래에 있지요. 시간은 흐르는데, 양 공공의 마음은 어디에 있는지 모르겠군요. 무엇을 생각하십니까?"

한창 생각에 잠겨 있던 황재하는 갑자기 누군가 옆에서 말을 건네자 화들짝 놀라 앞으로 한 걸음 내디디며 고개를 돌려 그 사람을 쳐다보았다. 자줏빛 궁복 차림의 남자였다. 나이는 서른 초반쯤 되어 보였고, 피부는 이상할 정도로 창백하고 눈동자는 이상할 정도로 까맸다. 남자는 앙상하고 가느다란 몸을 꽃나무에 기댄 채 서 있었다.

나무 위 가득 피어난 꽃들이 몸 위로 떨어져 내리고 얼굴에는 담담한 미소가 걸려 있었지만, 남자는 그것과는 전혀 상관없이 음산하고 오싹한 분위기를 자아냈다. 그의 눈빛이 얼굴에 닿자 황재하는 자신도 모르게 몸서리를 쳤다.

순간 태극궁에서 독사 같은 눈빛으로 자신을 주시하던 남자가 떠올랐다. 황재하의 시선이 남자의 손을 향했다. 크고 하얀 도자기 그릇 속에서 자그마한 붉은색 물고기 두 마리가 헤엄치고 있었다.

남자는 황재하의 시선이 물고기로 향하는 것을 보고 웃으며 말했다. "양 공공도 물고기를 좋아하십니까?"

물고기. 두 마리 물고기가 비단 천 같은 꼬리를 흔들며 하얀 도자기 그릇 속에서 잔잔한 물결을 일으켰다. 그 음산한 분위기 속에서 황재하는 순간 정신이 번쩍 들었다. 이 대당 조정에서 자줏빛 옷을 입을 자격이 있는 내시는 단 한 명뿐이었다.

황재하는 황급히 바닥에 엎드려 절하며 말했다. "양숭고, 왕 공공을 뵙습니다."

그는 눈을 아래로 내려 황재하를 보며 일어나라고 손짓했다. 황재하의 손에 묻은 혈흔을 보고 그가 물었다. "듣기로…… 동창 공주께 변고가 생겼다고?"

황재하는 잠시 망설이다가 고개를 끄덕였다.

그의 표정은 여전히 평온했으나 입꼬리만은 싸늘한 각도로 끌어올려졌다. "자, 손을 이리 줘보시지요."

황재하는 주저하며 손을 들어 그의 앞으로 내밀었다.

그가 손을 뻗어 황재하의 손목을 잡았다. 그의 손가락은 눈부시게 흴 뿐만 아니라, 차갑고 매끄러워 마치 옥이 닿은 것 같았다.

그는 피가 묻은 황재하의 손가락을 흰 도자기 그릇에 담갔다. 말랐던 핏자국이 맑은 물속에서 녹으며 작은 핏덩이들이 되었다. 두 마리 물고기가 핏덩이를 향해 돌진해와 황재하 손가락에 묻은 혈흔에 탐욕스럽게 입을 가져다 댔다. 그 미세한 가려움에 황재하의 손에 소름이 돋았다.

"아가십열은 사람의 피를 가장 좋아하지요. 듣기로 기왕 전하께서도 이 작은 물고기를 기르신다던데 양 공공이 이 비법을 기왕 전하께도 알려주십시오."

그의 음산한 목소리에 황재하는 자신도 모르게 몸서리를 치며 손을 홱 빼냈다.

사방으로 물방울이 튀며 도자기 그릇을 받쳐 들고 있던 그의 왼손 위로도 떨어져 자줏빛 소매를 적셨다. 창백한 그의 뺨에도 두세 방울이 튀었다. 그는 오른손을 들어 뺨에 묻은 물방울을 가볍게 닦아내고는 아무 말 없이 황재하를 바라보았다.

황재하는 등에서 땀이 배어나오는 것만 같았다. 독사가 자신을 노리는 듯한 느낌이 그때에 이어 또다시 느껴져 황급히 예를 행하며 말했다. "왕 공공, 결례를 용서하십시오! 소인은 곧바로 공주부로 가봐야 할 것 같습니다."

"가보십시오." 그는 아무런 표정 없이 손만 살짝 들어 보였다.

황재하는 즉시 일어나 몇 걸음 뒤로 물러난 후에 몸을 돌려 빠른 걸음으로 도망쳐 나왔다.

공주부는 이미 아수라장이었다.

가장 아끼던 딸이 뜻밖에도 번화한 길에서 죽었다는 사실을 알게 된 황제는 크게 진노했다. 당직을 서던 어의들이 가장 운이 나빴다. 공주를 살리지 못했다는 이유로 세 사람 모두 곤장을 맞았고 황재하가 도착했을 때는 그중 두 명이 이미 죽어 있었다.

그 얘기를 들은 황재하는 절로 탄식하며 공주부 대전 안에 함께 서 있던 주자진에게 작은 목소리로 말했다. "하지만 우리가 발견했을 때 이미 공주님은 돌아가셨잖아요. 어떤 명인이라도 되돌릴 수 없는 목숨이었다고요……."

주자진은 두려움에 질린 얼굴을 하고서 목소리마저 떨었다. "숭고, 이거 어떡하지? 황제 폐하의 진노로 적잖은 사람이 죽어나갈 것 같은데?"

황재하는 실려 나가는 어의를 보며 미간을 찌푸린 채 낮은 목소리로 말했다. "일단 우리 안위부터 신경 써야 할 것 같은데요? 황제 폐하께서 친히 우리에게 이 사건을 맡기셨는데 결과적으로 사건은 해결하지 못했고 공주님까지 살해당했으니, 황제 폐하께서 우리를 그냥 놔두실 거 같아요?"

주자진의 얼굴이 더 창백해지며 이마에서 식은땀이 뚝뚝 떨어졌다. "숭고, 우리 기왕 전하한테 가서 도와달라고 해야 할 것 같아……."

"지금 어디 계시는 줄 알고요? 어디 가서 그분을 찾아요?" 황재하가 무기력하게 물었다.

주자진의 얼굴색이 더욱 참담하게 변했다. "그, 그럼 어떻게 해?"

"공을 세워서 죄를 무마시켜 봐야죠." 황재하가 말을 끝내기 무섭게 안에서 누군가가 성큼성큼 걸어 나와 분노에 차서 소리쳤다. "공주부에서 누가 동창과 같이 나갔느냐? 내 모조리 다 동창과 함께 순장시켜버릴 것이다! 죽어서 지하에서도 계속 동창을 시중들게 할 것이야!"

이미 분노가 극에 달해 이성을 잃은 부친, 작금의 황제 이최였다.

공주부 바깥에서 처분을 기다리며 벌벌 떨고 있던 한 무리의 환관과 시녀가 그 청천벽력과 같은 소리를 듣고서 저마다 슬퍼하며 울기 시작했다. 수주와 몇몇 시녀는 창백한 낯빛으로 바닥에 고꾸라졌다.

주자진이 급한 마음에 물불 가리지 않고 외쳤다. "황제 폐하, 공주님 곁에 있던 자들은 무고합니다. 다시 숙고하여 주시옵소서!"

황제의 눈빛이 주자진에게 향했다. 끓어오른 분노로 이미 이성을 상실한 황제는 방금 말한 자가 누구인지도 알아차리지 못한 채 소리쳤다. "감히 입을 여는 자는 같이 끌어내라!"

"폐하, 소신이 감히 한 말씀 올리겠습니다. 부디 통촉하여 주시옵소서!" 황재하는 재빨리 무릎을 꿇고 예를 갖추며 말했다. "폐하께서 순간의 노여움으로 훗날 후회할지도 모를 일을 하시는 것은 공주께서도 분명 원치 않으실 것입니다. 부디 옥체를 보중하시어 공주께서 저승에서 편히 쉴 수 있게 하여주십시오."

"양숭고!" 황제가 그녀를 노려보며 격노했다. "짐이 그대에게 공주부의 사건들을 조사하라 명했건만 지금까지 아무런 진전도 없이 사건을 지체시키더니, 이제는 심지어 동창이…… 이 대당의 공주가, 그것도 길 한복판에서…… 악인에게 목숨을 잃게 만들다니!"

황제는 목이 메어 더 이상 말을 잇지 못했다. 호흡마저 거칠어져 숨을 헐떡거렸다.

곽 숙비가 내실에서 울면서 뛰쳐나와 황제의 가슴을 쓸어주며 다쉰 목소리로 말했다. "폐하, 저의 하나밖에 없는 딸이…… 이렇게 죽다니요! 그 범인을…… 반드시 잡아 갈기갈기 찢어 죽여야 합니다!"

황재하가 말했다. "소신 반드시 이 사건의 범인을 잡아 그 벌을 받게 만들겠습니다. 그러니 폐하, 공주부 사람들의 목숨을 지켜주시기를 간청하옵니다. 소신 반드시 빠짐없이 조사하여 하루빨리 사건을 해결하고 범인을 잡아들이도록 하겠습니다!"

황제가 주먹으로 매섭게 기둥을 내리치며 눈앞의 환관과 궁녀들을 훑어보고는 사납게 말했다. "공주를 섬기던 자들로서 주인을 지키지 못했으니 다 죽어 마땅하다!"

황재하는 눈을 내리깔고 다시 호소하며 말했다. "공주님께서는 마음이 부드럽고 인자하시어 곁에 있던 자들에게 내리신 은택이 깊었습니다. 분명 공주님께서도 금일 폐하께서 공주님을 위해 큰 살생을 저지르시는 것을 원치 않을 겁니다."

공주부의 모든 환관과 궁녀가 급히 바닥에 무릎을 꿇고 연신 이마가 땅에 닿도록 조아리며 애원했다.

황제는 화가 치밀어 올라 눈앞이 캄캄해져 기둥에 몸을 기댄 채 대전 안으로 시선을 옮겼다. 동창 공주 앞에 드리워진 겹겹의 휘장만이 눈에 들어왔다.

그 안에는 그의 첫 아이가 있었다. 아직 운왕이던 시절, 그는 자신의 미래를 어디에 두어야 할지 몰랐다. 내일이 보이지 않았다. 주변 모든 사람이 그를 의심할 때 이 딸만이 유일하게 그의 품에 기댔다. 그를 자신이 의지할 수 있는 유일한 사람이라 여겼다. 두 팔로 그의 목을 안으며 반짝이는 눈빛으로 그를 바라보았다. 어미가 안으려 해도 아이는 아비를 안은 그 손을 절대 놓지 않았다.

아이는 네 살이 되어서야 말하기 시작했다. 입을 열어 처음으로 한 말은 '살았다'였다. 그 말의 뜻이 무엇인지 미처 깨닫기도 전에 그를 제위에 모시기 위한 의장대가 문 앞에 와 있었다. 그는 이 아이가 하늘에서 내려준 보물이라 믿었다. 그는 이 아이를 너무나 사랑했고, 아이도 부황이 자신의 가장 큰 보호막이라고 확고하게 믿었다.

그런데 지금, 그의 가장 큰 보물을 누군가가 빼앗아갔다. 그저 한없이 슬픈 눈으로 바라볼 수밖에 없는 차가운 시신이 그에게 남았을 뿐이다.

황제는 곽 숙비의 손을 천천히 뿌리치고는 원망스러운 눈으로 숙비를 쳐다보았다. 곽 숙비는 잠시 얼이 빠졌다가 퍼뜩 깨달았다. 황제는 딸의 죽음을 숙비의 탓으로 돌릴 것이다. 만일 곽 숙비가 딸을 부르지 않았다면 딸이 그 아수라장 같은 길거리에서 싸늘한 주검이 되어 돌아오는 일도 없었을 것이다.

곽 숙비는 분노와 비통함을 담아 슬피 울었다. 등을 돌리고는 얼굴을 가린 채 울음소리를 억눌렀다.

"남제의 반 숙비니 반옥아가 다 무슨 소리냐! 수백 년도 더 전에 죽은 원혼이 어떻게 짐의 가장 사랑하는 공주를 데려갈 수 있단 말이냐!" 황제는 다 쉰 목소리로 크게 울부짖었다. 그 목소리에는 여전히 광기 어린 살기가 실려 있어 사람들을 두려움에 떨게 만들었다. "조사하라! 명명백백히 조사하여 짐에게 보여라! 누가 이를 귀신의 장난처럼 꾸몄는지, 누가 요사스러운 말로 사람을 현혹했는지, 누가…… 짐의 영휘를 죽였는지 밝혀내어라!"

모든 이가 황제 앞에 엎드렸다. 누구 하나 숨소리를 내는 사람도 없었다. 쥐 죽은 듯 조용한 대전 안에 황제의 목소리만이 쩌렁쩌렁 울려 퍼졌다. 그 목소리가 희미한 메아리로 다시 대전 안을 울려 그 비통함이 한층 더 깊게 느껴졌다.

황제는 몸을 돌려 동창 공주의 시신이 있는 쪽을 바라보았다. 심장이 급격하게 뛰며 슬픔과 분노가 마치 형태가 있는 불꽃처럼 일어나 그의 온몸을 불살라 태워버릴 것 같았다. 그는 눈앞에 보이는 이 공주부를 뒤집어엎어버리고, 눈앞의 모든 사람을 죽여 자신의 딸과 함께 매장해버리고 싶었다.

그렇게 딸이 있는 곳을 바라보며 얼마나 시간이 지났을까, 타오르던 분노도 결국 천천히 가라앉았다. 애통함이 머리끝부터 시작해 마치 수은이 퍼지듯 그의 온몸을 침식했다. 타오르던 불꽃은 마침내 그 한기에 삼켜졌다. 불현듯 깨닫고 말았다. 품에 안으면 그토록 부드럽던 딸아이의 몸이 이제는 더 이상 이곳에 없다는 사실을, 까르르 웃으며 부황을 부르던 그 목소리를 이제는 더 이상 들을 수 없다는 사실을, 자신의 손을 맞잡고 애교를 부리던 그 딸아이의 손을 이제는 더 이상 잡을 수 없다는 사실을, 늘 존경하듯 자신을 바라보던 그 아이의 두 눈을 이제 더 이상 볼 수 없다는 사실을…… 깨달아버렸다.

그가 스무 해 가까이 아끼고 사랑한, 제멋대로이고 도도하고 고집센 그 딸아이가 사라졌다.

"양숭고, 온 장안을 다 뒤집어서라도……." 황제는 손을 들어 눈에서 흐르는 눈물을 가렸다. 하지만 떨리는 몸과 목소리는 가릴 수도 막을 수도 없었다. 그는 또박또박 느릿느릿 내뱉었다. 호흡을 단 한순간이라도 놓쳐버리면 그대로 무너져 통곡할 것만 같았다. "공주의 발인 전에 짐에게 결과를 들고 와야 할 것이다. 짐은…… 그 범인을 공주의 영혼 앞에서 산산조각 내어 한줌의 재로 만들어버릴 것이야!"

황재하는 잠자코 무릎을 꿇은 채 황제를 향해 머리를 조아리며 엄숙히 답했다. "그리하겠습니다, 폐하."

"하마터면 죽을 뻔했어……."

공주의 시신은 대청에 놓여 있었다. 황제가 떠나자 주자진은 땀을 닦으며 낮은 목소리로 중얼거렸다. "기왕 전하는 어디 계신 거야. 그분이 옆에 안 계시니 무서워서 원……."

황재하는 대청 밖에서 아무 말 없이 서 있는 부마 위보형을 발견하고는 주자진을 향해 입을 다물라고 손짓했다. 그러고는 부마에게 다가가 예를 갖추었다. 위보형은 예를 갖출 것 없다고 간신히 손을 들어 표시했다. 온 힘을 다해 억눌러도 눈에 가득한 눈물이 뚝뚝 떨어지는 것을 막을 수 없었다.

"전부…… 전부 내 잘못입니다." 중얼거리는 그의 목소리에서는 허무함마저 느껴졌다. "기왕 전하와 그대가 내게 그리도…… 공주를 지켜야 한다고 신신당부했건만……. 그런데 밖으로 나가는 공주를 붙잡지 않았습니다……."

황재하는 침통한 마음을 금할 길이 없었다. 부마에게 무슨 말을 해야 좋을지 몰라 그저 이런 말밖에 할 수 없었다.

"부마, 너무 상심해 마십시오."

위보형은 고개를 끄덕이며 흐느끼기만 할 뿐 아무런 말도 하지 않았다. 황재하는 그 모습을 보며 몇 마디 더 위로의 말을 건넨 뒤 주자진과 함께 공주부를 나섰다.

공주부가 있는 십육왕택을 빠져나온 황재하는 순간 얼어붙었다. 주자진도 마찬가지였다. 이서백의 마차가 둘을 기다리고 있었다. 마차 옆에 서 있는 사람은 바로 장항영이었다. 황재하와 주자진은 서로 눈을 마주쳤다. 먼저 정신을 차린 황재하가 장항영을 향해 고개를 까딱이고는 곧바로 마차 옆으로 다가가 예를 갖추었다.

"전하."

마차 안에서 공문을 들여다보고 있던 이서백은 눈도 들지 않고 물었다. "기한은?"

"발인 전까지입니다."

"나쁘지 않군. 황제 폐하께서 너에게 너그러우셨구나." 이서백은 마침내 고개를 들어 황재하를 힐긋 보았다. 그러고는 손에 들고 있던 공문을 덮으며 말했다. "공주가 죽었을 때 여적취는 감옥에 있었으니 그 여인이 범죄를 저질렀을 가능성은 없다."

"이 세 가지 살인 사건은 한 명의 범인이 벌였을 가능성이 큽니다.

살인 수법은 그 그림을 참고한 것이고요." 황재하는 잠시 망설이더니 다시 입을 열었다. "그래서 앞의 두 사건 또한 여적취가 범인일 가능성은 매우 적습니다."

"장항영 저자는……." 이서백의 시선이 창밖을 향했다. "줄곧 대리사 밖에서 무릎을 꿇고 있으니, 이게 무슨 꼴이냐? 네가 저자를 타일러 안심하고 집에 돌아가 있게 하든지, 아니면 아예 좌금오위에서 데리고 와 너희의 손발로 쓰며 함께 사건을 처리하든지 해라."

황재하는 약간 놀란 표정으로 이서백을 보며 물었다. "전하의 말씀은…… 장항영을 용서하시는 겁니까?"

이서백은 실눈을 뜨고서 황재하를 바라보았다. "허튼소리! 네가 계속 쉬쉬하며 저자와 사적으로 왕래하는 것을 누가 보고 좋아라 하겠느냐?"

"감사합니다, 전하……." 황재하는 변명이 궁하여 고개를 숙인 채 재빨리 말했다. "그럼 먼저 장항영을 데리고 대리사로 가서 적취가 새롭게 자백한 내용이 없는지 확인해보도록 하겠습니다."

이서백은 고개를 끄덕이고는 황재하에게 마차에 타라 손짓했다. 그리고 창밖의 주자진을 향해 말했다. "자진, 장항영과 함께 먼저 대리사에 가 있어라. 우리도 곧 갈 것이다."

마차는 악왕부가 있는 남쪽을 향했다. 황재하는 이서백이 자신을 어디로 데려가는지 눈치채고 가만히 이서백을 향해 물었다. "전하께서도 이 일이 그 그림의 세 번째 죽음과 같다 여기십니까?"

"난새와 봉황 아래서 죽다……. 그 그림에서 사람에게 날아와 목숨을 앗아가는 난새와 봉황이 바로 구난채였던 것이 아니냐?" 그는 곁눈질로 황재하를 힐끗 보고는 다시 그림을 펼쳤다. 그의 시선이 천천히 세 그림을 따라 움직였다.

벼락에 맞아 불타 죽은 그림은, 천복사에서 죽은 위희민.

철제 우리에서 죽은 그림은, 사방이 꽉 막힌 집에서 죽은 문둥이 손 씨.

봉황이 날아와 쪼아 죽이는 그림은, 구난채에 찔려 죽은 동창 공주.

이서백은 눈을 들어 황재하를 바라보았다. "네 생각은?"

황재하는 고개를 끄덕이며 말했다. "한두 개까지도 우연이라고 말할 수 있을 것 같으나 이 정도로 우연이 겹치고 보니 반드시 악왕 전하를 찾아뵈어야 할 것 같습니다."

악왕 이윤은 평소에 별다른 일이 없으면 줄곧 왕부에서 조용히 지냈다. 오늘은 이서백이 미리 사람을 보내 기별했기에 그들이 도착했을 때는 이미 차를 끓이며 기다리고 있었다.

이윤 옆에는 납작한 상자가 하나 놓여 있었다.

"넷째 형님, 동창이 평강방에서 사고를 당했다면서요?" 이윤은 두 사람에게 직접 차를 따라주었다. 찻물이 끓으면서 피어오른 김이 다실 안에 자욱하게 퍼져 왠지 몽환적인 분위기가 감돌았다.

이서백이 고개를 끄덕이며 말했다. "그래, 일이 났다."

"다친 건가요?" 이윤이 다시 물었다.

이서백이 고개를 흔들었다. "이미 훙서했다."

순간 이윤의 손이 멈칫했다. 찻물이 몇 방울 잔 밖으로 튀었지만 아무것도 느끼지 못하는 듯 멍하니 찻잔 속에서 회전하는 차 거품만 보다가 쥐어짜듯 거친 목소리로 간신히 입을 열었다.

"어떻게…… 죽은 겁니까?"

"가장 아끼던 그 구난채에 찔려 죽었다." 이서백이 말했다.

"누가 찌른 겁니까?" 이윤이 다시 캐물었다.

이서백이 고개를 내저었다. "당시 현장이 매우 혼잡해 범인을 잡지 못했다."

이윤은 주전자를 내려놓고는 한참을 멍하니 있다가 나지막한 목소리로 말했다. "한 나라의 공주가 어찌 이런 죽음을 맞이할 수 있단 말입니까? 상식적으로 전혀 이해가 안 되잖습니까……."

"상식적으로 가장 이해가 안 되는 것은 공주의 죽음이 아니다. 바로……." 이서백은 황재하에게 그림을 탁자 위에 펼치게 하여 이윤에게 보여주었다. "이 그림을 본 적이 있느냐?"

이윤은 고개를 끄덕였다. "장항영의 집에서 한 번 봤습니다. 그때 저희가 이 세 개의 먹 자국을 가리키며 농담처럼 이야기했던 것이…… 정말 현실이 되리라고는 생각도 못 했습니다……."

"그래. 나도 들었다." 이서백이 한숨을 쉬었다. "동창이 죽기 전에 나도 이 그림을 보았지만 크게 염두에 두지 않았다. 그때 무언가 심상치 않은 것을 느꼈더라면, 오늘과 같은 일은 없었을지도 모르겠구나."

"사실 저는…… 진작 이 그림이 어딘가 심상치 않다고 생각했습니다." 이윤은 망설이면서 힘겹게 말을 이어갔다. "그림을 보고는 너무 기이하다 생각되어 왕부에 돌아온 뒤에도 몇 날을 계속해서 생각해 보았지만 실마리를 잡지 못했지요. 아무래도 넷째 형님이 저를 대신해 이 의문을 해결해주셔야 할 듯합니다."

그렇게 말하면서 이윤은 옆에 놓인 납작한 상자를 들어 열었다.

상자 안에는 여러 번 접힌 종이가 들어 있었다. 왕부의 시녀들이 수를 놓을 때 무늬를 그리기 위해 사용하는 종이 같았다. 그 위에는 조잡하게 그려진 세 개의 먹 자국이 있었는데, 장항영의 그림과 마찬가지로 난잡하여 알아보기 어려웠다.

이서백은 황재하와 시선을 마주친 뒤 그 그림을 손에 들고 황재하에게도 다가와서 보라고 손짓했다.

그림은 손수건 한 장 크기의 부드러운 종이에 그려져 있었다. 그림을 그릴 줄 모르는 이가 그린 것 같았으며 그어진 선은 힘도 없고 비뚫었다. 이 두 그림은 기본적으로 같은 윤곽을 나타냈다. 첫 번째 그림은 하나의 먹 자국 위에 한 줄기의 가는 선이 있었다. 두 번째 그림은 가로세로로 들쭉날쭉한 선들이 무엇인지 알 수 없는 먹 자국 주위를 둘러싸고 있었다. 세 번째 그림은 두 개의 먹자국이 위아래로 연결되어 있었다.

장항영의 그림은 세 사람의 죽음을 나타낸다고 억지스럽게 해석할 수 있었지만, 이 그림은 대략적인 윤곽이 비슷할 뿐 세세한 부분은 달라 그 의미를 전혀 알 수 없었다. 그저 세 개의 먹 자국으로만 보였다.

이서백은 한참을 들여다보다가 황재하에게 건네준 뒤 이윤에게 물었다. "이 그림은 어디서 얻은 것이냐?"

이윤은 찻잔을 받쳐 들고 가볍게 탄식하며 말했다. "형님께 숨기는 것 없이 말씀드리겠습니다. 이 그림은 제 모친이 그리신 것입니다."

황재하와 이서백은 순간 당황했다. 이윤의 모친이 그린 그림일 것이라고는 생각지도 못했다. 황재하는 황실의 비사를 알지 못했지만 이서백은 잘 알았다. 이윤의 모친 진수의는 유순하고 온화하여 사람의 마음을 잘 헤아려주었기에 선황의 몸이 불편했던 마지막 몇 년간은 줄곧 그녀가 곁에서 선황을 모셨다.

선황이 승하하신 그날 밤, 진수의는 너무나 슬픈 나머지 정신을 놓고 무너졌다. 이윤은 태비들의 동의하에 어머니를 출궁시켜 자신의 왕부에 모셨다.

"어마마마는 지난해에 홍서하셨습니다. 돌아가시기 며칠 전, 마지막으로 정신을 차려 저를 알아보셨어요. 아마 하늘도 저를 가엾이 여겼나 봅니다. 어마마마 기억 속의 저는 늘 10년 전 어린 시절의 모습일 줄로만 알았거든요." 이윤은 평소와 다름없는 미소를 머금고 있었으나 눈가는 이미 촉촉했다. "어마마마께서는 마지막으로 정신이 맑아졌을 때 이 그림을 제게 주셨습니다. 그때는 크게 신경 쓰지 않았으나, 어마마마께서 돌아가시고 난 후에야 비로소 이것이 어마마마께서 제게 직접 남기신 유일한 물건이라는 사실을 깨달았지요. 그래서 어마마마가 병상에 계실 때 아무렇게나 막 그려놓은 그림이라고 여기면서도 서재에 잘 보관해두었습니다. 그런데 며칠 전 장항영의 집에서 이 그림을 보게 된 것입니다……."

이윤의 시선이 선황의 그림을 향했다. 얼굴에 의혹의 빛이 짙었다. "하지만 부황께서는 어찌 이 그림을 남기신 것이고, 또 어마마마는 왜 10년이 지난 후에 굳이 이 그림을 몰래 그려 제게 주셨을까요?"

황재하는 그 종이를 받쳐 든 채 이윤에게 물었다. "악왕 전하, 소인의 주제넘음을 용서하여 주십시오. 태비 전하께서 이 그림을 건네실 때 무엇이라 말씀하셨는지요?"

"어마마마께서는……." 이윤은 가만히 미간을 찌푸리고는 좌우를 향해 눈짓해 모든 사람을 물린 후에야 나지막한 목소리로 말했다. "어마마마께서는 그때 의식이 온전치 못하셨네. 어마마마께서 말씀하시길 대당 천하는……."

'대당 천하는 이제 망할 것이야.'

하지만 이윤은 결국 그 말을 입 밖으로 꺼내지 못하고 그저 이렇게만 말했다. "그 말씀에는 조리와 순서가 없었지만, 아마 천하가 불안하다는 것을 가리키시는 듯했다. 대당이 쇠하게 될 거라고…… 그리고 이 그림은 대당의 존망과 관련이 있으니 잘 간수하라고 하셨지."

이서백이 황재하의 손에서 그림을 건네받아 조심스럽게 이윤의 손에 돌려주며 말했다. "고맙구나. 지금 보니 분명 네 모친께서 기억을 떠올려 부황의 유작을 따라 그리신 듯하구나."

이윤이 그림을 다시 받아들며 더욱 의아해 물었다. "이 그림이 부황의…… 유작이라고요?"

이서백이 고개를 끄덕였다. "이미 내부(內府)에서 궁정 문서를 조사해보았다. 선황의 기거주[28]에 장항영의 부친 장위익이 입궁하여 부황의 병을 살펴본 때가 대중 13년 8월 초열흘이라 기록되어 있었다."

이윤은 당시의 상황을 회상하며 말했다. "그때 제가 아직 어린 나이였으나, 부황께서 단약을 잘못 복용하시고 그해 5월부터 몸이 불편하셨다고 기억합니다. 7월에 이르러서는 이미 하루 종일을 의식 불명으로 누워 계셨고 어의도 속수무책이었다고요. 궁내에 거주하던 저희 황자들이 부황을 뵈러 가고 싶어 했지만, 번번이 환관들이 막아서는 바람에 뵐 수 없었지요. 그때 장안의 유명한 명의란 명의는 다 입궁을 했지만 아무런 효험도 없었고요……."

"장위익은 부황께서 승하하시던 그날 입궁했던 마지막 명의였다." 이서백은 낮은 목소리로 말했다. "이미 장위익에게 사람을 보내어 당시 입궁했던 일에 대해 조사해보았다. 장위익의 기억에 따르면 당시 장안 단서당 명의였던 그는 8월에 부황을 진맥하기 위해 입궁했다. 하지만 당시 부황은 이미 의식이 또렷하지 않은 상태였지. 그런데 장위익이 침을 놓자 확실히 잠시 깨어나셨다고 했다. 그러나 그것이 회광반조[29]일 뿐이라는 사실을 모두가 알았다. 장위익을 불러 황상을 치료하게 한 것도 그저 잠시라도 깨어나셨을 때 이후에 해야 할 큰일들을 적절히 안배하기 위해서였지."

황재하가 목소리를 낮춰 물었다. "그렇게 짧은 시간 동안 의식을 회복하셨다면, 어째서 선황 폐하께서 마지막으로 한 일이 장위익에게 저 그림을 하사하신 것이었을까요?"

이서백과 이윤도 당연히 이에 대해 의문이 들었다. 선황이 임종을 앞두고 반드시 했어야 하는 일은 민간 의원에게 그림을 하사하는 것

---

28 황제의 일상 언행을 기록한 문서 또는 사관.

29 죽기 직전에 잠깐 기운을 돌이키는 현상.

이 아니라, 자신의 죽음 이후에 이루어져야 할 조정의 큰일들을 안배하는 것이었다.

"그래서 그것이야말로 참으로 이해가 되지 않는 부분이다. 게다가 장위익 또한 그 일의 영문을 모르고 있더구나. 그는 선황이 깨어나자 곧바로 퇴궁했지. 일개 민간 의원에게 어찌 궁의 대사를 소상히 듣게 가만히 두겠느냐?" 이서백은 미간을 찌푸리며 말했다. "궁의 문서에도 그렇게 기록되어 있다. '선황께서 깨어나시고 장위익은 물러났다.' 장위익이 궁문에 도달하기 전, 뒤에서 누군가가 쫓아와 황제 폐하께서 장 의원의 솜씨에 감탄하여 친히 그린 그림을 하사하신다고 말했다 한다. 장위익은 너무나 기뻤던 나머지 재빨리 자신전을 향해 절을 하고는 그 그림을 받아들었는데, 걸어가면서 그것을 펼쳐본 순간 너무 놀라서 말이 나오지 않았다고 하더구나."

황재하의 시선은 낮게 읊조리듯 말하는 그들의 대화를 따라 그림으로 향했다. 이 알 수 없는 먹 자국이 10년 전 선황의 유작이라는 사실은 정말로 생각지도 못한 것이었다. 장위익이 처음 이 그림을 보았을 때도 아마 믿기 어려웠을 것이다.

그리고 10년 후, 뜻밖에도 세 개의 그림과 똑같은 사건이 현실에서 벌어졌다. 상식적으로 이해할 수도, 믿을 수도 없는 일이었다.

16장

높은 지위와 부귀영화

악왕 이윤과 고별한 이서백과 황재하는 짙게 깔린 어둠 속에 귀갓길에 올랐다.

"일단 왕부로 돌아가겠느냐, 아니면 대리사로 가겠느냐?"

황재하는 조금도 망설이지 않고 대답했다. "왕부로 돌아가 먹을 것을 챙겨 대리사로 가겠습니다. 자진 공자와 장항영이 아직 대리사에 있으니까요."

이서백도 반대하지 않고 말했다. "나는 돌아가서 침류사에서 너를 기다리고 있으마."

황재하는 자신의 식사는 신경도 쓰지 않고 주방에서 찬합을 챙겨 곧바로 왕부의 마차를 타고 대리사로 달려갔다.

대리사 소경 최순잠은 공주 사건 때문에 진즉에 공주부로 향한 뒤였다. 그 얘기를 들은 황재하는 치통이라도 앓는 것처럼 괴로워하는 그의 표정이 눈앞에서 아른거렸다.

대리사 보좌관 범양이 당직을 서다가 황재하가 들어오는 것을 보고는 정중하게 예를 갖추어 인사했다. 하얗게 질린 안색이었다.

“양 공공, 이 일을 어찌하면 좋단 말입니까. 황제 폐하께서 그토록 총애하시던 동창 공주님이 길거리에서 살해당하다니요!”

황재하도 탄식하며 말했다. “저희는 일단 황제 폐하의 뜻을 기다려봐야죠.”

범양은 발을 동동 구르며 탄식했다. 관아의 다른 업무는 모두 뒷전으로 밀렸다. 황재하가 음식을 가져와 여적취를 찾는데도 범양은 조금도 신경 쓰지 않으며 들어가 보라고 손짓했다. “자진과 장항영도 그곳에 있습니다. 양 공공도 얼마든지 들어가십시오.”

하늘빛은 이미 어두컴컴했다. 임시로 마련된 감옥 또한 벽에 뚫린 구멍 하나에 등잔을 밝혔을 뿐이어서 침침했다. 문 앞에 선 황재하는 서로 바싹 붙어 앉은 적취와 장항영을 보았다. 춤추는 듯 흔들리는 불빛이 그들 위에 희미한 빛을 드리웠다. 두 사람은 미동도 없이 그저 멍한 얼굴로 빛을 응시하고 있었다.

문 입구에 쪼그리고 앉아 있던 주자진은 황재하를 보고는 흥분하며 벌떡 일어났다. “숭고, 왔구나! 아…… 살았다, 먹을 것도 들고 왔네. 정말 배고파 죽는 줄 알았어!” 황재하의 손에서 찬합을 건네받은 주자진은 신이 나서 안으로 들어갔다. “장 형, 아적, 다른 일은 신경 쓰지 말고 지금은 일단 먹어요. 어서 와요. 자, 자. 일단 배부터 채우자고요!”

주자진은 부지런히 그릇을 펼쳤다. 자신이 가장 맛있다 여기는 두 개의 음식을 먼저 적취와 황재하 앞에 놓아주고 모두에게 젓가락도 나눠주었다.

기왕부의 주방 아주머니는 황재하에게 늘 잘해주어서 황재하 손에 들려 보낸 음식 또한 솜씨를 자랑할 만한 요리들이었다. 하지만 안타깝게도 네 사람은 걱정 때문에 입맛이 없었다.

황재하는 적취를 보면서 최대한 온화한 말투로 말했다. “자진 공자가 이미 말했겠지만, 이번에는 몇 가지 대수롭지 않은 일로 찾아온 것이니 꼭 저희에게 말씀해주셔야 해요."

적취는 온몸을 떨며 벌떡 일어나 작은 목소리로 말했다. "저는……더 이상 할 말이 없어요. 아침에 말한 게 다예요……."

적취가 몹시 두려워하는 모습에 주자진이 재빨리 손을 흔들며 말했다. "오해하지 마세요. 장 형은 우리의 친구니 적취 또한 우리의 친구 아니겠습니까. 그냥 서로 한담한다 생각해요!"

황재하는 여전히 주저하는 적취를 보고 손을 들어 장항영의 등을 가볍게 치며 말했다. "저희를 믿어주세요. 어쨌든 저희는 계속 당신 편이니까요. 이러다 나중에 대리사 사람이라도 오면 더 무서워할까 걱정이네요."

황재하의 말에 장항영이 재빨리 고개를 끄덕이며 적취를 안심시켰다. "걱정 마요. 양 공공은 정말 대단한 사람이에요. 이 세상에서 양 공공이 해결하지 못할 사건은 없어요. 당신이 모든 사실을 털어놓기만 하면 양 공공이 당신 누명을 벗겨줄 겁니다!"

적취는 고개를 들어 깊은 눈빛으로 장항영을 바라보다가 한참 후에야 간신히 말했다. "하지만…… 전 할 말이 없어요. 제가 그 두 사람을 죽였어요."

"저희에게 거짓말을 하셔도 소용없습니다."

황재하는 적취의 말을 끊고서 다시 주자진에게로 시선을 돌렸다. 주자진은 즉시 그 의중을 알아차리고는 말했다.

"적취, 손 씨 시신은 내가 검시를 해서 시신에 난 상처를 분명하게 기억하고 있어요." 그렇게 말한 뒤 주자진은 밖에서 나뭇가지 하나를 잘라 가지고 와 적취에게 건넸다. "나를 손 씨라고 생각하고 그때의 상황을 재연해봐요. 문 안쪽에 서 있는 손 씨를 비수로 두 번 찔렀다고 했죠. 맞나요?"

"네……." 적취는 손에 나뭇가지를 들고 떨리는 목소리로 답했다.

"그러면 그때 어떻게 찔렀나요?"

적취는 망설이며 장항영을 한번 쳐다봤다가 다시 손에 든 나뭇가지를 보며 머뭇거렸다. 하지만 결국 손을 들어 주자진의 가슴 쪽을 향해 찔러 보였다.

장항영은 너무 초조한 나머지 그 손을 막으려 했지만 주자진이 먼저 민첩하게 적취의 손목을 허공에서 붙잡았다. "적취, 만약 마주한 사람을 이렇게 찌른다고 한다면 상처는 분명 위에서 아래로 생기게 마련입니다. 하지만 안타깝게도 손 씨의 상처는 왼쪽에서 오른쪽으로 생겼죠. 말하자면, 손 씨가 오른쪽으로 누워 있는 상태에서 찔려 상처도 오른쪽 아래로 기운 상황이 되는 거죠. 우리가 추측하기에 범인은 손 씨가 자고 있을 때 침대 앞에 쭈그리고 앉아서 칼을 휘둘렀어요. 당신이 말한 것처럼 문을 열었을 때 찔린 게 아니고요."

"그래도 끝내 당신이 손 씨를 죽였다고 고집할 거라면 저희에게 말해주셔야 해요. 어떻게 철통같이 닫힌 그 집에 들어가 자고 있던 손 씨를 죽였는지, 또 어떻게 해서 문과 창이 모두 안에서 잠긴 그 방을 빠져나올 수 있었는지도."

적취는 멍한 얼굴을 하고 서 있을 뿐, 아무런 대답도 하지 못했다.

장항영은 눈을 부릅뜨고 그녀를 바라보며 떨리는 목소리로 물었다. "아적? 왜 거짓말을 하는 거예요? 왜 거짓말을 하면서까지 자신이 범인이라고 우기는 거냐고요?"

"당연히 장 형을 위해서겠죠." 황재하는 조용히 말했다. "장 형은 적취가 위희민과 손 씨를 살해했다고 생각했고, 적취는 반대로 장 형이 자신을 위해 두 사람을 죽였다고 생각했죠. 장 형이 벌써 용의선상에 이름을 올린 데다 그로 인해 장 형의 앞길에 안 좋은 영향이 미치는 것을 보고는 자신을 희생할 결심을 하고 뒤도 안 돌아보고 대리사로 달려와 자수한 겁니다. 장 형의 범행을 자신이 대신 짊어지고 장 형의 앞날을 지켜주기 위해서요!"

황재하의 말에 장항영과 적취 두 사람 모두 놀랐다.

"아적…… 왜 그리 어리석어요!" 장항영이 갑자기 적취의 손을 움켜쥐며 기쁨과 분노와 슬픔이 뒤섞인 뭐라 표현하기 어려운 표정을 지었다. "당신…… 당신 정말! 이제 우린 어떡하면 좋죠?"

황재하는 두 사람이 서로 손을 맞잡은 모습에 안심이 되면서도 슬펐다. "공주님께서 돌아가실 때 적취는 여기에 있었으니 절대로 혐의가 없지요. 하지만 앞선 두 사건은 이미 자백을 했기 때문에 당장 풀려나기는 어려운 상황입니다. 진범이 체포되어야 나올 수 있을 테니 조금 기다려야 해요."

적취는 슬픈 표정으로 고개를 끄덕이고는 나지막한 목소리로 말했다. "미안해요. 제가…… 오라버니를 믿지 못하고 그만……."

"당신 탓이 아니에요. 당신한테 숨기고 있던 내 탓이죠……." 장항영이 한숨을 쉬었다.

"두 사람이 이렇게 큰 소란을 벌인 덕에, 이거 어쩔 수 없이 처음부터 다시 조사해야겠네요." 주자진은 고개를 절레절레 흔들었다.

그러고는 찬합을 밖으로 내놓고 책걸상까지 정리한 후 황재하와 함께 의자에 앉았다. 장항영과 여적취는 서로 어깨를 기댄 채 빈 침대 위에 앉아 있었다.

"자, 두 사람은 그날 천복사에서 사건을 가장 가까이에서 목격한 사람들 중 하나예요. 적취, 이번엔 마음을 열고 그날의 상황을 정말 자세하게 한 번 더 말해주면 좋겠어요. 괜찮겠어요?"

적취는 조용히 아랫입술을 깨물며 장항영을 향해 시선을 돌렸다. 장항영이 그녀의 눈을 보면서 고개를 끄덕이자 그제야 고개를 숙이고 조용히 입을 열었다. "그날 저는 처음부터 너울을 쓰고 있었기 때문에 사실 주변에서 일어난 상황에 대해서는 그리 정확하지 않습니다. 오라버니가 너울을 주우러 갔을 때도 저는 사람들이 저를 알아볼까 두려워 얼굴을 가린 채 바닥에 웅크리고 앉아 있었어요. 그래서 아무것도 보지 못했죠. 심지어…… 사람들 사이에 위희민이 있다는 것도 보지 못했어요. 보통 환관의 붉은 옷차림은 사람들 사이에서 선명하게 눈에 띄게 마련이지만 저는 정말로 보지 못했습니다."

장항영도 잠시 생각하더니 입을 열었다. "맞아요. 그때 천복사는 인산인해였고 위희민은 그 작은 키로 사람들 속에 섞여 있었으니 저도 그자를 보지 못했습니다. 하늘에서 벼락이 떨어져 초가 폭발한 뒤 바닥을 구르는 위희민을 보고서야 그자도 천복사에 있었다는 것을 알았습니다."

"그럼 당시를 떠올려본다면…… 그 순간에 누군가가 위희민에게 어떤 행동을 취했을 가능성이 있다고 보나요?"

"전혀 불가능해요!" 장항영이 고개를 내저으며 단호하게 말했다. "벼락을 맞아 초가 폭발한 건 순식간이었습니다. 그 짧은 시간에 어느 누가 사람들 사이에서 그자를 끌어당겨 불로 밀었겠어요?"

"게다가 그 사람은…… 온몸에 불이 붙었어요. 그저 한두 군데 붙은 정도가 아니었어요. 아무리 발버둥 치고 열심히 땅을 구른다 해도 끌 수 있는 불이 아니었죠." 적취는 소리를 낮추어 말했다. "그래서 전 분명히 천벌을 받은 거라고 생각했습니다."

황재하는 고개를 끄덕이고는 골똘히 생각하며 다시 물었다. "그렇다면 당시 두 사람은 위희민을 확실히 알아보았나요? 무슨 특이한 점은 없었나요?"

장항영은 고개를 끄덕였다. "당연히 알아봤죠! 적취를 해쳤던 사람이라는 것을 알고는 그 정신없는 와중에서도 몇 번이고 고개를 돌려 쳐다봤어요. 제가 봤을 때 그자는…… 마치 무언가에 놀란 듯한 표정이었어요. 몸이 불타고 있으니 매우 고통스러웠을 텐데도 처음에는 넋이 나간 표정으로 바닥에 가만히 쓰러져 있다가 잠시 후에야 비명을 지르며 몸에 붙은 불을 끄려고 발버둥을 쳤습니다."

"네……. 저도 기억해요……. 마치 이제 막 꿈에서 깬 듯한 표정이었어요." 적취가 말했다.

기록하던 주자진은 고개를 갸우뚱하며 황재하를 쳐다보았다. "어때? 조사하면 할수록 정말 천벌 같지 않아?"

황재하는 주자진에게는 아무 대답 없이 다시 적취를 향해 물었다. "그 그림은 왜 전당포에 가져다 맡겼죠?"

이 일을 언급하자 적취는 흠칫하며 몸을 떨더니 다시 고개를 들어 장항영을 보았다. 장항영이 변함없이 따뜻한 눈으로 자신을 바라보고 있다는 것을 확인하고야 가볍게 아랫입술을 깨물며 낮은 목소리로 말했다.

"저…… 저희 아버지가 저를 찾아냈어요……."

장항영은 놀라서 물었다. "언제요?"

"그날…… 오라버니가 격구를 했던 그날 말이에요." 적취는 고개를 숙이고 머뭇거리며 말했다. "그날 오라버니에게 고루자를 만들어 주려고 서쪽 시장에 양고기를 사러 갔어요……. 그런데 아버지 가게를 지나치면서 저, 저도 모르게 그만 가게 안을 들여다봤어요……."

아무리 너울을 쓰고 있다 해도, 10여 년을 함께 산 부녀지간이었다. 여지원이 딸을 알아보지 못할 리 없었다. 적취가 양고기를 사서 장항영의 집 문 앞에 도착했을 때 왠지 이상한 느낌이 들어 돌아보니 아버지가 멀리서 뒤를 따라오고 있었다.

여지원은 이미 들켰다는 것을 알고는 잽싸게 다가와 말했다. "좋네, 좋아. 아직 살아 있는 것도 뜻밖인데 이렇게 몸을 의탁할 곳도 찾았나 보군."

적취는 너무 놀라 온몸을 사시나무 떨듯 벌벌 떨었다. 장항영에게 자신의 정체를 들킬까 봐 두려웠던 나머지, 아버지에게 자신 같은 딸은 없는 셈치고 제발 빨리 돌아가달라고 애원했다.

여지원은 비웃으며 말했다. "의탁할 남자를 찾았으니 이제 나는 버리겠다? 내가 너를 열일곱 해나 키워주었는데 배은망덕한 것 같으니라고. 내 말 잘 들어. 여기 남아서 나를 웃음거리로 만들지 말고 멀리 꺼져버리던가, 아니면 이 집 인간한테 당장 10민전을 예물로 보내라고 해. 여태까지 너를 키워준 것에 대한 보수로 칠 테니까!"

그 말을 들은 주자진은 한숨을 쉬며 물었다. "그래서 그림을 들고 가서 10민전을 만들어 아버지한테 준거예요?"

적취는 이를 악물고 조용히 고개를 끄덕이며 말했다. "정말이지 달리 방법이 없었어요. 오라버니를 떠나고 싶지도 않았고, 오라버니가 저의 과거를 알게 되는 것도 두려웠어요……. 이토록 심한 과거를 지닌 여자를 받아줄 수 있는 사람이 이 하늘 아래 있을 리 없다고 생각했으니까요……."

그렇게 말하면서 적취는 떨리는 손을 들어 얼굴을 가렸다. 목소리도 점점 더 작아졌다. "저는 절망했어요. 그 집에서 죽을 때까지 평생 살 수 있을 거라고, 그곳은 제가 몸을 숨길 마지막 남은 곳이라고 생각했는데…… 아버지가 저를 찾아와 제 그 희망마저 끊어내려 했어요……. 그런데 오라버니가 이 그림에 대해 이야기하는 걸 듣고 그림의 내력을 알게 되었죠. 그래서…… 그 그림을 가져다가 아버지에게 주면서 선황 폐하께서 그린 그림이니 가치가 있을 거라고 했습니다. 그리고 다시는 저를 찾지 말라고요. 그런데 아버지가 믿지 못하셨어요. 그래서 하는 수 없이 그림을 전당포에 가지고 가서 10민전을 받아 아버지에게 가져다주고 말했지요. 이제 여 씨 집안에 딸은 없다고, 나는 이제 장 씨 집안 사람이라고……."

여기까지 말한 적취는 감정이 격해져 결국 더는 말을 잇지 못하고 격하게 숨만 몰아쉬다가, 한참 후에야 흐느껴 울며 말했다. "오라버니, 죄송해요……. 제가, 제가 도둑이었어요. 오라버니 집의 가장 귀한 물건을 훔쳤어요……."

"아니에요. 당신이 내 곁에 남아 있을 수만 있다면 모든 걸 다 내다 팔아도 좋아요. 모든 게 다 없어진다 해도 상관없어요." 장항영은 적취의 손을 붙잡고 작은 목소리로 말했다. "아버지는 병이 나은 지 얼마 되지 않았고 나는 하루 종일 바깥에 있으니, 이제 우리 집은 모두 당신한테 맡긴 것이나 다름없어요. 당신이 바로 우리 집의 안주인이라고요! 주인이 자기 물건을 가지고 가는 게 뭐가 그리 이상해요?"

적취는 예상치 못한 장항영의 말에 그저 멍하니 그를 바라보며 눈물만 흘렸다. 장항영은 적취의 눈물을 조심스럽게 닦아주었다. 한참 동안 가만히 적취를 바라보던 장항영은 이내 다시 슬픔을 참을 수 없는 듯 말했다.

"아적, 왜 이렇게 어리석어요……. 이제 어떡하면 좋단 말이에요?"

"그러니까요. 일을 이리도 크게 벌려놨으니 정말 곤란하긴 하네요." 주자진은 주위에 다른 사람이 없는 것을 확인한 뒤 목소리를 낮춰 말했다. "하지만 너무 걱정할 필요는 없어요. 공주님의 죽음이 조정에는 불행이겠지만 적취한테는 행운이에요……. 최 소경이 꽉 막힌 사람은 아니니 적취가 최 소경한테 사실을 밝히고, 우리는 전하들께 간청해볼게요. 다행히 소왕 전하와 악왕 전하는 두 사람을 본 적이 있으니, 우리가 성심껏 간청드리면 분명히 문제없을 거예요. 그리고 황제 폐하 쪽은…… 지금 황제 폐하의 생각을 바꿀 수 있는 사람은 아마 기왕 전하밖에 없을 거예요. 그리고 기왕 전하는 숭고한테 맡기면 되고……."

세 사람의 희망 가득한 눈빛이 황재하를 향했다.

황재하는 망설이다가 고개를 끄덕이며 말했다. "최선을 다해보겠습니다."

장항영은 적취에게 줄 이불과 옷을 챙기러 집으로 돌아갔다. 그리고 황재하와 주자진은 대리사를 나와 함께 걸으면서 동창 공주가 죽기 직전에 협박을 당한 것은 아니었는지, 왜 소리를 지르지 않았던 것인지에 대해 이야기를 나누고 있었다. 그때 최순잠이 말을 타고 돌아오는 것이 보였다. 최순잠이 말에서 뛰어내리며 신바람이 나서는 둘을 향해 외쳤다.

"자진! 숭고! 두 분 다 있었군요! 정말 잘됐습니다!"

대리사 입구에 걸린 등롱 빛이 매우 밝은 데다 최순잠 옆 시종이 들고 있는 횃불 또한 활활 타오르고 있어 주위가 환하게 밝았다. 그 덕에 희색이 드리운 최순잠의 얼굴이 또렷이 보였다. 황재하와 주자진은 뭔가 이상한 생각이 들어 서로 눈을 마주쳤다. 최 소경의 얼굴이 틀림없이 죽상이 되어 있으리라 생각했는데 말이다!

그리고 잠시 뒤 최순잠 뒤에서 뚱뚱한 그림자 하나가 끌려 나오는 것을 보았을 때 황재하와 주자진은 더욱 놀랐다. 땅딸막한 자가 노끈에 묶여 있는 모양이 마치 끈으로 꽁꽁 묶은 연잎밥 같았다. 그자는 바로 전 주인장, 전관색이었다.

전관색은 둘을 발견하고는 괴로운 목소리로 외쳤다. "주 도련님! 양 공공! 제 증인이 좀 되어주십시오! 전 정말 사람을 죽이지 않았습니다! 더더군다나 제가 공주님을 살해했다니요!"

주자진이 두 눈을 휘둥그레 뜨며 믿을 수 없다는 듯이 물었다. "저자가 범인이라고요?"

최순잠의 만족스러운 얼굴에 웃음꽃이 활짝 피었다. "그렇네. 내가 오늘 황제 폐하의 명으로 다시 공주부를 조사하고 있는데 때마침 수상한 자가 공주부의 주방 책임자를 찾는 것을 발견했지. 붙잡아서 물으니 딸을 찾아왔다고 하는 거 아닌가. 차라리 귀신을 속이지, 감히 나를 속이려 들다니!"

주자진이 끌려 들어가는 전관색을 눈으로 좇으며 의아해했다. "엥? 저 사람 딸이 공주부에 있는 시녀가 아니었어요?"

"그렇다니까. 말끝마다 무슨 자기 딸이 공주를 가까이서 모시는 시녀라고 하면서 이미 딸을 여러 번 만났다고 그러더군. 그런데 최근에는 하도 소식이 없어서 몰래 공주부에서 소식을 좀 알아보려고 했다나 뭐라나." 최순잠은 무시하는 눈빛으로 말했다. "거짓말도 어느 정도 말이 되게 해야지. 그래 딸이라는 시녀가 누군지 가서 손으로 가리켜보라고 했더니 누군지 찾지도 못하더군. 딸 손목에 분청색 반점이 있다는 말만 계속 떠들어대고. 결국 우리가 공주부 사람들을 다 뒤져봤는데 시녀는커녕 환관들 중에도 손목에 반점이 있는 사람은 없었어."

주자진은 한층 의아한 표정을 지으며 말했다. "어라? 지난번에 우리가 조사하러 가서 들은 이야기는 어느 정도 일리가 있었던 것 같은데. 게다가 저 사람 딸이 금 두꺼비를 줬는데, 온몸에 보석이 박힌 두꺼비가 옥으로 된 연잎 위에 앉아 있는 게 엄청 정교했다고요!"

"금 두꺼비?" 최순잠이 순간 눈을 번뜩였다. "그 옥색 연잎 위에 수정 구슬이 있어서 두꺼비가 움직일 때마다 구슬이 이슬방울처럼 구르는 그것 말인가?"

주자진은 연신 고개를 끄덕였다. "최 소경도 본 적 있어요?"

"물론이지! 두 해 전에 서역의 어느 나라에서 공물로 바친 물건이야! 그때가 마침 정월 초하루여서 신하들이 모두 한자리에 모여 있다가 다들 감탄을 금치 못했지! 그게 나중에 동창 공주님의 혼수품 중 하나가 됐고." 최순잠은 뭔가를 발견했다는 기쁨에 어쩔 줄 몰라 손바닥을 치며 말했다. "그러면 범행 동기도 확실하네! 전관색은 그 귀한 금 두꺼비를 훔치기 위해 공주부 환관과 공주님, 그리고 주변 인물인 손 씨까지 살해한 것이군. 손 씨가 어떻게 연루된 건지는 모르겠지만 호되게 심문하면 저자도 자백을 하겠지!"

그렇게 말한 최순잠은 발걸음도 경쾌하게 대리사 대청으로 향하며 사람들에게 명했다. "등을 켜라! 재판을 진행할 것이다! 내 오늘 밤 중죄인을 심문할 것이야!"

주자진은 눈을 크게 뜨고 고개를 돌려 황재하를 쳐다보았다. 황재하는 재빨리 안으로 들어가며 말했다. "뭘 그러고 계세요. 어서 들어가서 최 소경이 어떻게 심리하는지 봐야죠!"

대리사 대청이 대낮처럼 밝아졌다. 좌우 양쪽으로 삼반[30]의 아전들과 법 집행관, 평사[31]와 시정[32]들이 엄숙한 자세로 서 있었다. 대리사 소경이 직접 집행하는 심문은 규모가 꽤나 상당했다.

대리사 사람들은 황제의 명으로 사건을 함께 조사하고 있는 황재하와 주자진에게도 자리를 마련해주었다. 한쪽에 배치된 의자에 앉은 두 사람은 땅에 엎드려 벌벌 떨고 있는 전관색의 모습을 보았다.

황재하가 조용히 주자진에게 물었다. "그러고 보니, 지금 대리사경[33]은 누구예요? 어째서 대리사에서 한 번도 뵌 적이 없죠?"

주자진이 믿기지 않는다는 눈으로 황재하를 쳐다보았다. "설마 모르는 거야?"

"제가 어떻게 알아요. 전에 장안을 떠날 때만 해도 서 공이 대리사

30 범인을 체포하고, 감시하고, 수사하는 관리의 통칭.

31 형을 평결하는 대리사의 재판 관리.

32 형벌의 종류와 판결의 재심의를 담당하는 대리사 관리.

33 정삼품의 관직으로, 사법을 관장하는 대리사의 최고 수장.

경이었는데, 나중에 서 공이 돌아가셨다는 말만 전해 들었어요…….”

“그래도 대리사경하고 매일 그렇게 같이 있는데 어떻게 대리사경이 누군지도 모르냐!” 주자진이 흥분하며 작게 소리쳤다.

황재하는 소리 좀 낮추라며 주자진의 입에 손을 가져다 댔다. 하지만 잠시 생각해보더니 자신도 놀라 흥분을 감추지 못하며 물었다. “대리사경이…… 기왕 전하예요?”

“그래! 너는 그분이 직위가 몇 개인지도 모르고 있었어?”

주자진이 너무 크게 소리 지르는 바람에 옆에 있던 사람들이 일제히 둘을 힐끔거렸다. 두 사람은 재빨리 아무 일도 없었다는 듯이 고개를 숙이고는 자신이 기록해둔 사건 기록 서책을 이리저리 뒤적였다.

최순잠도 재판정에 앉아 있으니 제법 위엄이 있어 보였다. 그가 엄숙하게 질문을 던졌다. “무릎 꿇은 자는 누구인가?”

“소인…… 소인은 전관색입니다. 장, 장안에서 마차 가게를 운영하고 있습니다. 여러 해 동안 신망을 쌓아왔으며 법 또한 성실하게 준수해왔습니다……. 소인은 억울합니다! 소인은 절대…….”

“본관이 묻는 말에만 답하라!” 최순잠은 경당목[34]을 내리치고는 옆에 있던 시정이 건넨 조항을 하나하나 물어나갔다. “최근 몇 해, 그대의 마차 가게에서는 수로 뚫는 일을 위탁받았으며, 수로 뚫는 일꾼을 동원하는 것과 관련해 공부와 거래한 사실이 있는가?”

“그러하옵니다…….” 전관색은 어쩔 줄 몰라 쩔쩔맸다.

“대리사에서 조사한 결과, 동창 공주가 사고를 당한 현장 옆에는 수로가 있었다. 살인을 저지른 후 관아의 수색을 피해 그곳에 몸을 숨겼던 것이 아니냐?”

전관색은 순간 대경실색하며 큰 소리로 두서없이 외쳤다. “아닙니

---

34 법정에서 법관이 죄인을 경고하기 위해 탁상을 치던 막대기.

다, 결코 아닙니다! 소인은 절대로 사람을 죽이지 않았습니다! 소인은…… 소인은 공주님이 돌아가신 사실조차 몰랐습니다!"

"조사해보니 그대가 처음 공주부에 출입한 때는 지난해에 공주부의 수로를 정비할 때였다. 수로에 대해 잘 알지도 못하는 자가 어찌하여 일의 진행 상황을 확인한다는 명목하에 공주부를 그리 자주 출입하였느냐?"

"소인은 그저…… 공주부가 무척이나 화려하고 아름답다는 소문에 한번 가보고 싶었던 것뿐입니다. 게다가 존귀한 공주께서 계신 곳인데, 혹여라도 제 밑에 있는 자들이 일을 그르치기라도 할까 봐 걱정이 되었습니다. 그래서 자주 가서 감독을 했을 뿐입니다. 소인은 절대로 다른 생각은 하지 않았습니다!" 전관색은 너무 겁에 질린 나머지 바닥에 거의 쓰러지다시피 했다. 축 늘어진 그 모습이 더없이 창백해 보였다.

"공주부가 무척이나 화려하고 아름답다는 소문을 들었다고? 그래서 공주부의 귀한 물건들을 하나하나 눈여겨봤고 환관 위희민과 결탁하여 보물 창고에 있던 금 두꺼비와 구난채를 훔치는 데 성공했지. 그렇지 않은가?"

"이, 이걸 대체 어디서부터 설명을 드려야 할지……. 소인 위희민과는 딱 한 번 만나보았습니다. 소인의 금 두꺼비는 딸아이가 선물해 준 것이고, 소인은 구난채라는 물건은 본 적도 없습니다……."

"위희민과 딱 한 번 만난 사이면, 어찌 그 귀한 영릉향을 그에게 주었느냐? 후에 위희민은 그대 가게를 찾아가 향료를 더 달라고 요구했고, 그날 밤 실종되었다가 다음 날 천복사에서 죽었다. 말해보거라. 위희민이 그대를 도와 금 두꺼비를 훔쳐다 준 것이 아니냐? 그래서 그자의 입을 막고자 천복사에서 불태워 죽인 것이 아니냐?"

전관색은 끝내 눈물을 펑펑 쏟으며 꺽꺽대다가 허둥지둥 해명했다.

“아닙니다. 절대 그런 게 아닙니다. 그 영릉향은…… 제가 주방의 창포에게 준 것입니다…….”

“그럼 어찌 그 많은 사람이 진술하기를 위희민이 그 영릉향을 사용했다는 것이지? 주방의 그 여인도 그대가 공주부에 심어둔 밀정 중에 한 명인가?”

“아닙니다! 아닙니다! 창포는 좋은 사람입니다. 그 여인이 저를 도와 딸을 찾아주었습니다…….”

“그대는 말끝마다 공주부에 딸이 있다 하는데, 공주부에 있는 모든 사람을 살펴보았지만 손목에 그대가 말한 것과 같은 반점이 있는 자는 한 사람도 없었다. 이것은 어떻게 해명할 것인가?”

전관색은 그저 넋이 나간 얼굴로 멍하니 앉아 있었다. 경련이라도 이는 것처럼 얼굴살이 파르르 떨렸다. 황재하는 전관색이 불쌍하고도 비참하다는 생각이 들어 몰래 한숨을 내쉬며 고개를 돌려버렸다. 차마 그의 모습을 계속 볼 엄두가 나지 않았다.

“하지만…… 하지만 제가 정말로 봤습니다! 딸이 병풍을 사이에 두고 손을 뻗어서 제게 보여주었단 말입니다. 정말입니다! 작은 토끼 모양의 분청색 반점이 있었는데, 제 딸 행아가 아니면 대체 누구겠습니까? 저는 정말로 제 딸을 봤단 말입니다…….”

그 따져 묻는 듯한 변명에 최순잠은 경당목을 치며 말을 끊었다.
“전관색! 본관이 묻겠다. 그대와 한패인 위희민이 이미 그대가 원한 보물을 훔쳐다 주었는데, 어찌하여 공주님을 살해한 것이냐? 당시 공주님은 군중 속에서 그대의 손에 구난채가 있는 것을 보았다. 어떻게 공주님을 살해한 것이냐? 어서 사실대로 자백하지 못할까!”

전관색은 너무 놀라서 아예 혼이 빠져나간 사람처럼 보였다. 그는 연거푸 고개를 절레절레 흔들었다. “아닙니다! 정말로 아닙니다. 저는 사람을 죽이지 않았습니다. 제 딸이 공주부에 있습니다…….”

대리사의 평사가 가볍게 기침을 하며 말했다. "범인은 범행의 증거가 확실한데도 자백을 하지 않고 있습니다. 엄하게 다스리지 않으면 끝까지 자백하지 않을 것입니다!"

"옳다. 끌고 가서 먼저 곤장 스무 대를 치거라!" 최순잠은 그렇게 말하면서 영첨[35]을 뽑아 재판정 아래로 내던졌다.

그때 주자진이 벌떡 일어나더니 앞으로 달려가 영첨을 잡으려 했지만 안타깝게도 한발 늦고 말았다. 영첨은 땅에 떨어졌고, 뒤에 있던 아전들이 달려와 전관색을 끌고 가버렸다.

대단한 기세로 뛰쳐나가던 주자진은 발뒤꿈치가 뒤에 있던 의자에 걸리면서 꽈당 소리와 함께 바닥에 나자빠졌고 의자도 큰 소리를 내며 바닥에 나뒹굴었다. 열을 맞춰 서 있던 아전들이 순간 크게 놀라 대열이 흐트러지면서 재판정에 잠시 소란이 일었다.

최순잠이 미간을 찌푸리며 물었다. "자진, 뭐하는 건가?"

"최 소경." 황재하가 일어나 그에게 공수하며 입을 열었다. "소경께서 이미 이 사건을 자세히 조사하여 잘 처리하고 계신다고 믿습니다. 한데 황제 폐하께서 저와 자진 공자도 이 사건을 함께 조사하라 하셨으니, 일부 내용과 관련하여 소경과 논의해보고 싶은 것이 있습니다. 잠깐 저희와 말씀 좀 나누실 수 없을지요?"

최순잠은 옆에서 들려오는 전관색의 통곡 소리를 듣고, 또 대열이 흩어진 아전들을 쳐다보고는 시원스럽게 대답했다.

"그럽시다. 그럼 후당(後堂)으로 옮겨 이야기를 나누죠. 그동안 아관들은 잠시 쉬면서 새로이 정돈하면 될 것 같군요."

세 사람은 후당으로 옮겨 앉았다. 시종이 차를 모두 따르자 최순잠

---

35 체포, 형벌, 판결 등의 내용이 첨자되어 있는 죽간.

이 서둘러 물었다. "무슨 일입니까?"

황재하가 되물었다. "최 소경께서는 전관색이 정말 이 사건의 범인이라고 생각하십니까?"

최순잠이 눈썹을 찡그리며 말했다. "지금으로서는 저자의 혐의가 가장 크지요. 그렇지 않습니까? 저자는 값비싼 향료를 위희민에게 주었습니다. 위희민은 저자를 찾아간 그날 밤 실종되었고 그다음 날 불에 타 죽었습니다. 손 씨도 분명 저자의 공범이었거나, 아니면 범행 사실을 어쩌다 손 씨에게 들켜버려 죽였겠지요. 그러고는 적당한 시간을 정해 술을 마신 후에 우연히 시체를 발견했다고 말한 겁니다. 그리고 공주부의 보물 창고에 있던 금 두꺼비를 훔쳐낼 수 있는 자라면 같은 창고에 있던 구난채 또한 큰 어려움 없이 훔쳤을 겁니다. 게다가 공주님을 살해한 흉기가 바로 구난채였으며, 범행 현장 옆에는 저자가 도주할 수 있는 수로도 있었습니다. 확인해보니 며칠 전에 그곳 수로를 뚫을 때 저자가 직접 현장을 찾아 감독했다고 합니다……."

황재하가 물었다. "하지만 위희민이 정말 전관색과 함께 금 두꺼비를 훔쳤고, 그래서 전관색이 입막음을 위해 위희민을 죽였다고 한다면 이해되지 않는 부분이 있습니다. 전관색이 구난채를 훔칠 때 위희민은 이미 죽고 없었습니다. 공주부 안에 다른 내통자도 없었을 텐데 어떻게 그것을 훔칠 수 있었을까요?"

최순잠은 미간을 찌푸리고 한참을 생각하더니 입을 열었다. "혹 저자가 말했던 주방 여인은요?"

황재하는 말도 안 된다 생각하며 고개를 저었다. "위희민은 공주님 측근이었으니 물건을 훔칠 기회가 있을 수도 있지요. 하지만 주방 사람은 매일 주방에만 매여 있고 서운각에는 갈 기회조차 없을 텐데 어떻게 구난채를 훔치겠습니까?"

"하지만 양 공공, 전관색이 이 사건과 연관성이 크다는 사실은 부정할 수 없습니다. 특히나 세 살인 사건 모두에 깊이 연관되어 있단 말입니다. 아, 또 하나! 부마가 사고를 당했던 그 말, 그 말도 전관색이 좌금오위에 판 것입니다! 한 사람에게 이렇게 많은 혐의가 있는데 어떻게 결백하다고 할 수 있겠습니까?" 최순잠은 한숨을 쉬고는 그들에게 더 바짝 다가앉으며 작은 목소리로 말했다. "어쨌든 공공도 황제 폐하께서 동창 공주를 얼마나 아끼셨는지 잘 알고 계시겠지요. 금이야 옥이야 하면서 얼마나 예뻐하셨습니까. 지금 그런 공주님이 돌아가셨으니 대리사, 형부, 어사대의 삼법사는 물론이고 장안 수비대 및 양대 관아와 십군(十軍)까지, 누가 이 책임에서 벗어날 수 있겠습니까? 태의는 이미 그 자리에서 몇 명이 맞아 죽었습니다. 황제 폐하께서는 연좌제로 그들 가문의 수백 명에게도 함께 책임을 물으려 하십니다. 생각해보십시오, 공주님은 범인의 일격에 그 자리에서 즉사하셨는데, 태의들이 얼마나 억울하겠습니까? 지금 하루라도 빨리 황제 폐하께 범인을 잡아드리지 않는다면 폐하의 진노 앞에 어느 관아가 제대로 버틸 수 있겠습니까?"

황재하는 미간을 찌푸렸다.

주자진이 재빨리 물었다. "그러면 최 소경께서 보시기에 여적취와 전관색, 이 두 사람 중에 누가 더 의심스러운가요?"

"그걸 말이라고 하나? 전관색에 비하면 여적취는 의심할 가치도 없어. 직접 와서 자수한 것만 아니라면 지금 즉시 풀어줘도 상관없지!"

주자진은 안심하며 다시 말했다. "최 소경, 사실 제 생각엔 말이죠, 전관색 사건은 좀 더 신중을 기해야 하지 않을까 싶어요. 그렇지 않아요? 어찌되었건 사람 목숨이 달린 일이니까요……."

최순잠은 난처한 얼굴이었지만 억지로라도 고개를 끄덕이며 말했다. "안심하게. 어쨌든 나도 대리사의 소경으로서 신중해야 할 때는 신중하게……."

그의 말이 채 끝나기도 전에 뒤에서 누군가가 뛰어 들어오며 외쳤다. "최 소경님!"

대리사 보좌 한 사람이 얼굴에 희색이 가득하여 뛰어 들어왔다. 최순잠은 미간을 찌푸리며 물었다. "무슨 일인가?"

"새로운 정보가 하나 들어왔습니다. 손 씨 집 아래로 수로가 지난다고 합니다!"

"그게 정말인가?" 최순잠도 기뻐하며 벌떡 일어났다. "전관색도 이 수로를 알고 있는가?"

"네! 사건 발생 며칠 전, 장안 전체의 수로를 정비했는데 전관색 수하에 있던 자들이 그쪽 수로를 맡았다고 합니다. 당시 전관색도 현장에 함께 머물며 작업을 지켜보았고요!"

"죄인은 반드시 징벌을 받게 돼 있다더니, 증거가 하나 더 늘었군!" 최순잠은 고개를 돌려 황재하와 주자진을 향해 으스대며 말했다. "보십시오, 전관색이 정말로 범인이었습니다! 그 수로를 통해 손 씨의 그 밀실 같은 방으로 들어가 사람을 죽이고 또 몰래 수로로 빠져나온 겁니다. 그러고는 사람들이 모였을 때 자기가 앞장서 사람들을 데리고 들어가 마치 살해 현장에 자신이 없었던 것처럼 꾸민 것이지요!"

주자진은 미간을 찌푸리며 말했다. "손 씨가 죽은 직후 저도 현장에 가봤는데 집 바닥은 평평하고 반듯했어요. 수로를 통해 오간 흔적은 전혀 없었다고요……."

그 말에 최순잠은 미간을 찌푸렸지만 금세 다시 개운한 표정을 지었다. "에이, 그래서 손 씨의 죽음을 목격하는 자리에 그렇게 많은 사람을 데리고 갔겠지! 사람이 많으면 수로를 드나드느라 파놓은 진흙 바닥이 밟혀서 평평해지니 그 증거가 사라지지 않겠어? 참으로 치밀하고 교활한 자야!"

"하지만…… 그래도 말이 안 되는데……." 주자진이 뭔가를 더 말하려 했으나 최순잠은 손을 들어 그를 저지하고는 곧바로 전당(前堂)으로 걸어 나갔다. "자진, 양 공공, 이번 일은 이미 내게도 대략적인 수가 있으니 두 분은 걱정하지 마시고 내게 맡겨주세요. 내일이면 이 사건의 진상이 밝혀져 있을 테니!"

기왕부로 돌아왔을 때는 이미 밤이 깊었다. 하지만 황재하는 먼저 이서백을 찾아가 대리사에서 있었던 일들을 소상히 보고했다.

이를 다 듣고 난 이서백은 자신도 모르게 실소하며 말했다. "내가 내일 최순잠에게 가서 물어보겠다. 그토록 교활하고 주도면밀한 범인이 어찌해서 자신이 공주부에서 훔쳐낸 금 두꺼비를 관아 사람에게 기분 좋게 자랑했는지 말이다."

"황제 폐하께서 이 일에 온 관심을 집중하고 계시니 서둘러 처리해 버린다면 모든 관아가 한시름 돌리겠지요. 그러니 한시라도 빨리 희생양을 내놓고, 그 희생양에게 모든 혐의를 다 몰아버리고 싶을 겁니다. 평소에도 관아에서 자주 쓰는 방법 중 하나지요." 황재하는 눈살을 찌푸렸다.

이서백이 무언가 말을 하려다 망설이더니, 한참 후에야 입을 열었다. "하루 빨리 사건이 종료된다면 너 또한 하루라도 일찍 나와 함께 촉으로 갈 수 있겠지. 네겐 이것도 나름대로 괜찮은 선택이다. 어쨌든 증거란 것은 시간이 지남에 따라 하나씩 사라지는 것이니, 너 또한 누명을 벗고자 한다면 빠르면 빠를수록 좋겠지."

"설마 전하께서도 지금 이 사건의 희생양을 전관색으로 하는 것이 가장 좋은 결말이라고 생각하십니까?"

"물론 아니다." 이서백은 물고기가 헤엄치고 있는 유리병을 손으로 가볍게 치면서 말했다. "내가 보기엔 부모도 처자식도 없는 악인을 찾는 것이 가장 좋은 결말일 듯하구나. 하늘 아래 그런 사람은 많지. 하지만 안타깝게도 황제 폐하께서 쉽게 믿지 않으실 게야. 안 그러느냐?"

황재하는 나지막하게 말했다. "전관색은…… 비록 비겁하고 탐욕스러운 자이긴 하나 절대 나쁜 사람은 아닙니다."

"그게 뭐 어떻다는 거냐? 어쨌든 너는 반드시 누군가를 황제 폐하 앞에 대령해야 한다. 이번 사건의 피해자인 위희민과 손 씨, 그리고 동창 공주는 남녀의 구분도 없고 귀천도 다 다르다. 하지만 모두 여적취가 모욕을 당했던 일과 관계가 있다는 것을 너도 나도 이미 잘 알고 있지 않느냐. 그러니 용의선상에 올릴 수 있는 사람은 현재로서는 최대 세 명이다. 여적취, 장항영, 여지원." 이서백이 가차없이 말했다. "네가 너 자신을 기만한다 해도, 아무리 감정적으로 치우쳐 있다 해도 너 또한 어쩔 수 없이 인정할 것이다. 이 사건의 가장 유력한 용의자는 바로 장항영이다."

황재하는 자신의 마음을 계속해서 짓누르고 있던 사실을 이서백이 한마디로 정확하게 집어내자 순간 아무런 반응도 하지 못했다. 한참이 지난 후에야 겨우 고개를 끄덕이며 말했다.

"네, 알고 있습니다."

이서백은 작은 물고기에서 시선을 거두어 황재하의 얼굴을 바라보며 날카로운 눈을 더 가늘게 뜨고서 말했다. "만일 정말로 범인이 장항영이라면 나는 오히려 꽤 흡족할 것 같구나. 어쨌든 누구라도 그의 입장이 된다면 동요하지 않기가 어려울 것이다. 다만 생각은 하지만 감히 실행하지 못하거나 실행으로 옮긴다 해도 이처럼 잘해내지는 못할 것이다. 이 세 사건을 정말 장항영이 해낸 것이라면, 난 그자를 다시 볼 것 같구나."

황재하는 이서백이 솔직하게 칭찬하는 것을 보고 낮은 목소리로 물었다. "그러면 만일 정말로 장항영이 저지른 짓이라면, 전하께서는 그의 목숨을 보장해줄 수 있으십니까?"

이서백이 미간을 찌푸리며 말했다. "동창 공주가 죽기 전이라면 가능했겠지. 하지만 지금 상황에서는 단언하기 어렵다."

황재하가 잠자코 고개를 끄덕였다. "네, 사람을 죽이면 목숨으로 갚을 것. 예나 지금이나 마찬가지이겠지요."

이서백이 다시 말했다. "만일 이 사건이 정말 그 그림을 가지고 함정을 만든 것이라면 세 명의 죽음이 다 맞아떨어진다. 너는 일단 이 사건에 뒤엉켜 있는 모든 단서들을 정리하여 내게 보여다오."

황재하는 고개를 끄덕이고는 옆에 있는 작은 탁상 앞으로 가 책상다리를 하고 앉았다. 잠시 생각을 정리한 다음 붓을 들고 천천히 써내려가기 시작했다. 황재하의 글씨는 위부인[36]의 서체를 배워 한 획 한 획 꽃으로 머리를 장식한 미인과 같은 우아함과 단아함이 느껴졌다. 쓰는 속도도 빨라 얼마 지나지 않아 정리한 것을 바로 이서백에게 건네주었다.

첫째, 위희민의 죽음: 하늘에서 떨어진 벼락이 어떻게 정확히 초를 쪼갰는가? 또 그 많은 사람 중 어떻게 그 작은 환관을 불태워 죽일 수 있었는가? 이것이 정말 사람의 짓이라면 범인은 어떻게 천둥과 번개를 다스렸는가? 연못의 철사와 수은은 어디서 왔으며, 이 사건과 관계가 있는 것인가?

둘째, 격구장에서 부마의 낙마: 누군가가 고의로 벌인 일인가? 그렇다면 확실히 부마를 노린 것인가? 어떻게 부마가 그 말을 선택하게끔 했는가? 또 어떻게 그 말에 손을 쓴 것인가?

셋째, 문둥이 손 씨의 죽음: 어떻게 밀실이라는 난제를 찢었는가? 왜

---

36 중국 진나라 시대의 여자 서예가.

그 누추한 집에 영릉향이 있었는가? 범인은 어디로 들어와서 어디로 도망쳤는가?

넷째, 공주의 죽음: 구난채는 삼엄한 감시 아래 어떻게 도난당했는가? 인파 속에서 끌려간 공주는 번화가에서 멀지 않은 곳에 있었는데도 어찌하여 큰 소리로 시종을 부르지 않았는가?

참고: 공주부 두구의 죽음, 그리고 장 씨 집안과 악왕부에서 가지고 있는 그림은 분명히 이 사건과 연관이 큼.

이서백은 다 본 후에 고개를 끄덕이며 말했다. “급히 쓰는 바람에 ‘해결하다(破解)’를 ‘짓다(破結)’로 썼구나.”

황재하는 당황하여 재빨리 종이를 받아 그 글씨를 찾았다.

이서백은 보지도 않고 말했다. “열한째 줄 일곱째 글자다.”

황재하는 자신도 모르게 절로 고개가 숙여져 감탄하듯 말했다. “전하의 기억력은 정말로 대단합니다. 한 번 눈으로 보면 그것이 기억 속에 영원히 새겨지나 봅니다.”

“뭐 그럭저럭.” 그는 무심히 말했다. “너는 지금 총 266개의 글자를 썼고 ‘결(結)’ 자는 143번째 글자다.”

황재하는 믿을 수가 없어서 탁자 위에 있는 통에서 산주[37]를 한 움큼 집어 탁자 위에 던지고 물었다. “전하, 몇 개나 있겠습니까?”

이서백은 한 번 훑어보고는 주저하지 않고 말했다. “마흔일곱.”

황재하가 하나하나 세어보니 정확히 마흔일곱 개였다.

황재하는 고개를 들어 그를 바라보았다. “전하, 한 가지 일을 제게 알려주셨으면 합니다.”

이서백은 아무런 말 없이 그저 그녀를 바라보았다.

---

37 고대 중국에서 수를 셀할 때 사용하던 막대.

"그날 천복사에는 총 몇 명의 사람이 있었습니까?"

"세어보지 않았다." 이서백은 황재하에게 '무료하다'는 눈빛을 보냈다.

"하지만 그때 현장에 계셨으니 분명 전하 앞에 있었던 사람은 모두 기억하시겠지요. 그렇지 않습니까?"

"그렇지."

"하지만 위희민이 죽은 후 전하께서는 군중 사이에서 그를 본 적이 없다고 하셨습니다."

이서백이 잠시 회상해보고는 고개를 끄덕였다. "어쩌면 키가 작아 다른 사람에게 가려 보이지 않았을 수도 있겠지."

"그런데 현장 목격자인 장항영과 여적취 또한 불이 나기 전에는 위희민을 보지 못했다고 말했습니다." 황재하는 잠시 생각하더니 갑자기 눈을 반짝이기 시작했다. "이치대로라면 위희민은 그들의 원수입니다. 원수가 붉은색 환관복을 입고 아주 가까운 거리에 있었다면 군중 속에서라 한들 보지 못했을 리 없을 겁니다."

이서백은 그녀의 눈이 점점 더 반짝거리는 것을 보며 바로 물었다. "그리 말하는 것은, 무슨 단서라도 발견했다는 것이냐?"

"네. 천복사 사건의 가장 중요한 단서를 찾은 것 같습니다." 황재하는 웃으며 손으로 두 번째 사건, 부마의 부상 관련 부분을 가리켰다. "이로 인해서 이 사건도 어렴풋이 이유를 알 것 같습니다."

이서백이 황재하의 손끝을 보며 물었다. "범인이 말에 손을 쓸 기회를 어떻게 포착했는지도 알겠느냐?"

"제 생각에 이것은 범행 동기만 있으면 범행 방법은 굳이 알아낼 필요도 없을 것 같습니다." 황재하는 이서백을 보면서 심각한 표정으로 말했다. "전하께서는 혹 제가 했던 말을 기억하시는지요? '두구의 가지 끝이 2월 초순이라.'"

이서백은 당연히 그녀가 무엇을 가리키는지 알아듣고는 잠시 망설이더니 눈썹을 살짝 찡그리며 말했다. "황실에서 그를 박대한 적은 없다. 스물이라는 어린 나이에 출세한 지 얼마 되지도 않아 지금은 벌써 광록대부가 되었지. 조정에서 그만큼 총애를 받은 사람은 없다."

"하지만 높은 지위에 있다 하여도 분노를 평정하기는 어렵지요. 그렇지 않습니까?" 황재하는 목소리를 낮춰 물었다.

이서백은 잠깐 생각하고는 몸을 일으켰다.

"내일 내가 너를 공주부에 데리고 가마……."

"내일 전하께서 저를 공주부에 데리고 가주십시오……."

두 사람은 동시에 입을 열어 같은 이야기를 했다.

황재하는 순간 어리둥절해하다가 자신도 모르게 웃었다. 이서백은 황재하의 미소 짓는 얼굴을 바라보다가 이내 조용히 시선을 옮기고 아무 말도 하지 않았다.

17장

옥이 깨어지니 향기도 사라진다

이튿날 이른 아침, 이서백과 황재하가 도착했을 때 공주부는 침통한 분위기에 잠겨 있었다.

하인들은 무거운 발을 걷어치우고 흰색 휘장을 거는 중이었다. 위보형도 수가 놓인 화려한 의상 대신 흰색 베옷으로 갈아입었다. 공주가 누워 있는 누각 안에는 크고 작은 얼음을 가득 채워 공주의 용모를 보존했다. 하지만 때가 여름인 만큼 그리 오래가지는 않을 것이다.

위보형이 직접 대문까지 나와 기왕을 맞았다.

그는 눈물을 머금은 채 이서백에게 말했다. "한국 부인이 일찍이 금사남목[38] 관을 만들어놓았다고, 먼저 공주의 입관을 진행하라 하셨습니다. 지금 사람들이 관을 가지러 갔습니다. 서두르지 않으면 이 날씨에 혹여라도……."

황재하의 눈빛이 안쪽에 조용히 누워 있는 동창 공주에게로 향했다. 공주는 이미 비상하는 자줏빛 새가 수놓인 비단옷으로 갈아입혀

38 중국에서 나는 금빛 녹나무로 만든 목재.

졌고, 머리에는 원상태로 복원한 구난채가 꽂혀 있었다. 단정하게 화장한 얼굴은 붉은 연지와 촉촉하게 빛나는 진홍색 입술 덕에 생기마저 감돌았다. 원래 날카롭고 병약했던 공주의 얼굴이 살아생전보다 더 아름다워 보였다.

황재하는 목소리를 낮게 깔며 물었다. "시신은 누군가가 검시를 했습니까?"

"아니요, 황제 폐하께서 그렇게 상심하고 계시는데 누가 감히 그 일을 언급하겠습니까?" 위보형은 그렇게 말하면서 동창 공주의 시신을 바라보다가 결국 눈물을 쏟았다.

황재하가 물었다. "소인이 좀 살펴봐도 괜찮겠습니까?"

"황제 폐하께서 이 사건을 조사하라 친히 명한 분이니 당연히 보셔야지요." 위보형이 고개를 끄덕였다.

황재하는 그에게 사죄의 말을 전하고 공주의 시신 가까이 다가갔다. 이서백과 위보형은 함께 자리를 피해주었다. 황재하는 공주의 옷섶을 풀고 흉부에 난 상처를 자세히 살펴보았다.

이미 꼼꼼히 상처를 씻어놓은 데다가 근육이 수축한 상태라 상처 입구가 줄어들었다. 상처가 매우 깔끔한 것으로 보아 범인이 일격으로 심장까지 찔렀고 공주는 매우 짧은 시간 안에 목숨이 끊어졌다는 것을 확인할 수 있었다.

당시 그들이 급히 현장에 도착했을 때, 공주는 범인에게 찔린 직후였고 범인 또한 막 도주를 시작했을 테다. 반면 공주가 갑자기 군중 속으로 납치된 때로부터는 향을 반 이상 태울 만한 시간이 걸렸다. 그리 많은 사람이 주변에 있었는데 공주는 왜 비명 한 번 지르지 않았을까? 그 시간 동안 공주와 범인 사이에 무슨 일이 있었던 것일까?

황재하는 공주 몸의 다른 곳도 자세히 살펴보며 또 다른 상처는 없는 것을 확인한 뒤, 공주의 옷을 다시 매어 단정하게 한 후에 방을 나왔다.

위보형이 물었다. "어떻습니까?"

"다른 이상은 없습니다. 확실히 누군가에게 심장을 찔려 돌아가신 것이 맞습니다. 상처로 보이는 작은 구멍은 구난채와 일치합니다." 황재하는 이렇게 말하며 고개를 돌려 이서백을 보았다.

이서백은 그녀의 뜻을 이해하고는 위보형에게 말했다. "아위, 내가 다른 일로 묻고 싶은 것이 있네."

위보형은 고개를 끄덕이고는 둘을 데리고 숙미원으로 향했다.

지금원을 지날 때 황재하가 멈춰 서서 물었다. "저희가 이 안을 좀 들여다볼 수 있을까요?"

위보형이 지금원의 닫힌 대문을 바라보며 놀라움과 비통함이 섞인 복잡한 표정을 지어 보였다. 그러고는 곧바로 고개를 내저었다. "이 정원은 공주의 명에 따라 봉쇄한 것입니다. 귀신이 장난을 쳐서 10년 후에야 귀신의 세력이 깨끗하게 사라진다고……."

"하지만 공주님께서는 이미 훙서하셨습니다. 그렇지 않습니까?" 황재하는 대문이 동창 공주의 인장으로 봉쇄되어 있는 것을 보며 물었다.

"하나…… 이곳은 그저 여러 날 동안 방치된 정원일 뿐입니다. 흉흉한 소문도 있고 하니 제 생각엔……." 위보형이 이서백을 바라보았다. 하지만 이서백은 오히려 더 나서서 말했다. "파초가 담을 넘고, 흐르는 물소리도 들린다고 하니 필시 마음을 동하게 하는 풍경이겠군. 나도 한번 보고 싶구나."

위보형은 더 이상 아무 말도 하지 않고 뒤에 있는 수하에게 열쇠를 가져오라 일렀다. 이윽고 정원 문이 열렸다.

과연 여름에 잘 어울리는 정원으로 문이 열리자마자 정면에서 불어오는 청량한 기운을 느낄 수 있었다. 파초가 아름답게 자라고, 굽어진 물줄기가 작은 정자를 돌아 흘러가며, 얕은 물속에는 수련과 창포가 가득히 자랐다. 다만 너무 오래 방치했던 터라 물가에 풀이 무성하고 물 위는 부평초로 뒤덮여 고요한 녹지를 보는 것 같았다.

"이렇게 좋은 정원을 비워놓다니 안타깝군."

이서백은 그렇게 말하면서 먼저 안으로 들어갔다. 위보형 또한 망설이다가 결국 뒤따라 안으로 들어갔다.

이서백은 연못 주변을 걷다가 고개를 돌려 위보형에게 물었다. "동창은 왜 이 정원을 봉쇄했는가?"

"그게…… 지난달에 사람 하나가 이곳 연못에 빠져 죽었기 때문입니다."

"지금원 시녀인가?"

"네……." 위보형은 멍하니 물 위를 바라보며 답했다.

"궁중 시녀였던가?" 이서백이 또다시 물었다.

위보형은 이서백이 캐묻자 더 이상 피할 수 없음을 깨닫고 제대로 대답하는 수밖에 없었다. "아닙니다. 제가 집에서 데리고 온 시녀로, 제가 어렸을 때부터 곁에서 시중들던 자입니다. 이름은…… 두구라 하옵니다."

"내 다른 사람에게 듣기로 부마는 두구를 그리는 솜씨가 유난히 뛰어나다고 하더군."

"네. 두구는 어렸을 때부터 저를 키워준 사람입니다. 제게는…… 어머니와 누님 같은 존재였습니다."

바람이 불어와 부평초를 흔들어 푸른 수면이 드러났다. 이서백은 그 장면을 바라보며 망설이다가 물었다. "줄곧 자네 곁에서 시중을 들었다면서 어떻게 여기 연못에서 빠져 죽은 것인가?"

위보형은 아랫입술을 깨물고는 한참 후에야 겨우 입을 뗐다. "공주부 사람들 말로는 귀신에게 홀려서 이리로 왔다고……."

"그게 아니라는 것을 그대는 분명히 알고 있겠지." 이서백이 고개를 저으며 말했다. "공주는 이미 훙서했고, 그대는 죽은 자의 말을 함부로 입에 담는 걸 삼가고 싶을 것이다. 나도 충분히 이해하네. 하지만 상황이 이 지경까지 이르렀고, 황제 폐하께서 숭고에게 이를 철저히 조사하라 명하신 이상, 혹 의문점이 있다면 우리는 물어볼 수밖에 없네. 부마는 너무 개의치 마시게."

위보형은 순간 안색이 변해서 말했다. "하…… 하지만 저도 지금까지 두구가 왜 죽었는지 모릅니다."

"하지만 범인이 누군지는 알고 계시겠지요. 그렇지 않으십니까?" 황재하가 물었다.

위보형은 마음속 깊이 숨기고 있던 비밀을 들켜버린 사실을 알고는 순간 한 발짝 뒤로 물러서며 멍한 얼굴로 황재하를 바라보았다. 아무 말도 나오지 않았다.

"부마께서는 두구의 복수를 위해 자작극을 꾸며 모두의 시선을 공주부로 집중시키셨지요. 지금까지는 성공하신 것처럼 보입니다." 황재하는 그의 놀란 표정을 보면서 낮게 한숨을 쉬며 말했다. "저도 처음엔 상상조차 못 했지요. 너무나 공교롭게도 지금까지 죽은 세 명 모두 마치 '천벌'을 받은 것처럼 보였습니다. 선황이 남기신 그림대로 전개된 듯 세 개의 먹 자국에 맞춰 세 명의 죽음이 있었습니다. 마치 이 죽음이 10년 전부터 이미 정해진 운명인 것처럼 말입니다."

"천벌……." 위보형이 중얼거렸다.

"그렇습니다. 세 가지 사건은 지금까지도 정확한 수법을 찾아내지 못했습니다. 그러니 가장 좋은 해석은 선황의 유작에 따른 천벌 혹은 저주였다고 말하는 것이겠지요. 하지만 그 그림 속에 부마의 낙마 사건은 없었습니다. 비록 그 사건으로 동창 공주님 마음에 두려움을 심는 데 성공했고 황제 폐하께서 저희에게 공주부와 관련된 사건을 조사하라고 명하셨지만, 제가 조사한 것들을 비교해보니 부마께서 낙마하신 사건은 다른 사건과는 완전히 분리되어 있었습니다. 전혀 상관관계가 없다는 것을 알게 되었지요."

위보형은 조용히 황재하를 바라보며 변명도, 수긍도 하지 않았다.

"첫째, 부마의 사건은 그 그림에 나오지 않았습니다. 범인이 처음부터 부마를 고려하지 않았다는 뜻이지요. 둘째, 말에서 떨어지면 매우 위험하지만 부상으로 끝날 확률이 큽니다. 부마는 당시 가벼운 찰과상을 입었을 뿐이며, 이는 범인의 무서울 정도로 흉악한 범죄 방식과는 판이하게 다릅니다. 결국 동일 인물의 수법이 아니라는 것이지요. 그리고 셋째……."

황재하는 위보형을 응시하며 나지막하게 한숨을 쉬었다. "부마는 여적취의 그 비극적인 사건과 직접적인 관계가 없습니다. 무고한 부마께 복수의 손길을 뻗을 이유는 없지요."

위보형은 굳어진 얼굴로 황재하를 보았다. 그리고 한참 후에야 입을 떼어 물었다. "어째서 그 격구장에서 발생한 사고가 저의 자작극이라고 생각하는 것이지요?"

"표면적으로 보자면 그날 발생한 사고에 인위적인 요소가 개입되기는 어려웠습니다. 당시 부마는 손에 짚이는 대로 아무 말이나 고르셨으니까요. 뜻밖의 사고가 일어난다 해도 그저 우연일 뿐인 거지요. 그게 아니면 누군가가 무차별적으로 말편자를 훼손했고 부마가 운이 나빴던 것이고요. 하지만 부마가 어떤 말을 선택하든 부마에게 사고가 나도록 할 수 있는 사람이 있었습니다. 게다가 상황을 자유자재로 통제하여 모든 것을 방비할 수 있는 단 한 사람." 황재하는 위보형을 응시하며 한 자 한 자 또렷하게 말했다. "바로 부마 본인이십니다."

위보형은 그 시선을 피해 고개를 돌려 물 위에 드문드문 피어 있는 수련을 바라보며 물었다. "증거가 있습니까?"

"증거는 바로 그 말편자입니다. 말편자의 못은 금방 떨어진 것이었습니다. 만일 시합 전에 손을 댔다면 못이 있던 자리가 녹슬었거나 혹은 모래먼지라도 끼었어야 맞습니다. 그렇다고 다른 누군가가 시합 중에 손을 썼을 도리는 없습니다. 시합 중에는 부마의 말이 뛰고 있으니 당연히 기회가 없었을 것이고, 유일한 기회는 쉬는 시간이었겠지요. 하지만 기왕 전하의 말 디우가 모든 말을 한쪽으로 몰아가는 바람에 말들에게 여물을 먹이려던 자도 말들 가까이 갈 수가 없었지요. 그건 부마의 그 검정말도 마찬가지였습니다. 그 덕에 다른 사람들의 혐의는 모두 깨끗해졌지요."

위보형의 입가에 보기 흉할 정도로 경련이 일었다. 그는 억지로 웃으며 반문했다. "그렇다면 제가 말편자에 손쓰는 걸 보기라도 하셨다는 말입니까?"

"부러 손을 댈 필요는 없으셨지요. 당시 부마의 손에는 격구 채가 들려 있었습니다. 부마께서 격구 채를 자유자재로 다룰 뿐 아니라 말을 다루는 기술이 뛰어나다는 사실은 장안 모든 사람이 다 압니다. 말이 발을 쳐들고, 경기장 안팎이 뜨거운 함성으로 가득한 순간이 기회였지요. 모두의 눈이 공으로 쏠리고 환호성이 모든 소리를 묻어버린 순간, 부마는 말이 앞발을 들며 길게 울부짖는 틈을 타 격구 채를 비스듬히 들어 우측 앞발굽을 내리치셨습니다. 그 충격으로 편자 앞부분의 못이 느슨하게 풀리면서 아예 떨어져나갔고, 말이 속도를 내자 곧바로 넘어져 다리를 다쳤습니다. 이렇게 해서 누군가가 부마에게 손을 쓴 것으로 보이는 자작극이 만들어졌습니다."

위보형은 여전히 물 위에 맥없이 늘어져 있는 수련에 시선을 고정한 채였다. 그의 목소리가 허망하고도 아련하게 들려왔다.

"양 공공, 그렇다면 제가 고의로 경기장에서 스스로를 부상 입힌 연유가 무엇입니까?"

"두구 때문이지요. 아닙니까?" 황재하는 그의 뒤에 서서 여전히 평온한 목소리로 말했다. "주방의 창포에게 두구의 사연을 듣고는 한 가지 사실에 주목했습니다. 부마의 거처인 숙미원의 시녀가 그곳에서 꽤나 멀리 떨어진 지금원에서 죽었다는 사실이었습니다. 게다가 사람이 죽었는데도 저택의 다른 이들은 아무런 반응이 없었지요. 심지어 멀리 떨어진 서운각에 머무시는 공주님께서 밤에 누군가의 울음소리가 들린다며 사람을 시켜 지금원을 봉쇄하셨고요."

황재하는 위보형과 마찬가지로 맑고 옅은 물속으로 시선을 던지며 작은 목소리로 말했다. "그리고 이 연못은 매우 얕습니다. 연꽃은 자라지 못할 정도로 수심이 얕아 수련을 심는 수밖에 없었지요. 이곳에서 익사하기란 어려운 일입니다."

"그래서 다들 귀신에게 홀려서 그리되었다고 말하는 것이죠. 저도 그게 사실이 아니라는 것을 알고 있습니다. 하지만 어쩔 수 없었지요. 전…… 제가 좋아하는 사람마저 지켜주지 못하는 쓸모없는 놈입니다……." 위보형이 결국 사실을 털어놓았다.

그의 말투에는 감출 수 없는 피로와 슬픔이 묻어났다.

황재하는 눈을 아래로 떨구고는 아무 말도 하지 않았다.

"저는 어릴 적부터 별다른 포부가 없었고, 다 자라서도 뛰어난 재능이 없었지요. 격구 외에는 장점이랄 게 아무것도 없었습니다. 두구는 저보다 열 살이 많았는데 자주 저를 격려하여 말하길, 제 서체가 괜찮으니 그쪽으로 계속 실력을 키우면 좋을 거라 했습니다. 그래서 저는 석 달 동안 두구의 이름 두 자만을 계속해서 연습했습니다. 실제로 그 결과는 꽤 괜찮았습니다……." 그렇게 말하는 위보형의 얼굴에 흐릿하나마 미소가 떠올랐다. 그의 눈빛이 허공 어딘가를 응시했다. 마치 자신의 철없고 무지한 시절을 떠올린 듯 탄식하며 말했다. "제가 여덟 살 때 저희 아버지께서 두구의 혼사를 정하신 적이 있습니다.

저는 그때 바닥을 구르며 울고불고 난리를 치고 사흘을 단식했습니다. 결국 부모님도 제게 굴복하실 수밖에 없었습니다. 저는 그렇게 두구를 스무여 해 독차지했습니다. 지금 생각해보면 그때 두구를 시집보냈더라면 그녀의 인생은…… 분명 제 곁에 있는 것보다 훨씬 좋았을 겁니다……."

이서백은 미간을 찌푸리며 그의 말을 끊었다. "그대는 동창 공주를 아내로 맞으면서, 또 한 사람의 인생을 망쳤네."

"제가 어찌할 수 있었겠습니까? 저는 그저 격구 경기 중에 한 여인이 저를 계속 보고 있길래 격구 채를 휘두르며 한번 웃어주었던 것뿐입니다. 며칠 뒤 바로 황제 폐하께서 동창 공주와 저와의 혼인을 명하실 거라고 누가 생각이라도 했겠습니까? 당시 한림원에도 들어가지 못했던 제가 단 한 해만에 광록대부가 되었습니다!" 위보형은 자신을 변호라도 하듯 절박하게 반문했다. "기왕 전하, 전하처럼 날 때부터 모든 것을 갖췄다면 저도 그런 것에 마음이 혹하진 않았을 겁니다. 하지만 일개 보통 남자가 아내 잘 만난 덕에 하루아침에 전도가 유망해질 수 있다는데…… 심지어 한두 해면 곧바로 높은 자리에까지 오를 수 있다는데, 그런 좋은 기회를 어느 누가 마다하겠습니까?"

"하지만 자네는 너무 많은 것을 원했다." 이서백이 고개를 저으며 말했다. "그대가 두구를 공주부로 데려오면 공주의 심정이 어떨지 생각해보았는가? 또한 공주가 지아비를 다른 여인과 나눌 가능성이 극히 희박하다는 사실을 분명히 알았음에도, 그대는 두구에게 그러한 위험을 무릅쓰게 했다. 두구의 입장이 어땠을지 생각해보았는가?"

"맞습니다……. 저희 부모님도 그리 말씀하셨지요. 하지만 전…… 정말이지 두구를 포기할 수 없었습니다. 공주가 두구를 발견했을 때 저는 무릎 꿇고 간청했습니다. 제발 두구를 용납해달라고 말입니다. 공주는 제게 그러겠다고 했지만 어느샌가 두구는 이곳에서 죽어 있었습니다……. 이렇게 얕은 연못에서 말입니다. 설령 발을 헛디뎠다고 해도 어떻게 죽을 수 있겠습니까? 유일한 가능성은 누군가가 연못 속 진흙에 머리를 짓눌러 그대로 질식시켜 죽인 것뿐입니다…….”

그는 여기까지 말하고는 물가에 무성하게 자라난 풀숲을 멍하니 바라보면서 목이 메어 힘겹게 호흡을 이을 뿐, 더는 말을 잇지 못했다.

황재하는 마음이 복잡했다. 두구에 대한 그의 애정을 동정해야 할지, 동창 공주에 대한 그의 비겁한 행동을 미워해야 할지 알 수가 없었다. 그 순간 귓가에 이서백의 목소리가 들려왔다. 줄곧 평온하기만 했던 그의 목소리에도 냉기가 실렸다.

“위 부마, 그대는 분명 공주에게 선천적인 고질병이 있다는 사실을 알고 있었다. 위희민이 참혹하게 죽고, 공주의 꿈에 반 숙비가 나타나 구난채를 요구했을 때 그 병이 다시 도졌다는 것도 이미 알고 있었지. 그런데 그대는 되레 설상가상으로 공주에게 위태로운 허상을 만들어 주었다. 두구의 혼백이 불안하다느니, 한밤중에 지금원에서 귀신 울음소리가 들린다느니 하는 일들을 꾸민 목적이 무엇인가? 공주를 철저히 무너뜨려 두구의 복수를 하기 위해서였는가?”

“저는 그저 공주를 놀래주고 싶었을 뿐, 죽일 생각은 결코 없었습니다……. 정말로 그저 놀라게 만들고 싶었을 뿐입니다…….” 위보형은 멍하니 고개를 내저었다. “공주의 부마로 남아 있기만 하면 앞길이 창창한 제가 공주를 죽여 무슨 이득을 얻겠습니까, 그렇지 않습니까?”

“부마께서 꾸미신 모든 일이 그저 공주님을 놀래켜주기 위함만은 아니었지요.” 황재하가 참지 못하고 말했다. “부마께서 격구장에서 일을 꾸미신 바람에 안 그래도 제대로 드시지도 주무시지도 못하던 공주님이 황제 폐하께 사건을 철저히 조사해달라 간청하기에 이르렀습니다. 저희가 그 사건을 조사하러 공주부에 갔을 때 부마께서는 고의로 두구의 죽음을 가리키는 표식과 실마리를 제게 던져주셨습니다. 기회를 봐서 부마의 의중을 표현하고 싶으셨던 것 아닙니까?"

위보형은 인정사정없는 그녀의 말을 들으며 지금원의 연푸른빛 경치를 바라보았다. 한참을 그러고 있다가 다시 깊은 한숨을 내쉬며 입을 열었다. "공주는…… 황제 폐하께서 애지중지하시는 딸이었던 터라 그 누구보다 도도했으며 자연히 성격도 강직했습니다. 저와 두구의 관계를 알고는 무척이나 화를 냈지요. 하지만 제가 간절히 애원하니, 두구가 나이도 많고 어려서부터 저를 돌봐온 사람이라는 점을 봐서 용서해주었어요. 나중에 두구가 죽은 후 저는 저택 장부를 보다가 공주가 두구한테 저택 밖에 작은 집을 하나 마련해준 것을 알았습니다. 집이 다 꾸며지면 두구를 그리로 보낼 생각이었겠지요." 위보형은 여기까지 말하고는 넋이 나간 표정으로 눈물을 흘렸다. "공주는…… 비록 성질이 좋지는 않았지만 나쁜 사람은 아닙니다. 이미 두구를 저택 밖으로 내보낼 준비를 하던 마당에 굳이 죽일 필요가 뭐가 있었겠습니까?"

이서백은 황재하와 가만히 시선을 마주친 뒤 물었다. "그렇다면, 두구를 살해한 사람이 공주가 아니란 말인가?"

"제 생각에는 공주가 아닙니다……. 하지만 공주에게 이런 일을 하도록 시킬 수 있는 사람의 짓이겠지요."

그는 다시 입을 닫았다. 하지만 이서백과 황재하는 그가 누구를 가리키는지 바로 알아차렸다. 정적이 흐르는 지금원에 바람이 불어와 파초와 창포의 푸른빛이 한층 더 그들을 향해 다가왔다.

위보형의 눈빛이 서서히 황재하에게로 향했다. "양 공공, 공공이 어명으로 공주부를 조사하면서 혹 발견하셨는지 모르겠습니다. 세상에 다시없을 화려하고 아름다운 이 공주부에 알려지지 않은 무서운 비밀들이 숨겨져 있다는 사실을 말입니다."

황재하는 잠시 미간을 찡그렸다. 며칠간 공주부를 다니면서 들었던 소문들이 머릿속을 빠르게 스쳐갔다.

"제가 스스로 부상을 입힌 것은 관아가 이 일에 개입하게 만들어 일을 크게 만들고 싶었을 뿐입니다. 그렇게 해서 두구가 왜 죽었는지 알아내고 곧 대명궁의 가장 높은 곳에 올라갈 사람을 끌어내리고 싶었습니다……. 그런데 뜻밖에도 일이 이런 식으로 이어져 공주가…… 이렇게 제 곁을 떠날 줄은 생각지 못했습니다."

황재하가 참지 못하고 물었다. "여적취와 두구의 관계를 알고 계십니까?"

"원래는 몰랐습니다. 공주가 여적취를 보고 언짢아했다는 말을 들은 뒤, 그 일을 수습하기 위해 몇 번 만나면서 그제야 적취가 두구의 조카딸이라는 사실을 알았습니다. 사실 두 사람은 그저 눈매가 조금 닮았을 뿐이지만 적취를 볼 때마다 두구 생각이 났습니다." 위보형은 눈을 아래로 떨구고는 괴로운 듯 말했다. "문둥이 손 씨를 죽이고 싶어 한다는 사실도 알고 있었습니다. 그래서 혹시라도 도움이 필요한 상황이 생기면 도와주려고 몰래 뒤를 밟은 적이 있습니다……. 다만 두 분께 그것이 발각되었을 거라고는 생각도 못 했죠. 사실 저도 할 수만 있으면 그 문둥이를 대신 죽여줄 수도 있다고 생각했습니다. 두구의 조카딸이기도 하고, 또…… 두구를 닮기도 했으니까요……."

황재하는 속으로 한숨을 쉬고는 더 이상 아무런 말도 하지 않았다.

위보형은 멍하니 이서백을 향해 예를 갖추며 말했다. "이제 공주도 두구도 모두 죽었으니, 사건의 진상은 더 이상 중요하지도 않은 것 같네요……. 기왕 전하와 양 공공께서 더 의문이 있다면 얼마든지 저택을 조사해보십시오. 저는 이만 공주의 관을 지키러 가야겠습니다. 황제 폐하께서 제가 전심을 다하지 않는 것을 알면 분명 크게 노하실 테니 말입니다."

이서백은 고개를 끄덕이며 그에게 떠나도 좋다고 표시했다.

위보형은 몸을 펴면서 거의 들리지도 않을 정도의 목소리로 한마디를 더했다. "공주가 지금원을 봉쇄하려 했을 때, 제가…… 행랑에서 조심치 못하는 바람에 어떤 물건을 복도 기둥 너머까지 걷어찼지요."

황재하와 이서백은 그의 목소리를 들었다. 하지만 그는 혼잣말이었다는 듯 곧바로 몸을 돌려 그 자리를 떠나버렸다.

공주부의 비밀.

세상에 알려지지 않은 무서운 비밀.

위보형이 떠난 후 이서백과 황재하는 지금원 연못과 접해 있는 회랑을 따라 정중앙에 위치한 행랑채 쪽으로 걸어갔다.

파초가 비친 작은 창문이 짙은 녹색을 띠었다. 공주로 인해 급히 봉쇄된 후 작은 정원의 모든 것에 먼지가 쌓였다.

이서백은 뒷짐을 진 채 행랑채 밖의 연못을 내다보았고, 황재하는 바닥에 엎드려 각 기둥을 자세히 살폈다. 문과 복도 기둥이 만나는 좁은 모서리각의 어두운 구석에 작은 회색 뭉치 하나가 보였다.

황재하처럼 세심하게 탐색하는 이가 아니라면 이런 먼지구덩이에서 그러한 것을 발견하지 못했을 것이다.

황재하가 손을 뻗어 그것을 집어보니 부드러운 느낌이 들었다. 먼지가 가득 쌓인 종이 뭉치였다. 천천히 종이를 끄집어내어 펴보았다. 작은 서신용 종이 위에 미처 완성되지 못한 시구 두 구절이 적혀 있었다.

> 인생은 대대로 끝없이 변해가도
>
> 강의 달은 해마다 그대로이네

마지막 글자를 다 쓰기 전에 글쓴이는 손을 멈추었다. 이미 한 번 구겨졌던 데다가 어지럽게 날리는 먼지로 인해 서신 속 글자들은 똑똑히 보이지 않았다.

황재하의 눈앞에 순간 무언가가 빠르게 스쳐 지나갔다. 주자진의 도움으로 재 위에 나타났다가 금방 사라져버린 그 글씨였다.

비현실적이고 모호한 느낌에 사로잡혀서인지 모르겠지만 눈앞의 이 글자와 이미 불타 없어진 그 글자의 서체가 거의 똑같은 것처럼 느껴졌다.

"동창의 글씨가 아니군." 이서백이 그 서체를 보고는 확신 어린 투로 말했다. "매년 황제의 강탄일(降誕日)이 되면 동창은 황상께 선물과 함께 직접 쓴 축하의 말을 드렸는데 그것을 본 적이 있다."

황재하는 종이를 가볍게 잡아 위에 덮여 있는 먼지를 입으로 불었다. 여인의 아름다운 필체가 드러났다. 쉽게 붓을 대지 못한 괴로움과 함께 갈피를 잡지 못하고 망설였을 마음이 고스란히 느껴졌다.

이서백은 몸을 돌려 밖으로 나갔다. "가자. 또 알고 싶은 것이 있으면 지금 바로 공주부 사람들한테 물어보아야 할 것이다."

공주의 측근 시녀 중 한 명인 수주는 사건 이후로 줄곧 공주의 영전에서 울다가 혼절하기를 반복했다. 혼절에서 깨어나면 또다시 하염없이 울었다. 황재하가 다가갔을 때는 이미 눈이 몹시 부어 더 이상 눈물을 흘릴 수도 없는 상태여서 그냥 멍하니 무릎을 꿇은 채 공주 앞에 앉아 있었다.

황재하는 수주 옆에 꿇어앉아 동창 공주에게 분향을 하며 수주의 손목을 힐긋 쳐다보았다.

삼베옷 소매 아래로 드러난 왼쪽 손목에 울퉁불퉁한 화상 자국이 보였다. 흉터는 손목에서 팔꿈치까지 이어져 당시의 상처가 심각했음을 짐작할 수 있었다.

황재하가 작은 목소리로 물었다. "수주, 팔의 그 흉터는 어쩌다 생긴 건가요?"

수주는 조용히 소매를 끌어내려 흉터를 숨기고는 머리를 숙이며 아무 말도 하지 않았다.

옆에 같이 꿇어앉아 있던 낙패가 눈물 가득한 눈을 들어 대신 대답했다. "몇 해 전에 공주님께서 호기심으로 불장난을 하시다가 하마터면 불에 데실 뻔한 적이 있습니다. 그때 수주가 공주님을 구하다가 화상을 입었지요."

낙패와 추옥, 경벽 등도 다들 얼굴이 눈물범벅이었지만 그래도 눈이 시뻘겋게 부은 수주에 비하면 잘 견뎌내고 있는 편이었다.

옆에 있던 시녀들도 그 말에 덧붙여 말했다. "맞습니다. 그때 공주님에 대한 수주의 지극한 충성심에 황제 폐하께서도 칭찬하셨어요."

황재하는 지나는 투로 물었다. "갑자기 생각이 났는데요, 얼마 전에 전 씨 성을 가진 남자가 공주부에 자신의 딸이 있다는 말을 했다고 들었어요. 딸 손목에 반점이 있다고 했다던데, 혹 여러분 중에 보신 분이 있습니까?"

수주는 조용히 고개를 내저었다. 다른 사람들도 하나같이 말했다. "듣긴 들었지만, 공주부에서 손목에 반점 있는 사람은 정말로 본 적이 없어요."

경벽이 입술을 삐죽거리며 말했다. "또 분명히 친분을 쌓으려는 수작이겠지요. 장안에서 우리 공주부와 인척 관계를 맺고 싶어 하지 않는 사람이 어디 있겠습니까? 가족이 여기서 일한다는 것만으로도 나가서 자랑하기 충분하니 말입니다."

"경벽." 수주가 낮은 목소리로 주의를 주었다. 경벽은 툴툴대며 그 이야기는 그만두었다. "뭐 별말 하지도 않았는데. 아, 그렇지…… 기왕부도 물론 좋은 곳이고말고요."

보아하니 수주는 공주의 측근 시녀들 중에서도 우두머리격인 것 같았다. 어쩐지 공주도 수주를 일러 자신의 측근들 중에 유일하게 유능한 자라고 말했었다.

수주는 아무런 말도 하지 않고 조용히 소매로 팔뚝을 가리며 가만히 무릎을 꿇고 앉아 있었다. 머리를 깊이 숙이는 것으로 더 이상 아무 말도 하고 싶지 않다는 뜻을 전달했다.

하지만 황재하는 개의치 않고 다시 물었다. "수주, 묻고 싶은 것이 있습니다. 평소 위희민과의 관계가 어떠했는지요?"

수주는 나지막하게 답했다. "함께 공주님을 가까이서 모셨으니 서로 잘 아는 사이지요. 하지만 그 이상의 관계는 없었고, 시녀와 환관으로서의 교류가 더 많았습니다. 가끔…… 한담을 나누기도 했지요."

황재하는 수주의 말을 들으며 또 생각나는 일이 있어서 물었다. "공주님께서 당신을 시집보낸다고 들었는데 조만간 출가하시나요?"

수주는 조용히 고개를 끄덕이다가 다시 또 고개를 내저었다. "원래 금년 후반으로 정해져 있었습니다. 상대는 명문세가는 아니지만 홍려사의 관리 집안입니다. 하지만 이제 공주님도 안 계시니 제가 어찌 그렇게 좋은 집안에 시집갈 수 있겠습니까. 현재로서는…… 별 희망이 없어 보이네요."

황재하도 알고 있다. 상대방은 공주의 권세를 보고 시녀를 아내로 얻으려 했을 것이다. 재상의 문지기는 칠품 관직만큼이나 권력이 있다고들 하지 않던가. 동창 공주의 측근 시녀이니 노비 신분에서 벗어난 뒤 그 옛 주인의 도움을 받으면 꽤나 나쁘지 않은 동아줄이었다. 하지만 공주가 죽고 없으니, 일개 시녀로서는 상대방이 그 약속을 지켜 자신을 아내로 맞으리라는 망상을 어찌 하겠는가?

지금 수주는 자신의 앞길이 어찌될지 자신도 제대로 모를 것이다.

황재하는 위로의 말을 건넸다. "상대 집안은 분명히 약조를 지킬 것입니다. 이 일로 약조가 파기되거나 하지는 않을 겁니다."

"위로해주셔서 감사합니다, 공공." 말은 그렇게 해도, 수심으로 주름 잡힌 미간은 펴질 줄 몰랐다.

경벽이 옆에서 한숨을 쉬었다. "공공께서 저희를 도와주시지 않았다면 지금쯤 저희는 이미 전부 공주님을 따라갔겠지요? 살아 있다는 것만도 하늘의 은덕입니다. 나머지는 그 누가 알겠습니까, 우리의 타고난 복이 어디까지인지 말입니다……."

경벽은 어쨌거나 나이가 어리기에 분별이 없는 편이었다. 경벽이 내뱉은 말 한마디로 수주와 추옥의 얼굴이 더욱 어두워졌다. 분명 마음을 짓누르는 커다란 돌이 더욱 무거워졌을 것이다.

낙패는 향로에서 가늘게 솟아오르는 푸른 연기를 멍하니 바라보며 말했다. "하지만…… 하지만 저희인들 무슨 도리가 있었겠습니까? 공주님은 그 꿈을 꾸신 후로 늘 반 숙비가 구난채를 가지러 온다고 말씀하셨어요. 그리고 구난채는…… 그렇게 삼엄하게 감시하는 보물 창고에서 온데간데없이 사라져버렸습니다. 정말 이상한 일 아닙니까? 분명 공주님께서 그 작은 함에 손수 자물쇠를 채우셨고 우리 손으로 직접 궤짝에 넣었는데 다시 꺼냈을 때는 이미 사라지고 없었다고요. 날개도 없는 것이 어떻게 혼자 사라진 걸까요……. 그리고 그것이 어떻게 갑자기 평강방에 나타나 공주님을 찔러 죽인 걸까요?"

경벽은 슬프기도 하고 무섭기도 해서 울먹이며 말했다. "그만 말해…… 말하지 마……."

시녀들의 목소리는 독경 소리와 통곡 소리에 파묻혀 사라졌다. 마치 굳게 잠긴 창고에서 소리 소문 없이 사라진 구난채처럼.

황재하는 속으로 한숨을 쉬고는 그들을 향해 작별을 고한 뒤 몸을 일으켜 그곳을 나왔다.

공주의 죽음으로 공주부는 한바탕 난리를 치르고 있었다.

부마의 집에서 데리고 온 사람들은 그 와중에도 비교적 침착한 편이었다. 결국 돌아갈 곳이 있는 사람들이었으니 말이다.

황재하가 공주부 주방에 갔을 때 창포는 여전히 그곳에서 다음 날 상에 올릴 음식을 정하고 있었다. 그저 근심 어린 표정이 한층 더해졌을 뿐이었다.

"양 공공." 창포는 황재하가 온 것을 보고는 자조하는 듯한 표정으로 손에 들린 책자를 툭 치면서 말했다. "어찌됐건 저택의 이 많은 사람들은 결국 밥을 먹어야겠지요, 안 그렇습니까?"

황재하는 하던 일을 마저 하라는 손짓을 해 보이며 창포 맞은편에 자리 잡고 앉았다. "그저 몇 가지 여쭤보고 싶어서 왔을 뿐입니다."

"뭐든지 물어보세요." 창포는 고개를 숙인 채 주판을 튕기며 책자의 항목을 이리저리 대조했다. 입술을 앙다물고 있었다.

"전관색이 대리사에 수감되었습니다. 알고 계셨습니까?"

순간 창포가 손을 멈추고는 나지막한 목소리로 말했다. "네, 알고 있습니다. 어제저녁에 딸의 안부를 물으러 저를 찾아왔다가 대리사 사람 눈에 띄었지요. 그가 끌려가는 것을 직접 봤습니다."

"전관색은 자신의 딸이 공주부에 있다고, 심지어 딸이 금 두꺼비도 주었다고 주장했다더군요. 그런데 공주부에는 그의 딸로 보이는 사람이 없었다고 들었습니다." 황재하는 미세한 표정 변화도 놓칠 수 없다는 듯 창포를 뚫어지게 바라보았다. "일전에 제게 들려주셨던 말을 기억하고 있습니다. 전관색의 딸이 수주라고 하셨지요."

창포는 매우 침착한 사람이었다. 눈썹 하나 까딱하지 않고 여전히 유유히 주판을 놓았다. "그러니까 말입니다. 어제저녁에는 저도 깜짝 놀랐습니다. 알고 보니 수주가 전관색의 딸이 아니었더군요. 그 딸의 팔에는 흉터가 아니고 반점이 있었다는데, 저는 줄곧 잘못 알았네요."

창포를 바라보고 있던 황재하가 미간을 살짝 찌푸리며 물었다.

"잘못 알았다고요?"

"네. 처음에 전관색이 자기 딸 손목에 흔적이 있다고 했어요. 저는 수주 팔에 흉터가 있는 걸 보고는 수주가 그 딸이라 생각하고 전관색한테 말했어요. 그 후에 수주가 그 사람과 만났는지는 저는 모르는 일이고요. 공공도 아시다시피 저는 매일을 주방에서 보냅니다. 일이 이렇게 바쁜데 언제 그런 걸 물을 시간이 있겠습니까? 나중에 전관색이 영릉향을 가지고 와서 고맙다고 하기에, 역시 수주가 맞았구나 하고 생각했을 뿐이지요." 창포는 여기까지 말하고는 결국 한숨을 쉬었다. 그러고는 손을 주판 위에 둔 채 멍한 표정으로 말했다. "그런데 그 사람이 대리사 사람에게 문초를 받을 때, 자기 딸 팔에 분청색 반점이 있다고 했다더군요. 공주부의 모든 사람을 다 찾아봐도 분청색 반점이 있는 사람은 없었지요. 제가 나중에 조용히 수주에게 물어봤더니, 수주가 자신은 절대로 아니라고 펄쩍 뛰었어요. 공주님 측근의 다른 시녀들도 수주가 개인적으로 전관색을 만나러 간 적이 없다고 했습니다……. 공공이 생각하기에도 이상하지 않습니까? 전관색은 정말 딸을 찾은 걸까요? 몰래 만났다는 그 딸은 대체 누구일까요? 설마 대리사의 말처럼 딸을 찾는다는 것은 그저 구실이었고, 실은 위희민과 결탁해서 공주부 재물을 훔치려 했던 걸까요?"

황재하는 계속해서 창포의 표정을 관찰하며 물었다. "그래서 아주머니는 이 일에 대해 전혀 아는 바가 없고 조금의 관련도 없다는 말씀이시지요?"

"당연하지요! 설마…… 양 공공께서는 저를 의심하시는 건가요?" 창포는 손으로 가슴을 억누르며 놀란 눈으로 황재하를 바라보았다. 두렵고 초조한 기색이었다. "양 공공! 저는 공주님의 거처에는 가본 적도 없습니다! 그 무슨 구난채니 금 두꺼비라는 것도 한 번도 본 적이 없어요! 심지어 저는 비록 공주부에 있긴 하지만 주방 사람이어서 공주님을 한번 뵙는 것도 매우 어렵습니다…….”

“네. 저도 믿습니다. 아주머니가 그 사건과 어떠한 관계도 없고 결백하시다고요.” 황재하는 반짝이는 눈으로 창포를 바라보며 마치 그 속마음을 꿰뚫어보듯이 말했다. “그러나 제가 못 믿는 것은, 전관색이 만났다는 딸이 누군지 모른다고 하시는 겁니다.”

“저는 몰라요! 정말로 모릅니다!” 창포는 당황하여 소리쳤다.

황재하는 아무런 말도 하지 않고 그저 창포의 반응을 주의 깊게 살폈다. 이러한 황재하의 표정 앞에 창포는 결국 백기를 들었다. 의자에 털썩 주저앉더니 손으로 얼굴을 감싼 채 중얼거렸다.

“말할 수 없어요……. 정말 말할 수 없어요…….”

창포의 얼굴에서는 두려움과 당혹뿐만이 아니라 단호한 의지 같은 것도 엿보였다. 죽는 한이 있어도 절대 비밀을 말하지 않겠다는 단호함이었다.

황재하는 자신이 어떻게 해도 그 입을 열 수 없다는 것을 알고는 가볍게 한숨을 쉬며 말했다.

“괜찮습니다. 저는 이미 그 딸이 누군지 아니까요.”

몸을 일으킨 황재하는 조금도 주저하지 않고 자리를 떠났다. 그 모습을 지켜보던 창포가 결국 참지 못하고 벌떡 일어나 휘청거리며 황재하를 쫓아나와 문틀을 붙잡고 물었다.

“공공이…… 그 딸이 누군지 안다고요?”

“아주머니 생각에는요?”

황재하는 고개를 돌려 창포를 보며 미소 지었다. 여름 햇살이 황재하의 온몸에 강렬한 빛을 드리워 그녀의 모습이 환한 빛 속에 어렴풋하게 보였다. 그러나 그 목소리만큼은 평온하고도 확고했으며, 의심을 허용하지 않는 힘이 담겨 있었다.

"이 공주부 안에 또 누가 있겠습니까?"

황재하는 공주부를 나와 기왕부의 마차를 향해 걸어갔다.

마차 앞에 두 사람이 서 있었다. 한 사람은 고결하고 품위 있는 기왕 이서백이고, 다른 한 사람은 빛나는 야광주처럼 눈부신 기악 군주였다. 황재하는 저도 모르게 걸음을 늦추며 자신이 저곳에 가야 할지 말아야 할지를 속으로 가늠해봤다.

'괜히 가면 두 분 사이의 분위기를 망치는 거 아닐까?'

미소를 머금고 이서백을 바라보는 기악 군주의 양 볼은 은은한 홍조를 띠었다. 나무 그늘 아래 시원한 바람이 그녀의 귀밑머리를 살짝 스치고 지나갔다. 이서백을 응시하는 두 눈동자 주변으로는 안개 같은 것이 감돌아 더없이 사람의 마음을 동하게 했다.

운명이 긴 생을 허락해주지 않은 군주. 그 얼굴이 아무리 아름답다 하여도 곧 사라질 것이었다. 그래서 이서백은 유난히 더 애틋한 눈빛으로 그녀를 바라보았다. 늘 침울해 보이기만 하던 그의 얼굴에 보기 드문 온유함이 드러났다.

황재하는 조용히 뒤로 몇 걸음 물러나, 공주부의 조벽 뒤쪽으로 그늘지고 서늘한 곳에 자리를 잡고 앉았다. 머리 위 석류나무에 어린아이 주먹만 한 석류가 매달려 그 무게를 이기지 못한 가지가 황재하의 눈앞까지 늘어졌다. 황재하는 손을 뻗어 가볍게 석류 한 알을 손에 잡고는 한참을 멍하니 쳐다보았다.

기악 군주, 그리고 동창 공주. 이렇게 높은 신분의 여인들이 세상에서 가장 아름답고 화려한 곳에서 자라나 환하게 꽃을 피웠다가 진다. 열매도 맺지 못한 채로.

불행한 세 여인. 일찍 세상을 떠난 동창 공주, 어렸을 때 부친이 내다 판 행아. 그리고 세상에서 가장 큰 치욕을 당한 적취.

세 여인이 있고, 세 아버지가 있었다.

하늘 아래 아름다운 것들은 죄다 딸 앞에 갖다 바친 황제. 그가 아무리 대노하여 태의를 죽이고 수백 명에게 연좌제를 물어도, 구난채에 찔려 죽은 딸은 결코 살아 돌아오지 않는다.

힘들었던 시절 딸을 팔아 그 돈을 밑천으로 집안을 일으킨 전관색. 많은 세월이 지나 결국 딸의 행방은 찾았지만 그 딸에게 아버지라는 말 한 번 들어보지 못한 채 감옥에 갇혀버렸다.

꿈속에서도 아들만 바라며, 비참한 지경에 놓인 딸을 집밖으로 내쫓은 여지원. 설령 홀로 고독하게 늙어갈지라도 딸을 해친 자에게 받은 돈으로 잘 살아갈 것이다.

죽은 이도 세 사람이었다. 죽은 자들의 신분은 각기 달랐지만 유일하게 연관이 있다면 그것은 바로 여적취에게 해를 입힌 사람들이었다는 사실이다.

가장 이해하기 어려운 안건은 동창 공주의 죽음이다. 비록 적취를 벌하라고 명을 내리긴 했지만, 적취가 그런 화를 입기를 바란 것도 아니고 직접적으로 적취를 해친 것은 더더욱 아니었다. 그런데도 범인은 치밀하고 은밀하게 손을 쓴 앞의 두 범죄와 달리 많이 이들이 모여든 백주 대낮의 거리에서 직접 공주를 죽였다. 보아하니, 공주야말로 범인이 가장 증오한 사람이 아니었을까 하는 느낌이 들었다…….

황재하는 무의식적으로 옥비녀를 뽑아 자신이 앉아 있던 짙푸른 돌 위에 그림을 그리기 시작했다.

세 명의 아버지, 세 명의 딸, 부마 위보형, 장항영, 문둥이 손 씨, 위희민, 두구…….

갑자기 뒤에서 목소리가 들려왔다. "뭘 그리는 게냐?"

고개를 들어보니 이서백이 바로 앞에서 허리를 숙여 내려다보고 있었다. 작열하는 태양 아래 푸른빛을 띤 나무 그늘이 두 사람을 감쌌다. 이서백의 얼굴은 황재하의 얼굴과 지척 거리에 붙어 있었다. 깊은 심연과 같은 그 눈빛에 황재하는 순간적으로 짙은 어둠 속으로 침잠하는 기분이었다.

황재하는 비녀를 다시 은비녀에 끼우고는 간신히 그의 시선을 피해 나지막이 말했다. "전하께서 기악 군주와 말씀을 나누고 계셔서 혹여 방해가 될까 이곳에 앉아 사건의 단서들을 정리하고 있었습니다."

이서백은 황재하를 힐긋 쳐다보고는 옆에 나란히 앉으며 말했다. "기악이 동창에게 분향하러 왔기에 우연히 만났다."

"군주님 안색이…… 꽤 좋아 보이셨습니다. 최근 건강이 좀 괜찮아지신 건지요?"

"모르겠다. 어쩌면 동창의 죽음에 자신의 처지를 떠올리고 더 괴로웠을 수도 있겠지." 그는 무심히 손을 뻗어 자그마한 석류 한 알을 끌어당겨 자세히 들여다보면서 곧바로 화제를 바꾸어 물었다. "조금 전에 정리했다던 단서들은 어떤 것이냐?"

황재하는 잠시 뜸을 들였다가 어렵게 입을 뗐다. "구난채를 도난당한 뒤, 전하께서 저를 대동하고 공주님을 찾아뵈었을 때 말입니다. 공주님 침상 앞의 작은 장 위에 놓여 있던 자그마한 도자기 개를 흥미롭게 보셨지요."

"거기에는 연유가 있다." 이서백은 석류를 잡고 있던 손을 놓았다. 석류 열매가 두 사람 앞에서 천천히 흔들렸다. "동창이 예닐곱 때 깨진 자기 조각에 손가락을 베어 상처가 난 적이 있다. 그때 황상께서는 동창의 궁에 다시는 자기로 된 물건을 들이지 말라 명하셨지. 공주가 위보형과 혼인을 하여 공주부로 옮긴 뒤에도 공주의 거처에는 대부분이 금은으로 만든 물건이었다. 그런데 공주 곁에 작은 도자기 개가 있었던 것이다. 그것도 시장에 나가면 어디서든 쉽게 볼 수 있는 물건이 말이다. 그런 물건이 그 화려한 공주부 안에 있다는 것이 이상하게 생각되지 않느냐?"

황재하는 조용히 고개를 끄덕이며 다시 물었다. "저희가 가지고 와서 좀 볼 수 있을까요?"

이서백은 조금도 망설이지 않고 벌떡 일어났다. "가자."

18장

살아 있는 것처럼

서운각에는 아무도 없었다. 공주의 물건은 모두 봉하여 따로 보관되었고, 누각에는 텅 빈 침대와 꽉 잠긴 궤짝만이 남았다.

동창 공주의 측근 환관 등춘민이 두 사람을 데리고 들어갔다. 이서백은 등춘민에게 침대 머리 맡 작은 장의 서랍을 열도록 했다.

그 안에는 자질구레한 장난감 여러 개와 장미수, 향이 나는 공, 박달나무 함 등이 들어 있었다. 평소에 시녀들이 자주 정리를 하기에 이 많은 물건이 조금의 흐트러짐도 없이 하나하나 가지런히 놓여 있었는데 오른쪽에 주먹만 한 공간이 비어 있었다.

딱 작은 도자기 개를 넣을 만한 공간이었다.

등춘민은 그들이 찾는 물건이 서랍 안에 없는 것을 보고 말했다.
"일부는 이 옆의 보물 창고에 보관되었습니다. 그곳으로 모셔 보여드리겠습니다."

구난채가 기이하게 사라진 그 보물 창고는 여전히 문과 창이 꽉 닫혀 있었다. 외부와 철저히 차단되어 음산하고 외진 느낌이었다.

각 선반마다 자그마한 함과 상자가 가득 놓여 있고 천으로 덮인 물건도 있었다. 멀리서 보자니 마치 기이한 검은 그림자가 선반 위에 쭈그리고 앉은 것처럼 보였다.

"여기 이 두 개의 상자에는 공주님께서 평소 즐겨 사용하시던 물건들을 모두 넣어두었습니다." 등춘민은 다시 열쇠를 꺼내서 상자를 열며 말했다.

황재하는 상자의 뚜껑을 들어 올리다가 무언가가 생각난 듯 멈칫했다.

이서백이 물었다. "왜 그러느냐?"

황재하는 상자 뚜껑을 가볍게 툭 치고는 고개를 들어 이서백을 보며 물었다. "전하께서는 어떤 것이 생각나십니까?"

이서백은 상자 뚜껑 위에 올려놓은 그녀의 손을 보며 살짝 미간을 찌푸렸다. "네 말은 그러니까, 영문도 모르게 사라진 구난채를 말하는 것이냐?"

황재하는 고개를 끄덕이고는 즉시 상자 주위를 살펴보았다. 선반 제일 아래는 모든 상자들이 검푸른 돌바닥 위에 그대로 놓여 있는데, 유일하게 구난채를 두었던 빈 상자만이 아래에 천이 깔려 있었다. 울퉁불퉁한 바닥에서 흔들리는 것을 막으려 한 듯 보였다.

이서백도 한 번 훑어보고는 고개를 끄떡이며 말했다. "일단 이 상자들 안을 보자. 만일 이 안에 그 도자기 개가 없다면 아마도 확실할 것이다."

긴 시간을 함께한 두 사람인지라 굳이 설명을 보태지 않아도 서로의 의중을 꿰뚫었다. 황재하가 두 상자 안의 물건들을 모두 뒤졌으나 확실히 도자기 개는 없었다. 창고를 나온 두 사람은 서운각으로 되돌아가 예의 그 서랍 안의 비어 있는 공간을 살펴보았다.

"그 도자기 개가 딱 들어갈 만한 크기입니다. 그렇지 않습니까?"

황재하가 그 크기를 살피며 말했다.

이서백은 고개를 끄덕이고는 사방을 둘러보았다. "그 물건을 없애는 것도 아주 간단했겠구나……."

두 사람은 약속이나 한 듯 창가로 다가가 아래를 내려다보았다.

고대 아래쪽에는 여전히 자귀나무 꽃이 만발해 그 모습이 마치 바닥에 융단을 깔아놓은 것 같았다.

"가지."

두 사람은 계단을 따라 고대를 내려와 서운각 창문이 있는 위치로 갔다. 축대를 따라가며 살핀 지 얼마 되지 않아 곧 자귀나무 꽃과 나뭇잎이 한데 쌓여 있는 것을 발견했다. 주의 깊게 보지 않으면 그저 바람에 실려와 한곳에 뭉친 걸로 보였을 것이다.

황재하가 나뭇가지를 주워 들고 꽃과 잎을 파헤치자, 발에 밟혀 풀밭 흙에 박힌 자기 조각들이 드러났다.

결벽증이 있는 기왕 이서백은 그냥 팔짱을 끼고 옆에 서서 지켜봤다. 황재하는 조심스럽게 자기 조각을 파냈다. 크고 작은 조각들이 28개가 되었다. 그것을 일일이 손수건에 싸서 소매 안에 넣었다.

시간은 이미 오후가 다 되었다. 돌아가는 마차에서 이서백이 말을 꺼냈다. "가서 자진을 불러 철금루에서 같이 밥을 먹지."

황재하는 재빨리 마부 아원백에게 말했다. "주 시랑 저택으로 가주십시오."

이서백은 아래에 있는 궤짝을 가리키며 물었다. "그 두개골이 아직 들어 있느냐?"

황재하는 조용히 고개를 끄덕이며 말했다. "자진 공자께 돌려줄 수는 없습니다. 두개골을 모두 복원하면 자진 공자도 죽은 이가 왕 황후와 매우 닮았다는 사실을 알게 될 것입니다. 한데 왕 황후께도 돌려드릴 수가 없다면 대체 이걸 어디다 둬야 할지요…….”

이서백은 차갑게 그녀를 흘겨보며 말했다. “귀찮은 일을 사서 만드는구나.”

황재하는 고개를 움츠렸다. 감히 그를 쳐다보지는 못하고 고개를 끄덕여 잘못을 인정했다. “소인의 잘못입니다. 오지랖이 넓어 공연한 말썽을 피웠습니다. 전하께서 보시기에는 이를 어찌 처리하면 좋을지요?”

“외곽 황무지에 구덩이를 파서 묻어버려야지.”

“…….” 황재하는 조용히 고개를 창밖으로 돌리며 그의 말을 듣지 못한 척했다.

마차의 움직임에 따라 창문 가림막이 흔들리며 조금씩 펄럭거렸다. 그 틈으로 주 시랑 저택이 보이자 황재하는 바로 마차에서 뛰어내려 문 앞으로 다가가 문지기를 불렀다.

“아저씨, 도련님 집에 계십니까?”

“양 공공이시군요! 마침맞게 잘 오셨습니다. 도련님께서 문 앞까지 나오셨다가 곰곰이 생각하시더니 혹여라도 공공과 엇갈리면 안 된다 하시며 다시 들어가셨습니다.”

황재하가 재빨리 말했다. “그럼 도련님 좀 불러주세요. 기왕 전하께서 함께 식사하려고 기다린다고 전해주시고요.”

“오? 알겠습니다. 지금 바로 불러드리죠!” 문지기는 쏜살같이 안으로 뛰어 들어갔다.

황재하는 문 앞 당광나무 아래 서서 기다렸다.

머리 위로 자그마한 꽃들이 농밀하게 피어, 만개한 꽃의 무게에 나뭇가지가 아래로 늘어졌다. 황재하는 참지 못하고 꽃을 향해 손을 뻗어봤지만 가장 낮게 피어 있는 꽃에도 닿지 않아 그저 나무 아래서 가만히 올려다보는 수밖에 없었다.

그때 등 뒤에서 누군가의 손이 뻗어 나오더니 방금 황재하가 잡으려다 실패한 그 꽃가지를 꺾어 그녀 앞에 건네주었다.

흠칫 놀란 황재하가 고개를 돌려보니 왕온이 꽃가지를 들고 미소 지으며 뒤에 서 있었다. 왕온이 그녀를 바라보며 나지막이 말했다. "조금 전 기왕 전하의 마차에서 내리는 것을 보고 인사를 하려고 왔소."

눈앞의 꽃은 사람을 혼미하게 만들 정도로 짙은 향기를 내뿜었다. 황재하는 자신도 모르게 손을 뻗어 꽃을 건네받고는 물었다. "이미 좌금오위로 부임되어 가신 건가요?"

"그렇소, 오늘이 첫날이오. 이리 큰 도성에서 첫날 순찰에 우연히 그대를 만나다니, 역시 인연인가 보오." 그는 미소 지으며 온화하고 여유로운 목소리로 말했다. "그대는 저녁때에 나와 조사를 하는 경우가 더 많을 거라 생각했는데 말이오."

"맞습니다, 저녁에 나오는 경우가 더 많지요. 공자께서 안 계셔도 어림군의 다른 분들이 저를 관대하게 잘 봐주시면 좋겠습니다." 황재하가 말했다.

"그거야 당연하지 않겠소." 그는 웃으면서 고개를 돌려 창문 너머 이서백을 향해 인사를 건넸다. "전하."

이서백은 왕온에게 고개를 끄덕여 보이며 안부를 물었다. "좌금오위는 어찌 괜찮은가?"

"어림군과 마찬가지로 아주 좋습니다." 왕온이 웃으며 답했다.

가벼운 바람이 불어오고 하늘에는 옅은 구름이 드리웠다.

손에 당광나무 꽃가지를 든 황재하는 양심의 가책이 느껴져 마음이 편치 않았다. 어림군에서 순풍에 돛 단 듯 앞길이 순조로웠던 왕온이 견제가 심한 좌금오위로 좌천된 것은 황재하가 왕 황후의 진짜 신분을 폭로했기 때문이 아니던가. 그 일로 황제는 왕 씨 가문을 위축시킬 기회를 잡았다.

황재하가 꽃가지를 소매 안으로 넣으며 왕온에게 말했다. “잠시만 기다려주십시오.” 그러고는 마차로 돌아가 포대를 꺼내와 왕온의 손에 건네며 말했다. “이걸…… 만일 기회가 있다면, 소시에게 전해주시겠어요?”

포대를 받아든 왕온은 즉시 그것이 무엇인지 알아차렸다. 속에 들어 있는 두개골을 힐끗 쳐다보고는 자신이 타고 온 말에 매며 물었다. “어디서 가지고 온 것이오?”

“그건 묻지 말아주세요. 어쨌든…… 시신이 온전히 찾아지기만을 바랄 뿐입니다.” 황재하는 낮은 목소리로 말했다.

“사실 나도 줄곧 후회하고 있소. 그녀의 죽음은 결코 나와 무관하지 않겠지.” 그렇게 말한 왕온은 고개 숙인 황재하의 얼굴을 한참 응시하다가 나지막이 말했다. “고맙소…….”

“뭐가 고마운 거야?” 뒤에서 누군가 뛰어나오더니 웃으며 물었다.

이렇게 불쑥 등장할 사람은 역시 주자진밖에 없었다. 짙은 자줏빛에 병아리색이 섞인 옷차림은 늘 그렇듯 눈이 부셨다.

주자진은 한 손은 왕온의 팔에, 한 손은 황재하의 어깨에 걸치며 싱글벙글했다. “자자, 두 사람 뭐가 그리 고마운 관계인지 나한테도 얘기를…….”

황재하가 재빨리 그의 손을 뿌리쳤고, 왕온 역시 순식간에 주자진의 팔을 떼어냈다. 손발이 척척 맞는 두 사람의 모습을 창 너머로 보고 있던 이서백은 미간을 찌푸렸다. 눈에 복잡한 빛이 어렸다.

“왕 도위께서 제게 꽃가지를 꺾어주셔서 저도 답례를 했을 뿐이에요.” 황재하가 말했다.

그때 이서백이 외쳤다. “온지, 자네도 관아로 돌아가지 말고 철금루로 함께 가지.”

온지는 왕온의 자(字)였다.

"그렇게 하세요. 어림군 밥은 몸서리날 정도로 맛이 없잖아요. 장안을 통틀어 뒤에서 다섯째라고요!" 주자진이 냉큼 맞장구치며 말했다.

그렇게 해서 왕온은 말을 타고 그들을 뒤따랐고, 주자진은 함께 마차에 올라 철금루로 향했다.

"숭고, 말해봐. 답례로 뭘 준 거야? 받은 것만큼 보답했겠지? 꽃가지를 받았으니 역시 고상하고 멋스러운 걸 줬을 거 같은데?" 가는 길 내내 주자진은 계속해서 시끄러웠고 끊임없이 물어왔다.

황재하는 답례로 건넨 '고상하고 멋스러운' 물건이 바로 그 두개골이라는 사실을 절대로 알려주고 싶지 않았다.

황재하에게 제대로 된 답을 듣지 못한 주자진은 우울한 듯 입을 삐죽거렸다. 그러고는 마차 벽에 기댄 채 황재하의 손에 들린 당광나무 꽃가지를 쳐다보다가 외쳤다.

"정말이지 너무하네. 그거 우리 집 앞에서 꺾은 꽃이잖아? 그게 무슨 법이야? 남의 집 꽃으로 자기가 대신 인심 쓰는 게 어디 있어?"

이서백은 창밖으로 지나가는 풍경을 보며 말했다. "어찌 알겠는가, 숭고도 남의 것으로 대신 인심을 썼을지?"

자신도 모르는 사이에 남에게 두 번이나 인심을 쓴 주자진은 그 말을 듣고는 오히려 즐거워하며 말했다. "설마 숭고 너, 전하 물건을 가져다가 왕 형한테 답례로 준 거야? 두 사람 정말 쩨쩨하기가 그지없구나. 서로 남의 물건을 가져다가 주고받다니!"

안타깝게도 그의 이간질은 조금도 먹혀들지 않았다. 주자진의 성격을 잘 아는 황재하와 이서백은 그저 창밖만 바라보며 아무것도 듣지 못한 체했다.

이후 내내 시무룩 풀이 죽어 있던 주자진은 철금루에 도착해 음식을 잔뜩 주문하고도 기분을 회복하지 못한 채 탁자에 엎드려 괴로운 얼굴을 했다. 마치 버려진 작은 강아지처럼 보였다.

황재하는 그를 달래줄 생각은 없이, 점원에게 깨끗한 물 한 대야를 가져다 달라고 한 뒤 부레풀과 찹쌀가루도 좀 얻어 물에 풀어서 걸쭉한 반죽을 만들었다.

여전히 탁자 위에 엎어져 있던 주자진은 황재하를 보며 힘없는 목소리로 물었다. "숭고, 뭐 하는 거야?"

황재하는 소매 속에서 자기 조각들을 꺼내어 대야에 넣고 하나하나 깨끗이 씻었다.

왕온도 일어나 도우며 말했다. "손가락 베지 않게 조심하십시오."

이서백은 잠자코 옆에서 차가운 눈으로 방관하며 손 하나 까딱하지 않았다.

주자진은 정신을 차리더니 한 조각을 집어 들어 같이 씻으며 물었다. "이게 뭔데?"

"공주부에서 발견한 자기 조각이에요. 뭔지 맞혀보시겠어요?" 황재하는 하나하나 깨끗이 씻어서 탁자 위에 늘어놓았다.

마침 개의 귀 부분을 들고 있던 주자진이 이리저리 뒤집어보더니 말했다. "자기로 만든 작은 장난감 같은데……. 작은 개나 고양이 같은 거 말이야."

"개예요." 황재하는 깨끗이 씻은 자기 조각을 순서대로 붙여보았다. 주자진은 좀 전까지 잔뜩 풀 죽어 있었다는 사실은 까맣게 잊고 황재하를 도와 열심히 조각을 맞췄다.

작은 개의 형태가 온전히 갖추어지는 것과 동시에 철금루 직원이 요리를 내오기 시작했다.

네 사람은 그 작은 도자기 개를 마주한 채 식사를 했다. 그동안 부레풀도 충분히 굳어서 조각들이 단단히 접착되었다. 주자진이 그것을 손바닥에 올리고 이리저리 보며 연구하더니 확신에 찬 투로 말했다.

"이거 꽤나 구하기 어려운 물건 같은데?"

왕온도 도자기 개를 가져가 살펴보더니 말했다. "그냥 평범한 도자기 개 아닌가? 내가 어렸을 때도 가지고 놀았던 것 같은데 왜 구하기가 어렵다는 거지?"

"기왕 전하께서는 궁에서 크셨으니 따로 여쭙지 않겠습니다. 숭고, 넌 어렸을 때 이런 작은 도자기 개 가지고 놀았어?" 주자진이 물었다.

황재하는 고개를 끄덕이며 말했다. "어렸을 때 봤던 기억이 있어요."

"맞아. 이런 도자기 개는 10년 전 우리가 어렸을 때 한창 유행한 물건이야. 하지만 요새는 거의 보기 드물지. 당장 우리 형님들 아이들만 봐도 이런 물건은 없어." 주자진은 확신에 차서 말했다. "게다가 이런 물건은 걸핏하면 아이들이 깨먹으니까, 내가 장담하건대, 이제는 더 이상 시중에서 보기 힘들 거야."

"이런 도자기 개요? 완전히 남아돌죠! 원하시는 대로 드릴 수 있습니다!"

서쪽 시장에서 장난감을 전문으로 파는 작은 점포 주인의 말에 주자진은 큰 타격을 받았다.

하지만 주자진은 비범한 낯짝의 소유자 아닌가. 자신의 말이 틀렸다는 사실은 바로 기억 저편으로 흘려버리고 잔뜩 신이 나서 점포 주인을 따라 창고로 들어가, 주인을 도와 도자기 개가 들어 있는 커다란 상자를 옮겨 왔다.

주인이 열어준 상자 안에는 작은 도자기 개들이 질서정연하게 놓여 있었다. 모두 세 개 층으로 나뉘어 있어 족히 70~80개는 되어 보였고, 대신 맨 위층은 몇 개가 비어 있었다.

황재하는 쭈그리고 앉아서 자세히 살펴보았다. 모든 도자기 개가 먼지를 덮어쓰고 있는데 유일하게 둘째 층에 있는 개 한 마리만이 먼지 없이 말끔했다. 황재하는 그것을 꺼내어 손 위에 올려놓으며 물었다. “10년 전에나 유행하던 철 지난 물건을 아직도 가지고 계셨네요. 설마 지금도 누가 사러 오나요?”

“그럼요. 이게 그러니까 10년 전에 강남 지역에서 가져온 것인데 장안에서 크게 유행을 했지요! 한데 나중에 유행이 끝나버렸고 이걸 굽던 곳도 망해버렸습니다. 더 이상 찾는 사람도 없었고요. 그런데 정말 우연히도 지난달에 누가 와서 찾길래 뒤져보니 이렇게 한 상자가 남아 있지 뭡니까. 그래서 그때 꺼내놓았지요. 이건 아마 장안 바닥에서 저만 팔고 있을 겁니다. 지난달에 팔았던 것 말고는 당신들이 와서 물어본 게 전부지만요.”

황재하는 손에 든 도자기 개의 무게를 대충 가늠해보며 물었다. “지난달에 사간 사람은 누굽니까? 우리랑 비슷한 연배의 사람이 어렸을 때 갖고 놀았던 장남감을 사려고 왔던 건가요?”

주인은 크게 소리 내어 웃었다. 그는 주자진이 건넨 돈을 받으면서 말했다. “그게 아니라요, 마차 가게 주인 전관색이었다니까요. 나이 사오십에 이런 걸 사러 오다니 웃기지 않습니까?”

주자진이 황재하를 향해 고개를 돌리더니 소리 없이 입모양으로 말했다. “또 그 사람이야.”

황재하는 고개를 끄덕이고는 마찬가지로 입모양으로만 말했다. “역시 그랬네요.”

주자진은 금세 또 우울해졌다. “너 이미 알고 있었어? 또 나한테는 안 알려주고!”

“지금은 도련님한테 제일 먼저 말했잖아요?” 황재하는 함께 가게를 나서며 주자진을 달래듯 말했다.

주자진은 또 단숨에 우울의 골짜기에서 기어올라와 기뻐하며 도자기 개를 들고 철금루로 돌아왔다. 그러고는 도자기 개를 이서백과 왕온 앞에 내려놓으며 말했다. “누가 이 도자기 개를 사갔게요?”

이서백은 눈도 들지 않고 건성으로 대답했다. "전관색."

그 세 글자에 주자진은 또다시 우울의 골짜기로 굴러떨어졌다. 주자진은 눈물을 그렁거리며 고개를 돌려 황재하를 쳐다보았다. "나한테 제일 먼저 말한 거라며?"

"전하께선 스스로 추측하신 거예요." 황재하는 자신은 무고하다는 듯 손바닥을 펼쳐 보였다.

"그런데 전관색이 근래에 이 도자기 개를 사갔다고 해도, 그게 공주부에서 가져온 이거랑 상관있다고 말할 수는 없잖아! 그리고 도자기 개랑 공주부 사건이 또 무슨 관계가 있는데?"

"당연히 아주 깊은 관계가 있죠. 공주님의 죽음은 이 작은 도자기 때문에 벌어진 거니까요." 황재하는 그렇게 말하면서 조심스럽게 두 개의 도자기 개를 포장했다.

옆에서 분주한 그녀를 보고 있던 왕온이 웃으며 말했다. "숭고, 지난번 밤에 조사하러 갔었던 그 문둥이 손 씨 사건 말입니다, 좀 진전이 있습니까?"

"그 사건은…… 전혀 진전이 없어요." 주자진이 탁자에 엎드리며 풀이 죽어 말했다. "대리사에서는 전관색이 수로를 정비했다는 점을 이용해 수로를 통해 들어와 사람을 죽인 사건으로 종결지으려 하고 있어요. 하지만 이 사건에는 여전히 수많은 의문점이 남아 있단 말입니다."

왕온이 물었다. "예를 들면, 그때 내가 맡았던 영릉향 냄새 같은 거 말인가?"

"네, 맞아요." 주자진이 진지하게 고개를 끄덕였다.

그때 이서백이 옆에서 물었다. "무슨 영릉향?"

왕온이 설명했다. "그날 밤 순찰을 돌다가, 사건을 조사하러 가는 두 분과 마주쳐서 저도 따라갔습니다. 저야 현장의 다른 것들은 전혀 아는 게 없지만 영릉향만큼은 확실히 구분할 수 있었습니다. 전하께서도 제가 그 방면에 얕은 지식이 있음을 알고 계실 것입니다."

"향기에 관해서라면 자네가 장안 제일인데, 그것을 얕은 지식이라 말하면 그 누가 이 방면에 감히 이름을 내밀 수 있겠는가?" 이서백은 겸손할 필요 없다는 뜻을 내비친 뒤 다시 물었다. "그래, 손 씨 집에서 정말 영릉향 냄새를 맡았단 말인가?"

"그렇습니다. 그런 곳에서 영릉향 냄새가 나다니, 매우 이상하다고 생각했습니다. 그런데 그게 오만 냄새와 섞여 향이 얼마나 역하던지. 지금까지도 잊히지가 않습니다." 왕온은 당시 맡았던 구역질 나는 냄새가 떠올라 씁쓸한 미소를 지었다.

주자진은 황재하에게 물었다. "우리 그 손 씨 집에 다시 가봐야 하는 거 아니야?"

"그러게요. 세 가지 사건 중 유일하게 의문이 남은 게 바로 그 사건이에요. 그렇게 단단히 방비를 한 집에서 도대체 어떻게 살해됐는지, 그것만 알면 이번 사건은 끝낼 수 있을 텐데요."

이서백은 또 한 가지 일이 생각나서 말했다. "양숭고, 너는 기왕부 명령서를 가지고 가서 여적취를 빼내주어라."

황재하는 의아한 표정으로 이서백을 쳐다보다가 이내 감격스러운 듯 고개를 끄덕였다. "알겠습니다."

적취가 비록 앞의 두 사건과 연루되어 있다고는 해도 지금은 전관색이 가장 유력한 용의자였기에 대리사의 관심은 이미 적취에게서 멀어졌다. 그런 상황에 기왕이 일개 평민 여인을 보증하고 나서준다면야 일단 풀어줬다가 나중에 필요할 때 다시 불러 심문해도 큰 문제가 없을 것이다. 더군다나 이서백은 대리사경을 겸직하고 있는 사람이 아니던가.

주자진이 한숨을 쉬며 말했다. "적취도 정말 참. 이 사건을 마무리

지을 때 적취도 수사를 혼란스럽게 만들었다는 죄명으로 곤장형을 면하기는 어려울 거야."

왕온이 옆에서 웃으면서 말했다. "걱정할 게 뭐 있나? 그때가 되면 또 전하께서 최 소경에게 넌지시 한마디 해주지 않으시겠나. 그러면 최소경도 곤장 치는 자에게 슬쩍 눈치를 줄 테고, 그러면 그냥 대충 좀 넘어갈 수 있지 않겠어?"

"나같이 이렇게 정직한 사람이 그런 편법을 어찌 알겠습니까!" 주자진이 자신의 머리를 치며 개탄했다.

왕온은 황재하가 이미 문을 나서는 것을 보고는 몸을 일으키며 말했다. "저도 이만 돌아가야 할 것 같습니다. 양 공공과 같은 방향이니 함께 가지요."

"나도 갈래요, 나도!" 주자진도 벌떡 일어났다. "저도 꼭 가서 적취한테 잘 보여야 해요. 적취가 만든 음식이 얼마나 맛있는데요!"

세 사람이 함께 아래층으로 내려가고, 혼자 남은 이서백은 일어나 창가로 다가가 아래를 내려다보았다.

황재하의 왼쪽에서는 흥분한 주자진이 깡총거리며 손짓발짓까지 동원해 무언가를 떠들었다. 황재하의 오른쪽에서는 왕온이 나란히 걸으며 간혹 고개를 돌려 황재하를 바라보았다. 얼굴에는 평소와 같은 미소를 띠었다.

한여름의 태양 아래 장안 전체가 눈부신 빛을 발산해 눈이 편치 않았지만 이서백은 그들이 서쪽 시장을 빠져나간 뒤에야 시선을 거두었다. 이서백의 뒤에 서 있던 경육과 경상은 왜 그가 갑자기 몸을 홱 돌리며 더 이상 창밖을 내다보지 않는지 그 영문을 몰랐다.

서쪽 시장 입구에서 잠깐 상의한 후 세 사람은 두 갈래로 갈라졌다. 주자진은 보녕방으로 가서 장항영에게 이 기쁜 소식을 알려주기로 하고 왕온과 황재하는 대리사로 향했다.

"저는 잠시 들를 곳이 좀 있습니다." 황재하는 왕온에게 이렇게 말한 뒤 길을 돌아 여 씨네 향초 가게를 들여다보았다.

여 씨는 여전히 가게 뒤편에서 거대한 초를 만들고 있었다. 먼젓번에 폭발했던 것과 같은 초였다. 다만 아직 무늬와 색깔은 입히기 전이었다. 황재하는 옆에서 그를 지켜보았다. 안으로 들어가지도, 말을 건네지도 않고 그저 차가운 눈빛으로 지켜볼 뿐이었다. 여지원은 이미 나이가 예순가량 된 노인네였다. 뿌옇게 흐린 눈을 가늘게 뜨고 허리를 구부린 채 그는 전심을 다해서 용과 봉황, 꽃봉오리를 그려 넣고 있었다.

그의 손에는 철제 대야가 하나 들려 있었는데, 대야 안은 여러 칸으로 나뉘어 칸마다 각기 다른 색깔의 밀랍이 담겨 있었다. 그는 밀랍이 굳지 않도록 이렇게 더운 날씨에도 수시로 화로 가까이 다가가 불 위에서 밀랍을 녹였다. 화로에서 올라오는 열기에 온몸으로 땀을 흘려, 입고 있는 짧은 갈색 옷이 흥건하게 젖어 있었다. 하지만 그는 여전히 초에 바싹 붙어서 진지하고 꼼꼼하게 그림을 그렸다. 조금도 빈틈없는 그 자세는 심지어 경건해 보이기까지 했다.

왕온은 그를 쳐다보던 눈을 황재하에게 향하며 소리 죽여 물었다. "왜 그러시오?"

황재하는 긴 한숨을 내쉬며 마찬가지로 소리 죽여 대답했다. "별일 아닙니다. 적취가 오늘 감옥에서 나오니 부친에게 이를 알려야 하나 말아야 하나 고민하고 있었습니다."

"부녀지간의 만남은 하늘이 정하는 것 아니겠소?" 왕온이 말했다.

황재하는 왕온과 함께 가게에 들어가 여지원을 불렀다. "어르신."

여지원은 눈을 가늘게 뜨고 황재하를 쳐다보더니, 사람을 알아본 건지 아닌 건지 애매한 말투로 내뱉었다. "아, 오셨소."

"좋은 소식이 있어 왔습니다. 따님이 오늘 대리사에서 나올 겁니다. 가서 만나보시겠습니까?"

여지원은 손을 잠시 멈칫하더니 다시 초에 그림을 그리기 시작했다. "나온다고? 그렇다면 다행이오. 하마터면 나까지 피곤해질 뻔하지 않았소."

황재하는 이 노인네의 성격을 잘 알기에 그쯤에서 그만두었다. 대신 거대한 초를 바라보며 말했다. "거의 완성이 되어가는군요."

여지원은 황재하를 조금도 신경 쓰지 않았다. 그는 환관을 경멸하는 사람이었다.

왕온은 가게 한편에 있는 한 쌍의 화촉을 보고는 황재하를 불렀다. "숭고, 이것 좀 보십시오."

1척 높이의 화촉이었는데, 꽤나 독특하게 꾸며져 있었다. 용과 봉황의 비늘과 깃털이 모두 각기 다른 색이었다. 붉은색만 해도 진홍색, 담홍색, 단홍색, 장미색, 양홍색 등 갖가지 색깔을 뽑아낸 것이 절로 감탄을 자아냈다. 얼마나 훌륭한 솜씨로 조각되었는지 용과 봉황이 살아 있는 것처럼 생동감 넘치고 기품이 흘렀다. 용과 봉황의 머리 위로 심지가 꽂혀 있고, 초 몸통은 동판으로 만든 수많은 꽃잎과 방울로 장식되어 있었다. 어두컴컴한 가게 안에서 그 오색찬란한 빛이 유난히 화려하게 빛났다. 이 한 쌍의 화촉에 불을 밝히면 얼마나 눈부시게 아름다울지 절로 궁금해질 정도였다.

왕온은 정교한 화촉을 한참 들여다보다가 고개를 돌려 물었다.

"주인장, 이 화촉도 파는 겁니까?"

"안 팝니다." 그는 딱 잘라 말했다.

왕온은 성격이 좋았다. 여지원의 매몰찬 대접에도 웃으며 대답했다. "그렇군요. 가게의 잘 보이는 곳에 진열해두면 그야말로 가장 좋은 간판이 되겠습니다."

두 사람은 가게 밖으로 걸음을 옮겼다. 그때 바람이 불어와 화촉에 달린 방울들이 가볍게 흔들리고 꽃잎 모양의 동판이 서로 부딪쳐 소리가 났다. 맑고 깨끗한 소리가 신선의 음악과 같이 귓속을 파고들었다. 황재하는 자신도 모르게 멈칫하며 고개를 돌려 그 화촉을 바라보았다.

왕온도 황재하 옆에 멈춰 서며 그윽한 목소리로 말했다. "만일 그대가 마음에 든다면, 나중에 우리 혼례 때도 저런 화촉을 만들어달라는 것도 괜찮겠소."

그 말에 황재하는 곤혹과 놀람, 당황 등이 뒤섞인 뜨거운 열기가 가슴 깊숙한 곳에서 솟구치는 것을 느꼈다. 순간 얼굴이 새빨갛게 달아올랐지만, 그와 동시에 살을 에는 듯한 냉기도 느껴졌다. 그 냉기가 날카로운 바늘 끝이 되어 온몸을 찔러와 황재하는 꼼짝도 할 수 없었다.

왕온은 바짝 얼어붙은 황재하를 보며 웃음을 지었다. 억지로 짓는 웃음인 듯도, 모든 것을 이해한다는 웃음인 듯도 했다. 목소리 또한 평소와 다름없이 따뜻하고 부드러웠다.

"물론 농담이오. 일단 그대 집안 사건의 진상이 밝혀지기를 기다려야 하고 말이오. 그렇지 않소?"

황재하는 고개를 끄덕여야 할지 저어야 할지 알 수 없었다.

눈앞의 이 사람은 분명 그녀의 명성이 심각하게 손상된 것도 알고 있으며, 그녀와 관련된 소문에는 늘 우선이라는 자가 등장한다는 것도 다 알고 있었다. 하지만 그는 애써 무시했다.

한참이 지나서야 황재하는 바짝 마른 거친 목소리로 답했다.

"네. 저희 집안이 겪은 억울한 일의 진상이 다 밝혀지면……."

황재하는 순간 자신이 내뱉은 말에 퍼뜩 정신이 들었다.

'황재하, 가족들이 세상을 떠났을 때 이미 맹세하지 않았어? 이 세상 모든 것이 다시는 너를 휘두르지 못하게 할 거라고 말이야. 모든 다정함과 얽매임을 포기하고, 나를 옭아매는 모든 걱정과 염려도 다 끊어버리기로 했잖아. 오직 가족의 복수만을 위해 살기로 한 거 아니었냐고!'

우선과 왕온은 지금 황재하가 고민할 대상이 아니었다.

황재하는 고개를 들어 왕온을 향해 웃으며 말했다. 목소리는 잠겨 있었지만 말투는 매우 평온했다. "왕 도위께서는 농담도 잘하십니다. 왕부의 환관이 어찌 누군가와 혼인을 할 수가 있겠습니까?"

왕온은 잠시 멍한 표정을 짓다가 다시 자조적인 웃음을 보이며 말했다. "그렇군……. 내가 농담이 지나쳤소."

향초 가게를 나온 둘은 멀지 않은 곳에 있는 전 씨의 마차 가게에도 잠시 들렀다. 지배인이 왕온을 보고는 황급히 나와서 그를 맞이했다. "아이고, 왕 도위님! 어서 오십시오. 이거 미리 마중 나가지 못해 송구합니다!"

마차 가게와 좌금오위는 몇 번 큰 거래를 한 적이 있어 친숙한 관계였다. 점원 몇이 그들을 가게 안으로 안내한 뒤 차를 끓이니 과일을 내오니 분주히 움직였다.

왕온이 사양하며 말했다. "그저 지나다 들렀을 뿐이니 준비할 필요 없소."

"아이고, 왕 도위님. 이거 참 송구합니다. 저희 주인장께서 그렇게 잡혀가 저희 가게도 정말 이제 어떻게 해야 할지 모르겠습니다……." 지배인이 하소연하고 있는데 그 뒤로 전관색의 아내와 세 아들이 황급히 달려와 바닥에 무릎을 꿇고 울며불며 왕온에게 도움을 청했다.

온화한 성정의 왕온이지만 이렇게 한바탕 소란이 벌어지자 자신도 모르게 쓴웃음을 지으며 말했다. "이 일은 내가 끼어들 수 있는 것이 못 되니, 억울함이 있으면 대리사를 찾아가보시오."

왕온의 말에 하인 하나가 재빨리 황재하를 가리키며 안주인과 지배인에게 말했다. "이분은 지난번에 주인님을 찾아오셨던 분인데, 대리사에서 오셨다고 들었습니다!"

일가족 전체가 이번에는 황재하를 향해 통사정을 했다. 전 씨 부인이 가장 서럽게 울었다. "저희 남편은 정말 좋은 사람입니다. 평소에 항상 신중한 데다가 문제가 생기는 것 자체를 두려워하는 사람인데, 어찌 사람을 죽였겠습니까……."

황재하는 얼른 부인을 부축하여 일으켰다. "사실 저도 몇 가지 여쭙고 싶어서 찾아온 것입니다. 그날 문둥이 손 씨의 집을 수리한 사람이 누군지 알 수 있을까요?"

지배인이 재빨리 답했다. "그와 관련된 장부가 바로 옆 건물에 있습니다. 제가 지금 가서 그날 누가 수리를 한 건지 찾아보겠습니다."

"만일 괜찮으시다면 그날 수리를 맡았던 사람을 곧바로 대녕방 손 씨 집으로 오라고 일러주시겠습니까? 저는 지금 좀 일이 있어서 볼일을 보고 곧장 그리로 가겠습니다."

"네, 네, 알겠습니다. 최대한 빨리 보내겠습니다!"

그렇게 두 건의 용무를 보고서 황재하와 왕온은 다시 걸음을 재촉해 대리사에 도착했다. 주자진과 장항영이 이미 도착해 황재하를 기다리고 있었다. 장항영은 어린아이 하나를 품에 안고 있었고 그 뒤로는 낯선 남녀가 서 있었다.

"저희 형님과 형수님입니다. 조금 전 마침 형수님 동생을 데리고 저희 집에 오셨다가 아적이 풀려난다는 얘기를 듣고 함께 왔습니다."

장항영의 형 장항위는 동생과 마찬가지로 체격이 컸다. 그와 아내는 수줍게 웃으며 말했다. "아적은 저희 가족이니, 오늘 이렇게 마중 나오는 것은 기쁜 일이지요. 당연히 함께 와야지요."

주자진도 말했다. "맞아. 아버님도 함께 오시겠다는 걸 이제 막 기력을 회복하신 터라 안 된다고 우리가 말렸어."

황재하는 장항영의 가족들이 적취를 정성껏 대하는 모습에 마음이 놓여 미소를 띠며 고개를 끄덕였다. "다들 잠시만 기다려주세요. 제가 들어가서 아적을 데리고 나오겠습니다."

웬일로 최순잠이 아직 집에 돌아가지 않고 남아 있었는데, 기분도 괜찮아 보였다. 최순잠은 황재하를 보자마자 웃으며 인사를 했다.

"양 공공, 또 전하 때문에 그리 바쁘게 뛰어다니십니까?"

황재하가 재빨리 예를 행하고는 기왕부의 명령서를 내밀며 말했다. "전하께서 말씀하시길 이 사건은 더욱 유력한 용의자가 나타났고, 공주님께서 홍서하신 일에 여적취가 범인일 가능성 또한 전혀 없으니, 최 소경과 상의하여 일단 다음 심문 때까지 여적취를 집으로 돌려보내는 게 어떤가 하셨습니다. 대리사의 임시 감옥에 처자를 계속 머무르게 하는 것도 좋지 않은 것 같다고요."

"아, 그거야 간단하지요." 최순잠은 옆에 있던 지사에게 문서 한 장을 달라고 해 황재하에게 작성하도록 했다. 그러고는 직접 황재하를 데리고 적취가 있는 곳으로 갔다.

황재하는 텅 빈 방들을 지나치며 물었다. "전관색은 지금 어디 있습니까?"

"그자요? 이미 형부 감옥으로 보내졌지요." 최순잠은 무심하게 말했다. "인적 증거 물적 증거 모두 있으니까요. 오늘 오전에 자백했거든요."

황재하는 순간 당황해 급히 물었다. "자백했다고요?"

"네, 자백했다니까요." 최순잠은 황재하가 자신을 뚫어져라 쳐다보는 것을 보았다. 맑은 눈이 그 짧은 순간에 모든 것을 꿰뚫어보는 것만 같아 그는 절로 양심에 찔려 황재하의 눈빛을 피하며 목소리를 낮추고 말했다. "양 공공, 이 사건은…… 이미 종료되었습니다. 이렇게 빨리 사건이 해결되고 증거도 확실하니 황제 폐하와 곽 숙비께서도 한 치의 의심이 없으셨습니다. 대리사는 큰 공을 세웠고 형부도 낯이 섰으니 그야말로 가장 좋은 결말 아니겠습니까?"

황재하는 임시 감옥의 어두운 처마 밑에 서서 한참을 침묵하다가 비로소 입을 열어 물었다. "전관색이…… 어떻게 자백했습니까?"

"어떻게 자백했는지, 모르셔서 묻습니까?" 최순잠은 처마 밑 반들반들한 돌바닥으로 시선을 떨어뜨리며 하는 수 없다는 듯이 한숨을 쉬었다. "형부에서 솜씨 좋은 영사가 한 명 왔습니다. 갖가지 도구를 가지고 말이지요. 듣기로 그가 고문한 자가 120명이 넘는데 그중에 자백하지 않은 자가 단 한 명도 없다고 하더군요. 결국 전관색도…… 예외가 아니었지요."

황재하는 미간을 찌푸리고 물었다. "그가 공주를 살해했다고도 인정했습니까?"

"인정했습니다. 어제 오후에는 손 씨를 죽인 사실을 인정했고, 저녁에는 위희민을 죽인 일을, 그리고 오늘 새벽에는 공주님을 살해한 것까지 자백하고 서명했습니다."

황재하는 가슴속이 싸늘해지는 것을 느끼며 그저 멍하니 이렇게 말할 수밖에 없었다. "과연 솜씨가 대단하네요."

"이미 경과를 작성해 황제 폐하께 올렸습니다. 이제 슬슬 황제 폐하의 명이 내려올 때가 됐습니다." 최순잠이 말했다.

최순잠이 오늘 점심때가 지나서도 집으로 돌아가지 않은 것은 바로 이 때문이었다. 황재하가 침묵하며 서 있는데 뒤에서 쇠사슬 소리와 함께 아전이 적취를 데리고 나왔다. 이곳에 며칠 갇혀 있었던 탓에 적취는 상당히 수척해 보였다. 적취가 눈을 들어 황재하를 보자 황재하가 고개를 끄덕여 보였다.

“여적취, 오늘 기왕부의 보증으로 그대를 보녕방으로 보석한다. 이번 사건이 종결되기 전까지 그대는 보녕방을 벗어날 수 없고 대리사와 형부의 호출이 있을 경우 즉시 와야 한다. 알겠는가?”

“네, 알겠습니다…….”

황재하는 장항영이 가져다준 이부자리를 대신 들고서 적취를 데리고 대리사를 빠져나왔다.

대리사를 나서자마자 밖에서 기다리는 장항영의 모습이 보였다. 줄곧 넋이 나가 굳어 있던 적취의 얼굴에 마침내 슬픔과 기쁨의 감정들이 드러나며 눈물이 뚝뚝 떨어졌다. “오라버니!”

장항영은 아이를 내려놓고 계단을 뛰어올라갔다. 적취의 두 손을 힘껏 감싸 잡아 자신의 가슴에 갖다 댄 채 한참을 그렇게 바라보다가 비로소 흐느껴 울며 말했다. “아적, 우리 이제…… 집에 가요.”

옆에 있던 사람들은 둘을 바라보며 흐뭇한 미소를 지었다. 장항영 형수의 손에 잡혀 있던 아이도 손을 들어 적취를 가리키며 외쳤다. “누나…… 누나…….”

그런데 아이가 갑자기 얼굴을 돌리더니 필사적으로 몸을 숙이며 관아 앞쪽의 거리를 향해 크게 소리쳤다. “형아, 형아!”

아이가 제 누나의 손에서 빠져나오려 하자 장항영이 재빨리 아이를 안아 올리고는 고개를 돌려 거리 쪽을 바라보았다.

길 저편에 한 사람이 느릅나무 아래를 지나가고 있었다. 장신에 매끈한 체격의 남자였다. 남자는 아이가 외치는 소리에 걸음을 멈추고 고개를 돌려 이쪽을 보았다.

조금도 특별할 것 없는 거리였건만 남자가 고개를 돌리자 순간 거리 전체가 은은하게 빛나는 것 같았다.

황재하의 시선이 그의 얼굴에 멈추면서 호흡도 함께 멈추었다. 여름날의 태양 아래, 한낮의 뜨거운 바람 속에, 황재하는 숨이 막히는 듯한 괴로움을 느꼈다. 이렇게 뜨거운 여름에도 그는 세속에 물들지 않은 맑고 투명한 기운을 뿜어냈다. 가늘고 마른 그의 몸은 마치 먼지를 깨끗이 씻어낸 대나무처럼 옅은 광택을 띤 채 이루 말할 수 없이 맑은 빛을 발했다.

남자가 미소를 지으며 다가와서는 자신에게 달려드는 아이를 향해 양팔을 벌려 아이를 품에 안아 들고 웃었다.

"아보였구나. 아직도 날 기억하고 있어?"

황재하는 조용히 뒤로 한 걸음 물러나 대리사 입구에 있는 큰 나무 뒤로 몸을 숨겼다. 자신 때문에 분위기가 어색해지는 것을 원치 않았다. 장항영의 가족들은 그가 아이를 집으로 데려다 준 은인이라는 사실을 알아차리고는 황급히 인사를 건넸다.

우선은 손을 들어 아이 머리 위를 비추는 태양을 가려주며 나무 그늘로 자리를 옮겼다.

주자진이 재빨리 그에게 다가가 사모하는 표정으로 말했다. "존함이 어떻게 되십니까? 지난번에 장 형이 신선과 같은 고매한 인물이었다고 그리 강조하여 말해도 믿지 못했는데, 오늘 이렇게 직접 뵙고 보니 이제는 정말 믿을 수밖에 없네요!"

주자진의 말에 우선은 옅은 미소를 지으며 말했다. "그다지 수고로운 일도 아니었습니다. 거론할 만한 것이 못 됩니다."

그는 통성명할 뜻이 전혀 없었지만 주자진의 기세는 조금도 꺾이지 않았다. "저는 주자진이라고 해요. 거처는 숭인방에 있는 동중서[39]의 묘 근처입니다. 존함이 어찌 되십니까? 사시는 곳은요? 이 도성에 제 벗들이 많은데 분명 귀형을 좋아할 겁니다. 나중에 약속을 정하여

---

39 중국 서한 유가학파의 대표 인물.

함께 만나서 시도 짓고, 유상곡수[40]도 즐기고, 또 격구 시합도 하고, 아니면 산책을 하며 산수를 감상하고……. 아, 그런데 아직 귀형의 존함을 모르는데 제가 어찌 호칭하면 좋을지요?"

주자진에게 붙들리면 피하는 것은 거의 불가능했다. 우선도 하는 수 없이 아이를 내려놓고 그를 향해 공수하며 예를 갖추어 말했다.

"소생은 우선이라 하옵니다. 국자감의 학정입니다."

"뭐라고요? 국자감 학정이라고요?" 주자진은 그 말을 듣고는 갑자기 팔딱팔딱 뛰었다. "이건 너무 불공평해요! 제가 국자감에 있을 때는 죄다 허연 수염의 영감님들밖에 없었는데! 만약 그때 귀형 같은 학정이 있었다면 제가 그렇게 허구한 날 수업 빼먹고 새집이나 찾으러 다녔겠습니까?"

우선은 설명했다. "소생, 추천을 받고 장안에 들어온 지 한 달이 채 지나지 않았습니다. 운이 좋게도 국자감 학장님이 호의를 베푸시어 임시로 『주례』를 가르치고 있습니다."

"정말 대단하네요! 이렇게나 젊은 나이에 국자감 학정이 되다니요! 저는 지금까지도 『주례』를 다 못 외웠는걸요." 여기까지 말한 주자진은 순간 멍한 얼굴을 하더니 다시 물었다. "국자감 학정…… 우선?"

우선은 고개를 끄덕이고는 더 이상 아무 말도 하지 않았다.

황재하는 숨어서 주자진의 묘한 표정을 보며 그가 분명 장안에 떠도는 소문을 떠올렸다는 것을 알았다. 우선과 동창 공주의 관계가 보통이 아니라는 그 소문을 말이다.

마음속에서 가만히 슬픔이 솟아올라 황재하는 감정을 억누르지 못하고 나무에 몸을 기댄 채 조용히 자신의 숨소리를 듣는 수밖에 없었

40 구불구불한 물길에 술잔을 띄워놓고, 술잔이 흐르다 멈추면 그 앞에 앉은 사람이 술을 마시는 놀이.

다. 우선은 주자진의 표정에 전혀 개의치 않으며 여전히 웃는 얼굴로 허리를 굽혀 아보의 머리를 쓰다듬어주었다. 그러고는 장항영과 장항위를 향해 말했다. "국자감 쪽에 일이 있어서 이만 가보겠습니다."

장항영은 재빨리 적취를 잡아당기면서 말했다. "여기는 제…… 약혼자입니다. 조금 있으면 곧 혼인할 것인데 그때 혼례에 참석해주십시오. 꼭 오셔야 합니다!"

우선은 적취를 한 번 보고는 아무 말 없이 미소를 지으며 고개만 끄덕였다. 아보는 그의 손을 잡아당기며 놓으려 하지 않았다.

"형아, 형아……."

우선은 몸을 돌려 무릎을 꿇고 아보와 시선을 맞추었다. 그러고는 미소를 지으며 말했다. "아보, 착하지. 전에 연밥을 좋아하지 않았어? 형이 연밥이 있는지 찾아보고, 있으면 꼭 아보한테 사다줄게. 알았지?"

아보는 고개를 갸웃하며 잠시 생각하더니 그의 소매를 놓고 고개를 끄덕이며 말했다. "응, 두 개."

"세 개도 문제없어." 우선은 웃으면서 아이의 머리를 쓰다듬었다. 그러고는 일어나 일행을 향해 인사한 뒤 몸을 돌려 다시 가던 길을 갔다. 이어 모퉁이를 돌아 더 이상 모습이 보이지 않았다.

주자진은 감탄하며 말했다. "아이를 정말 잘 어르는 남자야."

황재하는 나무 아래에 기댄 채 혼잣말처럼 중얼거렸다. "맞아……. 어떻게 하면 아이들을 속일 수 있는지 잘 알지. 늘 그랬어."

순간 눈앞으로 한 줄기 여름 바람과 함께 석양의 풍경이 펼쳐졌다. 허리를 굽혀 어린 나이의 자신을 바라보는 우선. 그 고요하고 맑은 두 눈에 비쳐 보인 자신의 그림자. 하지만 환영은 이내 사라지고 다시는 보이지 않았다.

황재하는 깊이 숨을 들이쉬며 마음이 안정된 것을 확인하고서야 나무 뒤에서 나왔다.

주자진은 황재하를 보자마자 자랑을 늘어놓았다. "숭고! 어디 갔었어? 방금 그 사람 봤어? 내가 장안에서 스무 해를 살았지만 그렇게 빛이 날 정도로 멋진 풍채를 가진 사람은 본 적이 없어. 네가 못 봤다니 정말 안타깝다!"

황재하가 어찌 대답해야 할지 몰라 머뭇거릴 때였다. 대명궁 쪽에서 누군가가 말을 타고 쏜살같이 달려오더니 바로 말에서 내려 안으로 뛰어 들어갔다. "황제 폐하께서 구두로 명을 내리셨습니다. 대리사 소경 최순잠은 어디 계십니까?"

최순잠은 재빨리 안에서 나와 궁에서 온 자에게 물었다. "공공, 황제 폐하께서 어떤 명을 내리셨습니까?"

그는 황제의 측근인 환관 풍의전이었다. 목소리가 우렁차서 그가 하는 말은 관아 밖까지 또렷하게 들렸다. "황제 폐하의 명이오. 동창공주를 살해한 범인은 능지처참에 처한다. 그의 일가족은 재산을 몰수하고 참수형에 처한다."

황재하와 주자진은 놀란 가운데 서로를 쳐다보았다.

장항영과 적취는 손을 꼭 붙들었다. 상대방의 손에서 식은땀이 흐르는 것을 느꼈지만 꼭 붙든 손을 놓지 않았다.

주자진은 황재하에게 가까이 다가가 낮은 목소리로 물었다. "우리가 계속 조사를 해야 할까?"

황재하가 반문했다. "도련님 생각은요?"

"두말하면 잔소리지. 사건의 진상이 제대로 밝혀지지도 않았는데 어떻게 그냥 포기해?" 주자진은 피가 끓는지 두 주먹을 불끈 쥐고는 가슴에 얹고 말했다.

황재하도 고개를 끄덕였다. "가요."

"어디로?" 주자진이 재빨리 물었다.

"대녕방, 손 씨 집으로요."

19장

백 년의 탄식

문둥이 손 씨 집에 도착한 황재하와 주자진은 다부진 체격의 한 사내가 초초한 모습으로 서 있는 것을 보았다. 사내는 두 사람을 보고는 재빨리 달려와 맞이하며 물었다.

"양 공공이십니까? 소인은 전기 마차 가게에서 일하는 저강이라 하옵니다. 지난번 제가 저희 수하들을 데리고 이 집을 수리했습니다."

"아, 안녕하십니까."

황재하가 그와 인사를 나누는 동안 주자진은 이미 문에 붙은 봉인 종이를 떼어냈다.

집 안은 지난번 그대로였다. 다만 며칠 동안 문을 열지 않아 공기가 한층 무덥게 느껴지고 짙은 곰팡이 냄새가 풍겼다.

황재하와 주자진은 다시 한 번 문과 창문, 그리고 바닥까지 자세히 조사하고는 저강에게 말했다.

"일하는 솜씨가 정말 제대로이시군요. 문과 창문에 빈틈이 하나도 없네요."

"그럼요. 비록 전기 집수리점은 시작한 지 오래되진 않았지만 장안에 칭찬이 자자하지요. 모두들 저희한테 맡기고 싶어 합니다!" 저강은 매우 뿌듯해하며 나무로 된 창문을 손으로 두들겨 보였다. "보세요. 이 창문은 닫아놓으면 쇠몽둥이로 내리쳐도 절대 열리지 않습니다. 그리고 이 빗장도 한번 보세요. 장정 네댓 명이 달려들어도 못 부술 겁니다!"

황재하가 고개를 끄덕여 그의 말에 동의를 표하고는 몸을 일으켜 실내를 한 번 돌아보았다.

방 안은 지난번과 마찬가지로 난잡하게 어질러진 상태였고, 벽에도 여전히 부적과 불상, 나뭇조각 같은 것들이 정신 사납게 걸려 있었다. 저강은 그 물건들을 가리키며 말했다. "제가 왔을 때도 이것들이 여기 벽에 걸려 있었습니다. 그자가 양심에 부끄러운 짓을 저지르고는 천벌을 받을까 무서워 이런 것들을 곳곳에 걸어놨다고 들었습니다!"

황재하가 물었다. "손 씨는 가진 돈도 없고, 또 딱히 좋은 사람도 아니라는 사실을 뻔히 알고 계시지 않았습니까. 그런데 왜 창과 방문을 보강해달라는 청을 선뜻 받아들이셨나요?"

"그게, 듣자 하니 사실은 돈이 꽤 많다고 해서요. 향초 가게 주인장 말로는 손 씨한테 배상으로 엄청 많은 돈을 받아서 그 일을 무마한 거라고 하더라고요. 그 정도로 돈이 많다는데 굳이 거래를 마다할 필요가 없잖아요. 그런데 이 망할 자식이 여 씨한테 줬다는 배상금 외에는 땡전 한 푼도 없을지 누가 알았겠습니까. 저만 저희 주인장한테 호되게 욕을 먹었어요. 이제 사람도 죽고 없으니 더 이상 빚을 받아낼 방법도 없고요!" 저강은 후회하는 얼굴로 화를 내며 말했다. "여지원! 그 망할 노친네 같으니라고! 원래는 그 노인네도 벽에 등잔 받침을 달아주러 같이 왔는데, 손 씨 집인 걸 보자마자 낯빛이 싹 변하더니 손 씨한테 온갖 악담만 퍼붓고는 등잔 받침도 안 달아주고 그냥 가버렸습니다. 그러면서도 손 씨가 이미 빈털터리라는 사실을 우리한테는 말도 안 해줬다니까요!"

주자진은 그런 얽히고설킨 돈 싸움에는 별로 관심이 없어서 대화가 오가는 동안 벽에 걸린 자항보도 나무패와 침대 머리맡에 붙은 송자관음 그림, 그리고 여기저기 어지럽게 붙어 있는 몇몇 부적들을 모두 다 떼어서 살펴보았다. 하지만 기대와 달리 그 뒤쪽 벽에서도 구멍 같은 것은 발견할 수 없었다. 아무런 흠 없이 온전한 벽을 보며 유감스러운 마음이 절로 들었다.

황재하가 말했다. "바깥쪽도 흠 하나 없이 완벽한데 안에 구멍이 있겠어요?"

"혹시나 했지." 주자진은 그렇게 말하면서 문턱에 서서 문 위쪽에 못으로 고정되어 있는 목련구모 철제 현판을 들어보았다.

뜻밖에도 현판은 꼼짝달싹도 하지 않았다. 주자진은 "앗" 하고 놀라며 현판을 두드려봤다. 알고 보니 그것은 현판이 아니라 벽 안쪽으로 박혀 있는 길고 좁은 철제 상자였다.

저강이 얼른 나서서 설명해주었다. "아이고, 그건 못 뗍니다. 문 위쪽 벽 안에 작은 철제 상자를 박아넣은 건데, 정액(頂額)이라 부르는 물건입니다."

"그게 뭐에 쓰는 거죠?" 주자진이 물었다.

저강이 말했다. "저희 주인장이 서역 상인에게서 배워온 기술인데, 서역 사람들은 문 위에 이렇게 문과 동일한 너비에 높이가 야트막한 철제 상자를 장식하는 걸 좋아한다고 합니다. 이렇게 설치하면 나무 문하고 흙벽 사이의 충돌을 완화시켜서 문틀이 쉽게 변형되지 않는다 하더군요. 요즘에는 거기에 무늬까지 투각하니 미관상으로도 보기가 좋지요. 이게 장안에서도 점점 유행을 해서, 저희가 대장간에 수백 개를 주문해서 만들어놓았는데 한 해가 채 되지 않아 지금은 거의 다 쓴 것 같습니다. 여기 있는 거는 그때 저희가 아무거나 가지고 온 것인데 문양이 뭐였더라……. 목련구모 맞지요?"

"맞는 것 같네요." 주자진은 의자를 가져다 그 위에 올라가 눈높이에서 철제 상자를 들여다보며 말했다. "문양을 투각한 것도 맞네요. 근데 영 거무죽죽한 게, 옻칠이라도 했으면 더 보기 좋았을 텐데 말이에요."

철제 상자는 높이가 얕고 기다란 형태로, 너비는 문과 동일하고 높이는 대략 2촌을 넘지 않았다. 문안을 향한 쪽은 목련구모 문양이 투각되어 있고, 문 바깥을 향한 쪽은 온전한 철판에 길상 문양이 그려져 있었다. 다만 그 도안은 시커멓고 여기저기 갈라져 보기에 영 좋지 않았다.

"옻칠은 했습죠……. 어라? 분명 그때 새것을 가져왔는데 어찌 이렇게 몇 년은 사용한 것처럼 돼버렸지? 대체 누가 이리 거무죽죽하게 만들어놓은 거야?" 저강은 고개를 쳐들고서 새까만 철제 상자를 보며 미간을 찌푸렸다. "이게 어찌된 일이람. 며칠 만에 이렇게 까맣게 그을릴 리가? 분명 채색이 돼 있던 건데!"

주자진은 투각된 틈으로 상자 안쪽을 살짝 들여다보더니 미간을 찌푸렸다. "안이 엄청 더러워……. 완전 재투성이인데?"

황재하도 의자를 가지고 와 그 옆에 서서 철제 상자 안을 살펴보았다. 겉면의 옻칠은 불에 타 그을음이 남은 것처럼 보였고, 상자 내부는 확실히 재투성이였다. 그리고 귀퉁이 쪽에 손가락 몇 개가 쓸고 간 자국이 남아 있었다.

"누군가가 투각된 틈으로 손가락을 넣어서 뭔가를 꺼내간 것 같아요." 황재하는 고개를 돌려 저강에게 물었다. "이 상자 열 수 있나요?"

저강이 말했다. "철판이 얇은 거라서 가위로 자르면 됩니다."

주자진은 방 안에서 얼룩덜룩 녹이 슨 가위를 찾아와 상자 겉면의 목련구모 무늬를 잘라냈다. 텅 빈 철제 상자 안에는 군데군데 검은 재가 두껍게 쌓여 있고 그 재들 위로 긁힌 듯한 자국이 몇 개 보였다.

주자진이 커다란 자국 하나를 가리키면서 말했다. "보아하니 둥근 물건이 놓여 있었고, 그걸 누군가가 빼내 간 것 같은데?"

이번에는 가느다란 흔적 하나를 가리키며 말했다. "이건 철사에 긁힌 흔적 같고."

황재하는 미간을 찌푸리고는 커다란 둥근 흔적을 가리키며 물었다. "여기 뭔가가 끌린 흔적의 크기로 봤을 때 이 정도 크기의 물건이라면 이 투각 틈새로는 절대 꺼낼 수 없지 않을까요?"

주자진은 손가락으로 그 둥근 자국의 크기를 가늠해보고, 그것을 다시 자신이 잘라낸 문양의 투각 구멍 크기와 비교해보더니 실망한 표정을 감추지 못했다. "진짜 그렇네……. 이 문양에서 가장 큰 틈도 이 정도로 큰 거는 없어! 봐봐, 여기에서 가장 기다란 구멍은 이 구름 조각인데 길이는 2~3촌 정도 되지만 이렇게 납작하니……."

"그래서 절대로 둥근 물건은 아니라는 거예요. 그냥 딱 이 정도로 납작한 것이지." 황재하는 상자 안의 검은 재를 살짝 긁어내 냄새를 맡아보았다. 그러고는 자신도 모르게 미소를 지었다. "영릉향."

낡고 어두운 방 안, 먼지가 자욱한 가운데 황재하는 마치 하늘의 뜻을 간파한 듯 맑고 투명한 미소로 환하게 웃었다. 주자진은 저도 모르게 그 미소를 넋 놓고 바라보았다.

황재하는 소매 속에서 손수건을 꺼내 상자 안의 검은 재를 몇 번 긁어내 손수건으로 잘 쌌다. 그러고 고개를 드니 주자진이 자신을 멍하니 쳐다보고 있어서 물었다.

"왜 그러세요?"

"어……." 주자진이 황급히 시선을 옆으로 돌리고는 허둥지둥 재를 긁어내며 말했다. "나, 나도 좀 가져가야지. 진짜 영릉향이 맞는지 나도 확인해볼게."

대녕방을 나와 주자진은 서남쪽으로, 황재하는 동남쪽으로 제각각 다른 길을 걸어 돌아갔다.

황재하가 흥녕방까지 걸어왔을 때 갑자기 많은 사람이 우르르 뛰어가는 것이 보였다.

누군가가 크게 외쳤다. "빨리 십육왕택으로 가자! 서둘러, 늦게 가면 없어!"

황재하는 무슨 상황인지 어리둥절했다. 옆에서 무리를 따라 뛰어가던 노파가 사람들에게 밀려 아이고 소리를 내며 넘어졌다. 황재하는 재빨리 다가가 노파를 일으키며 물었다.

"할머님, 지금 다들 어디로 뛰어가는 건가요?"

"아이고, 십육왕택 공주부 근처에서 황제 폐하와 곽 숙비가 돈을 마구 뿌리고 있다지 뭐야! 그러니 얼른 가서 주워야 하지 않겠어!"

황재하는 영문도 모르고 사람들을 따라 서둘러 걸어갔다.

도착해서 보니 많은 사람들이 저택 입구 쪽을 둘러싸고 허리를 굽혀 무언가를 열심히 찾고 있었다. 황재하는 손에 뭔가를 쥐고 있는 사람을 붙잡고 물었다. "저기요, 황제 폐하와 곽 숙비께서 돈을 뿌리셨다던데, 그게 진짜인가요?"

"무슨 돈을 뿌린답니까? 상스럽게!" 문인으로 보이는 그 사내가 손을 펼쳐 보였다. 그 손에 들린 물건은 진주가 박힌 은 화전[41]이었다. 매우 정교한 것이 궁중 물건이 틀림없어 보였다.

"조금 전에 황제 폐하와 곽 숙비 전하께서 공주부에 왕림하시어 이가급[42]이 새로 만든 군무 「탄백년(嘆百年)」을 관람하시었소. 대명궁에서 공주부까지 비단을 펼쳐놓고 수백 명이 그 위를 따라오면서 가

41 여인들이 머리에 꽂는 장신구.

42 당나라 때의 무용수.

무를 선보인 것이오. 그때 화전이 몇 개 떨어져 사람들이 그걸 주운 거요."

황재하는 그제야 무슨 상황인지 알았다. 조용히 귀 기울여 들으니 주변의 소음 너머로 노래하고 춤추는 소리가 희미하게나마 들려왔다.

대문 쪽을 피해 사람이 드문 곳으로 걸어갔더니 과연 안쪽에서 수백 명이 함께 노래하는 소리가 들려왔다. 슬픔과 고통을 완곡하게 전달해주는 듯한 애절한 음률이었다. 멀리 서서 그 음률을 듣고 있노라니 가슴속 깊이 묻어놓은 슬픔이 다시 솟아오르면서 자신도 모르게 쓸쓸한 감정에 사로잡히고 말았다.

황재하는 벽에 기댄 채 조용히 고개를 들어 하늘을 보았다. 여름 오후, 바람은 불지 않았지만 음률이 마치 바람을 탄 듯 먼 곳에서부터 불어왔다. 그 애달픈 소리에 휩쓸려 마음속 어딘가를 칼로 도려내는 듯한 아픔이 느껴져 자신도 모르게 눈물이 흘렀다.

얼굴 가득 흐르는 눈물을 깨닫고는 당황하며 손수건을 꺼내 눈물을 닦으려 했지만 조금 전 검은 재를 손수건으로 쌌던 것이 생각나 그조차 사용할 수가 없었다.

황재하는 영릉향 재를 싼 손수건을 손에 쥐고서 멍하니 서 있었다. 그때 뒤에서 누군가가 조용히 하얀 손수건을 내밀었다. 고개를 돌린 황재하의 눈이 휘둥그레졌다. 눈물 너머로 앞에 선 사람이 보였다.

우선이었다.

그는 감색 옷을 입고 청회색 돌길 위에 서 있었다. 그렇게나 밋밋한 색상의 옷을 입고도 여전히 미모가 빛났다.

황재하는 천천히 손을 들어 그가 내민 손수건을 받아 얼굴에 가져다 대었다. 뜨겁게 타오르던 눈물은 이내 부드러운 손수건에 흡수되어 흔적도 남지 않았다.

힘이 다 빠져나간 듯 황재하는 몸을 벽에 기댔다. 그 고요한 골목

한가운데서 우선이 건네준 수건에 얼굴을 묻고 한참을 그렇게 가만히 있었다.

손수건에서 느껴지는 그의 향기는 담백하면서도 몽환적이었다. 여름밤에 처음 피운 연꽃, 겨울에 시들어 떨어지는 매화 꽃봉오리, 꿈속에서 보았던 불꽃과 빙설의 향기가 느껴졌다.

"대리사 입구에서 널 봤어." 그의 아련한 목소리가 황재하의 귓가를 가볍게 울리며 똑똑히 전해져왔다. "나무 뒤로 숨어 나를 피하는 걸 봤지. 내가 생각해봐도 그래. 우리가 만난다 한들 무슨 말을 나눌 수가 있겠어?" 그는 느릿느릿 읊조리듯 말했다.

황재하는 그의 마음속에 망설임과 슬픔이 동시에 존재하고 있음을 명확히 느낄 수 있었다.

그도 분명히 자신과 마찬가지로 둘이 함께했던 시절의 기억들이 떠오를 것이다. 잊히지 않는, 그러나 다시는 되돌릴 수 없는 그 기억들이 계속해서 머릿속에 떠오를 것이었다.

"그 아가씨를 봤어. 분명 네가 대리사에서 구해낸 사람이겠지." 그는 고개를 들어 하늘에 떠 있는 눈부실 정도로 새하얀 구름 떼를 올려다보며 느린 말투로 말했다. "돌아오는 길에 많은 생각을 했어. 그때가 생각났지. 너는 문서에 단 한 줄이라도 재고할 만한 내용이 있으면 천리 길도 마다않고 밤낮으로 길을 달려 알지도 못하는 사람을 도와 판결을 뒤집어버렸어. 지금도 너는 너 자신이 누명을 쓰고 어려운 상황에 처해 있음에도 여전히 온 힘을 다해 억울한 사람을 도와주고 있었어. 그에 반해 나는 너와 이 세상에서 가장 가까운 사이였음에도 고집스럽게 너를 범인이라고 생각했지. 정말이지 난…… 그간에 쌓은 우리의 감정을 다 헛되게 만들어버렸어."

황재하는 아무 소리도 내지 않으려 아랫입술을 꽉 깨물었지만, 심하게 떨리는 어깨가 그녀를 배반했다.

우선은 한숨을 쉬며 가볍게 황재하의 어깨를 감쌌다.

과거 두 사람은 이보다 더 큰 친밀함을 나누던 사이였다. 하지만 긴 시간을 헤어졌던 그의 손길에 황재하는 자신도 모르게 몸을 빼냈다. 우선의 손은 닿을 곳을 잃고 허공에 머물렀다.

우선은 한참이 지나서야 조용히 자신의 손을 거두었다. 그러고는 나지막한 목소리로 말했다. "너는 나한테 그런 말을 해서는 안 됐어. 나한테 그런 행동을 보여서는 안 됐다고. 그랬다면, 난 절대 네가 그런 짓을 저질렀다고 믿지 않았을 거야. 어떤 상황에서도 절대 믿지 않았을 거라고."

황재하는 얼굴에 대고 있던 손수건을 거뒀다. 그 얼굴은 이미 평정을 되찾아 다소 붉어진 눈 외에는 조금 전에 동요했던 흔적을 찾아볼 수 없었다.

황재하가 물었다. "내가 너한테…… 무슨 말을 했지? 무슨 행동을 보였는데?"

우선은 두 눈을 깜빡이지도 않고 황재하를 응시하며 말했다. 낮지만 또렷한 음성이었다. "너희 가족이 그렇게 참혹하게 죽기 바로 전, 용주에서 돌아온 너를 찾아갔을 때…… 너는 손에 든 비상을 뚫어져라 응시하면서 이상한 표정을 하고 있었지."

황재하는 순간 너무 놀라 눈을 크게 뜨고서 그를 쳐다보며 중얼거리는 듯한 목소리로 물었다. "뭐라고?"

"네가 용주에서 돌아온 다음 날 말이야. 나는 네가 직전에 보냈던 서신을 아직도 기억하고 있어. 용주에서 있었던 사건은 그 집 딸이 자신의 사랑을 저지당하자 단장초를 음식에 넣어 가족을 몰살시킨 사건이었다고 적혀 있었지. 그리고 또 우리도 만약 그런 상황까지 가게 되면 너 또한 가족을 포기하고 결코 돌아오지 못할 길을 걷게 되는 건 아닐까라고." 우선은 고통에 가득 찬 황재하의 눈빛을 보았다. "그 서신에 적힌 말 때문에 무척 걱정됐는데, 네가 비상을 꺼내 들고 뚫어져라 쳐다보고 있어서 내가 당장 너한테 그 비상을 버리라고 말했잖아. 그런데 넌 그걸 다시 서랍 안에 넣고는 열쇠로 잠그며 말했지. 어쩌면 우리가 함께할 수 있게 도와주는 물건이 될지도 모른다고."

황재하는 전혀 모르는 사람을 마주하고 있는 듯한 표정으로 그를 바라보았다. "용주의 사건도 기억나고, 그 서신 내용도 기억해. 하지만 내가 비상을 꺼내서 봤다는 건 기억이 안 나……. 더욱이 내가 그런 말을 했다는 것은 더더욱 기억나지 않아!"

우선은 예리한 눈빛으로 황재하를 응시했지만 온통 비통과 실의로 가득한 황재하의 얼굴에서는 어떠한 거짓도 느껴지지 않았다.

우선의 낯빛이 서서히 창백하게 변했다. 그는 자신의 관자놀이를 손으로 짚었다. 감정이 너무 격해지는 바람에 숨이 차올라 호흡이 거칠어졌다.

우선이 힘겹게 말을 꺼냈다. "재하, 내가 정말 그때 네 행동을 오해했나 봐……. 하지만 비상을 쥐고 있는 네 표정은 정말 무서웠고, 그날 밤 너희 가족이 모두 비상으로 죽었어……. 그 상황에서 내가 어떻게 너를 믿을 수 있었겠어?"

"말도 안 돼!" 황재하는 떨리는 목소리로 그의 말을 끊었다. "그 비상은 내가 용주에 가기 전에 산 거였어. 그리고 용주에서 돌아온 뒤에는 건드린 적이 없다고! 그런데 어떻게 내가 비상을 들고 있는 걸 봤다는 거야?"

우선은 늘 맑고 아름답기만 하던 얼굴에 당혹과 두려움을 가득 띤 채 황재하를 쳐다보며 같은 말만 중얼거렸다.

"말도 안 돼. 말도 안 돼……."

모든 세상이 멈춰버리고 아득한 하늘 아래 두 사람만 존재하는 것 같았다. 지척의 거리에서 서로를 바라보고 있었으나 억만의 간극이 둘 사이를 갈라놓았다.

뜨거운 열기와 차디찬 한기, 피비린내와 스산한 기운, 그리고 알 수 없는 운명과 헤아릴 수 없는 하늘의 뜻, 그 모든 것들이 두 사람 위로 쏟아졌다.

"양숭고."

갑자기 뒤에서 날아든 차가운 음성이 둘 사이의 죽음과도 같은 적막을 깨뜨렸다.

황재하는 고개를 돌렸다. 이서백이 골목 입구에서 미동도 없이 둘을 바라보고 있었다. 역광으로 표정은 보이지 않고 그저 윤곽만이 보였을 뿐인데도 피할 수 없는 압박감이 엄습해오는 것만 같았다.

한참 후 황재하는 마침내 이서백의 맑고 깊은 눈을 볼 수 있었고, 그 순간 아득하고 흐릿했던 감정들 속에서 빠져나올 수 있었다. 그리고 자신이 한적하고도 쓸쓸한 골목에 서 있다는 사실도 깨달았다. 여전히 저 멀리서 노랫소리가 들려오고 있었다. 「탄백년」의 애달픈 가락이 심금을 울리며 하늘까지 은은하게 퍼져 나갔다. 흘러가던 구름도 애달픈 노래에 그 걸음을 붙들린 듯 가만히 멈춰 서 있었다.

마주 서 있던 우선 또한 정신이 돌아온 듯했다. 이마에는 여전히 식은땀이 남아 있었지만 얼굴은 평온을 되찾았다. 우선은 이서백을 향해 고개를 숙여 예를 갖춘 뒤 곧바로 몸을 돌려 떠나려다 다시 멈춰 황재하를 돌아보았다. 황재하는 아무 말 없이 그의 창백한 얼굴을 보았다. 수많은 복잡한 생각들에 쉽게 입이 떨어지지 않았다.

우선은 낮은 목소리로 물었다. "촉에 돌아가서 진상을 밝힐 거라고 했던가?"

황재하는 고개를 끄덕이며 말했다. "돌아갈 거야."

"그럼, 성도부에서 기다리고 있을게."

우선의 눈빛이 황재하의 두 눈을 깊이 들여다보았다. 수년 전 그날,

연정이란 감정을 조금도 모르던 황재하가 처음으로 그를 만났던 때와 마찬가지로, 황재하는 자신의 두 눈을 주시하는 그의 눈동자에 비친 자신의 모습을 보았다.

아무도 모를 것이다. 그해, 아직 어린아이였던 그녀가 바로 그 순간 소녀로 자라났다는 것을 말이다.

이서백과 황재하가 동창 공주부로 들어갔을 때, 「탄백년」을 추던 무희들은 이미 흩어지고 없었다.

태양이 새하얀 석판 바닥을 내리비춰 여기저기 떨어진 보석들이 유난히 눈부시게 보였다. 동창 공주의 시신은 이미 관 속에 들어갔지만 공주의 방 안에는 여전히 얼음이 가득 놓여 있었다.

한옆에는 조금 작은 관이 하나 더 놓였는데, 공주의 유모 운 부인이 안에 누워 있었다. 운 부인은 목에 교살의 흔적이 남은 채 뒤틀린 표정으로 공주의 영면을 함께하게 되었다.

황제와 곽 숙비는 대청 앞에 앉아 있고 그들 뒤로 궁녀와 환관들이 눈물을 훔치고 있었다. 황제는 만면에 지독한 분노의 빛을 띠었다. 쏟아낼 수 없는 절망이 쌓이고 쌓여 악독함으로 표출되었다.

이서백이 황재하를 데리고 들어오는 것을 보고 황제 곁에 있던 몇몇 환관과 궁녀는 안도의 한숨을 쉬었다. 이서백이 운 부인 쪽을 쳐다보자 황제가 말했다. "공주가 혼자 지하에서 쓸쓸할 터이니 짐이 운 부인도 함께 따라가 공주를 계속 돌보게 했다."

이서백은 이미 죽은 자를 보며 침묵밖에 할 수 있는 게 없어 아무 말 없이 황제 옆에 앉았다.

곽 숙비는 얼굴을 가리고 흐느껴 울며 말했다. "저 시녀들과 환관들도 그리해야 합니다. 다른 이들은 그렇다 치더라도 최측근에 있었던 저들은 공주의 사고에 책임이 있습니다!"

황제는 한참을 생각하고는 천천히 입을 열어 말했다. "지난번에 양 공공이 저들을 대신해서 사정한 바 있지 않소. 짐도 일리가 있다고 생각하니 잠시 유예하겠소."

"황상께서는 저들을 불쌍히 여기시는군요. 신첩은 지하에 혼자 있을 영휘가 더 불쌍합니다!" 곽 숙비는 숨을 가쁘게 내쉬며 더 괴로운 표정으로 눈물을 흘렸다. "영휘는 어려서부터 혼자 있는 것을 무서워해 늘 주변에 사람을 데리고 다녔습니다. 지금은 그 먼 길을 외롭게 혼자 갔습니다. 더군다나 곁에는 시중드는 이도 적으니 어미가 되어서 어찌 안심하고 있을 수가 있겠습니까……."

곽 숙비가 애통해하며 울부짖었지만 황재하는 발밑에서부터 한 줄기 냉기가 솟아올라 척추를 따라 머리끝까지 퍼지는 것을 느꼈다. 마침 이서백도 황재하에게로 시선을 보냈다. 두 사람은 서로의 눈빛 속에서 곽 숙비가 어떠한 의도를 가지고 있음을 확인했다.

"숙비, 그만하시오. 짐도 가슴이 아프오." 황제는 길게 한숨을 쉬었지만 숙비의 말에 딱히 반대를 표하지는 않고 이서백을 향해 다시 입을 열었다. "공주가 생전에 가장 좋아했던 그 국자감 학정 우선 또한 이리로 들라 했었다."

곽 숙비는 옆에서 불안한 듯한 표정으로 손을 뻗어 황제의 손등을 살짝 잡았다. 하지만 황제는 깨닫지 못한 듯 하던 말을 멈추지 않았다.

"짐도 장안에 떠도는 소문은 들은 바가 있다. 영휘가 일찍이 자신을 위해 강연을 해달라고 우선에게 여러 번 청했는데 그때마다 거절을 했다지. 후에 영휘가 직접 국자감 학장을 찾아가 말을 넣었더니 그제야 공주부에서 『주례』 강연을 해주겠다고 승낙했다고 말이다. 짐은 그때는 그냥 웃어넘겼는데 지금 가만히 생각해보니 이리 젊은 나이에 혼자 외로이 지하에 누워 있을 영휘에게 그 좋아하던 『주례』 강연이라도 듣게 해주는 게 좋을 듯싶었다."

순간 황재하는 심장이 덜컹했다. 하지만 조금 전 우선이 나오는 것을 보았으니 아마도 황제가 놓아준 듯싶었다.

"짐은 정말 그자를 죽이려고 했다." 황제는 그렇게 말하면서 멍하니 넋을 놓고 있다가 고개를 들어 다시 한숨을 쉬며 말했다. "하지만 그자를 만나고 보니 어찌된 영문인지 그 생각이 사라져버렸다."

이서백은 아무 말 하지 않고 고개를 살짝 틀어 공주의 관에 시선을 주었다.

"어쩌면 짐이 너무 늙어 그런 뛰어난 젊은이를 모질게 꺾어버릴 수가 없는지도 모르지." 황제가 고개를 돌려 이서백을 보며 물었다. "우선을 만나본 적이 있느냐?"

"만나봤습니다. 용모가 맑고 단정한 것이 세상에 둘도 없을 만큼 빼어나더군요." 이서백이 담담하게 말했다.

곽 숙비는 멍하니 한참을 앉아 있다가 무엇 때문인지 갑자기 벌떡 일어나 공주의 관을 향해 급히 다가갔다. 그러고는 관을 붙잡고 눈물을 비 오듯 흘리며 슬피 울었다.

이서백은 평소와 다름없는 평온한 말투로 말했다. "황상께서 그를 죽이지 않으신 것이 옳습니다. 그자가 공주의 영면을 함께한다면 부마의 체면은 어찌 되겠습니까?"

황제는 고개를 끄덕이고는 눈을 감았다. 얼굴에 피곤이 가득했다.

황재하는 뒤에 서서 조용히 그들의 대화를 듣고 있었다. 여름날 오후에 매미 소리가 가득했다. 황제의 목소리가 시끄러운 매미 소리에 섞여 약하게 들려왔다.

"내일 대리사에서 이 사건을 공개 재판할 것이다. 짐이 이미 명을 내린 것과 같이 심문이 끝나는 대로 즉시 범인을 형장으로 끌고 가서 능지처참에 처하라."

이서백이 살짝 망설이며 물었다. "확실한 정황이 드러났습니까?"

"인적 증거와 물적 증거가 모두 확실하다."

"진범을 잡는다면 동창의 영혼도 위로받을 수 있을 것입니다." 이서백이 고개를 돌려 황재하를 슬쩍 쳐다보고는 다시 덧붙이며 말했다. "소신 황송하게도 임시로 대리사 직무를 맡고 있으니 내일 그 자리에 나가도록 하겠습니다."

"날씨가 더우니 영휘도 여기 오래 머물 수는 없을 것이야. 짐은 범인의 사형이 집행되고 나면 공주를 부황의 정릉에 임시로 두기로 결정했다. 능묘가 완공되고 나면 그때 안장을 할 것이야."

"좋은 생각이십니다." 이서백이 대답했다.

황제는 의자에 등을 기댄 채 하늘을 올려다보며 더 이상 아무런 기척도 하지 않았다. 심지어 눈동자조차 움직이지 않고 그저 호흡만 한층 더 무거워진 것 같았다.

이서백은 한참을 황제 곁에 머무르다가 이만 물러가겠다고 고한 뒤 황재하와 함께 공주부를 나왔다.

여름날 오후, 타오를 듯한 열기가 장안을 뒤덮었다. 거리에는 사람도 거의 없었다.

마차 안의 얼음 통에는 선산 모양으로 깎은 얼음 조각이 진열되어 있었지만 뜨거운 열기에 녹아내려 신선과 꽃나무 모양은 이미 알아볼 수 없고 산의 윤곽만 남았다.

녹아내린 얼음물이 통 속으로 떨어지며 가벼운 소리를 냈다.

얼음 옆에 앉아 있긴 했지만 황재하는 여전히 숨 막힐 듯한 열기를 느끼며 등줄기로 땀이 흘렀다. 자신의 모습을 살피는 이서백의 시선을 느끼고는 극도로 긴장한 상태였다.

흡사 나를 알고 적을 모르는 것과 같은 이런 상황에서는 국면을 장악할 가능성이 거의 없다. 그래서 더 처절한 패배를 모면하기 위해 황재하는 하는 수 없이 이를 악물고 먼저 입을 열었다.

"소인, 전하께 여쭙고 싶은 것이 있습니다."

황재하를 살피던 그의 눈빛에 한 줄기 의문이 스쳤다. "무엇이냐?"

"사람에게 환각을 일으켜서 일어나지도 않은 일을 보게 할 수가 있습니까?"

이서백은 고개를 흔들며 말했다. "불가능하다."

"그런데 조금 전 우선을 만났을 때 들은 바로는 가족이 죽던 그날, 제가 손에 비상을 들고서 기이한 표정을 지었다고 합니다."

우선, 그 두 글자가 황재하의 입에서 나오자 이서백의 마음속에 풍랑이 이는 것 같았다. 하지만 풍랑은 곧바로 잔잔한 물결로 변하고 이내 아무런 형태도 없이 잠잠히 사라졌다.

이서백은 잠시 생각해본 뒤 입을 열었다. "어쩌면 그 때문에 시종일관 너를 범인이라고 생각했는지도 모르겠구나. 그자의 눈에 비친 너는 사건이 일어나기 직전에 이상한 거동을 보였으니 말이다."

"하지만 저는 정말로 그런 적이 없습니다!" 황재하는 단호하게 말했다.

"그자가 잘못 기억하고 있는 것이냐, 아니면 네가 잊어버린 것이냐?" 이서백이 다시 물었다.

"그가 잘못 기억하고 있는 것입니다." 황재하는 조금도 망설이지 않았다.

"혹은 한 가지 가능성이 더 있겠지. 그가 틀리게 말했다, 즉 거짓말을 한 것이다."

"그렇지만…… 당사자인 제 앞에서 그런 거짓말을 하는 것이 무슨 의미가 있겠습니까?" 황재하가 막연한 듯 물었다.

"당사자인 너도 모르는데 내가 어찌 알겠느냐?" 이서백의 목소리가 차갑게 변했다. "더군다나 두 사람은 이미 성도부에서 만날 것을 약속하지 않았느냐? 그때 다시 물어보면 알 수 있겠지."

황재하는 그의 싸늘한 말투를 느끼고는 더는 아무 말 하지 않았다. 얼음물이 뚝뚝 떨어지는 소리를 듣고 있노라니 어느새 기왕부에 도착해 마차가 느릿느릿 멈춰 섰다.

마차에서 내리던 황재하는 파도처럼 출렁이며 덮쳐오는 뜨거운 기운에 떠밀려 순간 휘청였다. 이서백이 뒤에서 손을 내밀어 그녀를 부축했다.

황재하는 제대로 몸을 일으킨 뒤 감사 인사를 하려 했으나, 이서백은 이미 손을 놓고 황재하를 지나쳐 곧장 저택 안으로 들어가버렸다. 황재하는 그 자리에 서서 잠시 그의 뒷모습을 바라보다가 몸을 돌려 마구간으로 향했다.

이서백은 뒤통수에 눈이라도 달렸는지 뒤를 돌아보지도 않고 차가운 음성으로 말했다. "어디를 가느냐?"

"태극궁에 갑니다." 황재하가 이서백을 돌아보며 대답했다. "공주부 시녀들과 환관들을 살릴 수 있을지, 한번 시도해보려고 합니다."

"양 공공은 별고 없었는가?"

왕 황후는 낮잠에서 깨어난 지 얼마 되지 않아 아직 나른한 기운이 남아 있었다. 대전은 고요했다. 황후는 맑고 흰 살결에 얇은 비단옷을 걸친 모습이 마치 가벼운 구름에 감싸여 외부의 열기로부터 보호받고 있는 것처럼 보였다.

기왕부에서부터 말을 타고 달려온 황재하는 차림이 몹시 엉망이었다. 머리는 산발이 되어 몇 가닥은 이마로 흘러내렸고 코에는 땀방울이 송골송골 맺혔다. 대전을 들어오기 직전 황급히 매무새를 다듬었으나 충분치 않았는지 꽤나 초라하고 단정치 못해 보였다.

왕 황후는 손을 들어 곁에 있던 자들을 모두 밖으로 물리고는 탁자 위에 놓인 비단 수건을 황재하에게 건네주며 물었다. "이렇게 급히 나를 찾아오다니 무슨 일이지?"

황재하는 수건을 받아 코의 땀을 살짝살짝 누르며 나지막이 말했다. "경하드립니다, 황후 폐하. 황후 폐하께서 대명궁으로 환궁하실 날이 머지않았습니다."

왕 황후는 순간 황재하의 표정을 살폈다. 그 표정이 꽤나 진지한 것을 보고는 가볍게 미소 지으며 말했다. "봉래전은 물 가까이에 있어 확실히 여기보다는 더 시원하지. 빨리 돌아갈 수만 있다면 당연히 좋겠어."

황재하가 고개를 끄덕이며 말했다. "소인은 황후 폐하께서 이미 환궁을 준비하고 계신 것을 잘 알고 있습니다. 황후 폐하께서 하루라도 더 빨리 환궁하시도록 돕는 것 또한 소인의 책무이겠지요."

"일단 자네가 이리 급하게 나를 찾아온 일에 대해서 먼저 말해보게." 낮은 침상에 몸을 기댄 황후는 선녀가 꽃을 뿌리는 그림이 그려진 희고 둥근 부채를 쥐고 가볍게 부쳤다.

"곽 숙비에게 비밀이 있습니다. 어쩌면 동창 공주 측근의 환관과 시녀는 이미 그 사실을 눈치챘는지도 모르겠습니다. 이제 공주가 죽고 없으니 곽 숙비는 공주 측근의 환관과 시녀를 모조리 공주와 함께 순장하려 하고 있습니다."

왕 황후는 부채로 입술은 가렸으나 미소로 살짝 휘어진 두 눈은 가리지 못했다. "꽤나 중요한 비밀인가 보군."

"사실…… 그저 문장 하나일 뿐입니다." 황재하는 목소리를 낮춰 말했다. "그리고 한 가지 황후 폐하께 부탁드리고 싶은 일이 있습니다."

"무엇인가?"

"이 일은 또 한 사람과 연관되어 있습니다. 국자감 학정 우선으로,

저의…… 옛 벗입니다. 저는 이 비밀을 황후 폐하께서 홀로 간직하신 채 곽 숙비를 훈계하시는 데에만 쓰시리라 생각합니다. 굳이 온 천하에 알리실 필요는 없을 것입니다."

왕 황후는 웃으며 말했다. "그건 당연히 그럴 것이야. 본궁이 10년 넘는 세월 동안 곽 숙비가 궁에 있는 것을 용인해주었으니, 이후로도 응당 궁 안에서 내 손발이 되어줘야 하지 않겠는가."

황재하가 조용히 고개를 숙이며 나지막이 답했다. "그러하옵니다."

"그럼 곽 숙비의 그 비밀이란 것은 어떤 문구인가?"

순간 우선과 처음 만났던 그날의 바람과 그날의 연꽃이 환상처럼 황재하의 눈앞을 스치고 지나갔다. 가슴속에 흩날리던 연꽃들이 고요한 수면 위로 떨어져 내리면서 호수 위로 어지러이 물결을 일으켜 다시는 처음의 그 고요함으로 돌아갈 수 없었다.

자신만의 저택으로 이사를 하고서 맞이한 첫날 밤, 우선은 잠을 이루지 못하고 황재하의 집으로 돌아와 대문 밖에 밤새 서 있었다. 그의 눈썹 위로 내려앉은 눈송이가 녹으면서 눈물처럼 떨어졌었다.

사건이 일어난 그날, 우선은 황재하를 도와 품에 매화를 안고 있었다. 불타는 듯한 홍매화 옆의 그 웃는 얼굴은 황재하가 보았던 그 어떤 꽃보다도 아름다웠다. 우선이 흥당사의 향로 속에 던져 넣은 그 서신 조각들은 불속에서 그 색을 완전히 잃고 검은 재로만 남았다.

황재하는 눈을 감았다. 그러고는 잠꼬대를 하는 것처럼 나지막한 목소리로 읊었다. "달빛 따라 흘러가 그대를 비추었으면……."

저녁노을이 비단처럼 장안성 위에 드리웠다. 황재하는 고개를 들어 서녘 하늘을 보았다. 하늘이 마치 손에 닿을 것처럼 가까이 있었다.

가장 찬란한 노을빛 뒤로 또 하루가 저물고 있었다.

기왕부로 돌아온 황재하는 자신의 방에 앉아서 머리 위 비녀를 뽑아 무의식적으로 침대 위에 이리저리 무언가를 그려보며 모든 실마리들을 조합해보았다.

한 치의 착오도 없음을 확인하고는 다시 비녀를 은비녀 안으로 꽂아 넣었다. 침대에 걸터앉아서 골똘히 생각하던 황재하는 아까부터 느껴지던 기이함의 출처가 어디인지 깨달았다.

이서백. 기왕으로부터의 호출이 없었다.

평소 황재하가 돌아오면 늘 누군가가 이렇게 말했다. '전하께서 들르라고 하십니다.'

그런데 지금, 이렇게나 중대한 진전이 있는 때에, 황재하는 누구에게 이 경과를 보고해야 할지 알 수 없었다.

하는 수 없이 한숨을 내쉬고는 침대에 모로 누워 공주부 골목에서 있었던 일을 다시 떠올려보았다.

우선은 황재하가 손에 비상을 들고 이상한 표정을 짓고 있는 모습을 보았다고 했다. 결코 있을 수 없는 일이었다. 황재하가 기억하기로 자신이 비상을 사온 직후, 우선과의 그 내기를 진행할 틈도 없이 용주에서 일가가 살해당했다는 소식을 듣고 곧바로 용주로 달려가 사건 조사를 했기 때문이다. 조사 결과 부모의 반대로 정인과 헤어지게 된 딸이 음식에 독을 넣어 자신을 포함한 가족 모두가 황천길로 가게 된 사건이었다.

황재하는 탄식하며 우선에게 서신을 썼고 이틀 뒤 성도부로 돌아왔다. 이리저리 바쁘게 뛰어다녔던 터라 몸이 많이 지쳐 있었다. 집에 도착했을 때는 이미 황혼 무렵이었고 밥을 먹자마자 잠이 들어 꿈 한 번 꾸지 않고 죽은 듯이 잠만 잤다. 그리고 이튿날 아침 우선이 찾아왔을 때 황재하는 막 일어난 상태였다. 우선은 서신에 적혀 있던 내용에 대해 묻고는, 그녀가 조금도 이상하지 않다는 것을 확인한 뒤에야 평소처럼 함께 후원에 나가 매화를 감상했다. 그 뒤에는 황재하의 조모와 숙부가 도착했기에 우선은 작별 인사를 하고 떠났다.

그때까지 황재하는 비상을 넣어둔 궤짝을 열어보지도 않았다. 그런데 어떻게 비상을 손에 들고 봤다는 말인가?

그의 기억이 잘못되었거나 자신의 기억이 잘못되었을 것이다.

그가 거짓말을 하는 것일까? 하지만 그의 표정은 결코 거짓이 아니었다. 게다가 당사자 앞에서 거짓말을 하는 것이 대체 무슨 의미가 있단 말인가? 황재하는 너무 지쳐버려서 자신도 모르게 벌러덩 드러누워 멍하니 천장을 바라보았다.

"꼼짝도 않고 무슨 생각을 그리 하는 게냐?" 바로 옆에서 누군가의 목소리가 들려왔다.

꿈결인 듯 멍해 있던 황재하는 무의식적으로 혼잣말로 중얼거렸다.
"우선……."

이 두 글자를 내뱉자마자 갑자기 머리털이 쭈뼛 서며 등에서 식은땀이 났다.

재빨리 몸을 일으켜 앉아 문 앞에 서 있는 이서백을 바라보았다.

석양빛이 서서히 사그라지며 곧 날이 어두워지려 했다. 처량한 노을빛에 잠긴 그의 모습은 선명하지 않았고, 그 얼굴의 표정은 더더욱 보이지 않았다.

황재하는 황급히 일어나 이서백을 향해 다가가며 말했다. "우선이 저에게 했던 말들을 생각하고 있었습니다."

황재하는 자신이 왜 그렇게 다급하게 변명을 하는지 알지 못했다. 이서백의 표정에는 아무런 변화도 없었다. 그저 사그라지는 저녁 빛 아래 황재하의 얼굴을 주시하며 담담한 어투로 한마디 내뱉을 뿐이었다.

"그렇군."

황재하는 불공평하다고 느꼈다. 실내에 있는 자신의 표정은 밖에서 들어온 빛을 받아 또렷하게 보일 테지만 역광을 받으며 서 있는 이서백의 표정과 눈빛에는 대체 무엇이 담겨 있는지 알 수 없었다.

이서백은 황재하에게는 신경도 쓰지 않고 곧바로 몸을 돌려 밖으로 나갔다.

황재하는 안절부절못하며 그를 따라 침류사로 향했다. 가는 길 내내 침묵을 지키는 이서백 때문에 황재하는 더욱 큰 압박감을 느꼈다.

침류사에 도착한 후 황재하는 겨우 용기를 내어 말했다. "전하 저를 찾으실 일이 있으면 경육을 시켜 부르시면 됩니다……."

그는 대답 대신 황재하에게 물었다. "왕 황후를 보러 갔었지 않느냐. 황후의 반응은 어떠하더냐?"

"황후 폐하는 분명 사람을 시켜 곽 숙비를 부를 것입니다. 어쨌든 황후께는 좋은 기회이니 말입니다."

"그래. 황상도 동창 공주를 위해 무고한 사람들을 학살하신 일로 오늘 조정에서 많은 충신들의 진언이 있었다. 하지만 오히려 폐하께서는 그들을 힐난하며 분노하셨다. 궁중의 태비도 이 때문에 불안해하고 있더구나. 하지만 누가 황상을 비난하고 나서겠느냐? 아마 그저 곽 숙비를 비난하겠지."

왕 황후가 환궁하여 곽 숙비를 통제하는 것은 도성 안의 모든 평민들도 속으로 바라는 바일 것이다. 사람들은 왕 황후가 조정과 후궁의 모든 것을 두루 살피며 안정시켜주기를 바랐다.

"하늘도 황후 폐하를 도와주는 것 같습니다. 황후께서 원하던 시기에 곽 숙비가 가장 믿고 기대던 동창 공주가 죽었고 그로 인해 조정이 시끄러워졌으니까요." 황재하가 낮은 목소리로 말했다.

이서백은 고개를 저었다. "그렇지 않다. 왕 황후가 여기까지 올 수 있었던 것은 절대 운에만 기댄 것이 아니다. 황후 뒤에 서 있는 이를 절대 가볍게 봐서는 안 된다."

황재하가 물었다. "왕 씨 가문 말씀이신가요?"

"그렇다고도, 또 아니라고도 할 수 있지." 이서백은 탁자 위 유리병 바닥 가까이에 얌전히 떠 있는 물고기를 바라보며 천천히 말을 이었다. "그 가문 밖을 떠돌아다니는 그 인물이야말로 진짜 이 조정을 좌지우지할 수 있는 배후다."

순간 황재하의 눈앞에 태극궁 전각 위에서 그녀를 관찰하던 한 남자가 스쳐지나갔다.

자줏빛 도포에 옥색 허리띠. 독사와 같은 눈빛을 가진 남자.

그는 황재하의 손가락을 어항에 넣어 아가십열에게 손가락에 묻어 있던 피를 먹였다.

황재하는 순간 뭔가 깨달은 듯 중얼거렸다. "왕종실."

이서백은 아무 말 없이 입술 끝을 살짝 끌어올리며 말했다. "왕종실의 힘이 아니었다면 내가 어찌 오늘날까지 올 수 있었겠으며, 어찌 이 위치에 있을 수 있었겠느냐?"

황재하는 묵묵히 입을 다물고 있었다.

10년 전, 선황이 붕어한 후 왕종실은 좌신책호군의 중위[43]를 맡아 반역을 꾀한 왕귀장, 마공유, 왕거방 등을 참수한 뒤 손수 의장대를 거느리고 황제를 맞이하여 지금의 황제가 황위에 등극하는 데 일등 공신이 되었다.

그러나 황제는 황위에 등극하고 난 후에야 비로소 그 자리가 얼마나 힘든 자리인지 깨달았다. 이 나라 조정은 100년 가까이 환관이 좌지우지했다. 그들의 손에 조정의 관리들이 부지기수로 죽어나갔고 심지어 황제도 환관의 손에 살해당했다. 선황은 어리석은 척 재능을 감추고 여러 해를 지내다가 결국 자신이 황위에 오르도록 도와준 마원

43 신책군을 관리하는 환관 직위로 신책군의 실질적 책임자.

지를 죽였다. 하지만 이미 단단히 방비를 하고 있는 왕종실은 어쩌지 못했다. 애초에 그에게 대항하며 맞설 수조차 없었다.

다행히 기왕은 3년 전 서주 대란 때 반란을 평정하여 절도사의 세력을 얻었고, 장안 열 개의 조정 기관들이 상당수 그의 명령을 따랐기에 황실에서 자신만의 세력을 키울 수 있었다. 기왕부와 신책군이 서로를 견제한 까닭에 최근 몇 년간 조정과 황제는 그나마 마음 편한 나날을 보낸 셈이었다.

황재하는 그의 평온한 옆모습을 바라보며 속으로 생각했다. 선황께서 돌아가시고 불과 열세 살이던 그가 대명궁에서 쫓겨날 때, 그 심정이 어땠을까? 세상에 알려지지 않은 통왕으로서의 6년 세월은 또 어떻게 지냈을까? 그는 열아홉에 한 번의 전투로 이름을 날리고 자신의 능력을 내보였다. 온 대당 황실의 존망을 어깨에 짊어지게 된 그때 그는 또 무슨 생각을 했을까?

그의 인생은 잠시도 한가할 틈이 없었다. 수많은 직책을 맡아 전심전력을 다했다. 황재하는 그에게 있어 인생의 낙은 무엇일까 생각해본 적이 있었다. 하지만 지금 다시 생각해보면 그 낙이라는 것도 그에게는 너무 큰 사치였다. 그의 인생은, 그저 이당(李唐) 황실에 대한 책임으로만 채워져 있을 뿐, 자신의 인생은 존재하지도 않았다.

그는 이 씨 가문의 기왕 이서백이니까 말이다.

황재하가 가만히 그를 바라보고 있는데 갑자기 그가 고개를 돌리는 바람에 두 사람의 눈빛이 마주쳤다. 두 사람은 오랫동안 서로를 바라보았다.

황재하가 먼저 고개를 숙였지만 그는 여전히 황재하를 보며 물었다. "너는 곽 숙비의 비밀이 폭로되면 우선이 어떻게 될지 생각해보았느냐?"

황재하는 아랫입술을 깨물고는 작은 소리로 말했다.

"왕 황후께서는 우선과 관련된 일을 누설하지 않으실 것입니다. 황후께 좋을 것이 없기 때문입니다. 황후께서는 분명 가장 지혜로운 방식으로 곽 숙비에게 경고하여, 곽 숙비가 황후 폐하의 환궁을 적극적으로 거론하도록 만들 것입니다."

"왕 황후와 비교하면 곽 숙비는 별로 지혜롭지가 못하지. 그렇지 않느냐? 딸 하나만 있는 몸으로 그 딸을 향한 황상의 총애에 기대, 아들딸을 낳고 친히 태자까지 키운 왕 황후를 무너뜨리겠다는 헛된 망상을 품었으니 말이다. 게다가 말과 행동을 지극히 조심해야 하는 궁에서 직접 연서를 씀으로써 결국 상대에게 칼자루를 쥐어주고야 말았어." 이서백은 어떠한 감정도 담지 않고 담담하게 말했다. 그러고는 잠시 생각하더니 다시 입을 열어 물었다. "언제부터 우선과 사적으로 관계를 가지는 사람이 동창 공주가 아니라 곽 숙비인 것을 확신했느냐?"

"지금원에서 쓰다 만 듯한 그 시구를 봤을 때입니다." 날이 점점 어두워졌다. 황재하는 얼굴을 들어 저택 안 등불이 하나둘 밝혀지고 있는 것을 바라보며 나지막한 목소리로 말했다. "서신을 쓴 이가 범인일 텐데 그것이 동창 공주의 필적이 아니라면 분명 그날 지금원에 있던 이가 두구를 죽인 범인일 것입니다. 원래 두구의 거처를 밖으로 옮길 계획이었던 공주가 온 힘을 다해 그 사람을 보호하려 했습니다. 부마가 자신을 오해하고 원망하는 것까지 감수하면서 그 사람을 숨겨준 것이지요. 그렇다면 그 사람은 자연히…… 공주의 모친인 곽 숙비였을 것입니다. 그리고 곽 숙비의 필적은 그날 우선이 불태웠던 서신의 필적과 같았습니다."

하늘이 어두워지며 실내의 등불이 더 밝게 보였다. 두 사람의 몸 위에 닿은 불빛이 밝은 곳은 더 밝게, 어두운 곳은 더 어둡게 했다.

"게다가 서신에 적힌 구절 또한 절대 공주님의 말이 아니었습니다.

'지금 함께 바라보나 소식 전하지 못하니, 달빛 따라 흘러가 그대를 비추었으면.' 공주님은 언제든지 원하는 대로 하실 수 있는 분이었습니다. 직접 국자감을 찾아가 우선에게 강연을 해달라고 요청하실 정도였지요. 그런데 어찌 우선에게 바라볼 수는 있으나 가까이 갈 수는 없다는 의미의 시를 쓰셨겠습니까?"

이서백은 살짝 미소를 지으며 물속에서 미동도 하지 않고 깊은 잠에 빠진 듯한 물고기를 보며 말했다. "세간에 떠도는 말에 의하면 곽숙비가 공주부에 자주 출입하는 이유가 부마 위보형과 은밀한 관계를 갖고 있기 때문이라 했다. 또 다른 소문에 의하면 동창 공주가 국자감 학정 우선을 기어이 공주부에 오게 한 것은 부마에게 창피를 주기 위함이라 하고. 하지만 그 실상은 과연 어떠했으며, 또 어느 누가 알았겠느냐?"

황재하가 물었다. "전하께서는 언제 이 일을 아셨습니까?"

"너보다는 조금 더 일찍 알았다." 탁자 앞에 앉아서 작은 물고기를 바라보는 그의 표정은 매우 평온했다. "도난당한 구난채를 조사한다고 네가 서운각에 있을 때 나는 누각 바깥 난간 옆에 서 있었다. 그때 누각 아래에 곽 숙비가 있는 것을 보았는데 우선에게 무언가를 건네더구나. 나중에 네가 나에게 그것이 한 통의 서신이었으며 거기에 어떤 구절이 적혀 있었는지 알려주었지."

황재하는 잠시 망설였지만 결국 입을 열어 물었다. "전하께서는 왜 그때 제게 알려주지 않으셨습니까?"

"나는 그 일이 너와, 그리고 이번 사건과는 무관하다 여겼다."

황재하는 한참 말이 없다가 다시 입을 열었다. "어찌되었든 우선과 저는 여러 해를 서로 알고 지낸 사이이옵니다. 저는 당연히 그의 일을 알아야 하는……."

"그렇다 한들 왜 내가 그러한 일을 전해주어야 하지? 어차피 그가 성도부에서 널 기다린다고 했으니 그와 같이 가면서 천천히 물어보면 될 것 아니냐?"

그는 두 사람이 만난 이래 처음으로 날카롭고 뾰족한 말투로 황재하의 말을 끊었다. 황재하는 의아한 마음에 눈을 들어 그를 바라보며 물었다. "사건이 마무리되면 전하께서 즉시 저를 데리고 가주신다고 하지 않으셨습니까."

"한시라도 더 기다릴 수 없는 것이겠지. 그런 것 아니냐?" 그는 차갑게 비웃으며 물었다.

황재하는 놀라서 되물었다. "설마 장안에 더 머무를 생각이십니까?"

"그럼 너는 왜 우선을 따라 함께 촉으로 가지 않고, 나더러 데리고 가달라는 것이냐?"

황재하는 종잡을 수 없었다. 그가 갑자기 왜 이렇게 공격적으로 말하는지 이해할 수 없어 그저 자신이 할 수 있는 말을 하는 수밖에 없었다.

"그 사건은 이미 판결이 끝났습니다. 전하께서 도와주시지 않는다면 저 혼자서는 절대 판결을 뒤집기 어려울 것입니다. 일전에 전하께서 이미 이 일에 대해 저와 거래하지 않으셨습니까. 설마 지금에 와서 후회하시는 것입니까?"

"본왕은 여태껏 후회라는 건 해본 적이 없다." 이서백의 표정은 한층 더 차가워졌다. 그는 황재하에게서 시선을 돌리고는 냉정하게 말했다. "네 말이 맞다. 우리는 애초에 서로 조건을 내걸었지. 각자 서로의 도움이 필요한 것에 불과했다. 너희 집안 일이 다 밝혀지고 나면 우린 곧바로 각자 갈 길을 가겠지. 더 이상 서로에게 빚을 남기지 않은 채 말이다."

황재하는 그의 말 속 어떤 부분에 대해서는 인정하고 싶지 않았다. 하지만 그들이 처음 했던 약속대로라면 확실히 그의 말이 맞았다.

그녀는 고개를 들어 얼음장같이 차가운 그의 얼굴을 보았다. 순간 마음이 뒤숭숭해져 자신도 모르게 그에게 한 발 가까이 다가가며 말했다. "어찌되었건 전하께서 제게 승낙해주신 것을 잊지 않으셨으면 합니다. 저를 데리고 촉으로 가 저희 가족의 사건을 재조사하고 그 억울함을 씻을 수 있도록 도와주십시오……."

황재하는 무심코 이서백 쪽으로 손을 뻗었는데 순간 탁자 근처에서 무언가 차가운 것이 손에 닿는 느낌이 들더니 탁자 가장자리에 놓여 있던 유리병이 바닥으로 떨어져버렸다. 유리병은 검푸른 돌바닥에 부딪치며 쨍 하는 소리와 함께 산산조각 났다. 물이 사방으로 쏟아지고 작은 물고기가 돌바닥에서 팔딱거렸다.

20장

잎사귀 아래 헤엄치는 물고기

황재하는 순간 멍하니 있다가 곧바로 몸을 웅크려 물고기를 손바닥 안에 받쳐 올렸다.

이서백이 늘 곁에 두고 기르는 물고기였다. 그의 바쁘고 무미건조한 인생에서 유일하게 밝은 색깔을 띤 존재였다. 그가 잠시 쉴 때면 눈을 돌려 바라보는 것이었다.

물고기를 손바닥에 받쳐 든 황재하의 마음속으로 자책과 후회가 몰려왔다. 절대로 이 물고기를 죽게 할 수는 없었다. 이서백의 삶에서 유일하게 밝고 선명한 색을 띠는 존재를 자신의 손으로 사라지게 할 수는 없었다.

붓을 씻는 그릇의 물은 이미 먹물로 새카맸고 주전자에 담긴 물은 따뜻해 물고기를 넣을 수가 없었다. 황재하는 손에 물고기를 받쳐 든 채 몸을 돌려 밖에 있는 계단을 향해 뛰어갔다. 침류사는 물가를 따라 지어져 사면이 연꽃으로 둘러싸여 있고 계단을 통해 내려가면 바로 물가에 닿을 수 있었다.

황재하는 작은 물고기를 받쳐 든 손을 연못에 담가 물을 한 움큼 떠올렸다. 이내 물고기가 꼬리를 흔들며 몸을 뒤집는 모습을 보며 안도의 한숨을 쉬고는 고개를 들어 이서백을 바라보았다.

이서백은 침류사에 서서 깊고 고요한 눈으로 황재하의 하는 양을 지켜보기만 할 뿐 아무런 말도 하지 않았다. 그렇게 잠시 동안 가만히 있더니, 결국 예스러운 선반 위에서 청동 술잔 하나를 꺼내어 황재하에게로 왔다.

그런데 황재하가 손을 들어 물고기를 청동 술잔에 넣으려는 순간, 물고기가 놀랐는지 폴짝 뛰어올라 황재하의 손을 벗어나 연못으로 떨어졌다.

물고기는 미세한 물결을 일으키며 물속으로 모습을 감췄다.

깜짝 놀란 얼굴로 황급히 물가에 쭈그리고 앉은 황재하는 옆에 선 이서백의 안색이 크게 변하는 것을 보았다.

연못은 굉장히 넓었고, 연꽃들이 가득히 자라나 있었다. 그리고 물고기는 고작 손가락 한 마디밖에 되지 않는 크기였다. 연못에 자라난 연꽃들을 뿌리까지 모조리 뽑아낸다 해도, 그 안의 물을 죄다 마르게 한다 해도, 그 자그만 물고기는 아마도 영원히 찾을 수 없을 터였다.

황재하는 이서백의 미간이 매우 깊이 구겨지는 것을 보았다.

이 붉은색 물고기는 크게 자라지 않기 때문에 지금까지 계속 그의 유리병 안에 머물렀다. 처음 만났을 때 그가 말하길 이 물고기는 황제조차도 캐묻지 못하는 어떤 비밀과 관계있다고 하지 않았던가. 그런데 지금, 그 물고기를 황재하 자신의 손으로 잃어버렸다.

황재하는 몸을 일으켰다. 손에 담겨 있던 물은 모두 옷자락으로 흘러내렸다. 고개를 들어 당혹스러운 눈으로 이서백을 보았지만 이서백은 그녀에게 눈길 한 번 주지도, 말 한마디 하지도 않고 한참을 있다가 몸을 돌려 다시 침류사 안으로 들어가버렸다.

혼자 남은 황재하는 물가 계단 위에 가만히 서 있었다. 연꽃이 미세하게 움직이고, 이미 석양빛도 기울 대로 기울어 눈앞의 모든 것이 흐릿했다. 마치 앞에 놓인 세상을 더 이상은 맑고 선명하게 볼 수 없을 것만 같았다.

문득 4년 전의 일이 생각났다. 지금과 비슷한 시기였을 것이다. 황재하가 맨발로 연꽃을 채집하고 있을 때 자신을 부르는 아버지의 목소리를 들었다. 고개를 돌린 황재하는 아버지 뒤에서 금보랏빛 석양을 온몸에 받으며 조용히 아버지를 바라보는 우선을 보았다.

그가 미소를 짓던 순간, 황재하의 인생은 바뀌었다.

황재하는 갑자기 다리에 힘이 빠져 물가에 털썩 주저앉은 채 아무 말 없이 물 위를 바라보며 멍하니 있었다.

그렇게 아버지는 우선을 집으로 데려왔다. 우선은 부모를 잃고 허름한 절을 떠돌며 겨우 몸을 의탁하는 고아라고 했다. 그해 부친의 동문이 학관을 열었는데, 거지 몇몇이 학관 창문 아래에서 귀동냥으로 수업을 듣고 있었다고 한다. 부친의 벗이 그들을 발견하고는 몇 가지 질문을 던졌는데 뜻밖에 우선이 물 흐르듯 유창하게 답변해 듣는 이들을 놀라게 만들었다고 했다. 어찌 글자를 익혔느냐고 물었더니 우선이 대답하길, 자신이 책 하나를 주웠는데 누군가에게 듣자니 『시경』이라는 책이라 했다. 그때 마침 학관에서 『시경』을 강론하고 있기에 스승이 읽는 소리를 책에 있는 글자와 대조해가며 무턱대고 글자를 외웠다. 『시경』 강론이 끝난 후에는 또 남이 버린 낡은 책을 구해와 『시경』에서 익힌 글자를 가지고 계속해서 공부해 사서오경 등 여러 책을 더듬더듬 완독했다. 학장은 그 이야기를 듣고는 아이를 천재라 여기며 감탄했고 그 이야기를 황재하의 부친에게도 들려주었다. 부친은 우선을 찾아가 만나보고는 그 재능을 아깝게 여겨 집으로 데리고 왔다.

그래, 우선과 같은 소년이 홀로 먼지 구덩이에 떨어져 있는데 어느 누가 가엾이 여기지 않겠어?

황재하는 계단 위에 앉아서 무릎에 얼굴을 올리고는 멍하니 바람에 뒤척이는 연잎을 보았다. 저녁바람이 시원하게 불어왔다. 이미 밤이 가까웠다. 바람이 지나가는 곳마다 연잎이 몸을 뒤척이는 모습이 마치 파도가 이는 것 같았다. 그녀의 마음도 파도가 이는 것처럼 평안치 못했다.

우선이 말했다. 성도부에서 기다리겠다고.

그런데 황재하를 성도부에 데리고 가주겠다고 한 사람은 지금, 아마도, 화가 났을 것이다.

그것도 아주 많이.

황재하는 자신도 모르게 소리 죽여 한숨을 쉬었다.

그녀도 알고 있었다. 이서백이 이 일 때문에 약속을 어기는 일은 없을 거라는 사실을. 하지만 자신 때문에 그의 마음이 상하는 것은 원치 않았다.

왜냐하면…….

황재하는 이서백이 자신에게 했던 말을 떠올렸다. 작은 물고기의 기억력은 손가락을 일곱 번 튕기는 시간만큼밖에 되지 않는다고. 잘해주든 못해주든 손가락을 일곱 번 튕기고 나면 물고기는 사람이 자신에게 했던 것을 모두 잊어버린다고.

하지만 그녀는 일곱 번 손가락을 튕기는 동안 모든 걸 잊어버리는 물고기가 아니었다.

그때 이서백에게 말해야 했다. 자신은 물고기가 아니라고. 일곱 번이 아니라, 일곱 달, 일곱 해, 아니 70년이 흘러도 절대 잊지 않고 가슴에 깊이 새기는 사람이라고 말이다.

황재하는 그리 생각하면서 자신의 손가락을 입으로 가져가 있는 힘껏 깨물었다.

'아가십열은 사람의 피를 가장 좋아하지요. 듣기로 기왕 전하께서도 이 작은 물고기를 기르신다던데 양 공공이 이 비법을 기왕 전하께도 알려주십시오.'

태극궁에서 그 사람, 왕종실이 한 말이었다.

깨물린 손가락에서 붉은 피 한 방울이 흘러나와 곧바로 발아래 물속으로 떨어졌다.

하늘은 이미 어두워져 짙은 보랏빛이 되었다. 황재하는 마지막 남은 희미한 하늘빛 아래 그 작은 물고기가 다시 돌아오도록 유혹하며 기다렸다.

신선한 피는 물에 떨어지자마자 사방으로 퍼져 흔적도 없이 사라졌다. 조금 기다려봐도 아무런 움직임이 보이지 않자, 상처 난 곳을 잡고 꽉 눌러 다시 한 번 피를 짜내어 수면 위로 떨어뜨렸다.

검붉은 색깔이 맑게 빛나는 수면 위로 흩어지고 미세하게 일었던 물결도 다시 사라졌다.

"뭐 하는 거지?" 뒤에서 맑고도 차가운 목소리가 들려왔다.

황재하는 이서백을 돌아보지도 않고 그저 고개를 숙여 물 위를 주시하며 낮은 목소리로 말했다. "물고기가 아직 근처에 있는지 보려고요."

"아직 이 아래에 있다 한들 설마 네 피 냄새를 맡고 나오기라도 한다는 말이냐?" 이서백이 차갑게 물었다.

하지만 황재하는 미처 대답할 겨를이 없었다. 어두운 하늘빛 아래 작은 물고기 한 마리가 연 줄기 뒤에서 몸을 드러내 탐색하듯 천천히 헤엄쳐 오는 것을 보았기 때문이다.

물고기는 역시 근처에 숨어 있었다.

황재하가 손을 천천히 물속에 넣었다. 상처 난 곳에서 흘러나온 피가 한 줄기 가는 실처럼 출렁거리며 물속으로 흘러가더니 이내 형태도 없이 사라졌다.

작은 물고기는 마치 그 형태도 없는 실에 홀린 것처럼 황재하의 손을 향해 헤엄쳐왔다. 황재하는 천천히 물고기 위쪽으로 손을 옮긴 뒤 물고기가 수면으로 나왔을 때 재빨리 두 손을 모아 손바닥 안에 가두었다.

황재하는 기쁜 얼굴로 그 작은 물고기를 받쳐 들고는 몸을 돌려 이서백을 향해 소리쳤다.

"어서요, 뭐라도 가져다가 얼른 좀 받아주세요."

마지막 남은 하늘빛 아래, 황재하의 얼굴에 핀 웃음이 심히 눈부셨다. 이서백은 순간 정신이 아득해졌다.

황급히 침류사 안으로 돌아와 이서백이 조금 전의 청동 술잔을 내밀자 황재하는 그 안에 작은 물고기를 넣었다. 황재하는 흠뻑 젖은 손을 허공에 쳐든 채 고개를 숙여 작은 물고기를 들여다보았다. 청록의 고풍스러운 술잔 안에서 이리저리 정신없이 헤엄치던 물고기는 금세 익숙해졌는지 여유를 되찾았다.

황재하는 손가락을 물속에 넣어 물고기를 놀려대며 말했다. "위험했어. 하마터면 놓칠 뻔했잖아."

"피 냄새를 좋아하는 걸 어떻게 알았느냐?" 이서백은 황재하의 웃는 옆모습을 응시하며 낮은 목소리로 물었다.

황재하는 고개를 들고 진지하게 말했다. "왕 공공께서 알려주셨습니다. 왕종실요."

이서백은 저도 모르게 미간을 찌푸렸다.

"동창 공주님이 돌아가신 그날 제 손에 공주님의 피가 묻었는데, 왕 공공이 제 손을 잡아 어항 안에 넣었습니다. 그때 물고기가 바로 헤엄쳐 와 제 손에 묻은 피를 먹었습니다……." 그때 느꼈던 모골이 송연할 정도의 불쾌감이 다시금 떠올라 황재하는 온몸에 소름이 돋았다.

이서백은 한참을 조용히 있다가 그 청동 술잔을 가까이 가져가 작은 물고기를 응시하며 입을 열었다. "이 물고기는 내가 10년을 기른 것이다."

황재하는 놀라서 물었다. "10년을요?"

'10년을 자라도 이렇게 조그맣다니. 게다가, 아직 살아 있다니.'

"그래, 10년이다. 부황께서 승하하신 그날, 내가 이것을 어디서 발견했는지 아느냐?" 이서백이 눈을 들어 황재하를 바라보았다. 그 눈빛이 의미심장했다. "부황께서 기침하며 각혈을 하셨는데 그 떨어진 핏속에 이것이 있었다. 심지어 살아서 그 핏덩이 위에서 꿈틀대고 있었지. 그때 나는 손에 찬물 사발을 들고 있었다. 면포로 물을 적셔 부황의 입술을 축여드리고 있었지. 그런데 그만 당시 나이가 어렸던 소왕이 그 작은 물고기를 집어 사발 속에 넣어버렸지 뭐냐."

그렇게 말하는 이서백의 눈빛이 점점 공허하게 변했다. 10년의 시간을 거슬러 부친을 여읜 그 시절의 어린 자신을 보고 있는 듯했다.

"나는 그 사발을 창가에 올려두었다. 부황께서 승하하시고 황상이 제위에 등극할 때까지도 말이야. 대명궁을 떠나기 직전 갑자기 그 물고기가 생각났다. 그래서 부황께서 계셨던 침궁의 창가로 달려가 보았더니 물고기가 무사히 살아 있었다. 사발 안에서 의연하게 헤엄쳐 다니는 모습이 황망해 보이기도 하고 유유자적해 보이기도 했지. 인간 세상에서 일어나는 모든 일들이 이것과는 아무런 관계가 없었던 게다. 설령 천지가 다 무너진다 해도 그저 얕은 물 한 사발만 있으면 여느 때와 다름없이 그렇게 살아갈 수 있을 것처럼 보였다."

이서백은 청동 술잔을 살짝 기울였다. 청동 잔에 담긴 물빛 또한 온통 청록색으로 보여 그 속을 헤엄치는 붉은색의 작은 물고기가 기이할 정도로 선명하게 보였다.

"나는 이 물고기를 데리고 궁을 나와 왕부로 왔다. 그 10년 동안, 나는 기왕에서 통왕이 되었다가, 다시 또 기왕이 되었지. 아무것도 모르던 무지한 소년에서 시작해 지금까지 달려오는 동안 나의 곁에서 가장 오래 함께해주었던 것은 뜻밖에도 이 작은 물고기였다."

그는 가만히 물속에 있는 작은 물고기를 바라보았다. 일곱 번 손가락을 튕기는 동안이면 모든 것을 잊어버리는 이 생명체는 가볍고 유쾌하게 살아가고 있었다.

아는 것이 없으니 근심 걱정도 없었다.

황재하는 옆에서 함께 물고기를 들여다보며 낮은 소리로 말했다. "선황께서는 단약을 잘못 복용하시어 승하하셨다고 들었습니다."

"그렇다." 늘 모든 것을 냉정하게 대하는 이서백도 이때만큼은 옅게 탄식 소리를 냈다. 그러고는 고개를 들어 황재하를 바라보았다. 그 두 눈은 깊고도 어두웠다. "왜 부황께서 돌아가실 때 이 물고기를 토하신 것일까? 이 수수께끼는 지난 10년 동안 나를 괴롭혀왔다. 그 부적과 마찬가지로 아무리 애를 써서 생각해보아도 좀처럼 그 답을 얻지 못했지. 밤낮으로 불안한 삶을 살아야 했다. 그런데 이제는 또…… 이해할 수 없는 먹 자국이 부황께서 친히 그리신 거라며 내 눈앞에 나타난 것이야."

황재하는 고개를 숙여 손가락의 상처를 바라보며 나지막이 말했다. "왕종실에게도 아가십열이 있습니다."

"그는 두문불출하며 사람들과의 왕래도 매우 적은데 물고기 기르는 것은 좋아한다더구나. 특히 희귀 품종을 좋아한다고 하니 아가십열을 기르는 것도 이상하지는 않겠지."

이서백은 몸을 일으켜 청동 술잔을 선반에 올려두고는 천천히 말했다. "선황께서 승하하셨을 때 왕종실이 곁에 있었다."

황재하는 그가 속으로 자신과 같은 생각을 하고 있다는 것을 알았다. 하지만 입 밖으로 내지 않았다. 당사자가 곁에 없다 할지라도 억측은 삼가야 한다.

이서백은 바깥 하늘을 살피고는 화제를 바꿔서 물었다. "내일 대리사 일은 어떻게 하려 하느냐?"

황재하는 정중하게 그를 바라보며 말했다. "전하께 한 가지 여쭙고 싶은 일이 있습니다."

이서백은 그것이 무엇인지 묻지 않고 그저 옆으로 고개를 돌려 황재하를 쳐다보았다.

"만일 기왕부의 보증으로 보석된 사람이 도망친다면 어떤 번거로움이 생기게 되는지요?"

이서백은 신중함과 염려가 가득 담긴 황재하의 표정을 보고는 가볍게 웃었다.

"도망치게 하려는 것이 아니었다면 내가 왜 보석으로 풀어주라 했겠느냐?"

이서백이 가볍게 던진 이 한마디에 황재하의 눈이 휘둥그레졌다. 황재하는 놀라는 동시에 감탄하며 그를 바라보았다.

이서백의 얼굴에는 좀처럼 보기 드문 웃음이 걸려 있었다. 마치 바람이 휘몰아친 후 볼 수 있는 청명한 5월 하늘을 만난 것만 같았다. 비록 찰나의 순간이었지만 황재하를 황홀하게 만들기에는 충분했다. 그녀는 어찌할 바를 모르고 그저 넋을 잃고 멍하니 그를 바라보았다.

"그래도 이런 작은 일은 그냥 대충 좀 둘러대고 손을 쓰면 피할 수 있지 않느냐? 어찌 이리 사서 고생을 하는지." 이서백이 덧붙였다.

황재하는 그게 어떤 방법인지 물을 틈도 없이 다른 질문을 했다. "전하…… 누가 범인인지 이미 알고 계십니까?"

"짐작했다. 하지만 일부 소소한 실마리가 맞질 않으니 아직 반 정도만 파헤쳤다고 해야겠지. 너는 어떠하냐?"

황재하는 입꼬리를 끌어올리며 환하게 웃었다.

"전부 알아냈습니다."

이서백은 의아한 표정으로 황재하의 웃는 얼굴을 바라보며 잠시 넋을 잃었다. "세 가지 미제 사건, 선황의 유작, 어떻게 천벌로 위장했는가, 각 동기가 무엇인가…… 전부 분명해졌다고?"

"네." 황재하는 고개를 끄덕였다. 이미 머릿속에 모든 그림이 그려졌고, 조금의 의혹도 없었다. "이 사건은 이미 종료되었습니다."

아침 해가 떠올라 대리사를 비추었다. 이제 막 나무 위로 솟아오른 태양이 벌써부터 위력을 뽐냈다. 오늘 또한 무더운 날씨가 될 터였다.

오늘은 삼법사의 합동 재판이 있는 날이었다. 어사대, 형부, 대리사 세 수장이 나란히 상석에 앉았다. 삼법사 합동 재판은 전례대로 대리사에서 증거를 수집해 사건의 경위를 밝히고, 형부에서 판결을 내리며 어사대가 이를 감독하게 된다.

대리사는 줄곧 소경이 이 일들을 주관했기에 수장 자리에 최순잠이 앉았다. 그는 이서백을 따라 들어온 황재하를 보고는 얼굴 가득 원망스러운 표정을 지었다. 하마터면 소리 내어 외칠 뻔했다. '제발 부탁이니, 오늘만은 절대 아무 말도 하지 말아주십시오. 이 사건은 그냥 이렇게 접읍시다!'

형부 상서 왕린은 왕 황후를 태극궁으로 보낸 장본인 황재하를 당연히 기억했다. 그래서 그녀는 거들떠보지도 않고 그저 이서백에게만 살짝 고개를 숙여 보였다.

어사대에서 온 사람은 어사 중승 장규였다. 이 노인네는 자신이 어쩌다가 이런 살인 사건을 감독하는 자리까지 전락하게 된 것인지 짜증이 난 듯했지만, 다만 죽은 자 중에 공주가 있었기에 어쩔 수 없이 이곳에 앉아 있을 뿐이었다. 그는 팔짱을 끼고서 눈을 감은 채 마음을 다스렸다.

이 사건과 연관 있는 사람들 또한 모두 도착했다.

부마와 악왕은 법정 한옆에 앉아 있었다. 부마는 악왕이 가져온 비단 함 위의 문양에 시선을 둔 채 정신을 집중하지 못했고 안색마저 파리했다.

수주, 낙패, 추옥, 경백 등 네 명의 시녀도 두 사람 뒤에 서 있었다. 모두들 자신에게 무슨 일이 벌어질지 몰라 두렵고 당혹스러운 얼굴이었다.

장항영과 적취는 어깨를 나란히 하고서 법정 아래에 서 있었다. 적취는 야윈 듯했고 얼굴이 창백했다. 장항영은 안심하라는 듯 살그머니 적취의 손을 잡아주었다.

여지원은 두 사람과 멀지 않은 그늘진 곳에 쭈그리고 앉아 머리를 파묻은 채 바닥에 낀 이끼를 뚫어져라 쳐다보고 있었다.

감옥에서 끌려 나온 전관색은 지친 몸을 기둥에 기대고 앉아 사색이 된 얼굴로 덜덜 떨었다.

이 모든 사람 중에 유일하게 주자진만이 평소처럼 화려한 옷을 입고 희색이 만연해서 나타나 황재하와 이서백을 향해 손을 흔들었다.

"전하, 설마 책망치 않으시겠죠? 저도 이 사건을 줄곧 따라다녔지 않습니까. 비록 부르지는 않으셨지만 그래도 옆에서 들어보고자 왔습니다!"

"마음대로 하거라. 다만 너를 호명하지 않는 한 절대 입을 열면 안 된다."

이서백은 혹여나 주자진이 불나방처럼 시끄럽게 떠들까 봐 미리 차단시켜버렸다. 주자진은 울상을 하고서 고개를 끄덕였다.

대리사는 이서백의 자리를 악왕 옆으로 옮겨 앉게 했다. 황재하와 주자진은 그의 뒤에 섰다. 한 명은 침울한 얼굴을 했고, 한 명은 이리저리 두리번거렸다.

이윤은 고개를 돌려 황재하를 보며 평소와 같은 온화한 웃음을 띤 얼굴로 말했다. "양 공공, 이 사건은 이미 진상이 밝혀지지 않았나. 이제 공공도 한숨 돌리고 여유를 가질 수 있을 텐데, 어찌 아직도 심사가 편치 않은 얼굴을 하고 있는 것인가?"

황재하는 당황한 듯 고개를 숙이며 말했다. "악왕 전하, 관심에 감사드립니다."

이윤은 조용히 이서백에게 물었다. "넷째 형님, 내게 이 그림을 가져오라 한 것은 어디 쓸 곳이 있어서이겠지요?"

"그렇다." 이서백이 고개를 끄덕이며 말했다. "이 사건의 여러 수법은 분명 부황의 유작에서 나온 것이다."

"하지만…… 부황께서 돌아가신 지 벌써 10년이 지났는데 왜 갑자기 이런 사건에 연루된 것일까요?" 이윤은 의아해하며 물었다.

이서백이 대답하기도 전에 밖에서 환관들이 줄지어 안으로 들어왔다. 황제가 도착한 것이다. 황제와 함께 들어오는 이는 곽 숙비였다. 대리사 사람이 재빨리 뒤로 가서 의자를 가져와 곽 숙비를 황제 뒤에 앉도록 했다. 모든 사람이 다 자리를 잡고 앉은 뒤 최순잠이 경당목을 내리쳤다. 재판정 분위기가 정숙해졌다.

전관색이 앞으로 끌려 나오고, 며칠간 그가 대리사에서 자백한 내용이 기록된 문서가 최순잠에게 올라갔다. 이미 정확하게 옮겨 적은 문서에 최순잠이 서명만 하면 되었다.

"전관색, 네놈이 동창 공주, 위희민, 문둥이 손 씨, 이 세 명을 살해한 것에 대한 증거는 확실하다. 어서 사건의 경위를 낱낱이 고백해 죄를 인정하고 법의 심판을 받지 못하겠느냐?"

전관색은 이틀간의 고생으로 하얗고 통통했던 몸이 반쪽이 되어버린 듯했다. 이미 기력을 완전히 잃어 죽음의 기운이 드리운 것 같았다. 죄수복 차림에 머리를 풀어헤친 전관색은 힘없이 땅바닥에 엎어져 있었다. 최순잠의 물음에 손으로 몸을 받치고 일어나 대답하려 했지만 양손은 이미 물집으로 가득하고 물에 오래 잠겼던 탓에 하얗게 퉁퉁 불어 있었다. 게다가 열 손가락 중 손톱이 남아 있는 것은 하나도 없었다. 그는 느껴지는 고통을 참지 못하고 바닥에 엎어진 그 상태로 웅얼거렸다.

"죄를 인정합니다……. 제 죄를 인정합니다……."

"모든 사실을 낱낱이 이실직고하라!"

"죄인은…… 공주부의 보석을 노리고 공주님 측근인 환관 위희민을 매수해 그와 함께 금 두꺼비를 훔쳤습니다. 이 모든 것은 죄인이 저희 가족들 몰래 한 짓입니다……. 저희 가족들은 아무것도 몰랐습니다……."

최순잠은 그가 덧붙이는 말은 전혀 신경 쓰지 않고 곧바로 물었다.
"위희민은 왜 죽였는가?"

"왜냐하면…… 훔친 물건의 분배가 고르지 않아서 그자와 사이가 틀어졌습니다. 저는 이 일이 세상에 알려질까 두려웠고, 그래서…… 그자와 함께 천복사 법회에 갔을 때 초에 불이 붙은 틈을 타서 그자를 불 속으로 밀어 죽게 만들었습니다……."

"문둥이 손 씨는 왜 죽였는가?"

"그게……." 전관색은 넋이 나간 얼굴로 입을 꾸물거렸다. 안색은 잿빛을 띠었고 눈은 동굴처럼 퀭해 아무런 빛도 보이지 않았다. "제가 위희민을 죽일 때 하필 그자에게 발각되었습니다. 나중에 그자가 저를 협박하기에 제 수하들이 수로를 정비하는 틈을 타 사람들을 따돌리고 수로로 기어 들어가 그자를 죽였습니다……."

최순잠은 표정의 변화 없이 황제를 힐긋 한 번 쳐다보았다. 황제가 정신을 집중하여 앉아 있는 것을 보고는 마음 놓고 이어서 물었다.

"그렇다면 동창 공주님은 왜 살해한 것인가?"

"저는…… 저는……." 그의 입술이 또다시 꾸물대더니, 저 멀리 대청 안쪽에 앉아 있는 황제와 그 측근들을 보고는 결국 감히 입을 열지 못했다.

최순잠이 경당목을 내리쳤다. "또다시 육신의 고통을 당하고 싶은 것이 아니라면 어서 속히 사실대로 자백하라!"

"알겠습니다……. 저는 도둑놈 심보를 고치지 못하고, 공주님께서 가장 아끼는 구난채를 꿈에서 잃어버리셨다는 이야기를 들은 뒤 몰래 공주부에 들어가 구난채를 훔쳤습니다……. 그런데 이튿날 길거리에서 구난채를 잠시 꺼내서 봤다가 뜻밖에도 공주님께 발각되었습니다. 공주님께서 외진 곳까지 쫓아오셔서 제가…… 순간 실수로 그만…… 그만……."

얼굴이 새하얗게 질린 황제가 분노와 절망의 눈으로 전관색을 쏘아보았다. 지금 이 순간 자신이 평민이 아닌 것이 한스러웠다. 황제의 몸이 아니었다면 당장 앞으로 달려들어 딸을 살해한 저 흉악한 놈을 죽도록 때려주어 최소한 자신의 분노와 원한은 해소할 수 있을 것이었다.

곽 숙비가 격분해 일어나 소리쳤다. "황상, 우리 영휘의 원한을 풀어주기 위해 저자를 당장 죽여야 합니다!"

황제는 손을 들어 숙비를 저지하며 이를 악물었다. "삼사사(三司使)가 있으니 굳이 우리가 나설 필요 없소!"

황재하는 이서백 뒤에 서서 전관색의 자백을 집중해 들었다.

전관색은 온몸이 상처투성이에 목소리는 반이 신음이었다. "이 모든 건…… 죄인 혼자 저지른 것입니다. 죄인의 처자식과 벗들은 절대로 모르는 일입니다……. 죄인이 모든 죄를 인정합니다……."

"그렇다면 이 문서에 수결을 하라." 최순잠은 대리사 보좌가 기록한 자백 내용을 다시 한 번 훑어보고는 전관색에게 들고 가 서명하게 했다.

전관색은 간신히 몸을 지탱하고 앉아 문서를 한 번 슥 훑어보았다. 이어 차마 두 눈 뜨고 볼 수 없을 정도로 참혹한 손을 들어 붓을 잡고는 눈을 감고 자신의 이름을 써내려갔다.

바로 그때 누군가의 비명이 재판정의 고요함을 깼다.

재판정 한옆에 서 있던 적취였다. 너무 놀란 데다 원체 몸이 허약해 결국 견디지 못하고 혼절하며 쓰러진 듯했다. 전관색은 붓을 든 손이 떨리는 바람에 자백 내용 위로 긴 먹 자국을 그리고 말았다.

적취 가까이 서 있던 황재하가 재빨리 팔을 내밀어 적취를 부축했다. 장항영은 초조하게 적취를 바라보았다. 적취는 두 눈이 풀리고 온몸은 얼음장처럼 차가웠다. 장항영이 황급히 재판장을 향해 말했다.

"최 대인, 아적…… 적취가 대리사에서 돌아온 후에 몸이 많이 허약해져 있습니다. 이 몸으로는 끝까지 재판에 참석하기가 어려울 것 같습니다……."

최순잠은 잿빛으로 변한 적취의 안색을 보고는 상황이 좋지 않다 여겨 고개를 돌려 황제를 보았다.

황제가 전관색에게 시선을 고정한 채 물었다. "저 여인은 누구냐?"

"원래 사건의 용의자였습니다만, 지금 눈앞의 사실들이 증명하듯 저 여인은 이 사건과 무관합니다. 공주님이 훙서하셨을 때 저 여인은 대리사에 수감되어 있었습니다."

황제가 손을 내저으며 말했다. "그런 관계없는 자들은 어서 내보내거라."

장항영은 재빨리 적취를 안아 밖으로 나가려 했다. 그때 최순잠이 말했다. "장항영, 그대는 이 사건의 관계자이니 독단적으로 재판정을 떠날 수 없다."

이서백이 경상에게 손짓해 적취를 부축해 밖으로 데리고 나가도록 했다.

적취는 무슨 일이 벌어졌는지 알 수 없었다. 방금까지만 해도 멀쩡했는데 황재하가 어깨를 부딪쳐오는 순간 어떤 향기를 맡았고 곧바로 쓰러졌다. 하지만 잠깐 그렇게 기절했다가 다시 바로 정신이 돌아왔다.

적취가 장항영에게 자신은 괜찮으니 나가지 않아도 된다고 말하려는 순간, 귓가에 황재하의 나지막한 목소리가 들렸다.

"도망가요!"

적취는 순간 눈이 휘둥그레지며 도대체 무슨 말인지 황재하의 표정을 살피려 했으나 황재하는 이미 재판정 앞으로 가 서 있었다.

적취는 경상에게 부축을 받으며 입구까지 걸어갔다.

대리사의 문지기가 적취를 가리키며 경상에게 물었다. "공공, 어찌된 일입니까?"

"재판정에 서 있다가 병이 난 듯합니다. 황제 폐하께서 돌려보내라 명하셨습니다." 그러고는 눈짓으로 말했다. '빨리 안 가고 뭐하십니까?'

적취는 작열하는 여름 태양 아래 가만히 서서 대리사의 대문을 쳐다보았다. 순간 머리가 어지러웠다.

황재하가 자신의 귓가에 대고 속삭인 말이 희미하게 메아리쳤다.

"도망가요!"

적취는 영문을 모르고 망설이다가 이내 몸을 돌려 장안의 수많은 인파 사이로 빠르게 섞여 들어갔다.

대리사는 자백 내용을 다시 베껴 전관색 앞에 내밀었다.

전관색은 자백 내용을 훑어보고는 부들부들 떨면서 다시 붓을 잡았다. 이미 눈물이 말라붙은 두 눈이 애원하듯 최순잠을 향했다.

최순잠은 고개를 끄덕이며 말했다. "네가 서둘러 시인하면 네 가족들은 목숨을 부지할 수도 있지 않겠느냐."

전관색의 눈에 절망이 가득했다. 그저 온 힘을 다해 이를 악물고 눈을 감은 채 붓을 움직이려 할 때였다.

"잠깐."

낮고 느린 목소리가 순간 재판정의 고요함을 깨뜨렸다.

제발 예상 밖의 일이 터지지 않기만을 바라던 최순잠은 결국 그 구덩이에서 빠져나갈 수 없다는 사실을 깨달았다. 그는 괴로운 얼굴로 자신의 직속상관을 바라보았다.

재판정의 다른 사람들도 모두 목소리가 난 곳을 향해 시선을 돌렸다.

소리를 낸 사람은 당연 기왕 이서백이었다.

기왕은 의자에 단정히 앉아서 무언가 생각에 빠진 듯 말했다. "최소경, 그대가 판결한 이 사건에 본왕이 이해되지 않는 점이 몇 가지 있네. 그 의혹을 해소시켜주어야겠네."

최순잠의 눈에서 금방이라도 눈물이 떨어질 것만 같았다. '기왕 전하, 전하께서는 이 사건에 대리사 사람들과 그 가족들의 목숨이 걸려 있다는 사실을 모르십니까? 그리고 전하 본인이 이 대리사의 최고 수장이라는 사실도 잊으신 겁니까?'

"전하…… 말씀하시지요."

"처음 금 두꺼비를 훔친 것이야 위희민이 있었다 치지만 그 후에는 어떻게 혼자서 구난채를 훔쳤는가 하는 점이네. 게다가 내가 듣기로 동창은 그 꿈을 꾼 이후 구난채를 도난당할까 심히 염려해 저택 안에 잘 숨기고 철통처럼 지켰다고 했지. 그렇다면 공주부 안에서 협력하던 위희민이 사라진 뒤, 범인은 어떻게 구난채를 훔칠 수 있었단 말인가?"

순간 재판정에 정적이 흘렀다. 그곳의 모든 이가 깊이 생각하는 듯 보였으나 아무도 감히 입을 열지 못했다.

황제가 최순잠을 바라보았다. "최 소경."

최순잠은 감히 대답할 말이 없었다. 등줄기에서 솟아난 식은땀이 빠르게 옷으로 스며드는 것을 느꼈다. "소…… 소신 아직……."

황제는 그런 최순잠의 모습을 보고는 이번에는 엎드려 있던 전관색을 가리키며 소리쳤다. "네놈이 말해보거라!"

전관색은 부들부들 떨며 땅에 엎드린 채 아무 말도 하지 못했다.

황제는 이를 갈며 말했다. "빨리 자백하지 않으면 짐은 너의 구족을 다 멸할 것이야!"

전관색은 당황해하며 황급히 대답했다. "소인은…… 소인은 일찍이 일꾼들을 데리고 공주부의 수로를 정비한 적이 있어서…… 수로를 통해서 침입했습니다……."

"공주의 거처는 고대에 있어 모든 물과 음식은 시녀와 환관이 가지고 올라간다. 대체 수로가 어디에 있다는 것이냐?" 황제가 벌컥 성을 내며 말했다. "최 소경, 그대가 설명해보라. 흉기로 쓰인 그 구난채를 범인이 어떻게 훔쳤단 말이냐?"

최순잠은 실로 할 말이 없어 재빨리 일어나 죄를 시인했다. "황제 폐하, 소신이 경솔했습니다! 소신은 하늘에 계신 공주님의 영혼을 위로해드리고자 최대한 빨리 범인의 사형을 집행하려 사건 조사를 서둘렀습니다. 불철주야로 계속된 수사로 인해 정신이 맑지 못해 그만 중대한 단서를 놓치고 말았습니다! 조금만 더 기다려주실 것을 폐하께 간청드립니다. 윤허해주신다면 다시 심문을 해 밝혀내도록 하겠습니다."

대리사의 보좌는 즉시 주사와 지사들을 불러 상의했다. 내내 팔짱만

끼고 있던 어사 중승 장규가 느긋한 얼굴로 최순잠에게 물었다. "최 소경, 범인이 저지른 일을 어찌 그대들이 모여서 상의하는 것이오?"

최순잠은 우물에 빠진 자에게 돌을 던지는 그를 향해 분개하며 말했다. "당시 형부에서 사람을 보내와 함께 심문했기에 혹여 소통이 원활하지 못해서 생긴 일일까 싶어 상의하고 있는 것이지요."

이 사태에 전혀 관여할 마음이 없던 왕린은 최순잠이 자신을 끌어들이는 것을 보고는 공수하며 말했다. "네, 그런 일이 있긴 했습니다. 하지만 제가 하도 업무가 바빠 형부에서 가장 뛰어난 자를 보내 힘껏 돕도록 했을 뿐입니다. 형부는 죄를 판결하고 형을 내리는 일에 치중되어 있다 보니 그 외의 일들은 많이 도와드릴 수 없었습니다."

황제는 삼법사가 서로 책임을 떠넘기며 그저 물 흐리는 말만 하고 있자 고개를 돌려 곽 숙비를 바라보았다. 곽 숙비는 멍하니 넋을 잃고 앉아 있었다. 딸을 잃은 후로 단숨에 몇 살이나 더 늙어 보이는 곽 숙비의 모습에 황제는 자신도 모르게 가슴이 쓰라렸다. 이 비바람 속에서 그녀만이 자신과 한배를 타고 있는 것 같았다.

황제는 일어나 소리쳤다. "모두 입을 다물라!"

무리가 즉시 입을 다물었다.

황제의 시선은 재판정을 가득 채운 사람들을 지나 결국 황재하에게로 떨어졌다. "양숭고!"

황재하가 급히 대답했다. "소인 여기 있사옵니다."

"짐이 그대에게 대리사를 도와 수사하라 하였는데, 이 사건의 각 사안들에 대해 그대의 생각은 어떠한가?"

황재하는 황제를 바라보며 말했다. "이 사건은 많은 사안들이 얽혀 있어서 절대 한마디 말로는 설명할 수 없을 듯하옵니다. 공주님의 죽음도 하나하나 다른 사안들이 서로 연결되어 빚어진 것입니다. 우연의 일치도 있으며, 범인이 고의로 만들어낸 것도 있어 하나만 단독적으로 설명하기가 어렵습니다. 폐하께서 윤허해주신다면 소인이 위희민의 죽음부터 시작해 현재 발생한 모든 것에 대해 처음부터 끝까지 소상히 말씀드리도록 하겠습니다."

황제는 간신히 노기를 가라앉히며 황재하를 향해 냉담하게 말했다. "좋다. 삼법사에서 말하지 못하니 그대가 이 사건을 처음부터 끝까지 말해보거라. 모든 원인과 결과를 짐에게 하나도 빠짐없이 소상히 밝혀야 할 것이다!"

"네, 폐하." 황재하는 몸을 굽히며 대답했다. "소인 생각에 이 모든 사건은 한 여인이 수치를 당한 일이 발단이 되어 벌어졌사온데, 이 사건들을 하나로 연결시켜주는 고리는 오히려 따로 있었습니다. 그것은 바로 장항영이라는 자의 집에서 가보처럼 보관하던 그림으로, 아마도 선황 폐하의 유작인 듯하옵니다." 황재하는 장항영에게 그 그림을 꺼내어 펼쳐달라고 하고는 다시 말을 이어갔다. "지금까지도 저희는 선황 폐하께서 어찌하여 이 그림을 그리셨는지, 그리고 이 그림에 담긴 진정한 의미는 무엇인지 알아내지 못하였습니다. 다만 한 가지 확실한 사실은 세 사건의 범행 수법, 달리 말하자면 세 사람이 죽음을 맞은 방식이 이 그림과 똑같다는 점입니다."

황제는 복잡한 표정으로 그림을 바라보다가 입을 열어 물었다. "이것이 정말로 선황의 그림인가?"

"틀림없습니다." 이서백이 말했다.

황제는 그림을 건네받아 오랫동안 꼼꼼히 살펴본 뒤 긴 한숨을 내쉬며 말했다. "선황께서 대체 무슨 뜻으로 이런 그림을 남기셨는지 모르겠군."

"그 점은 아직 알아내지 못하였습니다. 다만, 세 명의 피해자 중 위희민은 여기 제일 앞에 있는 그림과 같이 벼락에 맞아 불타 죽었습니다. 그리고 이 두 번째 그림은 철제 우리에 갇혀 죽은 사람으로 보이는데 문둥이 손 씨의 죽음과 비슷합니다. 세 번째는 난새와 봉황이 날아와 사람을 쪼고 있습니다. 이는 분명……."

황재하는 황제의 얼굴을 보며 더 이상 구체적으로 언급하지 않았다. 황제도 이미 황재하가 무엇을 말하고자 하는지 알았다. 바로 구난채로 죽은 자신의 딸이었다.

황제는 그림을 움켜쥐고서 한참 동안 들여다보았다. 그러고는 쉰 목소리로 말했다. "선황께서 남기신 그림이 어찌 10년 후에 일어난 살인 사건과 일치하는 것인가?"

"선황 폐하께서는 참으로 현명하시고 뛰어난 혜안을 가진 분이지만 10년 후에 벌어질 사건을 예지하신다는 것은 불가능하다고 생각됩니다. 더욱이 이러한 먹 그림을 이용해 후세 사람에게 살인 사건을 알려주시려 했다는 것 또한 불가능한 일일 것입니다. 선황 폐하의 이 그림은 분명 다른 의미가 있을 거라 생각되옵니다. 하지만 이 사건에서는 확실히 그 의도와는 다른 용도로 사용되었습니다. 범인은 이 그림을 본 뒤에 고의로 그림에 맞게 세 가지 범죄를 계획해, 자신의 범죄 행위를 숨기고 마치 하늘에서 내린 천벌인 것처럼 위장하였습니다. 이는 세상 사람들의 이목을 가리고 형벌에서 도망치기 위함이었습니다!"

황제는 천천히 고개를 끄덕이며 말했다. "그렇다 하면 이 그림에 대해 알고 있는 자를 조사하면 기본적으로 범인이 추려지겠군."

"맞습니다. 범인이 제 꾀에 넘어간 것이지요. 이 그림을 사건에 이용하면 한편으로는 혼란을 야기해 사건의 전말을 추리하기 어려워집니다만, 또 다른 한편으로는 이 사건들을 한데 엮으면 세 사건이 동일범의 소행이라는 사실을 알 수 있습니다. 저희는 피해자들의 생전 행적을 조사하는 과정에서 찾아낸 하나의 교차점을 통해 범인은 여적취와 깊은 관계가 있는 사람일 것이라는 추측에 이르렀습니다. 그리고 그 사람은 장항영의 집에 보관되어 있던 이 그림을 본 적이 있는 사람입니다."

순간 재판정 내의 모든 시선이 장항영에게로 쏠렸다.

장항영은 모든 사람이 자신을 주목하자 순간적으로 너무 긴장한 나머지 자신도 모르게 뒷걸음질했다. 황재하는 장항영을 바라보며 말했다. "그렇습니다. 확실히 장항영에게 굉장히 큰 혐의가 있어 보입니다. 여적취의 일과 관계된 사람들 중 여적취 본인은 위희민과 손 씨가 죽던 시간에 범행을 저지를 시간이 있긴 했습니다만, 공주님께서 홍서하신 그 시간에는 대리사의 임시 감옥에 수감되어 있었기에, 거기에서 빠져나와 사람을 살해하고 다시 들어간다는 것은 불가능합니다. 여지원은 공주님이 홍서하셨을 때 충분히 범죄를 저지를 시간이 있었습니다. 하지만 위희민이 죽었을 때는 이미 지쳐 쓰러져 집으로 실려 간 뒤고 이는 이웃들과 의원이 모두 보았던 사실이지요. 또한 봉읍방에서 다시 천복사로 달려가 사람을 살해할 시간도 충분치 않았습니다. 그리고 손 씨가 죽었을 때는 가게에서 천복사의 초를 다시 만들고 있었습니다. 이는 서쪽 시장의 모든 가게 및 손님이 증명할 수 있습니다. 유일하게…… 장항영만이 사건 현장에 없었다는 증거가 나오지 않았습니다. 그러니까 세 살인 사건이 발생했을 당시 장항영은 그 현장들에 모두 있었다고 말할 수도 있을 것입니다."

모든 사람의 눈빛이 다시 장항영을 향했다.

장항영은 놀라서 뒷걸음치며 무의식적으로 변명했다. "아닙니다……. 저, 저는 죽이지 않았습니다……."

주자진도 마음이 조급해져 급히 장항영의 손을 잡아당기면서 초조하게 말했다. "숭고, 장 형이 살인을 할 동기는 있긴 하지만, 절대 공주님을 죽였을 리 없어! 그리고 살인을 했다 치더라도, 그렇게 많은 꼼수를 부리면서 하진 않았을 거야. 이렇게 올곧은 사람이 어떻게 그런 계략들을 꾸밀 수가 있겠어!"

황재하는 주자진을 향해 고개를 끄덕이고는 모두를 향해 말했다. "시간의 순서에 따라 이야기하겠습니다. 첫 번째 사건은 천복사에서 위희민이 사망한 일입니다. 그 죽음에는 커다란 의문점이 있습니다. 당시 천복사는 인산인해를 이룬 와중에 초가 벼락에 맞아 폭발했습니다. 사방으로 도망치는 다른 사람들 몸에는 아주 작은 불씨만이 붙었을 뿐이지만 유일하게 위희민만은 온몸에 불이 붙어 타 죽었습니다. 이 사건에 대해 사람들은 모두 천벌이라고 했지요. 하지만 하늘이 어찌 단 한 사람을 위해 움직이겠습니까? 제가 보기에 그자의 죽음은 범인의 치밀한 계획 아래 자행된 것이며, 하늘에 벼락이 있든 없든 상관없이 그날 위희민은 불에 타서 죽었을 것입니다!"

이윤은 맑고 투명한 눈을 크게 뜨고는 물었다. "하나…… 귀신이나 부처가 아니고서야 어찌 벼락을 조종해서 자신이 죽이고 싶은 사람을 불태워버릴 수 있는 자가 있단 말인가?"

"맞습니다. 그야말로 흠잡을 데 없이 천벌인 것처럼 보였습니다. 하지만 범인은 현장에 몇 가지 단서를 남겼고, 저희는 그 단서들을 추적하면서 여러 가지 의문점을 도출해낼 수 있었습니다." 황재하는 재판정에 있는 모든 사람의 얼굴을 쭉 훑어보았다. 그저 동창 공주를 살해한 죄를 묻기 위해 많은 이를 대동해 이곳까지 온 황제와 곽 숙비도 의문을 품고서 황재하의 말을 주의 깊게 들었다.

황재하는 고개를 돌려 주자진에게 신호를 주었다.

주자진은 황재하에게 훌륭히 호흡을 맞추어 곧바로 창고로 달려가 그 철사를 가지고 와서 건넸다. "우리가 천복사에서 발견한 이 철사가 사건 해결에 도움이 되는 거야?"

"네. 범인이 범행을 덮으려고 사용한 수법인 동시에 범행 도구이기도 해요." 황재하는 그렇게 말하면서 철사를 건네받았다. 그러고는 불타서 푸른색으로 변한 철사 끝을 가리키며 말했다. "여기 이 변색된 부분은 초가 폭파한 뒤 불에 탄 것이 아닙니다. 철사가 이런 색깔이 되려면 꽤 오랫동안 타야 합니다. 그렇다면 당시 천복사 안에서 이 철사가 오랜 시간 불에 탈 수 있는 곳이 어디였을까요? 제 생각에는 단 한 곳밖에 없습니다. 바로 천복사에 세워진 두 개의 커다란 초입니다. 그리고 그 초에 이런 물건을 넣을 수 있는 사람은 당연……." 황재하는 철사를 든 채 고개를 돌려 제일 뒤쪽에 아무 말 없이 조용히 서 있던 여지원을 쳐다보았다.

"말씀해주시지요, 어르신. 초 심지 안에 이 철사를 꽂았던 것은 무슨 용도에서입니까?"

21장

아들을 낳고 딸을 낳다

재판정의 모두가 여지원을 쳐다보며 웅성거렸다.

이 노인은 혼자 대리사에 들어온 후로 계속 구석에 서 있었고 누구도 그를 주목하지 않았다. 다들 이 노인네를 경멸했기에, 여적취와 관련된 몇 명은 물론 다른 사람들도 다만 스치듯 보았을 뿐 아무도 별다른 눈길을 주지 않았다.

그런데 지금 황재하가 철사를 들고서 이 노인에게 질문을 던진 것이다. 모든 사람의 시선이 황재하의 눈을 따라 여지원에게 향했다.

여지원은 재판정 그늘 아래서 필사적으로 몸을 숨기려 했다. 몸은 여전히 구부정했고, 칙칙한 색의 낡은 무명 적삼을 입어 얼굴 윤곽이 더욱 짙어 보였다.

그는 무슨 말인지 잘 모르겠다는 듯 천천히 눈을 들어 황재하를 보며 느릿느릿한 말투로 물었다. "무얼 말하는 겁니까?"

최순잠도 따라서 물었다. "양 공공, 아까는 이 사건이 장 씨 집에 있던 선황의 유작과 관련있다고 하지 않았습니까? 그림이 장 씨의 집에 소중히 보관되어 있었다면, 여지원이 어떻게 그 그림을 봤겠습니까?"

"당연히 본 적이 있지요. 위희민이 죽은 후, 적취는 장항영에게 혼인 예물을 요구하러 온 부친을 떨쳐내기 위해 그 그림을 부친에게 가져다주었습니다. 그러면서 일전에 저희가 그 집에서 그 그림이 무엇을 나타내는지 추측했던 이야기도 같이 알려주었지요. 여지원은 그 사실을 믿지 않았고 적취는 울컥한 마음에 그림을 저당 잡히고 돈 10민전을 받아 부친에게 건네주었습니다."

"그러면 이 그림을…… 본 적이 있는 게 틀림없구나." 주자진은 확신하며 맞장구쳤다. 하지만 여전히 망설이는 표정이었다. "한데…… 예물을 요구하러 갔었다고 너도 방금 말했듯이, 늘 그런 식으로 뜯어내는 사람인데 설마 굳이…… 사람을 죽일 리가?"

"흥…… 그럴 리 없지 않습니까. 돈도 이미 손에 쥐었는데 뭐하러 그 계집을 위해서 사람을 죽인답니까?" 여지원은 차갑게 웃으며 고개를 저었다. 그러고는 단호하게 말했다. "그런 적 없습니다! 그리고 초에 그런 물건을 넣은 적도 결코 없습니다. 다른 사람이 넣었거나 아니면 어쩌다 철사가 향에 섞여 들어가 향로에서 그 지경으로 불탔겠지요. 그게 저랑 무슨 상관이 있답니까?"

"천복사가 그렇게 혼란스러운 중에도 향로는 쓰러지지 않았습니다. 만일 철사가 향로 안에 있었다고 한다면 어떻게 밖으로 나왔겠습니까? 그리고 다른 사람이 초 심지에 이 철사를 넣는 것은 불가능합니다." 황재하는 굽어 있는 철사를 그에게 보이며 말했다. "일자로 곧게 뻗은 철사였다면 누군가가 갈대 심지에 꽂아 넣었을 가능성도 있겠지요. 하지만 이렇게 휘어진 부분이 아래를 향해 들어가 있었습니다. 둥근 부분으로는 초에 꽂아 넣을 수 없으니, 처음 초를 제작할 때 넣었다는 것 외에는 설명이 되지 않습니다."

여지원은 또다시 느릿느릿한 투로 말했다. "아…… 제가 늙어가지고 눈이 침침하다 보니 심지에 어쩌다 철사가 섞여 들어간 것을 알아채지 못했나 봅니다. 그런데 제가 감히 공공께 하나 여쭈어도 되겠는지요? 제가 이런 실수를 했다고 해서 그것이 무슨 법을 어긴 것이라도 된단 말입니까?"

"정말 실수로 섞여 들어갔을까요? 저는 믿을 수 없습니다. 왜냐하면 실수처럼 보이는 그 행위가 이 사건의 시작점이자 가장 중요한 부분이기 때문이죠." 황재하가 고개를 저으며 말했다. "어르신, 이 살인을 위해 정말 심혈을 많이 기울이셨더군요. 사건이 있기 며칠 전부터 날씨가 좋지 않았습니다. 축축하고 답답한 날씨에 금방이라도 소나기가 내릴 것 같았지요. 어르신은 1장 높이의 초가 천복사의 대전과 키를 나란히 한다는 사실에 주목했을 겁니다. 초에 철사 하나만 꽂으면 아주 쉽게 벼락을 유도할 수 있지요. 그래서 어르신은 본인이 만든 그 거대한 초의 심지에 철사를 꽂아 넣었습니다. 사람들에게 발각되는 것을 막기 위해 고집스럽게 혼자서 초를 만들었지요. 천복사에 초를 세운 후에는 초 안쪽에 숨겨뒀던 철사를 끄집어 올렸습니다. 사다리를 거두고 나면 아래에 있는 그 누가 타오르는 심지 속에 철사가 박혀 있다는 걸 눈치채겠습니까."

"그러니까…… 하늘에서 떨어진 그 벼락은 처음부터 저 노인장이 의도한 거란 말입니까?" 최순잠이 눈을 휘둥그레 뜨고 입을 쩍 벌렸다. "그, 그렇다면 운이 너무 좋은 것 아닙니까. 벼락이 어떻게 정확히 자신의 원수에게 떨어져 불태운단 말입니까!"

"아닙니다. 당연히 그렇게 된 원인이 있습니다. 그렇지 않다면 어떻게 그날 천복사에 있던 수많은 사람 중 위희민에게만 그 천벌이 내려졌겠습니까?" 황재하는 철사를 모든 사람에게 보여주며 말했다. "모두 알아차리셨는지 모르겠습니다만 이 철사는 윗부분은 곧고 아래는 휘어져 있습니다. 곧게 뻗은 윗부분은 불탄 흔적과 함께 그을음이 남아 있지요. 하지만 아래의 휘어진 부분은 불탄 흔적이 조금도 없습니다. 이상하지 않습니까? 저는 여지원이 커다란 초의 심지를 만드는 장면을 본 적이 있습니다. 갈대 심지를 삼베로 감아서 꽉 동여맨 후에 끓는 밀랍에 넣어 적십니다. 그리고 다시 빨갛게 달아오른 뾰족한 쇠붙이를 심지 아래쪽에 매달아 반쯤 응고된 초에 꽂아 넣습니다. 그래서 초가 폭발한다 하더라도 갈대 심지는 삼베로 꽁꽁 묶여 있는 데다 초 자체도 굳어 있기에 폭발로 날아가기 매우 어려울 것입니다. 만일 백 보 양보해서 심지가 폭발로 날아갔다고 해보죠. 철사는 심지의 밀랍에 파묻혔기 때문에 순식간에 불이 붙어 탔을 테고, 불에 탄 자국은 물로도 절대 씻어지지 않습니다. 그런데 이 철사의 구부러진 아래쪽은 완전히 깨끗합니다. 원인이 무엇이겠습니까?"

최순잠과 왕린, 장규 등은 철사를 바라보며 생각에 잠겼다.

황제도 이 환관의 죽음에 대해 꽤나 호기심이 일었지만 크게 반응하지 않고 말했다. "양숭고, 빨리 말하거라."

"알겠습니다. 소인의 짐작으로는 갈대 심지를 이 철사 길이의 반절 정도만 만들어 초에 박았을 것입니다. 그러니까 이 철사의 곧게 뻗은 부분만 심지에 끼워진 상태였습니다. 초 아래쪽에는 사실상 심지가 없이 철사만 박혀 있었으니 당연히 철사에 불이 붙지 않았지요."

모두가 경악을 금치 못하고 있는데 주자진이 서둘러 물었다. "그러면 그렇게 큰 초에 이렇게 짧은 심지를 만든 이유가 뭐야?"

"그 초를 이용해서 무언가를 숨기기 위해서였죠. 철사의 아랫부분을 구부린 것도 초 안에 숨긴 물건을 비켜가기 위함이고요."

주자진이 이마를 치며 말했다. "초 안에 유황과 폭약을 숨겼구나! 그래서 하늘에서 천둥이 쳤을 때 철사가 벼락을 초 안으로 끌어당겼고 결국 초가 폭발해서 옆에 있던 위희민이 불에 타 죽은 거야!"

"그럴 리 없네. 폭발이 있고 얼마 지나지 않아 현장 조사를 하러 갔는데 당시 현장에서 유황이나 화약 냄새는 맡지 못했어." 최순잠은 즉시 반박하며 말했다. "그리고 여지원은 그때 현장에 없었는데, 어떻게 초가 폭발할 때 위희민이 초 바로 옆에 있으리라 확신했겠으며, 어떻게 정확하게 자신의 목표물인 위희민이 그 불에 타서 죽으리라 확신했겠는가?"

주자진은 머리를 쥐어뜯으며 의문 가득한 눈빛으로 황재하를 바라보았다.

"지금까지 말씀드린 것은 저희가 눈으로 확인할 수 있었던 증거입니다. 그런데 이 사건에는 또 하나의 보이지 않는 증거가 있습니다. 당시 현장에 있었던 기왕 전하와 주자진 공자, 장항영, 여적취, 그리고 저, 이렇게 다섯 명은 가까이서든 멀리서든 사건을 목도했지만 초가 폭발하기 직전까지도 위희민을 본 사람은 없었습니다." 황재하는 여기까지 말하고 고개를 돌려 이서백을 바라보았다.

이서백은 고개를 끄덕이며 확신에 찬 말투로 말했다. "확실히 당시 저는 위희민을 보지 못했습니다. 더군다나 그는 공주부 사람이었기에 혹여 천복사에서 그를 보았다면 분명 기억에 남았을 것입니다."

"기왕 전하처럼 한 번 본 것은 절대 잊지 않는 분도 위희민을 본 적이 없다 하셨습니다. 어쩌면 위희민이 인파에 섞여 전하와의 거리가 너무 멀었던 탓에 보지 못하셨을 수도 있겠지요. 하지만 장항영과 여적취, 이 두 사람은 당시 초 바로 옆에 있었습니다. 위희민은 여적취를 비극으로 몰고 간 사람입니다. 게다가 붉은색 환관복을 입고 있었기에 가까이 있었다면 매우 눈에 띄었을 것입니다. 위희민은 초가 폭발한 것과 거의 동시에 몸에 불이 붙었습니다. 이는 필시 초에 매우 가까이 있었다는 뜻입니다. 그렇다면 마찬가지로 초 바로 옆에 있던 두 사람은 왜 위희민을 보지 못했을까요?"

사람들이 저마다 깊은 생각에 빠진 눈빛을 하고 있는 가운데, 황재하는 마침내 가장 중요한 결론을 말했다. "그 초는 키가 1장이 조금

넘고 둘레는 그 절반 정도로 굵습니다. 위에서 녹고 있던 부분과 아래쪽의 비교적 가는 부분을 제외해도 8척 높이는 충분히 되지요. 위희민은 키가 5척 반밖에 되지 않아 초 안에 숨기고도 남습니다!"

순간 재판정에 적막이 흘렀다. 모든 사람이 이 광기 어린 추론에 경악하고 아연실색하여 감히 믿지 못했다.

"원래 밀랍은 반투명한 노란색인데, 여러 색상으로 화려하게 물들인 것은 그 안에 든 것을 감추기 위함이었습니다. 공간을 더 크게 만들기 위해 심지를 잘라냈고, 초에 문양을 조각하면서 조그맣게 구멍을 뚫어 안에 있는 사람이 질식해 죽지 않도록 했습니다. 구부러진 철사는 바로 위희민의 머리를 피하기 위해 필요한 조치였던 것입니다. 그리고 철사를 이용해 번개를 초 안쪽까지 끌어들여 주사와 유황과 중유 등이 섞인 인화성 초가 빠르게 폭발하도록 만들었습니다."

장항영, 주자진, 이윤 등 모든 사람이 놀라 어리둥절해했다. 황재하를 쳐다봤다가, 초라하게 허리가 굽은 여지원을 쳐다봤다가 하며 믿을 수 없다는 표정을 지었다.

고개를 숙인 채 발아래 검푸른 돌바닥을 보고 있던 여지원이 냉소하며 말했다. "공공, 무슨 말씀을 하시는지 모르겠습니다. 제가 살아있는 사람을 초에 숨겼단 말입니까? 사람을 숨긴 초를 천복사로 보냈다고요? 정말 기상천외한 생각을 하셨군요!"

"듣기에는 아주 황당무계한 일이지요. 하지만 제가 말씀드렸을 텐데요. 제 손에 확실한 증거가 있다고요." 황재하는 정확하게 하나씩 짚어가며 말했다. "첫째, 초를 천복사로 보냈던 그날, 어르신은 분명 밤을 새서 초를 만드느라 쓰러질 정도로 피곤했으면서도 왜 굳이 남의 손을 빌리지 않고 직접 초를 가져다주었을까요? 그리고 설치를 다 하고야 그곳을 떠났지요?"

"저는 독실한 불자입니다. 그 초는 제가 수개월 동안 온 정성을 쏟아 만든 것이고요. 다른 사람에게 들려 보내기엔 마음이 영 놓이지 않았습니다!"

황재하는 가타부타 않고 계속해서 말을 이어나갔다. "둘째, 천복사에서 반년 이상 걸려서야 그 초를 만들 만큼 많은 밀랍을 모았지요. 그렇게 만든 거대한 초가 폭발했는데, 순식간에 다 타서 사라졌습니다. 일반적으로 초가 불에 닿게 되면 모두 그렇게 다 타버립니까? 후에 어르신이 긁어갔던 그 촛농 정도만 남게 되는 것이 맞습니까? 초가 폭발한 뒤 남은 초가 너무 적으면 그 안이 텅 비었던 사실이 들통날까 봐 두려웠죠. 그래서 아예 대량으로 인화성 염료를 넣어 초를 만들었습니다. 초가 모두 불타서 없어지도록 말입니다."

여지원은 황재하의 눈을 본체만체하며 말했다. "뭘 안다고 그런 소릴 합니까? 초를 만들 때 각종 색깔을 선염하려면 반드시 여러 색의 염료를 넣어야 합니다."

"그럼 초를 수십 년 동안 만들면서 설마 이 사실을 모르셨단 말입니까? 주사, 유황, 중유 등을 많이 넣어 초를 만들 경우, 불이 닿자마자 곧바로 초 전체가 활활 타오를 수도 있다는 사실을 말입니다." 황재하는 고개를 절레절레 흔들면서 말했다. "더군다나 어르신은 초를 만드는 장인으로서 결코 해서는 안 되는 잘못을 저질렀습니다. 그것은 바로 초에 주사를 넣은 것입니다."

여지원이 차갑게 웃었다. "제가 주사를 넣었다고 대체 누가 그럽디까? 전 분명 평소와 동일한 염료를 사용했어요. 무슨 근거로 이렇게 나를 모함하는 겁니까?"

"비록 현장에 있던 사람들에게 큰일이 벌어지진 않았지만 제게 확실한 증거가 있습니다. 사건 이후 초가 타고 남은 찌꺼기가 폭우에 쓸려 연못까지 흘러갔고, 방생지 안에 있던 물고기들이 몰살당했습니다!" 황재하가 입을 다물지 못하는 주자진을 향해 물었다. "자진 도련님, 그때 물고기 사체를 가져가서 검사했을 때, 사인이 무엇이었죠?"

"수은 중독이었어." 주자진은 재빨리 대답했다.

"맞습니다. 이것이 바로 초를 제작할 때 주사를 염료로 사용하면 안 되는 이유입니다. 주사는 불에 타면 수은으로 변하고, 수은이 공기 중에 퍼지게 되면 호흡하는 모든 사람이 수은에 중독될 수 있는데 어떻게 주사를 사용하겠습니까? 그런데 어르신은 태연하게도 초를 쉽게 태우기 위해 주사를 사용했습니다!" 황재하는 여지원을 똑바로 보며 말했다. "이전에 어르신 가게에 갔을 때 붉은색을 입힌 초를 보았는데 그 초에는 주사가 쓰이지 않았고 독을 뿜어낼 리도 없었습니다. 하지만 왜 공교롭게도 이 거대한 초에는 값비싸고 위험한 주사를 사용했을까요? 말끝마다 본인이 독실한 신자라고 하는데, 그런 분이 왜 불가의 법회에 사람에게 해를 끼치는 초를 만들어다 준 거죠? 초가 불타면서 발생할 유독성 연기가 천복사에 있던 모든 사람에게 화를 미칠 것이 두렵지도 않았습니까?"

여지원은 순간 말문이 막혔다. 햇빛을 등지고 서 있어 얼굴의 주름이 더 깊어 보여 순식간에 폭삭 늙은 것처럼 보였다.

입을 달싹거리긴 했지만 어떤 말도 하지 못했다.

"사실 그럴 것도 없었지요. 그렇지 않습니까? 초에 불이 붙으면 얼마 되지 않아 곧 초 전체가 폭발할 테고, 사람들은 분명 사방으로 흩어질 테니 수은 중독으로 죽는 사람은 없을 거라는 사실을 처음부터 염두에 두었으니까요." 황재하는 고개를 내저으며 말을 이었다. "그런데 어르신의 그 치밀한 계획은 밀랍 조각에서 또다시 발목을 잡혔습니다. 천복사에서 그렇게 오래도록 밀랍을 모은 데 반해 어르신은 단 며칠 만에 다시 그 큰 초를 만들 수 있는 밀랍을 다 모았지요. 묻겠습니다. 그 밀랍은 대체 어디서 난 것입니까? 여러 해에 걸쳐 모아놓은 것이라고 말씀하셨는데 당초 그렇게나 많은 밀랍을 가지고 있었다면 천복사에서 굳이 전국 각지의 밀랍을 모아올 필요가 있었을까요? 사실은 어르신에게도 그 정도의 밀랍은 애초에 없었습니다. 처음에 만든 초가 속이 텅 비었으니 당연히 천복사에서 보내온 밀랍은 그때 다 쓰지 않고 많이 남아 있었던 겁니다!"

여지원은 얼굴이 사색이 된 채 아무런 변명도 하지 못했다.

주자진이 황재하에게 재빨리 물었다. "숭고, 한 가지 궁금한 게 있는데, 당시 며칠 동안 하늘이 꾸물꾸물해서 확실히 소낙비가 올 만한 날씨긴 했지만, 그날 만일 벼락이 치지 않았다면 어쩔 생각이었을까?"

"설령 그 철사가 천둥과 벼락을 끌어당기지 못했어도 초의 어느 높이 부분에는 중유와 유황이 섞여 있었습니다. 초가 거기까지 타게 되면 초 전체가 폭발하고 초 파편 또한 모조리 다 타버리도록 만들어진 것이죠. 초 안에 숨긴 위희민의 몸에는 산 채로 불타 죽도록 미리 인화성 물질을 발라두었습니다! 그러고는 초에 무슨 착오가 생겨 폭발해 사람들을 다치게 했다고 변명했을 겁니다. 그저 벼락이 쳐서 사람을 죽였다는 것처럼 허무맹랑하지 않았을 뿐이지요."

최순잠이 미간을 찌푸리며 말했다. "그러니까…… 위희민은 초 안에 있었고, 마침 요진법사가 인과응보에 대해서 설법하는데 벼락이 쳤다, 초는 그대로 폭발해버렸다. 정말 이 모든 것이 마치 하늘의 뜻처럼 보이는군요. 알고 보니 그건 철사가 벼락을 끌어들였던 것이지만요. 다들 정신없는 와중에 바닥을 나뒹구는 사람을 보면 초 옆에 있다가 불이 붙었나 보다 생각하지, 그 사람이 어디서 왔는지 관심 가지며 주목하는 사람이 누가 있겠습니까?"

주자진은 머릿속에 의문이 가득해 다시 질문을 던졌다. "그러면 위희민은 왜 그 초 안에 얌전히 들어가 있었던 거지? 당시 울부짖으며 이리저리 나뒹굴 정도로 멀쩡히 살아 있었는데, 어떻게 해서 초 안에 가만히 숨어 있었다는 거야?"

"영릉향, 잊으셨어요? 전관색은 여지원에게 최고급 영릉향이 있다는 말을 듣고 그것을 사서 공주부의 주방 책임자 창포에게 답례로 보냈습니다. 저택의 규율에 따르면 창포 같은 하인들은 귀중한 물건이 생길 경우 먼저 공주님께 진상해야 합니다. 하지만 공주님께서는 혼인 후 아직 아이가 없었으니 회임에 좋지 않은 이런 물건을 사용하실 리 있겠습니까? 반면 위희민은 탐욕스러운 자이고, 또한 두통을 앓고 있어 영릉향을 놓칠 리 없었습니다. 여지원이 생각한 대로 영릉향은 순조롭게 위희민 손에 떨어지게 되었습니다. 하루에 한 냥씩 쓰고, 일곱째 날 향이 떨어지자 창포를 찾아가 더 내놓으라고 난동을 부렸고 이어 전관색에게 달려가 협박을 했습니다. 전관색은 위희민을 여지원의 가게로 데리고 갔지요. 바로 천복사 법회 전날이었습니다. 그날 밤새 종적을 감춘 위희민은 천복사에서 돌연 모습을 드러내 온몸에 불이 붙은 채 울부짖다가 죽어버렸습니다." 황재하는 여지원을 바라보며 천천히 말했다. "여지원은 이 모든 것을 철저히 계산했던 것입니다. 첫째, 누구든 귀중한 물건이 생기면 주인에게 먼저 바친다는 공주부의 규율입니다. 둘째, 전관색에게 자신의 영릉향을 추천하며 그를 이용하였습니다. 셋째, 두통을 앓는 사람이 사용할 양을 계산하여 정확히 몇 날 뒤에 찾아오도록 하였습니다. 모든 것이 여지원이 예측한 대로 흘러갔습니다. 위희민은 스스로 죽을 길을 찾아왔고, 바로 여지원의 가게에서 실종되었습니다. 위희민이 사라진 그날 밤, 여지원은 가게 안에 특수하게 제작한 영릉향을 피웠을 것입니다. 위희민은 알지도 못하는 사이에 잠들었고, 온몸에 불이 붙어서야 깨어났지요."

모든 사람의 눈빛이 여지원에게로 향했다. 재판정 앞에 무릎을 꿇은 채 조금의 미동도 하지 않는 이 깡마른 노인에게로. 창백한 그 얼굴에는 이미 오래전에 말라 죽은 나무의 뿌리처럼 거무스름한 세월의 흔적이 깊게 패어 있었다.

황재하는 확고한 목소리로 계속해서 말을 이어나갔다. "그리고 문둥이 손 씨의 죽음도 여지원과 관계가 있습니다."

"아닐 겁니다, 양 공공. 손 씨의 사건은 잘못 생각하신 것 같습니다." 장항영은 조용히 침묵을 지키고 있는 여지원을 바라보며 말했다. "손 씨는 정오 무렵 죽었습니다……. 저와 아적 둘 다 그곳에 갔었고 정말 손 씨를 어떻게 하고 싶었지만 기회를 찾을 수가 없었지요. 그때 대녕방에서 어르신을 본 적이 없습니다. 나중에 많은 사람들이 증언한 내용 또한 정오 무렵 어르신은 서쪽 시장에서 초를 만들고 있었다고 했습니다. 저는 어르신에게 손 씨를 죽일 시간이 있었다고는 생각지 않습니다."

"여지원은 애당초 현장에 있을 필요가 없었습니다. 방을 수리한 때를 기점으로 손 씨는 반드시 죽도록 되어 있었기 때문입니다." 황재하는 주자진에게 손짓하여 손 씨 집에서 뜯어온 철제 상자를 사람들 앞에 보이게 했다. "그 집 방문 위에는 현재 장안에서 유행하는 철제 상자가 설치되어 있었습니다. 당시 손 씨 집의 문과 창을 보강해주었던 자는 이 철제 상자가 새것이었다고 증언했습니다. 도색이 매우 선명했다는데, 사건 이후에 색을 모두 잃은 채로 발견되었습니다."

"그 철제 상자는…… 전관색이 만든 것입니다!" 그때 최순잠이 힘없이 바닥에 앉아 있던 전관색을 가리켰다.

사람들의 눈이 또다시 전관색에게로 쏠렸다.

줄곧 얼굴에 침울함이 가득했던 전관색이 이때만은 황재하와 여지원을 번갈아 쳐다보며 방금까지도 생기가 없던 두 눈을 부릅떴다. 어디서 그런 힘이 솟았는지 땅에 팔을 짚고 몸을 일으켜 쉰 목소리로 소리쳤다.

"소인 억울합니다! 소인은 사람을 죽이지 않았습니다! 저 철제 상자는…… 유기 대장간에서 만든 것입니다. 저는 그것을 가져온 후 한

곳에 쌓아놓고 그저 딱 한 번 보았을 뿐입니다!"

주자진은 조급함을 이기지 못하고 황재하를 붙잡으며 물었다. "이 철제 상자가 손 씨 죽음과 무슨 상관이 있는 거야?"

황재하가 반문했다. "대녕방에서 이장한테 들은 말 기억하세요? 전 관색이 손 씨네 문을 쪼개 열었을 때 검은 연기가 솟았다고 했죠. 다들 그게 적취의 원혼이 한을 풀고 날아간 것이라 생각했다고요."

"맞아. 이장이 그렇게 말했어." 주자진은 장항영 쪽을 쳐다보고는 머리를 긁적이며 미간을 찡그렸다. "그렇지만 적취가 죽지도 않았는데 그 원혼이 있을 리 있겠어?"

"누군가가 문 위쪽에서 무언가를 불태웠습니다. 문이 열리는 순간 그 진동에 더해, 줄곧 꽉 막혀 있던 실내 공기가 흐르게 되면서 곧바로 잿더미가 퍼져 나왔지요. 그렇게 해서 소위 그 검은색의 '사악한 기운'이 생긴 것입니다." 황재하는 철제 상자의 까맣게 그을려 얼룩덜룩해진 칠색을 가리키며 말했다. "방 안에는 불탄 흔적이 없었고, 유일한 잿더미는 바로 이 텅 빈 철제 상자 안에 있었습니다. 범인이 손 씨를 살해한 수법이 바로 여기에 있습니다.

손 씨가 죽은 후 대리사는 즉시 집을 봉쇄했습니다. 그러니 사건 후에 누군가가 이 철제 상자를 건드렸을 가능성은 없습니다. 유일하게 가능성 있는 시간은 창과 문을 보강한 날 밤부터 이튿날 오후 사이입니다. 그때 누군가가 이 안에서 무언가를 태웠습니다. 분명 영릉향이었을 것입니다. 사건 발생 당일 저녁, 현장 조사를 하러 갔을 때 마침 왕 상서의 자제 왕 도위께서 저희와 동행해주셨습니다. 왕 도위는 방 안에 남아 있는 영릉향 향기를 맡으셨습니다. 향기에 관해서는 장안에서 가장 통달한 분이니 잘못 맡았을 리 없습니다. 제가 감히 판단하건대 분명 위희민의 정신을 잃게 만들었던 것과 동일한 영릉향이었을 겁니다. 그래서 손 씨는 두 군데를 찔리고도 자세를 그대로 유지한 채 꼼짝 않고 죽어간 것입니다."

최순잠이 서둘러 물었다. "그럼 여지원은 어떻게 그 잠긴 방에 침입해 손 씨를 죽인 겁니까? 설마…… 수로가 그곳을 지난다는 사실을 알고 있었던 겁니까?"

"이 사건은 수로와는 아무 관련이 없습니다. 만일 범인이 수로를 통해서 침입했다면 방 안에도 반드시 흔적이 남아야겠죠. 설령 전관색과 함께 달려간 많은 사람에게 밟혀 지면이 평평해졌다 한들 바닥을 공사한 것처럼 그렇게 매끄러워질 수는 없습니다. 게다가 손 씨가 죽을 당시 여지원은 가게 일로 바빴습니다. 수로를 타고 올라갈 시간이 어디 있었겠습니까?" 황재하는 주자진에게 문양이 투각된 뚜껑 부분을 들어 젖히게 한 뒤 말을 이었다. "모두 보시는 것처럼 안에 남아 있는 잿더미에는 두 개의 손가락이 지나간 흔적이 있습니다. 저희가 이 철제 상자를 조사해보기 전에는 그 누가 부적들이 덕지덕지 붙어 있는 벽에 달린 이런 물건을 주목해서 봤겠습니까? 이 안에 누군가가 물건을 숨겨놓았을 거라고는 더더욱 생각지 못했을 것입니다. 그러니 이 안에서 물건을 꺼내간 사람은 범인밖에 없습니다. 그러면 범인이 여기에서 꺼내간 것은 대체 무엇일까요?"

황재하는 재 위에 남아 있는 두 가지 흔적을 가리키며 말했다.

"이것은 비교적 큰 원형 물건의 흔적입니다. 이 물건이 온전한 구의 형태였다면 직경으로 판단해볼 때 이 투각된 틈 사이로 꺼낼 수 있을 리 만무합니다. 하지만 둥글납작한 물건이었다면 손가락 하나로 여기 가장 하단 부분에 기다란 구름 모양이 투각된 틈을 통해 꺼낼 수 있었을 겁니다. 하지만 범인은 그렇게 꺼내지 않고 위쪽으로 물건을 꺼냈습니다. 상부에 나 있는 유일한 틈은 손가락 굵기 정도밖에 되지 않습니다. 이렇게 작은 틈으로 꺼낼 수 있는 둥근 물건은…… 어떤 것이 있을까요?"

사람들은 저도 모르게 그 작은 틈을 쳐다보면서 열심히 궁리했지만, 아무도 답을 내놓지 못했다. 그 가운데 장항영만은 낯선 사람을 보듯 적취의 아버지를 보고 있었다. 여지원은 넋이 나간 듯 멍하니 꿇어앉아 아무 말도 하지 않았다. 마치 황재하가 말하는 그 모든 것이 자신과는 무관하다는 듯.

짧은 침묵이 있은 후 이서백이 천천히 입을 열었다. "용수철이군."

"네, 그렇습니다. 흔히 활에 사용하는 그런 종류입니다. 재 위의 긁힌 흔적을 보면 비교적 큰 원형의 형태가 남아 있습니다. 하지만 아무리 작은 구멍이라도 몇 번 회전시키면 힘 들이지 않고 빼낼 수 있을 것입니다." 황재하는 이어 여지원에게로 시선을 돌리고는 탄식하듯 말했다. "여지원은 젊은 시절 군에 입대한 적이 있는데 그가 들어간 곳이 바로 석궁 부대였습니다."

"설마 여지원이 이 상자 안에 활을 설치했다고?" 주자진은 순간 놀랐다.

"아니요. 그저 용수철을 두 개 설치했을 뿐입니다." 황재하는 철제 상자를 가리켰다. "이 철제 상자 겉면에는 인 가루를 발랐고 안에 영릉향을 놓았습니다. 영릉향 뒤로는 용수철을 납작하게 눌러 밀랍으로 굳히고, 용수철 위에는 독을 묻힌 얇은 철판을 올려두었습니다."

"알겠어! 손 씨는 몸의 반이 종기로 덮여서 잘 때도 옆으로 누울 수밖에 없다고 했지. 여지원은 젊은 시절에 여러 해 궁병으로 있었으니, 문과 침대의 각도를 계산해 용수철 위치를 맞춰서 밀랍으로 눌러둔 거야. 침대 위에 워낙 잡동사니가 많아서 항상 동일한 위치에 누웠던 그를 정확하게 쏠 수 있었던 거지!" 주자진은 순간 모든 상황이 이해됐다. "그날 오후, 아니 오후까지 기다릴 필요도 없었겠지, 태양이 충분히 내리쬐기만 하면 철제 상자 겉면에 발라놓은 인 가루가 열을 받아서 영릉향에 불이 붙고 그 향에 손 씨는 나른하게 잠들었을 테니까.

그리고 침대 바로 맞은편에는 문이 있었고 그 문 위에는 철제 상자가 있었어. 영릉향이 다 타버린 뒤 그 안에 불이 지펴지며 밀랍이 순식간에 녹아내렸지. 밀랍으로 눌려 있던 용수철이 곧바로 튕겨졌을 거고, 용수철 위에 놓여 있던 얇은 쇠붙이는 정확하게 기울어진 각도로 손 씨의 몸 안으로 파고들었지. 그 영릉향은 위희민이 하룻밤이 지나도 깨지 못할 정도로 강력했으니까 아마 손 씨도 혼수상태에서 아무것도 느끼지 못한 채 곧바로 황천길로 갔겠지!"

"맞습니다. 손 씨가 문과 창을 보수하기 위해 사람을 찾는다는 걸 알고 여지원이 모든 것을 계획한 겁니다. 설명드리자면, 여지원은 먼저 전 씨 가게에서 철제 상자를 손에 넣었습니다. 어차피 그때 만들어진 것들은 모두 도안이 같았습니다. 여지원은 가져온 상자의 내부를 개조한 뒤 다시 원래대로 봉쇄했습니다. 후에 공구 상자를 들고 가서는 등잔 받침을 설치해야 하는 집이 손 씨 집인 것을 그제야 안 것처럼 소란을 피우고 되돌아가버렸습니다. 서둘러 일을 하던 인부들은 아무도 여지원이 철제 상자를 바꿔치기했다는 사실을 발견하지 못했습니다. 인부들은 재빠르게 작업을 하면서 자세히 살펴보지도 않고 철제 상자를 가져다가 그대로 벽에 박았습니다."

"하지만 아무리 그래도 당시 현장에 있던 숙련공들이 물건이 바뀐 것에 대해 아무도 의심하지 않았을까요?" 최순잠이 의문을 제기했다. "게다가 우리가 만약 손 씨 몸에서 독이 발린 쇠붙이를 발견했다면 그 각도를 조사해 흉기를 찾아냈을 겁니다. 하지만 자진뿐만 아니라 대리사의 모든 검시관들도 손 씨 몸에서 쇠붙이 같은 것은 발견하지 못했단 말입니다!"

"맞습니다. 만일 독이 발린 쇠붙이가 발견됐다면 밀실 살해 사건의 비밀이 철저하게 폭로되고, 천벌이라고 떠드는 사람도 없었겠지요. 그래서 범인은 사건 당일 오후에 반드시 대녕방에 가야 했습니다. 손 씨의 죽음으로 소동이 일어날 때, 가장 먼저 그 시체를 발견하는 사람이 되어야만 했기 때문입니다. 시신을 가장 먼저, 그리고 가장 가까이에서 발견하는 사람이 되기 위해 여지원은 연기를 펼치기로 마음먹었지요. 그래서 그날 오후 손 씨 집 근처 술집에서 집 수리비를 받으려고 하는 전관색을 만나 똑같이 받을 빚이 있는 사람처럼 굴었습니다. 두 사람은 함께 손 씨 집 문을 부쉈습니다. 여지원이 가져온 작은 도끼로 전관색이 문을 쪼개서 열었지요. 두 사람은 다른 누구보다 앞장서서 뛰어 들어갔습니다. 술에 취한 전관색이 시신을 바닥으로 내동댕이쳤고 여지원은 아무것도 모르는 척 기회를 틈타 시신을 뒤집어버렸죠. 그리고 시신에 가장 가까이에 있던 두 사람 중 한 사람이 아무도 보지 않는 틈을 타 손 씨의 몸에 찔린 흉기를 뽑아 감추고는 놀란 척하며 다른 한 사람과 함께 문 입구로 뒷걸음친 것이지요. 그리고 많은 사람들이 관아에 신고를 하고 시신을 구경하는 등 혼란스러운 와중에 범인은 기회를 보아 철제 상자 안의 용수철을 빼낸 것입니다." 황재하는 맑고 투명한 눈빛으로 재판정의 모든 사람을 둘러보았다. "그래서 손 씨 사후에 가장 빨리 그 시신에 다가간 사람이 바로, 손 씨를 죽인 범인입니다."

황재하는 몸을 돌려 여전히 그 자리에 무릎 꿇고 앉아 있는 전관색을 보았다. 그는 굉장히 복잡한 표정을 짓고 있었다. 경악하고 있는 것인지, 아니면 안심하고 있는 것인지 알 수 없었다. 그저 여지원을 바라보는 그의 얼굴이 미세하게 떨렸다.

이윤이 물었다. "전관색과 여지원 둘 다 당시 가장 먼저 손 씨 시신에 다가간 자들이다. 그대의 말대로 유일하게 그 두 사람만이 손 씨 시신에서 흉기를 빼낼 수 있었을 것이야. 그런데 왜 전관색이 아닌 여지원이 범인이라 단정하느냐?"

"그건 아주 간단합니다. 첫째, 전관색은 그 그림을 본 적이 없습니다. 그러니 그 그림의 두 번째 먹 자국과 같은 수법으로 사람을 살해할 수가 없습니다. 둘째, 당시 제일 먼저 시신에 다가간 사람은 그 둘뿐이었고, 두 사람 중 여지원은 정신이 또렷한 상태였습니다. 만일 전관색이 흉기를 뽑아가려 했다면 반드시 여지원이 눈치챘을 것입니다. 하나 여지원이 흉기를 빼냈다면 전관색은 말씀드렸다시피 술에 취한 상태였기에 몰랐을 것입니다."

여지원은 여전히 등을 구부리고 고개를 숙인 채 조금의 미동도 없었다. 그저 고집스럽게 땅바닥만 보고 있을 뿐이었다.

땅 위에는 물방울이 한 방울 떨어진 흔적이 있었다. 뺨에서 흘러내린 땀이었는지, 눈에서 떨어진 눈물이었는지는 알 수 없었다.

한여름의 태양이 뿜어내는 뜨거운 햇살이 재판정 안으로 쏟아져 들었다. 비록 모두가 햇빛을 등지고 서 있긴 했지만 후덥지근한 공기에 감싸여 다들 애간장이 탔다.

법정에 침묵이 흐르고 있을 때 결국 여지원이 고개를 들고 입을 열었다. 표정은 지치고 어두워 보였지만 두 눈은 의외로 날카로웠다.

"맞습니다. 제가 위희민을 죽이고 손 씨를 죽였습니다. 두 사람 모두 죽어 마땅한 자들이었습니다. 그렇지 않습니까?" 목소리는 잠겨 있었지만 말투는 매우 평온했다. "어떨 땐 저도 아주 이상하다 생각했습니다. 왜 이렇게 모든 일이 순조롭게 흘러갈까 하고 말입니다. 사실 저는 속이 빈 초를 만들었지만, 안을 다시 채울 초도 만들어놓고 있었습니다. 위희민이 오기 일각쯤 전에는 이미 실망해서 원래의 계획을 포기하고 그냥 초 안을 채우자고 마음먹었습니다……. 그런데 뜻밖에도 해가 진 후 그자가 찾아왔습니다. 결국 하늘이 저를 도우신 것이지요! 하늘도 제 딸을 불쌍히 여겨 제가 아무런 방해도 받지 않고 순조롭게 복수하도록 도와주는 것이 아닐까 생각했지요……."

"그런데 공주님을 살해한 것은 유난히 급작스러웠다고 생각됩니다. 공주님을 살해한 것은 계획에 없던 일이지요?" 황재하가 여지원을 향해 낮은 목소리로 물었다.

그 한마디로 재판정은 순식간에 죽음과 같은 적막에 휩싸였다. 마치 그 순간 모든 사람의 호흡 또한 멈춰버린 듯했다.

갑자기 안색이 급변한 황제는 더 이상 참기 어려운 듯 탁자를 짚으며 자리를 박차고 일어났다. 황제는 핏발 선 눈으로 여지원을 노려보며 위협하듯이 말했다.

"동창도…… 동창도 네놈이…… 해친 것이렷다!"

여지원은 미동도 않고 서서 머리를 푹 숙인 채 알아듣기 힘든 말로 중얼거렸다. "저는 공주부에 들어가본 적도 없고 심지어 공주님의 얼굴도 뵌 적이 없습니다."

줄곧 침묵을 지키던 형부 상서 왕린이 드디어 입을 열었다. "양 공공, 이 일에 궁금한 점이 있소. 공주님께서는 구난채에 찔려 돌아가셨고, 그 구난채는 공주님이 훙서하시기 전에 불가사의하게 사라졌다는 사실을 잊지 마시오. 내 생각에 일개 향초 가게의 주인이 공주부에 몰래 잠입해 겹겹으로 되어 있는 자물쇠를 뚫고 그 구난채를 훔치는 것은 매우 어려운 일이 아닐까 생각되는데요?"

곽 숙비도 고개를 끄덕이고는 흐느끼며 말했다. "동창은 구난채를 항상 소중히 여기며 아꼈네. 특히 그 꿈을 꾸고 나서는 더 신경 써서 잘 숨겨놓았어. 그런데…… 그 철통같은 보안을 뚫고 훔쳐가는 사람이 있을 줄을 누가 알았겠는가."

황재하는 고개를 저으며 말했다. "그렇지 않습니다. 겹겹이 자물쇠를 채워놓았던 구난채는 사실 아주 간단한 방법으로 훔칠 수 있었습니다."

황제가 황재하를 가리키며 날카롭게 소리쳤다. "빨리 말하라!"

"말로는 설명이 어려울 것 같아 대리사에 부탁해 상자 하나와 크고 작은 자물쇠를 각각 하나씩 준비했습니다. 제가 여러분 앞에서 구난채가 사라진 상황을 재현해 보이겠습니다."

최순잠이 즉시 사람을 보내 상자를 가져오게 했다. 황재하는 상자를 벽 쪽에 붙여서 내려놓게 하고는 악왕 이윤에게 비단으로 장식된 작은 함을 빌렸다. 그러고는 머리 위 은비녀에서 권초 문양을 눌러 옥비녀를 꺼내어 손수건으로 감싸 작은 함 안에 넣었다.

황재하는 함을 사람들에게 보인 후 이윤에게 직접 자물쇠로 잠가달라고 했다. 이윤이 함을 잘 잠가 상자 안에 넣자 이번에는 다른 자물쇠를 건네며 상자 또한 직접 잠근 뒤 열쇠를 잘 챙겨달라고 청했다.

황재하는 상자를 가리키며 수주 등 몇몇 시녀들에게 물었다. "당시 공주님께서 구난채를 보물 창고에 넣어두라 하실 때 상자를 자물쇠로 채운 모습이 이것과 같았습니까?"

시녀들이 눈물을 떨어뜨리며 대답했다. "그러합니다. 똑같습니다."

황재하는 고개를 끄덕이고는 다시 사람들을 향해 말했다. "모든 분들이 보셨듯이 저는 이 상자 속 물건에 손끝 하나 대지 않았습니다. 하지만 이 안의 물건은 이미 제가 훔쳤습니다."

이윤이 놀라서 말했다. "말도 안 돼! 그대는 줄곧 나와 두어 걸음밖에 떨어져 있지 않았는데 언제 그것을 훔칠 기회가 있었단 말인가?"

"믿지 못하신다면 그 열쇠를 저에게 주십시오. 제가 열어서 보여드리겠습니다. 그때 당시 공주님께서 시녀에게 열쇠를 주시며 구난채를 가져오라 하셨던 상황과 동일합니다." 황재하는 감히 아무 말도 하지 못하고 가만히 서 있는 시녀들을 향해 웃으며 말했다. "당연히 여러 명이 함께 가야겠지요. 서로를 감시할 수 있게 말입니다."

황재하는 상자 앞으로 다가갔고 네 명의 시녀를 자신의 뒤에 서게 했다. "보물 창고 안에는 선반이 한 줄 한 줄 늘어서 있습니다. 그때 여러분들은 각자 어디에 서 있었습니까?"

시녀들은 잠시 생각을 하더니 당시 섰던 대로 자리를 맞춰 황재하 뒤에 섰다.

"주변의 선반에 가려졌기 때문에 제 뒤에 선 여러분은 제 뒷모습만 볼 수 있지 제 손이 무엇을 하는지는 볼 수 없습니다. 그렇지요?"

황재하는 벽을 향하고 상자를 열었다. 이어 상자 안의 작은 함을 꺼낸 후 다시 상자의 뚜껑을 닫고 함을 그 위에 올려놓았다. 그런 후 작은 함의 자물쇠를 풀고 뚜껑을 열었다.

황재하가 소리쳤다. "물건이 사라졌습니다!"

마치 선언하는 듯한 그 목소리에 시녀들뿐만 아니라 재판정 안에 있던 다른 이들도 모두 주위로 몰려왔다. 황재하 앞에는 아무것도 들어 있지 않은 텅 빈 상자가 놓여 있고 그 손에 들린 작은 함 또한 텅 빈 채로 열려 있었다. 황재하는 작은 함을 들고서 고개를 돌려 사람들을 바라보았다.

추옥은 안색이 창백해질 정도로 놀라며 말했다. "맞아요! 이렇게 영문도 모르게 사라져버렸어요! 수주, 그렇지 않았어?"

수주는 미동도 없이 서서 아무런 대답도 하지 않았다.

황재하는 차가운 목소리로 말했다. "이것은 직접 상자를 여는 사람만이 할 수 있는 방법입니다."

주자진은 뭔가 깨달은 듯 물었다. "그럼 네가 상자를 열면서 물건을 소매나 품안에 넣고 상자 안 물건이 없어진 것처럼 꾸몄다는 거야?"

"말도 안 됩니다!" 낙패가 바로 부정하며 말했다. "당시 물건이 사라졌다는 사실을 알고 공주님은 곧바로 모든 사람을 수색하게 했습니다. 그때 구난채를 꺼내러 갔던 수주와 저희는 물론이거니와 서운각 모든 시녀들의 몸과 방을 다 뒤졌습니다. 만약 수주가 구난채같이 그렇게 큰 비녀를 감추고 있었다면 진작 발견되었을 것입니다!"

"당연히 몸에 숨기지 않았지요." 황재하는 자신의 소매를 걷어 올려 그 안에 아무것도 없음을 보여주었다. "저는 상자의 뚜껑을 여는 그 찰나를 빌려 다른 사람이 주목하지 못하는 다른 곳으로 물건을 옮겼을 뿐입니다."

황재하는 비어 있는 큰 상자를 옆으로 밀었다. 그러자 상자와 벽 틈새에 황재하가 직접 손수건으로 감싸고 이윤이 친히 함에 넣었던 비녀가 놓여 있었다.

모두들 놀라며 낮은 소리로 탄성을 내뱉었다. 황재하는 손수건을 풀어 그 안에 있던 옥비녀를 다시 자신의 은비녀 속에 꽂아 넣었다. 비단 함은 두 손으로 받쳐 이윤에게 돌려주었다. "서운각 내 모든 사람의 몸과 방을 뒤지는 동안 누구도 생각지 못했던 점은 그 상자가 선반 밑바닥에 있었다는 사실입니다. 상자 뒤쪽 빈 공간에 무언가가 숨겨져 있으리라고는 아무도 생각지 못했지요. 서운각의 보물 창고 안에 있는 수많은 상자 중 유일하게 구난채를 넣어뒀던 상자 밑에만 천이 깔려 있었습니다. 틀림없이 수주가 미리 계획한 것이겠지요. 상자 뚜껑을 열어젖혀 구난채를 떨어뜨릴 때 소리가 날까 봐 염려되어 미리 천을 깔아 소리를 줄이고자 한 것입니다. 그렇지 않습니까?"

멍하니 황재하의 얘기를 듣고 있던 수주는 순간 다리에 힘이 빠져 바닥에 무릎을 꿇더니 곧바로 풀썩 쓰러졌다.

곽 숙비가 펄쩍 뛰면서 분노하여 소리쳤다. "수주! 네가 감히! 공주가…… 네게 그리도 잘해주었거늘, 네가 어찌 감히…… 공주를 모살할 수가 있어!"

"아닙니다! 소인은 그저…… 그저 구난채만 가져가려 했을 뿐입니다. 소인도 어쩔 수 없이 억지로……." 수주는 울면서 연신 고개를 흔들었다. "소인이 어찌 공주님께 그런 짓을 할 수 있겠습니까? 소인이 아무리 담이 크다 한들 그런 짓은 감히 할 수 없습니다!"

처음부터 넋을 잃은 채 초췌한 얼굴을 하고 있던 부마 위보형은 순간 더 사색이 되어 얼굴을 일그러뜨렸다. 그는 휘청거리며 일어나 입을 달싹거렸지만 어떠한 말도 나오지 않았다.

"짐에게 사실대로 말하지 못할까!" 황제는 성큼성큼 수주 앞으로 다가가 손을 들어 수주를 가리키며 크게 호통쳤다. "너는 영휘의 측근이었다. 영휘가 평소 너를 가장 신임했는데 어찌해 구난채를 훔쳐 공주를 불안에 떨게 만든 것이냐? 어찌해 공주의 병을 키우게 만든 것이야!"

"그것이…… 그것이……."

수주는 떨리는 목소리로 감히 말을 잇지 못했다. 그저 바닥에 엎드려 실신할 듯 통곡하기만 했다.

황재하는 고개를 돌려 재판정 앞에 무릎을 꿇은 채 벌벌 떨고 있는 전관색을 보며 천천히 말했다. "당연히 부친 전관색을 위해서였겠지요."

수주는 여전히 엎드린 채 울면서 고개를 들지 않았다.

순간 전관색이 몸을 심하게 떨며 살찐 목을 힘겹게 돌려 수주를 바라보았다. 수주는 경련이 일 정도로 심하게 울어 입술을 달달 떨면서 아무 말도 하지 못했다.

"대체 어떻게 된 일이냐? 짐에게 어서 소상히 고하라!" 황제는 소매를 펄럭이며 황재하를 향해 소리쳤다.

"알겠습니다. 소인 생각에 이 일은 10년 전으로 거슬러 올라가 말씀드려야 할 것 같습니다."

황재하는 어찌할 바를 몰라 망연자실한 전관색과 거의 졸도할 지경으로 울고 있는 수주를 번갈아 보았다. 하지만 황제가 바로 앞에 서서 답변을 기다리는지라 더 이상 지체할 수 없었다.

"당시 전관색은 몹시 가난해 딸 행아를 팔아야 했습니다. 행아는 궁에 들어가 이름을 수주로 바꾸고 공주님이 계신 궁에 배치되었습니다. 영리하고 부지런했기에 10년 뒤에는 공주님 곁에 없어서는 안 될 최측근이 되었습니다. 그런데 그때 갑자기 자신의 부친이라는 사람이 나타났습니다. 수주는 공주님의 은혜로 앞길이 창창한 청년 관원에게 시집가기로 되어 있었는데, 하필이면 바로 그 시점에 어릴 적 자신을 버린 부친이 나타난 것입니다. 현 조정 이래로 관원 집안과 상인 집안 간의 통혼이 많이 늘어나긴 했지만, 그저 보통 상인의 딸과 공주님이 친히 혼인을 주선해주시고 노비 문서를 없애주신 시녀, 이 둘 중에 시가에서 더 원하는 신분은 어떤 것이겠습니까?"

모두들 아무 말 없이 온몸을 떨며 울고 있는 수주를 바라보았다.

수주는 결국 고개를 들었다. 눈에서는 걷잡을 수 없이 눈물이 쏟아졌다. 눈을 부릅뜨고서 자신의 아버지를 보려고 애썼지만 끊임없이 솟구치는 눈물 때문에 시야가 흐려 그 무엇도 정확히 볼 수 없었다.

수주는 흐느끼며 말했다. "맞습니다……. 저는 10년을 그렇게 참고 견뎌 드디어 거기서 빠져나올 수 있게 되었습니다. 그런데 당신은 왜…… 왜 갑자기 나타나서 공주님이 나를 위해 마련해주신 앞길을 망치려 드느냐고요! 내가 당신과의 관계를 인정해버리면 그것으로 내 혼사는 끝장이라고요! 상대방이 약혼을 파기하지 않는다 해도 일개 상인의 딸로서 시댁에서 어찌 제대로 사람 행세를 하고 살겠어요?"

황재하는 가만히 수주를 바라보다 나지막이 말했다. "하지만 당신 아버지는 늘 딸과 만날 수 있기만을 고대했어요."

"네, 그랬겠죠. 자신이 팔아버린 딸이 뜻밖에 죽지도 않고 공주부에서 떡하니 잘 지내고 있었으니까요. 저를 만나고는 싱글벙글 그 금두꺼비를 들고 돌아가 사람들에게 자신의 딸이 출세했다고 자랑까지 했습니다. 제가 걱정스러워서 밤에 한숨도 못 자고 괴로워했다는 사실은 알지도 못한 채 말입니다. 저는 정말 무서웠습니다……. 상인의 딸이라는 신분이 발각될까 봐 무서웠어요." 바닥에 주저앉아 있던 수주는 지친 나머지 더 이상 몸을 가누지 못하고 쓰러졌다. 옆에서 지켜보는 이들의 눈에는 수주의 그런 절망적인 표정과 움직임이 아비인 전관색과 거의 똑같다고 느껴졌다.

전관색은 주저하다가 결국 입을 열어 작은 소리로 말했다. "그렇지만, 우리가 만났을 때 넌 내게 솔직하게 반점을 보여주지 않았느냐? 나는 네가 웃는 소리까지 들었다……. 그리고 그 금 두꺼비도…… 네가 나에게 준 것이지 내가 달라고 한 것이 아니었지 않느냐……."

수주는 넋을 잃은 얼굴로 더 이상 입을 열지 않았다.

황재하가 물었다. "전관색, 당신이 이야기를 나누었다는 그 '딸'과 지금 수주의 목소리가 다르다고 생각하지 않습니까?"

전관색은 낙담한 목소리로 대답했다. "네…… 좀 다른 것 같긴 합니다."

"당신과 이야기하고 반점을 보여주고, 그 금 두꺼비를 준 사람은 제가 아니에요." 수주는 결국 떨리는 목소리로 입을 열었다. 그러고는 두려움 가득한 눈으로 황제와 곽 숙비를 바라보았다. "그 사람은…… 그 사람은……."

"동창 공주님이셨죠?" 말을 잇지 못하는 수주를 대신해 황재하가 말해주었다. "비록 저도 공주님께서 왜 전관색의 딸을 사칭하셨는지 모르겠지만, 일전에 공주님 침실에서 작은 도자기 개를 본 적이 있습니다. 그 도자기 개는 시장에서 파는 평범한 장난감이었던 터라 화려한 공주부와는 전혀 어울리지 않았습니다. 그때 한 가지 의문이 들었습니다. 공주님께서는 어렸을 때 도자기 파편에 손이 베이신 적이 있지요. 그때 황제 폐하께서는 공주님을 아끼시는 마음에 공주님 주변에 도자기로 만든 물건은 얼씬도 못하게 했다고 들었습니다. 그렇다면 그 작은 도자기 개는 어디서 난 것일까요? 그리고 공주님께서 홍서하신 후 그 도자기 개를 깨뜨려 이를 숨기려 한 사람은 누구였을까요?"

수주는 숨이 가빠져오는 것을 느꼈다. 눈물만 하염없이 떨어뜨릴 뿐, 아무 말도 하지 못했다.

"지금 생각해보면 그 도자기 개는 아마도 전관색이 공주님께 드렸을 겁니다. 그 금 두꺼비에 대한 보답이었겠지요. 그리고 공주님께서 훙서하신 뒤 공주님 곁에 있던 사람이, 아마도 수주겠지요, 그 사실을 숨기기 위해 도자기 개를 깨뜨렸습니다. 방법은 간단했습니다. 고대에서 아래로 떨어뜨리기만 하면 되었지요. 그리고 모르는 척 자귀나무 아래로 내려가 그 도자기 파편을 밟아 흙 속으로 숨겨버렸습니다. 쥐도 새도 모르게요." 황재하는 고개를 내저으며 말했다. "도자기 개뿐만 아니라, 제 생각에 창포와 수주에게 그런 거짓말을 꾸미도록 할 수 있는 사람은 공주님밖에 없습니다. 두 사람은 자신에게 화가 미칠지라도 끝까지 그 사실을 숨기려 했지요. 게다가 황상께서 주신 물건을 그렇게 아무에게나 선물로 줄 수 있는 사람도 공주님밖에는 없을 것입니다."

"네……." 드디어 수주가 다시 목소리를 냈다. 차마 눈앞에 있는 사람들을 보지는 못하고, 고개를 깊이 숙인 채 알아듣기 어려울 정도로 작게 웅얼거리듯 말했다. "창포가 전…… 전 주인장이 팔에 반점이 있는 딸아이를 찾는다고 했을 때, 전 일찍이 팔에 입었던 화상 탓에 반점이 없어진지라 그냥 모르는 척했습니다. 하지만 공교롭게도 그때 공주님께서 잠에서 깨셔서는 저희가 하는 말을 들으셨습니다. 공주님께서 매일 할 일도 없고 따분하니 눈썹 그리는 도구를 가져와 공주님 손목에 반점을 그리라 명하셨습니다. 그리고 저와 함께 어떻게 전 주인장을 속일까 상의하셨습니다. 공주님께서 그렇게나 즐거워하시니 저도 그저 따르는 수밖에 없었습니다. 저는 예전에 제 팔뚝에 있던 반점 모양을 떠올리며 공주님 손목에 그려드렸습니다. 공주님께서는 가림막 뒤에서 얼굴을 보이지 않고 대화만 하자는 계책도 세우셨지요. 저는 그저 공주님께서 한 번의 유희로 끝내실 거라 생각했습니다. 하지만 갑자기 대화 중에 작은 도자기 개를 언급하셨고 전 주인장은 또 급히 그것을 찾아와서 공주님께 드렸습니다. 그렇게 한두 번 왕래가 계속되면서 공주님은 점점 더 빠져드셨습니다……."

조정에서 가장 총애받는 공주가 뜻밖에도 어릴 적 팔려간 여자아이 행세를 했고, 진짜 그 여자아이는 공교롭게도 공주 곁에서 시중들던 시녀였다. 사람들은 그야말로 보통 사람은 상상도 할 수 없는 이야기를 들으며 멍하니 아무 말도 하지 못했다. 재판정에 한동안 적막이 흘렀다.

전관색은 멍한 얼굴로 무릎을 꿇고 있었다. 사시나무 같던 떨림도 잦아들고 마치 더는 어떤 고통도 느껴지지 않는다는 듯 멍하니 있었다. 이 상황을 도무지 이해할 수 없어 깊은 슬픔과 실의만 느꼈다.

22장

아는 이가 없어도

"일이 이렇게 흘러가서는 안 된다고 생각했습니다. 하지만 공주님과 전 주인장은 의외로 대화가 잘 통했습니다. 당연히 한 번도 아버지라 불러주지는 않았습니다. 공주님은 저희끼리 이야기할 때 그를 키 작은 뚱땡이라고 불렀습니다. 후에는 뚱땡이라고 불렀다가 나중에는 또 뚱뚱한 노인네라 불렀습니다……. 전 주인장도 여러 번 사람들에게 자신의 금 두꺼비와 공주부에 있는 딸 자랑을 했다고 들었습니다. 그가 신이 날수록 저는 제 신분이 발각되어 눈앞의 혼사가 물거품이 될까 봐 점점 더 걱정되었습니다……." 수주는 고개를 숙인 채 빈틈없이 이어진 검푸른 돌바닥을 보면서 중얼중얼 말을 이어나갔다. "바로 그즈음 공주님께서 꿈을 꾸셨는데, 반옥아가 꿈에 나와 구난채를 돌려달라고 했다 하셨습니다. 그 후 위희민이 죽고 부마께서는 사고를 당하셨지요. 공주님께서는 그 일들로 마음의 불안을 얻으셨고 병이 재발했습니다. 저는 혹여나 무슨 일이 생길까 걱정되어 매일 밤을 지새우며 공주님 곁을 지켰습니다. 그러던 어느 날, 여느 때처럼 태의원에서 공주님의 약을 받아 다시 공주부에 도착해 마차에서 내릴 때였습니다. 갑자기 누군가가 저의 손목을 보며 물어왔습니다. '자네가 수주인가?'라고요"

모두의 시선이 그녀의 손목으로 향했다.

흰색 베옷 소매 아래로 희미한 흉터가 보일 듯 말 듯했다. 수주가 소매를 걷자 팔뚝 전체에 불에 덴 듯한 일그러진 흉터 자국이 드러났다.

수주는 머리를 숙인 채 말했다. "아마도 그 사람은 제 팔을 보고서 제가 누군지 확신했던 것 같습니다. 저는 고개를 돌려 그 사람을 보았지요. 하지만…… 누군지 알 수 없었습니다. 낡은 외투를 걸쳤는데 외투에 달린 모자로 얼굴의 반을 감추고, 얼굴 아래쪽도 검은 천으로 감싸고 있었습니다. 그렇게 더운 날씨에도 자신을 꽁꽁 숨긴 사람이었습니다. 저는 상대하지 않고 그냥 지나갈 생각이지만 그 사람이 저를 멈춰 세우며 말했습니다. '행아, 네 아버지가 죽을 것 같다'라고."

망연자실한 수주의 눈빛이 여지원을 지나 전관색에게 닿았다. 목소리에 힘이 없었다.

"저는…… 그 말에 너무 놀랐습니다. 누군가에게 제 정체를 들킨 것이 너무 무서웠어요. 하지만 몇 마디만 하고 가겠다고 해서 하는 수 없이 인적 없는 골목으로 그 사람을 따라갔습니다. 그 사람이 제게 말했습니다……. '나는 네가 전관색의 딸 행아라는 것을 안다. 네 아비가 위희민을 죽였다. 위희민이 네 아비에게 영릉향을 요구하다가 다툼이 생겼고 네 아비가 천복사에서 그자를 불태워 죽였지. 그리고 부마가 탔던 말도 네 아비가 좌금오위에 판 말인데 말을 점검하다가 부주의로 말편자를 망가뜨렸어. 공교롭게도 그 말에 부마가 부상을 당했다. 손 씨도 네 아비가 죽였다…….' 그 남자가 제게 물었습니다. 아버지가 관아에 잡히면 제 신분이 폭로되는 것은 시간문제일 텐데, 그러면 앞으로 제 인생이 어떻게 되겠느냐고요."

전관색의 입이 떡하니 벌어지고 얼굴살이 끊임없이 떨렸다. 떨리는 손을 들어 흉터로 가득한 딸의 손목을 잡고 싶어 하는 듯했지만, 수주는 화상으로 얼룩진 자신의 손을 얼른 몸 뒤로 감춰버렸다.

전관색의 손은 한참을 그렇게 미동도 않고 허공에 멈추어 있었다. 죽을상이 된 살찐 그의 얼굴에서 괴로움과 고통을 읽어낸 사람들은 그를 동정해야 할지 미워해야 할지 알 수 없었다.

수주는 계속해서 흐느꼈다. 너무 울먹여 말소리가 거의 들리지 않을 정도였다.

"그 사람이…… 저에게 말했습니다. '너는 네가 누구인지를 숨길 수 있을 거라고 생각했느냐? 하지만 나는 네 아비 친구이니 내가 너와 아비를 도울 수 있을 것이다.' 저는 너무 무서웠습니다. 그래서 그 사람에게 제가 어떻게 하면 되느냐고 물었습니다."

"그 남자가 당신에게 구난채를 훔치라고 했군요?"

"네…… 그 사람이 말하길, 두 번의 살인 사건과 부마의 낙마 사고 모두 전 주인장이 현장에 있었거나 사건을 저지를 만한 시간이 있었다는 사실이 밝혀졌다고 했습니다. 그 사람은 제게…… 전 주인장이 범행을 저지르지 않았다고 말할 수 있는 절대적인 증거를 만들어주라고 했습니다."

부마 위보형이 수주를 바라보며 믿지 못하겠다는 듯이 물었다. "그래서…… 네가 공주를 죽였느냐?"

"아닙니다! 저는 아닙니다!" 수주는 아랫입술을 깨물었다가 떨리는 목소리로 다시 말했다. "제가 어찌 공주님을 해치겠습니까……. 그 사람이 말하기를 아주 간단한 일이라며, 공주님이 꿈에서 구난채를 잃어버리셨으니 그 꿈과 그 사건들을 연결시키면 된다고 했습니다……. 전 주인장이 구난채를 훔쳐낼 도리가 없다는 건 모르는 사람이 없으니, 그렇게 되면 자연스럽게 이 사건들의 용의선상에서 그가 걸러지게 된다는 뜻이었습니다……. 하지만 저는 그래도 내키지 않았습니다. 구난채는 공주님께서 직접 상자 안에 넣어서 주시기 때문에 제가 손에 넣을 수 있는 방법은 없다고 말했습니다. 그런데 이번에는 그 사람이…… 제게 방법을 알려주었습니다. 구난채를 꺼내올 때 그런 식으로 훔치면 된다고요. 전 정말…… 정말 어쩔 수가 없었습니다…….”

곽 숙비의 서슬 퍼런 목소리가 수주의 말을 끊으며 물었다. “그럼 결국 그 구난채는 네 손에 있었던 것이 아니냐! 네가 감히 말을 빙빙 돌려가면서 쓸데없는 변명만 늘어놓는구나. 어서 빨리 사실대로 자백하지 못할까! 그것을 가지고 어떻게 공주를 죽인 것이야?”

“숙비마마, 소인, 마마의 심정은 잘 알고 있사오나, 사건의 전모를 밝히기 위해서는 이 모든 사건을 처음부터 끝까지 소상히 다루어야 하옵니다. 그렇지 않으면 어찌 명백한 진상을 밝힐 수가 있겠습니까?” 황재하는 다시 탄식하듯 말을 이어나갔다. “공주님께서는 심장을 찔려 현장에서 즉사하셨습니다. 그런 경우 사망 직전의 몸부림이 그리 크지 않습니다. 그런데도 구난채와 같은 옥비녀가 심장을 찌를 때 부러졌다는 사실이 매우 이상했습니다. 아마도 수주가 미리 천을 깔아놓긴 했지만 구난채가 바닥에 떨어질 때 몸통과 머리 부분으로 두 토막 났을 것입니다. 그렇지 않습니까?”

수주는 눈물을 흘리느라 말을 할 수 없어 그저 고개만 끄덕였다. 한참이 지나서야 겨우 입을 열어 다시 말했다. “저는 구난채가 없어진 것 때문에 공주님께서 그 정도로까지 신경 쓰시며 괴로워하실 줄은 몰랐습니다. 공주님의 지병이 재발하고 사태는 점점 수습할 수 없는 지경까지 이르렀습니다. 그래서 일이 더 커지기 전에 다시 아무도 모르게 구난채를 상자 안에 넣어 공주님 곁에 가져다두려 했습니다. 그런데…… 상자 뒤쪽에 흘렀던 구난채를 집어 들었더니 이미 두 동강이 나 있었습니다!"

수주의 시선이 모든 사람을 스쳐 지나 바닥에 쓰러져 있는 전관색에게로 향했다. 수주는 망연자실한 얼굴로 그를 바라보았다.

"전…… 그때 너무 놀라서 심장이 멈추는 것만 같았습니다. 부러진 구난채를 들고 있는 것이 마치 제 목을 옭아맨 밧줄을 손에 쥐고 있는 것 같았습니다……. 저녁이 되어 저는 그 사람과 약속한 대로 구난채를 가지고 공주부 측문 쪽으로 갔습니다. 하지만 그 사람 손에 비녀를 건네려는 순간 덜컥 겁이 났습니다. 그 사람이 저를 나락으로 떨어뜨릴 것만 같아 너무 무서웠습니다. 왜 그랬는지는 모르겠지만…… 전 비녀를 꽉 쥐고서 그 사람에게 대체 누구냐고 물었습니다."

얼굴을 가린 그 남자는 수주의 물음에는 아무런 대답도 하지 않고 그 손에서 구난채를 강제로 빼앗다시피 했다. 그때 구난채가 이미 부러져 있었다는 사실을 한 사람은 미처 몰랐고, 다른 한 사람은 미처 방비하지 못했다. 결국 남자의 손에는 비녀의 몸통만이 들려 있었고 비녀의 머리 부분은 수주의 손에 들려 있었다. 수주는 구난채의 머리 부분을 손에 움켜쥔 채 곧바로 몸을 돌려 달아났다. 그 사람 또한 광분하여 측문 안으로 뛰어 들어오려 했으나 감히 문안으로 들어오지 못하고 몇 걸음 쫓다가 금세 다른 골목 어귀 쪽으로 방향을 틀어 황급히 그곳을 벗어났다.

그때 낙패가 자기도 모르게 소리쳤다. "하지만…… 만일 그 사람이 가지고 간 것이 그저 비녀 몸통뿐이었다면 공주님께서는 어떻게 그날 그 수많은 사람들 속에서 구난채를 알아보셨겠습니까? 게다가 거리도 꽤나 멀었는데 부러진 구난채 몸통만 보고서 그것이 구난채임을 알아보실 리 없습니다!"

수주는 필사적으로 고개를 내저으며 통곡했다. "저도 모르겠어요……. 저도 정말 모르겠다고요! 공주님이 구난채라고 외치셨을 때 저는 너무 놀라 심장이 입 밖으로 튀어나올 것만 같았어요. 저는 그 순간⋯⋯ 제가 한 짓이 공주님께 발각된 거라고 생각했습니다. 그런데 뜻밖에도 공주님은 인파를 가리키며 구난채라고 외치셨던 겁니다. 저는 속으로 말도 안 된다고 생각했습니다. 왜냐하면 장식이 되어 있는 머리 부분은 제가 가지고 있었으니까요. 바로 제 품속에 말입니다⋯⋯. 그래서 저는 공주님께 그곳에 가지 마시라고 말렸습니다. 하지만 공주님은 그 혼란스러운 와중에도 끝까지 고집하시며 그리로⋯⋯ 그리로⋯⋯."

수주는 더 이상 말을 잇지 못하고 바닥에 엎드린 채 숨이 넘어갈 듯 슬피 울었다.

재판정에 있던 다른 사람들은 잠시 기다려줄 수 있었으나, 황제는 이미 인내심이 극에 달해 안간힘을 써 감정을 억누르며 이를 악물고 말했다. "일어나거라! 어서 더 소상히 말하지 못할까!"

수주는 슬프면서도 무서워 그저 가슴을 필사적으로 눌러 격한 감정을 진정시키는 수밖에 없었다. 간신히 입을 열어 목소리를 쥐어짰지만 다 쉬어버린 소리는 입에서 나오자마자 곧바로 흩어지며 사라지는 듯했다. "소인은⋯⋯ 다른 사람들과 함께 공주님을 찾아나섰습니다. 그때 그 많은 사람 속에서 언뜻 그 남자의 형상을 보았습니다! 비록 얼굴은 알 수 없었지만 그 사람이 입었던 외투는 기억했습니다⋯⋯. 그리고 그자가 외진 골목 벽 뒤쪽으로 공주님을 데리고 들어가는 걸 보았습니다. 그래서 소인은 필사적으로 사람들을 헤집고서 그쪽으로 달려갔습니다. 하지만⋯⋯ 하지만 이미 늦었습니다. 제가 도착했을 때는 공주님께서 이미 쓰러지고 계셨습니다⋯⋯."

그날의 장면들을 설명하며 수주는 얼굴이 새하얗게 질렸다. 마치 그날 구난채에 찔린 것이 자신의 심장인 것처럼 숨이 끊어질 듯 창백한 얼굴을 하고서 말을 이어나갔다.

"소인은…… 너무 놀랐습니다. 공주님의 가슴에 꽂힌 것은 다름 아닌…… 구난채 몸통 부분이었습니다! 소인은…… 너무 무섭고 두려웠습니다. 만약 제가 의심을 사게 된다면 분명 몸수색을 당할 것이고, 그렇게 되면 제 품속에 있는 비녀 머리는 소인이 공주님을 살해했다는 증거가 되리라는 사실을 깨달았습니다! 그래서 전 필사적으로 공주님께 달려갔습니다. 무릎을 꿇고 공주님을 끌어안으며 몰래 구난채 머리 부분을 품에서 꺼내 옆의 풀 속에 던졌습니다. 그렇게 하면 분명 사람들은…… 구난채로 누군가가 공주님을 살해했고, 그때 공주님이 몸부림을 치는 바람에 구난채가 부러졌다고 생각할 거라 여겼습니다……. 소인은 정말 절대로 공주님을 죽이지 않았습니다! 그저 발을 한 번 잘못 내디뎠을 뿐인데 그 걸음이 결국 이 지경까지 이르게 된 것입니다……."

재판정의 모든 사람이 침묵했다. 경악해야 할지 아니면 탄식해야 할지 분간할 수가 없었다.

황제는 긴 한숨을 쉬었다. 이미 온몸에 힘이 빠져 무력한 눈빛으로 황재하를 바라보았다. "저자의 말이 사실인가?"

황재하는 낮은 목소리로 대답했다. "사실입니다. 공주님께서 막 쓰러지시는 그 순간에 수주가 공주님을 발견했습니다. 수주가 공주님 곁에 다가가기 전에 이미 공주님은 습격당하셨습니다."

황제는 고개를 들고는 수주에게 눈길도 주지 않은 채 손을 흔들어 끌어내게 했다. 대리사 아전들이 앞으로 나와 수주의 양팔을 잡고 밖으로 끌고 나갔다.

몸을 비틀거리며 끌려 나가던 수주의 시선이 전관색에게 향했다. 너무 많이 울어 목이 잠겨 소리가 제대로 나지 않았지만 있는 힘을 다해 날카롭게 소리쳤다.

"전관색, 내 인생은…… 처음부터 끝까지 다 당신 때문에 망한 거야! 죽어서도…… 절대 용서 못 해!"

황제가 손을 들어 그녀를 끌고 가던 아전들을 멈추게 했다.

수주는 힘없이 땅에 털썩 주저앉아 자신의 양팔을 내밀어 보이며 울부짖었다. "보라고요, 손목에 반점 같은 건 이미 없어졌어요. 왜인 줄 알아요? 공주님을 지키다가 여기 손목부터 팔꿈치까지 화상을 입었어요. 상처가 심하게 짓물러서 며칠 동안 고열에 시달리며 사경을 헤맸죠. 그 덕에 공주님의 신임을 얻었고 공주님을 가장 가까이에서 모시는 궁녀가 되었어요! 공주님이 어렸을 적 궁 바깥에서 가지고 온 작은 도자기 개가 있었는데 부주의로 그만 깨뜨려 손가락을 다치신 적이 있어요. 황제 폐하와 곽 숙비 전하께서는 제가 공주님을 잘 돌보지 못한 탓이라며 깨진 도자기 조각 위에서 밤새도록 무릎을 꿇고 있게 하셨지요. 그러고 있다가 혼절을 해서야 비로소 용서받을 수 있었다고요……. 내가 화상을 입고 고열로 죽어갈 때 당신은 어디 있었죠? 내 무릎에 붉은 피가 낭자할 때 당신은 어디 있었냐고요? 당신은 나를 팔아서 그 돈으로 집안을 일으켰죠. 그리고 이제야 양심에 걸린다는 둥 마음에도 없는 말을 하며 나를 찾아와 결국 내 마지막 행복마저 다 산산조각 내버렸어요……."

수주는 가슴을 심하게 들썩이며 하염없이 눈물을 흘렸다. 호흡은 거칠고 더 이상 말이 나오지 않았다. 전관색은 딸을 바라보며 한참을 주저하다가 잔뜩 쉰 목소리로 겨우 입을 열었다.

"아비가……." 그러고는 잠시 멈칫하더니 고쳐 말했다. "내가…… 미안하다, 행아야…… 내가 미안해……."

전관색은 더는 말을 잇지 못하고 크게 소리 내어 울기 시작했다. 외모가 볼품없는 그가 오만상을 하며 울고 있으니 그 모습이 더 추해 보였지만 아무도 그 모습을 비웃지 않았다. 그저 그 부녀를 바라보며 침묵할 뿐이었다.

황제의 목소리가 침묵을 깨뜨렸다. “너는 영휘 생전에 곁에서 성심을 다해 시중을 들었다. 지금 너의 죄가 중하나, 짐이 특별히 은혜를 베풀어 주인인 영휘를 따라갈 수 있도록 허하겠다.”

수주는 이를 악물고 눈을 감았다. 아무 말도 하지 않고, 재판정 사람들을 쳐다보지도 않았다. 그저 자신을 끌고 가는 이들에게 몸을 맡긴 채 힘없이 끌려 나갔다.

곽 숙비는 수주의 모습을 보며 분노에 차 말했다. “동창을 죽게 한 장본인 중 하나인데 왜 죽어서까지 시중들게 하십니까. 폐하께서는 어찌 저런 여자에게 그런 은덕을 내리십니까!”

그녀의 말에 동조하는 이도, 대꾸하는 이도 없었다.

전관색조차도 그저 멍하니 꿇어앉아 있을 뿐이었다. 다만 그 잿빛 얼굴 위로 하염없이 흐르는 눈물만이 멈출 줄을 몰랐다.

황제는 전관색도 끌고 나가라 명하고는 고개를 돌려 황재하를 바라보았다. 꽉 쥔 오른손에 핏줄이 굵게 불거져, 불뚝불뚝 뛰고 있는 얼굴 근육과 마찬가지로 보는 이의 간담을 서늘하게 만들었다.

“그럼 수주를 사주해 구난채를 훔쳐내고 공주를 살해한 자는 대체 누구라는 말이냐?”

황재하는 가만히 황제를 향해 몸을 굽히며 말했다. “동창 공주께서 비녀의 몸통만 보고 구난채라 알아보지는 않으셨을 겁니다. 하지만 구난채처럼 생동감 넘치는 화조용봉(花鳥龍鳳)을 만들어낼 수 있는 사람이 한 명 있습니다. 하룻밤 만에 그 부러진 비녀에 가짜 구난채 머리를 이어붙이는 것은 조금도 어려운 일이 아니었을 겁니다.”

주자진은 고개를 저었다. “숭고, 그건 불가능해. 아무리 대충 만든다고 해도, 또 아무리 최고로 숙련된 옥 기술자라고 해도 비녀 하나를 조각하려면 며칠이 걸린다고. 그런데 구난채는 크기도 크고 모양도 굉장히 정교하잖아. 게다가 아홉 빛깔이 나는 옥을 어디서 찾아서 만든단 말이야?"

황재하가 반문했다. "굳이 옥을 사용할 필요가 있을까요? 어차피 많은 인파로 혼란스러운 와중에 공주님은 멀리서 봤을 뿐입니다. 색깔을 잘 배합한 초로 구난채를 만들었다면, 그 상황에서 어떻게 진위를 가려내시겠습니까? 초로 비녀 하나를 만드는 데는 하룻밤이면 충분합니다."

재판정은 쥐 죽은 듯이 조용했다. 모든 사람의 눈이 다시금 여지원에게로 향했다.

곽 숙비는 천천히 고개를 내저으며 눈썹을 아래로 늘어뜨렸다. 참을 수 없는 비통함이 눈물로 흘러내렸다.

황제는 여지원을 오랫동안 노려보다가 무거운 걸음으로 뒷걸음치더니 다시 자신의 의자에 몸을 기댔다. 아무런 말도 하지 않고 그저 분노와 원망의 눈초리로 사력을 다해 여지원을 쏘아볼 뿐이었다.

여지원은 시선을 하늘로 향한 채 침묵을 지켰다.

그의 옆얼굴에 팬 주름들은 마치 풍화된 암석 위에 움푹 파인 자국들을 보는 것만 같았다. 그는 자신에게서 멀어지고 있는 딸을 보듯 머나먼 하늘 끝을 보았다. 마침내 자신에게서 멀리 떠나버린 딸을, 이 끔찍한 장안을 떠나버린 딸을, 아비가 자신을 위해 저지른 이 모든 일을 알지 못한 채 떠난 딸을.

어쩌면 적취는 자신이 원망하고 증오했던 아버지가 자신을 위해 어떤 일을 했는지 영원히 알 수 없을지도 모른다.

황재하는 여지원을 바라보며 마음속에 복잡한 감정이 떠올랐다. 하지만 결국 입을 열었다. "당신은 딸의 복수를 하고자 했지요. 그 마음을 이해하기는 합니다만, 자신을 감추기 위해 무고한 사람들을 끌어들여서는 안 되었습니다."

최순잠은 서둘러 황제에게 조심스럽게 물었다. "폐하, 저자를 고문해 자백을 받도록 할까요?"

"그럴 필요 없습니다. 제가 했습니다……. 제가 그 세 사람, 위희민, 손 씨, 동창 공주님을 죽였습니다. 모두 제가 죽였습니다." 여지원이 최순잠의 말을 끊었다.

재판정 분위기가 더 무거워졌다. 그가 자백을 했는데도 오리무중에서 빠져나온 기분이 아니라 더 짙은 안개에 싸이는 기분이었다.

황재하는 한숨을 쉬며 말했다. "어찌 보면 동창 공주님으로 인해 당신의 딸이 다치긴 했지만 공주님께서 그리 되길 원하셨던 것도 아닙니다. 감히 공주님께 악한 마음을 품고 목숨을 앗아간 이유가 무엇입니까?"

"저는 사실 공주님을 죽일 생각은 없었습니다. 말하신 것처럼 공주님은 적취에게 직접 해를 입힌 사람이 아닙니다. 하지만 왜 갑자기 적취가 자신이 범인이라고 대리사에 자수를 했는지 이유를 알 수 없었습니다. 딸이 그런 위기에 처한 것을 그냥 보고만 있을 수도 없고, 제가 자수할 수도 없었습니다. 딸에게도 화가 미칠 테니까요!" 여지원은 고개를 들어 깊게 숨을 들이마시고는 간신히 다시 입을 열었다. "그때 저는 동창 공주님이 떠올랐습니다. 이 모든 일이 공주님 때문에 일어났으니 공주님만이 제 딸을 구해주실 수 있다고 생각했습니다. 그래서 수주를 시켜 구난채를 훔쳐오게 했지요. 그런데 제 손에 들어온 건 부러진 반쪽뿐이었습니다. 수주에게서 구난채 장식을 빼앗아 올 수는 없었지만 이미 그 모양을 눈으로 똑똑히 보았습니다. 수주가 그 망가진 구난채를 공주님께 다시 갖다드릴 일은 절대 없으리라 생각해 공공이 말한 것처럼 급히 초로 구난채를 만들었습니다. 멀리서 보니 그럴 듯했습니다."

황재하가 다시 물었다. "공주부 사정을 잘 아는 것처럼 보이는데 그건 두구에게 들은 것인가요?"

"그렇습니다. 왕래가 잦았던 것은 아니지만 적취의 어미가 두구의 언니 되는 사람입니다. 올해 춘랑의 무덤에 성묘를 하러 갔을 때 두구도 왔었습니다. 저는 두구한테 향료라도 조금 나눠주려고 했는데, 두구가 말하길 공주부의 규율로는 외부 사람에게 귀한 물건을 받으면 일단 공주님께 올려야 한다고 했습니다. 그리고 공주님 측근 중에 위희민이라는 탐욕스러운 자가 있는데 평소 두통을 앓기 때문에 정신 안정에 도움이 되는 그런 향료는 틀림없이 그자의 손에 들어가게 될 거라고 하더군요."

"공주님께서 구난채를 잃어버린 꿈을 꾸셨다는 건 어떻게 알게 되었지요?"

"위희민이 저희 가게에 온 날, 향을 피워 그자를 정신 잃게 만든 후 꽁꽁 묶어두었더니, 그자는 정신이 몽롱한 중에 자신이 저승에 있는 줄로 착각이라도 하는 것 같았습니다. 겁을 먹은 그자에게 몇 가지 질문을 했더니 술술 대답을 했습니다. 공주님의 꿈 내용은 물론, 공주님이 전관색을 몰래 만나고 있는 사실도 얘기해주었습니다. 전관색이 딸에게서 받은 금 두꺼비를 자랑하고 다닌다는 것과, 공주님의 측근 시녀인 수주의 팔에 흉터가 있는데 공주님이 전관색의 딸인 척 연기하는 것을 그 시녀가 돕고 있다는 것도 말입니다. 그래서 저는 수주가 전관색의 진짜 딸일 수도 있겠다고 추측했습니다."

황재하는 조용히 고개를 끄덕였다. 뒤에 있던 황제가 격노하며 심문을 끊고 외쳤다. "그런 쓸데없는 것들을 묻지 말고 공주를 살해한 경위를 확실히 물어보란 말이다!"

여지원은 고개를 숙이고 말했다. "저는 가짜 구난채를 쥐고 몰래 공주부 바깥에 숨어 있다가 공주님이 출타하시는 것을 보고 따라갔습니다. 길이 막히자 공주님이 마차에서 내리셨고 저는 순조롭게 공주님을 꾀어낼 수 있었습니다. 사람이 많아 정신없는 가운데 공주님을 사람이 없는 한적한 곳으로 데리고 갔습니다. 공주부의 환관과 손씨를 죽인 범인이 저라고 자백하고, 제 딸이 누명을 썼으니 제발 적취를 구해달라고 애원했습니다. 하지만 공주님은 저를 거들떠보지도 않으시고 그저 땅바닥 지푸라기에만 시선을 둔 채 저를 비웃으셨습니다. 저는 무릎 꿇고 간절히 애원했습니다. 대리사에 말해서 제발 적취를 석방시켜달라고 말입니다. 하지만 공주님은 기분이 매우 언짢아지셨는지 다짜고짜 저희 부녀 둘 다 목을 깨끗이 하고 기다리고 있으라고 하셨습니다……. 저 뿐만 아니라 제 딸도 목숨을 부지하지 못할 줄 알라고요!"

황제는 동창 공주가 죽기 직전의 모습에 대해 듣고 있으니 정말로 오만방자하고 거리낌 없는 딸이 자신 앞에 생생하게 살아서 나타난 것만 같았다. 공주는 생김새가 날카롭고 병약해 쉽게 부러지는 고드름처럼 보였지만, 보기와 달리 고집스럽고 제멋대로였다.

황제는 가슴이 미어져 호흡조차 힘들었다. 온 힘을 다해 의자 손잡이를 움켜쥐고는 여지원을 죽일 듯이 노려볼 뿐 어떤 말도 입 밖으로 나오지가 않았다.

"그때 저는 너무 무서웠습니다. 공주님을 이대로 보내면 저와 적취는 모두 죽게 될 터였습니다……. 저는 이미 원수 두 놈을 죽인 데다가 나이도 많으니 죽는 게 뭐 대수겠습니까. 하지만 적취는…… 적취는 아직 나이도 어리고 이제 막 피어나는 꽃봉오리 같은 아이인데 어찌 저와 같이 죽게 둘 수가 있겠습니까?" 여기까지 이야기한 여지원은 줄곧 의기소침했던 모습과는 달리 감정이 격해져서는 주먹을 쥐고서 피라도 토해낼 것처럼 가슴을 마구 두드렸다. "그때, 저는 문득 생각했습니다……. 딸의 일과 관련된 두 사람은 이미 죽었고…… 만일 공주님께서 돌아가신다면 대리사에 갇혀 있던 적취는…… 이 사건들의 범인이 아니라는 사실이 증명되지 않겠는가 하고요."

정숙하고 있던 재판정 사람들은 여지원의 메마르고 뻑뻑한 목소리에 어떻게 반응해야 할지 몰랐다.

"그래서 저는 바로…… 공주님을 쫓아가 그 비녀 몸통을 공주님 심장에 꽂아 넣었습니다……."

곽 숙비가 미친 듯이 소리 지르며 그에게 달려들려 했으나 곁에 있던 환관과 시녀가 붙잡았다. 하지만 그 통곡 소리는 막을 수 없었다.

"폐하, 영휘…… 영휘가 저런 비열하고 미천한 자의 손에 죽다니요! 폐하……."

황제는 마치 아무것도 듣지도 보지도 못한 듯 의자에 가만히 앉아 있었다. 거대한 슬픔에 잠겨 꼼짝도 할 수 없었다.

황재하는 낮은 목소리로 말했다. "모든 장안 사람들은 당신이 딸을 업신여겨 집에서 쫓아냈고, 그것으로도 모자라 재물을 탐내는 염치도 없는 인간이라고 말하지요……. 하지만 저는 알고 있습니다. 그 모든 행동이 딸을 보호하기 위해서였다는 것을요. 적취가 손 씨에게 욕보인 그때부터 이미 당신은 복수를 결심했지요. 위희민은 공주부의 환관이니 공주님이 그자를 보호할 것은 자명한 사실이었습니다. 그래서 관아로 가봤자 소용없다고 생각해 직접 그들을 죽이기로 했습니다!"

황재하의 시선이 장항영에게로 향했다. 믿기 힘든 듯 눈을 크게 뜬 그의 얼굴은 하얗게 질린 채 당혹스러운 표정이었다. 황재하는 한참이 지나서야 다시 입을 열어 말을 이어나갔다.

"하지만 이 일이 발각되면 혼자 죽는 것이 아니라, 딸까지도 말려들게 되리라는 걸 알았습니다. 딸은 죽지는 않더라도 최소한 유배형에 처해지겠죠. 그래서 여지원은 사람을 죽이기로 결심하면서 동시에 적취를 집에서 쫓아냈습니다. 새끼줄을 던져주며 나가 죽으라고까지 한 것은 사실 사람들 앞에서 딸과의 관계를 끊어버리기 위해서였습니다. 딸이 자신의 일에 말려들지 않고 멀리 떠나길 바랐죠. 그러고는 아마 딸 뒤를 몰래 따라갔을 겁니다. 그렇지 않았다면 어떻게 그리 정확하게 장항영의 집을 찾아가 적취를 마주쳤겠습니까?"

여지원은 이를 악물며 말했다. "저는…… 장 씨 집에 몇 번 가서 딸을 몰래 훔쳐봤습니다. 조심한다고 했으나 한 번은 적취에게 들켜버렸습니다……. 그래서 예물을 받으러 왔다고 말했습니다. 장 씨에게 그리 많은 돈이 있을 리 없으니까, 적취가 제발 장안을 떠나 먼 곳으로 가길 바랐습니다. 그래야 안전할 테니까요. 하지만 그 아이가 그렇게까지 어리석을 줄은 몰랐습니다. 정말로 제가 그토록 잔인한 아비라 여겨 장 씨의 그림을 훔쳐다 줬습니다. 최소한 10민전은 받을 수 있다기에 저는 값어치도 없는 그림이라고 딱 잘라 말했는데, 적취가 그 그림에는 세 가지 죽음이 그려져 있다며 이야기를 들려줬습니다. 첫 번째는 벼락이 쳐서 사람이 죽는 그림이었습니다. 순간 저는 제가 죽인 위희민이 생각났습니다. 그리고 그 후에 손 씨를 죽일 계획을 세우는데, 손 씨가 문을 잠그고서 두문불출하고 있다는 말에 그 그림이 생각났습니다. 제 아무리 철제 우리라 하더라도 반드시 틈은 있게 마련이고, 예전에 궁수 부대에서 배웠던 기술이 있어서 써먹었습니다. 세 번째 그림은……."

여기까지 말한 여지원은 더 이상 말을 잇지 못했다.

"적취가 당했던 일은…… 저희 모두 동정합니다. 하지만 공주님은 적취를 해칠 마음이 없었고, 더욱이 전관색과 그 가족은 적취의 일과는 전혀 상관없는 사람들이죠. 그들을 끌어들여서는 안 되었습니다." 황재하는 낮게 탄식하며 말했다. "범죄 사실을 그토록 철저히 감춘 데에는 정말 탄복했습니다. 저희뿐만 아니라 심지어 당신 딸까지도 감쪽같이 속을 정도였으니까요."

"아마도…… 그동안 제가 정말로 적취에게 못해주었기 때문이겠죠." 그의 목소리는 꽉 잠겼고 눈빛은 하늘 어딘가를 향했다. 마치 눈앞에 딸이 서 있기라도 한 듯한 얼굴이었다. 곧 세상을 등질 사람이 유일하게 남기고 떠날 무언가에 미련을 갖는 듯한 얼굴로 소중하게, 꼼꼼한 시선으로 딸의 허상을 바라보았다. 황재하는 그가 잠꼬대처럼 중얼거리는 소리를 들었다. "막 태어났을 때부터 저는 딸을 좋아하지 않았습니다……. 조산이었고 춘랑은 적취를 낳다가 출혈이 심해 죽었지요. 전 금방 태어난 아이를 안고 침대에 앉아서 춘랑의 얼굴이 창백해졌다가 다시 푸르스름하게 변하는 것을 멍하니 보고만 있었습니다……."

당시 여지원은 고개를 숙이고서 자신의 품에서 크게 울어대는 아기를 가만히 내려다보았다. 이 쭈글쭈글한 주름투성이의 갓난아기 때문에 아내가 죽었다. 아기를 바닥에 던져버리고 춘랑의 목숨과 맞바꾸고 싶다는 생각이 들었다.

조산으로 너무나 작게 태어난 아이는 그의 팔에 안겨 마치 새끼고양이처럼 울어댔다. 붉게 주름진 얼굴은 작은 개구리 같았다. 그렇게 못생기고 그렇게 연약할 수 없었다. 그는 아기를 품에 꼭 끌어안고 얼굴을 아기 포대기에 묻은 채 엉엉 울었다.

어려서부터 집이 가난하고 또 10년을 군인으로 지내느라 서른이 넘어서야 자신에게 시집오겠다는 여인 춘랑을 만났다. 부부간의 금실은 매우 좋았으나 오랫동안 아이를 갖지 못했다. 많은 곳을 찾아다니며 향을 피우고 간절히 기도한 끝에 드디어 아이가 생겼지만 평생을 함께 늙어갈 사람이라 생각했던 이를 빼앗겨버렸다.

아이가 딸이어서 더 미웠다.

사내아이는 풀숲에 던져두어도 혼자서 잘 큰다. 조금만 크면 데리고 나가 물고기도 잡고, 산에서 새도 잡을 수 있다. 함께 술을 마실 수 있는 벗도 되고, 같은 곳에서 땀 흘리며 일할 수 있는 동료도 된다. 핏줄로 연결된 동무가 바로 아들이었다. 그리고 언젠가 자신보다 더 울창하게 자라나 건실하고 듬직한 버팀목이 되어줄 것이었다.

하지만 그는 딸 하나뿐이었다. 어찌나 가녀린지 마치 장미 꽃봉오리 같아, 자칫하면 봄바람에 부러질 것만 같은 딸이었다. 아이를 씻기는 일은 이웃 아낙 오 씨한테 부탁하는 수밖에 없었다. 창피해하며 딸의 오줌 싼 바지를 빨고, 서툴게 아이의 머리를 빗어 땋아주었다……. 아이는 하루하루 그렇게 자라나, 가죽을 벗겨낸 개구리같이 못생기기만 했던 그 조산아가 청초하고 아리따운 소녀가 되었다. 그는 갈수록 걱정이 많아졌다. 누가 이 장미 꽃봉오리를 자기네 화분으로 옮겨 심어갈지 알 수 없었다. 그 후에는 그 장미가 활짝 피든 말라 시들어지든 더 이상은 그가 보호해줄 수 없었다.

대체 왜 하늘은 춘랑에게 딸을 주셨단 말인가? 그에게 남겨진 것은 결국 고독한 노년뿐이었다. 그는 성격이 점점 더 나빠졌다. 착하고 영리한 딸에게 갈수록 더 쉽게 욕을 퍼부었고, 갈수록 아들 있는 집을 더 부러워했다.

17년 동안 혼자서 이 아이를 돌보았다. 아이가 네 근이 채 나가지 않던 때부터 아름답고 상냥하며 솜씨 좋은 아가씨로 자라기까지, 그가 겪었던 십수 년의 고통을 다른 사람들은 상상할 수 없을 것이다. 그도 열이 펄펄 끓는 적취를 밤을 꼬박 새워 간호한 적이 있었다. 그도 다른 아이들과 나가서 놀려는 적취를 길목에서 붙잡아 호되게 꾸짖은 적이 있었다. 그도 춘랑의 무덤을 찾아가 벌초를 하며 딸이 정말로 당신을 닮았노라고 말한 적이 있었다…….

아들을 낳으려 다른 여자를 데려온 적도 있지만 자기 몰래 적취를 학대하자 견딜 수 없어 결국 술의 힘을 빌려 사납게 여자를 쫓아내버렸다. 그때 그의 나이 이미 쉰이 넘은 때였다. 그는 결국 마음을 접었다. 자신의 인생은 그냥 이럴 것이라고 생각했다. 홀로 외롭게 죽음을 맞이한 뒤에는 춘랑 곁에 묻혀 우울한 인생의 막을 내릴 것이라고.

시간은 참으로 빠르게 흘러갔다. 겨우 말을 배워 옹알옹알 아빠를 부르던 그 딸이 눈 깜짝할 사이에 쪽 진 머리에 백란화를 꽂는 날씬하고 아름다운 소녀가 되었다. 그런 딸을 보기 위해 소년들은 향초를 산다는 핑계로 자주 그의 가게를 들락거렸다.

그는 그것이 기쁘면서도 걱정되었다. 한 사내를 트집 잡아 쫓아내면 이번에는 중매쟁이가 찾아왔지만, 세상 그 어떤 남자도 자신의 딸과 어울리는 것 같지 않았다.

그런데 전혀 생각지 못한 일이 벌어졌다. 늘 웃는 얼굴이던 딸이 공주부에 향초를 가져다주러 갔다가 끔찍한 운명을 맞닥뜨린 것이다. 문둥이 손 씨는 도처에 그 추악한 일을 떠벌리고 다녔고, 장안의 모든 사람이 그의 딸이 겪은 불행을 흥미진진하게 떠들었다. 적취는 몰래 촛대를 챙겨 손 씨를 죽이러 찾아가려 했지만 한시도 눈을 떼지 않고 딸을 지켜보던 그에게 발각되었다. 그는 촛대를 빼앗고 딸의 뺨을 때렸다.

적취가 다 큰 이후 한 처음이자 마지막 손찌검이었다.

그때 그가 이미 결심을 내렸다는 사실을 아무도 모를 것이다.

딸을 지켜줄 것이다. 피는 피로써 갚고 딸에게 씌워진 그 수치를 씻어주어, 딸의 악몽과 같은 기억을 지워줄 것이다. 다시 새로운 삶을 살아가게 할 것이다.

"황제의 딸이 대관절 무엇이관데, 기분이 나쁘다는 이유만으로 내 딸의 운명을 뒤흔들어 나락으로 떨어뜨립니까?" 여지원의 혼탁한 눈물이 자글자글한 얼굴 주름을 타고 흘러내려 검푸른 돌바닥 위로 떨어졌다. 그는 혼잣말처럼 낮은 목소리로 계속 말했다. "17년입니다. 17년 세월 동안 갓난아기에서 아리따운 여인이 되도록 키웠습니다……. 내 평생에 오로지 이 아이 하나밖에 없단 말입니다. 그저 손재주 하나로 근근이 먹고사는 내가 딸에게 무얼 해줄 수 있겠습니까.

고급스러운 저택도, 높은 권세도, 방 안을 가득 채울 재물도, 그 어느 하나 줄 수 있는 게 없단 말입니다……. 하지만 내 목숨을 내놓는 한이 있더라도 딸아이만큼은 잘 살아가길 바랐단 말입니다!”

황재하의 가슴속에서 뜨거운 피가 솟구쳐 오르며 눈이 시큰거리고 뜨거워졌다. 애써 눈물은 참았지만, 눈앞에 떠오르는 부친의 모습은 어떻게 할 수가 없었다.

성도부에 있을 때 한번은 아버지에게 혼이 난 후 밥을 먹지 않겠다며 고집을 부렸다. 어머니가 국수를 가져와 먹으라고 달래기에 슬쩍 고개를 외로 하고 쳐다보았는데, 정원 나무 뒤에 몸을 숨긴 채 몰래 지켜보고 있는 아버지를 발견했다.

들켰다는 사실을 안 아버지는 곧바로 고개를 돌리며 마침 지나가는 중이었던 것처럼 느릿느릿 팔자걸음으로 정원 깊숙한 곳을 향해 걸어갔다.

햇살이 만들어낸 나뭇가지 그림자가 아버지의 몸 위로 드리웠던 광경이 아직도 생생하게 기억난다. 그토록 선명한 그림자를 당시는 조금도 유념치 않았는데, 지금에 와서는 오히려 눈에 선했다. 마치 그 그림자가 아버지의 옷 위가 아니라 자신의 마음에 피로 새겨진 것 같았다.

황재하는 얼마나 한참을 그렇게 멍하게 있었는지 몰랐다. 이서백이 가볍게 몸을 치는 걸 느끼고는 다시 정신이 돌아왔다.

재판정 앞에 무릎 꿇은 여지원에게 시위대가 다가가 가쇄[44]를 채웠다. 최순잠은 재판정에 앉아 경당목을 치고는 잠시 틈을 두었다가 입을 떼어 물었다.

“무릎 꿇은 범인, 그대는 동창 공주와 공주부 환관 위희민, 장안 대

44 목에 씌우는 칼과 목이나 발목에 채우는 쇠사슬.

냉방의 손 씨를 살해했다. 인적 증거와 물적 증거, 모든 것이 확실하다. 인정하며 시인하는가?"

"네." 여지원의 목소리는 단호하고 또렷했다.

최순잠은 재판정을 한 번 둘러보았다. 황제는 격렬하게 가쁜 숨을 몰아쉬며 그대로 의자에 앉은 채 꿈쩍도 하지 않았다. 최순잠은 다시 고개를 돌려 여지원에게 물었다. "더 하고 싶은 말이 있는가?"

여지원은 침묵했다.

그의 뒤쪽에 서 있던 장항영은 눈을 크게 뜨고서 여지원이 고개를 돌리기를 기다렸다. 딸에 관해 한마디라도 하길, 딸 적취를 잘 부탁한다고 말해주길 기다렸다.

하지만 여지원은 끝내 침묵하며 고개를 내저었다.

최순잠은 다시 황제를 바라보았다. 황제의 얼굴빛은 여전히 창백했지만 호흡은 이미 평온을 되찾았다.

황제가 입술을 살짝 열어 최순잠을 향해 말했다. "능치처참하라."

최순잠이 잠시 멈칫하며 미처 입을 열어 답하기도 전에 갑자기 쿵 소리와 함께 낯빛이 시퍼렇게 변한 여지원이 그 자리에 쓰러졌다.

모두가 놀라 웅성거리는 중에 주자진이 가장 먼저 뛰어가 그의 숨소리를 확인했다. 이어 그의 입을 열어 보더니 망연한 표정을 지었다.

황재하가 황급히 물었다. "어떻게 된 거예요?"

"처음부터 입에 독 납환을 숨기고 있었던 게 분명해. 언제 깨물었는지는 모르겠지만 지금은 이미…… 독이 다 퍼져서 사망한 것이나 다름없어. 가망이 없어."

황재하는 맥없이 주저앉았다. 여지원의 검푸른 얼굴을 보며 아무 말도 나오지 않았다.

주자진은 황재하를 힐끗 보고는 속삭이듯 말했다. "이 또한 나쁘지 않지."

황재하는 한숨을 쉬고는 일어나 황제에게 이 사실을 고했다. 황제는 핏줄이 다 불거질 정도로 힘껏 팔걸이를 움켜잡으며 격분했다.

"죽었다고? 이렇게 죽으면 짐의 원한은 어찌 푼단 말이냐!"

곽 숙비도 울면서 말했다. "폐하, 저자에게는 딸이 있지 않습니까? 저런 악한 놈은…… 맘 편히 죽도록 둘 수 없지요!"

황제가 성난 목소리로 물었다. "그 딸은 어디 갔느냐? 저 놈이 형벌을 피해 갔으니 짐은 그 딸을 대신 능지처참할 것이다!"

주자진이 순간 너무 놀라 펄쩍 뛰자 황재하가 재빨리 그를 붙잡아 경거망동하지 못하도록 했다.

"폐하……." 최순잠이 벌벌 떨며 말했다. "아까…… 쓰러져서 폐하의 명으로 재판정 밖으로 내보낸 자가 바로 그 딸 여적취입니다."

황제는 그제야 아까의 일을 떠올리고는 화가 머리끝까지 치밀어 올랐다. 하지만 자신이 직접 내린 명이었기에 달리 분노를 풀 곳도 없었다. 그저 애꿎은 소매만 매섭게 휘두르며 크게 소리쳤다.

"즉시 찾아서 대령하라! 장안 전체를 뒤집어엎어서라도 잡아와!"

23장

대당의 황혼

장안 주작문.

사람들이 성문 입구를 줄지어 드나들고 있었다. 남녀노소, 사농공상 구분 없이 수많은 인파가 끊이질 않았다.

적취는 인파를 따라 고개를 숙인 채 황급히 성문을 나섰다.

막 성문을 빠져나온 그때, 뒤로 요란한 말발굽 소리가 나더니 크게 외치는 소리가 들려왔다. "주작문 감문위[45]는 듣거라! 황제께서 즉시 여적취라는 여인을 찾으라 명하셨다. 키는 5척 2촌, 옅은 녹색 옷을 입고 있다. 만일 발견하면 곧바로 대리사로 보낸다!"

사병들은 즉시 알겠다고 대답했다. 그들 중 하나가 물었다. "그 여인이 무슨 죄를 저질렀기에 대리사로 넘기라는 겁니까?"

적취는 자신의 옷 색깔이 언급되자 고개를 파묻고 정신없이 앞으로 걸어갔다. 사람들 속에 파묻혀 그들 눈에 띄지 않기만을 바랐다.

말을 타고 달려온 통령관이 말했다. "대리사가 아니다! 황제 폐하

45 성문을 지키는 기관.

의 어명이다! 그 여인의 부친이 동창 공주의 죽음과 연관되어 폐하께서 그 집안의 재산을 몰수하고 그들을 참형시킬 것이다!"

누가 멍청하게 물었다. "폐하의 딸이 없어졌으니 범인의 딸도 살려두지 않겠다는 뜻인가요?"

"자네 죽고 싶은가? 그런 말 함부로 하는 거 아니야!" 옆 사람이 낮은 목소리로 호통치듯 말했다.

그 사람은 어깨를 움츠리고서는 더 이상 입을 열지 않았다.

적취는 사람들이 이러쿵저러쿵 떠드는 소리를 들으며 혼란스러운 마음으로 자신의 아버지를 떠올렸다. 딸이라는 이유로 줄곧 자신을 미워했던 사람. 적취가 아주 어렸을 때부터 아버지는 이런 계집아이를 어디다 쓰느냐는 둥, 어차피 언젠가 남자랑 떠나버리고 아비인 자신은 혼자서 살아가야 하지 않겠느냐는 둥 그런 말을 했다.

적취가 다른 집 아이에게 괴롭힘을 당해 엉엉 울면서 집에 돌아오면 항상 싫은 소리를 했다. "여자는 아무짝에도 쓸모가 없어. 싸움 하나를 해도 제대로 반격도 하지 못하고 말이야." 그런데 며칠이 지나고 나면 그 아이들은 더 이상 적취를 보아도 괴롭히지 않았다. 어찌된 영문인지는 지금까지도 알지 못했다.

적취는 엄마가 없었다. 어렸을 때부터 낮은 의자를 밟고 올라서서 아버지와 자신이 먹을 밥을 지었다. 아버지는 매일 적취가 해주는 밥을 먹었지만 맛있다는 소리는 한 번도 한 적이 없다. 한번은 친구와 절에 분향을 하러 갔다가 돌아왔는데, 옆집 오 씨 아줌마가 보내온 떡을 입에 대지도 않고 적취가 돌아와 밥해주기만을 기다리고 있었다. 떡이 입에 맞지 않는다고 말했던 게 기억난다.

아버지는 아들을 원했고, 적취는 아버지에게 있어 귀찮은 존재였다. 하지만 자라는 동안 옷이며 먹는 것이며 장신구 등이 친구들보다 뒤떨어지지 않았다. 아버지는 늘 여자는 예쁘게 꾸며야 시집갈 때 예물을 많이 받을 수 있다고 말했다. 하지만 적취는 가끔 속으로 생각했다. '그래도 이 십수 년간의 고생은 돌려받지 못하잖아요.'

아버지는 성질이 난폭하고 고집스러워서 평생 동안 다정한 말 한 마디, 따뜻한 행동 한 번 할 줄 몰랐다. 어떻게 하면 따스한 가정을 만들 수 있는지는 더더욱 몰랐다.

적취는 자라면서 어머니가 없어서 슬펐던 적도 있고 남들의 자상한 아버지를 부러워한 적도 있다. 적취가 아버지로부터 물려받은 것이라고는 고집스러운 성격밖에 없었다.

일을 당한 후 아버지는 줄곧 적취를 쫓아내려 했다. 그렇게 사정을 하고 애원했지만 결국 쫓겨나고 말았다. 그런데 양숭고가 귓가에 대고 '도망쳐요!'라고 말했을 때, 순간 환청처럼 동시에 들린 말이 있었다. 아버지가 새끼줄을 던져주며 집 밖으로 내쫓을 때 했던 말이었다. '썩 꺼져!'

그때는 그 말을 듣고 너무 가슴 아파 당장이라도 아버지가 보는 앞에서 목숨을 끊어 보여주고 싶었지만, 지금 그 말을 다시 떠올려보니 왈칵 눈물이 쏟아져 멈출 수가 없었다. 어쩌면 그때 아버지는 자신을 멀리 도망가게 한 뒤 자신에게 상처 입힌 사람들을 직접 해치워 딸의 원수를 갚아주겠다고 결심했던 것이 아니었을까.

적취는 자신을 비추는 태양 아래서 하염없이 눈물을 흘리며 멍한 얼굴로 그저 계속 앞으로 걸어갈 뿐이었다.

이제 어찌해야 하나. 사랑하는 사람은 다시 만날 수 있을까. 아버지는 어떻게 되었을까.

뒤에서 소란스러운 소리가 들려오더니 성문을 지키는 사병 한 무리가 인파를 헤치고 적취를 쫓아왔다.

대장이 큰 소리로 외쳤다. "거기, 녹색 옷 입은 여인은 멈춰라!"

적취는 자신이 이미 발각되었음을 알았다. 눈앞에는 아득히 넓은 산과 들판이 펼쳐졌고 뒤에는 병사들이 쫓아왔다. 혼자서 어딜 갈 수 있단 말인가?

세상은 너무 멀었고 모든 기대가 물거품처럼 사라졌다.

적취는 발걸음을 멈추고 천천히 몸을 돌려 그들을 보았다.

"이름이 무엇이냐?" 그들이 큰 소리로 물었다.

적취는 눈물 자국이 채 마르지 않은 얼굴로 황망히 그들을 보며 아무 말도 못 하고 서 있었다.

"이름이 무엇이든 간에 열일고여덟의 여자가 녹색 옷을 입고 혼자 가고 있다면 무조건 압송이다. 일단 가서 다시 얘기하지!"

사병들이 둘러싸더니 팔을 들어 적취를 붙잡았다.

적취는 눈을 감았다. 끝도 없는 슬픔과 처량함만이 눈앞으로 쏟아지며 암흑이 펼쳐졌다.

그 순간 어디선가 맑고 부드러운 목소리가 들려왔다. "사람 잘못 짚으셨습니다."

모두가 목소리가 들려온 쪽으로 고개를 돌렸다. 흡사 곧게 뻗은 대나무 같기도 하고 울창하게 자란 난과 같아 보이기도 하는 맑은 분위기의 청년이 황색 말 위에 앉아 있었다. 감색 빛에 소매가 좁은 단삼 차림으로, 가장 평범한 옷차림에 가장 평범한 말이었지만 그를 본 모든 사람들은 눈앞의 세상이 갑자기 선명하게 빛나는 느낌을 받았다. 마치 이제 막 떠오르는 아침 해를 보는 것 같았다.

적취는 자신도 모르게 입술을 달싹거렸다.

그 사람…….

비록 단 한 번의 인연이었지만 이렇게 빼어난 사람을 어찌 잊을 수 있겠는가? 장항영 집안의 은인이었다. 장항영 형수의 남동생 아보를 품에 안고 이틀 동안 장안의 모든 골목을 돌면서 끝내 집을 찾아 아이를 데려다준 선량한 사람이었다.

대장도 그를 알아보고 재빨리 공수하며 말했다. "우 학정 아니십니까? 이 여인을 아십니까?"

옆에 있는 병사가 낮은 목소리로 물었다. "우 학정이 누구십니까?"

"자네 지난번에 없었나? 일전에 곽 숙비 전하와 동창 공주님과 함께 성 밖으로 산책을 나갔던 그 국자감의 학정이잖아! 우리가 그 가마를 막고 조사하는 바람에, 우 학정께서 잘 말씀해주시지 않았으면 그때 곽 숙비 전하와 동창 공주님의 분노를 사 우리 다 큰일 치를 뻔했지!"

"아아! 우선, 나도 들어본 것 같아……."

대장은 더 두었다간 그의 입에서 쓸데없는 소문에 대한 얘기가 나올 것만 같아서 그를 흘겨보고는 다시 표정을 바꾸어 우선에게 공수했다.

우선도 말에서 내려 예를 취하고 말했다. "이 아가씨는 공주부 시녀입니다. 공주님께서 훙서하시어 집으로 돌려보내는 것입니다."

그러면서 우선은 고개를 돌려 적취에게 물었다. "집이 장안 근교라고는 해도 거리가 가깝지 않은데 어찌 보호해주는 사람 하나 없이 혼자 가십니까?"

적취는 그의 맑고 투명한 눈을 보면서 그가 자신을 구해주고 있다는 사실을 눈치챘다.

어디서 용기가 났는지 적취도 더듬거리며 말했다. "네……. 지금 공주님도 계시지 않고 저택도 난장판이 된 상황에 누가 저의 가는 길을 보호해주겠습니까?"

"제가 마침 그쪽으로 가는 길이니 데려다드리지요." 그렇게 말하면서 그는 사병들을 향해 공수로 작별 인사를 하고 적취에게 말에 올라타라고 눈짓했다.

사병 대장이 살짝 주저하며 말했다. "우 학정, 그것이……."

"어찌 그러시는지요? 혹여 말 등이 비좁을까 걱정되어 말이라도 빌려주시려는 것인지요?" 우선은 웃으며 말했다. "하지만 제가 지금은 성도부로 아예 돌아가는 길이라 말을 빌린다 해도 돌려드릴 수가 없습니다."

잡티 없이 맑고 깨끗한 그 웃음은 사람을 부끄럽게 만드는 힘이 있었다. 사병 대장은 순간 그를 의심한 것을 반성하며 서둘러 하하하 소리 내어 웃었다. "우 학정과 공주부의…… 그러니까, 그 친밀한 관계를 생각하면 말을 돌려받지 못한다 한들 무슨 대수겠습니까. 하지만 말은 빌려드리기 어렵겠습니다. 모두 다 군마사(軍馬司) 낙인이 찍혀서 제가 감히 빌려드린다 해도 우 학정께서 타고 다니기 난처하실 겁니다. 하하하!"

우선은 미소를 지으며 가볍게 말의 목을 두드렸다. "그럼 이만 가보겠습니다."

적취는 얼떨떨한 얼굴로 말에 올라탔다. 1리가량을 달려 사병들의 모습이 보이지 않게 되어서야 자신의 등이 온통 땀으로 젖었다는 것을 느꼈다.

나루터 근처까지 가니 사람들이 배 위로 물건들을 실어 나르고 있었다. 우선은 말을 멈추고 물었다. "이제 어떻게 하실 생각입니까?"

적취는 멍하니 고개만 흔들었다.

우선은 적취를 말에서 내리게 하고는 자신의 보따리에서 돈 2민전과 옷 한 벌을 꺼내어 건네주었다. "일단 이 옷을 걸치십시오. 어쨌든 그 녹색 옷은 입으면 안 될 듯합니다. 돈은 저도 넉넉지 못하니 반만 드리겠습니다. 저와 함께 다니면 관아에서 쉽게 찾아낼 터이니 이 배를 타고 배가 닿는 곳까지 가는 게 나을 겁니다."

적취는 주저하며 그가 내민 것들을 받아들었다. 그러고는 낮은 목소리로 말했다. "감사합니다……. 이 은혜는 잊지 않겠습니다."

우선은 더 이상 다른 말은 하지 않고 보따리를 잘 정리한 뒤 곧바로 몸을 돌려 말에 올라탔다. "조심히 가십시오. 그럼 여기서 헤어지겠습니다."

적취는 그가 내준 물건을 품에 안고 가만히 서 있었다. 한 번 돌아보지도 않고 떠나는 그 뒷모습을 바라보다가 결국 참지 못하고 불러 세워 물었다. "왜 저를 구해주신 거죠?"

우선은 말을 멈추고 고개를 돌려 적취를 보았다. 그 맑고 투명한 눈에 옅은 근심과 아련함 같은 것이 스치고 지나갔다.

하지만 이내 그 눈빛을 감추며 미소로 말했다. "전에 대리사 앞에서 당신이 아보를 다정하고 조심스럽게 안고 있는 것을 보았습니다. 그런 여인이라면 절대 나쁜 사람은 아닐 거라 생각했죠. 훗날 당신의 아이도 그렇게 안아주며 잘 살아가셨으면 좋겠습니다."

적취는 멍하니 고개를 들어 그를 바라보았다. 목이 메어 쉽게 말을 할 수 없었다. "하지만 제게 그런 날이 올지 모르겠습니다……."

"올 겁니다. 하늘은 선한 사람을 푸대접하지 않으니까요."

그렇게 말하며 그는 적취를 향해 가볍게 고개를 끄덕여 보이고는 말 머리를 돌려 그곳을 떠났다.

적취는 그를 눈으로 배웅하며 솟아나는 눈물을 억지로 참았다. 대나무 숲에서 그가 준 옷을 걸치고 배에 올랐다. 선주가 손님들을 재촉하며 승선시켰다. 승객들은 저마다 몸을 휘청거리며 짐을 품에 안고 갑판 위에 올랐다. 인자한 얼굴의 할머니가 친절하게 적취를 불러 옆에 앉으라고 챙겨주었다.

사람을 가득 태운 배는 물에 몸을 깊이 담그고 흔들흔들 갈대숲을 따라 앞으로 나아갔다.

우선의 옷은 적취에게 많이 커서 소매 끝을 말아 올려야 했다. 적취는 선실에 앉아 대나무로 짜인 창에 머리를 기댔다.

배가 지나는 수면은 마치 부드럽게 나부끼는 매끄러운 비단 같았다. 적취는 멍하니 물 위에 시선을 둔 채 마음속 소중한 사람들과 소중한 일들을 하나하나 떠올렸다.

어찌되었건 적취 자신에게 해를 가한 사람들은 이미 그 벌을 받았고, 자신에게 드리웠던 어두운 기운도 점점 흩어졌다. 반드시 살아갈 것이다. 반드시 잘 살아갈 것이다.

장항영을 위해, 아버지를 위해.

평범한 다른 여인들처럼 언젠가는 자신이 사랑한 남자와 다시 만날 것이며 자신과 그 사람의 아이를 품에 안을 것이다. 따뜻한 햇살 아래서 과거 자신을 집어삼켰던 모든 슬픔을 잊고 평온하고 조용하게 살아갈 것이다.

기왕부, 침류사.

경육이 돌아와 보고했다. "전하, 여적취가…… 어디로 갔는지 알 수 없습니다."

이서백이 미간을 찌푸리고는 손에 들린 붓을 내려놓으며 물었다. "대리사를 나가면 계속 뒤를 밟으라 하지 않았더냐?"

"하지만 성문 밖에 도착했을 때쯤 병사들의 이목을 끌었습니다. 소인이 어떻게 구해줘야 할지 생각하는 차에 어떤 행인이 구해주었습니다." 경육이 말했다. "장안을 무사히 떠나도록 지켜보라 분부하셨기에 배에 올라 떠나는 것을 보고는 더 이상 따라가지 않았습니다."

"그래. 기왕부가 잠시는 도와줄 수 있지만 평생을 책임져줄 순 없겠지. 마음껏 떠나게 두어라." 이서백은 적취가 이미 위험에서 벗어났다는 사실에 안심하며 말했다.

경육은 이서백의 말에 대답한 뒤에도 자리를 떠나지 않고 계속 서 있었다. 이서백이 보아하니 아직 할 말이 남은 듯해 말해보라고 눈짓했다.

"여적취를 구한 사람은 조금 전 직무를 사직한 국자감 학정 우선이었습니다."

이서백은 잠시 생각에 잠겼다가 "그렇군"이라고만 말하고 별다른 반응을 보이지 않았다.

경육은 영리하게도 예를 취하면서 말했다. "소인 이만 물러가겠습니다."

이서백은 손을 흔들어 경육을 물러나게 한 후 홀로 정자에 앉아 있었다. 사면에서 불어오는 습기 가득한 바람이 뜨겁고 답답하게 느껴졌다. 그는 자신도 모르게 일어나 곡교를 따라 연꽃이 활짝 핀 호수를 건너 앞뜰로 향했다.

오늘 당직 중인 경저는 대청에 앉아서 희색이 가득한 얼굴로 맞은편 황재하와 함께 연밥을 까 먹으며 이야기를 나누고 있었다.

"숭고, 전하와 함께 촉으로 간다면서? 촉은 정말 좋지. 천부지국[46]이라잖아. 듣자 하니 경치가 그리 좋다더라고!"

"맞아. 아마도 곧 출발할 거야." 황재하는 손으로 아래턱을 받친 채 창밖의 연못을 내다보았다. 공중 어딘가를 향한 그 눈빛은 아득히 멀면서도 또한 지척에 있는 누군가를 바라보고 있는 것 같았다.

이서백은 창밖에서 그런 황재하를 바라보며 성도부에서 그녀를 기다리고 있을 우선을 생각했다.

우선.

꽤나 복잡해 설명하기 힘든 인물이었다.

그는 살인 혐의가 있거나, 적어도 황재하 부모의 죽음과 깊은 관련이 있었다. 그런 한편 마음이 착하고 선량해 남의 아이나 고아를 돕고

46 풍요로운 천혜의 자연 지역. 일반적으로 촉이 있는 지역을 가리킨다.

결코 보답은 바라지 않았다. 그 자신 또한 고아 출신으로 늘 정진하고 삶을 게을리하지 않았지만, 타락의 길에 몸을 담가 곽 숙비 같은 여인과 감히 뒤엉켰다. 만일 그가 정말 황재하를 좋아했다면 왜 그 연서를 증거라고 관아에 제출하고, 줄곧 그녀를 범인이라고 여긴 것일까. 만일 황재하를 증오하는 것이라면 왜 갑자기 앞길 창창한 자신의 미래를 다 포기하고서 성도부로 돌아가 그녀가 누명을 벗으러 오길 기다리려는 것일까?

이서백이 다가가자 황재하와 경저가 재빨리 일어나서 나와 그의 분부를 기다렸다.

이서백은 황재하에게 따라오라고 손짓했다. 두 사람은 연못의 버드나무 길을 따라 함께 걸었다.

연못의 바람이 천천히 불어와 두 사람의 옷자락을 말아 올려 간혹 서로의 옷자락이 가볍게 부딪쳤다가 떨어졌다.

이서백은 발걸음을 멈추고 버드나무 아래 가까이 피어 있는 아름다운 홍련을 바라보았다. 결국 생각하던 바를 지워버리고 우선에 대한 이야기는 하지 않았다.

"네게 보여주고 싶은 것이 있다." 이서백은 황재하를 어빙각으로 데려갔다.

어빙각은 겨울에 몸을 녹이기 위해 마련된 곳이라 이처럼 무더운 날에는 거처로 쓰지 않았다. 그곳에 들어서자마자 답답하고 무더운 열기가 훅 끼쳐왔다. 두 사람은 순간 동창 공주의 보물 창고를 떠올렸다.

이서백은 궤짝에서 구궁 자물쇠로 잠긴 그 상자를 꺼내 열었다. 그러고는 또다시 목련 같은 속상자를 열어 예의 부적을 꺼내 황재하 앞에 건네주었다.

황재하는 두 손으로 그 부적을 받아들고는 깜짝 놀라서 자신도 모르게 눈이 휘둥그래졌다.

부적은 옅은 노란색의 두꺼운 종이 위에 기괴한 바탕 무늬 사이로 '환잔고독폐질'이라는 여섯 글자가 마치 방금 쓴 것처럼 선명하게 적혀 있었는데, 처음에는 '고' 자에만 쳐져 있던 붉은 동그라미가 지금은 '폐' 자 위에도 그려져 있었다.

쇠하고 시듦을 의미하는 '폐'.

그 붉은 원은 막 종이에서 배어나온 것처럼 색이 아직 옅었다. 하지만 누군가의 운명 위로 힘차게 덧칠된 듯한 그 모양이 마치 피비린내를 띠고 있는 것 같아 보는 것만으로도 등골이 오싹해졌다.

황재하는 놀라서 고개를 들어 이서백을 보았다. 자신도 모르게 목소리가 떨렸다. "전하…… 이게 언제 나타난 것입니까?"

"잘 모르겠다. 그때 왕비 사건이 다 끝난 후에 '환' 자에 그려져 있던 동그라미가 색깔이 옅어졌다. 그 후로는 일이 바빠 생각지 못하고 있다가, 며칠 전 갑자기 마음이 편치 않으면서 이것이 생각나 꺼내 보았다." 그가 손을 부적 위에 얹었다. 놀란 듯한 표정이긴 했지만 결코 두려운 기색은 없었다. "아무래도 또다시 피할 수 없는 풍파가 내 앞에 나타날 모양이다."

"최근에 어빙각에 출입했던 사람은 누가 있습니까?"

"적지 않다. 경육, 경상부터 정원사, 그 외 잡부들까지. 더군다나 내가 없던 며칠 동안 누군가 이곳에 침입하고자 했다면 시위들이 순찰하고 난 뒤 얼마든지 방법이 있었을 것이다." 이서백이 미간을 찌푸리며 말했다. "의심할 범위가 너무 커서 일일이 다 조사하기는 쉽지 않을 듯하구나."

"네, 다른 방도가 있다면 더 좋겠지요." 황재하가 고개를 끄덕였다.

"성도부에서 돌아오면 다시 얘기하지." 이서백은 부적을 다시 상자에 넣고는 어차피 막지 못할 일인지라 대충 한쪽에 놓아두었다.

황재하는 미간을 찌푸리며 상자를 보았다. "사실 처음에는 이 부적에 붉은 원이 나타나고 사라지는 것이 공주부의 구난채가 도난당한 수법과 비슷하다고 생각했습니다."

"이 상자를 열고 닫고 보관하고 꺼내는 것은 지금까지 남의 손을 빌린 적이 없지."

황재하는 고개를 끄덕였다. "그래서 도대체 여기에 어떻게 손을 댄 것인지 또 그게 누구인지…… 전혀 단서가 보이지 않네요."

"이것이 굳이 내게 미리 조짐을 보여준다면 나 또한 피하지 않고 맞서겠다." 이서백은 담담한 표정으로 지극히 평온하게 말했다. "한번 두고 보고 싶구나. 이 종이 한 장이 정말 나의 운명을 좌지우지하게 될지, 아니면 내 인생은 내가 직접 개척해나가게 될지."

황재하는 존경스러운 눈빛으로 이서백을 바라보았다. 뜨거운 여름 태양이 역광으로 그를 비추었다. 그는 동그라미 하나로 자신의 운명을 확정 짓는 그 부적 앞에서 오히려 몸을 꼿꼿이 세운 채 힘 있게 서 있었다. 마치 천 년 세월을 우뚝 솟아 있는 옥산처럼 감히 똑바로 쳐다볼 수 없을 정도로 눈부시게 반짝였다. 그는 그렇게 영원히 동요하지 않으며, 영원히 무너지지 않고 그 자리에 있을 것만 같았다.

황재하는 그를 바라보다가 작은 목소리로 말했다. "그래도 모든 일에 신중을 기하셔야 합니다."

이서백은 고개를 끄덕이고는 상자를 잠가 다시 궤짝 안에 넣었다. 그러고는 장 씨 집에서 가져온 그림을 들어 그 위의 먹 자국을 보며 말했다.

"그리고 이 그림에 담긴 진짜 내용은 세 가지 죽음이 아닐 것이다."

"네, 그건 저희가 그림을 보고 농담하듯 억지로 갖다 붙이며 추론했던 것뿐입니다." 황재하는 탄식하며 말했다. "저희가 농담같이 했던 그 말에서 여지원이 영감을 얻어 이번 사건을 선황의 유작과 연결시키고 그렇게 사람들을 현혹했을 줄은 정말 생각도 못 했습니다."

"어떻게 생각하면 그도 정말 대단한 노인이지 않느냐." 이서백은 황재하를 데리고 바깥으로 나가면서 문득 떠오른 듯 지나는 말투로 언급했다. "그리고 탄복해야 할 사람이 하나 더 있다. 왕 황후가 환궁했다."

황재하가 조금은 놀란 표정을 지으며 말했다. "그리 빨리 움직이실 줄은 몰랐습니다."

"조정과 재야의 모든 이가 곽 숙비를 마음에 들어 하지 않았다. 게다가 곽 숙비가 유일하게 의지하던 동창 공주마저 없어졌으니 황후의 환궁 의지를 어떻게 막겠느냐? 게다가……."

이서백은 고개를 돌려 황재하를 바라보았다. 그의 눈 속에는 깊은 뜻이 담겨 있었다. "이번 환궁은 곽 숙비가 황상께 청한 것이다."

물론 왕 황후가 압박을 한 때문이다.

세간의 소문에 곽 숙비가 공주부를 뻔질나게 출입하는 이유는 부마 위보형과 간통하고 있기 때문이라 했다. 게다가 그러한 일을 저지르는 데 곽 숙비는 조금도 주저하거나 망설이지 않는다고 소문이 나돌았다.

곽 숙비는 자신의 딸과 같은 연배의 청년을 사랑하여, 마치 들판을 태우는 불길처럼 서슴없고 거침없었다. 엄청난 위험을 감수하고 쓴 서신을 상대방은 매정하게도 화로 속에 던져 넣었는데, 그녀는 여전히 잘못된 길에서 돌아 나올 줄 몰랐다.

하지만 이제는 두 사람을 감춰주었던 동창 공주가 이미 세상을 떠났고, 우선과 만날 수 있는 기회도 거의 없어졌다. 남몰래 시작했다 곧 끝나버린 그 감정은 영원히 두 사람의 마음속에 묻혔다. 그 시구만이 남아 곽 숙비의 목에 걸린 밧줄이 되어 시시각각 예상치 못한 순간에 그녀를 심연으로 끌어당길 것이다. 그녀가 아무리 애를 써도 영원히 왕 황후의 적수는 될 수 없을 것이다.

"왕 황후가 돌아오는 것도 좋지. 동창 공주의 능묘가 규정을 넘어서는 일로 조정에서 또 한바탕 소란이 있었다. 나도 그 일에 대해 자세히 물을 겨를이 없는데 이제 막 환궁한 황후가 그 일에 힘을 가할 수 있을지 어떨지 모르겠구나."

황재하가 의아해하며 물었다. "전하께서 물을 겨를이 없으셨다고요?"

황재하의 눈에 비친 이서백은 마치 분신술이라도 쓰는 것처럼 필요한 모든 일을 빠짐없이 처리하는 사람이었다. 그런 그가 어떻게 그 일에 대해 물을 겨를이 없었단 말인가?

이서백이 고개를 돌려 황재하를 바라보았다. 그 눈빛이 심오했다. "물론 관여하고 싶지 않은 마음도 있었다. 가장 소중한 사람에게 무슨 일이 생기면, 천민이든 왕후장상이든 가릴 것 없이 모두 자신을 제어하기 어렵지 않겠느냐. 그걸 누가 나서서 막을 수 있겠느냐."

그런 까닭에, 황제는 조정 대신들의 만류에도 고집스럽게 딸을 위해 커다란 능묘를 짓고, 성대한 장례를 치러 공주에 대한 자신의 애도를 표하려 했다.

그런 까닭에, 그 고집스러운 여지원 또한 그렇게 심혈을 기울여 자신의 딸을 해한 사람들을 모살하고, 능지처참을 눈앞에 두고도 조금의 주저도 없었다.

무한한 총애를 받았음에도 자신이 가장 갖고 싶었던 것은 결국 손에 넣지 못한 공주, 불쌍한 처지에 놓여 있었지만 누군가가 모든 것을 바쳐 사랑한 평민의 딸, 과연 둘 중 더 행복한 사람은 누구일까?

바람이 불어와 고개를 들었다 숙였다를 반복하는 연꽃과 연잎을 바라보며 이서백이 불쑥 입을 열어 말했다. "내게도 장래에 딸이 있을지 어떨지, 그 딸이 어떤 일을 만날는지는 모르는 일 아니겠느냐."

황재하는 낮은 소리로 말했다. "세상에는 자녀를 아끼고 사랑하는 부모가 많지요. 황제 폐하께서도 분명 이 세상의 좋은 것들을 모두 동창 공주님께 가져다주면, 자신의 딸이 세상에서 가장 행복한 인생을 살리라 여기시지 않았을까요……. 하지만 폐하께서 틀리셨지요."

이서백은 고개를 끄덕이고는 생각에 잠긴 듯했다. "황제 폐하가 동창 공주를 보물처럼 끔찍이 아끼셨기에 공주의 인생은 조금도 부족함이 없을 거라고 사람들은 생각했다. 하지만 실제 그 삶은 구멍이 숭숭 뚫린 상처투성이였다는 걸 그 누가 알겠느냐."

공주의 부친은 딸을 극진히 사랑했지만 실제로 딸이 무엇을 원하는지는 몰랐다. 어려서 도자기 파편에 손을 베인 이후로 공주의 인생에서 장난감이란 장난감은 영원히 사라져버렸다. 황제는 딸에게 수많은 보물을 선물로 주었지만 딸의 유년에서 즐거움을 송두리째 빼앗아버렸다.

공주의 모친은 딸을 자신의 출세를 위한 도구로 삼았다. 심지어 황당무계한 일을 저지르면서 거기에 딸을 끌어들여 바람막이로 삼아, 자신과 우선 사이의 비밀스런 관계를 은폐했다. 공주가 죽은 후 그 모친이 제일 먼저 떠올린 것 또한 공주 측근들을 사지로 몰아 자신의 비밀을 철저히 지키려는 생각이었다.

공주는 격구장에서 의기양양한 얼굴로 자신을 향해 웃어 보인 위보형을 남편으로 삼았다. 하지만 그는 공주 덕에 얻게 될 권력을 탐하는 한편 공주 아닌 다른 여인을 몰래 사랑했다.

"공주님께서는 태어나 단 한 번도 평범한 가정의 삶을 살아보지 못하셨기에 전관색과의 만남을 이어갔던 것입니다. 어쩌면 공주님은 자신에게 영원히 채워지지 않았던 그것을 전관색을 통해서 얻으셨는지도 모르겠습니다."

이미 오래전에 잊힌 작은 도자기 개와 여태껏 한 번도 겪어보지 못한 세간의 사정들, 그리고 느껴본 적 없는 평범한 부녀지간의 정. 이러한 것들 때문에 공주는 유혹을 이기지 못하고 한 번 또 한 번 전관색과 만났다. 공주 자신의 인생에서는 단 한 번도 겪어보지 못한 일들이었기 때문이다.

금빛 방과 옥색 기둥 사이에 갇혀 있던 공주. 그 누구도 황폐하고 메마른 그 마음을 이해하지 못했다. 공주의 기분이 좋지 않으면 부친은 더 많은 보물을 딸 앞에 쌓아주었다. 길거리에서 사온 값싼 작은 도자기 개 하나가 오히려 딸이 진정으로 원하는 것일 수도 있다는 사실을 황제는 알지 못했다.

이서백은 한참 동안 아무 말이 없다가 갑자기 길게 한숨을 내쉬었다. 그러고는 혼잣말하듯이 말했다. "모르겠구나. 나는 또 장래에 어떠한 아비가 될지."

황재하가 조용히 말했다. "황상처럼은…… 되지 않으면 좋겠지요. 딸을 그토록 사랑하고 아끼면서도 딸이 정말 원하는 것이 무엇인지는 모르는 아버지는요. 여지원 같아서도 안 되겠지요. 사랑스러운 딸을 어떻게 지켜줘야 하는지 모르는 과묵하고 고집스러운 아버지요. 남자가 부드러움을 드러내는 것을 수치라 여겨 시종 난폭한 태도로 딸에게 상처를 주니 말입니다. 전관색 같은 아버지도 아니에요. 힘들고 어려울 때는 딸을 포기했다가, 환경이 좋아지니 다시 찾아와 아무 일도 없었던 것처럼 이전의 관계로 돌아갈 수 있다고 생각하다니요. 이미 간극은 메울 수 없는데 말입니다."

이서백은 고개를 돌려 황재하를 바라보며 물었다. "그러면 네 마음속에 있는 좋은 아비란 어떠한 사람이냐?"

황재하는 정원 나무 밑에서 몰래 딸을 바라보고 있던 한 사람을 생각했다. 딸 앞에서는 지나가는 말처럼 다른 집 딸아이는 아비에게 직접 신발을 만들어줬더라는 말을 하면서도, 뒤에서는 사람들에게 딸을 자랑하며 우리 집 딸은 다른 집 열 아들보다 낫다고 말하고 다녔던 사람, 자신의 아버지.

바로 황재하 자신의 아버지였다. 어렸을 때는 아버지가 평범한 아버지라 생각했다. 평생 뭔가 큰일은 하지 못할 지극히 평범한 아버지라고, 여느 아버지들도 다 비슷비슷할 거라고.

그러나 황재하는 눈가를 촉촉이 적시며 이서백을 향해 이렇게 말했다. "하늘 아래 제가 만나보았던 가장 좋은 아버지는 바로 저희 아버지였습니다."

이서백은 고개를 숙여 황재하를 보며 아무 말도 하지 않았다.

그도 열세 살이던 해에 영원히 자신 곁을 떠나버린 이가 생각났다. 어린 자신에게 그분은 늘 위용 넘치게 우뚝 솟아 있는 높은 산과 같은 존재였다. 이 세상 어떤 것과도 비교할 수 없는 그 커다란 날개의 비호 아래서 단 한 번도 비바람을 만나본 적이 없었다.

그런데 지금은 이서백도 황재하도 이미 모두 고아가 되어 있었다.

남은 세상에서 그들은 더 이상 그토록 의지할 수 있는 사람을 만날 수 없을 것이다. 비바람이 몰아치든 화창한 햇살이 비추든 그저 한 걸음 한 걸음 홀로 걸어가야 한다.

이서백과 황재하가 장안을 떠나기 하루 전날, 때마침 주자진 부친의 소미연이 열렸다. 주 씨 집안 주방장의 솜씨가 꽤나 좋아서 손님들 모두가 즐거운 시간을 가졌다.

식사를 마친 오후, 주자진은 손님들을 배웅하며 유감스럽다는 듯 말했다. "조금 아쉬움이 남네요. 고루자만 있었으면 완벽한 연회였을 텐데."

소왕도 고개를 끄덕였다. "그러게, 다시는 그렇게 맛있는 고루자를 먹지 못할 것 같군."

그들과 함께 계단을 내려와 자신의 마차로 향하던 악왕 이윤은 갑자기 뭔가가 생각난 듯 몸을 돌려 이서백을 향했다. "넷째 형님."

이서백이 고개를 돌려 이윤을 보았다.

이윤은 잠시 망설이더니 낮은 목소리로 말했다. "이번 사건이 비록 끝나기는 했지만 저는 아직도 어마마마가 남기신 그 그림이 이해가 되지 않습니다……. 형님과 양 공공은 뭔가 결론을 내리셨는지요?"

"그 그림이 비록 이번 사건과 관련은 있었지만 결국 '천벌'인 것처럼 사람들을 현혹하기 위해 사용된 것에 불과했다." 이서백도 잠시 망설이더니 다시 입을 열었다. "최근에 나도 그 그림에 대해 많은 생각을 해보았다. 내 생각엔 태비께서 그 그림을 그리신 것은 분명 선황께서 돌아가신 후였을 것이다. 태비께서 간혹 제정신을 찾으실 때마다 선황의 유작이 생각났을 것이고 그것이 깊이 마음에 남아 기억을 따라 그리신 거겠지."

"하지만 아직까지 선황 폐하께서 당시 그 그림을 그리신 이유가 무엇인지, 그리고 그 속에 담긴 의미가 무엇인지는 알아내지 못했습니다." 황재하는 이렇게 말하더니 잠시 생각에 잠긴 듯했다.

이윤의 얼굴에 수심이 가득했다. 그는 항상 마음을 정진하는 사람으로 늘 청렴하고 맑은 얼굴에 신비스러운 눈빛을 띠었는데, 지금은 평소보다 더 깊은 사색에 빠지며 도무지 갈피를 잡지 못하는 것 같았다. 이윤은 한참이 지나서야 입을 열어 작은 목소리로 말했다. "선황께서 임종하실 즈음에 이따금 정신을 회복할 때가 있었습니다. 그런데 그러한 때에 밀려 있는 조정의 대사를 처리한 것이 아니라 이러한 그림을 그리셨다는 것이 참으로 이상합니다. 저희 모친도 선황께서 승하하신 후 상심한 마음에 정신이 흐려지셨는데, 마지막으로 정신이 돌아왔던 그날 밤에 그 그림을 제게 주셨지요……. 제 생각에 그 그림 속에는 분명 어떤 의미가 숨겨져 있는 것이 틀림없습니다. 꽤나 중요한 의미가 있는 것이 아닐까 생각됩니다. 어쩌면 이 대당과 이 씨 황실의 방향을 결정하는 중요한 비밀이 숨겨져 있는 것일지도……."

모친은 그 그림을 건네주면서 이렇게 말했다. '대당 천하는 이제 망할 것이야! 강산의 주인이 바뀔 것이다!' 그리고 이런 말씀도 하셨다. '윤아, 잊지 말거라. 절대 기왕하고 가까이 지내서는 아니 된다…….'

이윤은 눈앞에 서 있는 기왕 이서백을 바라보았다. 지금 대당 황실에서 가장 뛰어난 사람으로 조정의 주축이 되는 인물이었다. 현재 이 씨 황실을 유일하게 지탱해주는 힘이었다. 그런데 모친은 왜 기왕과 가까이 지내지 말라고 하셨을까?

모친의 정신이 온전치 않았기 때문일까, 아니면 일찍이 어떤 무서운 실상을 알게 되어 그 천지의 비밀을 이 아들에게 누설하신 걸까?

모친은 선황이 승하하신 후 하룻밤 만에 정신을 놓으셨다. 비통한 심정을 가눌 수 없으셨던 것일까, 아니면…… 그 속에 짐작도 할 수 없는 어떤 무서운 내막이 있었던 것일까?

이윤은 더는 생각을 이어나갈 엄두가 나지 않았다. 그저 잠시 멍하니 생각하다가 곧바로 이서백과 작별 인사를 나누었다. 그때 멀리서 손님을 배웅하던 주자진이 빠른 걸음으로 다가왔다.

"전하, 숭고. 조금 전 고루자 얘기에 생각난 것이 있습니다! 알고 계셨습니까? 장 형이 좌금오위 관직을 그만두었습니다."

황재하가 의아해 물었다. "왜요?"

"나랑 같이 서쪽 시장에 가보면 대번에 알 수 있을 거야."

주자진에게 이끌려 서쪽 시장으로 가보니 여 씨네 향초 가게가 열려 있었다. 다만 가게 안에 앉은 사람은 장항영과 그의 형 부부였다. 장항영은 그들을 보고 재빨리 일어나 이서백을 향해 예를 갖추었다.

이서백은 고개를 끄덕이며 그에게 예를 생략하게 하고는 향초 가게 안을 둘러보며 물었다. "이 가게를 이어받을 생각인가?"

장항영은 고개를 끄덕이다가 다시 또 고개를 내저으며 말했다. "어제 토지 관리가 저희를 찾아왔습니다. 저희도 그제야 상황을 알게 되었지요. 원래…… 어르신의 이 점포는 세를 든 것이었는데, 이달 초에 어르신이 모아둔 돈을 다 써서 점포를 사셨다고 합니다."

황재하는 고개를 들어 선반 위에 있는 용봉 화촉을 보다가 참지 못하고 말했다. "장 형, 전에 어르신께 들었는데 이 화촉은 파는 게 아니라 하셨습니다."

"네, 훗날 저와 아적이 혼인을 하면…… 저희가 사용하도록 만드신 것이겠지요." 장항영이 나지막이 말했다.

황재하가 고개를 끄덕였다. 가슴속으로 많은 감정이 밀려왔다.

이서백은 미간을 살짝 찌푸리고 말했다. "그에게 내려진 형벌이 일가족 참형과 집안 재산 몰수였으니 이 점포 또한 뺏기게 되지나 않을까 걱정이군."

"아닙니다. 이 점포는 어르신이…… 사시자마자 곧바로 제 명의로 돌려놓으셨습니다." 장항영은 당황해하며 몇 장의 문서를 가져다가 그들에게 보여주었다. "보십시오. 이건 땅문서이고, 이건 집문서입니다……. 아적이 대리사에서 풀려났을 때 어르신이 바로 저희 집으로 찾아왔었습니다. 저는 그 그림을 맡기고 받은 돈은 적취의 결혼 예물이라는 보증서에 지장을 찍게 하는 것인 줄 알고 어르신이 찍으라는 대로 찍었습니다. 그런데……."

여지원은 일찍이 이 모든 것을 준비하고 있었다. 그가 장항영을 인정한다는 뜻일 것이다.

황재하는 자신도 모르게 한숨을 쉬며 물었다. "그럼 장 형은 여기서 가게를 운영할 생각인가요?"

장항영은 고개를 흔들었다. "아니요. 이 가게는 아적의 아버지가 아적에게 물려준 것입니다. 가게 이름은 그대로 두고, 저와 아적의 명의로 남겨두기로 가족들과 상의를 마쳤습니다. 형님과 형수님이 이 가게를 지키시면서 수입을 셋으로 나누어 삼분지 일은 형님과 형수님이 가져가시고 삼분지 일은 아적 몫으로 저축해두려고 합니다. 그리고 나머지 삼분지 일은 아적을 찾는 경비로 쓸 것입니다……. 이렇게 하면 설사 제가 아적을 찾지 못하고 있다 해도 언젠가 아적이 장안으로 돌아와 여기를 찾아올 수 있을 겁니다. 이곳으로 돌아오면 아적도 제 형님과 형수님과 함께 제가 돌아오기를 기다리겠지요……."

황재하는 자신도 모르게 눈시울이 붉어졌다. "아버님은요? 동의하셨나요?"

"아버지께서 병을 앓으실 때 저는 매일 바깥에서 바쁘게 보냈고, 아적이 밤낮으로 간호해준 덕에 병세가 점차 좋아지셨지요. 이번에 아버지께서 당부하시길, 아적을 찾기 전까지는 절대 돌아올 생각 말라고 하셨습니다."

주자진은 목이 멨다. "장 형, 아적은 분명 다시 돌아올 거예요!"

"당분간 몇 해 동안은 오지 않는 것이 좋으니 적절한 시기를 기다렸다 다시 이야기하지." 이서백은 가게를 정리하고 있던 장항영의 형과 형수를 보았다가, 다시 정교한 솜씨의 화촉을 보며 말했다. "하지만 이 가게와 관련한 관아 쪽 일이라면 신경 쓰지 말게. 내가 처리하도록 할 터이니."

장항영은 감격하며 이서백을 향해 머리를 조아렸다. 이서백이 자발적으로 장항영을 돕고 나설 거라고는 생각지 못했던 황재하는 너무 놀라 가만히 그를 바라보았다.

이서백도 시선을 돌려 황재하를 바라보았다. 시종일관 평온하고 잠잠한 이서백의 얼굴도 그 순간에는 입꼬리가 미세하게 올라가며 옅은 미소가 드리웠다.

그 미소는 새벽녘 하늘의 여명처럼 사람 마음을 두근거리게 하는 따뜻하고도 부드러운 색을 띠었다.

세 사람은 돌아가는 길에 천복사에 들러 향을 피우고 기도했다.

“이번 촉에서의 여정 동안 무사할 수 있도록 지켜주시고, 모든 일이 순조롭게 이루어지도록 도와주세요. 범인이 빠른 시일 내에 밝혀져 가족들 모두 지하에서 편히 쉴 수 있게 도와주세요.”

황재하는 두 손을 합장한 채 불상 앞에 서서 나지막이 기도했다.

향이 황재하의 얼굴 위쪽으로 희미하게 피어올랐다가 흩어져 사라졌다. 그 모습이 마치 작약이 옅은 안개에 감싸인 듯 보였다.

주자진은 곁눈으로 황재하를 슬쩍 쳐다보다가 자신도 모르게 눈앞이 아득해졌다. 살그머니 뒤로 몇 걸음 물러가 이서백의 곁에 붙어 서서 작은 소리로 물었다. “전하, 혹시 그거 못 느끼셨습니까……?”

이서백은 여전히 황재하에게서 시선을 거두지 않은 채 주자진에게 물었다. “무엇을 말인가?”

“양숭고가 환관이긴 하지만 여자보다 더 예쁘지 않습니까……. 만약 거세를 하지 않았다면 지금 어떤 모습을 하고 있을까요?”

이서백은 순간 멍해졌다가 곧바로 아무렇지도 않은 척 눈을 돌리며 말했다. “뭐 아마 키가 좀 더 크고 피부도 좀 더 검었을 테지. 어깨도 좀 더 넓고 이목구비도 더 억센 느낌이었을 테고 말이다.”

주자진은 속으로 신속하게 양숭고의 뼈대와 피부를 새롭게 그려보았다. 그러고는 곧바로 유감스러운 듯이 말했다. “역시 아니네요. 지금이 훨씬 더 괜찮은 것 같아요.”

일행이 바깥을 향하는데 대웅전 앞에서 한 무리의 승려가 그 거대한 초 두 개를 밧줄로 잡아당기고 있었다. 잘 세워져 있던 초는 금세 바닥으로 쓰러졌다.

주자진이 뛰어가 물었다. “햇빛과 비에 상할까 봐 창고로 들여놓는 건가요?"

온몸이 땀으로 흠뻑 젖은 승려들은 지친 얼굴로 밧줄을 조심스럽게 거두어들였다. 그중 한 승려가 거친 호흡을 가라앉히며 말했다. "저희가 그럴 여유가 어디 있겠습니까? 듣자 하니 이 초를 만든 장인이 많은 사람을 죽였다고 해서 말입니다. 동창 공주님도 그자가 죽인 것이라 하니, 불가의 성스러운 땅에 어찌 이런 물건을 두겠습니까?"

승려들은 바닥에 쓰러진 거대한 초 두 개를 들어 올려 물을 빼 바싹 말라 있는 방생지 안에 내려놓았다.

방생지 안은 이미 장작불이 지펴져 있었다. 거대한 한 쌍의 초가 불붙은 땔감 위로 떨어지자 큰 불이 타오르기 시작하더니 빠른 속도로 초가 녹아내렸다. 초 기름을 가득 흡수한 땔감은 타닥타닥 소리를 내며 타올랐다. 거대한 불기둥은 족히 높이 1장은 되어 보였다.

방생지 옆으로 모여든 스님들이 고개를 숙인 채 경전을 외며 나쁜 기운을 씻어냈다.

한여름 오후, 여전히 무더운 날씨에 그들은 세차게 타오르는 불꽃의 열기를 그대로 마주했다. 그 열기가 그곳에 선 모든 이들을 뜨겁게 달구는 것만 같았다.

주자진은 재빨리 뒤로 몇 걸음 물러서며 여전히 연못 가까이에 서 있는 황재하를 향해 외쳤다. "숭고, 뒤로 물러나. 화상 입을라!"

황재하는 그 말을 듣지 못한 듯 미동도 없이 한참을 불더미 옆에 서서 초가 녹고 초심지가 드러날 때까지 지켜봤다. 갈대를 동여맨 삼베 위로 금칠된 작은 글자들이 세로로 세 줄 쓰여 있었다.

나의 딸 여적취, 평생이 순조롭고 평탄하기를
일생이 평안하며 기쁨이 넘치기를 기원합니다.
불자 여지원 삼가 올립니다.

황재하는 훨훨 타오르는 커다란 불길 앞에서 여지원이 초 안에 몰래 새겨둔 기도문을 응시했다. 그 글은 분명 불전에 공양한 초가 다 타버릴 때까지는 그 누구도 알 수 없는 비밀이었다.

그리고 이제 그 황금색 글자는 뜨거운 온도 속에서 벗겨지고 타들어갔다. 숨겨놓았던 모든 비밀이 커다란 불꽃에 삼켜졌다. 시커먼 재만이 연기를 타고 올라가 공중에서 뿔뿔이 흩어지며 흔적도 남기지 않고 사라졌다.

불경 소리가 범어(梵語)의 음률을 타고 사방으로 울려 퍼졌다.

장안성의 황혼 빛이 백만의 사람들을 부드럽게 덮어주었다.

대당의 황혼이 도래했다.

(3권에서 계속)

잠중록 2

1판 1쇄 발행 2019년 4월 3일
2판 1쇄 발행 2022년 12월 1일

지은이 처처칭한 **옮긴이** 서미영
펴낸이 김영곤 **펴낸곳** (주)북이십일 아르테

아르테출판사업본부 문학팀 김지연 임정우 원보람
해외기획실 최연순 이윤경 **디자인** 소요 이경란
출판마케팅영업본부 본부장 민안기
출판영업팀 최명열
마케팅2팀 나은경 정유진 박보미 백다희
제작팀 이영민 권경민

출판등록 2000년 5월 6일 제406-2003-061호
주소 (10881) 경기도 파주시 회동길 201(문발동)
대표전화 031-955-2100 **팩스** 031-955-2151

(주)북이십일 경계를 허무는 콘텐츠 리더

아르테 채널에서 도서 정보와 다양한 영상자료, 이벤트를 만나세요!
인스타그램 instagram.com/21_arte **페이스북** facebook.com/21arte
포스트 post.naver.com/staubin **홈페이지** arte.book21.com

아르테는 (주)북이십일의 문학 브랜드입니다.

ISBN 978-89-509-7950-8 04820
978-89-509-7953-9 (세트)

· 책값은 뒤표지에 있습니다.

· 잘못 만들어진 책은 구입하신 서점에서 교환해드립니다.